KB075775

용을 그리는 아이

지은 장편소설

용을 그리는 아이

1

고즈넉
이엔티!

용을 그리는 아이 1

개정판 1쇄 발행 2022년 12월 28일

지은이 지은
펴낸이 배선아
편 집 박미애
디자인 엄인경
펴낸곳 고즈넉이엔티

출판등록 2017년 3월 13일 제2022-000078호
주소 서울시 중구 남대문로9길 24, 패스트파이브 시청1호점 904호, 1007호
대표전화 02-6269-8166 **팩스** 02-6166-9199
이메일 gozknockent@gozknock.com
홈페이지 www.gozknock.com
블로그 blog.naver.com/gozknock
페이스북 www.facebook.com/gozknock
인스타그램 www.instagram.com/gozknock

ISBN 979-11-6316-494-4 04810
ISBN 979-11-6316-492-0 (세트)

표지이미지 Designed by Freepik

"제가 가겠습니다.

제가 대군을 만나러 갈 것입니다.

그게 어디든, 얼마가 걸리든

반드시 만나러 가겠습니다."

1화
나의 군주가 아니기 때문입니다

가늘게 휘어진 하현달이 처연하게 걸린 밤.

"……잡아라."

침소 깊은 곳에서 시작된 울음소리, 전각 앞에 엎드린 채로 침통함에 고개를 들지 못하는 수많은 사람들.

"반드시 잡아야 한다. 감히 주상 전하를 시해하고 도망친 대역죄인이니라."

그리고 그 모두를 숨죽이게 하며 터져 나온 송곳니 같은 날카로운 중전의 분노.

"제 아비를 죽인 짐승만도 못한 천하의 패륜아니라! 잡아야 한다! 무슨 일이 있어도 잡아서 내 앞에 대령하라!"

대궐 안은 삽시간에 수라장이 되어버렸다.

만백성의 어버이이자 용상의 주인인 임금이 가슴에 장검이 꽂힌 채로 숨이 끊어졌기 때문이었다. 소식을 듣고 달려온 중전 홍자영은 화를 삭이지 못해 몸서리쳤고, 장남인 의광대군 이명은 싸늘하게 식은 주검을 멀거니 바라보기만 했다.

비탄에 젖은 통곡 소리가 하늘을 뒤덮을 즈음, 명령을 받고 뛰어다니는 금군들의 외침이 사이사이로 퍼졌다.

"대역 죄인 무헌대군 이우를 잡아라!"

희정당 행각의 구석지고 작은방까지 쩌렁쩌렁 울리는 소리를 들으며, 서하는 감고 있던 눈을 떴다.

나인복을 입고 여느 때와 같이 상선이 오기를 기다리고 있었지만, 여느 때와 같지 않은 것이 두 가지나 있었다. 상선을 보내야 할 임금이 시해당했다는 것 그리고 자신의 옆에 처음 보는 내관 하나가 버티고 있다는 것.

더 이상 처소를 비우고 있을 때가 아니었다. 돌아가야만 했다.

"어이, 벙어리 계집. 움직이지 말거라."

내내 감시하듯 서 있던 내관이 뒤돌아 가려는 서하의 앞을 막아섰다.

위협하고 있음에도 서하가 여전히 움직이려 하자, 그는 손에 쥔 것을 뽑아 들었다.

"움직이지 말라 했다."

한 뼘 남짓 되는 작은 단검이었지만, 목에 와 닿는 서늘함을 느끼고 서하는 멈출 수밖에 없었다. 검을 따라 시선을 올리자, 만족스럽게 입꼬리를 올리고 있는 내관이 보였다.

이상했다. 나라에 갑작스러운 비극이 일어났는데도 내관은 전혀 놀라거나 허둥대는 기색이 아니었다. 게다가 처음 보는 얼굴.

살아생전 임금께서 상선 외의 내관이나 궁녀를 보낸 일은 결코 없었다. '벙어리 유서하'의 존재를 아는 이는 대궐 안에서도 극히 일부분이었으니까.

임금과 상선 내관, 두 명의 대군 그리고 몰랐어야 할 중전까지.

"때가 되면 보내줄 테니 얌전히 기다리는 게 좋을 거다."

내관의 으름장이 무색하게 서하는 불쑥 한 발짝을 앞으로 디뎠다. 아니나 다를까, 검날이 그대로 하얀 목을 파고들었다.

"엇!"

제가 찔러놓고 기겁한 내관은 서둘러 검을 거두었다가 다시 겨누기를 반복했다. 몹시 당황했는지 그의 목소리와 손이 맞추기라도 한 것처럼 덜덜 떨렸다.

"뭐, 뭐 하는 게야! 이게 주, 죽고 싶어 환장을 했나!"

서하는 목을 더듬어보았다. 생채기가 났는지 따끔한 통증과 함께 가느다란 핏줄기가 흐르고 있었다.

상관없었다. 중요한 것은, 이 내관은 절대로 자신을 죽이지 못한다는 사실이었다.

〔궐 안에서 너를 해치려고 하는 이는 없을 테지만, 그래도 만일의 경우 넌 말을 하거나 소리칠 수 없으니 내가 급소를 알려주마. 잘 기억해 두었다가 위급할 때 써먹도록 해.〕

그때, 혹시 모른다며 가르쳐주었던 게 생각이 났다.

어디 어디라고 했더라. 인중이랑 명치, 하단전 그리고…….

퍼억!

"으아악!"

낭심.

내관은 불시에 걷어차인 아랫도리를 붙들고 온몸을 비틀었다.

인중은 노리기가 힘들고, 명치와 단전을 때리자니 여인의 주먹으로는 잘 먹힐 것 같지 않아서 결국 낭심을 걷어차기로 한 건데, 문제는 그게 내관한테도 통하느냐 하는 것이었다.

한데 효력이 있었다. 반신반의했던 서하도 내심 놀라 입을 동그랗게 오므렸다.

"이, 이게 무슨 짓……."

꽤나 고통스러운지 말도 제대로 못 하고 눈물까지 흘리는 것으로 보아서는 제대로 통한 듯했다. 기어이 바닥으로 주저앉는 내관을 보며, 서하가 허리를 꾸벅 숙였다. 이곳을 벗어나기 위해 어쩔 수 없는 선택이었지만, 막상 밟힌 누에처럼 꿈틀거리는 그를 보고 있자니 몹시 미안해졌기 때문이었다.

할 수 있는 만큼 연거푸 꾸벅인 뒤 다급하게 문밖으로 나가려다 말고, 서하는 깜빡 잊은 물건을 떠올리고는 '으으' 하고 앓는 소리를 내는 내관에게로 다가가 주저 없이 팔을 뻗었다.

"허엇!"

실색한 내관이 얼른 양손으로 제 단검을 꼭 붙들었다. 하지만 중심부를 차인 후라 아무래도 힘을 쓰기가 힘든지, 단검이 허무할 정도로 손쉽게 그의 손에서 쏙 빠져나왔다.

"네…… 네 이년……."

끊어지기 일보 직전인 목소리를 뒤로한 채, 서하는 오른손에 단검을 꾹 쥐고 늘 다니던 쪽문으로 향했다.

자시가 넘어간 시각, 곳곳의 금군들을 피해 달리다 보니 금세 불빛 한 점도 없는 깜깜한 어둠이 이어졌다. 그럼에도 서하는 앞이 훤히 들여다보이는 사람처럼 익숙하게 어둠을 파헤치며 뛰었다. 서둘러야 했다. 한시라도 빨리 돌아가야만 했다.

사방이 나무로 뒤덮여 볕도 잘 들지 않는, 대궐 후원 안에서도 후미지고 후미진 곳이라 찾기 힘든 곳. 여섯 살 때부터 십 년이나 있었던, 있을 수밖에 없었던 모든 걸음을 금하는 전각, 금유당.

분명 그가…… 그곳으로 올 테니까.

〔가장 효과적인 급소는 인중, 명치, 하단전 그리고 낭심이다.〕

〔…….〕

〔얼굴 붉힐 게 아니라 명심하라니까. 내가 늘 곁에 있으면 좋겠지만, 혹여라도 없을 시엔 어디든 일단 걷어차고 도망쳐야 한다.〕

〔…….〕

〔다치지 말거라. 절대로 다치지 마. 감히 허락도 없이 머리카락 한 올이라도 떨어뜨렸다간.〕

내가 버티지 못할 테니까…… 심장이 아플 만큼 떨리는 말을 해주었던 사람.

귓가가 발갛게 달아오를 만큼 달콤하게 낮은 목소리를 내던 사람.

"물어볼 것이 있어 왔다."

무헌대군, 이우.

어둠 속에서 들려온 목소리가 금유당 계단을 디디던 서하의 발걸음을 우뚝 멈추게 했다. 몸을 돌리자, 나무 뒤에서 걸어 나오는 사람이 보였다.

육 척 정도 되어 보이는 장신의 사내, 우였다.

"아니라고 하거라."

바람이 불었다. 우가 든 검을 스쳐온 바람이 서하의 곁까지 비릿한 피 냄새를 전달했다.

"내가 무엇을 묻든 아니라고 해. 반드시 고개를 저어야 한다."

한 발짝, 한 발짝 서하를 향해 다가선 우는 달빛 아래 멈춰 섰다.

군데군데 찢기고 피가 배어 있는 도포. 그리고 도포처럼 거칠어진 그의 밤색 눈동자가 조용히 으르렁거리고 있었다.

"이 서찰을 네가 쓴 것이냐?"

우는 검이 아닌 다른 손에 쥐고 있던 것을 내밀었다.

붉은 핏자국이 번진, 잔뜩 구겨진 종이 한 장. 서하는 그게 무엇인지 단번에 알아챘다. 분명 임금에게 전달된 뒤 없어졌어야 할 서찰, 무헌대군이 절대로 보지 않길 바랐던 글귀.

「용의 아이는 의(義)왕을 그리고 있으니,
무(撫)신을 사(死)하길 바라옵니다.」

은은한 달빛 속에 '사(死)하길 바라옵니다'라는 글자가 또렷하게 적힌 글귀를 내려다보며, 서하는 표정 없는 얼굴로 서 있기만 했다.

"의왕은 의광대군인 형님이 왕이 된다는 뜻이고, 무신은 무헌대군인 내가 신하가 된다는 뜻이다. 그리고 그 무신을 죽여 달라 청하는 용의 아이가 다름 아닌…… 너를 가리킴이다. 맞느냐?"

이제는 손을 뻗으면 닿을 거리까지 다가온 우가 그 어느 때보다도 차갑게 물었다.

"해서 자객을 보내도록 한 이가, 네가 맞느냔 말이다."

서하는 굳어버린 밀랍처럼 꼼짝도 하지 않았다.

"고개를 저으라 했다."

"……."

"아니라고 해."

"……."

그때까지도 꼿꼿이 버티던 우는 양손에 쥐었던 검과 서찰을 맥없이 떨어뜨렸다.

"정말로, 정말로 네가 쓴 것이 맞았구나."

목소리에 노기가 묻어났다. 그 속에 절망도 섞여 있음을, 서하는 온몸으로 느낄 수 있었다.

"겁박을 당한 것이냐?"

우가 별안간 서하의 어깨를 붙들었다. 뼈가 아릴 만큼 강한 압박이었다.

"누가 널 겁박하더냐? 아바마마, 아니 중전마마께서 이리 쓰지 않으면 죽이겠다고 하시더냐? 그래서 어쩔 수 없이……."

"아닙니다."

몰아치듯 추궁하던 우의 목소리가 뚝 끊겼다.

"겁박 따윈 당하지 않았습니다."

서하가 또박또박 다시 한번 입술을 움직이는 순간. 어깨를 쥐고 있던 우의 손이 주르륵, 단번에 아래로 미끄러졌다.

"지금…… 말을 하였느냐?"

"하였습니다."

"말을 할 줄…… 알아?"

묵묵히 시선을 똑바로 부딪쳐오는 서하를 뚫어지게 바라보기를 한참, 우는 저도 모르게 한 발 뒤로 물러나며 맥없이 중얼거렸다.

"언제부터?"

서하는 아무런 대답도 하지 않았다. 처음부터 벙어리가 아니었다는 말로 시작하기에는, 그를 속여 온 시간이 너무나 길었기 때문이었다.

십 년. 여섯 살 어린 나이에 하지 않아야 할 말을 한 대가로 눈앞에서 어머니가 죽는 모습을 지켜봐야 했고, 궁으로 들어온 뒤로 말을 하는 것이 두려워져 벙어리 노릇을 했다고.

그렇게 설명하면 그의 화가 조금은 가라앉을 수 있을까.

조금은…… 용서받을 수 있을까.

하지만 서하는 모든 말을 삼킨 채, 우가 떨어뜨린 서찰을 집어 들었다.

"이 서찰은 제가 쓴 것이 맞습니다. 대군께서도 제 필체를 잘 아시기에 이 위급한 상황 속에서도 저를 찾아오신 것이 아닙니까?"

흔들림 없는 목소리에, 넋이 나가 있던 우의 눈가가 치켜 올라갔다.

"왜…… 대체 왜……."

그의 입에서 드문드문 새듯이 흘러나오던 말들이 마침내 분노로 이어졌다.

"대체 네가 왜 나에게!"

주변을 울릴 정도의 큰 소리였지만, 서하는 눈도 깜빡하지 않았다. 그저 지척에 있음에도 우의 얼굴이 부옇게 보이기 시작하자, 입술을 한 번 꾹 깨물었을 뿐이었다. 무언가 쓰디쓴 것을 삼킨 듯 목이 알싸해지자, 버티고 또 버틸 뿐이었다. 그러고는 이미 상처받았을 그를 향해 또 다시, 보이지 않는 비수를 내던질 뿐이었다.

"당신이…… 나의 군주가 아니기 때문입니다."

굳어있던 우의 표정이 마침내 생경하게 비틀리기 시작할 때쯤, 갑자기 발소리가 들려왔다.

"역시나 여기 있었소, 무헌대군!"

화려한 당의 차림의 중전 홍자영이 모습을 드러내고, 곧이어 금군들이 금유당 주위를 빙 둘러싸기 시작했다.

서하가 서찰을 숨기려는데, 우가 그것을 재빨리 낚아챘다. 일순 당황해 우를 바라보았지만, 이미 서하의 손끝에는 서찰의 찢어진 귀퉁이만 남은 후였다.

"지금쯤 성문을 나가 말을 타고 달아나도 모자랄 판에 겨우 이런 곳에 숨어 있다니. 그 계집이 대단하긴 대단한가 보오!"

"어마마마, 고정하십시오."

뒤늦게 나타난 의광대군이 서둘러 말렸지만, 소용없었다. 중전은 오히려 더 매섭게 소리쳤다.

"그게 아니면, 혹 이번 주상 전하 시해 사건에 저 계집도 연관이 있는 것이오?"

중전의 말이 끝나기가 무섭게, 마치 이리 나올 걸 예상이라도 했다는 듯 우가 서찰을 높이 들어 올렸다.

"이것은 여기 있는 유서하가 아바마마께 올린 서찰입니다."

갑작스러운 선포에, 서하의 두 눈이 휘둥그레졌다.

"감히 그 입으로 주상 전하를 아바마마라 부르지 마시오!"

불호령에도 불구하고 우는 중전을 향해 성큼성큼 다가갔다. 그러자 중전의 곁에 서 있던 내관 하나가 얼른 뛰쳐나와 제지했다.

행각방에서 서하에게 아랫도리를 차인 바로 그 자였다.

내관은 서찰을 빼앗다시피 가져가서는 중전 앞에 대령했고, 곧 금군이 들고 있던 횃불 아래 글귀가 훤히 드러났다. 그것을 한참이나 보고 또 보는 중전과 의광대군에게 우가 나직이 말했다.

"보시다시피 저를 죽이라 한 계집입니다. 그런 계집이 저와 손을 잡을 리 없지 않겠습니까."

그제야 깨달았다. 우가 서둘러 서찰을 빼앗아간 이유를.

서하는 두 눈을 질끈 감은 채 속으로 묻고 또 물었다. 어째서냐고, 배신당해 분노로 몸을 떨어야 할 당신이 왜 나를 감싸는 것이냐고.

그렇게까지 당하고도 제가 혹여라도 반역죄를 뒤집어쓸까 염려되십니까. 이런 때조차 저의 무죄를 입증해주려 하십니까. 그 서찰이 넘어가면 정말로 돌이킬 수 없다는 걸 잘 아시면서도…….

소리 낼 수 없는 말들을 삭이느라 숨조차 잊은 서하를 향해, 중전이 물었다.

"이게 정말 너의 필체가 맞느냐? 맞으면 고개를 끄덕이거라."

"……."

"너의 필체가 맞느냐고 물었다! 네년의 결백을 밝혀줄 유일한 기회이니 똑바로 대답해!"

불호령에도 불구하고 서하가 미동도 하지 않자, 우가 대신 말했다.

"맞습니다. 이 아이의 필체는 제가 잘 압니다. 물론 형님께서도 잘 아실 테고요."

부릅뜬 중전의 눈이 제 아들인 의광대군에게 향했다. 의광대군이 고개를 한 번 끄덕이자, 그제야 중전의 입술 끝이 파르르 떨렸다.

"사실이었소이다, 무헌대군. 내 그래도 친아들처럼 여겨 끝까지 반신반의했건만, 정말로 그대가 전하를 시해하였소이다. 이 서찰을 보고 우리 명이가 보위에 오를까 두려워 미쳐 날뛴 것이었소. 그래서 전하를 시해하고, 감히 그대가 용상의 자리를 넘보려 했소이다!"

피를 토하듯 소리친 중전이 손을 들어 올렸다.

짜악, 커다란 마찰음과 함께 뺨을 맞은 우의 고개가 돌아갔다.

그 모습을 하나도 놓치지 않고 지켜보던 서하는…… 내내 오른손에 쥐고 있던 단검을 꾹, 고쳐 잡았다.

"죽일 것이오! 반드시 그대를 내 손으로 죽여 전하의 원수를 갚을 것이오! 검을 달라! 내게 검을 달란 말이다!"

"어마마마! 제발 고정하십시오!"

의광대군이 금군의 검을 빼앗아 들려는 어미의 앞을 서둘러 막았으나, 길길이 뛰는 중전을 말리기에는 역부족이었다.

"이거 놓으시오! 이 금수만도 못한 놈을 내 손으로 죽여야 전하가 편히 눈을 감으십니다!"

"어마마마!"

"놓으라 했소!"

그때였다.

"크윽!"

갑작스럽게 신음이 터져 나왔다. 모두가 깜짝 놀라 제자리에 굳어버린 사이, 우는 느닷없이 품에 바싹 안기듯 달려든 서하를 꽉 붙잡았다.

떨어지지 않으려 안간힘을 쓰는 서하의 손을 타고…… 붉은 피가 하염없이 뚝뚝 흘러내렸다.

우의 시선이 꽂히고 있다는 것을 알았지만, 서하는 한사코 그를 바라보지 않았다.

그저 더 힘껏, 그저 더 가까이.

꽉 쥔 단검을 그의 가슴에 찔러 넣으며 입술을 꾹 깨물기만 했다.

무헌대군, 하고 불러보고 싶었다. 벙어리인 척 십 년을 살아온 자신이 입을 열게 된다면 가장 먼저 그를 불러보고 싶었다.

미안했다. 상처 주는 말만 하게 되어 참으로 송구하였다. 그러니 만에 하나라도 다음 생이 있다면.

그렇다면 반드시 당신의 손에 죽을 수 있게 되기를.

그러니 부디 안녕히…….

서하의 발아래 우가 쓰러져 내렸다.

금군들이 달려와 살피는 사이, 어느새 다가온 의광대군이 재빨리 서하의 손에서 단검을 빼앗고는 조심스레 물었다.

"죽었느냐?"

우의 인중에 손을 올리고 있던 금군이 고개를 저었다.

"아직 미약하게 숨이 붙어 있사옵니다."

"그럼 서둘러 의관을……."

"안 될 말이지요!"

의광대군의 말을 끊으며 중전이 나섰다.

"대역죄인에게 의관이라니, 당치도 않습니다! 지금 당장 놈의 숨을 끊어놓아도 시원치가 않아요!"

"어마마마!"

의광대군이 무릎을 꿇었다. 중전은 서둘러 그를 일으키려 했지만, 의광대군은 고집스럽게 머리를 숙였다.

"어마마마의 말씀대로 의관을 부르진 않겠습니다. 허나, 이 나라에는 엄연히 국법이 있습니다. 부디 국법에 따라 처결할 수 있도록 통촉하여 주시옵소서!"

단호한 외침에 놀란 것도 잠시, 자세를 낮춰 앉은 중전은 떨릴 만큼 소중한 것을 다루듯 그를 끌어안았다.

"알겠습니다. 알겠으니 그만 몸을 일으키세요. 이제 곧 용상에 앉으실 분이 이리 쉽게 무릎을 꿇으시면 아니 됩니다."

"송구합니다, 어마마마."

의광대군이 몸을 일으켜 세우자 중전은 싸늘한 눈빛으로 쓰러져 있는 우를 내려다보았다.

"여봐라. 무헌대군을 의금부로 압송하라."

"예, 중전마마!"

곧이어 금군들이 우를 끌고 갔고, 중전과 의광대군도 금유당을 빠져나갔다. 멀어지기 직전 의광대군이 슬쩍 뒤를 돌아보았으나, 서하는 그 모습을 알아차리지 못했다.

그저 산짐승처럼 질질 끌려가는 우의 뒷모습을…… 하염없이 바라보고 또 바라보기만 할 뿐이었다.

검을 꽂아 넣었던 왼손이 덜덜 떨려오며, 피가 쉼 없이 흘러내렸다.

2화
열망을 닮은 탐욕

기어이 무헌대군이 옥에 갇히는 꼴을 두 눈으로 직접 보고 되돌아오는 길목.

안개가 잔잔히 깔린 어스름한 곳에서, 자영은 포획당한 들쥐처럼 널브러진 시체들을 내려다보고 있었다.

금군이 열둘, 내관과 궁녀가 셋.

무헌대군을 잡기 위해 금유당에 데려갔던 무리 중, 조 내관을 제외한 모두가 칼잡이에게 쓰러진 참이었다.

아무리 어쩔 수 없었다지만 금유당은 가지 말아야 할 곳, 유서하는 다른 누구에게도 들켜선 안 되는 존재.

알고는 있었지만 생각보다 훨씬 처참한 광경이었다. 흥건하게 흐른 핏물이 궁혜를 적시고 있다는 것을 깨달은 자영은 한 발짝 뒤로 물러섰다.

하늘이 보였다. 드디어 소낙비 같았던 비극이 걷히고, 서서히 동이 터오려 하고 있었다.

"조 내관."

자영의 부름에 조 내관이 곁으로 한 발짝 다가왔다.

“예, 중전마마.”

“이건 무헌대군의 소행인 것이다. 전하를 시해하고 도망가다가 금군과 궁인들을 죽인 것이야. 알겠느냐?”

나직하면서도 범처럼 날카로운 자영의 목소리에, 조 내관이 허리를 푹 숙였다.

“명심하겠나이다.”

자영은 시선을 돌려 묵묵히 서 있는 칼잡이를 위아래로 훑었다.

“네가 말로만 듣던 금유당 지킴이로구나. 월영이라 부른다지?”

무언가 딛고 서 있는 것도 아닌데 신장이 꽤 큰 것이 상당히 눈에 띄었다. 칼잡이 신장이 육 척이든 칠 척이든 별 상관은 없었으나…….

“의외구나. 그 지킴이가 설마하니 계집일 줄이야.”

어지간한 사내 정도 되는 큰 신장이 나인복을 입은 채로 눈이 번쩍 뜨일 만큼 날렵한 움직임을 보였다는 것이, 신기하다 못해 소름이 돋을 지경이었다.

“계집이라 해도 실력이 쓸 만한 건 마음에 드는군.”

금유당이, 그 안의 유서하가 지금껏 드러나지 않았던 이유.

왕실의 극소수를 제외한 이가 실수로라도 금유당에 발을 들인 날에는, 이 칼잡이의 손에 죽게 되기 때문이었다.

“건방진 네 주인에게 전하거라. 내 곧 부를 터이니 채비하고 있으라고.”

칼잡이가 대답이 없자, 자영은 작게 ‘쯧’ 하고 혀를 찼다.

실력은 마음에 드나 꽤나 불손한 것이었다. 이런 것들은 다루기가 까다로울 터였다.

"그만 돌아가야겠…… 잠깐, 저게 무엇이냐?"

자영이 몸을 돌리다 말고 멈칫하자, 조 내관과 칼잡이가 급히 자영의 시선이 향한 곳으로 고개를 돌렸다.

멀리서 불그스름한 기운이 치솟으며 연기를 뿜어내고 있었다.

"마마! 불길이옵니다!"

조 내관이 다급하게 외침과 동시에 자영의 미간에 주름이 잡혔다.

"불길? 저곳은……."

"의금부가 있는 곳입니다."

그때까지도 입을 딱 붙이고 있던 칼잡이가 자영의 중얼거림을 이어받아 말했다. 예쁘장하게 생긴 것과는 달리 낮은 음색에 놀라 자영이 한눈을 파는 사이, 조 내관이 물색없이 호들갑을 떨었다.

"마마! 의금부라면 방금 무헌대군을 잡아넣은 곳이 아니옵니까! 어서 불길을 진압하지 않으면……."

"어째서?"

자영이 단칼에 말허리를 싹둑 자르자, 조 내관은 눈을 크게 떴다. 감정이 없어 보이는 무심한 칼잡이의 시선도 느껴졌지만, 자영은 모든 걸 무시한 채 말을 이었다.

"어째서 서둘러야 한단 말이냐. 서두를 이유가 무어야."

"하, 하지만 이대로 두면 무헌대군이……."

"새카맣게 타 죽겠지."

저도 모르게 말속에 웃음기가 섞였다. 점점 더 커지는 불길을 물끄러미 바라보는 자영의 입꼬리가 비스듬히 올라갔다.

"그 간당간당한 숨이 뚝, 하고 끊기겠지."

숙의라는 초라한 후궁 첩지를 받고 궁에 들어온 지 이십오 년.

임금의 장자를 낳은 공으로 후궁의 으뜸이라는 정일품 정빈도 되어 보았고, 원비인 효선왕후가 일찍 죽은 덕에 중전의 자리에도 오르게 된 참이었다.

이제 남은 원은 단 한 가지.

효선왕후의 아들이 아닌, 내가 낳은 아드님께서 용상에 오르시는 것.

오직 그것 하나만 바라보며 모진 세월을 견뎌온 자영이었다. 임금이 죽기 직전까지 미친 것처럼 의심병을 거두지 않아 속을 새카맣게 끓였을 때도, 심지어 자식들까지 극도로 의심하는 바람에 아들 둘이 장성하도록 끝내 세자 책봉을 하지 않았을 때도, 오로지 염원 하나로 버텨왔다.

그리고 드디어 그 마지막 염원이 이루어지려 하는 지금, 자영은 가슴을 비집고 들어차는 환희를 도저히 막을 수가 없었다.

***

수천 번쯤 물동이를 끼얹었을까. 거침없이 집어삼키던 화마는 겨우 잠잠해졌지만, 언뜻 보기에도 피해가 극심했다. 옥사의 반 이상이 타 무너져 내렸고, 불길을 진압하는 과정에서 피해자도 속출했다. 관원들은 열기가 채 가시지 않은 뜨거운 옥사로 다시 뛰어들어 안에 있는 사람들을 옮겼다.

"대감! 의광대군 대감! 여기인 것 같습니다!"

금부도사의 외침에 명은 서둘러 달려갔다. 육 척 정도 되어 보이는, 흉측하리만큼 새카맣게 그을어 얼굴조차 확인할 수 없는 시신 한 구가 놓여 있었다.

“확실한 것이냐? 정말로 이 시신이, 무헌대군이라고?”

도저히 믿을 수 없다는 낯빛으로 명이 다그쳐 묻자, 금부도사는 차마 고개를 들지 못하고 대답했다.

“시신의 왼쪽 가슴에 자상이 있습니다.”

명은 시신 옆에 쓰러지듯 주저앉았다. 그을음이 묻는 것도 아랑곳하지 않은 채, 그는 떨리는 손으로 시신의 가슴에 선명하게 남은 자상을 더듬었다.

“정녕, 정녕 이것이…… 이것이 내 아우더란 말이냐?”

“송구합니다.”

“아니다! 아닐 것이다! 믿을 수 없다! 안에 아직 살아남은 자가 있을 것이다!”

드문드문 새듯이 흘러나오던 목소리가 곧 성난 외침으로 바뀌고, 눈물이 가득 고인 명의 두 눈이 서둘러 무언가를 찾았다.

“그래, 단검! 함께 가져온 단검은 어디 있느냐! 무헌대군이 찔렸던 단검을 가져오라!”

관원 하나가 아직 피가 진하게 묻어 있는 단검을 찾아왔다. 금부도사가 건네기도 전, 명은 단검을 낚아채고는 시신의 자상에 맞춰 넣어 보았다.

본래의 자상 자국만을 확인하기 위해 최대한 조심히 넣은 것이 무색하게, 단검은 마치 제집을 만난 듯 꼭 맞는 형태로 거침없이 꽂혀 들어갔다.

명은 끝까지 전부 밀려 들어간 검날을 한참이나 멀거니 바라보았다.

“……그래. 그랬구나.”

그리고 작게 웅얼거리며 단검을 빼 들었을 때, 불에 타서인지 아니면 너무 많이 흘려 다 말라버려서인지 시신에서는 피 한 방울 나오지 않았다.

"결국 그런 거였어."

간신히 몸을 일으킨 그는 휘청 꺾이려는 다리를 힘으로 버티어 내며 나지막하게 말했다.

"이 일은 내가 돌아가서 알릴 터이니, 자네는 뒷일을 부탁하네."

"예, 대감."

"그리고 아무리 대역 죄인이라 하나 부디…… 부디 내 아우를 잘 수습해주게."

명은 금부도사의 어깨를 한 번 꽉 잡은 뒤 돌아섰다. 뒤에서 관원들이 수군거리는 소리가 들려왔다.

"아버지를 죽인 웬수 놈인데, 그래도 동생이라고 저리 가슴 아파하시다니."

"우리 의광대군, 아니지. 이제 곧 우리 임금님이 되실 주상 전하 불쌍해서 어째."

***

얼마나 흘렀을까.

배어 나온 피가 치맛자락을 적시고 있는데도, 서하는 내내 방 안 구석에서 몸을 웅크린 채 꼼짝하지 않았다.

어딘가 아프긴 한 것 같은데, 그곳이 어디인지는 알 수 없었다. 그저 눈앞에서 무헌대군이 힘없이 쓰러지던 모습이 어찌해도 지워지지 않아 미칠 것 같았다.

내가 찔렀어. 다른 사람도 아닌 내가, 이 손으로…….

그제야 실감이 났다. 단검이 무헌대군의 살갗을 파고들던 끔찍한 감촉도 되살아났다.

그리고 무엇보다, 쓰러지면서도 자신의 턱 끝을 살짝 스치던 우의 손길이 너무나 간절하리만큼 생생해서…… 온몸이 슬어가는 것처럼 아파 왔다.

"소리라도 좀 내며 울 거라."

갑작스럽게 음성이 들리자, 넋이 나가 있던 서하의 눈에 초점이 돌아왔다. 울고 있다는 것도 깨닫지 못한 채 쏟아진 눈물 사이로, 문 앞에 서 있는 명이 보였다.

"언제부터 이러고 있었던 것이냐?"

명은 천천히 다가와 앉다 말고, 피가 묻어 있는 서하의 손을 발견하고는 한숨지었다.

"월영을 혼내야겠구나. 주인을 어찌 모시는 건지. 이 고운 손에 피비린내라도 배면 어쩌려고."

그가 입고 있던 의복 귀퉁이를 찢는 사이, 서하가 손을 뒤로 훽 감추었다.

명은 잠시 멈칫했지만, 이내 감춰진 손을 끌어와 조심스레 피를 닦아 주었다.

"네가 지금 얼마나 상심했을지 안다. 사랑하는 이를 직접 찌르고 그 피를 잔뜩 묻힌 네 심정이 오죽하겠느냐마는, 알면서도 이런 이야기를 전할 수밖에 없는 나를 용서하거라."

"……."

"……의금부 옥사가 불에 탔다."

다소 뜸을 들이며 흘러나온 한마디에, 고여있던 눈물 한 방울이 서하의 뺨을 타고 흘러내렸다.

"금부도사가 새카맣게 그을린 시신 한 구를 가리키며 그러더구나. 가슴에 자상이 있는 이 시신이 바로 무헌대군이라고."

이야기를 가만히 듣고 있던 서하가 잡혀있는 손을 다시 빼내려는 순간, 명이 그 손목을 덥석 잡아챘다. 휘둥그레진 눈이 명에게로 향했다.

"네가 그렇게나 연모하는 우가 죽었다는데 이상하게 놀라지 않는구나. 하긴, 당연한 건가?"

조금 전 부드러웠던 태도는 온데간데없이, 명은 잡아챈 서하의 손을 거칠게 닦아내기 시작했다. 거부를 용납하지 않겠다는 듯 벅벅 문지르는 것으로도 모자라, 갑자기 손바닥을 있는 힘껏 꾹 누르기까지 했다.

아찔할 정도의 고통이 밀려들었다. 서하는 아랫입술을 힘껏 깨물며 터져 나오려는 신음을 삼켰지만, 손바닥에서 이미 굳었던 피 너머로 새로운 피가 왈칵 솟구치는 것까지는 막을 수 없었다.

"네가 우를 찔렀던 그 단검을 내가 시신의 자상에 다시 넣어봤다. 꼭 들어맞더구나. 검날이 끝까지 막히지도 않고 아주 꼭 들어갔어. 그래서 알았다. 그 시신이 우가 아니라는 걸."

명이 갑자기 서하를 가까이로 획 잡아당겼다. 힘없이 끌려온 서하가 겁을 내고 있다는 것을 알면서도, 그는 아랑곳하지 않았다.

"그럴 리가 없지. 왜냐하면 여기에 묻은 피가 전부 우의 것만은 아니니까. 그 단검이, 다름 아닌 너의 이 손바닥도 함께 꿰뚫었으니까. 그러니 그 시신이 진짜 우였다면 단검이 다 들어갈 리가 없다. 아니 그러하냐?"

결국 서하는 두 눈을 질끈 감아버렸다.

최대한 우에게 바싹 붙어 있었다. 아무도 보지 못하도록.

하여 안기듯이 그의 품을 파고들고, 제 손을 뚫어가며 검을 꽂았다. 그 검이…… 조금이라도 우의 심장에서 멀어지기만을 바라면서.

한데 그것을, 하필이면 명에게 들켜버리고 말았다.

"어쩐지 이상하다 싶었다. 다른 사람도 아닌 네가 우를 찌르다니. 그래. 역시 그랬어. 이제 보니 나를 통해 미리 앞날을 보고 우를 살리려 한 것이었어, 그렇지?"

사근사근하고 침착한 목소리가 조금 더 가까이 다가오며 말을 이었다.

"내 분명 선견을 못 하게 했었는데 잘도 몰래 보았구나. 그래, 네가 본 앞날에선 우가 어떻게 죽더냐? 반항하고 도망치려다 금군들에게 죽었으려나? 아니지, 아니지. 우의 성격상 그러진 않았을 것 같고. 아마도 내 어머니, 중전마마께서 휘두른 검에 죽었겠구나."

명은 다 아는 사람처럼 고개를 끄덕였다.

"괜찮다. 네가 우를 얼마나 아끼는지 내 어찌 모르겠느냐. 살리고 싶었겠지. 다른 사람의 손에 처참하게 쓰러지게 하고 싶진 않았겠지."

그러고는 웃어 보였다. 부드럽고 온화하게, 마치 모든 걸 용서해주겠다는 듯이.

하지만 서하를 잡은 손에는 오히려 더욱 힘이 들어갔다.

"고맙다, 서하야. 고마워. 내 아우를 살려주어 참으로 고맙다. 걱정하지 말거라. 내 우가 살아있다는 건 아무에게도 알리지 않을 것이다. 우가 무사하도록 평생 비밀로 할 것이다."

서하가 어떻게 해서든 잡힌 손을 풀어보려 했지만, 사내의 힘을 당해내기에는 역부족이었다.

"너만 내 옆에 있어 준다면."

그제야 명이 팔을 놓아주었다.

서하는 눈앞이 흐릿해짐을 느꼈다. 다친 손바닥은 얼얼하다 못해 감각이 마비된 것 같았다.

"난 이제 곧 보위에 오를 것이다. 해서 더욱더 네가 필요하다. 아니, 용의 아이가 필요해. 왕이 될 운명을 지닌 자의 앞날을 볼 수 있는 재주, 내 앞날을 보는 그 신비한 재주가 반드시 내 옆에 있어야 한다."

명은 서하의 뺨을 두 손으로 감쌌다.

열망을 닮은 탐욕.

명의 눈동자가 그렇게 빛나고 있음을 깨달은 서하는 오싹 소름이 돋는 것을 느꼈다.

"허나 만약 그게 싫다면, 너를 이 궁에서 영원히 풀어줄 수도 있다. 한 가지만 말해준다면."

어느새 자리에서 일어선 명이 서하를 턱 끝으로 내려다보며 물었다.

"무헌대군은 지금 어디에 있느냐."

3화

한 번쯤은

처음 마주쳤을 때가 생각났다.

아바마마를 따라 약수 행궁으로 떠났던 날. 자신이 일곱 살, 그 아이가 여섯 살. 행궁은 처음 와 본지라, 호기심을 이기지 못하고 몰래 궁 밖으로 나갔다가 아바마마께 들켜 된통 혼이 난 날이었다.

먹을 것도 주지 말라는 엄명이 있어 굶주린 탓에 뱃가죽이 등에 붙은 듯 허기져서, 한밤중에 몰래 음식 냄새가 나는 곳으로 숨어들었다. 천운이 따랐던지 늦은 시간이었음에도 타락죽이 고스란히 남아 있어 옳다구나 먹으려는데, 옆에 누군가 있는 듯한 기분이 들었다.

고개를 돌리니, 허름한 옷을 입은 여자아이가 타락죽에서 눈을 떼지 못한 채 침을 흘리고 있었다.

태어나서 그렇게 애가 타는 눈은 처음이었다. 하도 불쌍해서 죽을 건넸더니, 그냥 후루룩 마셔버렸더랬다.

그릇까지 먹어 치우는 줄 알고 유심히 쳐다보고 있는데, 어찌나 쏜살같이 사라지던지.

혹시나 해서 다음날 밤에 기다려보았더니 또 나타나고, 다음날 또 나타나고. 그렇게 밤에 몰래 만나 야참을 나눠 먹는 사이가 되었다. 가끔 유과를 숨겼다가 주기도 하고, 정과나 떡을 주기도 하고, 그러다 한번 아무것도 가져오지 못했더니 두 눈에 눈물이 그렁그렁 차서는…….

고양이 같았지. 아니, 순한 강아지 같았던가.

이름을 묻고 나서야 말을 못 하는 아이라는 걸 알았다. 그럼 글을 써 보라고 하자, 아이는 머뭇거리다 도망쳤었다.

그 뒤로 내내 보지 못했다. 뭔가 잘못했나 싶어 한참이나 찾았지만, 쉽게 찾아지지 않았다. 아무도 모르고, 아무도 본 적 없는 아이라기에 꿈이라고 생각했을 정도였다.

한양으로 환궁하게 되면서는 영영 볼 수 없을 줄 알았다. 오 년 만에 '금유당'이라는 허름한 전각에서 그 아이를 보기 전까지는.

비로소 알았다. '유서하'라는 아이는 남에게 들켜선 안 되는 존재로 궁에 갇혀 살고 있다는 것을.

재회하고 난 뒤 처음으로 서찰을 주고받았을 때, 서하가 말했다. 행궁에서 모든 것이 처음이라 무서웠는데 낯선 아이에게 먹을 것도 주고 친절을 베풀어주어 고마웠다고, 궁이란 곳에서 하나쯤은 행복했던 추억이 있어 정말 다행이라고.

"……대군."

그러고 보니 아직 서하에게 말하지 못한 것이 있었다.

나와 함께 있던 시간을 행복하다 해주어 기뻤다고. 그리고 사실은, 내가 그보다 먼저 너를 본 적이 있었노라고. 행궁에서 상선 영감이 몰래 아이 하나를 업고 어딘가로 데려가기에 따라갔었고, 무슨 일인지 울고 있던 너를 처음으로 보았노라고.

소리도 없이, 말라버리는 건 아닌가 싶을 정도로 눈물만 뚝뚝 흘리던 모습을.

"……헌 대군."

그때는 무엇이 그리 서러운지 알지 못하여 미안했노라고, 다음에 만나거든 꼭 말해주어야지.

"무헌대군!"

벼락같은 외침에 우가 눈을 번쩍 떴다.

***

거적때기를 얹어놓은 듯 낡은 초가집 앞에서 서성이기를 반 시진째, 기다리다 한계를 느낀 수호가 찢어진 창호지 너머로 방안을 살피려는데 갑자기 문이 벌컥 열렸다.

'쿵' 하는 청량한 소리만큼이나 시원한 아픔이 밀려왔다. 그는 툇마루에 주저앉아 이마를 문질러대며 연신 앓는 소리를 냈다

"아야."

방에서 나오던 노인도 놀랐는지 목소리가 곱절은 높아졌다.

"아이고! 괜찮으십니까, 도련님!"

"괜찮, 아지겠지요."

"그러게 뭘 빼꼼히 들여다보고 그러십니까, 여인네 방도 아닌데."

노인이 안타깝다는 듯 혀를 차는 순간, 수호가 비상하는 새처럼 벌떡 일어섰다.

"여, 여, 여인네 방이라니요! 사람을 어찌 보시고! 저 그런 사람 아닙니다. 이래 봬도 일편단심…… 아니 그런 것보다, 전 그저 안에 계신 도련님의 상태가 어떤지 궁금해서!"

"이상 없으십니다요."

말이 채 끝나기도 전에 노인으로부터 태평한 대답이 돌아왔다. 잠시 끔뻑끔뻑하던 수호의 눈이 이내 뾰족하게 휘어졌다.

"이상이 없다고요? 지금 이상이 없다고 하셨습니까?"

"그렇습니다."

"……의원님."

"예?"

"혜안군 대감께서 용하다 하여 모셔온 건데, 사실은 돌팔이셨군요."

수호가 진지하기 이를 데 없이 비수를 날리자, 미간을 급격하게 좁힌 노인이 언짢은 기침을 내뱉었다.

"으흠, 흠. 정신이 혼미한 환자를 겨우 살려놨더니 말씀이 참."

"하지만 분명 처음 오셨을 때는 금세 나을 거라고 하시질 않으셨습니까?"

"맞습니다. 검을 든 놈이 바보이길 망정이지, 아니었으면 세상 하직할 뻔했다고 했습죠. 대신 왼쪽 가슴 자상 말고도 군데군데 베인 곳에서 피를 많이 흘린 탓에 쓰러진 것 같은데, 몸이 아주 탄탄하고 건장한 도련님이시니 몇 밤 자고 나면 냅다 아물 거라고요."

"그런데 왜 저러시는 겁니까?"

"뭐가 말입니까?"

노인이 되묻기가 무섭게 수호가 답답하다는 듯 가슴을 쳤다.

"나아지기는커녕 점점 더 바보가 되어가고 계시지 않습니까!"

다시 잘 보라며 방 안을 가리키는데, 묵직하게 야단치는 목소리가 날아왔다.

"이런 경을 칠 녀석을 보았나."

뒤를 돌자, 한 사내가 준엄한 표정으로 서 있었다. 수호는 서둘러 고개를 숙였다.

"혜안군 대감 오셨습니까."

'쯧쯧' 혀를 찬 혜안군은 노인의 손에 돈주머니를 쥐여 주었다.

"고생 많았소, 장 의원. 약속한 것은 잊지 않았겠지?"

"여부가 있겠습니까."

"좋소."

감사 인사를 꾸벅 한 노인이 멀찍이 사라졌을 때쯤, 혜안군은 기다렸다는 듯 수호를 꾸짖었다.

"어느 안전이라고 말을 함부로 하는 게야. 아무리 대군께서 동무로 여겨주셨다지만, 벌써 열일곱이나 되었으면 스스로 구분할 줄 알아야지."

"하지만 대군의 모습을 좀 보십시오."

"상처가 많이 심각하시더냐?"

"심각하시긴요. 장 의원님 말로는 검을 든 놈이 정직하게 찌르지 않고 비스듬히 올려 찔렀답니다. 일부러 그런 것이라면 심장을 빗겨 찔러 살리려던 쪽일 테고, 실수였다면 검 쓰는 것으로는 구제할 길 없는 바보랍니다."

"……그랬겠지."

작게 중얼거리는 소리를 이해하지 못한 수호가 일순 고개를 갸웃했다.

"예?"

"아니다. 그럼 무엇이 문제라는 게야."

"상처만 심각하지 않으면 뭐 합니까? 드시지도 않고, 주무시지도 않고, 죽은 듯이 앉아 말씀 한번 안 하신 게 벌써 사흘째입니다. 이래도 이상이 없으신 겁니까?"

"전하께서 시해당하셨다. 게다가 자객에게 죽을 뻔했던 대군께서 오히려 그 범인으로 몰리고 계시다. 참담하시지 않겠느냐."

"그럴수록 기운을 내셔야지요. 그래야 사건의 진상을 밝히든 진범을 잡든 할 것이 아닙니까. 저렇게 멍하니 앉아만 계시다간…… 정말로 이 나라의 대역죄인이 되신단 말입니다!"

수호는 울부짖었다.

분했다. 무헌대군이 억울하게 패륜아니 대역죄인이니 하는 오명을 뒤집어쓴 것도, 상황이 이런데도 바보처럼 넋이 나간 무헌대군도. 그리고 동무인 주제에 그런 그를 보며 아무것도 못 하는 자기 자신도.

분함이 가슴을 뭉개듯이 짓눌러 왔다.

"기다려 드리자."

혜안군은 자기 일처럼 힘들어하는 수호의 어깨를 두어 번 두드려준 뒤 말을 이었다.

"어렸을 때부터 힘들어도 내색 한번 안 하시던 분이다. 그런데 저런 모습을 보이실 정도면, 얼마나 상심하셨다는 뜻이겠느냐. 강한 분이니 곧 일어나시겠지. 조금만 더 기다려보자."

"이틀 남았습니다. 이틀 후에는 의광군, 아니 의광대군이 이대로 즉위하게 될 겁니다. 그리고 무헌대군께서는 그저 의금부에 갇혀 불에 타 죽은 패륜아로 남을 거고요. 그렇게 또 모든 걸 빼겨버리실 텐데…… 시간이 없는데……."

무헌대군이 있는 방을 한참이나 바라보던 수호는 고개를 돌려버렸다. 그 얼굴에 비친 안타까움이 혜안군까지 가슴 아프게 했다.

"상황을 좀 보고 오마. 그때까지 대군을 잘 살펴드리거라."

***

손등이 차가워 올려다보니 물방울이 떨어지고 있었다. 지붕에서 빗물이 새는 모양이었지만, 우는 피할 생각도 하지 않았다. 무표정하게 기대앉은 그의 가슴과 배 위로 길쭉한 무명천이 둘둘 감겨 있었다.

"대군, 수호입니다. 들어가겠습니다."

문을 열고 잠시 우의 눈치를 살피던 수호가 소반을 들고 들어왔다. 방 안 가득 고소한 냄새가 퍼졌다.

"장 의원님께서 기력을 회복하려면 약재도 좋지만, 음식도 잘 드셔야 한다고 했습니다."

국상 중인 데다가 사람들 눈도 피해야 하는 탓에 음식을 구하기가 여간 힘든 게 아니었다. 그래도 수호는 하인을 시켜 집에서 몰래 훔쳐 오다시피 한 하얀 쌀밥을 우의 앞으로 슬쩍 밀었다.

"따뜻할 때 드세요. 반찬이 두어 가지밖에 없어 송구하지만 맛은 있을 겁니다."

아무리 음식 냄새를 풍겨도, 애써 권해 봐도 우는 여전히 미동도 하지 않았다.

"한 수저라도 좋으니 좀 뜨시란 말입니다."

참다못한 수호가 숟가락을 우의 손에 쥐여 주었지만 소용없었다. 애꿎은 숟가락만 툭, 맥없이 떨어졌다.

"정말 죽기라도 하려고 이러시는 겁니까?"

기어이 수호가 원망을 터뜨렸다.

그제야 우의 밤색 운동자가 천천히 움직였다. 아직 김이 올라오는 쌀밥을 지그시 내려다보던 그의 시선이 이내 수호에게로 향했다.

"내가 먹지 않아야 함을 모르느냐."

다친 탓인지 기운이 없는 탓인지, 평소보다 낮아진 우의 목소리가 갈라지며 흘러나왔다. 그래도 오랜만에 듣는 음성인지라 몹시 반가워 웃으려다 말고, 수호는 입술부터 삐죽였다.

"그런 걸 저어하시느라 이제껏 멍하니 계셨던 겁니까?"

국상의 절차인 역복불식. 원래대로라면 우는 이 나라 대군으로서 소복으로 갈아입고 사흘간 금식해야 했지만, 지금은 부상자였다. 원기 회복을 위해 음식 몇 점 먹는 건 괜찮지 않나 싶었다. 이 허름한 초가집에서는 뭐라 할 사람도 없었다.

"하여간 대군께서는 평소에도 그렇지만 너무 말씀을 안 하셔서 탈입니다. 제발 부탁이니 언질을 좀 주십시오. 전 또 영 바보가 되신 건 아닌가 해서 어찌나 심장을 졸였는지."

수호가 늘어놓는 볼멘소리를 듣고 우가 작게 웃었다.

"혜안군 숙부께 혼이 나고도 그 소리구나."

하지만 그 웃음이 이상하게도 메말라 보여 수호의 눈가가 슬쩍 가늘어졌다.

"……들으셨습니까?"

"들으라고 일부러 크게 얘기하지 않았더냐."

"그럼 벌떡 일어서서 야단을 치셔야지, 어째서 여태 이러고 계십니까?"

걱정 때문에 저절로 탓하는 말투가 나오자, 우의 얼굴에서 메마른 웃음이 사라졌다. 이내 돌아온 침착한 표정.

그런데 무언가 이상했다. 우가 평소 성격대로 고요한 분위기를 풍기고 있는 것이 분명한데, 수호는 이상하게도 자꾸 불안감을 떨칠 수가 없었다.

"대군, 괜찮으신 겁니까?"

마치 무언가를 초월한 사람 같은 느낌. 아니, 무언가를 포기한 사람 같기도 한 느낌.

"수호야."

나직한 부름조차 불안해진 수호는 몸을 흠칫 떨었다.

"……예."

"한 번쯤."

우는 잠시 뒷말을 삼켰다가 힘겹게, 아주 힘겹게 말을 이었다.

"한 번쯤은 말이다. 내 어깨에 얹어진 이 짐을 내려놓고 싶었다."

"대군."

"그 대군이라는 자리도, 왕위 계승도 그리고 내 하나뿐인 누이 청해 공주도. 단 한 번이라도 좋으니 전부 내려놓고 내가 원하는 걸 하고 싶었다."

한숨과도 같은 우의 말에 수호는 고개를 떨굴 수밖에 없었다.

참고, 견디고, 하나밖에 없는 누이를 지키기 위해 희생해 온…… 그가 짊어진 삶의 무게가 악독하리만치 무겁게 느껴졌기 때문이었다.

"수호 너에게는 면목이 없다."

"무슨 그런 말씀을 하십니까."

"사흘간 아무리 생각하고 또 생각해도 방법이 떠오르지가 않아서 이러는 것이다."

"예?"

"그러니 나를 용서하지 말거라."

우가 무슨 말을 하는 건지 알아들을 수 없어 머뭇거리는 사이, 별안간 목 뒤쪽으로 둔탁한 충격이 덮쳐왔다. 공격을 가한 우가 자리에서 일어나는 모습을 끝으로, 수호는 저절로 감기는 눈꺼풀을 이겨내지 못하고 바닥으로 쓰러졌다.

4화
살아나지 않을 것이다

방에 들어온 월영이 한숨을 내뱉었다. 영영 굳어버린 사람처럼 작게 웅크리고 있는 서하 앞에 갈기갈기 찢어진 무명천과 약재가 어지럽게 널브러져 있었다. 벌써 사흘째였다.

"그게 마지막 약재였습니다. 약방에서 다시 받아올 테니, 이번엔 제발 상처 좀 헤집어 놓지 마세요. 그러다 진짜 큰일 나십니다."

월영이 나무랐지만, 서하는 여전히 꼼짝도 하지 않았다. 결국 포기하고 돌아나간 발소리가 점점 멀어지다 곧 사라지고, 떠다니던 먼지 하나가 손등 위로 가라앉자…… 또다시 숨 막히는 적막이 못된 홍역처럼 스며들었다.

투둑, 투둑.

어느새 빗줄기가 바닥을 때리고 있었다. 처음에는 야트막하게 시작된 소리가 차츰 굵기를 더해갈 무렵, 서하는 자리에서 일어났다. 아무것도 먹지 않은 탓에 조금 떨리는 손이 문을 열고, 신도 신지 않은 다리가 젖은 흙바닥을 더디게 밟았다. 그렇게 치마저고리가 추적추적 내리는 비에 흠뻑 젖었을 즈음, 현판조차 걸려있지 않은 초라한 금유당을 등지는 발걸음이 서서히 빨라졌다.

십 년 만에 처음이었다. 궐 밖으로 도망가려 하는 것은.

어렸을 땐 아무것도 몰라 도망갈 생각조차 하지 못했다. 눈앞에서 피투성이가 된 채 죽어간 어머니의 모습이 그리고 어머니를 그렇게 만든 임금이라는 사람이 너무 무서워 그저 하라는 대로 하며 살아왔다.

그런 스스로의 무기력함에 지쳐갈 때, 그를 다시 만나게 되었다. 한없이 따뜻하게 나를 바라보던 밤색 눈동자.

그래서 또 나갈 생각을 하지 않았다. 같은 궐 안에 있다면, 갇혀 지내는 삶도 행복하다 여길 수 있었으니까.

「내가 밖으로 데려다주마. 반드시 데려다줄 것이다.」

그 말을 믿었다. 그 진심을 기다려왔다. 하지만 이제 그 진심을 지켜줄 이가 사라지고 말았다.

해서 나가야만 했다. 반드시 눈으로 확인을 해야 했다.

……무사한 모습을.

나뭇가지가 밟혀 발바닥의 살이 찢기고, 자그마한 돌멩이가 그 속으로 와 박혀도 서하는 멈추지 않았다. 그저 대궐의 끝, 그곳을 향해 미친 듯이 내달릴 뿐이었다.

사람들의 눈을 피해 얼마나 달렸을까.

단 몇 발자국 앞에 수문장이 지키고 선 궐문이 보였다. 드디어 나갈 수 있었다.

"멈추어라!"

갑작스럽게 누군가 앞을 가로막으며 나타나자, 서하는 급하게 멈추려다 그대로 넘어지고 말았다.

"누구냐. 어느 전각 나인이기에 그렇게 허겁지겁 궐문으로 뛰어가는 것이야!"

다그치는 소리에 고개를 들자, 한 나이 든 상궁이 엄한 표정으로 서 있었다. 당황한 서하는 아무런 대답도 못 한 채 시선을 돌렸다.

뒤로 두 명의 나인들이 더 보였다. 그중 하나의 얼굴이 지나치게 익숙하다고 생각하는 순간.

서하는 번개에 얻어맞기라도 한 것처럼 정신이 번쩍 돌아오는 것을 느꼈다. 하지만 이미 나인의 손은 치마 속 검으로 향하고 있었다.

"도망가…… 도망가요! 어서!"

서하의 비명 같은 외침이 채 닿기도 전, 바닥으로 떨어진 검 끝에서 핏방울이 뚝뚝 흘러내렸다. 사방으로 튄 피가 빗속으로 퍼져가고, 사선으로 등을 베인 두 구의 시신이 그대로 고꾸라졌다.

충격으로 머리가 멍해질 틈도 없었다. 멀지 않은 곳에서 수문장들이 달려오고 있었다.

"아, 안 돼…… 오면 안 돼, 오면 안 돼!"

필사적으로 손을 휘저었지만 소용없었다. 수문장들이 멈추지 않자, 서하는 미친 듯이 기어가 나인을 붙잡으려 했다.

"월영 항아님! 안 돼요, 하지 마세요. 제발 하지 마세요!"

월영의 치맛자락이 손가락 사이로 빠져나가고, '스윽' 하고 거침없이 살갗을 베어 올리는 소리가 귀가 아닌 심장 한구석을 찌르며 들려왔다. 서하는 자신이 베이기라도 한 것처럼 헉, 아픈 숨을 뱉으며 가슴을 움켜쥐었다.

이내 쓰러진 시체 사이를 뚫고 젖은 치맛자락이 다가와 섰다. 넋이 나가 있던 서하의 초점이 천천히 치맛자락의 주인을 좇았다.

"못 나가십니다."

월영이 지독히도 차분하게 내려다보고 있었다. 순식간에 이 많은 사람을 죽여 놓고 표정 변화 하나 없는, 목소리 한 번 떨리지 않는 뼛속까지 살수인 그를 마주하자…… 서하는 피가 모조리 얼어붙는 것 같았다.

"궐 밖은 안 됩니다."

'내 편'이라 생각한 적은 없었다. 금유당 지킴이라고 해서 자신을 보호해주는 사람이라고 생각한 적도 없었다. 그래도 십 년을 한결같이, 부족함 없이 지낼 수 있도록 도와주던 사람이기에 잠시 잊고 있었다.

이 소름 끼치는 잔인함을.

화를 내거나 웃는 모습은 본 적이 없었다. 하지만 어딘가 다치기라도 하는 날엔 누구보다 먼저 달려와 치료해주고, 필요한 게 생기면 글로 적기도 전에 눈치를 채주었다.

궁녀 월영은 그런 사람이었다. 가까이 있지만 먼. 누구를 위해, 무엇을 위해 사는지 알 수 없는 적도 아니고, 편도 아닌 사람.

단 한 가지 확실한 건…….

"한 번만."

나를 금유당에 옭아매려는 사람 중 하나라는 것.

"이번 한 번만."

서하는 머리를 조아렸다. 십 년이나 함께 지낸 정이 조금이라도 통하기를 바라며 두 손으로 간절히 빌었다.

"이렇게 빌 테니 한 번만, 부디 한 번만 나가게 해주세요."

"아가씨."

"돌아올 겁니다. 꼭 돌아올 겁니다. 그분, 그분이 무사한 것만 확인하고 오면 죽을 때까지 금유당에 있을 겁니다. 그러니 제발…….”

떨리는 목소리가 흩어져갔다. 닳아 없어지도록 빌고 또 비는 손을 움직이지 못하게 꽉 붙잡히고서야, 서하는 빗물로 뒤섞여버린 얼굴을 들었다.

한쪽 무릎을 굽히고 앉은 월영의 입이 올가미처럼 움직였다.

“전 아가씨께서 부탁하신 일을 다 마쳤습니다. 서찰도 전했고, 일이 터지자마자 무헌대군을 대신할 시신도 구해 옮겨놓았습니다. 그자가 살아서 궐 밖으로 나갔다는 사실도 발설하지 않았습니다. 물론, 전하께서 알게 되신 건 유감이지만요.”

〔‘월영 항아님, 부탁입니다. 하루만, 딱 하루만 나갔다 올 수 있게 해주십시오.’〕

〔지금 궐을 나갔다 오겠다고 적으신 겁니까? 뜬금없이 왜요, 무슨 일 때문에요?〕

〔‘부탁입니다. 반드시 돌아오겠습니다.’〕

〔이유를 말씀하지 않는 것을 보니 무헌대군의 일이군요. 한 번도 이런 적이 없던 아가씨께서 금유당을 나가겠다는 부탁을 할 정도면 상당히 위험해지는 모양일 테고요. 맞습니까?〕

〔‘저 또한 항아님이 원하시는 것을 해드리겠습니다.’〕

〔……제가 무엇을 원할 줄 알고요.〕

〔‘할 수 있는 일이라면 기꺼이 할 것입니다.’〕

〔안 됩니다. 다만, 제가 아가씨 일을 대신해도 괜찮다면 그건 하겠습니다. 무엇이 되었든, 아가씨보다는 제가 움직이는 편이 훨씬 안전할 테니까요. 원하는 것을 해주신다는 약조도 지킨다는 조건으로요.〕

이리될 줄 알면서도 할 수밖에 없었던 약조.

“또한 아가씨께서 벙어리가 아니었다는 사실을 방금 막 알게 되어 적잖이 충격을 받았지만, 이것 또한 발설하지 아니할 것입니다. 그러니 아가씨도 약조를 지키십시오.”

죽도록 싫었지만 할 수밖에 없었던 그 약조를 잊은 것은 아니었다.

무현대군을 잊고 오로지 용의 아이로서만 살아가는 것.

〔이것만 약조해주신다면, 제가 할 수 없는 일이라 하더라도 무슨 수를 써서든 해드리겠습니다.〕

“서하 아가씨. 아가씨께서는 절대 궐에서 나가실 수 없습니다.”

비수처럼 찔러오는 월영의 마지막 한마디가 너무나 서글퍼 서하는 숨을 뱉지도, 그렇다고 내쉬지도 못했다.

“당장 금유당으로 돌아가십시오. 곧 사람들이 몰려올 테고, 그럼 전 아가씨를 본 모두를 죽일 것입니다. 열이 됐든, 스물이 됐든 다 죽일 것입니다.”

검을 고쳐 쥐며 일어선 월영의 서슬 퍼런 말과 함께 무언가가 툭 끊어진 듯 머릿속이 하얗게 변해 갔다.

감각이 온통 마비되고, 이상하게 의식이 희미해져…….

월영은 쓰러지는 서하를 재빨리 받쳐 안으며 차마 할 수 없었던 말을 나직이 뱉었다.

“아니면 아가씨가 죽을 테니까요.”

가슴앓이하느라 말라버린 서하의 몸이 너무나 가볍게 품에 들어왔다.

"모두를 죽이는 한이 있더라도, 아가씨를 죽게 하진 않을 겁니다."

***

비는 싫었다. 안 그래도 숨어 있어야 하는 서하가 처소에서 나오지도 못하게 될 테니까.

문득, 비가 싫지 않으냐는 물음에 대한 서하의 답신이 떠올랐다.

〔비는 좋아하지 않지만, 비가 오기 직전에 부는 조금 거센 바람 냄새는 좋아합니다. 꼭 어딘가로 데려가 줄 것만 같아서요.〕

알 수 있었다. 그 '어딘가'가 어디인지.

궐이 아닌 곳. 그런 곳이라면 어디든 괜찮다는 것을…… 묻지 않아도 알 수 있었다.

〔내가 밖으로 데려다주마. 반드시 데려다줄 것이다.〕

점점 굵어지는 빗방울이 가슴에 감긴 무명천 아래의 상처까지 적셔왔다. 쓰라렸다. 그래도 우는 멈추지 않았다. 그저 앞으로, 익숙한 곳을 향해 곧장 걸었다.

약조를 지켜야 했다.

"도련님! 도련님!"

아무래도 부상 때문에 힘이 좀 약했던 모양이었다. 벌써 깨어났는지 멀찍이서 수호의 목소리가 들렸다. 혹시라도 들킬까 염려하여 차마 대군이라 부르지도 못하고 다급하게 도련님이라 외치고 있었지만, 우는 돌아보지 않았다.

이제 조금이었다. 조금만 더 가면 드디어 궐이었다.

비 때문에 부옇게 변한 시야 너머로 막 궐문이 보이려는 순간.

"가면 안 됩니다."

눈앞으로 누군가가 끼어들었다. 시야에서 순식간에 궐이 사라지고 말았다.

날이 선 우의 눈동자가 혜안군에게로 향했다.

"비켜주십시오, 숙부님."

"안 됩니다. 아직 때가 아닙니다."

"가야 합니다."

"돌아가세요. 지금 궐에 가시면 정말로 죽습니다."

단호하게 막는데도 우가 계속 궐문으로 가려 하자, 혜안군은 그의 양 팔을 붙잡았다.

"이대로 대역죄인이라는 불명예를 뒤집어쓴 채 죽겠다는 겁니까?"

"상관없습니다."

"정신 차리세요! 대군 하나의 목숨만 달린 게 아닙니다. 대군을 따르던 신료들은 물론이고 동무로서 아끼시는 수호까지 위험해집니다. 무엇보다 궐 안에 계신 청해공주의 목숨도 빼앗길 수 있습니다. 그새 잊으셨습니까?"

터질 것처럼 주먹 쥔 우의 손이 부들부들 떨렸다.

"……잊었습니다. 잊을 겁니다."

"바보 같은 소리! 승하하신 효선왕후를 어찌 보시려고 이러십니까!"

"빌 것입니다. 어마마마를 뵈면 손이 닳게 빌 것입니다. 그러니 지금은 비켜주십시오."

우는 기어이 혜안군을 뿌리쳤다. 다시 대궐로 향하려는 그의 앞을 이번엔 수호가 가로막았다. 품에 지니고 있던 검을 제 목에 겨눈 채로.

"이대로 궐에 돌아가시겠다면, 전 죽을 것입니다."

결코 농담이 아니라는 것을 그의 비장한 모습에서 느낄 수 있었다.

"어차피 의금부에서 대군을 빼내던 순간부터 죽음을 각오했습니다. 그러니 꼭 지금 가셔야겠거든 제가 죽는 것을 보고 가십시오."

조금이라도 움직였다간 정말로 목숨을 끊을 기세여서, 우는 입꼬리를 올렸다.

"하, 하하."

웃음이 나왔다. 동무가 죽겠다며 버티고 선 모습을 보면서도, 퍼붓는 빗속에서 미친놈처럼 자꾸만 웃음이 나왔다.

"너무 많다."

겨우 몇 걸음만 걸으면 되었다. 궐문만 넘으면 보러 갈 수가 있었다.

나를 죽여 달라 서찰을 쓴 여인. 그래놓고 나를 살리려 제 손을 찌른 여인.

그 여인을 어디든 궐이 아닌 곳으로 데려다줄 수 있을 줄 알았다. 하지만 그러기에는 대군이라는 신분마저 빼앗긴 지금, 할 수 있는 것이 아무것도 없었다.

"나에게 달린 목숨이…… 너무 많지 않으냐."

자신의 무능력함이 숨 막히게 버거워, 서글픈 밤색 눈동자가 궐 쪽으로 향했다. 비 때문인지, 자신을 가로막고 있는 혜안군과 수호 때문인지 더 이상 아무것도 보이지 않았다. 볼 수가 없었다.

그래서 우는 결국 돌아서고 말았다.

“가지 않을 것이다.”

혜안군이 안도의 한숨을 내뱉고, 수호가 서서히 목에서 검을 떨어뜨리는 순간.

“살아나지 않을 것이다. 이대로 죽은 사람이 되어 영원히 사라질 것이다.”

두 사람은 빗속으로 멀어지는 우의 뒷모습을 하염없이 바라보기만 했다.

5화
십 년 후

"전하, 공주 자가께서 뵙기를 청하시옵니다."

"담이가? 이 늦은 시각에?"

매우 의외여서 눈만 깜빡이던 명이 이내 다급하게 말했다.

"어서, 어서 들라 하라."

"하오나 중전마마께서 기다리고 계신다는 전갈을 보내셨……."

"중궁전에 사람을 보내 오늘은 가지 못한다 전하고, 어서 담이를 들라 하거라. 염 상궁은 다과도 준비하고."

허둥대면서도 아이같이 좋아하는 명의 모습에 '예' 하고 대답한 염 상궁은 두 다리를 재촉했다.

"아, 그리고 상선은 행각에 다녀와야겠다. 가져오면 곁방에 놓아두도록."

"예, 전하."

상선이 물러가고 공주가 안으로 들어왔다. 하얀색 당의와 분홍색 치마를 입고 기품있게도 걸어오는 담을 보며, 명의 입가에 함박웃음이 걸렸다.

"잘 왔다, 담아. 잘 왔어."

한껏 들뜬 명이 자리에서까지 일어나려 하자, 담이 서둘러 만류했다.

"전하, 우선 제 절부터 받아주세요."

"절이라니?"

"감사 인사를 드리러 온 것입니다."

양손을 이마에 올린 담은 조금 어리둥절한 표정의 명 앞에서 다소곳하게 절을 올렸다.

"보내주신 옷 감사히 잘 받았습니다."

명은 결국 자리에서 일어나 담에게 향했다.

"누이에게 겨우 옷 한 벌 지어주고 인사를 받을 만큼 난 잘난 오라비가 아니다. 그러니 그런 인사는 접어두고 어서 앉거라."

"대비마마께서 오늘 하루 특별히 전하를 알현할 수 있도록 허락해 주셨습니다. 대신 사람 눈에 띄지 말라 하시어 부득이 이렇게 늦은 시각에……."

"괜찮다. 뭐든 괜찮아."

서둘러 누이를 앉게 한 명은 보료가 있는 곳으로 돌아가지 않고 그냥 담의 앞에 털썩 주저앉았다. 당황한 담이 뭐라고 하기도 전에 그는 말을 늘어놓았다.

"다행이다. 옷이 잘 어울려서. 붉고 화려한 색으로 지어주고 싶었는데 네가 하도 싫다 하여 염 상궁에게 당부하고 또 당부해 지어 보내라 한 것이다. 그래도 아주 예쁘구나. 네게 딱 맞아."

"죄인이 어찌 붉고 화려한 옷을 입을 수 있겠습니까. 당치 않은 말씀입니다."

'죄인'이란 소리에 명의 얼굴이 금세 어두워졌다. 무헌대군의 선왕 시해 사건 후, 누이인 청해공주에게도 죄를 물어야 한다는 목소리가 높아졌다. 그리고 그 뒤에는 대비의 적극적인 동의가 있었음을, 명도 모르지 않았다.

하지만 그는 어떻게 해서든 공주를 지켜주고 싶었다. 우애가 남다르게 깊었던 무헌대군이 죽어 슬픔이 채 가시지도 않은 어린 공주를 또다시 슬픔의 구렁텅이로 밀어 넣고 싶지 않았으니까.

마음은 굴뚝 같았음에도, 막 보위에 오른 그에게 대신들의 거친 공세를 막을 힘은 없었다. '청해는 내 누이이기도 하다'며 겨우겨우 서인으로 강등되는 것만은 막았지만, 공주는 결국 창경궁의 작은 전각으로 쫓겨나다시피 옮겨졌다.

그렇게 갇혀 산 지가 벌써 십 년째였다. 그 사이 스물둘의 어여쁜 여인이 된 누이를, 명은 미안함이 그득한 눈으로 바라보았다.

"못난 나를 용서하거라. 오랜 세월 너를 그 외로운 곳에 혼자 두다니. 면목이 없구나."

담은 고개를 저었다.

"그런 말씀 마세요. 제가 서인으로 강등되는 것을 막기 위해 애써 주셨다는 것을 잘 압니다. 감사하게 생각합니다."

"조금만 더 기다리거라. 내 무슨 수를 써서라도 너를 다시 창덕궁으로 데려올 것이다. 그래서 붉은 빛깔 화려한 치마저고리도 마음대로 입고 다닐 수 있게 만들어 줄 것이고, 번듯한 신랑감을 구해 세상이 떠들썩하게 혼례도 치러줄 것이다. 또……."

생각나는 대로 두서없이 이야기하는 명을 가만히 보기를 한참, 담이 피식 웃었다.

명은 말을 잇지 못했다.

처음이었다. 감사 인사를 하러 왔다며 절을 하면서도 내내 특유의 무표정인지라, 옷이 마음에 든 것인지 어떤 것인지도 알 수 없었더랬다. 눈만 닮은 것이 아니라 평소 표정에 감정을 담지 않는 것까지 무헌대군을 쏙 닮은 누이였는데.

그런 누이의 미소를 생전 처음 본 명은 바보처럼 말을 더듬고 말았다.

"지, 지금…… 웃었느냐?"

언제 그랬냐는 듯 순식간에 담의 얼굴에서 미소가 사라졌다.

"송구합니다, 전하."

"아니다. 송구할 일이 뭐냐. 내 누이가 좋아서 웃는다는데. 웃어주어 고맙다. 날 미워하지 않아 주어서 고맙다."

화를 내기는 커녕 기뻐하는 명을 보고, 잠시 뜸을 들이던 담은 어렵게 입을 열었다.

"전하. 감히 죄인인 제가 청이 하나……."

"넌 죄인이 아니다. 아직 십 년 전 일을 잊지 못하는 이들 때문에 고생시키고 있지만, 내 반드시 널 구해줄 것이다. 그러니 앞으로 네가 죄인이라는 생각은 하지 말거라."

"……청이 하나 있습니다."

"무엇이냐. 내 할 수 있는 일은 뭐든 들어주마."

"약수 행궁에 다녀오고 싶습니다."

"약수?"

"예. 죄인…… 창경궁에 있어야 한다는 것은 잘 알지만, 내의녀의 말에 의하면."

순간 명이 질겁을 했다.

"내의녀라니! 어디가 아픈 것이야?"

"피부병이 좀 있다 하였습니다. 약수가 치료에 좋을 거라고도 했고요. 해서 무리한 부탁이란 걸 알면서도 혹여나……."

"아니다. 전혀 무리한 부탁이 아니다. 네가 아프다는데 당연히 가야지. 아니, 무슨 일이 있어도 가게 해줄 것이다."

"성은이 망극합니다."

"아무 걱정 말고 처소로 돌아가 쉬고 있거라."

"예, 전하."

자리에서 일어나 문밖으로 나가기 전, 담은 잠시 걸음을 멈추었다.

"전하."

"왜, 더 부탁할 것이 있느냐?"

"아니, 그런 것이 아니라…… 혹 아직도 마음을 쓰고 계십니까?"

"무엇을 말이냐."

"제가 전하께 오라버니라고 불러드리지 않았던 것을요."

명은 아무런 대답도 하지 않았다. 이제껏 담에게 있어 자신은 '의광군' 아니면 '의광대군'이었다. 절대로 무헌대군에게 하는 것처럼 '오라버니'라고는 불리지 못했었다.

마음 쓰이지 않았다면 거짓말이었다.

"섭섭하셨다면 송구합니다. 하지만 한 번도 전하께서 제 오라버니가 아니라고 치부한 적은 없었습니다. 그저, 전하를 오라버니라고 부르기 싫게 만드는 사람들이 미웠을 뿐입니다."

갑작스러운 말에 명은 멀뚱히 누이의 뒷모습을 바라보았다.

"그러니 제게…… 더 이상 진짜 오라버니가 되려고 애쓰지 않으셔도 됩니다, 오라버니."

***

상궁 나인들은 전부 물리고 밖에 상선 하나만 세워둔 채 주안상의 술잔을 들었다 놨다 반복하기를 수차례. 고개를 갸웃한 명은 혼잣말을 하듯 중얼거렸다.

"담이가 어떤 아이인지 아느냐?"

곁방에 있다 들어오던 서하는 아무런 대꾸도 하지 않았다. 그저 취기 서린 그의 목소리를 들으며 준비된 작은 서탁 앞에 앉기만 했다. 가지런히 올려진 붓과 종이 그리고 한옆에는 먹음직스러운 유과가 가득 담겨 있었다.

"내가 열다섯, 그 애가 여덟 살 때였다. 난 오래 전 중전의 자리에 오르신 어머니 덕에 이미 대군이 된 지 여러해가 지났지만, 감히 공주에게 '담아' 하고 부르지 못하고 의광군이었던 시절처럼 '공주 아기씨' 하고 불렀었지."

이미 가득 찬 술잔에 또다시 쪼르르 술 따르는 소리가 들렸다. 잔의 가장자리를 타고 흐르는 술이 매화 향을 가득 풍겼다.

"어느 날 나인 서넛이 나에 대해 쑥덕거리는 것을 몰래 듣게 되었다. 대군이 되더니 기세가 등등해져서 고개를 쳐들고 다닌다나. 서럽더구나. 앞으로는 고개를 좀 숙이고 다녀야겠다 싶었는데, 갑자기 붉은색 치마를 입은 여자아이가 옆을 슥 스쳐 지나가지 뭐냐. 깜짝 놀라서 보니, 담이였다."

용포가 젖는 것을 아는지 모르는지, 명은 술병이 바닥날 때까지 따른 뒤에야 말을 이었다.

"빠른 걸음도 아니었다. 언제나처럼 덤덤히, 품위 있게 그 나인 계집들에게 다가간 담이가 그러더구나."

명은 서하를 향해 잔을 마주치는 사람처럼 술잔을 들어 올렸다.

"죽고 싶으냐."

찰랑거리는 술잔을 입안에 털어 넣고 그는 한참을 '하하하' 하고 웃었다.

"그런 아이다. 겨우 여덟 살인데도 어지간한 대장부보다 매섭고 담력이 셌던 아이란 말이다."

서하도 청해공주에 대해서는 익히 알고 있었다. 다른 사람도 아닌 무헌대군이 애지중지 아끼고 살폈던 누이인데, 모를 리 없었다.

"누가 한 배에서 태어난 남매라는 걸 모를까 봐 무헌대군과 성격이 어찌나 똑같은지……."

신이 나서 말을 하던 명이 갑자기 입을 꾹 다물고는 슬쩍 눈치를 살폈다. 하지만 서하는 처음과 다름없이 아무렇지도 않은 표정으로, 아무것도 없는 빈 껍데기처럼 그렇게 앉아만 있을 뿐이었다.

비틀비틀 몸을 일으킨 명은 서하가 앉아 있는 서탁으로 향했다.

"그런 대쪽 같은 아이가 조금 전 나에게 청이 있다며 찾아왔다. 너도 다 듣고 있었을 테지. 뭔가 이상해서 말이다. 십 년 동안 창경궁에서 한 번도 나와본 적 없는 담이가 갑자기 찾아와 행궁을 보내 달라니. 그것도 사근사근 '전하'라고 부르지를 않나, 성은이 망극하다고 하질 않나."

점점 가까워진 매화주 향이 마침내 서탁의 맞은 편에서 풍겨왔다.

"몇 년 전만 해도 나를 죽일 듯이 노려보던 아이다. 내 가례가 있던 날, 연금을 풀어줬는데도 자기는 죄인이라며 여봐란듯이 창경궁에서 한 발짝도 나오지 않던 아이란 말이다. 그런 아이가 나를 오라버니라고 여기고 있다더구나. 아무리 생각해도 이상하지 않으냐?"

가늘게 치켜뜬 눈으로 빤히 응시해오던 명이 갑자기 손을 뻗자, 서하는 회피하듯 자리에서 일어나 재빨리 그의 등 뒤로 돌아가 앉았다.

명은 허무하게 웃으며 갈 곳 잃은 손을 허공에서 흔들어댔다.

"손을 잡는 것이 편하다고 그리 얘기했는데도 넌 늘 등을 짚는구나. 고집불통 같으니. 심장에 가까울수록 선견이 잘 된다는 핑계에 속아 허하는 것이 아니었거늘."

그의 말을 듣는 둥 마는 둥, 서하는 명의 등에 손을 올린 뒤 가만히 눈을 감았다. 대부분 일상적인 모습들이 손을 통해 머릿속으로 스며들 듯 들어왔다. 정무를 본다거나, 밥을 먹는다거나, 대비전에 문후를 든다거나.

그런데 딱 한 가지.

「공주가 물에 빠졌다니! 어쩌다가!」

상궁 나인들을 향해 소리치는 명의 목소리가 머리를 꿰뚫는 것처럼 커다랗게 들려왔다.

또……. 이걸로 벌써 몇 번째란 말인가.

등에서 손이 스르륵 떨어지는 느낌이 들자, 명이 물었다.

"뭔가 알아낸 것이 있느냐?"

서하는 서탁 앞으로 되돌아와 차분히 글을 적었다.

〔이상한 것은 없었습니다.〕

물 흐르듯 부드럽게 적힌 글씨를 물끄러미 내려다보던 명이 턱을 괴며 중얼거렸다.

"네가 말을 할 수 있다면 참 좋을 텐데."

일순 서하가 든 붓이 한참이나 종이에 머물며 길게 먹을 퍼뜨렸다.

십 년 전, 자신이 벙어리가 아니라는 사실을 알았는데도 월영은 아무것도 묻지 않았다. 그리고 약조대로 아무에게도 발설하지 않은 모양이었다.

다행이었다. 누구에게도 밝히고 싶지 않았다. 아니, 정말로 벙어리가 되고 싶었다.

다시 한번 입을 열면, 한없이 무헌대군만 찾아 댈 것 같았으니까.

"어쨌든 담이가 행궁에 가고 싶다니 원을 들어줘야지. 혼자 보낸다고 하면 대신들이 반대할 테니, 내가 직접 데리고 가야겠다."

명의 말이 끝남과 동시에 서하가 기다렸다는 듯 붓을 움직였다.

〔저도 따라가겠습니다.〕

"너도?"

〔알고 계시겠지만, 제가 볼 수 있는 전하의 앞날은 아주 가까운 시일 이내의 것들뿐입니다. 그러니 혹시라도 행궁에 가셨다가 예측하지 못한 일이 생길 수도 있지 않겠습니까.〕

빠르게 써 내려가는 글을 한 번, 서하를 한 번 번갈아 보던 명이 이내 고개를 끄덕였다.

"일리가 있구나. 한데 너를 데려갔다가 혹여 눈에 띄기라도 하면, 월영이 또 칼부림을 할 게 아니냐."

생각만으로도 싫다며 명이 진저리를 쳤다. 서하 역시 전염된 것처럼 흠칫 몸을 떨었지만, 마음을 다잡고 다시 글을 적었다.

〔문조대왕 때 기행나인으로 변장해 다녀온 적이 있었으니 이번에도 잘할 수 있습니다. 염려 마십시오.〕

가만히 턱을 매만지며 고민하던 명이 대답했다.

"그리하자."

몰래 안도의 한숨을 내쉰 서하가 '이만 돌아가겠습니다' 하는 글을 적어 내릴 때였다. 명이 얼른 팔을 뻗었다.

"벌써 가려고?"

손목을 붙잡힌 서하는 종이 위에서 붓을 떼고 명을 바라보았다. 뭔가 바라는 것이 있는 얼굴이었다.

"네가 유과를 좋아하는 것 같아 생과방에 일러 특별히 만들어오라 한 것이다. 한데 어찌 먹어보지도 않고 가느냐?"

서하는 눈을 잘게 깜빡였다

어떻게…….

무슨 생각을 하는지 알아챈 듯 명이 씩 웃어 보였다.

"다 먹거라. 깨끗하게 비우지 않으면 어찌 그런 걸 알고 있는지 알려주지도 않을 거고, 처소로 돌려보내지도 않을 것이다."

단호했다. 심술이 덕지덕지 붙은 장난으로 가장된 이 어이없는 상황에서 그는 쓸데없이 용상의 지위를 이용하고 있었다.

서하는 수북한 유과 더미를 멀거니 쳐다보다가 하마터면 '허' 하고 소리를 낼뻔했다. 아무리 좋아한다지만 이건 뭐, 둘이 나눠 먹어도 다 못 먹을 양이었다. 그런데 비우지 않으면 처소로 돌려보내지 않겠다니.

명이 기다리다 못해 그릇을 들이밀자, 서하는 하는 수 없이 유과를 집어 들었다. 안 그래도 골이 나 부어오른 불그스레한 볼이 유과를 집어넣자 조금 더 빵빵해졌다.

그게 만족스러웠던지 명은 의기양양하게 자리로 돌아갔다. 밖에 있는 상선에게 새로운 매화주를 가져오라 이른 그는 도착한 술병을 집어 들기 전, 조금 머뭇대다가 말했다.

"예전에…… 우가 유과를 유독 많이 찾았다고 들었다."

바쁘게 입 속으로 유과를 집어 넣던 서하의 손이 그제야 툭 멈추었다.

"내가 알기론 우는 유과를 좋아하지 않으니 너에게 가져가기 위함이 아니었을까, 생각했지."

명은 술잔에서 시선을 떼지 못한 채 말을 이었다.

"네가 좋아하고 기뻐하는 것을 해줄 것이다. 그러니 계속 이렇게 내 옆에만 있거라. 그거면 된다. 우는 잘 살고 있을 테니 너무 염려하지 말자꾸나."

울 거라고 생각했다. 우의 얘기에 눈물을 흘리는 서하를 차마 볼 자신이 없어서, 명은 하염없이 술잔만 바라보았다.

한참 만에야 가까스로 술잔을 비우고, 두 번째 술잔을 막 새로이 따라 마시려 할 때였다.

"유과도 원하면 언제든지 만들어 놓으라 할 터이니 말을 하……."

말을 마치기도 전에 갑자기 서하가 자리에서 벌떡 일어섰다

고개를 들자, 볼이 터지기 일보 직전인 서하의 얼굴이 보였다. 걱정했던 눈물 따윈 한 방울도 보이지 않았다.

"그, 그새 다 먹은 것이냐? 그 많은 것을?"

황당함을 이기지 못하고 명은 그만 목소리가 뒤집힐 뻔했다.

마지막 몇 개를 한 번에 입안으로 와락 털어 넣은 서하는 우물우물 씹기도 힘든 얼굴로 냅다 절을 올렸다. 그러고는 말릴 새도 없이 밖으로 나가버렸다.

***

금유당으로 돌아온 서하는 전각 안으로 들어가지 못하고 나무 한 그

루를 붙잡고 섰다. 어찌나 쌩하니 달려왔는지, 억지로 삼킨 유과가 다시 올라올 것만 같았다.

"후아!"

서하는 서둘러 구부정하게 구부렸던 허리를 펴고 하늘을 향해 숨을 크게 내뱉었다. 애써 뒤집히는 속을 달래고, 눈 끝에 대롱대롱 매달리려 하는 물방울을 간신히 참기 위해서였다.

"갑자기 왜 무헌대군 이야기는 꺼내 가지고."

사람을 괴롭게 하는지.

심술이 분명했다. 그렇지 않다면 거기서 굳이 우를 거론할 필요가 있었느냐는 말이었다.

얼마나 많이, 얼마나 힘겹게 참고 있는지 상상도 못 할 거면서. 애초에 유과 같은 걸 준비하지 않았으면 될 일을.

〔선택하거라.〕

기어이 우의 모습이 떠올라 버렸다. 유과를 한가득 가져오기에 입을 떡 벌리고 좋아했더니.

〔유과인지, 나인지.〕

농담 같은 말에 진심이 반 이상 들어있다는 것을, 사뭇 진지한 밤색 눈동자에서 알 수 있었다. 해서 대답 대신 그의 허리를 꼭 끌어안았었다.

〔입으로 먹여주고 싶어졌다.〕

장난으로 시작된 입맞춤이 길어지면서 어느새 장난기는 사라지고, 유과 따윈 맛이 어떤지도 모른 채 녹아버렸던 기억. 부드럽지만 뜨거운, 편안하지만 의식이 날아갈 정도의 설렘을 안겨주던 사람.

세상 오직 하나뿐인 이가 사무치도록 그리워 서하는 그저 웃고 말았다.

명의 말처럼 정말로 잘살고 있을지, 살아는 있는지, 그날 입은 상처들은 다 치료했는지, 자신이 찔렀던 가슴의 상처는 아물었는지.

궁금하고 또 궁금해도 영영 대답을 들을 수가 없어서, 서하는 엉망진창으로 비명을 질러대는 가슴을 업보처럼 견디려 애썼다.

연신 심호흡을 하며 간신히 서 있는데, 뒤에서 누군가 등을 살살 두드려주었다.

톡, 톡, 톡.

"괜찮으십니까?"

서하는 돌아보지도 않은 채 그 손길을 피했다. 뒤에서 멈칫하는 움직임이 느껴졌지만, 상관하지 않았다.

"물이라도 가져올 테니 기다……."

그리고 월영의 말이 끝나기도 전에 처소 안으로 휙, 발길을 돌렸다. 십 년 전, 자신을 막아서던 월영을 용서하기에는 죽어가던 사람들의 비명과 처절한 얼굴이 도저히 지워지지 않았기 때문이었다.

***

눈 같았다. 누워서 올려다보고 있노라니 꼭 한겨울에 쌓인 눈 같아서, 보면서도 신기해 얼굴에 웃음이 걸렸다.

흐드러지게 핀 백매화가 온통 널려있는 산 중턱 깊은 곳.

"보면 좋아했을 테지."

손바닥에 떨어진 꽃잎 한 장을 조심스레 쥐며, 우는 낮게 중얼거렸다. 해마다 이맘때쯤 산을 올라 눈꽃 같은 백매화를 지켜본 것이 벌써 십 년째였지만, 변함없이 아름다운 곳이었다.

그리고 그때마다 우가 하는 단 한마디도, 십 년째 변함이 없었다.

바람이 솔솔 불어와 머리카락을 간지럽히고, 백매화가 기분 좋은 그늘을 만들어 주자 저절로 눈이 스르륵 감길 때였다.

"헉, 헉!"

어디선가 거친 숨소리가 들려왔다. 묵직한 발걸음도 함께였다. 중얼거리는 건지 투덜거리는 건지 모를 음성도 간간이 들려오는 걸 보니 아마 글만 아는 선비가 힘겹게 산을 타나 보다 싶었다. 해서 눈을 감은 채로 잠자코 있으려는데, 어째 소리가 점점 커지더니 이내 바로 곁에서 멈추는 듯한 기분이 들었다.

곧 넘어갈 것처럼 숨을 몰아쉬는 이가 대체 누구인가 하고 우는 슬쩍 눈을 떴다. 십 년 전과 그다지 달라지지 않은, 하나밖에 없는 벗이 우뚝 서 있었다.

흐트러진 옷매무새, 삐뚤어진 갓, 벌게진 얼굴. 이곳까지 온 그의 여정이 순탄치 않았음을 여실히 보여주고 있었다.

"제가, 제가 얼마나 찾았…… 아십……."

다 흘러나오지 않았지만 무슨 말인지 충분히 알아들은 우가 상체를 일으켜 앉았다.

"그렇게 어렵게 찾았느냐?"

"장장 십 년을! 콜록, 콜록!"

빽, 화를 내다 말고 마른 사레가 들린 수호가 요란하게 기침을 해댔다. 호리병을 건네주자 물을 벌컥벌컥 들이켜더니, 잊어버리지도 않고 곧바로 또 우를 노려보았다. 어찌나 매서운지 헛웃음이 절로 나왔다.

"이곳 사람들이 가끔 째려보는 여인들을 보고 새뱅이 눈 같다고 하던데. 무슨 소리인가 했더니, 네가 딱 그 짝이구나."

"새뱅이…… 아니, 지금 십 년 만에 만난 벗한테 할 말이 새뱅이 눈밖에 없으십니까?"

그러게나 말이었다. 좀 심했나 싶어 우가 입을 꾹 다문 사이, 수호가 기다렸다는 듯 언성을 높였다.

"여태 이런 곳에 콕 처박혀서는 죽었는지 살았는지 서찰 한 통 없고! 십 년 만에 겨우 보낸 서찰이라고는 달랑, 청주에서 잘 지내고 있다 한 마디뿐인…… 하아!"

묵힌 감정을 단숨에 토로한 수호가 깊은 한숨과 함께 이마를 짚었다. 화가 단단히 났던지 목 언저리부터 시작해 귀까지 벌겋게 물들어가고 있었다. 그래도 소리를 힘껏 질렀으니 얼추 풀렸겠거니 생각했는데, 어림없었다.

십 년 어치의 화는 그렇게 만만한 것이 아니었다.

"청주 끝자락인지 가운데 자락인지라도 말씀을 해주셨어야죠! 제가 온 청주 바닥을 찾고, 뒤지고, 쑤시고! 하, 참나. 그랬더니 이런 산에서 팔자 좋게 신선놀음이나 하고 계셨을 줄은, 제가 진짜! 참으로! 꿈에도 몰랐습니다!"

그때까지도 가만히 듣고만 있던 우가 한마디 거들었다.

"찾아오라고 보낸 서찰이 아니니까."

조금 가라앉으려던 수호의 얼굴이 금세 다시 벌게지며 야차 같이 돌변했다. 당장이라도 냅다 쏟아내고 싶은 말이 있는 모양인데 용케 참는 걸 보니, 차마 이 나라 대군이었던 사람에게 할 말은 아닌가 보다 생각하며 우는 피식 웃었다.

"열 그만 내거라. 힘들게 고생시킨 벌로 원하는 것 한 가지 들어줄 테니. 그럼 됐느냐?"

자리를 털고 일어서며 달래주자, 수호의 얼굴이 단박에 평소처럼 잘난 사내로 되돌아왔다.

"정말이죠? 꼭 들어주셔야 합니다. 나중에 딴 말씀하시면 안 됩니다."

순수하게 벗이 보고 싶어 온 것만은 아닌 듯싶었다. 말을 꺼내기가 무섭게 철썩 들러붙는 것이, 다분히 다른 목적이 있어 보였다.

"알았다."

그래도 들어줘야지 어쩌겠나 싶어 대답해주었더니, 수호의 입이 금세 귀에 걸렸다. 표정이 하도 변화무쌍한 게 신기해서 우는 고개를 한 번 흔들고는 뒤돌아 걸었다. 하나밖에 없는 벗이 왔으니 융숭하게 대접은 못하더라도 술 한 잔은 나눠야 할 것 같아 시장에 가려는데, 따라오는 줄 알았던 수호가 불쑥 말을 꺼냈다.

"공주 자가께서 오신답니다."

우의 걸음이 단번에 우뚝 멈추고 말았다.

"전하께서 자가를 모시고 약수 행궁을 오신답니다."

이어지는 말에도 차마 움직이지 못했다. 돌아서지 못했다. 정말이냐 묻고 싶은 것을, 혹여 어디가 아프다더냐 하고 묻고 싶은 것을 애써 꾹 참았다.

그런 걸 물을 주제도 못 되는 못난 오라비였으니까.

"같이 보러 가자 조르려고 이리 달려온 것입니다."

핏대가 설 만큼 주먹을 꾹 쥐는 우의 뒷모습을, 아무 말도 못 하고 그저 삭이고만 선 그 슬픈 모습을 멀거니 바라보던 것도 잠시. 수호가 성큼성큼 걸어 우의 앞에 섰다.

“전 봐야겠습니다. 자가께서 어찌 지내시는지, 무탈하신지 두 눈으로 확인해야겠습니다. 그러니 저를 위해서라도 꼭 같이 가 주십시오.”

고마웠다. 우는 수호가 고맙고 또 고마워 말을 잇지 못했다. 은애하는 이를 보러 가고 싶으니 함께 가자 떼를 쓰는 벗에게 어찌 감사를 표해야 하는지 알 길조차 없었다.

“행차 때 잠시 보는 것이라면…….”

“행차 때가 아닙니다. 행궁 안으로 들어갈 것입니다.”

무헌대군의 얼굴에 처음으로 난색이 비쳤다.

“안으로 들어가다니. 지금 나보고 궁 안으로 들어가라는 말이냐?”

“방법은 벌써 제가 다 구해 놓았습니다. 그러니 저만 따라오십시오.”

자신감이 넘쳤다. 어디서 오는 자신감인지 알 수가 없어 우가 불안해하는 사이, 갑자기 뭔가가 떠올랐는지 수호가 질문을 해왔다.

“그런데 아까 새뱅이 눈이라고 하셨을 때 말입니다. 은근히 제 눈이 작다고 흉보신 겁니까?”

그 말이 하필 이제 와 마음에 걸릴 건 뭔지.

“제 눈이 어디가 작습니까? 이리 큰데요. 보십시오! 자요!”

눈이 빠지도록 커다랗게 뜨고 따라오는 수호를 뒤로 한 채, 우는 고개를 절레절레 저으며 걸음을 옮겼다.

6화

선택은 언제나 하나

금방이라도 칠흑으로 물들 듯한 어스름한 저녁, 말고삐를 쥐고 가던 서하의 손에 힘이 들어갔다.

「공주가 물에 빠졌다니! 어쩌다가!」

정말로 어쩌다 일어나는 것일까. 언제, 어디서, 어떻게 빠졌기에 명이 그토록 걱정을 하며 화를 낸 것일까.

이제까지 공주의 행적으로 봐선 분명 타의에 의해 물에 빠지는 건 아닐 터였다. 게다가 자진해서 행궁을 원했다는 것은, 이곳에서 일을 내겠다는 뜻일 테고.

명에게서 보았던 앞날을 떠올리다 답답해진 서하가 한숨을 푹 내쉬자, 얼굴을 가리고 있던 노란빛 너울이 살짝 흔들렸다.

분명 조만간 일어날 일이라 기행나인으로 변장까지 해서 따라오긴 했는데, 아는 것이라곤 명이 소리친 한마디뿐인지라 불안감이 좀처럼 가시질 않았다.

이럴 땐 오직 임금의 숙명을 지닌 자의 앞날만 보이는 이 능력이 몹시 거추장스러웠다. 이왕 가진 능력이라면 이 사람 저 사람의 앞날도 다 보이면 좋을 것을.

별수 없었다. 오늘부터 또 공주를 열심히 지켜보는 수밖에. 그나저나 이 근처에 빠질 만한 강이나 물이 어디에 있던가.

"항아님, 다 왔습니다. 내리시지요."

생각에 잠겨 있던 서하는 마부의 목소리에 그제야 긴 행렬이 멈추었다는 사실을 깨달았다. 서둘러 내리려는데, 마찬가지로 너울을 쓴 다른 기행나인 하나가 마부를 제치고 먼저 다가와 손을 내밀었다. 얼굴은 안 보이지만, 길게 쭉쭉 뻗은 씩씩한 손가락을 보니 분명 월영이었다.

서하는 못 본 척하며 스스로 말에서 폴짝 내려와 섰다. 그 바람에 쓰고 있던 너울이 흐트러져 붉은 입술과 하얀 목선이 드러나자, 다시 잽싸게 다가온 월영이 노란 명주천을 잘 여며주었다. 경고하듯 묵직한 한 마디를 던지는 것도 잊지 않았다.

"조심하셔야지요."

그 말이 '만에 하나라도 아가씨 얼굴을 본 자는 제 손에 죽습니다'라는 뜻임을 잘 아는 서하가 월영을 원망스럽게 쳐다볼 때였다. 행렬 뒤쪽에서 분주한 움직임이 느껴졌다.

여기서 잠시 기다리라는 말을 남긴 월영이 상황을 살피러 갔다. 별로 큰 움직임도 없이 단번에 인파를 헤치고 가서 모습을 감추더니, 고개를 몇 번 두리번거리기가 무색하게 눈앞으로 돌아왔다. 실로 금유당 지킴이 다운 민첩한 몸놀림이었다. 그동안 뭘 하든 금세 들킨 이유가 납득이 가는 순간이었다.

"공주 자가께서 피부병이 심해지신 듯합니다. 바로 약수탕을 이용할 것이니 필요 없는 궁인들은 전부 물러가라 하셨답니다."

월영에게 상황을 전해듣고 서하는 움찔하고 말았다. 근거는 없지만 강한 예감이 들었기 때문이었다.

지금 저지를 작정이구나.

"공주께서 편찮다 하시니 전하께선 심기 불편하시고, 그래서 다들 쩔쩔매는 모양입니다. 차라리 잘되었습니다. 이렇게 정신없는 틈에 우리도 빨리 사라지는 것이 좋겠……."

월영은 말을 하다 말고 멈추었다. 느닷없이 서하가 그의 손을 꼭 잡은 탓이었다.

"아가씨?"

너울에 가려 월영의 표정을 보지 못한 채, 마른침을 꿀떡 삼킨 서하가 급하게 입을 움직였다.

"물, 물이 마시고 싶습니다!"

몇 년 만인지 몰랐다, 월영에게 말을 건 것이. 원래라면 죽을 때까지 벙어리인 채 살려 했지만, 상황이 상황이니만큼 이런저런 것을 따질 여유가 없었다.

공주부터 구하고 봐야 했다.

"지금 제게…… 말씀을 하신 겁니까? 물이 드시고 싶다고요?"

평소 월영의 목소리와는 약간 다른 듯했다. 살짝 떨린 것도 같고, 착각이었겠지만 웃음기가 섞인 것도 같고.

어쨌든 잡은 손 너머로 힘이 잔뜩 들어간 것만은 확실하게 느껴져서 어지간히 놀랐나 보다 생각하며 고개를 끄덕이는데, 느닷없이 월영이 어깨를 꼭 감싸왔다.

"네. 얼른 떠다 드리겠습니다. 그 전에 아가씨도 지치셨을 테니 우선 처소부터 모셔다드릴게요."

'아니, 그럴 필요까지는 없습니다. 어서 물이나 뜨러 가시면 되는데요'라고 말할 새도 없이 월영이 걸음을 재촉했다.

"그러고 나면 약수를 떠 오겠습니다. 이곳 약수가 몸에 좋다 하니 원기 회복에 도움이 될 겁니다."

점점 공주의 처소와 멀어지자 애가 탄 서하는 끌려가듯 걸으며 입술을 깨물었다.

***

산으로 이어져 있는 작은 문을 통해 행궁 안으로 들어온 수호는 서둘러 주변을 살폈다. 다행히 경계가 느슨한 것을 확인하고는 뒤를 향해 어서 오라 손짓하다 말고, 갑자기 허벅지를 꽉 꼬집었다.

길이가 맞지 않아 발목이 고스란히 보이는 치맛자락을 펄럭이며 서 있는 우 때문에 결국 터져버린 웃음을 막기 위함이었다. 똑같이 나인으로 변장한 처지라지만, 육 척이 넘는 탄탄한 몸의 우에게 나인복은 정말이지 심히 안 어울렸다.

"그렇게 웃다 들켜도 내 책임 아니다."

눈빛만으로도 베어버릴 것처럼 쳐다보던 우가 성큼성큼 걸어 들어와 큰 돌덩이 위에 턱 하니 걸터앉자, 수호가 기겁을 했다.

"뭘 그리 당당하게 들어오십니까!"

"못 들어올 건 뭐냐."

"들키면 어쩌시려고…… 아니, 그 앉은 자세도 어떻게 좀 해보십시오. 혹시 몰라 나인으로 변장까지 하고선, 그게 뭡니까? 걷어붙인 치마는 내리시고 다리도 좀 이렇게, 요렇게 오므려서 조신하게…….”

“언제까지 까불래.”

놀리는 재미에 몸소 자세까지 취해 보이던 수호는 기어이 살벌한 경고를 받고서야 슬금슬금 웃고 있던 입가를 제자리로 돌려놓았다.

“들킬까 봐 그러죠, 들킬까 봐.”

“그렇게 조심하지 않아도 된다. 어차피 지키는 사람도 없을 테니까.”

“왜요?”

“여긴 왕실에서도 아는 사람이 거의 없거든.”

유사시에 대비하기 위해 만들어진 이 쪽문은 촘촘히 박힌 나무들 뒤에 숨겨진 비밀 장소였다. 평소에는 단단히 잠가 두고 사용하지 않으므로, 특별한 일이 없고서야 경계하는 이가 있을 리 만무했다.

수호는 ‘오호’라며 입을 동그랗게 오므렸다가 물었다.

“대군께서는 잘 알고 계시네요?”

“어마마마께서 가르쳐 주셨으니까.”

우는 어렸을 때 효선왕후가 알려줬던 이 문을 통해 수시로 밖을 구경하고 다녔던 것을 떠올렸다.

그러다 선왕에게 걸려 혼이 나기도 하고. 그러다 상선이 업고 가던…… 여자아이 하나를 보기도 하고.

“그럼 박 내관은 어찌 알고 있는 겁니까?”

생각에 잠겨 있던 우는 갑작스러운 인물의 등장에 한숨부터 지었다.

“역시 두천이한테서 알아낸 것이냐? 녀석 좀 그만 괴롭히거라.”

수호가 당당히 비밀의 문으로 안내하는 데다가 문이 열려있기까지 해서 혹시나 했더니. 궁 밖으로 나간 어린 우를 찾아 수십 번을 들락날락했던 장본인이 바로 박 내관이니, 그가 문에 대해 모를 리가 없었다.

"어쩔 수 없지 않습니까. 공주 자가에 대한 제 마음을 알고 도와줄 사람이 박 내관 나리밖엔 없는걸요. 이렇게 문도 열어두고, 나인복도 구해주고."

"안 그래도 내 밑에 있었다는 이유로 목숨이 간당간당한 녀석인데, 이런 짓까지 하다 들키면 목숨이 열 개여도 모자랄 것이다."

"십 년 전에 전하께서 상궁 내관들에겐 죄가 없다고 못을 박은 터라 무탈하게 잘 지내고 있으니, 우리만 들키지 않으면 걱정 없습니다. 그나저나 이 근방에서 만나기로 했는데…… 엇!"

갑자기 수호가 깜짝 놀라며 확 잡아당긴 탓에, 우는 바닥으로 끌려 내려왔다. 왜 그러냐 물어볼 새도 없이, 환한 불빛이 조금 전까지 우가 걸터앉아 있던 돌덩이를 스쳤다.

수호의 입꼬리가 치켜 올라갔다. 말로 하진 않았지만, '저 아니었으면 큰일 날 뻔하셨습니다' 하고 거들먹거리는 소리가 들리는 듯했다.

얼마 지나지 않아 주변에 수많은 발자국이 서성댔다. 나무 기둥 사이로 동태를 살피자, 궁녀들이며 내관들이며 할 것 없이 굉장히 다급하게 돌아다니고 있었다. 꼭 무슨 큰일이라도 벌어진 듯이.

이상했다. 평소라면 이 근처를 돌아다닐 일이 없을 텐데. 우의 눈초리가 가늘어지던 그때, 어느 상궁의 외침이 또렷하게 들려왔다.

"얼른 찾아라, 얼른! 공주 자가가 사라지셨다는 걸 전하께서 아시면 우린 다 죽은 목숨이다!"

우와 수호의 눈이 동시에 휘둥그레졌다.

"지, 지금, 들으셨……."

수호가 말도 제대로 잇지 못하는 사이, 횃불 하나가 또다시 근처로 다가오기 시작했다. 우는 서둘러 수호의 어깨를 잡아 몸을 낮췄다. 구석구석 헤집고 다니는 불빛이 바로 곁을 몇 번이나 지나치자, 두 사람의 얼굴에 긴장감이 서렸다.

기어이 불빛이 발을 비추는 순간, 갑자기 수호가 팔을 번쩍 들었다.

"박 내관 나리!"

"헉! 만년 학정 나리!"

서로 소리쳐놓고 서로 놀라 입가에 손가락을 가져다 대며 쉬쉬거리기를 한참, 두천이 횃불을 저만치 던져버리고는 재빨리 다가와 둘 앞에 쪼그리고 앉았다. 고개를 돌려 시선을 피한 우와 달리, 화딱지가 난 수호는 대뜸 타박부터 했다.

"만년 학정이라니요, 만년 학정이라니요!"

"맞는 말이지 않습니까. 십 년째 성균관 학정에서 벗어나질 못하고 계시니."

"그러는 박 내관 나리는요! 저랑 똑같이 정팔품 상제로 뚝 떨어졌으면서!"

"에이, 참! 그걸 뭘 또 얍심스럽게 콕 집어서! 알겠습니다, 알겠어요. 제가 잘못했습니다. 그나저나 어떻게 되신 겁니까?"

삐딱하게 눈을 흘기던 수호가 두천의 물음에 고개를 갸웃했다.

"어떻게 되다니요?"

"어떻게 들어오신 거냐고요. 도착이 늦어진 바람에 문 열어둘 짬이 없었는데."

"그게 무슨 말입니까? 잘만 열려 있었……."

어리둥절함이 가득 묻어 있는 수호의 말을 묵직한 목소리가 잘랐다.

"담이다."

이제껏 잠자코 듣기만 하던 우는 그렇게 한마디를 남기고 튕기듯 달려나갔다.

"잠깐! 들키면 어쩌시려고, 같이 가요!"

뒤이어 수호까지 가버리자, 오도카니 남은 두천은 한참을 눈만 깜빡거렸다.

"저 사내는 누구래. 나인복도 더럽게 안 어울리는 놈이 누구길래 공주 자가 존함을 함부로 막 불러. 경을 칠 녀석 같으니라고."

그러고 보니 낯이 좀 익긴 한데, 하고 중얼거리던 두천이 갑자기 벌떡 일어섰다. 떡 벌어진 입을 다물지도 못하고 그는 우와 수호가 사라진 방향으로 고개를 획 돌렸다.

"에? 에에? 서, 서서, 설마…… 무헌대, 흡!"

하마터면 엄청난 말이 튀어 나올 뻔한 입을 서둘러 양손으로 틀어막았다.

***

담은 조심스레 발아래를 내려다보았다. 높은 것도 높은 것이지만, 꼭 저승길처럼 새카만 물속이 훨씬 더 섬뜩했다. 저도 모르게 다리가 후들거렸다.

"후우."

널을 뛰는 가슴에 손을 얹으며 담은 크게 심호흡을 했다.

〔후우. 흐으흑, 후우후우.〕

〔담아! 이런 위험한 절벽에서 뭘 하는 것이냐. 왜 울고 있는 것이야!〕

〔오라버니. 뛰어내려야 하는데, 무섭습니다.〕

〔뛰어내리다니!〕

〔죽을 것입니다. 죽어서 어마마마께 용서를 빌 것입니다.〕

〔뭐라고?〕

〔제가 어미를 잡아먹은 년이랍니다. 그리고 이제는 오라버니도 잡아먹을 불행한 공주랍니다.〕

〔누가 그따위 소리를 했느냐!〕

〔싫습니다. 오라버니까지 죽는 건, 죽어도 싫습니다!〕

문득, 울면서 심호흡을 해대던 자신의 다섯 살 때가 떠오르자 웃음이 났다. 궁녀들이 쑥덕대는 말을 듣고는 무슨 뜻인지도 잘 모른 채, 그저 오라버니가 죽는 건 싫다는 생각만 가득했었다. 그래서 몰래 우가 가르쳐 주었던 문으로 나와 이 절벽을 발견했다.

그때 이곳에서 정말 죽었더라면, 그러면 오라버니께서는 무사하셨을 텐데.

절벽의 끄트머리로 다가서자, 발에 채여 아래로 미끄러진 작은 돌멩이들이 물속으로 곤두박질쳤다.

"미안해요, 오라버니. 이제라도 이 못난 누이를 용서해주세요."

담은 두 눈을 질끈 감았다. 마침내 다리 하나를 허공으로 내뻗는 순간.

"앗!"

갑작스럽게 허리를 끌어당기는 힘 때문에 담은 뒤로 넘어지고 말았다.

"으읏……."

함께 쓰러진 누군가의 입에서 작게 신음이 흘러나왔다. 서둘러 몸을 일으킨 담은 꼬물꼬물 움직이고 있는 형체를 내려다보았다. 웬 나인이 다쳤는지 팔을 문지르고 있었다.

"허, 또 너로구나. 정말이지 지겹지도 않은 것이냐?"

누구인지 알아본 담이 한숨을 지으며 날카롭게 쏘아붙였지만, 나인은 눈도 깜짝하지 않았다. 오히려 몸을 벌떡 일으켜 세우더니 맞받아치듯 대꾸했다.

"자가야말로 지겹지 않으십니까?"

그러면서도 또 뛰어내릴까 염려되는 모양이었다. 제 손을 꼭 부여잡는 나인을, 담은 기가 막힌 눈으로 바라보았다.

요 몇 달간 죽으려는 시도를 얼마나 했던가.

전각에 있는 모든 상궁 나인들은 온통 자신을 감시하는 자들뿐이었다. 그들의 눈을 피해 몰래 목을 매려고도, 비상을 구해보려고도, 높은 곳에서 떨어지려고도 해보았다.

하지만 그럴 때마다 번번이 이 여인이 나타났다. 도대체 어느 전각 소속인지 알지도 못하는, 어떻게 알고 귀신같이 나타나는 건지도 모르는 이 여인이 몇 번이나 자신을 구해내고 사라지고는 했다. 그리고 이 순간, 겨우 진짜 죽을 자리를 찾은 자신을 또다시 구해내고 말았다.

화가 솟구쳤다.

"무엄한 것. 어느 안전이라고 말대꾸를 하는 것이냐."

"무엄해도 할 말은 해야겠습니다. 어찌 그리 목숨을 귀히 여기지 않으십니까?"

난데없이 꾸지람을 들은 담은 할 말을 잃고 말았다.

"……무헌대군."

그러다 나인의 입에서 튀어나온 이름에 놀라 눈을 커다랗게 떴다.

"지금, 누구라 했느냐?"

"자가의 오라버니이신 무헌대군께서 아시면 얼마나 가슴 아파하시겠습니까?"

착각일까. '무헌대군'이란 말을 너무나도 조심스럽게 또 떨리듯이 뱉으며 자기가 더 가슴 아파하는 것 같은 나인이, 이상하게도 마음을 어지럽혀 왔다.

기어이 다섯 살의 저를 달래주고 안아주던 오라버니를 떠올리게 했다.

〔해서 죽겠다고? 겨우 그런 사람들 말 따위에 질 테냐?〕

〔하지만…….〕

〔나는 안 질 것이다. 보란 듯이 살아남아 그들이 틀렸다는 것을 보일 것이다. 절대 죽음 따위로 내 소중한 이들을 불행하게 만들지도, 상처 입히지도 않을 것이다. 넌 어찌하겠느냐. 이대로 뛰어내려 날 상처 입힐 테냐?〕

〔오라버니.〕

〔너도 약조하거라. 나를 하나뿐인 누이도 지키지 못하는 불행한 대군으로 만들지 않겠다고. 열심히, 최선을 다해 살아남겠다고. 내가 소중한 이들을 지키며 살 수 있게 해주겠다고.〕

담은 결국 눈물을 쏟아내고 말았다.

어미를 잡아먹은 년. 끈질기게 쫓아다니던 그 말이, 효선왕후가 자신을 낳다 승하했기 때문이라는 사실을 조금 더 커서 알게 되었다. 해서 또 알게 되었다. 오라버니를 잡아먹을 거라는 말의 의미를.

모든 게 자신이 태어난 탓이었다. 어렸을 때부터 왕위 계승 다툼으로늘 목숨을 위협받는 우에게서, 그를 지켜줬어야 할 어머니를 잃게 만든 탓이었다. 후궁인 정빈 따위가 중전에 오르도록 만든 탓이었다.

"……없단 말이다."

그로 인해 결국, 우가 죽고 말았다.

"그 가슴 아파해주실 오라버니가 더 이상 내 곁에 없단 말이다!"

담은 먹먹한 가슴을 주먹으로 펑펑 내리쳤다.

처음에는 믿지 않았다. 새카맣게 그을려 형태조차 알 수 없는 시체를 두고 무헌대군이라고 하던 사람들의 말을 결코 믿지 않았다.

대신 기다렸다. 우가 다시 나타나기를 기다리고 또 기다렸다. 자신이 살아서는 안 되는 존재임을 알면서도 혹여나 오라버니가 나타나지 않을까, 약조를 지키며 와주지 않을까 하는 기대를 버리지 못해 미련하게도 십 년을 망설였다.

그리고 깨달았다. 오라버니는 이제 영영 돌아오지 않는다는 것을.

"태어나지 말았어야 할 내가 태어난 죗값을 치를 것이다! 오라버니께 지은 죄를 갚을 거란 말이다! 그러니 더 이상 나를 막지 마!"

"공주 자가!"

순식간이었다. 팔을 뿌리친 담이 절벽을 향해 내달렸다. 놀란 나인 역시 서둘러 그 뒤를 따르며, 떨어지는 담을 향해 손을 뻗었다.

***

"윽!"

차가운 물 대신 팔이 끊어져 나갈 것 같은 아픔이 밀려오자, 서하는 눈을 떴다. 다행히 오른손이 공주를 붙잡고 있다는 사실을 확인하고는 깊은 안도의 한숨을 내쉬었다.

"놓아라! 나를 막지 말란 말이다!"

안 그래도 버티기 힘든데 아래쪽에서 공주가 버둥거리며 소리쳤다. 서하는 이를 악물었다. 점점 힘이 빠져나가는 것을 느꼈다.

“제발 가만히 좀 계세…… 아앗!”

그때였다. 갑자기 몸이 아래로 주르륵 미끄러져 내렸다. 서하는 저도 모르게 비명을 질렀다.

돌 부스러기들이 사정없이 떨어지다 간신히 멈추었을 때쯤.

“크읏!”

머리 위에서 낮은 신음이 들려왔다. ‘어서 놓으란 말이다!’ 하는 공주의 외침을 뒤로 한 채, 서하는 위를 올려다보았다.

쿵, 심장이 멋대로 곤두박질치는 소리가 온몸을 뒤흔들었다.

자신이 이제껏 왜 떨어지지 않았는지, 왜 팔이 끊어질 것처럼 아픈지 그제야 깨달았다.

꿈이라고 생각했다.

“놓지…… 마.”

절벽 끄트머리에서 저를 붙잡아 준 이가 내뱉는 힘겨운 목소리에 전율이 일고서야 꿈이 아님을 깨달았다.

서하는 홀린 사람처럼 그를 바라보았다.

“놔주지 마. 아무리 떼써도 절대 놓지 말고 있어.”

자꾸만 손에 힘이 빠지고 팔의 감각을 잃어가는 와중에 세상에서 제일 그리워했던 목소리가 다시 한번 들려왔다.

“반드시 구해줄 테니까.”

서하는 작게 웃었다. 그 말만으로도 벌써 구원받은 느낌이었다. 하지만 이대로는 세 명 모두 떨어지고 말 터였다.

그럴 순 없었다. 선택을 해야 했다, 그렇게 생각하는 순간.

서하는 망설임 없이 손을 휙 비틀어 그에게서 빠져나왔다.

"서하야!"

비명도 지르지 못하고 정신없이 추락하면서도, 서하는 멀어지는 우에게서 시선을 떼지 못했다.

선택은 언제나 하나, 당신을 살리는 것.

7화
보고 싶었다

"힘도 좋구나. 그 무거운 걸 한 손으로 번쩍번쩍 들고 가고."

물이 가득 담긴 커다란 통을 들고 가던 월영은 걸음을 멈추고 말을 걸어오는 상대를 흘끔 쳐다보았다. 시원시원하게 생긴 눈매의 사내가 주름이 깊이 패도록 씩 웃고 있었다.

"오셨습니까."

기척 없이 나타났는데도 당황하는 기색은커녕 덤덤히 인사하는 반응에, 오히려 사내가 허탈한 표정을 지었다.

"녀석, 놀라지도 않는구나."

"만나기로 약조한 시각에 오지 않으셔서 걱정하고 있었습니다."

"이젠 나도 늙어가나 보다. 이 먼 길을 따라오느라 전신이 벼락 맞은 것처럼 쑤시고 속이 울렁거려 혼쭐이 났지 뭐냐."

"지금은 괜찮으십니까?"

"뭐, 죽지만 않으면 된 게지. 하하하!"

호쾌하게 웃던 사내는 표정 변화가 전혀 없는 월영을 보고 머쓱한 듯 웃음을 거두었다.

"넌 옛날부터 도대체가……. 웃을 줄은 아는 것이냐?"

호기심 가득한 그의 시선을 본체만체하며 월영은 들고 있던 통을 내려놓았다.

"서신에서 물으셨던 내용에 대한 답을 드리겠습니다."

"느닷없이 본론이로구나, 무뚝뚝하긴."

"전하께서는 여전히 용의 아이가 임금의 가까운 앞날만을 내다보는 존재라고 생각하시는 것 같습니다."

"그 말에 얼마나 확신할 수 있느냐?"

"아가씨에 대한 의존도가 상당히 높아지셨고, 의심하는 기색을 한 번도 내비친 적이 없으십니다."

"하긴. 진짜 용의 아이가 어떤 존재인지 알았다면 한가하게 약수나 즐기러 오진 않으셨을 테지."

"오히려 확실하지 않은 쪽은 서하 아가씨입니다. 정말로 가까운 앞날만 볼 수 있으신 건지, 아니면 일부러 그런 척하시는 건지."

"척하는 건 아닐 게다. 정말로 능력이 거기까지 밖엔 닿지 않을 것이야."

사내는 숨을 한 번 크게 들이쉰 뒤 말을 이었다.

"반쪽짜리니까."

안타까워하는 것도 같고, 아쉬워하는 것도 같은 눈동자가 밤하늘로 향했다. 월영은 잠시 그런 사내를 빤히 쳐다보다가 여전히 건조한 어투를 내뱉었다.

"어차피 이제는 용의 아이에 대해 자세히 알 방법도, 알려줄 사람도 없습니다. 나리 외에는. 전대 용의 아이였던 한연서가 도망쳤을 때, 선왕께서 이미 비밀을 알고 있는 자들을 전부 죽이셨으니까요. 나리께서 누구보다 더 잘 아실 테지요."

사내가 고개를 크게 끄덕였다.

"그렇지. 내가 잘 알다마다. 덕분에 콧대 높던 가문이 풍비박산 나고 겨우 후손 하나만 몰래 살아남았더랬지. 아, 아니다. 용의 아이도 따지고 보면 반은 그 가문의 후손이니, 둘이 살아남았다고 해야겠구나."

손가락 두 개를 펼친 사내는 꼭 자기만 아는 남의 집 비밀 이야기를 털어놓아 신이 난 일곱 살짜리 아이 같아서, 월영은 한숨을 내쉬었다.

"그래서 그 후손 중 한 분은 앞으로 어쩌실 작정이랍니까?"

"글쎄다. 먼 친척에게 입적되어 겨우 관직에 올랐으니, 이제부터 가문을 다시 일으키기 위해서 열심히 살 테지."

전부터 느낀 것이지만, 참 속을 알 수 없는 사내였다. 웃는가 싶으면 웃지 않고, 화를 내는가 싶으면 웃고. 어찌 되었든 무서운 사람, 이라고 생각하던 월영은 갑자기 고개를 휙 돌렸다.

사내가 영문을 모르겠다는 듯 물었다.

"왜 그러느냐?"

"뭔가 저쪽이 소란스러워진 것 같습니다. 공주의 처소가 있는 곳인데."

"아, 공주가 사라졌다는 것 같더구나."

월영의 눈이 일순 휘둥그레졌다.

"웬일인 게냐. 네가 모르는 것도 다 있……."

사내의 말이 채 끝나기도 전에 월영은 뛰어가 버렸다.

어찌나 빠른지 전광석화가 따로 없었다. 졸지에 혼자가 된 사내는 곁에 남은 물통을 지그시 쳐다보았다.

"서하는 잘 있는지, 계속 입은 봉한 상태인지 물어보려 했더니만."

슬쩍 물맛을 봤더니 톡 쏘는 것이 약수인 듯했다.

"신이 나서 약수나 받으러 다니니 무슨 일이 있는지도 모르는 게지. 이런 곳에 왔다고 기분 낼 녀석은 아니고, 제가 먹으려고 이리 정성껏 가져가는 것 같지도 않고. 설마…… 이걸 서하에게 주려고 했던 건가."

사내는 헛웃음을 지었다. 너도 사람은 사람이었구나, 하는 말이 절로 새어 나왔다.

"그러고 보니 제일 중요한 말도 못 했네. 그 풍비박산 난 한씨 가문의 마지막 후손이 곧 서하를 찾아갈 거라고 전해야 하는데."

그는 손가락으로 슥, 물통을 밀었다. 쓰러진 통에서 흘러나온 약수가 온 바닥을 적셨다.

"사촌 오라버니인 이 한석준이가 서하 널 만나러 예까지 왔단다, 하고 말이지."

***

새카만 어둠으로 얼룩진 강물이 머리끝까지 집어삼켰다. 금세 젖어버린 옷이 무게를 더해가는 것으로도 모자라, 미동도 없는 공주가 가라앉기 시작하며 잡은 손을 자꾸만 아래로 끌어 내렸다.

서하는 안간힘을 썼다. 공주를 꼭 붙든 채 어떻게 해서든 물 밖으로 나가보려 했지만, 소용없었다.

숨이 부족했다. 버둥거리던 다리에서 서서히 힘이 빠져나가고, 정신마저 희미해지려는 순간.

뒤에서 누군가 허리를 힘껏 감아올리며 단번에 서하를 수면 위로 끌고 올라왔다.

"하아, 하아!"

차가운 밤공기가 막혀 있던 폐부를 찌르며 파고들었다. 고통스럽게 숨을 몰아쉴 새도 없이 서하는 서둘러 공주부터 잡아당겼다.

절벽에서와 달리 순순히 따라와 주어 다행이라고 생각하던 것도 잠시. 간신히 발이 닿는 곳까지 나왔는데도 공주가 계속 힘없이 늘어져만 있었다.

놀라서 그만 제자리에 굳어버린 사이, 그때까지 서하를 부축하고 있던 팔이 스르륵 풀리며 나직한 목소리가 흘러나왔다.

"담아?"

우는 다시 물속으로 잠기려는 누이를 발견하고는 재빨리 안아 올려 밖으로 나왔다.

"담아, 담아!"

그는 숨을 쉬지 못하는 담의 가슴을 두 손으로 압박했다. 한두 번 누르던 것이 열 번이 되고, 열 번이 스무 번이 되고.

"정신 차리거라, 담아!"

그럼에도 담은 깨어날 기미가 보이지 않았다. 우의 팔에 점점 힘이 들어갔다.

"널 이렇게 보내려고 그동안 숨어 산 게 아니다. 그러니 숨을 쉬어, 제발!"

땀인지 물인지 모를 것이 턱 아래로 곤두박질치려는 찰나, 손바닥 너머로 작은 움직임이 느껴졌다. 눈을 크게 뜬 우가 압박하던 것을 멈추자, 담이 물을 한 움큼 뱉어냈다.

안도의 한숨이 절로 터져 나왔다.

"그렇게 빨리 가시면 어떻게 합니까? 한참을 찾았습……."

뒤늦게 나타난 수호가 중얼거리다 말고 멈추었다. 그는 흠뻑 젖은 바지저고리 차림의 우와 힘없이 쓰러져 있는 담을 번갈아 바라보다가 상황을 파악하고는 넘어질 듯 달려왔다.

"어찌 된 일입니까? 자가께서 왜 물에 빠지신 겁니까?"

"스스로 뛰어내렸다."

무겁기 그지없는 우의 대답에 수호가 아연실색했다.

"예?"

"으음."

무슨 소리냐고 물으려는데, 갑자기 담이 작게 신음을 흘렸다. 미세하게 얼굴을 찡그리며 손가락까지 움직이고 있었다.

"눈을 뜨시려나!"

"……."

"……봅니다."

너무 기뻐 기세 좋게 내질렀던 수호의 목소리가 끄트머리에 가선 잔뜩 가라앉고 말았다. 벌써 등을 돌리려 하는 우를 발견한 탓이었다.

수호는 그의 옷가지를 슬쩍 잡아당겨 멈춰 서게 했다.

"안 보고 가실 겁니까?"

"무사하니, 되었다."

아주 잠시지만 멈칫하던 우의 대답이 자꾸만 마음에 걸려 수호는 차마 그를 놓아주지 못했다.

"그래도 어렵게 만나신 게 아닙니까. 부디 살아있다는 것만이라도……."

안 된다는 것을 알면서도 안타까움에 조금만 더 계시라 부탁을 하려던 때였다.

"저쪽입니다! 저쪽에서 사람 말소리가 들리는 것 같습니다!"

멀리 숲 안쪽에서 커다란 외침이 퍼져나왔다. 그것을 시작으로 삽시간에 엄청난 수의 횃불이 나무들 사이사이로 일렁이는 파도처럼 몰려들었다. 긴장으로 굳은 수호의 시선이 우에게 향했다.

"공주 자가를 찾는 무리입니다. 어서 가십시오."

"무슨 소리냐. 너는 어쩌려고."

"이미 말소리를 들었습니다. 여기서 다 같이 사라지면 주변을 이 잡듯 뒤져서라도 끝까지 추격할 테니, 제가 남아 시간을 끌겠습니다."

"바보 같은 소리! 잡히면 무사할 것 같으냐?"

"대군만 안 계시면 됩니다!"

단호하고 날카로운 한마디가 날아들자 우는 할 말을 잃고 말았다.

"제가 자가를 연모한다는 사실은 공공연하게 알려져 있으니, 못내 그리워 찾아왔다고 연정에 호소하면 살려는 주실 겁니다. 그게 안 통하면 치 떨리게 싫지만, 제 아버님 덕을 볼 것입니다. 저 혼자라면 그렇게라도 해서 넘어갈 수 있습니다. 하지만……."

수호는 차마 우의 얼굴을 보지 못하고 말을 이었다.

"대군께서 같이 계시면, 저는 반역자가 됩니다."

굳이 알려 하지 않아도 알 수 있었다. 반박하지 못하는 우가 지금 얼마나 비참한 심정으로 버티고 있을지. 겨우 정신을 차리려는 누이 앞에 제대로 나서지도 못하고, 심지어 벗을 남겨두고 도망쳐야 하는 이 비겁한 순간을 얼마나 치열하게 참고 있을지.

분노로 흔들리는 그의 몸이, 터질 듯 쥐고 있는 그의 주먹이 모든 것을 설명해주고 있었다.

"아무리 제 아버님이라 할지라도 반역죄를 지은 아들까지 살려주지는 못하십니다. 그러니 지금은 대군께서 가주시는 게 저를 돕는 겁니다. 가십시오. 어서요!"

수호는 잡고 있던 우의 옷자락을 밀치듯 놓았다.

땅을 치는 수많은 발소리가 살벌하도록 빠르게 다가오고 있다는 것을 온몸으로 느끼고 나서야, 우는 등을 돌렸다. 그때까지도 꼼짝하지 않고 있던 서하와 마침내 시선이 마주쳤다.

아직 물에서 제대로 나오지도 못해 다리가 반쯤 잠긴 채로, 젖은 머리카락과 뺨에서 꼭 눈물같이 떨어지는 물방울을 닦지도 않은 채로.

그렇게 서하는 금방이라도 툭, 스러질 사람처럼 서 있었다.

우는 서하의 손을 잡고 달렸다. 입고 있던 나인복을 찢어버리듯 벗어 던지고 절벽 아래로 뛰어내렸을 때보다도 훨씬 더 강렬하게…… 숨이 막혀오는 것을 느꼈다.

"차 학정?"

낯선 여인과 함께 사라지는 우의 뒷모습을 멀거니 지켜보던 수호는 갑작스러운 목소리에 고개를 돌렸다. 어느새 눈을 떴는지 담이 자신을 똑바로 바라보고 있었다.

몇 년 만인지 몰랐다. 이 당차지만 여린 눈망울을 마지막으로 본 것이 언제였는지 기억도 나지 않을 정도였다. 그토록 오랜 시간이 흘렀음에도 담이 자신을 단번에 알아봐 준 것이, 수호는 몹시 고마웠다.

해서 '예, 맞습니다' 하고 다정히 대답하고 싶었다. 너무나 오랫동안 찾아뵙지 못해 송구하다는 말도 꼭 전하고 싶었다.

"공주 자가 곁에서 물러나거라."

운검의 싸늘한 칼날이 자신의 목 언저리를 겨누지만 않았더라도.

금군 중 일부가 다가와 수호를 거칠게 일으켜 세우는 와중에도 당연하다는 듯 칼끝이 따라왔다.

위험했다. 양팔을 붙잡혀 움직이지 못한 채로 그는 주변을 훑었다. 빈틈없이 에워싼 금군들, 주인을 모시러 온 건지 끌고 가려고 온 건지 모를 상궁 내관들 그리고 그 사이에서 담담한 표정으로 깍지를 낀 채 서 있는 담.

수호는 금세 알아버리고 말았다. 실은 담이 많이 불안해하고 있다는 사실을. 예전부터 불안할 때면 담은 늘 아플 만큼 세게 두 손으로 깍지를 끼곤 했으니까.

그제야 수호는 터질 것처럼 쥐고 있던 주먹을 풀고 얌전히 금군을 따라 행궁으로 향했다.

***

살아 있었다. 무사히…… 살아 계셨어.

커다란 나무 기둥 뒤에 숨은 서하는 우에게서 시선을 떼지 못했다. 주변이 빨리 잠잠해지길 기다리면서도, 막상 수군대는 소리가 멀어지자 마음이 초조해졌다.

그를 보고 있는 이 시간이 곧 끝난다는 생각에, 눈을 깜빡이는 것조차 아쉬웠다.

많던 횃불들이 하나둘 사라지며 다시 어둠이 짙어지고 우의 모습도 잘 보이지 않게 되었을 즈음, 서하는 조심스레 움직였다.

주춤, 한 발짝 다가가 그의 얼굴을 바라보고. 또다시 주춤, 한 발짝 다가가 좀 더 가까이 바라보고. 마침내 바로 곁까지 다가가선 한참 동안, 아주 한참 동안이나 그를 물끄러미 바라보았다.

십 년. 자그마치 십 년이나 지났는데도 우는 별로 달라진 것이 없었다. 크고 깊은 눈동자도, 날이 선 것처럼 오뚝한 콧날도, 날렵하게 뻗은 턱선도 전부 그대로였다. 너무 그대로여서 서하는 좀처럼 앞에 있는 사람이 현실 같지가 않았다.

혹여 꿈일까 자꾸만 불안감이 스며들어 느릿하게 우의 얼굴을 향해 손을 뻗었다. 가느다란 손가락 끝이 닿으면 금방이라도 사라질 것을 만지듯 조심스럽게 그의 뺨에 닿았다.

심장이, 아프게 떨려왔다.

"대…… 군."

간신히 입술을 달싹여 보았지만, 어쩐지 목소리가 잘 나오지 않았다. 안타까운 마음에 다시 한번 불러보려는 그때.

우가 뺨에 닿아 있는 서하의 손을 탁, 잡아챘다.

"그리 애달프게 만지지 말거라."

"……."

"그리 애달프게 부르지도 마."

십 년 전과는 확연히 다른, 냉랭하기 그지없는 그의 모습에 서하는 흠칫 놀라 움츠러들고 말았다.

자신이 저지른 행동을 잊은 것은 아니었다. 그에게는 배신이었을 터였다. 죽이라는 서찰을 쓰고, 모진 말로 상처를 주고, 차디찬 검으로 찌르고. 그런 주제에 염치도 없이 그의 이름을 간절하게 부르고 싶어 했다.

사무치도록 그리워했다…….

서하는 감당하기 힘든 죄책감에 고개를 떨어뜨렸다. 자꾸만 부옇게 흐려지려는 시야를 감추며 서둘러 손을 빼려는데, 우가 저릿해질 정도로 더 힘주어 잡았다. 그러고는 저항할 틈도 주지 않고 휙 끌어당겼다. 고스란히 끌려가 시선을 들자, 숨결이 마주 닿을 정도로 가까운 거리에…… 그가 있었다.

"너를 잊기 위해 미친 듯이 발버둥 쳤던 내 지난 십 년을…… 이렇게 한 번에 무너뜨리지 말란 말이다."

잔뜩 억누른 탓에 갈라진 목소리를 애원하듯 흘리며, 서글프게 내려앉은 눈동자로 하염없이 바라보며.

그는 반대로 서하를 한 번에 무너뜨리며 서 있었다.

한때는 이별을 고해야만 했던 사람. 무슨 수를 써서라도 살려야겠다는 마음 하나로, 미안하다는 흔한 사과조차 못 하고 모질게 떠나보내야 했던 사람.

영영 볼 수 없을 줄 알았던 사람.

새카맣게 타 그을음이 되어버린 것처럼 쓰라리고 또 쓰라린 가슴을 어떻게든 견디려, 서하는 치맛자락을 꾹 움켜쥐었다.

"대군."

그리고 다시 한번 우를 불렀다.

"무헌대군."

부르지 말라고 했지만, 그래도 이것이 꼭 마지막 염원인 것처럼 간절히 그를 부르는 순간.

갑작스럽게 허리를 단단히 휘감아 든 팔을 따라 몸이 이끌리고, 파르르 떨리던 서하의 목소리는 곧 우의 입에 가로막혔다.

살짝 벌어진 입술 사이를 강하게 파고든 그의 열망은 서하를 정신없이 아찔하게 만들었다. 금세 숨이 부족해져 뒤로 물러나려 하는데도 우는 놔주지 않았다. 코끝으로 신음 섞인 숨이 새어 나오고, 그것이 미세하게 살결에 닿는 것을 느낀 우는 더욱 서하를 끌어당겼다. 옷 너머임에도 불구하고 맞닿은 몸에서 깊은 열기가 전달되었다.

"하아."

젖은 마찰음과 함께 마침내 우의 입술이 느릿하게 멀어졌다. 서하는 밭은 숨을 몰아쉬며 그와 시선을 마주했다. 달라졌다고 생각했던 냉랭한 모습은 온데간데없이, 십 년 전과 똑같은 한없이 자상한 눈동자가 자신을 지그시 바라보고 있었다. 깊은 안도감이 온몸에 퍼져나갔다.

우는 허리를 감고 있던 손을 풀고 살짝 흐트러진 서하의 머리카락을 쓸어주었다. 촉촉해진 눈가를 매만져주고, 열로 달아오른 뺨을 조심스레 감싸주었다. 그리고 다시 서로의 입술이 스칠 만큼 고개를 내리고는.

"……보고 싶었다."

잠긴 목소리를 힘겹게 내뱉었다. 뜨거운 입김이 입맞춤보다 더 가슴 떨려서, 서하는 간신히 붙들고 있던 눈물이 기어이 흘러내리는 것을 느꼈다. 뺨을 감싸고 있던 따뜻한 우의 손가락이 그 눈물을 가슴 저릿할 만큼 다정히 닦아주었다.

"보고 싶었다, 서하야."

이번에는 간지러울 만큼 부드럽게, 또 심장이 닳아 없어질 것처럼 설레도록 긴 입맞춤이 이어졌다.

우의 손이 서하의 뺨에 머물다가 곧 가느다란 목 언저리로 내려가고, 다시 부드러운 어깨선을 따라 팔을 쓸어내리던 그때였다.

"읏!"

맞닿은 입술 사이로 작은 신음이 터져 나왔다. 놀란 우가 급히 놓아주자, 서하는 팔꿈치를 감싸며 고통스러워했다.

"서하야?"

이상함을 감지한 우는 감추듯 쥐고 있는 서하의 손을 내리게 했다. 찢어진 옷소매 안으로 살갗이 크게 벗겨진 상처가 훤히 드러나고, 안타까움으로 커진 우의 눈이 한동안 상처에 머물렀다.

상당히 아팠을 터였다. 그런데도 이제껏 참고 있었을 걸 생각하니.

우는 입고 있는 옷의 한 귀퉁이를 거칠게 잡아 찢어 서하의 팔꿈치에 둘러 주었다.

"언제 다친 것이냐."

이렇게 물어야 하는 것조차 속상하다는 것을 아는지 모르는지, 서하는 대답을 회피하려 손사래를 쳤다.

"이젠 괜찮습니다."

"신음이 비명처럼 나왔다. 어디가 괜찮다는 것이야."

걱정을 끼치기 싫어 그러는 것은 잘 알겠으나, 지켜보는 우의 마음은 더 저미게 아프기만 했다. 너무 꽉 조이지 않도록 조심스럽게 매듭을 지어준 뒤에도 차마 상처에서 눈을 떼지 못하던 우는 갑자기 무언가 얼굴로 다가오는 것을 의식하고 시선을 들었다.

부드러운 서하의 손끝이 이마를 스쳤다. 그리고 이어 미간으로 내려오자, 그는 슬쩍 눈을 감았다.

달래듯 매만져주는 손길을 느끼고서야 자신이 미간을 일그러뜨리고 있었다는 사실을 깨달았다. 사라지는 촉감의 허전함에 다시 눈을 뜨고, 빙긋 웃는 서하의 얼굴을 꿈결처럼 바라보았다.

"정말 괜찮습니다. 다친 줄 몰라 잠시 놀랐던 것뿐입니다. 상처 같은 건 침 발라두면 금방 나을 테니, 그리 찡그리지 마세요."

안심시키려 씩씩하게 말하는 서하의 노력이 가상해서라도 속아주고 싶었지만, 애석하게도 그럴 수가 없었다.

"미안하다."

갑작스러운 사과에 서하가 고개를 갸웃했다.

"어째서 사과를 하십니까?"

"담이를 구하다 다친 상처일 테니까."

우는 한숨처럼 대답했다. 절벽에 당도했을 때, 절규하며 거침없이 뛰어내리던 담의 모습이 아직도 선했다.

"내 탓이다, 담이를 그렇게 만든 건. 나를 죽었다 믿는 게 훨씬 더 안전할 거라 여겨 이제껏 모른 척 해왔던 것인데, 이리 심하게 자책하고 있을 줄은 몰랐구나."

망설임 없이 뒤를 쫓아준 서하가 없었더라면 필시 담은 무사하지 못했을 터였다. 그리고 자신은 눈앞에서 또 혈육을 잃는 고통에 몸부림쳤을 테지.

우는 다친 서하의 팔을 가만히 어루만지며 말을 이었다.

"너를 다치게 해 면목이 없으면서도, 네 덕에 담이가 살아 있어 안심하는 내가 있다. 미안하고, 또 고맙다."

좀 더 빨리 당도했어야 했다며 자책하는 사이, 손안에서 서하의 팔이 스르륵 빠져나갔다. 미처 붙잡지도 못한 우가 왜 그러느냐는 듯 바라보자, 어느새 멀찍이 물러선 서하가 단단히 경직된 얼굴로 말했다.

"그런 말씀 마세요."

작게 흔들리는 목소리와 이내 푹 숙어지는 고개.

"대군 탓이 아니라, 제 탓입니다. 모든 건 제가 저지른 죄 때문입니다. 제가, 제가 사실을 감추려 해서…… 선왕께 그런 서찰을 쓴 탓에,

십 년 전 그때 대군을 제 손으로 찌른 탓에…….”

드문드문 끊기며 흩어지는 말들. 입술을 깨무는 동작 하나까지 가만히 지켜보던 우는 비로소 서하가 무슨 말을 하고 싶어 하는지 알 수 있었다.

떠안고 있을 죄책감의 무게를 모르지 않았다. 하지만 그렇다고 십 년 만에 만나 손이 닿지 않을 만큼 뚝 떨어져 있는 건 좀 참기가 힘들어서, 벌어진 거리를 다시금 좁혔다.

“이깟 상처쯤 하나도 아프지 않습니다. 제가 대군께 드린 상처에 비하면 너무나 하찮습니다. 그러니 사과도, 감사도 하지 마세요. 전 대군께 그런 말을 들을 자격이…… 읍!”

우는 말하고 있는 서하의 턱을 느닷없이 올려 입술을 포갰다. 더 이상 뒷말은 듣지 않기 위해, 아니 아예 할 말을 잊게 만들기 위해 농도 깊이 입을 맞추고는 한참 만에야 떨어졌다.

효과가 있었는지, 멍하니 있던 서하가 말을 더듬었다.

“가, 갑자기 왜…….”

“갑자기 하고 싶어서.”

우가 내놓은 단순하고 명쾌한 대답이 어지간히 황당했는지, 서하는 눈만 깜빡이다가 뒤늦게 할 말을 찾았다.

“그게 아니라, 방금 제가 한 말을 듣긴 하신 겁니까?”

“들었다. 그래서 그런 것이다.”

“예?”

“침, 발라둬야 할 것 같아서.”

당연하게도 이해를 못 한 모양인지, 여전히 눈만 깜빡이는 서하를 보며 우가 씩 웃었다.

"조금 전에 그러지 않았더냐. 침 발라두면 금방 낫는다고."

"그건 상처 얘기……."

"네가 슬픈 말을 하며 스스로 상처 입고 있으니, 내가 낫게 해줘야겠다 싶어서 말이다."

우가 한 번 더 입을 맞추려고 가까이 다가가자, 서하가 재빨리 그의 입을 양손으로 막았다.

"잠시, 잠시만요! 상처는 제가 대군께…… 아니, 그것보다도 대군께서는 제가 밉지도 않으십니까? 원망도 안 드십니까? 죽이라는 서찰을 보시고도, 검으로 찔리시고도…… 앗!"

이번에도 서하는 말을 하다 말고 작게 비명을 질렀다. 우가 대답 대신 입을 막고 있던 손바닥을 살짝 핥았기 때문이었다. 간지러우면서도 온몸이 저릿한 생경함에 손을 떼려 했지만, 어느새 우가 꽉 잡아채고 놓아주지 않았다. 그는 뜨거운 입김을 서하의 손안에 불어넣듯이 말했다.

"나를 살리려 한 증거가 이곳에 이렇게 진하게 남았는데, 내가 무슨 수로 널 미워하겠느냐."

십 년 전, 자신을 찌를 때 같이 관통했던 흔적. 그는 서하의 손바닥 흉터에 집요하리만치 입술을 묻었다. 얼마나 고통스러웠을까, 생각하면 가슴 먹먹해지는 만큼. 그 고통을 참으려 또 얼마나 안간힘을 썼을지 서글프게 잘 아는 만큼. 무엇보다 살갗을 관통한 것 따위는 비교도 안 될 만큼 더 처절하게 아팠을 여리고 순한 마음이, 가장 미치게 안쓰러운 만큼. 핥아주고, 보듬어주고, 매만져주고 싶었다. 할 수만 있다면, 정말로 낫게 해주고 싶었다.

서하가 '이제 그만'이라고 애원하는 목소리를 흘릴 때까지, 우는 손을 놓아 주지 않았다.

"이 정도도 못 견디면 곤란해. 마음 같아선 온몸에 퍼부어주고 싶은 걸 참고 있는 중이니까."

말이 끝나기가 무섭게 서하가 숨을 크게 멈추며 동그란 눈으로 올려다보았다. 우는 피식 웃고 말았다.

"변한 게 하나도 없구나. 옛날부터 넌 놀랄 때면 볼이 빨개질 정도로 꼭 그리 숨부터 멈추었었지. 난 그게……."

너무나 사랑스러워 널 몇 번이나 놀리고 또 놀렸었다…… 우는 뒷말을 삼킨 채 서하의 머리를 부드럽게 당겨 품에 안았다.

지난 시간 함께 했던 서하의 모든 기억은 박제된 것처럼 또렷했다. 다시는 보지 못할 인연이라 여겨 기를 쓰고 잊으려 했는데도, 원망스러울 만큼 선명하게 남아 있었다. 눈을 내리감았다 뜨며 웃는 모습이라든가, 눈물만 뚝뚝 흘리며 울다가 품에 안아주면 그제야 소리 내어 우는 모습이라든가, 먹을 것만 보면 입에 잔뜩 넣고 목 메어 하는 모습이라든가.

바로 엊그제 본 사람처럼 이리 생생한 기억을 끌어안은 채, 정작 너는 곁에 없던 지난 십 년을 보내느라 내 마음은…… 지옥이었다.

"그러고 보니 있구나. 네가 미운 딱 한 가지가."

우는 순간 딱딱하게 굳어버리는 서하를 더욱 꼭 끌어안으며 말을 이었다.

"나를 위해서 목숨을 서슴없이 던지는 것 말이다. 이 여린 손을 찌르지 않나, 절벽에서 일부러 손을 빼질 않나."

십 년 전 그때 수호와 혜안군 덕에 도성 밖 초가에 옮겨지고 나서, 또 이곳에 와 숨어 사는 동안에도 내내 생각했다. 서하가 왜 그럴 수밖에 없었을까.

아무리 이것저것 생각해봐도 결론은 하나였다. 나를 살리는 것. 그것만이 서하가 한 행동의 유일한 이유라는 것.

그거 하나로 충분했다. 죽이라는 서찰을 쓴 것도, 단검으로 찔렀던 것도 이유는 있을 테지만 굳이 알 필요 없었다. 모든 게 자신을 위해서였을 테니. 서하의 그 마음 하나면, 그저 차고 넘치게 행복할 따름이었다.

“다시는 그러지 않겠다 약조하거라. 다시는 나에게…… 그런 미칠 것 같은 기분을 맛보게 하지 않겠다고.”

우는 서하의 등을 쓸어주었다. 옷 위로 눈물 자국이 번지기 시작했다는 걸 알아챈 뒤에는 손길이 더욱 애틋해져 갔다.

“어째서 그리 쉽게 용서하십니까. 제가 뭐라고. 저따위가 뭐라고…….”

울음기를 가득 머금은 서하의 목소리가 성급하게 튀어나오는 것을 우가 막았다.

“따위라니. 감히 내가 전부를 걸고 사랑하는 이를 따위라고 부르지 말거라.”

마침내 서하의 입에서 울음소리가 흘러나왔다. 흐윽, 하고 터진 소리가 점점 커지며 어깨가 가늘게 떨리자, 우 역시 여느 때처럼 ‘쉬, 쉬’ 하며 달래주었다.

괜찮다. 다 괜찮다, 서하야…… 그는 끊임없이 서하의 귓가에 속삭여주었다.

간신히 흐느낌이 사그라졌을 때쯤, 서하는 작게 중얼거렸다.

"이제 가봐야 합니다. 월영 항아님이 벌써 절 찾아다니고 있을 겁니다."

품에서 빠져나가려 서하가 몸을 움직였지만, 우는 안고 있는 팔을 풀어주지 않았다.

"놓아주세요. 만에 하나 전하까지 제가 없어졌다는 걸 아시게 되면 정말 큰일 납니다."

우도 알고 있었다. 이대로 함께 도망이라도 갔다간, 온 나라가 발칵 뒤집힐 정도로 큰일이 벌어지리라는 것을. 하지만 마음과 달리 쉽게 손을 놓을 수가 없었다.

"이대로 돌아가면 어찌 다시 볼 생각이냐."

간신히 품에서 떼어놓고 얼굴을 마주한 채 묻자, 서하가 답이 없었다. 우는 비스듬하게 고개를 꺾었다.

"안 볼 생각인 것이야?"

결국 서하는 풀이 죽은 채 입을 열었다.

"하지만 방법이 없어서……."

"내일 이 시각, 널 처음 봤던 곳에서 기다리겠다."

갑작스러운 우의 말에 서하가 시선을 번쩍 들었다.

"무슨 말씀을…… 절 처음 본 곳이라니요. 행궁 안에 들어오시겠다는 겁니까?"

"네가 보러 올 생각이 없으니, 내가 가야 하지 않겠느냐."

"안 됩니다!"

서하가 처음으로 언성을 높였다.

"절대로 안 됩니다! 들키면 어쩌시려고 들어오시겠다는 겁니까!"

"안 들키게 들어갈 것이다."

"저 때문에 그런 위험을 감수하지 마세요. 제발요! 전 그곳에 나가지 않을 겁니다."

정말로 몸서리쳐지게 겁이 나 단호하게 말했다. 하지만 우도 좀처럼 물러설 생각이 없었다.

"기다릴 것이다. 나올 때까지."

금세 또 울상이 되어버린 서하가 우의 손을 꼭 부여잡았다.

"제발 부탁입니다, 대군. 오시면 안 됩니다. 그러다 들켜서 잡히시기라도 하는 날엔…… 제 심장이 멈춥니다."

가슴이 시릴 만큼 간절하게 부탁하며, 서하는 그대로 우의 손등에 얼굴을 묻었다.

"전 그저 대군께서 무사하시다는 걸 안 것만으로도 여한이 없습니다. 그러니 제발, 부디 제발…… 오지 마십시오. 전 정말로 나가지 않을 것입니다."

마지막 말을 하는 입술의 온기가 채 가시기도 전에, 서하는 뒤돌아 뛰어가 버렸다.

어둠 속으로 점점 사라져가는 뒷모습을 우는 하염없이 지켜보았다. 서하가 지나간 자리가 연둣빛으로 빛나고 있었다.

"내 눈이 이상해 서하가 반짝이며 사라진 줄 알았더니, 너희들 때문이었구나."

그는 눈앞을 날아다니는 반딧불이를 발견하고 희미하게 웃었다. 점점 높이 날아가는 반딧불이를 따라 하늘을 올려다보았다.

칠흑 같은 밤하늘. 그곳에 달과 함께 흐드러지게 반짝이고 있는 연둣빛을 향해 우는 긴 숨을 내뱉었다.

"이렇게 반짝이다 사라질 거면…… 차라리 나타나지나 말 것을."

8화

녀석이 있다, 이곳에

모질도록 긴 어둠을 버티며 전각 앞에서 불안한 얼굴로 기다리고 있던 명은 별운검의 말에 경악을 금치 못했다.

"뭐라고?"

타닥타닥 소리와 함께 뜨겁게 타오르는 화톳불이 미세하게 비틀리는 그의 얼굴을 비췄다.

"공주가 물에 빠졌다니! 어찌다가!"

"하옥된 놈의 말로는 자가께서 발을 헛디디시어 그리되셨다 합니다."

명의 분노는 곧장 상궁 나인들에게로 향했다.

"낯선 놈이 물에 빠진 공주를 구할 때까지 너희들은 도대체 무얼 하고 있었단 말이냐!"

벼락같은 호통이 떨어지자, 보고를 하러 온 별운검은 물론 궁인들까지 전부 바닥에 납작 엎드렸다.

"죽여주시옵소서, 전하!"

화로 일그러진 명의 시선이 다시 별운검에게로 향했다.

"공주의 상태는 어떠하냐."

"송구하옵니다만, 전하. 잘 알 수가 없습니다."

"무슨 소리야."

"제가 당도했을 때는 괜찮으신 듯 보였으나, 행궁으로 돌아오면서부터 갑자기 어지럼증을 호소하시더니 쓰러지셨습니다. 상궁들이 서둘러 내의녀들을 불렀으나, 공주 자가께서 전부 물리치고 계시다 합니다."

"물리쳐? 어째서!"

"소인도 잘……."

별운검이 별다른 대답을 못 하고 입을 다물자, 명은 몸을 획 돌려 걸음을 옮겼다. 엎드려있던 이들이 부리나케 몸을 일으켰다. 그중 제일 먼저 일어선 별운검이 재빨리 명에게 달려갔다.

"전하! 한 가지 더 아뢸 것이 있습니다!"

명은 걸음을 멈추지 않은 채로 물었다.

"무엇이냐."

별운검은 꽁지가 빠지게 쫓아오는 상궁 나인들을 한 번 쳐다본 뒤, 명에게만 들리도록 목소리를 낮췄다.

"금군 중 몇 명이 절벽 위에서 찢어진 나인복을 발견하였습니다."

명은 고개를 갸웃하며 되물었다.

"옥에 갇힌 자의 것이 아니겠느냐. 공주를 보기 위해 나인으로 변복했다고 진술했다면서."

"그건 맞습니다만, 그자는 이미 나인복을 입고 있습니다."

그제야 명이 우뚝 멈추었다.

"그 말은……."

"또 다른 패거리가 있는 듯합니다."

명의 눈동자가 잠깐, 아주 잠깐 불안하게 흔들렸다.

"옥에 갇힌 그 자, 이름이 무어라 하더냐?"

"그자가 밝힌 것은 아니나, 공주 자가께서 언뜻 차 학정이라 부르시는 것 같았습니다."

그 순간 주춤, 명이 비틀거렸다. 별운검이 서둘러 부축하려 했고, 뒤에서 보고 놀란 상선 내관도 바싹 다가왔다.

"괜찮으십니까, 전하?"

"괜찮다. 괜찮아. 잠시 어지러웠던 것뿐이다."

명은 별것 아니라는 듯 손을 휘저어 보였지만, 이내 상선 내관의 팔을 힘껏 잡은 채 버티어 섰다. 피가 통하지 않을 만큼 아플 텐데도 상선은 내색하지 않은 채 물었다.

"전하, 공주 자가가 걱정되어 그러시는 것이면 소신이 모시고……."

"아니다. 그 전에 확인해야 할 것이 있다."

단호하게 고개를 흔든 명이 갑자기 방향을 틀었다. 뒤에 있던 상궁 나인들이 급히 그 뒤를 따라오려고 하자 명이 제지했다.

"상선 외에는 누구도 따라오지 말라. 운검 자네도. 그리고 나인복에 대해서는 내 명이 있을 때까지 함구하도록."

"예, 전하."

명은 모두를 뒤로한 채, 상선만을 데리고 어둠이 짙은 곳을 향해 걸었다.

***

돌계단 하나를 또 둘을 힘겹도록 오르고. 물에 젖고 흙이 묻어 엉망이 된 신을 가지런히 벗어두고. 미미하게 빛이 스며든 짧은 마루를 터벅터벅 쓰러질 듯 걷고. 처소 문을 소리도 없이 열고 들어와서 다시 닫는 순간.

서하는 무너지듯 제자리에 주저앉았다. 이곳까지 달려오는 내, 어느새 온데간데없이 사라진 그의 온기가 너무나 그리워 눈물이 한 방울. 기껏 헤어지며 한다는 말이 오지 말라고, 절대 나가지 않겠다는 그런 차갑고 모진 소리였다는 사실이 하염없이 미안해 눈물이 한 방울. 목소리, 표정 하나, 말 한마디, 손의 흉터와 입술에 닿았던 촉감까지 무엇 하나 생생하지 않은 것이 없어 또 눈물이 한 방울.

그렇게 쌓이고 쌓인 눈물이 그렁그렁 눈가에 고이다가…….

〔보고 싶었다, 서하야.〕

바로 곁에서 들리는 듯한 낮은 목소리가 좀처럼 귓가를 떠나지 않는 것이 서러워 기어이 주르륵, 뺨을 타고 흘러내렸다.

서하는 닫힌 문에 기댄 채, 온 마음을 다해 지쳐 내린 사람처럼 눈물만 뚝뚝 흘려댔다.

"또 그렇게 처량 맞게 우는구나. 소리도 내지 않고."

사내 음색에 흠칫 놀라 벌떡 몸을 일으키자, 검은 그림자가 방 안 깊은 곳에서 모습을 드러냈다. 얼굴을 확인하는 찰나, 서하는 서둘러 바닥에 엎드렸다.

명이었다.

"어디를 다녀온 것이냐."

아무 말이 없는 서하를 내려다보며, 명은 다시 한번 물었다.

"공주도 허락 없이 행궁 밖을 나갔다 왔던데. 혹시 알고 있었느냐?"

묵묵부답인 채로 꼼짝하지 않는 서하를 물끄러미 바라만 보기를 한참, 명은 천천히 몸을 낮추고 앉아 서하의 치맛자락을 살짝 움켜쥐어 보았다.

"나인복이 젖어 있구나. 담이도 물에 빠졌다던데 너도 이리 흠뻑 젖어 있으니 그것참 이상하지 않으냐. 혹 둘이 무슨 일이 있었던 것은 아니고?"

명은 서하의 턱을 살며시 들어 올렸다. 미처 닦아내지 못한 서하의 눈물을 부드럽게 손가락으로 매만지며, 그는 말했다.

"물에 빠진 담이를 구한 게 너라면 그렇다고 해도 된다. 혹 월영이 담이를 죽일까 염려하여 대답하지 않는 것이라면, 쓸데없는 짓이야. 설마 하니 내가 누이를 죽이도록 가만히 두고만 보겠느냐."

가만히 어르는 듯한 말투로 명이 다시 한번 물었다.

"네가 담이를 구한 것이지? 그렇지?"

잠시 망설이던 서하가 천천히 고개를 끄덕이자, 명이 환하게 웃어 보였다.

"그럴 줄 알았다. 네가 행궁을 따라나서겠다고 했을 때부터 선견으로 뭔가 본 것 같다고 짐작은 했는데, 그게 설마 공주를 위험에서 구하는 일이었을 줄은 몰랐구나. 진작 말을 할 것이지. 그랬다면 내 담이를 이곳에 데려오지 않았을 것을."

서하는 무거워진 눈꺼풀만 힘겹게 깜빡였다. 어차피 공주는 이곳에 오지 않았다 해도 또 다른 방법으로 죽으려 시도했을 터였다. 게다가 만에 하나 공주가 진심으로 갇혀 지내는 게 갑갑해 바람을 쐬고 싶어 원한 행궁행이라면, 그런 생각에 차마 막을 수는 없었다.

해서 일단 따라온 것인데, 설마하니 그런 무시무시한 절벽이 등장하리라고는 서하 역시 예상치 못했었다.

“어쨌든 고맙다는 인사를 해야겠구나. 고맙다, 서하야. 덕분에 담이가 무사해 정말 다행이다.”

명은 서하의 손을 꼭 잡고 난 뒤 자리에서 일어섰다.

“한데 말이다. 다행이지 않은 게 한 가지 있지 뭐냐.”

너무 지친 탓인지, 아니면 긴장이 풀린 탓인지 다리에 힘이 들어가지 않아 따라 일어서지 못한 서하는 그대로 주저앉은 채 명을 올려다보았다.

“네가 나인복이 아닌 다른 옷을 입고 있었다면 좋았을 텐데.”

무슨 뜻인지 이해하지 못해 고개를 갸웃하는 사이, 명이 문을 열고 나가며 말을 덧붙였다.

“그랬다면 절벽에서 발견된 나인복이 네 것이었다고 생각했을 텐데 말이다.”

지쳐 있던 서하의 얼굴이 서서히 사색으로 변하는 것을 보며 명은 방을 빠져나왔다. 어디를 다녀왔는지, 이제껏 보이지 않던 월영이 숨을 헐떡이며 나타났다.

“자리를 비워 용의 아이를 함부로 궁 밖에 내보냈던 일에 대해서는 네 죄를 엄히 묻고 싶으나, 지금은 서하를 지키는 것이 먼저다.”

“송구합니다.”

“오늘부터 용의 아이에게 금족령을 내린다. 한양으로 환궁할 때까지, 서하가 이 방에서 한 발자국도 나가선 아니 될 것이야.”

“예, 전하.”

명은 고개를 숙인 월영을 지나치다 말고 잠시 걸음을 멈추었다.

“울더구나.”

“무슨 말씀이신지.”

“십 년 전, 꼭 녀석이 사라지던 날처럼 처량하게 울고 있었다.”

흠칫 놀라는 월영의 어깨를 두어 번 툭툭 두드리며, 명은 나지막이 중얼거렸다.

“……녀석이 있다, 이곳에.”

9화

살아 있어도 죽은 자처럼

무언가 잘못되었다, 그런 불길한 예감이 뇌리에서 떠나지를 않았다. 물고가 났든 무사하든 간에, 지금쯤이면 벌써 소식이 있어야 했다. 한데 새벽녘이 넘어가는 여태껏 수호가 올 생각을 하지 않고 있었다.

자욱하게 안개가 낀 산 중턱. 저 멀리 불안할 만큼 고요한 행궁을 하염없이 내려다보던 우는 마침내 몸을 돌렸다.

익숙한 백매화 나무들 사이로 발걸음을 옮기려는데, 갑자기 미세한 인기척과 함께 어스름한 그림자가 안개 속으로 숨어들었다.

"……누구냐."

수호가 아니다, 그렇게 확신하는 순간.

"거기서 한 발자국이라도 움직이면 죽일 겁니다."

사납게 경고하며 그림자의 주인이 모습을 드러냈다. 동시에 우의 심장 앞에 정확히 멈춰 선 검.

낯이 익었다. 투박하고 낡은 검붉은색의 손잡이. 얇고 가벼워 보이지만 사람의 심장 따위 언제든 도려낼 수 있도록 매끄럽게 잘 다듬어진 검날.

분명 오래전에 봤던 그 검이었다. 녀석이 사람을 죽이는 모습을 봤던 그 날. 그때도 지금처럼 이렇게 검날을 따라 뚝뚝, 핏방울이 떨어졌었다.

〔무슨 짓이냐. 무슨 연유로 이 무수리를 죽인 것이냐.〕

〔금유당을 발견했기 때문입니다.〕

〔궁이 낯설어 길을 잃은 것뿐일 수도 있다.〕

〔그렇다 해도 금유당을 발견했다는 사실에는 변함이 없습니다.〕

〔지나가다 본 것만으로도 죄가 된단 말이냐?〕

〔대군께서는 무엇 때문에 제가 금유당 안에 있다고 생각하십니까?〕

〔서하를 지키라는 아바마마의 명을 받고……〕

〔서하 아가씨를 지키는 게 아니라 금유당을 지키고 있는 것입니다. 금유당의 비밀을 철저히 지키기 위해 위험 요소는 전부 베어 버린다, 그게 바로 제가 이 궁에 존재하는 이유입니다.〕

〔……금유당이 무엇이냐. 대체 뭐가 그리 대단하기에 한 여인을 옴짝달싹 못 하게 가둬두고, 죄 없는 사람이 억울하게 죽어야 하느냐.〕

땅에 번지고 있는 핏빛을 물끄러미 지켜보던 우는 기억에서 빠져나왔다.

"십 년 만의 인사치곤 제법 살벌하구나. 검도 들이밀고, 거기에 피도 묻어 있고. 겁이 좀 나긴 한다만, 내가 가야 해서 말이다."

말과는 달리 전혀 겁먹은 기색도 없이 우가 불쑥 움직이려 할 때였다. 곧바로 검이 휘둘러졌다. 옷깃이 벌어지고, 얄게 스친 쇄골 부근에 뜨끔함이 느껴졌다.

"움직이지 말라 했습니다!"

잔뜩 일그러진 표정의 월영이 언성을 높였다. 의외였다. 예전에는 사람을 죽이고도 표정 하나 없던 녀석이, 이렇게 드러내놓고 화를 내는 모습은 처음이었기 때문이었다.

평소였다면 신기해서라도 이유를 물었을 터였다. 하지만 지금 우에게는 이런 쓸데없는 화풀이를 받아줄 여유가 없었다. 베인 상처에서 흐르는 가느다란 핏줄기를 슥 닦아낸 뒤, 우의 매서운 시선이 월영에게 꽂혔다.

"가야 한다고 했다."

"제가 농담이라도 하는 줄 아십니까?"

"나는 농담인 듯싶으냐?"

싸늘하게 대꾸한 우의 손등이 눈앞의 검을 신경질적으로 쳐냈다.

"위협만 하지 말고 죽을 각오로 덤비든 거기서 비켜서든, 하려면 빨리하거라. 시간이 없으니."

"시간이 있어도 행궁으로는 못 가십니다."

"그러니까 나를 죽이러 온 것이 아니라, 내가 행궁으로 가지 못하게 막으러 왔다는 뜻이로구나. 왜. 무엇 때문에?"

"대군께서 상관하실 일이 아닙니다. 중요한 건, 어차피 가면 죽는다는 겁니다."

"수호는 살 수 있다."

"대군이 간다고 해서 그 나리를 순순히 풀어줄 거라는 순진한 생각은 아니시겠지요."

"적어도 나 때문에 죽진 않겠지."

"……대군 때문에 죽게 생긴 사람은 따로 있다는 걸 알고나 하시는 말씀입니까?"

그 말을 듣는 순간, 이상하리만큼 심장이 철렁 내려앉아 우는 저도 모르게 가슴 부근의 옷자락을 움켜쥐었다. 무슨 뜻이냐는 말을 선뜻 내뱉지도 못하는 사이.

"그러게 어쩌자고!"

월영이 갑자기 노기를 뿜어내며 달려들었다. 수라 같은 검이 크게 휘둘러졌다.

"어쩌자고 아가씨를 만난 겁니까!"

흉포하게 공기를 가르는 궤적을 놓치지 않고 좇던 우의 밤색 눈동자가 방향을 잃었다.

"……왜 서하가 나오느냐."

무겁게 내리깔린 목소리에 사선으로 떨어지던 검이 우뚝 멈추었다.

목에 닿는 차가움. 그게 무엇인지 빤히 알면서도 우는 눈도 깜짝 않고 선 채 다시 한번 말했다.

"여기서 왜 서하가 나오느냔 말이다."

월영이 어이없다는 듯 코웃음을 쳤다.

"지금 남 걱정할 처지가 아닐 텐데요. 당장 목이 날아가게 생겼으니 피하든 반격을 하든……."

말이 끝나기도 전에 우가 맨손으로 검날을 잡아챘다. 그는 손가락 마디마디가 벌어지고 있는 것도 아랑곳하지 않았다.

"묻는 말에 대답이나 해."

짐승처럼 낮게 으르렁거리는 우에게서 이제껏 없던 살기가 드러나자, 월영이 눈가를 찌푸렸다.

"이제야 정신이 번쩍 나십니까?"

"대답하라 했다."

"임금께서 아십니다."

부들부들 떨릴 만큼 검을 힘주어 잡고 있던 우의 손이 갑자기 느슨해졌다. 그 틈을 타 월영은 재빨리 손목을 튕기듯 꺾었다. 순식간에 검날이 우의 손아귀를 뿌리치며 빠져나갔다.

"당신이 살아 있다는 걸, 전하께서 알고 계신단 말입니다."

손에서 피를 뚝뚝 흘리며 우는 멀거니 서 있기만 했다. 벼락이 떨어진 것 같았다. 월영이 끼얹어 온 혼란에 숨이 다 막혀왔다.

"……언제부터?"

간신히 묻자, 월영이 기다렸다는 듯 대답했다.

"처음부터입니다. 처음부터 서하 아가씨가 스스로 손을 찔러가며 당신을 살렸다는 걸 알고 계셨습니다."

우는 두 눈을 질끈 감아버렸다. 무언가 묻고 싶고 물어야 할 것이 산더미였지만, 머릿속이 원망스러울 정도로 새하얗게 변해버린 상태였다.

"그런데도 당신이 어떻게 십 년이나 무사할 수 있었는지는 아십니까?"

대답을 할 수가 없었다.

"아가씨가 한 약속 때문입니다."

가차 없이 폐부를 찔러대는 월영의 말들이 너무 잔인해서, 우는 그 자리에 꼿꼿이 박혀 겨우 밭은 숨만 내쉬고 있었다.

"당신이 살아 있다는 걸 묵인해주는 대신, 아가씨가 죽을 때까지 전하 곁을 지키기로 했습니다. 십 년 전 그날! 죽을 때까지 궁을 나가지 않겠다고 맹세한 아가씨의 희생 덕분에 당신이 살아 숨 쉬고 있는 거란 말입니다!"

「궁을 나가지 않겠습니다. 용의 아이로서 임무를 다할 것입니다. 그러니 전하께서도 약조를 지켜주십시오.」

월영은 십 년 전을 떠올렸다. 글을 적어 내리던 서하의 손이 바들바들 떨리고 있었음을, 장지문 너머로 몰래 바라보며 알 수 있었다. 다시 생각하는 것만으로도 속이 뒤집혀서 한참을 씩씩거리던 월영은 애써 검을 거두어 넣었다.

"제가 예전에도 말씀드렸지요."

〔금유당이 무엇이냐 물으셨습니까? 알면 어쩌시려고요. 어차피 안다 해도 대군께서 할 수 있는 일은 아무것도 없습니다.〕

〔나를 능멸하는 것이냐.〕

〔능멸이 아니라 사실을 얘기하는 겁니다. 제가 사람을 죽이는 게 마음에 안 든다 해서 살인을 그만하라 명할 수 있으십니까? 아가씨가 금유당에 갇혀 지내는 게 마음에 안 든다 해서 자유롭게 풀어주실 수나 있으십니까?〕

〔…….〕

〔제게 명령할 수 있는 위치에 선 게 아니라면, 제가 무슨 짓을 해도 모른 척 뒤돌아 가십시오. 그냥 이제까지 그래왔듯 아무것도 모르는 순진한 대군으로 열심히 사시란 말입니다.〕

"그냥 조용히 사십시오. 모두를 위해서. 당신이 그렇게나 아끼는 아가씨를 위해서라면 더더욱. 이제까지 그래왔듯 아무것도 모르는 순진한 사람으로, 이미 죽어 모두에게 잊힌 사람으로."

월영은 차갑게 돌아섰다.

한참 만에야 눈을 뜬 우는 점점 멀어지고 있는 그의 뒷모습을 바라보다가 입을 열었다.

"……서하가 죽게 생겼다는 건."

저벅저벅 걷던 월영의 걸음이 잠시 멈추었다.

"나를 만난 일로 전하께서 서하를 죽이려 한다는 뜻이냐?"

우의 나직한 질문에 월영은 고개만 슬쩍 뒤로 돌리며 한숨처럼 대답했다.

"그래서 당신이 순진하다는 겁니다. 아가씨를 죽일 수 있는 사람이 전하뿐이라고 생각하십니까? 이 나라에서 용의 아이에 대해 알고 있는 자들이, 정말 왕실밖에 없을 거라 생각하셨습니까?"

그는 다시 걸음을 옮겨 커다란 매화나무 뒤로 향하더니 무언가를 끌고 와 우의 앞에 내팽개쳤다. 사람이었다. 게다가 우가 아는 얼굴이었다.

"박 내관?"

우는 여기저기 피를 흘리며 쓰러져 있는 두천에게 달려갔다.

"박 내관! 두천아! 정신 차리거라!"

서둘러 그를 부축하려는 우의 뒤에서 월영의 차디찬 한마디가 비수처럼 날아들었다.

"보이십니까? 그 작자, 차수호 나리, 공주 자가 그리고 서하 아가씨까지. 모두가 당신 때문에 희생당한 겁니다."

"……."

"그러니 살아 있어도 죽은 것처럼, 아가씨 덕분에 겨우 붙은 목숨에 감사하며 그렇게 숨만 쉬고 사십시오. 제 말 명심하는 게 좋을 겁니다."

10화
사촌 오라버니

소식이 참 빠르기도 했다. 어떻게 알았는지 좌의정 차익훈이 아침 댓바람부터 찾아와 뱀처럼 바닥에 납작 붙은 채로 외쳤다.

"전하! 소신의 잘못이옵니다! 모든 게 아들을 잘못 가르쳐 생긴 불충이오니, 소신을 벌하여 주시옵소서!"

귀신도 호령할 대장부라 일컬어지는 사내여서인지, 목소리가 어마어마하게 컸다. 온 행궁이 쩌렁쩌렁 울릴 정도였다. 시키지도 않았는데 알아서 잘못을 청하는 정일품 정승을 두고 귀를 막을 수도 없는 일이어서, 명은 찌푸려진 이마를 긁적였다.

"이보시오, 좌의정."

"소신의 잘못이옵니다!"

쉽게 그칠 것 같지 않자, 명은 하는 수 없이 자리에서 일어났다. 정말 바닥에 붙어버린 건가 싶을 정도로 낮게 엎드린 그에게 다가가 상체를 일으켜 세워주고, 흐트러진 홍단령을 잘 매만져주었다.

"이렇게까지 할 것 없소. 수호가 어렸을 때부터 공주에게 연심을 품어왔다는 걸 내 몰랐던 것도 아니고."

"전하! 모든 게 신이 아들을 잘못 가르쳐……."

"글쎄, 그만하래도."

"전하."

"나에게는 고마운 일이지. 알다시피 무헌대군 일로 심하게 병이 난 공주가 아니오. 그런 공주를 위해 물속까지 뛰어들어 구해준 수호에게 상을 주지는 못할망정, 내 어찌 벌을 줄 수 있겠소."

"못난 제 아들을 용서해주시다니, 참으로 성은이 망극하옵니다."

익훈이 다시 고개를 조아리려 하자 명이 서둘러 잡았다.

"하지만 안타깝게도 그러지를 못했소. 아니, 막지 못했다고 해야겠지. 오히려 내가 그대에게 사죄를 청해야만 하오."

"전하! 그 무슨 천부당만부당한 말씀을……."

"상선."

명의 부름에 상선이 재깍 문을 열었다. 그때까지도 고개를 숙이고 있던 익훈은 한참 만에야 시선을 돌렸다. 내관 둘이 한 사내를 양쪽에서 부축하며 들어오고 있었다.

어리둥절하던 것도 잠시, 내관들이 손을 놓자마자 바닥으로 쓰러지듯 주저앉은 이가 다름 아닌 자기 아들임을 알아본 그는 해쓱하게 질려갔다.

"마냥 순한 줄 알았던 수호가 의외로 좌의정 그대를 닮아 꽤나 강단이 있더이다."

맞은 건지 베인 건지. 피로 얼룩덜룩한 나인복을 입고 상처투성이가 되어 있는 아들을 차마 볼 수 없어 익훈은 두 눈을 감았다.

"자기가 누구인지 끝끝내 밝히지 않아 내금위에서 좀 거칠게 다뤘던 모양이오. 내가 조금 전 찾아가 보고서야 수호인 걸 알았지만, 이미 상한 후였소. 그대의 하나뿐인 아들을 지켜주지 못해 참으로 미안하오."

어깨를 툭툭, 두어 번 두드리는 명의 손길에 익훈은 겨우 눈을 떴다. 그는 이내 무언가를 결심한 듯, 부서지게 물고 있던 아래턱에서 힘을 뺐다.

"불충을 저질렀으면 마땅히 대가를 치러야지요. 이렇게 목숨을 살려주신 것만으로도 감읍할 따름이옵니다."

"좌의정이 그리 생각해주니 내 한결 마음이 놓이는군. 고맙소. 이곳에 머무는 동안 수호를 곁에 두고 잘 치료해주시오. 내가 내의원에 일러 가장 좋은 약재들로 보내라 하겠소."

"성은이 망극하옵니다, 전하!"

"한데 내 수호에게 궁금한 것이 있어 부른 것이니, 잠시 몇 가지만 물으리다."

"하문하시지요, 전하."

명은 수호를 지그시 바라보았다. 금방이라도 고꾸라질 것처럼 위태롭게 앉은 몸이 버티기 힘든지 미세하게 떨리고 있었다.

"고생이 많았구나, 수호야. 내 진작 너인 줄 알았다면 밤새 이리 상하게 두진 않았을 것을."

눈꺼풀에 난 상처 때문인지 피가 덕지덕지 묻은 수호의 눈이 명에게 향했다. 곧이어 비웃는 것처럼 비틀어진 그의 입이 열리는가 싶더니, 잔뜩 쉬어 거칠어진 목소리가 튀어나왔다.

"서, 성은이 망…… 극 하옵니다, 전하!"

몹시 힘들 텐데도 수호가 일부러 있는 힘을 다해 언성을 높였다는 것을 명도, 익훈도 모르지 않았다. 마치 조금 전, 있는 대로 고개를 조아리며 큰 목소리로 성은을 입에 담던 자신의 아버지를 조롱하듯이.

다소 민망해진 명은 익훈의 눈치를 살폈다. 보아하니 부자 사이가 여전히 좋지 않은 모양이었다. 그래도 그렇지, 임금 앞에서까지 대놓고 제 아비 싫어하는 티를 내다니.

고개를 절레절레 젓던 명은 잠시 제자리로 돌아가 서랍에서 무언가를 꺼내왔다. 툭, 익훈과 수호가 바닥에 놓인 물건을 동시에 내려다보았다.

"누가 입었던 것인지 끝끝내 말을 하지 않았다면서."

명은 묻자마자 바로 쓸데없는 질문을 했다는 것을 깨달았다. 수호의 눈에는 벌써 죽어도 말하지 않겠다는 의지가 가득했다.

"내금위에서는 네가 누군가와 함께 온 것 같다고 의심하더구나. 내가 아닐 거라고 대신 해명해주고 싶어도, 이 찢어진 나인복이 버젓이 발견된 통에 그럴 수도 없다."

"제 것, 입니다."

수호의 부르튼 입이 망설임도 없이 대답하자, 명은 한숨부터 지었다.

"넌 입고 있지 않으냐."

"제 것입니다."

그냥 한 말은 아니었지만, 정말로 수호는 어쩔 수 없는 좌의정의 핏줄이었다. 한번 고집을 부리기 시작하면 두 부자가 정말 감탄이 나올 만큼 똑같아 오한이 들 정도였다. 더 이상 물어봤자 똑같은 대답만 되풀이될 테니, 작전을 바꿀 필요가 있었다. 수호가 끝까지 말하지 않겠다면, 이쪽에서 먼저 거론하는 게 나을 듯싶었다.

"혹시, 혹시 말이다. 이것이…… 무헌대군의 것은 아니냐?"

다행히도 먹힌 모양이었다. 눈에 띄게 놀라는 좌의정은 차치하고라도, 미세하지만 분명 흠칫 몸을 떠는 수호의 반응을 명은 놓치지 않았다.

무헌대군이 거론되자 바로 조개처럼 입을 딱 닫은 수호 대신 익훈이 물었다.

"저, 전하. 지금 뭐라고 하셨습니까? 무헌, 무헌대군이요?"

덜덜 더듬고 있는 익훈에게로 향한 명의 눈이 그렇다고 대답하는 것처럼 지그시 감겼다 떠졌다.

"좌의정, 그대는 혹시 들어본 적이 있소?"

"무엇을 말입니까?"

"무헌대군이 어딘가에 살아 있다는 소문 말이오."

명의 말이 끝나기가 무섭게 익훈이 처음 아들의 죄를 청했을 때보다 더 큰 목소리로 외쳤다.

"그것은 있을 수 없는 일이옵니다! 불에 타 죽은 시신을 모두가 확인하지 않았사옵니까!"

"나도 알고 있소. 내 눈으로도 직접 확인까지 했는데 어찌 모를 수 있겠소. 하지만 소문에 의하면, 시신이 바뀌었다 하더이다."

"……예?"

"그때 의금부가 불에 타 정신없는 틈에 시신이 바뀌었다 하오."

"그럴 리가, 그럴 리가 없습니다! 아무리 정신이 없었다지만, 다른 곳도 아니고 의금부이옵니다. 쥐 새끼 한 마리 허투루 두지 않는 삼엄한 곳에서 그리 허술하게 죄인을 관리했을 리 없습니다!"

"그렇지. 그럴 리가 없을 테지. 하지만 그 철통같은 보안이 좀 뚫렸을 수도 있지 않을까, 하는 생각이 들어서 말이오."

소문이 벌써 사실이라도 되어버린 양 미소 짓고 있는 명과 달리, 익훈의 얼굴은 점점 백지장처럼 하얗게 질려갔다.

그도 그럴 것이 만약 눈앞에 놓인 나인복이 진짜 우의 것이라면. 수호가 정말 우와 함께 있었다면. 그건 바로 제 아들이 다름 아닌 대역죄인과 결탁한 반역자가 되고 만다는 뜻이었다.

"허황한 소문일 뿐입니다! 그런 허무맹랑한 거짓 소문에 현혹되시면 아니 되옵니다, 전하!"

"알고 있대도. 알면서도 하나밖에 없는 내 아우가 정말 살아 있는 건 아닐까, 하는 희망 한 가닥 때문에 소문이 사실이길 바라는 것뿐이니 오해 마시오."

"전하!"

선왕이신 문조대왕이 살아계실 땐 무도에도 능했다던 이답게, 여전히 건장하고 산 같은 풍채가 다시 한번 바닥에 납작 엎드렸다.

"지금 당장 이 일대를 샅샅이 수색하라는 명을 내려 주시옵소서!"

"좌의정."

"무헌대군이 살아 있다는 건 있을 수 없는 일입니다! 허나! 전하의 말씀처럼 만에 하나 무헌대군이 살아 있다면, 무슨 수를 써서라도 잡아들여야 합니다! 무헌대군이 누구이옵니까! 선왕 전하를 시해한 대역죄인이옵니다!"

펄펄 뛰는 익훈 때문에 명의 표정은 금세 어두워졌다.

"내 그런 뜻이 아니었소. 사실이었으면 좋겠다는 단순한 내 바람일 뿐이었다고 하질 않소."

"소신에게 직접 명을 내려주시옵소서! 이 일대를 갈아엎어서라도 소문이 거짓이라는 걸 반드시 밝혀내고야 말겠습니다! 흉흉한 소문을 퍼뜨려 전하의 심기를 어지럽히고 나라의 근간을 흔들려는 자들까지 잡아들여 엄중하게 죄를 물을 것이옵니다!"

아무래도 불같은 성격에 기름을 부은 모양이었다. 진정시켜보려 해도, 당장 반역이라도 일어난 것처럼 비장하기 그지없는 익훈을 도저히 당해낼 수가 없었다.

명은 표정 변화 없는 수호와 모든 일의 원흉인 나인복을 번갈아 보았다. 그리고 졌다는 듯 손으로 이마를 짚었다.

"……뜻대로 하시오."

"명 받들겠나이다, 전하!"

어명이 떨어지자마자 익훈은 자리에서 벌떡 일어섰다.

좌의정이 철퇴를 내리칠 기세로 성큼성큼 문밖으로 나간 뒤, 명과 수호 둘만 남은 공간에는 한기가 들 정도의 적막함이 내려앉았다.

한참을 멀거니 앉아 있던 수호는 시선을 들었다. 머리가 아프다는 듯 관자놀이를 꾹 누르고 있는 명을 향해, 마침내 그가 적막을 깨뜨렸다.

"말씀…… 십시오."

생각보다 더 말하는 게 쉽지 않아 짜증이 났다. 움직일 때마다 쑤셔오는 상처도 문제였지만, 아까부터 자꾸만 머리가 몽롱해지고 있었기 때문이었다.

"뭐라 하였느냐?"

알아듣지 못한 명이 묻자, 수호는 주먹을 꾹 쥐었다. 정신을 차리기 위해 안간힘을 쓰며 그는 최대한 목소리에 힘을 실었다.

"뜻을 이루셨으니, 말씀…… 말씀을 해주십시오."

명의 이마가 미세하게 찌푸려지기 시작했다.

"뜻을 이루었다니, 무슨 말이냐."

수호는 머리를 한 번 크게 흔들었다. 의지와는 달리 의식이 점점 아득해지고 있었다.

“제 아비를 뜻대로 움직이셨으니…… 자가, 공주 자가께서 괜찮으신지 이제 그만 말씀을…….”

결국 끝을 맺지 못하고 푹 고꾸라지는 수호를 바라보며, 명이 눈을 가늘게 치켜떴다.

“상선.”

“예, 전하.”

안으로 들어온 상선이 다시 내관 둘을 불러 수호를 부축하게 했다.

“이자를 어찌할까요, 전하.”

“그러게. 어찌해야 좋을까. 좌의정도 저리 펄펄 뛰고, 더군다나 공주가 이 녀석을 보기 전까진 치료받지 않겠다고 계속 고집을 부리고 있으니.”

똑, 똑, 똑. 그의 손가락이 지루하다는 듯 서탁을 두드려댔다.

***

“아가씨. 석반 준비해 오겠습니다.”

대답이 없으리란 걸 알면서도 문 너머 월영의 그림자는 한참을 머물다 사라졌다.

멀어지던 발자국 소리가 완전히 사라졌을 즈음, 죽은 듯이 앉아만 있던 서하는 자리에서 일어섰다. 해가 지고 있었다. 석양이 세상을 온통 불그스름하게 물들이는 모습이, 서탁만 한 크기의 봉창 너머로 훤히 보였다.

서탁만 한 크기…… 불현듯 서하의 입가가 슬그머니 올라갔다.

입고 있는 노란 저고리의 동정을 단정히 매만졌다. 옷고름도 풀리지 않도록 고쳐 매고, 그대로 소매를 따라 흐르듯 내려간 손가락이 이번에는 자적색 끝동을 잡았다. 다소곳하게 접어 올리고, 움직이기 편하도록 또 한 번 접어 올리고. 그렇게 양 소매를 팔꿈치까지 걷어붙인 뒤, 고스란히 드러난 하얗고 가느다란 팔로 구석에 있던 서탁을 머리 위까지 번쩍 집어 들었다.

"읏차!"

생각보다 더 무거운 탓에 다리가 휘청거리며 입에서 저절로 끙 소리가 튀어나왔지만, 절대 내려놓지는 않았다. 나가려면 지금밖에 기회가 없었기 때문이었다.

〔내일 이 시각, 널 처음 봤던 곳에서 기다리겠다.〕

금족령이 내려지고서야 안 사실은, 이 전각도 금유당과 마찬가지로 사람을 가두는 용도로 만들어진 것 같다는 점이었다.

처음으로 전각에 내려진 들어열개문. 하지만 다른 처소처럼 문살무늬가 있는 평범한 문이 아니라 빛 한 줄기 허용치 않는 단단한 나무 고재문이었다.

게다가 문마다 걸려 있는 무쇠 자물통은 부수고 싶어도 도저히 부서져 줄 것 같지가 않았다. 월영이 자물쇠를 풀고 들어올 때를 노리는 방법도 있었지만, 그건 월영을 쓰러뜨려야 한다는 뜻이었으므로 고재문을 부수는 것보다 더 불가능했다.

그렇다면 방법은 한 가지. 단 한 방으로 깔끔하게 치고 빠질 수 있는 서탁만 한 봉창을, 진짜 서탁으로 뚫고 나가는 수밖에.

〔기다릴 것이다. 나올 때까지.〕

듣는 것만으로도 서글펐던 우의 목소리를 떠올리며, 서하가 들고 있던 서탁을 냅다 던지려던 그때였다.

철컥, 마루 너머에서 자물쇠 따는 소리가 들리더니 곧바로 문이 열렸다.

"……."

"……."

서탁을 내려놓지도 못한 채 고개만 비스듬하게 돌린 서하와, 뜬금없는 방 안 광경에 놀라 망부석처럼 멀거니 선 녹색 관복의 사내. 시선이 마주친 두 사람은 약속이라도 한 것처럼 눈만 깜빡여댔다.

"밥도 안 먹고 잔뜩 풀이 죽어 있을 거라더니…… 너무 팔팔한 게 아니냐."

한참 뒤 침묵을 깬 사내가 어이없다는 듯 허, 웃음을 터뜨렸다.

서하는 고개를 갸웃했다. 낯선 사람이었다. 한데 사내는 마치 오래전부터 자신을 아는 것처럼 친근하게 말을 걸어오고 있었다.

"본격적으로 한 판 할 모양새구나. 소매까지 걷어붙이고. 거참. 보고도 못 믿겠어 묻는 건데, 그걸로 저 봉창을 부수고 나갈 작정인 게냐?"

족집게가 따로 없었다. 속내를 단박에 들켜 아무런 대꾸도, 반응도 없는 서하를 두고 사내는 고개를 도리도리 저었다.

"대단하다, 대단해. 일편단심 오매불망이라더니 그건 틀린 소리가 아니었군. 그래도 그렇지, 여인네가 무슨 괴력인 게야. 그런 걸 번쩍번쩍 들고 있다간 좋다고 달려들던 놈도 도망가겠다."

쯧쯧, 혀를 차기가 무섭게 서하가 서탁을 든 채로 사내에게 다가갔다. 화들짝 놀란 사내는 서둘러 뒷걸음질을 쳤다.

"나한테 던지려고? 농! 농이었다! 괴력 있는 여인 참으로 매력적이지, 암! 그러니 일단 진정하고 그 서탁 좀 내려놓자. 보는 내가 다 무겁다!"

그제야 서하는 서탁을 팽개치듯 내려놓았다. 하지만 사내의 말을 들어주기 위해서도, 무거워서도 아니었다. 누군지도 모르는 이 사내가 생전 처음 보는 얼굴이었기 때문이었다.

그 말은 곧, 죽는다는 뜻이었다.

겁을 잔뜩 집어먹은 눈이 활짝 열린 문 너머를 살폈다. 다행히 월영의 모습은 보이지 않았다.

"서하야?"

이상함을 느꼈는지 사내가 불렀지만, 서하는 대꾸도 하지 않은 채 이번에는 다짜고짜 그의 등을 떠밀기 시작했다. 월영이 오기 전에 내보내야만 했다.

"자, 잠깐! 힘들게 사람들 눈을 피해 왔더니 어찌 이러는 것이냐! 왜 이러는 것이야!"

온 힘을 다해 밀어대는 통에 미끄러지듯 밀려나던 사내가 다급히 외쳤다.

"월영 때문이라면 걱정하지 않아도 된다!"

그제야 서하의 움직임이 멈추었다. 등을 밀어대던 팔에서도 겨우 힘이 빠지자, 사내는 흐트러진 관복을 잘 정비하고는 다시 서하와 마주 섰다. 그러고는 기특하다는 듯 머리를 톡톡 두드려주었다.

"내가 죽을까 걱정했나 보구나. 착하기도 하지. 하지만 그럴 필요 없다. 월영은 무슨 일이 있어도 날 죽이지 못하니."

서하는 부드럽게 웃는 그를 물끄러미 쳐다보았다. 영문을 알 수가 없었다. 도대체 누구인지. 관복으로 보아 참하관인 것 같은데, 그런 하급 관리가 이곳은 어떻게 들어왔으며 월영과는 또 어찌 아는 사이인지 그리고 자신에 대해 어떻게 알고 있는 것인지.

"안다, 알아. 궁금한 게 많을 테지. 한데 나가려던 참이 아니었느냐?"

서하가 대답 대신 서둘러 필묵을 가져오려 하자, 사내가 막았다.

"괜찮다. 벙어리란 것은 이미 들어 알고 있으니 고개를 끄덕이거나 저으면 된다."

이름까지 알고 있으면서, 진짜 벙어리가 아니라는 것은 또 모르는 모양이었다. 서하는 잠시 머뭇거리다 고개를 한 번 끄덕였다.

"그래. 나가고 싶으면 내가 도와줄 수도 있다."

사내는 기대하는 기색과 의심하는 기색이 어지럽게 뒤섞인 서하의 눈동자를 가만히 바라보다가, 대신 서탁을 집어 들어 봉창을 힘껏 내려쳤다. 요란한 소리와 함께 창살이 산산이 부서졌다. 혹여라도 서하가 다칠세라, 그는 부서진 창살의 파편들까지 전부 치워냈다.

"월영에게는 너와 긴히 할 말이 있으니 부를 때까지 자리를 피해달라고 한 참이다. 그러니 정 나가겠다면, 내가 이곳을 지키고 있으마. 대신 반드시 돌아와야 한다. 안 그러면 난 월영이 아니라 전하께 능지처참을 당할 테니."

사내는 서하의 양어깨를 단단히 잡으며 말을 이었다.

"부디 하나밖에 없는 이 사촌 오라버니를 죽이지 않겠다고 약조만 해 다오."

순간 서하의 눈이 휘둥그레졌다. 믿을 수가 없었다. 돌아가신 어머니와 아버지에 대해서도 세세히 알지 못하는 자신에게 사촌 오라버니라니.

장난기와 진중함이 반씩 섞인 사내의 얼굴은 서하를 더욱 혼란스럽게 만들었다. 하지만 서두르라는 듯 그가 시원하게 뚫린 봉창을 향해 고갯짓하자, 서하는 아랫입술을 깨물었다.

온통 의문투성이였지만, 지금은 그런 걸 따질 여력이 없었다. 모든 건 무헌대군을 만나고 난 뒤 생각해도 늦지 않았다.

결심을 굳힌 서하는 일말의 망설임도 없이 폴짝 뛰어 봉창을 타고 넘었다.

서하를 도와주려고 뻗었던 손이 갈 곳을 잃자, 석준은 '쩝' 하고 입맛을 다셨다.

"이십 년이나 궐에 갇혀 지내서 세상 물정 모르는 연약한 여인네로 자랐을 줄 알았더니, 엄청난 착각이었구나. 저 무거운 서탁을 집어 들지를 않나, 도움도 없이 창을 훌쩍 타고 넘지를 않나."

웃어야 할지 울어야 할지 모르겠다며 중얼거리는 그의 뒤에서 월영이 모습을 드러냈다.

"정말로 보내주시다니. 도대체 무슨 생각이십니까?"

석준은 곁눈질로 월영을 쳐다보았다.

"보내주다니. 말은 바로 해야지. 나는 그저 정 가겠다면 도와줄 수도 있다고 제안만 했을 뿐이다. 선택은 언제나 자신들의 몫인 게지. 네가 무헌대군을 만나 죽은 듯이 살라고 했지만, 죽은 듯이 살지 어떨지는 그의 선택에 달린 것처럼."

"……."

"내가 모를 줄 알았더냐."

질책하는 말에 월영의 고개가 아래로 떨어졌다.

"송구합니다. 그자가 숨이라도 붙어 있지 않으면, 아가씨가 무슨 짓을 할지 알 수가 없어서……."

"변명할 것 없다. 오늘 직접 서하를 보니 그동안 네 고생이 충분히 이해가 간다. 저 정도로 눈이 멀어 있을 줄이야, 쯧쯧쯧. 그래도 오히려 일이 쉬워졌으니 그걸로 되었다."

석준은 휙 돌아서며 말을 이었다.

"지금 당장 전하께 가자. 그럼 알 수 있겠지. 무헌 그 작자가 어떤 선택을 했을지."

답지 않게 당혹스러운 표정을 드러내고 있는 월영을 못 본 체하며, 그는 먼저 길을 재촉했다.

11화
함께 가자

우가 약초를 새것으로 갈아주려 할 때였다.

"제가 꿈을 꾸고 있는 건 아니겠지요?"

어느새 눈을 말똥말똥하게 뜬 두천이 울먹이는 소리를 냈다. 누워 있는 것조차 아파 보일 정도로 이곳저곳 다친 주제에, 기쁘기 그지없는 얼굴을 하고 있었다.

잠시 멀거니 있던 우는 한참 만에야 대답했다.

"왜. 이게 꿈이어서 아픈 게 빨리 사라졌으면 싶으냐."

굳은 표정을 감추려 일부러 농을 던졌더니, 두천이 귀신같이 집어냈다.

"쑥스러우니까 괜히 말 돌리시긴. 십 년 전 잘못되신 줄 알았던 대감을 뵌 것 때문에 놀라고 기뻐서 한 말이라는 걸 아시면서. 하여간 예전부터 대감께선…… 흐흐흐흐!"

두천이 말을 하다 말고 갑자기 웃음을 터뜨렸다. 이 녀석이 살갗만 터진 줄 알았더니 허파에 구멍도 났나 싶을 정도로 웃다가, 그게 상처를 울려대서 아픈지 인상을 쓰고, 그러면서 또 웃기를 한참.

"진짜, 진짜 우리 무헌대군 대감이시다. 흐흐, 아야……. 흐흐흐."

눈물이 그렁그렁 맺힌 눈으로 두천이 중얼거렸다. 그게 꼭 우의 귀에는 흐느끼는 것처럼 들려서, 부끄러웠다. 미안했다. 하여 면목이 없었다.

천 근 돌덩이가 얹힌 것 같은 마음을 도저히 어찌할 길이 없어서, 그는 다시 괜한 말을 늘어놓았다.

"나이 들어 보이니 그 대감 소리 좀 하지 말라 그리 일렀건만."

엉뚱한 트집에도 여전히 좋다고 웃기만 하던 두천이 꿈지럭꿈지럭 움직이기 시작했다.

"무슨 쓸데없는 짓이냐."

우가 재빨리 막았지만, 고집스럽게 이를 악문 그는 기어이 몸을 일으켰다. 얼마나 힘든지 신음을 뱉으면서도 끝끝내 다리까지 펴고 서서는, 우를 향해 절을 올렸다.

"감사합니다, 대감. 이리 살아주셔서 정말 감사합니다."

"내 목숨 붙어 있는 게 뭐 감사할 일이라고 이렇게까지."

"대감께선 제 하나뿐인 군주이십니다. 모르실 겁니다. 지난날 제가 얼마나 고대하며 살았는지. 세자 저하, 하고 불러드릴 날이 어서 오기를. 주상 전하…… 그리 불러드릴 날이 올 거라고…… 당연히 올 거라고……."

그는 바닥까지 조아린 고개를 차마 들지 못하고 말을 이었다.

"십 년 전, 잠행 중이신 문조대왕께서 은밀히 찾으신다는 거짓부렁에 속아 그대로 대감을 보내드렸던 일을 매일매일 가슴 치며 후회했습니다. 목숨으로 죗값을 치르려고도 했습니다. 하지만 유폐되다시피 사시는 공주 자가가 혹시라도 잘못되실까 염려되어 그러지도 못하고 지켜보며 살았습니다."

'유폐'라는 말에 우는 멈칫했다. 처음 듣는 이야기였다. 수호에게서도 담이 그런 생활을 하고 있다는 건 듣지 못했다. 아마도 걱정할까 말하지 않은 모양이었다.

"모진 목숨 연명한 보람이 있었습니다. 정말이지 차 학정 나리 아니셨으면 대감 얼굴도 뵙지 못하고 황천에서 엉엉 울고 있었을 겁니다. 다행입니다. 참으로 다행입니다. 저는 이제 죽어도 여한이 없습니다."

두천은 소맷자락으로 눈가를 훔쳤지만, 십 년이나 묵은 눈물은 틈새를 비집고 나와 기어이 바닥으로 떨어졌다.

고개를 묻고 흐느끼는 두천의 울음을 묵묵히 듣고만 있던 우는 천천히 그의 몸을 일으켜주었다.

"기껏 살려놨더니 어딜 또 죽는다고 난리냐. 두고두고 입안에 맴돌 만큼 쓴 약을 한 사발 들이붓기 전에 그만하고 눕거라."

무뚝뚝한 대꾸가 뭐가 좋다고, 두천은 젖은 얼굴로 배시시 웃어 보였다. 그러다 무언가 생각났던지 손바닥을 마주쳤다.

"참, 저를 데려다준 그 나인은 어찌 되었습니까?"

"나인?"

"그 왜 신장이 이렇게 크고, 얼굴도 엄청 곱게 생긴 호리호리한…… 혹 못 보셨습니까?"

떠오르는 사람이 딱 한 명 있긴 했지만, 설마 싶었다.

"월영을 말하는 건 아니겠지?"

"아, 그 나인 이름이 월영입니까?"

설마가 사람을 잡는다고 하였던가. 새가 쪼아대는 것처럼 머리가 딱딱 아파 오는 우와 달리, 두천은 헤실거리기에 바빴다.

"지금 웃음이 나오느냐? 널 죽이려고 한 사람인데?"

"죽여요? 누가요. 월영 나인이요? 에이, 아닙니다!"

두천이 곧바로 양손을 휘저어 보였다.

"아니라니?"

"월영 나인은 절 살려준 겁니다. 죽이려고 한 게 아니라요."

무슨 말인지 이해하지 못한 우의 눈가가 비틀어졌다.

"살려줬다고?"

"예. 차 학정 나리를 몰래 밟고서야 이곳을 알게 되었습니다. 오는 길에 수상하게 변복한 사람들이 쫓아와 초주검이 될 뻔한 것을 월영 나인이 구해준 것입니다. 어디로 가는지 데려다주겠다기에 여기까지 꾸역꾸역 온 건 기억이 나는데."

아무래도 두천을 잘 구슬려서 이곳을 찾아내려 한 모양이었다. 그래도 그렇지. 월영이 누군가를 죽이는 건 봤어도, 누군가를 구하다니. 꼭 다른 사람 이야기를 듣는 기분이었다.

"진짜 대단했습니다. 여인인데도 어찌나 빠른지 눈앞에서 번개처럼 왔다 갔다 하고 검도 막 쉭쉭 휘두르고. 어휴."

두천은 몸을 배배 꼬며 목덜미를 긁더니, 달걀처럼 번들번들한 두 볼에 불그스름한 홍조까지 띠고 있었다.

우는 아연실색했다. 아닐 거라고 믿었다. 이 녀석이 수줍어하는 건 결코 아닐 거라고.

"아서라."

"예?"

"네가 겁을 상실하지 않고서야."

"제가요? 아닙니다. 상실하지 않았습니다. 제가 천하의 겁쟁이인 걸 벌써 잊으셨습니까?"

그걸 뭘 또 자랑스럽게, 우는 고개를 도리도리 저으며 화제를 돌렸다.

"그나저나 수호를 만났다고? 한데 몰래, 라니. 역시 무슨 일이 생긴 것이구나."

수호 이야기가 나오자마자 두천은 언제 그랬냐는 듯 얼굴에서 웃음기를 싹 지웠다.

"……아, 그러고 보니 학정 나리께서 전하라 한 말씀이 있었는데 깜빡하고 있었네요. 더할 나위 없이 무사하니 혹여라도 행궁에 쳐들어올 생각 같은 건 하지 마시라고 했습니다."

이런 중요한 걸 잊어먹다니 자기도 슬슬 나이가 드는가 보라며, 그는 쓸데없이 중얼거리는 것도 잊지 않았다.

"그래. 알았다."

우는 더 이상 아무것도 묻지 않았다. 그게 사실이냐고도, 그런데 왜 그리 시선을 회피하며 말하느냐고도 묻지 않았다. 그저 입을 꾹 다물고 자리에서 일어서기만 했다.

뭘 직감한 것처럼 두천이 우의 손을 휙 움켜잡았다.

"어디 가십니까?"

"두고두고 입안에 맴돌 만큼 쓴 약 가지러 간다. 그러니 얌전히 누워 있거라."

그 말을 믿는 건지, 어떤 건지. 두천의 손이 슬그머니 떨어지자, 우는 방문을 열며 나직하게 말했다.

"두천아. 이렇게 너를 다시 봐서 나도 얼마나 반가운지 모른다."

기쁜 나머지 또 울먹대는 두천을 뒤로 한 채, 우는 조용히 걸음을 옮겼다.

***

어둠이 잠식한 비밀의 문. 그 너머 행궁 안으로 가려다 멈춰선 지 얼마나 지났을까. 우는 달빛에 반사된 돌 위에 슬쩍 걸터앉아 문만 지그시 바라보았다.

어렸을 때부터 궐이 싫었다. 아니, 정확히는 궐 안의 공기가 싫었다. 살기가 득실대고, 권력을 손에 쥐려는 이들의 음모와 탐욕이 넘쳐대는 곳.

그런 곳에서 담이를 지키는 일은 너무나 어려웠고, 사람들의 기대를 짊어지는 일은 숨 막히게 무겁기만 했다. 그런데도 버틸 수 있었던 건…… 네가 곁에 있었기 때문이었다.

눈이 먼 것처럼 빠져들고, 이성을 잃은 것처럼 취해가고.

한때의 치기일지도 모른다고 생각했던 적도 있었지만, 그러기엔 너무…… 너를 너무 많이 사랑했다.

십 년 전 그때, 쓰러지는 게 두려웠을 정도로. 너를 다시 보지 못한다는 생각만으로도 심장이 뭉그러지듯 아팠을 정도로. 해서 살아남았다. 기약 없는 나날이었지만 그래도 만나게 될 날만을 기다리며 살아남았다. 한데 이제는, 그 살아남은 것이 두려워졌다.

〔아가씨의 희생 덕분에 당신이 살아 숨 쉬고 있는 거란 말입니다!〕

나를 살리기 위해…… 네가 또 무슨 희생을 어떻게 치를지 겁이 나니까.

〔그냥 조용히 사십시오. 모두를 위해서. 당신이 그렇게나 아끼는 아가씨를 위해서라면 더더욱. 이제까지 그래왔듯 아무것도 모르는 순진

한 사람으로, 이미 죽어 모두에게 잊힌 사람으로.」

우가 은은한 달빛 너머로 긴 숨을 불어넣는 순간, 뒤에서 누군가 허리를 꼬옥 끌어안아 왔다.

우는 놀라지도, 돌아보지도 않았다. 그저 자신의 등에 가만히 기대오는 숨결에 눈을 내리감기만 했다. 따뜻했다.

"팔꿈치 상처는 좀 어떠하냐. 약은 발랐더냐?"

"……어째서 이곳에 계십니까?"

대답은 않고 묻기부터 하는 서하 때문에 우는 피식 웃고 말았다.

"그러는 넌. 안 나오겠다고 하지 않았던가?"

일부러 조금 짓궂게 굴자, 미안했는지 서하가 허리를 끌어안은 손에 조금 더 힘을 주고는 등에 기댄 이마를 부비부비 비벼왔다. 그 작은 어리광 하나에도, 심장이 달콤하게 뛰어댔다.

"제가 안 나오면 위험한 것도 상관없이 계속 기다리실 것 같아서…… 그런데 아무리 기다려도 소주방에는 나타나지 않으시기에 설마 하고……."

드문드문 이어 붙던 서하의 목소리가 은은히 떨리며 마침내 하고 싶은 말을 완성했다.

"전 이제까지 이곳에서 저만 대군을 보았다고 생각했습니다."

그건 우 역시 마찬가지였다. 설마 상선에게 업혀 가던 그 여자아이가 자신을 봤다고는 생각도 하지 못했었다.

그랬구나. 너도 나를 보았었구나. 우린 그렇게 서로를, 이곳에서 처음 보았었구나.

"송구합니다. 이렇게 쓸쓸하게 혼자 기다리시게 해서."

"아니다. 나야말로 비겁해질 것 같아 미리 비겁한 짓을 하고 말았다."

"예?"

"뭐랄까. 조금 위험한 도박 중이었달까."

이해가 되지 않는 듯 등 뒤에서 고개를 갸웃하는 움직임이 느껴졌다. 우는 허리에 감긴 서하의 손을 겹쳐 잡으며 엄지손가락으로 가만가만, 부드러운 손등을 쓸 듯이 매만져주었다.

"만에 하나 이곳에서, 내가 정말로 널 처음 봤던 장소인 이곳에서 널 기다리다가 우연히라도 다시 만나게 된다면…… 처음이자 마지막으로 이제껏 하지 못했던 말을 하자, 하는 도박."

우는 서하의 팔을 풀며 돌아앉았다. 얼마나 뛰어왔는지, 머리카락이 조금 헝클어진 서하가 자신을 내려다보며 물었다.

"그게 무엇입니까?"

우는 서하의 두 손을 꼭 마주 잡았다.

"나와 함께 가자."

그래서 이곳에 있었다. 이렇게 비겁한 말을 할 걸 알기에 서하를 만나러 가지 못했다. 새벽에 찾아온 월영의 말이 못된 체기처럼 가슴에 얹히고 얹혔으면서도, 소중한 사람들이 자신으로 인해 얼마나 고통받고 있는지 잘 알고 있으면서도, 서하의 얼굴을 보는 순간 모든 것을 버릴 수 있을 만큼 비겁한 이 말을 하고 싶어지리란 것을 알았기에.

해서 차마 소주방에 가지 못하고 이곳을 핑계 삼아 피신하듯 앉아 있었다. 스스로가 얼마나 위험한지, 얼마나 비겁한지 잘 알고 있었으니까.

서서히 눈을 휘둥그레 뜨는 서하를 향해, 우가 다시 한번 말했다.

"나와 함께 최대한 멀리 가자. 아무것도 필요 없으니, 너만 내 옆에 있어 주면 된다."

그는 손을 내려다보았다. 서서히 자신에게서 빠져나가는 손을.

빠져나가지 못하게 손가락을 꽉 움켜쥐는 찰나, 서하의 야트막한 목소리가 흘러나왔다.

"안 됩니다."

우는 아무런 말도 하지 않았다. 기대했던 대답은 아니지만, 예상치 못했던 대답도 아니었기 때문이었다. 아래로 푹 숙어진 서하의 고개가 좌우로 흔들렸다.

"못 갑니다."

우는 자리에서 일어섰다. 그리고 서하의 턱을 슬쩍 잡아 올렸다. 그제야 순순히 맞춰오는 그 시선을 향해 조용히 물었다.

"왜. 날 살리기 위해? 전하께 죽을 때까지 곁에 남겠다 한 그 약조 때문에?"

서하의 눈동자가 애처로울 만큼 크게 흔들렸다. 너무 놀란 나머지 어떻게 알았느냐고도 묻지 못하는 서하를 앞에 두고, 이번엔 우가 먼저 손을 놓았다.

"두 번째 위험한 도박은 네가 여기서 같이 가겠다 하면 필요 없는 것이었는데."

씁쓸한 웃음이 입가를 스친 것도 잠시.

"너를 궁에서 나가게 해주겠다 큰소리쳤는데, 정작 이제껏 너를 궁에서 나가지 못하게 한 사람이…… 나였구나."

자책과 한탄이 가슴을 치고, 스스로에게 향한 분노를 견디지 못해 우는 손톱이 파고들 정도로 주먹을 꽉 쥐었다.

"면목이 없다."

아무것도 몰랐던 것이 부끄러웠다. 바둥거리지도 않고 살아남은 주제에, 살리려 대신 바둥거려주고 있는 많은 이들의 노력을 모른 척 등 돌렸던 지난날이 부끄럽고 또 부끄러웠다.

"그래서 살아나야겠다."

해서 이젠 모두를 살리기 위해 자신이 바둥거릴 차례였다. 비겁하게는 함께 하지 못할 사랑이라면, 목숨 걸고 당당하게 품에 안을 차례였다.

우는 갑작스러운 선포에 굳어버린 서하를 지나쳐 걸었다. 그리고 이내 무릎을 꿇었다.

"신 무헌대군, 주상 전하를 뵈옵니다."

새파랗게 질린 서하의 시선이 뒤를 향했다. 상선과 월영을 대동한 명이 망연히 서 있었다. 불안정하게 흔들리는 눈동자가 우에게 향했다.

"무헌대군…… 이라고? 네가 정녕 우란 말이냐?"

"예, 전하. 소신이 불충하게도 살아 있으면서 죽은 척, 목숨을 부지하고 있었습니다."

명은 서둘러 다가가 우를 일으켜 세웠다. 가만히 있어도 늘 당당해 보였던 아우의 얼굴이 변한 것 하나 없이 자신을 바라보고 있었다.

"살아 있었구나, 살아 있었어. 정말로 내 아우가 살아 있었어. 하하하하!"

명은 큰 소리로 웃으며 우를 힘껏 끌어안았다. 그러고는 마치 어린아이를 혼내듯 등을 펑펑 때려주었다.

"나쁜 녀석. 이렇게 멀쩡히 살아 있었으면서 십 년이나 과인의 속을 까맣게 썩이다니. 천하의 몹쓸 녀석."

울먹거리며 탓하는 목소리를 가만히 듣고 있던 우가 나직이 말했다.

"송구합니다, 전하."

"됐다. 뭐든지 괜찮다. 살아 있는 것 하나로 다 용서할 수 있고말고."

명은 얼른 눈가를 훔쳐내고 활짝 웃어 보였다.

"잘 지냈느냐? 어디 몸 상한 곳은 없고?"

"없습니다."

"이 먼 청주 땅까지는 어찌 와 있는 것이냐?"

"그건……."

"아, 아니다. 그런 게 뭐 중요하다고. 어디서든 무탈하기만 하면 됐지. 가만있어 보자. 그다지 달라진 게 없구나. 여전히 멋있고 듬직하고. 네가 살아 있다는 걸 알면 졸도할 사람들이 수두룩하겠구나. 하하하. 특히 좌의정이 어떤 얼굴을 할지가 가장 궁금하다. 아, 그래. 담이도 이곳에 와 있다. 그동안 네가 없어 죽을 만큼 상심해있었는데 너를 만나면 얼마나 좋아할지……."

"전하."

우는 신나서 쉬지 않고 떠들어대는 명의 앞에 다시 무릎을 꿇고 앉았다.

"십 년 만에 나타난 불충한 신, 염치 불고하고 전하께 청이 하나 있습니다."

"청?"

"예. 제가 살아 있다는 걸 당분간 비밀로 해주십시오."

느닷없는 부탁에 명은 고개를 갸웃했다.

"비밀로 해달라니. 어째서?"

"소신, 아직 대역죄인입니다."

'아직'이라는 말에 묘하게 신경이 쓸려 명이 잠시 대꾸하지 못하는 틈을 타, 우의 단호한 목소리가 이어졌다.

"허나 조만간 제 결백을 밝힐 것입니다. 제가 아바마마를 시해하지 않았다는 것도, 어떤 대역무도한 놈이 아바마마를 시해하고 제게 누명을 씌웠는지도 전부 밝혀낼 것입니다. 무슨 일이 있어도 밝혀내어 제 발로 당당히 궐에 입성할 것입니다."

십 년이나 도망 다닌 죄인이라고 하기에, 우는 너무나 위풍이 넘치고 의연했다. 과연 대군이라는 신분이 무색하지 않을 만큼, 숨소리 하나 내지 못할 만큼의 무게를 뿜어내고 있었다.

명은 옷깃을 벌려 심호흡을 했다.

"후우, 굳이 그렇게 하지 않아도 된다. 내가 너의 결백을 믿으니 돌아온 다음에 밝혀도……."

"이대로 돌아가면 꼼짝없이 죽게 될 것입니다. 죽는 것은 두렵지 않으나, 결백을 밝히지 못하고 죽는 것은 두렵습니다."

"감히 누가 내 아우를 함부로 죽인단 말이냐. 내가 그렇게 놔두지 않을 것이다. 내가 지켜줄 것이야!"

"그럼 그저 대역죄인이 전하 뒤에 숨어 목숨만 연명하는 꼴이 되겠지요."

꺾이지 않는, 꺾을 수 없는 자존감으로 똘똘 뭉친 밤색 눈동자가 명에게 향했다.

"전하께서 지켜주시는 건 하해와 같은 성은이오나, 그런 버러지로 살지는 않겠습니다."

"우야."

"그러니 부디 조금만, 조금만 더 저를 믿고 기다려주십시오, 전하."

조금 당황한 명은 상선과 월영을 번갈아 쳐다보았다. 그리고 마지막으로 서하를 바라보았을 때, 그녀는 용의 아이가 아니라 한 여인이 되어 있었다. 이제까지 자신의 앞에 있었을 때와는 너무나 다른 여인. 머리카락 한 올까지도 전부 우에게 향해 있는, 시리도록 아름다운 여인.

명은 고개를 돌려버렸다.

"……그리하라."

"성은이 망극합니다, 전하."

"대신 너무 오래 걸려서는 안 된다. 하나밖에 없는 아우를 걱정하는 나를 위해서도, 또 저리 연모하는 이 걱정에 반쪽이 되어버린 서하를 위해서라도."

명의 말에 우는 흘끔, 뒤에 선 서하를 바라보다가 다시 고개를 숙였다.

"전하. 그래서 말인데, 소신의 어리광을 딱 하나만 더 들어주시겠습니까?"

"어리광?"

"서하를 하루만 데려가게 해주십시오."

이번만큼은 명뿐만 아니라 곁에 서 있던 월영도 기겁하지 않을 수 없었다. 무모한 건지 과감한 건지 모를 그의 부탁에 등 뒤로 식은땀마저 흘러내렸다.

"단 몇 시진 만이라도 좋습니다. 그동안 만나지 못했던 시간을 잠시나마 함께 있을 수 있도록, 부디 허락해 주십시오."

명은 고개를 숙여 간절히 청하는 우의 모습을 입만 벌린 채 쳐다보았다. 황당했다. 돌려 말하는 것도 아니고, 그렇다고 머뭇머뭇 망설이는 것도 아니고 당연하다는 듯 용의 아이를 데려가겠다니.

과연 내 아우라며 웃어야 할지 아니면 호통을 쳐야 할지 판단이 서지 않아 넋이 나가 있던 명은 다시금 서하를 쳐다보았다. 동그랗고 반짝이는 눈동자와 시선이 마주쳤다.

차라리 마주치지 않았어야 했다. 양손으로 입을 가린 채, 물기 그렁그렁하게 쳐다보는 그 눈을 보지 않았어야 했다.

"동이 틀 때까지만이다. 트고 나면 반드시 돌려보내야 한다. 아바마마께서 일러주신 용의 아이에 대한 불문율도 잊지 말고. 내 너를 믿는다."

그 기대에 찬 눈만 보지 않았더라면. 그러면 허락하지 않았을 텐데.

12화
살아나야겠다

떨고 있구나, 닿지 않았는데도 단번에 알 수 있었다. 뒤에서 서하가 불안함에 떨고 있음을, 울지도 못한 채 쓰러질 정도로 가슴 졸이고 있음을.

해서 데리고 온 것이었다. 앞으로 결백을 밝혀 궁으로 돌아갈 때까지 얼굴을 보는 건 힘들 텐데, 이대로 가슴 아프게 한 채 돌려보낼 수가 없었다. 달래주며 안심을 시켜주고 싶었다.

"……미안하다. 깜빡했구나."

하지만 그 마음만 너무 앞서 미처 방에 두고 왔던 손님을 생각지 못했다. 두천은 깊게 잠들었는지 누가 들어온 것도 모른 채 코까지 골고 있었다.

"괜찮습니다."

잔뜩 가라앉은 대답에 우는 서하의 눈치를 슬쩍 살폈다. 아까부터 기운이 없어 보였다. 표정도 어둡고. 갑자기 살아나겠다 하여 놀란 탓이라기에는 뭔가 이상해 물어보려는데, 잠든 두천이 끙끙거리고 뒤척였다. 이불이 발랑 뒤집히며 상처로 얼룩진 맨살의 상체가 훤히 드러났다. 우는 유성보다 빠르게 몸을 돌려 서하의 앞을 가리고 섰다.

"……봤느냐?"

"조금."

"녀석이 다쳐서 약초를 발라주다 보니 옷을……."

"예. 그런 것 같네요. 전 나가 있는 게 좋겠습니다."

뭐라 말릴 새도 없이 서하가 뒤를 돌아 휙 나가버렸다. 그리고 우는 뭔가가 확실히 잘못되었다는 것을 감지했다. 이러려고 데려온 것이 아닌데.

저절로 한숨이 새어 나왔다. 그는 아무것도 모르고 여전히 코만 드르렁드르렁 골며 잘도 자는 두천을 흘끔 바라보았다.

"이 녀석, 아까까지만 해도 정말 반가웠는데 말이다."

지금은 그 시끄러운 코를 확 잡아 비틀어주고 싶은 심정이었다.

깜깜한 앞마당의 한가운데에 멀거니 선 채, 서하는 초가를 하염없이 바라보았다. 다 쓰러져가는 지붕, 문이 달려있기도 민망할 만큼 작디작은 방, 낡아빠진 부엌. 그 외에는 정말이지 아무것도 없는, 허름하고 또 허름한 집.

이런 곳에서 십 년을 지냈던 걸까. 어쩌면 왕위를 이었을지도 모를 한 나라의 대군이, 이 초라한 곳에서 자그마치 십 년을…….

가슴이 먹먹해졌다. 처음으로 궁이 아닌 곳에 와 있음에도, 서하는 조금도 실감할 수가 없었다. 나만 아니었다면, 하는 생각이 머릿속을 온통 뒤죽박죽 엉망으로 헝클어놓기만 했다.

끼이익, 대야를 든 우가 문을 열고 나왔다. 서하는 서둘러 뒤돌아선 채 눈가를 닦아냈다.

"……화가 난 것이냐."

굳이 돌아보지 않아도, 바라보고 있을 우의 시선이 느껴졌다.

"서하야."

"화나지 않았습니다."

얼굴에서 물기를 완전히 없애고서야 서하는 우를 향해 다시 뒤돌아섰다. 어느새 툇마루에 걸터앉아 빤히 바라보고 있는 눈. 잠시 뒤 그 눈이 성큼성큼 다가와 자신의 앞에 설 때까지, 서하는 시선을 떼지 못했다.

"그럼 왜."

산속이라 그런 걸까. 아까보다도 조금 더 낮아진 우의 목소리가 귀를 울리는 건지, 가슴을 울리는 건지 알 수가 없었다.

"왜 그리 슬프게 서 있는 건지 말을 하거라."

서하는 가만히 입술을 깨물었다.

〔제 발로 당당히 궐에 입성할 것입니다.〕

당신의 그 목소리가 싫어도 자꾸만 되살아나서라고 대답할 수가 없어서, 무릎을 꿇고 고개를 조아리던 모습이 자꾸만 떠올라서라고 대답할 수가 없어서, 그저 죄 없는 아랫입술만 잘근잘근 깨물 뿐이었다.

"서하야."

답답하다는 듯 부르는 목소리에도 서하는 고개를 숙이기만 했다. 우가 궐로 돌아올 것이었다. 그는 허튼소리를 하는 사내가 아니었고, 말한 걸 지키지 않는 사내도 아니었다. 무슨 일이 있어도 스스로의 결백을 밝혀 돌아올 것이었다. 그럼 그를 다시 궐에서 볼 수 있었다.

……그것만큼 자신을 겁나게 하는 것이 없다는 말을 어떻게 전할 수

있을까.

"대야에 물을 새로 갈아야 하는 거라면 제가 하겠습니다."

우가 듣고 싶어 하는 말이 아니라는 것을 잘 알면서도, 서하는 괜스레 그가 내려놓은 대야 핑계를 댔다.

"서하야."

"잠시 부엌을 빌리겠습니다."

"너에게 그런 걸 해달라고 데려온 게 아니다."

"압니다. 너무나 잘 압니다. 하지만 오늘 하루 고단하셨을 테니, 대군께서는 들어가서 눈을 좀 붙이셨으면 해서요."

서하가 황급히 지나쳐가려는 순간. 탁, 우가 손목을 잡아챘다.

"눈을 붙이라고? 어떻게. 네가 이렇게 화가 나선 나와 눈도 마주치지 않는데."

아팠다. 잡힌 손목이 아프고, 속상해하는 그의 목소리와 시선이 아프고, 마음이 타들어갈 것처럼 아파서. 그래서 서하는 우의 손을 뿌리친 채, 툇마루 위의 대야를 들고 도망치듯 부엌으로 들어가 문을 닫아걸었다.

얼마나 지났을까. 끼이익, 서하는 빨개진 눈으로 문을 열고 나왔다. 불빛도 없는 부엌에서 한참이나 있었더니 어슴푸레한 달빛에도 눈이 부실 지경이었다.

물을 갈아오겠다며 큰소리쳐 놓고 까맣게 잊어버린 대야를 그대로 들고 터벅터벅 힘없이 걸어 나오다가 멈칫, 낡은 벽에 기대 고요히 잠들어 있는 우가 보였다.

미안했다. 이럴 때가 아니었는데. 이제 곧 동이 틀 터였다. 그가 머리를 조아리고 간절히 부탁해 어렵게 얻은 시간이었다. 그런 시간을, 이다지도 허무하게 보내게 한 것이 몹시 미안했다.

우의 옆에 다가가 앉은 서하는 조심히 그의 어깨에 머리를 기댔다.

"송구합니다."

아주 작게 속삭이자, 마치 화답처럼 우가 부드럽게 마주 기대왔다.

"화가 풀렸느냐?"

이젠 다 흘렸다고 생각했던 눈물이 또 와락 쏟아질 정도로 자상한 목소리였다.

"화나지 않았다니까요."

울음기를 감추려 괜스레 뾰로통하니 대답하는 서하를 보며 우가 후후, 작게 웃었다.

"그렇다 쳐주마."

"정말입니다. 화났던 것이 아닙니다. 걱정을 했던 겁니다."

"걱정?"

"두 번째 도박 말입니다. 제가 대군을 따라가겠다 했으면, 다시 살아날 결심을 하지 않으셨을 겁니까?"

"왜, 내가 살아나겠다 한 것이 그리 마음에 안 드느냐?"

서하는 고개를 도리도리 흔들었다.

"결백을 밝히고 살아나시겠다는 건 목숨을 걸겠다는 뜻이 아닙니까. 제가 제일 두려워하는 일을 하시겠다는 뜻이기도 합니다."

그러고는 우의 팔에 양팔을 꼭 감으며. 살짝 떨리는 손으로 그를 간절하게 붙잡았다.

"제발 무모한 일은 하시면 안 됩니다. 항상 조심, 또 조심하셔야 합니다."

"알았다."

"혹시라도 위험한 일이 생길 것 같으면 도망치겠다 약조해 주세요."

"약조하마."

"다른 사람의 목숨도 중요하지만, 대군의 목숨을 가장 우선하겠다고도 약조해 주세요."

"그래. 그것도 약조하마."

"그리고 다시는 저 때문에 전하께 고개를 숙이지 않겠다는 약조도요."

"……."

"왜 말씀이 없으십니까?"

갑자기 너무 조용해서 서하가 위를 올려다볼 때였다. 우가 기대고 있던 머리를 살짝 들더니 서하의 머리에 그대로 콩, 부딪혀왔다.

"아야."

"그런 건 백 번이고 천 번이고 숙일 것이다. 너를 위해서라면."

울컥, 하고 올라오는 알싸한 울음기를 삼키며 서하는 우의 어깨에 얼굴을 묻었다.

"그게 싫다고 말씀드리는 건데."

"난 좋다. 널 위해 할 수 있는 일이라면 그게 뭐든, 좋다."

서하의 등을 토닥토닥 감싸 안던 우는 이내 피식 웃었다.

"알았다, 알았어. 될 수 있으면 안 그럴 테니 그렇게 삐치지 말거라."

황금으로 수놓은 듯 반짝이는 별 길이 흐드러진 밤하늘 아래에서, '목소리를 좀 더 들려주었으면 좋겠는데'라며 우가 부드럽게 부탁을 해왔다.

동글동글한 서하의 눈이 갑작스럽다고 말하는 걸 알아들었던지, 우의 간지럽도록 달콤한 음성이 한 번 더 귓가를 파고들었다. 지난날 네가 말을 못 하는 줄 알았던 시간이 너무 아까워 목이 마르니, 이제라도 실컷 마시게 해달라고.

서하는 어깨를 살짝 움츠리며 빰을 붉혔다.

"응? 서하야. 밤새 네 목소리를 들려줘."

어린아이 같이 보채는 말일 뿐인데도 왜 이리 아득하게 녹을 정도로 뜨겁고 저릿하기만 한 건지. 제 것이 아닌 양 무섭게 뛰어대는 심장 소리마저 전해질까 봐 걱정하면서도, 서하는 우에게 한 뼘 더 가까이 다가가 나긋하게 속삭였다.

"……너무 많이 보고 싶었습니다, 대군."

***

훤히 드러나 있는 기척이 집 근처를 계속 기웃거리자, 우는 잠이 든 서하를 뒤로 하고 백매화 나무 틈으로 걸음을 옮겼다.

"동이 트려면 아직 좀 더 있어야 하는데 벌써 데리러 온 것이냐."

숨기지도 않은 살기가 걸어 나와 우의 앞에 섰다.

"아가씨를 데리러 온 것만은 아닙니다."

"그럼?"

"도대체 무슨 생각으로 살아난다느니 하는 멍청한 짓을 한 건지 궁금해서 물으러 온 것입니다."

언제나처럼 거침없는 월영의 언사는 우를 허탈하게 만들기에 충분했다.

"내가 궁으로 돌아가면 경을 칠지도 모르는데, 망설이지도 않고 엄청난 말들을 하는구나."

"정말로 돌아오실 수 있다고 믿으시는 겁니까? 꿈도 야무지십니다."

날이 선 태도를 보아하니 작정하고 따지러 온 모양이었다. 게다가 멈출 생각도 없는 듯했다.

"어차피 살아 있다는 걸 비밀로 해달라 할 것 같으면 왜 일부러 전하 앞에 나타난 겁니까? 차라리 결백을 밝히고 나서 나타나면 될 일이지."

"뭐, 일종의 선전포고다."

"선전포고?"

"또 그렇게라도 해야 수호를 포함해 내 주변의 이들도 무사할 수 있을 테고."

명은 옛날부터 체면과 명분을 중요시하는 사람이었다. 정식으로 우가 살아 있다는 걸 아는 유일한 사람이 되었으니, 우의 주변 인물들이 다치면 자신이 가장 먼저 의심받게 되리란 걸 잘 알고 있을 터였다.

"겨우 그런 걸로 사람들을 지켜내겠다고요? 지금이라도 죽으려면 혼자 죽으십시오. 괜히 이 사람 저 사람 끌어들이지 말고. 특히 서하 아가씨까지 끌어들이지 말란 말입니다."

월영은 이를 갈았다. 까딱했다간 검까지 빼 들 기세인 그를 향해, 우가 입술 끝을 슬쩍 올려 보였다.

"서하를 끌어들이도록 도와준 건, 너다."

그 순간, 약이 오른 건지 화가 난 건지 모를 두 눈이 우를 험악하게 노려보았다.

"무슨 헛소릴 하는 겁니까?"

"내가 살아날 결심을 하게 해준 사람이 다름 아닌 너라는 소리다."

우는 월영에게 한 발짝씩 다가갔다. 바스락 바스락, 낙엽 밟는 소리가 두 사람 사이를 스쳤다.

"이제껏 내가 죽은 듯이 살았던 건 서하 때문이다. 서하가 전하와 했다는 그 약조만 몰랐어도, 전하께서 내가 살아 있다는 걸 안다는 사실만 몰랐어도 난 오늘 같은 결심은 하지 않았을 것이다."

마침내 월영의 코앞까지 다가간 우의 눈동자가 번뜩 치켜 올라갔다.

"서하가 위험해질 테니까."

가히 위협적인 그의 시선에 월영이 미간을 찌푸렸다.

"내가 살아난다는 건, 십 년 전 죽지 않았음을 증명하는 것이다. 그건 곧 서하가 날 죽이지 않았다는 뜻이지. 모두의 앞에서 거짓으로 날 죽인 척했다는 뜻이란 말이다. 그걸 전하나 대비마마께서 아시는 날엔 서하가 어떤 꼴을 당할지 상상도 할 수 없었다. 그래서였다. 그게 바로 내가 모두를 슬프게 하고, 내 누이를 아프게 하면서까지 살아나지 않았던 이유다. 한데!"

손톱이 파고들 정도로 꾹 쥔 우의 주먹이 부들부들 흔들렸다.

"전하께서 이미 다 알고 계신다며 네가 찾아왔다. 서하가 희생을 하며 고통받고 있다 했지."

"……."

"죽은 놈으로 있어서 오히려 서하가 고통받고 있다는데 살아나지 않을 이유가 없다."

화가 났다. 모두를 위해서, 라는 명목으로 십 년을 죽은 사람으로 산 결과가 겨우 이것밖에는 안 된다는 사실에.

건강이 좋지 않아 요양 차 처소를 옮긴 줄 알았더니 창경궁에 유폐된 것이라는 담이. 이름뿐인 대군이라는 놈을 위해 목숨을 바치는 것도 주저하지 않는 하나뿐인 벗 수호와 충신 두천. 그리고 언제든지, 무엇이든지 희생할 각오가 되어 있는 서하까지.

"이젠 살아서 지키려는 것이다. 죽은 놈으로는 지킬 수가 없었으니,

살아나서 지켜줄 것이다. 손가락 하나, 머리카락 한 올까지 지켜줄 것이다."

"말은 그럴싸하지만 어떻게 지킨다는 겁니까? 당신이 무슨 힘으로 지키겠다는 겁니까!"

"네 놈이 전에 그랬지. 명령할 수 있는 위치에 선 게 아니라면 무슨 짓을 해도 모른 척 뒤돌아 가라고."

"……설마."

"서야겠다. 이제까지 아무것도 모른 채 숨죽이고 있던 것이 억울해서라도, 그 명령할 수 있는 위치에 설 것이다."

"지금 그게…… 무슨 뜻인지 아시는 겁니까? 반역을 입에 담고 있다는 걸 알고나 하시는 말씀입니까?"

"필요하면 그보다 더한 것도 할 것이다."

완강한 목소리가 한 치의 흔들림 없이 월영을 찍어 누르듯 뿜어져 나왔다.

"그리고 알아낼 것이다. 십 년 전 무슨 음모가 있었던 건지도, 용의 아이에겐 무슨 비밀이 숨겨져 있는지도. 또 서하를 죽일 수 있는 또 다른 이들이 대체 누구인지도."

"……."

"뿌리까지 파헤칠 것이다."

월영은 한 발 뒤로 물러섰다. 차마 원망도 할 수가 없었다. 자신 때문에 돌변했다는 대군에게 그 어떤 변명도 통할 리가 없었다.

"또 하나."

범같이 날카로운 두 눈이 월영을 노려보다 멱살을 힘껏 잡아챘다.

"윽!"

"네 놈이 누구인지도."

월영은 그의 손을 뿌리치려 했지만, 소용없었다. 생각보다 더 엄청난 힘이었다.

"아까 말했지? 일종의 선전포고라고. 그건 전하가 아니라 너에게 한 말이다."

"그게 무슨……."

"도대체 뭐 하는 놈이길래 분장까지 해가며 서하의 주변을 맴도는지, 그것도 알아야겠다."

일순 멈칫한 월영이 숨을 크게 들이켰다.

"왜. 내가 한 말이 너무 정곡이라 그러는 것이냐, 아니면 정말로 못 알아들어서 그러는 것이냐. 좀 더 알기 쉽게 해줄까?"

우는 잡은 월영의 멱살을 바싹 끌어당겼다.

"누구의 편인지도 모르는 사내가 여인 분장을 하고 내 여자를 지키겠다 까불고 있는 꼴이 기분 나빠서 말이다. 아니, 서하를 지킨다는 미명 하에 궁에서 나가지도 못하게 감금하고 있는 정체 불분명한 놈에 대해 낱낱이 밝혀내야겠다, 싶어서 말이다."

"……어떻게 아셨습니까? 아니, 언제부터 알고 계셨던 겁니까?"

그다지 놀라지도, 당황하지도 않은 말투. 오히려 언제고 들킬 줄 알았던 것처럼 덤덤한 표정의 월영을 보자, 우의 손등에 핏대가 섰다.

임금의 밀명으로 금유당을 지키는 궁녀 월영의 존재를 알게 된 건 열네 살. 그때는 비슷한 또래의 '소녀'라는 모습에 속아 별다른 의심을 하지 않았다. 검을 제 손 휘두르듯 자유자재로 다루고 다람쥐처럼 날렵해서 여자애가 참으로 대단하다는 생각이나 했었다.

점점 성장한 그 소녀가 어느새 자신과 눈높이가 얼추 비슷해졌다는 걸 알기 전까지. 언제부턴가 급격히 줄어버린 월영의 말수. 그것이 달라진 목소리 때문이란 걸 깨닫기까지 그리 오랜 시간이 걸리지 않았다.

설마 싶었다. 여인치고는 신장이 꽤나 크게 자라서 이상하긴 했지만, 곱상한 얼굴과 호리호리한 몸은 평범한 여인들과 다를 바 없어서 정말이지 설마 싶었다. 설마 사내인 건 아니겠지.

무엇보다 서하를 바라보던 눈빛. 숨기려 애써도 새어 나오던 열망을 막지 못해 요동치던 검은 눈동자. 그것만큼은 절대 그냥 지나칠 수가 없었다. 자신이 서하를 향해 내뿜는 것과 닮아 있는 그 눈빛만큼은.

"사내자식이 궁녀 행세를 하며 뭘 할 생각인 것이냐. 서하 옆에 붙어 있는 목적이 무엇이냔 말이다."

우의 말끝에 노기를 씹어 삼키는 소리가 섞였다. 진즉 서하에게서 떨어뜨려 놓았어야 했다. 그렇게나 의심을 했었는데, 눈치챌 기회가 여러 번이나 있었는데 이제야 확신하다니.

"대군? 항아님?"

그때였다. 멀리서 서하의 목소리가 흘러나왔다.

두 사내의 어깨가 동시에 흠칫했다. 우는 재빨리 움켜쥐고 있던 월영의 옷깃을 놓고 돌아섰다. 새벽빛 너머로 선 서하의 얼굴에 불안이 서렸다는 걸 단숨에 알 수 있었다.

좀전의 이야기를 들었나 싶어 월영을 흘끔 쳐다보았더니, 이쪽은 더 심각했다. 진가루를 뿌려놓은 것처럼 점점 얼굴이 새하얗게 변하는 것이 안쓰러울 지경이었다.

"일어났느냐? 좀 더 눈을 붙이지 않고."

우가 서둘러 다가가자, 서하의 동그란 눈동자가 따라왔다.

"항아님이랑 무슨 일 있으신 겁니까?"

묻는 것을 보니 아무래도 월영과 한 이야기를 들은 것 같지는 않았다. 우는 반쯤은 다행이라 여기면서도 부아가 치밀었다. 이렇게 아무것도 모르는 서하를 벌써 몇 년이나 속여 오다니. 게다가 이대로 돌려보내면 또 곁에서 궁녀 행세를 하며 함께 지내겠지.

망부석이 되어버렸던 월영도 뒤늦게 서하의 반응을 보고 눈치를 챈 것 같았다. 하얗게 질렸던 얼굴에 서서히 핏기가 돌아오는 것을 보자, 절로 속이 부글부글 끓었다.

애써 아무렇지 않은 척 하려는데, 서하가 벌써 걱정이 한가득한 표정으로 입을 뗐다.

"혹 두 분이……."

우가 서둘러 서하의 뺨을 부드럽게 쓸며 말을 막았다.

"아니다. 싸우지 않았다."

여기서 월영의 정체를 알려봤자 식겁할 일만 안겨주는 꼴이니 지금은 최대한 안심시키고자 한 말이었는데, 눈꺼풀을 몇 번이나 바쁘게 위아래로 움직이던 서하가 어리둥절한 표정을 지었다.

"싸우, 셨던 겁니까?"

이번에는 우가 눈을 깜빡였다. 멱살을 움켜쥐었던 모습을 보고 불안해하는 것인 줄 알았는데 아닌 모양이었다. 그럼 무엇을 불안해한 걸까, 하고 잠시 생각하던 우의 머릿속에 유쾌하지 않은 생각이 떠올랐다.

"설마, 설마 나와 월영 사이를 의심한 건 아니겠지?"

아차 싶었다. 서하의 시선이 바람에 나부끼는 갈대처럼 흔들리는 것을 보자, 다리에서 힘이 다 빠져나갔다.

"하아."

땅이 꺼지도록 한숨을 내쉰 우는 서하를 끌어당겨 품에 안았다.

"기쁘다. 질투를 해주니 몹시 기쁘긴 하다만, 잘못 짚어도 단단히 잘못 짚었다. 난 그쪽에 눈을 뜬 사내가 아니라서 말이다."

"그쪽이라니요? 그게 무슨……."

"아니, 그런 게 있다. 여하튼 의심할 필요가 전혀 없다는 뜻이다."

우는 서하의 뺨에 가볍게 입을 맞춘 뒤 나지막이 말을 이었다.

"내 심장을 이토록 무섭게 뛰게 하는 사람은 평생을 걸쳐 너 하나뿐일 테니."

귓가에 숨결이 닿았는지 어깨를 움츠리고, 점점 발갛게 물들어가는 뺨을 감추려 고개를 숙이고, 뭐가 그리 쑥스러운지 치맛자락 위 예쁜 손가락이 하염없이 꼬물거리기를 한참.

"질투한 것이 아닌데."

붉은 입술을 작게 오물거리는 서하를 보며 우는 웃어버리고 말았다.

"아니라고 해두자."

"진짜입니다."

"그래. 진짜라고 해두겠다."

"그만 놀리세요."

가볍게 탁 때리고 도망가려는 서하의 작은 주먹을 우가 잡아챘다. 그러고는 흐트러지는 모래알을 쥔 것처럼 소중하게, 심장이 뛰는 제 가슴으로 가져다 대었다.

"미안. 이대로 보내기가 아쉬워 괜스레 짓궂게 군 것이니 용서하거라."

보내야 한다는 걸 알면서도 죽도록 보내기 싫은 마음이 먹먹하게 차올라, 저도 모르게 목소리가 깊이 가라앉아버렸다.

"……동이 텄다."

꼭 형벌 선고 같은 한마디. 힘겹게 꺼낸 그 말이 미처 사그라지기도 전, 손안에서 서하의 주먹이 멈칫했다. 동이 튼 걸 확인하기 싫다는 듯, 서하는 두 눈을 질끈 감아버렸다.

서서히 풀어진 주먹. 곧게 뻗은 손가락이 가만히 우의 심장 소리를 매만졌다. 한 번, 두 번, 세 번, 네 번. 몇 번이고 쿵쿵 뛰어대는 심장의 울림을 들으며 촉촉해진 눈동자가 우에게 돌아왔다.

"가야 하는군요."

"가야 한다."

"월영 항아님이 데리러 오셨으니."

"……함께 가야겠지."

차마 벗어나지 못하는 서하의 손을, 마침내 우가 밀어냈다. 멀어진 거리만큼 심장이 굳어버리는 것 같은 착각. 잘 쉬어지지 않는 숨을 억지로 뱉으며 우는 서하에게서 한 발짝 뒤로 물러났다.

"그만 가거라."

"……."

"부디 몸조심하고."

제법 냉정하게 말했는데도 서하가 돌아서지 않자, 우는 먼발치에 있는 월영을 슬쩍 쳐다보았다. 데려가라는 눈짓이었다. 단번에 알아들었는지, 금세 다가온 월영이 서하의 어깨를 돌려세우려 했다.

두 사람을 지켜보는 것만으로도 천불이 날 것 같아서, 돌아서는 서하를 볼 자신이 없어서, 우는 시선을 아래로 떨어뜨렸다.

"그럼 가보겠습니다."

서하는 일부러 조금 큰 소리로 작별 인사를 했다. 혹시라도 다시 시선을 들어주지 않을까, 가는 모습을 봐주지 않을까 싶어서.

하지만 끝내 자신을 바라보지 않는 우를 앞에 두고, 서하는 등을 돌릴 수밖에 없었다. 한 발짝, 두 발짝. 그에게서 멀어질 때마다 떨려오는 입술을 자근히 깨물고, 치맛자락을 꾹 움켜쥔 채 떨어지지 않으려는 걸음을 애써 옮기다가…… 결국 멈춰 섰다.

"아가씨? 왜 그러십니……."

걱정스럽게 쳐다보는 월영이 말을 끝맺기도 전, 서하는 다시 돌아섰다. 그제야 우와 눈이 마주쳤다.

그럴 거면서. 바람에 흩날리는 머리카락 한 올까지 지켜줄 것처럼, 그렇게 보고 있을 거면서.

정신없이 달렸다. 뒤에서 월영이 부르는 소리가 들렸지만 서하는 그저 고독하게 우뚝 서 있는 우를 향해 내달려 그의 허리를 힘껏, 있는 힘껏 끌어안았다.

"감추려 하셔도 소용없습니다. 아무리 그러셔도 저는 아니까요. 뒤에서 이리 가슴 미어지게 절 지켜보고 계시리란 걸, 잘 아니까요."

다급하게 말을 쏟아내는 서하를 우가 마주 안아주었다. 가녀린 등을 휘감은 우의 손에도 잔뜩 힘이 들어갔다.

"모른 척 그냥 가주면 좋을 것을. 이런 속내까지 들키면, 내가 너무 초라하지 않으냐."

서하는 고개를 세차게 흔들었다. 머릿속이 뒤죽박죽 얽혀 자신이 무슨 소리를 하는지도 모르고 튀어 오르는 감정을 고스란히 입 밖으로 꺼냈다.

"초라하지 않습니다. 무슨 일을 하셔도 초라할 리 없습니다. 제게 대군은 세상 누구보다 멋지고, 근사하고, 완벽한 분이시니까요!"

어린아이처럼 서툰 표현을 가만히 듣고 있던 우는 피식 웃을 수밖에 없었다.

"기분은 최고다만, 너무 그렇게 띄워주니 꽤나 멋쩍어지는데 말이다."

농 섞인 말로 진정시켜보려 했지만, 초조하게 들끓은 서하의 감정은 좀처럼 수그러들지 않았다.

"제 말 잊지 않으셨지요? 무모한 일은 하지 않으시겠다, 조심 또 조심하시겠다 약조하신 일, 잊지 않으셨지요?"

애원하는 것 같은, 매달리는 것 같은 물음들이 이어졌다.

우는 서하를 품에서 살짝 떨어뜨리며 그 눈 끝에 매달린 물방울을 닦아주었다.

"잊지 않았다."

"목숨을 우선하시겠다던 약조도요."

"그래. 잊지 않았다."

"제발 지키셔야 합니다. 절대로 어기시면 안 됩니다. 아셨죠?"

간절하기까지 한 서하의 얼굴을 빤히 바라보던 우는 대답 대신 고개를 숙였다.

덩달아 들끓어버린 감정. 조금은 다급하게, 그렇지만 거칠지는 않게 서하의 이마에, 눈가에, 뺨에, 콧등에 입맞춤이 쏟아졌다.

마지막으로 입술에 닿았던 온기가 떨어지며 우가 말했다.

"만나러 가겠다. 너를 만나러 반드시 궁으로 갈 것이다. 조금만 기다려다오."

이미 단단히 굳힌 듯한 우의 의지. 그게 너무나 선명해서, 서하는 덜컥 두려움에 몸을 떨었다.

"전 이렇게 다시 대군을 뵌 것만으로도 평생을 버틸 수 있습니다. 그러니 저 때문에 무리하지 않으셔도 됩니다. 정말입니다. 그저, 그저 무사히만 계셔 주세요."

"그래도 갈 것이다."

"대군."

"목숨을 우선시하기로 너와 약조하지 않았더냐."

"그러니 드리는 말씀입니다."

"그러니 하는 말이다."

그 어느 때보다 강하고 견고하게 빛나는 우의 밤색 눈동자가 잔잔히 미소를 머금으며, 서하에게 속삭였다.

"우선해야 할 내 진짜 목숨이 궁에 갇혀 있으니, 죽어도 갈 것이다."

깊이 내려앉을 때 우의 음색은, 가끔 사람을 홀리는 건 아닐까 싶을 정도로 매혹적이었다. 아무 생각을 할 수 없고, 아무 저항도 할 수 없게 하는, 그저 아찔한 마력 같은.

하지만 지금은 그 마력에 혼을 뺏길 때가 아니었다. 서하는 흐물흐물 녹아내리려는 정신을 최대한 붙잡으며 똑 부러지게 외쳤다.

"그건 제 몫입니다!"

당황한 우의 표정에도 서하는 아랑곳하지 않았다.

"대군을 위해 죽는 건 제 몫입니다. 넘보지 마십시오!"

"그게 무슨……."

미간을 좁힌 우가 무슨 말인가를 하려 할 때였다. 서하는 양손으로 그의 옷깃을 확 잡아당겼다. 마주보는 것만으로도 가슴 먹먹해지는 얼굴이 숙어진 순간, 발뒤꿈치를 번쩍 치켜들고 그대로 돌진해 우의 입술을 덮쳐버렸다.

'음' 하는 우의 낮은 숨소리가 온몸을 어질어질 흔들어 놓을 때 즈음, 처음에는 놀라던 우가 이내 눈을 내리감으며 저돌적이기만 했던 입맞춤을 깊고 진하게 바꿔놓기 시작할 때 즈음. 서하는 간신히 뒤꿈치를 내렸다. 그리고 아쉬운 듯 느릿하게 눈을 뜨는 우를 향해 말했다.

"안 된다는 말은 듣지 않을 겁니다. 하지 말라는 말도 듣지 않을 겁니다. 아무 말씀 마세요."

"서하야."

"설득도 소용없습니다. 대군을 위험하게 하는 것이 있다면, 그게 뭐든 막을 겁니다. 죽어서도 막을 겁니다."

"그렇게 놔두지 않을 것이다."

"그러면 궁으로 오지 마세요. 제가 가겠습니다. 제가 대군을 만나러 갈 것입니다. 그게 어디든, 얼마가 걸리든 반드시 만나러 가겠습니다. 안전한 곳에서 얌전히, 딱 기다리고 계세요!"

절대 뜻을 굽히지 않겠다며 고집스럽게 뺨을 부풀리고, 입술을 앙다물고. 조금 흐트러져버린 우의 옷깃을 발견하고 여며주다가, 밀려오는 부끄러움과 서글픔과 먹먹함을 감추려 서하는 우의 가슴에 얼굴을 묻었다.

"아무리 아닌 척하려 해도 이런 이별은 너무 힘듭니다. 해서 다음에 대군을 만나면 보쌈을 할지도 모르겠습니다."

우는 훗, 웃었다. 그건 이쪽에서 몇 번이고 하고 싶었던 말이라는 것을, 서하는 모를 터였다.

"기대하마."

오늘의 진짜 작별 인사가 되어버릴 말을 전하며, 우는 마지막으로 서하를 끌어안았다. 가녀린 어깨를 품에 꼭 안는 순간, 그 너머에 있던 월영과 눈이 마주쳤다.

안타까움, 부러움, 분노 그리고 죄책감. 그 모두를 집어삼킨 채 표정을 지우며 월영은 등을 돌렸다.

13화
재가 되어 바스러지는 그 날까지

반역자를 처단하겠다며 휘둘러지는 검과 쓰러지는 무헌대군, 뒤이어 흩뿌려지는 청해공주의 피.

"안 돼!"

수호는 몸을 벌떡 일으켰다. 머리가 어지러워 속이 울렁거리고, 몸이 제 것이 아닌 것처럼 감각이 멀기만 했다.

"괜찮습니까?"

목소리가 들린 곳으로 고개를 돌리자, 담이 있었다. 면포를 꽉 쥐고 숨을 쉬며 곁에 앉아 있었다.

수호는 돌연 무언가를 확인하듯 무의식적으로 손을 움직였다. 백옥 같은 담의 얼굴을 조심스레 감싼 손바닥으로 따뜻한 온기가 전해졌다.

살아 있었다. 정말로 살아 있었다. 그제야 악몽을 꾸었다는 걸 깨닫고, 꽉 막혀 토해지지 않던 숨을 간신히 내쉬었다.

"무사하셔서 다행입니다."

그 말을 할 수 있는 것만으로도 온몸이 안도감으로 휩싸여 미처 알지 못했다. 담이 눈도 깜빡이지 않은 채 쳐다보고 있다는 사실을. 처음에는 왜 그러나 싶다가, 한참 만에야 너무 아무렇지도 않게 공주의 얼굴을 만지고 있는 자신의 경솔한 손을 발견했다.

수호는 서둘러 손을 거두었다. 숨 막히는 어색함이 둘 사이를 메우고, 마른 헛기침이 난무했다.

"으흠, 흠흠. 저, 제가 잠시 제정신이 아니어서 감히 자가의 얼굴을 만……."

맨정신으로 만졌다는 말은 차마 할 수가 없어 잠시 뜸을 들이던 수호는 그냥 고개를 숙여버렸다.

"송구합니다. 용서하십시오."

"용서하고 말 것도 없습니다. 그런 사소한 것 따위는 신경 쓰지 않으니까."

담이 번개보다도 빠르게 대꾸했다. 그다지 대수롭지 않은 일이라는 듯한 반응이었지만 귀까지 홍시처럼 붉어졌다는 것은 모르는 모양이었다. 수호는 나오려는 웃음을 참으며 물었다.

"몸은 괜찮으십니까? 어디 아픈 곳은 없으시고요?"

물에 빠져 쓰러졌던 모습이 아직도 눈에 선해 물었더니, 담이 고개를 갸웃했다.

"내게 물을 때가 아닌 것 같습니다. 학정이야말로 괜찮은 겁니까?"

솔직히 괜찮을 리 없었다. 군데군데 천을 덧댄 상처만 해도 예닐곱 군데였다. 멀쩡한 곳 하나 없이 쑤시고, 아프고, 저리고. 앉아 있는 것조차 힘들었지만, 공주를 앞에 두고 시들시들한 병자처럼 누워 있기는 싫어 억지로 꼿꼿하게 버티는 중이었다.

"당연히 괜찮습니다. 이까짓 상처쯤…… 으윽!"

든든한 사내인 척하고 싶은 마음을 못 버리고 허세를 부리다가 꾹,

담에게 불시에 옆구리를 찔리는 바람에 수호는 신음을 토해내고 말았다.

"괜찮을 리가 없지요. 살아 있는 게 용할 지경입니다."

아직 아픔이 가시지 않아 고개를 돌리고 있는 사이, 담이 물에 적신 면포로 수호의 손에 난 상처를 닦아주기 시작했다.

"제가 하겠습니다!"

놀란 수호가 말렸지만, 담은 멈추지 않았다. 오히려 더 정성스럽게 상처를 보살폈다.

"자가께서 하실 일이 아니니 그만하십시오. 아니, 그것보다 도대체 어찌 여기 계시는 겁니까? 전하께서 아시면……."

"그 전하께서 허락하신 일입니다."

믿기 힘든 말에 수호가 이맛살을 찌푸렸다.

"허락을 하셨다고요?"

"그대를 만나게 해주지 않으면 치료를 받지 않겠다, 조금 떼를 쓰긴 했지만요."

이어진 더 믿을 수 없는 한마디. 정작 본인은 무엇이 잘못되었는지도 모르고 덤덤하기만 해서, 넋이 나간 사람처럼 멀거니 있던 수호가 눈을 부릅떴다.

"무슨 바보 같은 말씀을 하신 겁니까!"

저도 모르게 올라가 버린 언성. 어깨를 잡아채자 놀랐는지 담이 면포를 떨어뜨렸다.

"치료를 받지 않으시겠다니요! 진심으로 그러신 겁니까? 왜요! 저 같은 걸 만나는 게 뭐 그리 중요하다고 치료를 마다하면서까지 떼를 쓰셨습니까!"

화난 음성이 상대가 공주라는 것도 잊고 바쁘게 혼을 냈다. 대역무도한 짓이라는 것을 알면서도 속상해서 견딜 수가 없었다.

"이게 그렇게 야단맞을 일은 아닌 것 같은데 말입니다. 나에게는 학정 그대를 만나는 것이 더 중요했고……."

"저에게는 자가가 가장 중요합니다!"

이건 아니었다. 정말로 아니었다. 이럴 작정은 맹세코 없었다. 속상한 마음을 자제하지 못하고 폭주하다가 냅다 고백이라니. 그것도 변변찮게 몸져누운 상태로, 고삐 풀린 망아지처럼 목청껏 소리까지 지르면서.

최악이었다. 어여쁜 머리카락에 화사한 꽃 한 송이 꽂아주며 멋들어지게 고백해야겠다고 수천 번도 더 세웠던 계획 따윈 한낱 백일몽이었을 뿐. 일평생 가장 못난 짓을 해놓고 핏기가 가신 수호는 더듬더듬 빠져나갈 구멍을 찾으려 했다.

"아니, 그러니까 제 말은……."

밀랍처럼 꼼짝도 하지 않은 채 눈만 깜빡이던 담이 작게 '훗' 하고 웃음을 터뜨리자, 어쩔 줄 몰라 하던 수호가 그제야 멈칫했다.

담은 재빨리 웃음기를 지웠다. 열로 화끈거리는 얼굴에서 일부러 감정을 감추고, 어떻게 해서든 떨림을 들키지 않으려 최대한 불퉁한 목소리를 냈다.

"그리 생각해주니 고맙습니다."

아무리 개떡 같은 고백이었다지만, 무심하리만큼 무뚝뚝한 대답이 돌아오니 수호로서는 더욱더 기가 죽을 수밖에 없었다. 할 말을 잃은 수호를 담이 대신했다.

"나도 그대에게 어찌 사죄해야 할지 몰라 이러는 것이니, 너무 화내지 마십시오."

“회를 낸 것이 아니라 그저 걱정이 되어서…….”

“참으로 면목 없습니다.”

진심이 고스란히 느껴지는 사과.

수호는 어금니를 꾹 깨물었다. 미안했다. 미안함을 느끼게 해 미안했고, 걱정으로 화를 낸 것이 미안했고, 지켜주지 못한 것이 미안했다.

“당치 않으십니다. 자가께서 왜 면목이 없으십니까.”

“저로 인해 당한 일이니까요.”

“자가의 탓이 아닙니다.”

“그럼 제 오라버니 탓입니까?”

담은 딱딱하게 굳어버리는 수호의 표정 하나도 놓치지 않으려는 듯 빤히 바라보며 말을 이었다.

“물에 빠져 쓰러졌을 때 오라버니의 목소리를 들은 것 같은 착각이 들었습니다. 처음엔 망상이 지나치다며 웃었습니다. 오라버니를 너무 그리워한 나머지 환청까지 들었나보다, 했습니다. 그런데 생각할수록 이상해서요.”

그 말과 함께 불쑥 좁혀진 거리. 안 그래도 내내 그리워했던 얼굴이 코앞에 있어 참기가 힘들었는데, 숨결이 닿을 정도로 담이 가까이 다가오자 수호는 반사적으로 엉덩이를 뒤로 뺐다. 이러다 터지지, 싶을 정도로 심장이 쿵쾅댔다.

“무슨 일인지 상세한 조사도 없이 천하의 좌의정 아들을 이리 험하게 다루다니요. 게다가 그 좌의정은 아들이 고신을 당했는데 찍소리도 못하고 어제 아침 반역자를 잡겠다며 이 일대를 샅샅이 뒤지고 있답니다.”

“그걸 어떻게…….”

"아무리 전각에 갇힌 신세라도 귀가 되어주고 눈이 되어주는 나인 하나 정도는 있습니다. 그런 것보다, 난데없이 청주까지 와서 무슨 반역자를 잡겠다는 겁니까? 그 반역자가 도대체 누구입니까?"

수호는 마른침을 삼켰다. 원래 어렸을 때부터 야무지고 당찼던 공주였다. 십 년이 지난 지금, 더 빈틈없어진 것이 훨씬 매력적이라고 생각하는 스스로에게 한숨도 함께 내뱉었다.

"그게, 그러니까…… 으윽! 송구합니다! 갑자기 아까 자가께 찔린 옆구리가 쑤셔와서!"

딱히 변명이 떠오르지 않아서 수호는 괜스레 옆구리를 잡고 드러누우려는 시늉을 했다. 하지만 단번에 눈치챈 담이 다시 한번 그의 옆구리를 푹 찔렀다.

"어림없습니다. 꾀부리시는 거 다 압니다."

"허억!"

이번에는 아까보다 강도가 센 탓에, 반쯤 드러누웠던 수호는 신음까지 흘리며 벌벌거렸다.

"자, 자가. 지금은 진짜로, 진짜로 아픈데요."

"됐으니 일어나 앉으시지요."

누가 공주 아니랄까 봐. 자연스럽게 명령하는 것도 매력적이라는 생각을 하며 수호는 찍소리도 못하고 몸을 일으켰다. 동시에 담이 수호의 손을 꽉 부여잡았다.

"부탁입니다. 진실을 알려 주십시오."

수호에게는 애원하는 담을 뿌리칠 능력이 없었다. 담의 눈가가 간절하게 내려앉을 때마다, 수호의 심장도 함께 내려앉고 있었다.

"자가, 그 전에 묻고 싶은 것이 있습니다. 그때 물에 빠지신 게 아니라 스스로 뛰어내리셨다 들었습니다. 맞습니까?"

담은 순순히 고개를 끄덕였다.

"혹 무헌대군의 일로 자책하시어 그런 것입니까?"

이어진 묵묵부답. 무언의 긍정이라는 걸 안 수호의 얼굴이 삽시간에 어두워졌다.

무헌대군과 청해공주. 둘도 없이 우애가 깊은 남매라는 건 누구보다 잘 알고 있었다. 그 옛날, 우의 벗이라는 이유 하나만으로도 처음 만난 자신을 무조건 신뢰하고 좋아해 준 공주였으니까. 그만큼 오라버니의 죽음에 상처받았으리란 것 또한 잘 알고 있었다.

하지만 더는 아니 되었다. 공주를 이런 식으로 계속 자책하게 둘 수가 없었다. 그게 설령 무헌대군의 의지에 반하는 일이라 하더라도.

"제가 만약 대군께서 살아 있다 답해 드리면, 다시는 그러지 않으시겠다 약조해 주실 수 있습니까?"

수호의 말이 꼭 한 줄기 희망인 것처럼, 담의 눈이 기대에 차 반짝였다.

"하겠습니다. 아니, 약조 따위 할 필요도 없습니다. 오라버니만 살아 계신다면 그런 짓은 더 이상 하지도, 할 리도 없습니다."

그거면 되었다고 생각했다. 설령 사실을 알게 된다 해도, 우가 위험할 게 뻔한데 담이 함부로 발설할 리 없었다. 누가 뭐래도 대쪽 같은 우의 편이었고, 모두가 배신해도 절대 배신하지 않을 단 한 사람이었다. 하나뿐인 오라버니를 위해 할 수 있는 것은 무엇이든 할 사람.

그래서 이야기해 주자, 싶었다.

"저 가짜 왕을 끌어내리고 내 오라버니가 빼긴 왕좌를 되찾아주기 위해 목숨을 걸어야 하는데, 그런 바보 같은 일을 할 리가 없지 않습니까."

담이 하나뿐인 오라버니를 위해, 할 수 있는 가장 위험한 수단을 빼내 들기 전까지는.

***

정말로 눈꽃이었다. 겨울도 아닌 하늘에서 백매화꽃이 꼭 눈처럼 쏟아져 내렸다.

〔돌아가는 길에 눈꽃이 내려 널 기쁘게 해주면 좋을 텐데.〕

하지만 기쁘지는 않았다. 헤어지기 직전 속삭이던 목소리가 생생히 되살아나서, 마지막에 입술이 닿았던 눈가가 사무치게 떨려와서, 우를 등지고 돌아가는 길이 얄밉도록 아름답기만 해서.

서하는 눈꽃을 바라보지 않았다. 휘어진 나뭇가지가 가지 말라는 듯, 멈추라는 듯 치맛자락을 잡아당겼지만 돌아보지도 않았다.

부는 바람에 섞인 우의 향을 쫓아 되돌아가고 싶어질까 봐, 땅을 디디는 발끝을 따라 하염없이 고개를 내렸다. 끈질기게 날아온 하얀 꽃잎 하나만이 붉어진 뺨을 스쳤다.

"그러다 넘어지십니다."

옆에서 따라오던 월영의 충고에도 불구하고 몇 번이나 넘어지고 부딪힐 뻔하면서도 고집스럽게 숙이고 있던 시야 너머로, 검은 목화(木靴)를 신은 다리가 보였다.

"돌아왔습니다, 전하."

월영이 허리를 숙이고서야 서하는 행궁에 도착했다는 사실을 깨달았다. 고개를 들자, 명이 서 있었다. 미세하지만 명의 코허리에 잡힌 주름이 그다지 유쾌하지 않다는 듯 움직였다.

"늦었구나."

늦지 않았다고 대답하고 싶은 것을 꾹 참으며, 서하는 허리를 숙이고 눈을 감았다. 늦었을 리 없었다. 애처로울 정도로 지독히 짧은 시간이었으니까.

뒤늦게 서하의 앞으로 목화가 한 발짝 다가왔다.

"……좋았더냐?"

더디게 흘러나온 명의 그 물음이 꼭, '다시 없을 마지막 출궁이었을 테니 좋았어야 할 텐데'라고 들리는 것 같았다.

"무엄하오. 전하께서 하문하시질 않소."

묵묵히 서 있던 상선이 나무라고서야 서하는 눈을 떴다. 시선이 느껴졌다. 못마땅한 듯한 상선의 시선도, 옆에서 눈치를 살피는 월영의 시선도, 찌르듯 내려다보고 있는 명의 시선도 전부 숨이 막혔다.

행궁에서 나가지 말았어야 했다. 단 몇 시진만이라도 함께 있을 수 있도록, 이라던 우의 몸서리쳐지게 달콤했던 유혹을 뿌리쳤어야 했다.

그랬다면 이렇게 몸 구석구석에서 끓는 듯이 찾아대는 자유로움 따위, 심장이 말라버릴 정도로 그리운 이와 함께 있는 행복 따위 몰라도 됐을 것을.

서하는 허리를 꼿꼿이 폈다. 아무 생각을 할 수가 없었다. 추궁하는 듯한 명의 표정 같은 건 보이지도 않았다. 그저 입을 열고.

"……."

"아가씨!"

보내주십시오, 그 한마디를 간절하게 내뱉고 싶었을 뿐.

하지만 운을 떼기도 전, 귀신같이 눈치를 챈 월영이 다급하게 목소리를 막았다.

"안 됩니다, 아가씨."

달싹이던 서하의 입술은 차마 더 움직이지 못하고 그대로 멈췄다.

의아함을 감추지 못한 명이 이맛살을 찌푸림과 동시에 분위기가 싸늘하게 가라앉았다. 월영은 애써 아무 일도 아닌 것처럼 덤덤히 말을 이었다.

"전하를 더 기다리시게 해서는 안 됩니다. 어서 선견을 행하셔야지요."

바보처럼 멀거니 서 있던 서하는 떠미는 힘에 못 이겨 두 다리를 움직였다. 반쯤 넋이 나간 얼굴로 명에게 다가가, 붉은 곤룡포의 등에 새겨진 용무늬 위로 습관처럼 손을 올리려 할 때였다.

"되었다."

탁, 명이 다가오는 서하의 손을 쳐냈다. 생각지도 못했던 행동에 상선도, 월영도 놀라 움찔했다.

하지만 누구보다 놀란 사람은 바로 서하였다. 서하는 팽개쳐진 제 손을 물끄러미 바라보았다.

"당분간 선견은 필요 없으니 처소로 가 채비나 하거라. 곧 환궁할 것이다."

그 한마디를 끝으로 명이 차갑게 돌아섰다. 갑작스러운 환궁 명령을 들은 터라 잔뜩 당황한 상선 역시 그 뒤를 쫓았다.

"……왜."

두 사람의 모습이 멀찍이 사라졌을 때쯤, 서하가 중얼거렸다. 명은 조심성이 많고 신중한 사람이었다. 큰일이든 작은 일이든 별일이든 아니든 자신의 모든 앞날을 알고 싶어 했고, 선왕보다도 훨씬 더 집요하게 용의 아이를 찾아댔다.

그런 명이 처음으로 선견을 거부했다. 갑자기 왜, 무언가 감추고 싶은 것이 있다고밖에 생각되지 않았다. 용의 아이에게 알리고 싶지도, 보이고 싶지도 않은 앞날이 있다는 뜻이었다. 그건 아마도 십중팔구…….

서하는 머리를 한 대 얻어맞은 것처럼 현기증이 이는 것을 느꼈다.

"괜찮으십니까?"

몸이 한 번 휘청하자, 월영이 재빨리 부축해주었다. 괜찮을 리 없었다. 온몸에 피 한 방울 남아 있지 않은 것처럼 오한이 들었다. 십중팔구 무헌대군과 관련이 있다는 불길한 직감이 비명처럼 살을 뚫고 나오려 하고 있었기 때문이었다.

정신이 번쩍 들었다. 버티고 서는 것조차 힘듦에도 불구하고 서하는 월영을 뿌리쳤다. 비틀대면서도 꾸역꾸역 혼자 걸음을 옮겼다.

"어딜 가시려고요?"

이상함을 느꼈는지 월영이 막아섰다. 하지만 서하는 아랑곳하지 않고 비켜 걸었다.

"기다리세요, 아가씨."

기다리고 있을 때가 아니었다. 우의 곁으로 보내 달라는 그런 어리광이나 부리고 있을 때는 더더욱 아니었다. 위험했다. 정말로 위험했다.

"그만 하세요, 제발!"

월영이 다시 앞을 막아서며 서하의 양 어깨를 잡았다. 뼈가 아리게 내리누르는 손과 커다랗게 갈라진 목소리 전부 거추장스럽기만 했다.

"이번엔 어딜 가시려고요. 무얼 하시려고요! 이번에도 그냥 보내드릴 줄 알았다면 단단히 착각하신 겁니다!"

이번에도 그냥이라니. 무슨 의미이냐고 묻기도 전, 월영이 쏟아내듯 외쳤다.

"그동안 몰래 공주를 구하러 창경궁을 오갔다는 걸 제가 모를 줄 아셨습니까? 정말 아무것도 모르고 자유롭게 풀어드렸다고 생각하셨습니까?"

서하는 놀라지 않았다. 오히려 차분한 얼굴로 월영을 바라보았다.

이상하다는 건 알고 있었다. 이제껏 동서남북 어딜 가도 월영에게서 벗어날 수가 없었는데 공주를 구하러 다닐 때만큼은 한 번도 들킨 적이 없었다. 설마 알면서도 보내주는 건가, 하는 생각을 몇 번이나 했었다. 단지, 보내주는 이유를 몰랐을 뿐.

"아가씨가 금유당으로 되돌아오리란 걸 알았기 때문에 보내드렸던 겁니다. 전하와의 약조를 지키기 위해, 그래서 어딘가에 있을 무헌대군을 무사히 살리기 위해 절대 궐에서 도망가지 않으리란 확신이 있었으니까요."

"……."

"그리고 이 궁 안에서 그렇게 매달릴 것이 하나라도 있어야 하루하루 메말라가는 아가씨가 죽지 않고 살아 줄 것 같았……."

월영은 더 이상 말을 잇지 않았다. 무언가를 삼키느라 갸름한 턱에 힘이 들어간 것도 잠시, 서하의 어깨를 붙잡은 손에 더욱 힘을 실었다.

"더는 안 보내드릴 겁니다. 공주라면 몰라도, 무헌대군은 안 됩니다. 눈앞에 나타난 그 작자를 위해 아가씨가 어디까지 무모한 짓을 할지 감히 상상도 할 수 없으니까요! 그러니 지금부터는 막아야겠습니다. 반드시 막을 겁니다!"

눈을 부릅뜨고 완고하게 버티고 선 월영을 향해, 서하가 마침내 입을 열었다.

"……무슨 일이 생긴다면."

이제껏 맹목적으로 다른 이를 향해 있던 머릿속이 겨우 월영을 인식했다. 서하는 잠겨버린 목소리를 끌어올리느라 한 번에 꺼내지 못했던 말들을 이어 붙였다.

"만약 지금 저를 막아선 것 때문에 대군께 무슨 일이 생긴다면, 그땐 죽어서도 항아님을 용서하지 않을 겁니다."

어깨를 잡고 있는 월영의 손에서 순간적으로 힘이 느슨해지는 것을 느꼈다. 놀란 건지 화가 난 건지 알 수 없는 표정 너머로, 당황한 기색이 스치는 것 또한 똑똑히 볼 수 있었다. 일그러진 월영의 입술 끝에서 비아냥거림과도 같은 말투가 흘러나왔다.

"그리 좋으십니까? 목숨으로 위협할 만큼? 아직도 더 할 게 남으셨어요? 자기 생살을 찢고, 유폐된 전각에서 평생을 살겠다 다짐한 것으로는 부족하세요? 도대체 어디까지, 언제까지 그런 작자를 위해 희생할 작정입니까!"

주변도 신경 쓰지 않고 소란을 낸 탓인지 멀찍이서 사람 발소리가 들려왔다. 월영이 짜증스럽게 나인복의 치마 안쪽에서 검을 뽑으려 할 때였다. 어느새 코앞까지 다가간 서하가 뽑지 못하도록 검의 손잡이 끝을 지그시 눌렀다. 예상치 못한 행동에 당황한 월영은 그 손을 쳐내지도 못하고 흔들리는 시선으로 서 있기만 했다.

"마지막 숨 한 가닥 새어 나오는 그 날까지,"

서하는 한 자 한 자 또렷하게 전달했다.

"재가 되어 바스러지는 그 날까지, 그분을 위해 살 겁니다."

알아달라는 게 아니었다. 이해받지 않아도 좋았다. 그저 온 마음을 다해 우를 지키고 싶을 뿐이었다.

"십 년 전의 일이 반복되도록 놔두지도 않을 겁니다. 저 때문에 항아님의 손이 무고한 사람들의 피로 물드는 모습을 더 이상 무기력하게 지켜보지만은 않을 겁니다. 절대로."

서하의 눈동자가 직시하는 시선의 끝에서, 희미하게 감각을 잃은 월영의 손이 검에서 허무하게 떨어져 내렸다.

14화
도망

탁, 탁, 탁. 처소로 돌아와 경상을 두드리는 명의 손가락에 기분 나쁜 초조함이 매달렸다. 한석준이라는 자의 말이 질긴 역병처럼 머릿속을 헤집어 놓고 있었기 때문이었다.

〔유서하를 어디까지 믿으십니까?〕

어젯밤, 살아 있는 우를 두 눈으로 확인하기 직전 찾아온 사내. 홍문관 말단 저작이라는 자가 하도 간곡히 뵙기를 청한다 해서 어전으로 불렀더니 대뜸 '용의 아이가 봉창을 부수고 반역자를 만나러 갔습니다'라는 말을 전했다. 자신이 용의 아이가 가진 비밀에 대해 아는 유일한 사람이라고도 했다.

〔용의 아이가 전하께 진실만을 알려드리고 있다, 어찌 장담하십니까?〕
〔서하는 처음부터 우와 각별한 사이였다. 한데 문조대왕께 나를 왕

위에 올려야 한다는 서찰을 썼어. 우가 아니라 내게서 앞날이 보인다는 사실을 있는 그대로 선왕께 전했단 뜻이지.〕

〔그러니까 그게 사실이라고 어찌 장담하시는지 여쭌 것입니다.〕

〔……하고 싶은 말이 무엇이냐.〕

〔이것이 바로 용의 아이가 가진 무서움입니다. 진실은 용의 아이 스스로밖에는 알 수가 없으니까요. 한 번쯤 생각해보신 적 없으십니까?〕

〔무엇을?〕

〔서하가 진짜 왕위에 올리고 싶어 하는 사람은 전하가 아니라, 무헌 대군일지도 모른다는 사실 말입니다.〕

이상하게도 생각해본 적 없다는 대답이 곧바로 나오지 않았다. 그저 등골에 오싹 소름이 돋아 마른침만 삼켜댔다.

〔혹시, 혹시 말입니다. 용의 아이가 왕의 숙명을 지닌 자의 앞날을 미리 보는 재주뿐만 아니라, 앞날이 보이도록 왕의 숙명을 지닌 자를…….〕

〔…….〕

〔만들 수 있다면 어찌하시겠습니까.〕

그 말을 듣는 순간. 심장이 철렁, 사라질 듯 내려앉았다. 너무 황망하여 그게 무슨 뜻이냐, 사실이냐 물을 수조차 없었다.

〔그래도 서하를 믿으시겠습니까?〕

〔……믿는다.〕

거짓이었다. 허세였다. 그 허세를 진짜인 양 둔갑시키려, 서하를 하루만 데려가겠다는 우의 청을 승낙했다.

그래놓고 밤새 얼마나 피가 말랐던가. 날이 밝은 후에도 서하가 서둘러 돌아오지 않아 얼마나 초조했던가. 하나뿐인 아우는 제 입으로 한 약속을 절대 어길 리 없는 성격이었고, 여인이긴 하지만 호위무사보다 뛰어난 월영이 데리러 갔으니 별문제 없이 돌아오리란 건 잘 알고 있었다. 그런데도 스멀스멀 스며 나오던 식은땀이란.

이 나라의 지존이 된 지 벌써 십 년. 그동안 단 한 번도 서하를 손아귀에서 떠나보냈던 적이 없었다. 마치 뒷마당 한편에 심어둔 나무처럼 늘 그 자리에 있고, 필요할 때 찾으면 언제든 볼 수 있었던 존재.

그래서였다. 새끼줄에 둘둘 묶인 생선처럼 가슴이 답답하고 목이 옥죄는 듯한 기분이 들었던 것은, 처음으로 용의 아이가 자신의 수중에서 사라졌다는 불안감 때문이었다.

마침내 서하가 돌아왔을 때, 석준의 말처럼 무헌대군을 왕의 숙명을 지닌 자로 만들려 계획하고 있었던 건가 하는 날 선 의구심이 마음을 좀먹듯 갉아대기 시작했다.

탁탁, 탁탁. 고장 난 인내심이 경상을 더욱 험악하게 두드려갈 때 즈음.

"전하, 좌의정 입시이옵니다."

문 너머에서 상선의 목소리가 들려왔다. 탁, 불안정하던 손가락이 그제야 멈추었다.

"들라 하라."

곧 문이 열리고, 우람한 풍채의 차익훈이 걸어와 명의 앞에 엎드렸다.

"전하."

"내 괜한 얘기 때문에 있지도 않은 반역자를 잡겠다 고생하더니. 수확은 있었소?"

"소신이 마을을 수차례 조사하고 또 조사하였으나, 아직 무헌대군은 커녕 그림자도 찾지 못했나이다."

명은 허탈한 웃음이 새어 나오려는 것을 참았다. 그림자도 찾지 못했다, 라. 월영의 보고에 의하면 '행궁에서 서쪽에 있는 산자락'이라고 했다. 이런 작은 마을에서는 몇 년 전 흘러들어온 낯선 사내에 대해 아는 이가 한둘쯤 있을 법도 한데, 찾지 못했다니.

그동안 우가 기가 막히게 잘 숨어 산 건지, 아니면 우직한 좌의정이 생각보다 꼼꼼하지 못한 건지 모를 노릇이었다.

"내 뭐라 했소. 소문이라 하지 않았소. 무헌이 살아 있었으면 싶어 거짓인 걸 알면서도 믿은 거라니까."

"아무리 소문이라 하나 나라의 안위가 달린 사안인 만큼, 끝까지 조사해 철저히 진실을 밝혀내야 할 것입니다!"

안 그래도 큰 목소리가 한층 박력을 더하자, 명이 곤란하다는 듯 그를 진정시켰다.

"그만, 그만. 그렇게 열심히 뒤졌는데도 찾지 못했다면서. 나도 따로 사람을 시켜 좀 알아봤지만 찾지 못한 걸 보면 거짓 소문인 게 분명하지 않겠소?"

익훈이 놀란 토끼 눈을 하고 명을 바라보았다.

"사람을 시키셨다니요?"

"그대가 하도 펄펄 뛰기에 말이오. 그러다 진짜 무헌을 발견하면 당장 칼부터 휘두를까 봐 좀 겁이 나야지. 한데 마을에서 몇 해 전인가 낯선 사람을 봤다는 이가 있다지 뭐요."

말을 더할수록 익훈이 점점 허옇게 질려갔다.

"저기 서쪽에 있는 산자락에 말이오. 가보라 하긴 했는데, 아무것도 찾지 못한 모양이더군."

"서쪽, 산자락……."

"그렇소. 이 마을 출신인 자에게 시켰는데도 찾지 못한 것이면 거짓 소문이 확실하겠지."

명이 눈가를 가늘게 늘어뜨리며 말을 이었다.

"지난번 좌의정의 말대로 내가 허황된 소문에 현혹된 듯하오. 그러니 이 일은 그만 잊어버리고 환궁이나 합시다. 괜한 소문 때문인지 이곳에 더 있기 불편해서 말이오."

입이 반쯤 벌어진 채로 멍하니 있던 익훈은 한참 만에야 고개를 숙이며 대답했다.

"예. 예, 전하. 그럼 서둘러 돌아갈 채비를 하겠나이다."

"그리하시오."

익훈은 느지막이 자리에서 일어섰다. 들어올 때만 해도 날카롭게 빛나던 얼굴이, 뒷걸음질로 나갈 때는 완전히 사색이 되어 있었다.

문이 열렸다가 닫히고, 마침내 익훈의 모습이 완전히 사라지자 명이 나지막이 중얼거렸다.

"이렇게까지 했는데도 못 찾으면 좌의정 자리는 내놓아야 할 것이오."

***

나무 사이를 걷던 익훈은 발끝에 떨어진 나뭇잎 하나를 주워들었다. 손에 살짝 힘을 주자, 포근하니 내리쬐는 볕에 바짝 마른 탓인지 나뭇잎이 쉽게 바스러졌다.

충분했다. 이제 서풍만 불어준다면 금상첨화일 터였다.

“대감.”

어느새 검은 복면을 쓴 사내가 뒤로 다가왔다. 그가 들고 있는 횃불을 흘끗 곁눈질로 확인한 익훈이 나직이 물었다.

“준비는?”

“끝났습니다.”

간결한 대답과 함께 횃불이 익훈에게로 넘어왔다. 홰를 움켜쥐는 익훈의 손아귀에 저절로 힘이 들어갔다.

“다시 한번 말하지만, 완벽해야 한다. 조금의 실수라도 생기는 날엔, 나는 물론이거니와 철부지 수호 그리고 나라의 명운에 목숨을 건 수많은 이들이 죽는다.”

“알고 있습니다.”

“명심하거라. 누구의 눈에도 띄어선 안 되고, 그 어떤 증좌를 남겨서도 아니 된다.”

“예, 대감.”

결연한 눈빛의 사내가 허리를 깊숙이 숙이는 순간, 횃불이 춤을 추듯 흔들렸다. 동시에 바스러졌던 나뭇잎이 바람을 타고 멀리, 아주 멀리 날아갔다.

서풍이었다.

“때가 되었다.”

익훈은 들고 있던 횃불을 옆의 나무에 가만히 가져다 대었다. 잘 마른 나뭇가지에 옮겨붙은 작은 불씨가 서풍과 함께 서서히 화력을 더해갔다.

“시작하라.”

은밀한 명령에 화답하듯 복면의 사내가 순식간에 모습을 감추었다.

***

그냥 죽이었다. 백매화를 갈아 넣어 향이 좋다는 것 외에는 별다를 게 없는 희멀건 죽. 그런데도 뭘 그리 들여다볼 게 있다고, 푸르스름한 멍자국이 군데군데 번진 두천의 두 눈이 좀처럼 죽그릇에서 헤어나올 생각을 하지 않았다.

"그러다 식겠다."

빨리 먹으라고 한 말이었는데 '헤', 하고 벌어진 두천의 입은 여전히 다물어질 줄을 몰랐다.

"이걸 직접 끓이신 겁니까?"

뚱딴지같은 질문이라 우는 피식 웃었다. 그럼 이런 시골 산속에 달리 또 누가 있다고.

"음식 만드는 재주만큼은 늘지 않아서 말이다. 맛은 없겠지만 그래도 몸을 생각해서 먹어두거라."

먹기 편하도록 죽그릇을 더 가까이 밀어주었더니, 두천의 고개가 되레 푹 떨어졌다.

"제가, 제가 이걸 어찌 먹겠습니까. 못 먹습니다."

갑작스러운 선언에 다소 당황한 우는 이마를 긁적였다.

"아니, 그렇다고 또 그렇게 못 먹을 정도로 맛이 없지는……."

자신감이 뚝뚝 떨어지는 목소리로 말끝을 흐리는 사이, 두천이 구들장 무너지도록 한탄스럽게 외쳤다.

"대군께서 손수 차려주신 것을 감히 제가 어찌 먹을 수 있겠습니까!"

뒤이어 '못 먹습니다, 어찌 먹습니까' 하는 소리가 쉴 새 없이 튀어나왔다. 코까지 훌쩍이면서.

예상치 못한 저항이라 우는 눈만 깜빡일 수밖에 없었다. 빨리 회복되라고 갖다 준 죽 하나에 난리인 이 상황을 어떻게 해야 하는지 대책이 없어 멀거니 있었더니, 이번에는 세상이 끝난 것처럼 가슴을 두드려대며 두천이 말했다.

"이런 초라한 곳에 피신해 계신 것만으로도 억장이 무너지는데, 그 손을 아궁이 불 지피는 데나 쓰시다니요. 아이고, 우리 대군 대감 손이 어떤 손인데. 용상에 올라 이 나라를 호령했어야 할 금쪽같은 손인데 저 같은 놈 밥이나 차려…… 우읍!"

듣다 못한 우가 수저에 죽을 한가득 떠 두천의 입안으로 덥석 밀어 넣었다. 마를 새 없이 징징거리던 입이 그제야 잠잠해지고, 겨우 고요함을 찾은 우는 고개를 절레절레 저었다.

"예나 지금이나 사람 혼 쏙 빼놓는 재주는 여전하구나."

반강제로 입에 들어온 죽을 오물거리면서 두천은 또 뭔가 저항할 거리를 끄집어내려는 듯했으나, 우가 허락하지 않았다.

"백성이라면 누구나 다 하는 일이다. 뭐 대단한 일이라고 호들갑이냐."

"대군께서는 누구나가 아니시지 않습니까!"

"왜 아니냐. 누구나다. 아무나다. 대군 그까짓게 뭐 대수라고. 임금의 아들은 황금이라도 쥐고 태어난다더냐? 어느 백성이 그렇듯, 그저 제 목숨 하나 쥐고 태어난 사람일 뿐이다. 아니, 오히려 백성보다 못난 게 더 많다."

처음 이곳으로 들어왔을 때 뼈저리게 깨달은 것은 할 줄 아는 게 아무것도 없다는 사실이었다. 배가 고프지 않아도 끼니마다 다 먹지도 못

할 만큼 차려지던 화려한 음식들, 한두 번 입었을 뿐인데도 날마다 버려지고 새로 지어지던 비단옷들.

손 하나 까딱하지 않아도 될 만큼 많은 이들을 거느리던 궁 안에서의 삶과는 달라도 너무 달랐다. 밥 짓는 법도 모르고, 옷을 깁는 법도, 짚신 삼는 법도, 계절이 바뀔 때마다 집을 손봐야 한다는 것도 알지 못했다. 해서 춥고 배고픈, 모진 겨우살이를 지내보고야 정신이 들었다.

"먹고 있는 음식이 왜 귀한지, 입고 있는 옷이 얼마나 소중한지도 몰랐던 나다. 대군이었을 때의 나는 호의호식하면서 그게 우리 백성들의 노고와 피땀으로 만들어진 토대라는 것도 몰랐다. 그런 우물 안의 개구리였다. 귀한 걸 귀하게 여기며 사는 백성보다 나은 것이 무엇이냐."

궁을 나와서야 서책에는 적혀 있지 않던 사는 법을 배웠다. 평생 몰랐을 백성들의 고된 일상을, 지난 십 년 동안 골수에 사무치게 지켜보며 깨달았다. 정승판서들이 말하던 우매하고 무지한 백성이, 사실은 사서삼경을 독파한 저들보다 훨씬 성실하고 삶의 지혜가 풍부하다는 것을. 외딴곳에 홀로 놔두면 하루도 못 가 굶고 병들어 죽을 위인들에게 우매와 무지를 운운할 자격 같은 것은 없었다.

"게다가 지금 난 대군도 뭣도 아니니 쓸데없는 말 그만하고 먹기나……."

양반이라는 권위와 제 잘난 맛에 사는 수많은 우물 안의 개구리들을 떠올리며 헛웃음을 짓다 말고, 우는 말을 끊었다.

울며불며 수선 떨 일이 아니라는 뜻으로 장황하게 설명했건만, 두천이 더 질질 짜며 울고 있었기 때문이었다. 닭똥 같은 눈물을 뚝뚝 떨구면서.

우는 정말이지 하도 황당해서, 조금 전 무슨 말을 하고 있었는지 까먹었을 정도였다.

"도대체가 어디에 울 만한 이야기가 있다고."

"다요. 온통 다 울 만한 이야기뿐입니다. 집 떠나면 고생이라더니, 우리 대군 대감께서 얼마나 개고생을 하셨으면 이리도 철이 드셔서는."

"허, 뭐라 하였느냐?"

"이런 훌륭하신 대군을 잃고 장차 이 나라가 어찌 되려고. 흐으윽!"

본격적으로 시작하려는지, 두천은 아예 소매로 눈을 가려버렸다. 허탈해하던 우는 다 식어버린 죽을 먼저 먹으며 나직이 한마디 했다.

"되찾으러 갈 것이니 원기나 회복하거라."

"어느 세월에 되찾아서…… 되찾…… 예?"

거짓말처럼 울음이 뚝 그치고, 눈물로 얼룩덜룩한 얼굴이 단단히 경직된 채 우에게 향했다.

"지금 뭐라고 하셨습니까?"

"되찾겠다고 했다."

"되찾다니, 무엇을요? 헛! 설마, 설마 반역을……."

딱, 기어이 참지 못하고 우의 수저가 두천의 이마에 적중했다.

"아야!"

"형님께서 계신 자리다. 어딜 불경한 말을 함부로 담는 것이냐."

"에이, 아니었습니까?"

이마를 문지르던 두천이 속마음을 고스란히 드러내며 아쉬워했다. 큰일 날 놈이었다. 이렇게 솔직한 녀석이 그동안 궁에서 어찌 살아남았는지 알다가도 모를 일이었다.

"대군의 신분을 되찾겠다는 뜻이다. 뭐, 어느 놈한테는 화가 나서 그보다 더한 것도 하겠다 큰소리치긴 했다만, 형님께서 십 년 동안 쌓아오신 위업을 망가뜨릴 생각은 조금도 없다. 내가 원하는 건 그런 게 아니니까."

그저 내 사람들이 더 이상 다치지 않도록, 그들이 마음 편히 웃으며 살 수 있도록 지킬 수 있는 위치. 그리고 우리 백성들이 조금이나마 더 편히 살 수 있도록 형님을 도와 나라를 위해 힘쓸 수 있는 위치. 그거면 충분했다.

"어느 놈, 이라고 하셨습니까?"

두천이 벙벙한 표정으로 물었다. 덕분에 월영의 얼굴이 떠오르자, 우의 눈가가 저절로 가늘어졌다.

"그런 놈이 있다."

정체 모를 속만 음흉한 녀석. 말이 나오고 보니 또 속이 끓었다. 생각하면 할수록 굉장한 놈이 아니냔 말이었다. 여인으로 변장하여 십여 년을 서하의 곁에서…….

"어?"

갑자기 두천이 주위를 두리번거렸다. 하마터면 저도 모르게 수저를 부러뜨릴 뻔했던 우는 덕분에 겨우 손에서 힘을 뺄 수 있었다. 이미 한껏 구부러진 수저는 상 아래로 슬쩍 내려놓았다.

"흐흠. 왜 그러느냐?"

머쓱함에 헛기침을 하는 사이, 두천이 한참이나 코를 킁킁거리다가 씩 웃었다.

"에이, 완벽하신 우리 대군 대감께서도 이런 실수를 하실 때가 있네요. 다 좋은데 뒤처리가 미흡했던 모양입니다."

"뒤처리라니?"

"아궁이 불을 제대로 끄지 않으셨나 봅니다. 불 냄새가 납니다."

예전부터 후각 하나는 따라올 자가 없더니, 여전한 모양이었다. 그래도 그렇지. 분명 꺼진 것을 확인하고 들어왔는데 불날 곳이 어디 있다고 냄새 타령을.

"……그을음 냄새?"

우는 흠칫 놀랐다. 진짜였다. 문틈을 파고 무언가 타는 듯한 냄새가 희미하게 새어 들어오고 있었다.

도대체 어디서, 거기까지 생각에 미친 그는 자리를 박차고 일어섰다.

"갑자기 왜 그러세요? 대감?"

두천의 부름에도 문을 부술 듯 열고 나오자, 그제야 완연히 퍼진 불냄새가 코를 찔렀다. 사방으로 날아다니는 잿빛 그을음. 십 년 내내 서하에게 보여주고팠던, 눈꽃처럼 하얀…….

"대감? 도대체 무슨 일이기에, 흐익? 아이고, 세상에!"

지천으로 흐드러지게 핀 백매화가 온통 붉은 화염에 잠식되어가는 풍경이, 지독하리만치 선명하게 보였다.

"웬 산불이 저리 크게! 아까운 꽃 다 타네, 다 타! 가만, 서풍이잖아! 저 산불이 이리로 옵니다, 이리로 와요! 어찌합니까, 대감!"

뒤따라 나온 두천이 어쩔 줄 몰라 발을 동동 굴렀다. 으스러질 만큼 주먹을 꾹 쥐고 있던 우가 나지막이 중얼거렸다.

"그냥 산불이 아니다."

"예?"

그는 걱정스럽게 뒤를 돌아보았다.

"뛸 수 있겠느냐?"

척 봐도 성치 않은 몸으로 선 두천은 두려움에 떨고 있었다. 우의 이마 끝에도 땀방울이 맺혔다.

"지금 당장 도망쳐야 한다."

15화
부디 늦지 않았기를

"아무래도 이곳은 나랑 맞지 않는 모양이다."

임금의 지나가는 한마디에 바싹 긴장한 궁인들은 아침 댓바람부터 환궁 준비에 매달려야 했다. 부랴부랴 출발하게 된 뒤에도 혹여나 기운이 없다는 임금에게 탈이 날까, 행렬은 발이 땅에 닿지 않을 정도로 바삐 걸음을 옮겼다.

그 속에 개나리 빛깔의 고운 너울을 쓰고 숨어든 기행나인, 서하는 날개 한쪽을 잃고 비틀거리는 나비처럼 위태롭게 말 위에 앉은 채 하얀 손가락으로 연신 고삐를 고쳐잡았다.

불안했다. 답답하고 초조했다. 당장이라도 달려가고 싶은 마음을 참느라, 독한 체기가 든 것처럼 꽉 조이는 가슴을 견디고 또 견디느라 숨조차 잘 쉬어지지 않았다.

"아앗!"

도저히 가라앉지 않는 근심을 아는지 모르는지. 갑자기 옆에서 짤막한 비명이 들려왔다. 고개를 돌리자, 처음 말을 타는지 구부정한 자세의 나인이 보였다.

월영이 쓰고 왔던 너울을 쓰고, 월영이 타고 온 말에 올라앉은 기행나인. 아니, 월영을 대신해 기행나인 행세를 하고 있는 의녀.

〔제가 차학정 나리를 따라가겠습니다.〕

갑자기 왜냐고 묻는 말에 차갑게 뒤돌아서던 월영의 잔상이 아직도 눈앞에 아른거렸다.

〔안 그러면 종일 무헌대군 걱정 때문에 아가씨께서 또 말도 안 되는 일을 저지를 수도 있으니까요. 반드시 대군의 목숨을 붙여 놓고 올 테니, 얌전히 환궁하겠다 약조만 해주십시오.〕
〔행렬에서 빠지면 들킬 것입니다.〕
〔퍽 가깝게 지내는 의녀가 있습니다. 그 아이에게 대행을 시킬 것이니, 염려 마십시오.〕

변장이 어색한지 자꾸만 너울을 고쳐 쓰는 자그마한 체구의 의녀를 보며, 서하는 긴 숨을 내쉬었다.
월영을 붙잡았어야 했던 걸까. 아니면 약조를 지키리라 믿고 기다려야 하는 걸까.
"저, 저기!"
그때였다. 갑자기 뒤쪽 행렬이 소란스러워지는가 싶더니 이내 커다란 외침이 튀어나왔다.
"불이다! 산불이다!"
심장이 철렁 내려앉은 서하가 뒤를 돌아보려는 순간, 말이 소란에 놀랐는지 이리저리 몸을 흔들었다.

"워어, 워어! 아이고, 이놈이! 가만히 좀 있어!"

마부가 황급히 고삐를 당기며 달래도 소용없었다. 더 거세지는 움직임에 바짝 긴장한 서하가 소리도 내지 못하고 몸을 웅크린 찰나.

"어, 어!"

말이 마부를 치며 앞발을 번쩍 치켜들었다. 아슬아슬하게 잡고 있던 고삐를 놓친 서하가 땅으로 쿵, 떨어졌다.

"아읏!"

커다란 충격에 절로 신음이 새어 나왔다. 공주를 구하다 다쳤던 팔꿈치부터 땅에 닿은 탓에 상처가 헤집어지는 고통도 밀려왔다.

"꺄아악!"

여기저기에서 비명이 터져서인지 말은 더욱 흥분해 날뛰었다. 누구도 선불리 다가오지 못하고 우왕좌왕하고 있을 때, 앞서 있던 별장 하나가 소란을 들었는지 달려오고 있었다.

이를 악문 서하는 아픔도 잊고 몸을 벌떡 일으켰다. 말발굽에 차일 뻔하면서도 재빨리 말고삐를 손목에 휘감았다.

"읏!"

잡아당기려 했지만 어림없었다. 오히려 말의 엄청난 힘에 끌려다니는 꼴이 되고 말았다. 이리저리 휩쓸릴 때마다 고삐가 감긴 손목이 끊어질 듯 죄어왔다.

"아이고, 항아님! 어서 놓으세요! 그러다 큰일 납니다!"

넘어져 있던 마부의 외침에도 불구하고 서하는 고삐를 놓지 않았다. 일이 커지기 전에 무슨 수를 써서라도 멈춰야 했다. 임금에게까지 이 소란이 전달되지 않아야 하니까. 만에 하나라도 명에게 월영의 부재가 알려져서는 안 되니까, 절대로.

"쉬이!"

그러니 제발 진정해줘.

"쉬이, 쉬이!"

너까지 그 사람을 위험에 빠뜨리지 말아줘. 제발 부탁이야.

"쉬이……."

서하는 겨우 잠잠해지기 시작한 말의 눈동자를 빤히 응시했다. 마치 자신의 속마음을 다 듣기라도 한 것처럼 촉촉하게 젖은 새카만 눈동자.

다행이었다. 점점 안정을 되찾아가는 말의 숨소리를 들으며, 서하는 그제야 고삐를 놓았다. 어느새 손목의 살갗이 터져 핏줄기가 흐르고 있다는 것도 알지 못한 채, 야트막하게 떨리는 손으로 말갈기를 조심스럽게 쓰다듬었다.

"고마워."

안도의 한숨과 함께 작디작은 소리가 흩어졌다.

바라옵건대 부디, 부디 늦지 않았기를…….

***

바깥 움직임이 심상치가 않았다. 출발할 때와는 달리 행렬이 상당히 어수선해졌고, 뒤쪽에서는 비명도 들려왔다. 그 탓인지 내금위는 물론, 무예별감까지 전부 어가 주변에 바싹 모여 경계를 강화하고 있었다.

"무슨 일이냐."

그때까지도 묵묵히 있던 명이 나지막이 묻자, 내금위장이 재빨리 다가왔다.

"심려 끼쳐드려 송구하옵니다, 전하. 뒤에서 잠시 소란이 생긴 듯한데, 아무래도 산불 때문인 것 같사옵니다."

"산불?"

명은 뒤를 돌아보았다. 어가 안이라 자세히 보이지는 않았지만, 산에 붉은빛이 감돌고 있다는 것은 알 수 있었다. 연신 하늘로 솟구치는 연기가 어렴풋이 바람에 일렁이는 것을 보며 황당해진 명은 실소를 흘렸다.

좌의정이 결코 흐지부지한 성격이 아니라는 건 알았지만, 그래도 그렇지.

"일을 상당히 크게 벌였군."

"예?"

"아무것도 아니다."

애꿎은 백성들 목숨까지 간당간당하게 만들어서야. 그래도 뭐 성공만 한다면 더 바랄 것이 없…… 백성들.

생각에 잠겼던 명은 뒤늦게 정신을 번쩍 차렸다.

"다행히 소란은 무마되었으나, 혹시 모를 사태에 대비해 전하의 호위를 강화해야 할 것 같습니다."

"날 호위해서 어쩌자는 것이냐."

내금위장의 말이 끝나자마자 엄중한 목소리가 어가 안에서 흘러나왔다.

명은 교렴을 거두었다. 날카로워진 표정이 고스란히 드러났다.

"산불이 여기까지 오는 것도 아니고, 호위를 강화한다 해서 산불이 꺼지는 것은 더더욱 아니거늘. 이게 다 무슨 소용이냔 말이다."

고개 숙인 내금위장이 아무 대답도 못 하는 사이, 명이 즉시 행렬을 멈추었다.

"당장 청주목으로 돌아간다. 돌아가서 저 산불을 조금이라도 빨리 막아야겠다."

"아니 되옵니다, 전하! 위험합니다!"

만류하는 내금위장에게 크게 노한 명이 소리쳤다.

"내가 아니라 백성들이 위험하다! 저 산불로 인해 위협받을 백성들이 나에겐 더욱 위험하단 말이다!"

성난 어심에 모두가 어쩔 줄 몰라 하는 와중에도 명의 화는 가라앉지 않았다.

"당장 가마를 내려라! 너희들이 가지 않겠다면 나 혼자서라도 갈 것이다!"

"전하!"

황급히 말에서 뛰어내린 내금위장은 당장이라도 가마에서 뛰쳐나올 기세인 임금을 말리기 위해 어가 앞에 무릎을 꿇었다.

"전하의 하해와 같으신 성심에 소신 눈물이 앞을 가리지만, 화마가 언제 어떻게 덮칠지 모르는 위험한 곳으로 전하를 모실 수는 없사옵니다. 통촉하여 주시옵소서!"

"통촉하여 주시옵소서!"

기다렸다는 듯 모든 이들이 함께 무릎을 꿇으며 임금을 만류하기 시작했고, 여기저기서 통촉하라는 소리가 터져 나왔다.

주먹을 불끈 쥔 명이 무어라 반박하기 전, 다시 한번 내금위장이 결의에 찬 어조로 말을 이었다.

"꼭 필요한 호위와 병력을 제외하고, 최대한의 이들을 청주목으로 돌려보내 산불 진압에 힘쓰도록 하겠나이다. 하오니 전하께서는 돌아보지 마시고 속히 이곳을 벗어나 주시옵소서. 아직 살아 있는 백성들을 위해 옥체를 보전하여 주시옵소서!"

내금위장은 애절하리만큼 간절하게 머리를 조아렸다.

"어명을 받들지 못한 이 불충의 죄는 돌아가 목숨으로 속죄하겠……."

"죽지 마라."

명은 내금위장의 말을 잘랐다. 바닥에 닿을 듯 엎드려 있는 충신의 어깨가 흠칫 놀라는 모습이 보였다.

"직접 병력을 통솔하여 청주목으로 가 산불을 진압하고 백성들을 살려라. 네가 죽는 것도, 백성들이 죽는 것도 용서치 않겠다. 모두 무사하다는 전갈을 가지고 궁으로 돌아오는 것. 그것이 어명을 어긴 최고의 속죄가 될 것이다."

조금 전까지만 해도 어수선했던 주변이 삽시간에 잠잠해진 틈을 타, 명의 마지막 한마디가 이어졌다.

"명심하라."

고요함을 깨는 바람 소리를 타고, 내금위장의 탄복해 흐느끼는 목소리가 터져 나왔다.

"성은이 망극하옵니다, 전하!"

마치 산울림처럼 엎드려 있는 수많은 이들의 입에서도 같은 소리가 울려 퍼졌다.

명은 천천히 교렴을 내렸다. 잔뜩 힘을 주었던 어깨를 풀어내고 지친 기운을 달랜 뒤, 가만히 등을 기대앉는 명의 입가가 만족스럽게 올라갔다.

16화

화마가 불러온 계략

그냥 산불이 아니었다. 그냥 산불일 리 없었다.

십수 일이 넘도록 비가 오지 않아 건조한 날, 심지어 서풍까지 부는 이런 날에 함부로 산에서 불질을 할 어리석은 이는 없었다. 적어도 이 고을에 사는 백성이라면.

산을 제집처럼 아끼고 산에서 나는 모든 것들을 소중히 여기는 백성들이 그랬을 리 없다고, 우는 확신했다.

분명 내가 이곳에 있다는 걸 아는 사람이 낸 불이다…… 미친 듯이 숲을 헤치고 뛰던 우는 으득, 어금니를 물었다.

사람 하나 잡겠다고 이 산을, 이 천금 같은 대지를, 백성들의 목숨까지 위협하며 태우다니.

초가를 떠나기 전 챙겨 나온 칠흑의 검. 그 검집에 새겨진 황금 용무늬가 으스러질 것처럼 우의 손아귀에 잡혔다.

"허억, 허억!"

앞서 달리던 두천이 금방이라도 넘어가게 숨을 몰아쉬다 말고 갑자기 제자리에 멈추었다. 가뜩이나 성치 않은 몸이 험한 산길을 달렸으니 한계에 다다른 것도 무리가 아니었다. 땀을 비 오듯 흘리고, 숨소리가 폐부에 걸린 것처럼 불안정해 안쓰러울 지경이었다.

"괜찮은 것이냐?"

서둘러 다가가자, 두천은 대답 대신 활짝 웃어 보였다. 아무렇지도 않아 보이려는 뜻이었겠지만, 당장 대답할 기력도 없어 웃음으로 무마했다는 것 정도는 쉽게 알 수 있었다.

우는 두천이 안정을 찾을 수 있도록 가만히 기다려주었다.

"그러니까 지금, 위험하신 거죠?"

겨우 수습이 되었던지 두천이 물어왔다. 대답이 없자, 더욱 확신한 모양이었다.

"이렇게 지체하면 할수록 더 위험하신 거죠?"

하여간 쓸데없이 눈치만 빨라서는. 우는 부러 여유 있는 기색을 비치며 말을 돌렸다.

"계속 뛸 수 있겠느냐?"

잠시 생각을 하던 두천이 이내 고개를 크게 끄덕였다.

"물론입니다. 하지만 아무래도 이곳 지리를 모르고 뛰어서 곱절은 피곤한 것 같으니, 지금부터는 대감께서 앞장서십시오. 그러면 제가 꽁지가 빠지게 따라가겠습니다."

그럴듯한 대답이었으나, 지난 시절 함께한 시간만 십수 년이었다. 아무리 오랜 세월 떨어져 있었어도, 바보 같을 정도로 충직한 내관의 속내를 눈치채지 못할 우가 아니었다.

"허튼 생각 할 짬이 있는 걸 보니 이제 뛰어도 되겠구나. 힘들면 내가 뒤에서 등을 받쳐 줄 것이고, 쓰러지면 업고라도 갈 것이다. 그러니 혹여라도 짐이 될까, 뒤에 남아 희생하려는 생각은 하지도 말거라."

생각을 단번에 들켜서인지, 아니면 어디에서 또 눈물 짜낼 구석을 찾은 것인지 두천은 벌겋게 변한 눈을 소매로 가리며 울먹거렸다.

"저의 충심을 어찌 이리 헤아려주지 않으십니까!"

"그런 충심은 나에겐 빚이다. 그것도 절대 갚지 못할 빚."

십 년 만에 다 쓰러져가는 초가를 등지고 나오며 다짐한 것이 있었다.

두번 다시, 다른 사람의 희생을 토대로 살아남지 않으리라. 곁에 있는 그 누구도 죽게 하지 않으리라.

"난 이기적인 사람이라, 그런 빚은 사양이다. 게다가 그 빚이 내 마음을 갉아먹도록 두고 보지도 않을 것이다. 하니 살아라. 반드시 살아남게 해줄 터이니, 힘껏 살아라. 그것이 둘도 없는 충이다."

"흐윽! 하나도 이기적이지 않으시면서! 못 본 새 왜 이렇게 멋진 사내로 장성하셔서는 저를 울리시는 겁니까!"

결국 두천은 울음을 터뜨렸다. 양 입가를 아래로 축 늘어뜨릴 땐 언제고, 뒤늦게 창피함이 몰려왔는지 싱거운 소리를 외치며 냅다 앞으로 뛰어가기 시작했다. 지리를 몰라 피곤하다더니, 잘만 뛰고 있었다.

오십 보 정도까지 간격이 벌어졌을 즈음, 우가 고개를 절레절레 저으며 뒤를 따르려 할 때였다.

일순 스치듯 보인 검은 그림자.

딱딱하게 표정을 굳힌 우가 눈치를 챘을 땐, 이미 검날이 두천의 앞에 나타난 후였다.

"엎드려!"

우는 목청껏 외치며 달렸다. 말 잘 듣는 두천이 본능적으로 납작 엎드리고, 단숨에 오십 보를 좁힌 우가 번개처럼 검을 빼 들었다.

간발의 차로 검은 복면의 살수가 휘두른 검과 우의 검날이 허공에서 부딪혔다. 소름 끼치는 마찰 소리와 함께 불꽃이 일었다.

방심할 새도 없이 옆에서 두 번째 살수가 나타났다. 놈이 두천의 등에 검을 찔러 넣으려고 하자, 우는 다른 손에 쥐고 있던 검집을 재빨리 휘둘렀다. 칠흑의 검집에 휘감긴 황금 용무늬가 정확히 녀석의 검을 튕겨냈다.

"윽!"

하지만 제대로 힘을 주지 못한 탓에 우 역시 서너 발짝 뒤로 밀렸다.

그 찰나를 놓치지 않고, 뒤에서 세 번째 살수가 달려오며 비수를 던졌다. 바람을 가르는 소리와 함께 날아오기 시작한 비수는 두천의 목을 노리고 있었다.

우는 미끄러지듯 몸을 날렸다. 가까스로 비수를 쳐냈지만, 뒤이어 날아온 또 다른 비수가 우의 어깨를 스치며 아슬아슬하게 궤도를 벗어났다.

스친 곳의 살갗이 벌어지며 피가 배어 나오고, 타는 듯한 통증이 밀려오는 순간.

우는 살수들의 움직임이 이상해진 것을 느꼈다. 부상을 당한 지금이 공격할 절호의 기회일 텐데, 그들은 움찔 놀라며 서로 눈치만 보고 있었다.

뭐지. 뭔가 당황해하는 것 같은…….

"매번 그렇게 상대를 안 죽이려고 어중간하게 공격하니까 그 실력을 가지고도 위험해지는 겁니다. 십 년 전에도, 지금도."

갑작스러운 목소리에 돌아보자, 새로이 나타난 검은 의복의 사람이 앞으로 걸어와 떡하니 버티고 섰다. 처음에는 같은 살수 패거리인가 싶었다.

"……넌?"

하지만 비수를 던진 살수에게 공격을 퍼붓기 시작하는 것을 보고서야, 우는 그가 누구인지 확신할 수 있었다.

서슴없이 급소만 노리는 붉은 검의 주인, 정체 모를 속만 음흉한 놈.

단번에 살수를 이십 보 밖으로 몰아낸 월영이 한심해하며 비아냥거렸다.

"도대체가 내관을 살리겠다고 몸을 날리는 대군이 세상천지에 어디 있습니까?"

우는 미간을 찌푸렸다.

"네가 어떻게?"

"지키고 싶은 게 있으면 전부 죽여버리든가, 죽이는 게 싫으면 지키는 걸 포기하든가. 괜한 신념 지킨답시고 봐주다 개죽음당하지 말란 말입니다. 당신을 구하려고 겁도 없이 아등바등하는 사람 생각해서."

누구를 지칭하는지 너무나 잘 아는 우의 얼굴이 애달프게 내려앉았다.

"겁도 없이, 라니. 설마…… 위험해진 것은 아니겠지?"

"그 여인 말씀하시는 거라면, 언제 위험해져도 이상할 게 없는 여인이던데요?"

이번에는 익숙한 음성이 말을 받아쳤다.

당연하게 등을 맞대오는 사내, 세상에서 가장 듬직한 벗.

우는 처음으로 깊이 안도했다.

"이 녀석. 사람을 그리 걱정시켜놓고. 몸은? 어디 다친 곳은 없느냐?

"보시다시피 튼튼합니다. 그것보다 일단 이놈들부터 해결을……."

수호가 일부러 더 활기차게 대답하는 찰나, 살수 중 하나가 눈짓으로 신호를 보냈다. 그러자 나머지 살수들이 기다렸다는 듯 흩어지며 자취를 감추었다.

눈 깜짝할 새 휑해진 주변을 보고 수호는 황당함을 감추지 못했다.

"뭐가 이렇게 싱거워? 대군, 쫓을까요?"

우 역시 황당한 것은 마찬가지였다. 처음부터 그들은 자신이 아닌 두천을 노리고 있었다. 그것도 끝까지 죽일 생각으로.

아까부터 다친 어깨가 버티기 힘들 정도로 쓰라려 오는 것을 보니 아무래도…… 우는 손바닥으로 상처를 감춘 채 말했다.

"그럴 필요 없다. 척 봐도 우리보다 발이 빠를 것 같으니 쫓아가 봐야 소용없는 짓이다. 그런 것보다, 위험해져도 이상할 게 없는 여인이라니?"

수호는 너무 무서웠던지 엎드린 채로 기절한 두천을 살피다 말고 느른하게 웃어 보였다.

"유서하라는 여인 말입니다. 공주 자가를 구했을 때 대군께서 데리고 갔던 여인, 맞죠? 도대체 그 여인의 정체가 무엇입니까? 궁녀입니까, 의녀입니까?"

"의녀?"

"뭐, 궁녀인지 의녀인지 모르겠지만 대단하던데요. 공주 자가의 위협에도 눈 하나 깜빡하지 않는 여인은 처음 보았습니다."

위협이라니. 의녀는 또 뭐고. 도대체 무슨 소리인지 알아들을 수가 없어서 우는 월영을 쳐다보았다. 설명을 해보라는 무언의 시선이었지만, 월영은 대꾸도 하기 싫다는 듯 등을 돌려버렸다.

"하여튼 이곳을 벗어나기만 해보십시오. 이제껏 벗으로 지낸 저에게조차 은애하는 여인의 존재를 비밀로 해오신 피 끓는 배신에 대해서는 톡톡히 대가를 치르셔야 할 겁니다."

우가 무언가 대꾸를 하려 했으나, 틈을 내줄 수호가 아니었다.

"혹시나 아니라고 변명하고 싶으신 거라면 그냥 고이 접어 두십시오. 그 여인 이야기가 나오자마자 가슴 미어진다는 표정 짓고 변명하시는 거 아닙니다."

어렸을 때부터 여인한테는 눈길도 주지 않으셨던 분이, 하고 중얼거림인지 투덜거림인지 모를 말이 이어 붙었다.

변명할 생각은 아니었지만, 자신이 그런 표정을 짓고 있었는지도 몰랐던 우는 말없이 이마를 긁적였다.

"일단은 여기서 빠져나가죠. 이러다 산불에 휩쓸리면 대책 없으니까."

수호가 먼저 '끄응차!' 하고 정신을 잃은 두천의 팔을 어깨에 둘러메며 앞장섰다. 묵묵히 그 뒤를 따르는 월영을 지켜보던 우는 갑자기 시야가 흐릿해지는 것 같아 머리를 크게 흔들었다. 그러고는 혹여 들킬세라, 손바닥으로 상처를 한 번 꾹 누른 뒤 서둘러 걸음을 옮겼다.

—행궁을 떠나기 한 시진 전.

"자가, 의녀가 탕약을 가지고 들었습니다."

"들여라."

눈 아래를 가리개로 덮은 의녀는 고개를 살짝 갸웃했다. 분명 수호가 머물고 있다는 방을 찾아온 것인데, 안에서 허락을 내린 건 여인이었다. 심지어 귀에 익은 음성. '자가'라고 하는 것을 보니 설마.

드르륵, 문이 열리자 아니나 다를까. 방 한가운데 쳐진 발 앞에 청해

공주 담이 앉아 있었다.

의녀는 나인을 따라 들어가다 말고 허리를 푹 숙여 버렸다. 최대한 얼굴을 가리고 두어 발짝 디뎠을 즈음.

"전 이제 괜찮습니다. 그리고 탕약은 먹지 않을 테니 물려 주십시오."

발 안쪽에 가려진 수호가 제법 단호하게 거부 의사를 밝혔다. 예상치 못한 전개에 의녀는 흠칫 당황했다.

"안 됩니다. 전하께서 내리신 탕약이라 안 먹겠다, 이겁니까? 탕약한테 자존심 세워 무엇하게요. 약은 약일 뿐입니다. 몸을 생각해 드십시오."

이번에는 담이 단칼에 수호의 거부 의사를 거부했다. 듣는 사람이 입을 동그랗게 오므릴 정도로 똑 부러지는 소리인지라 수호도 할 말을 잃은 모양이었다.

난데없이 기 싸움이 한창인 현장에 선 나인과 의녀는 되돌아 나가지도, 그렇다고 인사를 올리지도 못한 채 멀뚱히 서서 두 사람의 눈치만 살펴야 했다.

"알겠습니다. 그럼 탕약은 제가 알아서 할 터이니, 자가께서는 이만 환궁 준비를 하러 처소로 돌아……."

"싫습니다. 가고 안 가고는 제가 결정합니다. 강요하지 마십시오."

돌아가라는 말이 미처 다 튀어나오지도 않았는데, 담이 대차게 일축해 버렸다.

말을 꺼냈던 수호의 입에서도, 내심 담이 가주길 바랐던 의녀의 입에서도 한마음 한뜻으로 탄식이 튀어나왔다.

남매가 똑같이 고집만 쇠심줄이어서는.

"강요하는 것이 아니라, 아랫사람들이 수군거릴 것입니다. 제가 욕먹는 것은 상관없지만, 자가께서 괜한 구설수에 휘말리는 것은 절대로 싫습니다."

"나 때문에 다친 이를 돌보겠다는데 구설수에 휘말릴 일이 무엇입니까?"

"아무리 임시지만 이곳은 제가 머무는 처소인데 자가께서 이리 계시면, 그러니까, 그…… 어쨌든 걱정해주시는 건 기쁘기 그지없으나, 남녀가 유별하니 이만 돌아가심이 좋을 듯합니다."

"그 남녀가 유별하여 발을 치고 있는 것이 아닙니까? 쓸데없는 걱정 말고 약이나 드십시오."

철벽처럼 말이 통하지 않는 담이 의녀를 향해 명했다.

"탕약을 이리 가까이 가져오, 너라."

자신을 쳐다보던 담이 중간에 말을 잠시 멈칫하자, 의녀는 더욱 허리를 숙이며 걸어갔다. 탕약이 든 사발을 내려놓으면서는 더욱더 숙인 터라, 머리가 거의 바닥에 닿기 직전이었다.

"훗."

머리맡에서 들려온 코웃음 소리.

"넌 잠시 나가 있거라."

곧이어 담이 나인을 밖으로 내보냈다. 문이 닫히자마자 수호가 말릴 새도 없이, 담이 의녀의 얼굴에 있던 가리개를 잡아 뜯었다.

"무슨 수작이냐."

담이 냉랭하게 쏘아붙이자, 서하는 하는 수 없이 얼굴을 들었다.

"이렇게 단번에 들킬 줄은 몰랐습니다."

"나를 훈계하듯 쳐다보던 그 눈을 잊을 것 같더냐."

안 그래도 절벽에서 감히 신분을 망각하고 공주를 야단쳤던 일이 마음에 걸렸는데, 역시나 벼르고 있던 모양이었다. 원래라면 목숨을 내놓아도 시원찮을 죄였지만, 그렇다고 해서 담이 죗값을 물을 작정인 것 같지도 않았다. 굳이 나인을 밖으로 내보내는 것을 보면.

"그래, 오늘은 무슨 일로 찾아왔느냐? 배짱 좋게 따박따박 말대답을 하던 성격으로 봐선 사죄하러 온 것은 아닐 테고. 난 이제 죽을 생각 따윈 없으니 구명하러 온 건 더더욱 아닐 테고. 혹 내 오라버니와 어떻게 아는 사이인지 말하러 온 것이더냐?"

앙금이 남았는지 가시가 한가득 박혀 있던 담의 목소리가 진짜 하고 싶었던 말을 찌르듯 서하에게 쏟아냈다.

"오라버니가 살아 있다는 것을 안다. 해서 그날 절벽 위에서 어렴풋이 들렸던 목소리가 오라버니였다는 것도 알았다. 짐작건대, 넌 내 오라버니의 생사를 미리 알고 있었겠지. 맞느냐?"

그동안 우가 죽었다고 여긴 담이 얼마나 가슴 아프게 살아왔는지, 서하는 누구보다도 잘 알고 있었다. 한없이 아끼던 오라비를 잃고 실의에 빠져 몇 번이나 죽으려던 걸 제 손으로 살려냈으니까.

담에게 진작 사실을 말해주지 못한 미안함이 너무나 커서 아무런 대답도 할 수가 없었다. 아니, 모든 것이 자신의 탓이라는 죄책감 때문에 온몸이 죄이는 것처럼 괴로웠다.

"나를 구한답시고 왔을 때는 궁녀의 모습이더니, 지금은 의녀가 되어 있구나. 도대체 네 진짜 정체가 무엇이냐. 누구의 편이냐. 똑바로 대답하는 게 좋을 거다. 아니라면 공주라는 내 신분을 이용해 어떻게 해서든 너를 가만두지 않을 것이다."

한기가 뚝뚝 떨어질 것 같은 차가운 시선. 서하는 그런 담을 똑바로 응시한 채 천천히 말했다.

"누구 편 같은 건 모르겠습니다. 하지만 저는 무엇이든 될 수 있습니다. 무엇이든 될 것입니다. 무헌대군을 위해서라면."

덤덤하기만 한 서하와는 달리, 담과 수호는 깜짝 놀라 숨을 삼켰다.

눈을 동그랗게 뜬 채 입을 닫아버린 담 대신, 수호가 중얼거렸다.

"그러니까 그날 무헌대군 대감과 함께 있던 항아님이 바로……."

무헌대군과 재회했던 날. 그날의 일을 떠올리기만 해도 먹먹해져 스러질 것 같은 마음을 애써 부여잡으며, 서하는 수호를 향해 간청했다.

"예, 접니다. 잘 알지도 못하는 나리께 이런 부탁을 드리러 와서 무척 송구하지만, 속히 이 행궁에서 나가주셨으면 합니다."

뜬금없는 말이었다. 어찌 들으면 건방지기까지 한 말이었다. 한낱 궁녀인지 의녀인지 정체도 모르는 여인이, 공주와 좌의정의 아들에게 할 수 있을 법한 말은 아니었다.

그런데도 수호는 딱히 언짢거나 불편해하지 않았다. '무헌대군을 위해'라는 말을 온전히 믿는 사람처럼 그저 차분히 서하의 말을 기다리기만 했다.

"나가서 대군이 계시는 곳으로 가주십시오. 대군께서 위험합니다."

순간 담이 서하의 팔을 부러뜨릴 것처럼 강하게 잡아챘다.

"지금 뭐라 하였느냐? 오라버니가 위험하다니, 왜! 아니, 오라버니는 지금 어디 계시느냐! 당장 말해! 내가 가서 구해드릴 테니!"

다른 일에는 바늘로 찔러도 냉정을 잃지 않을 것 같은 공주가 무헌대군의 일이라면 앞뒤 안 가리고 흥분한다는 것을 알면서도, 서하는 지금 담을 안심시키거나 달래줄 여력이 없었다.

그저 온통 무헌대군을 구해야 한다는 생각만으로도 벅찼으니까.

"곧 큰 산불이 일어날 것입니다."

새벽녘, 비밀의 문 앞에서 기다리고 있던 명이 선견을 행하려던 손을 뿌리쳤을 때, 바로 그 스치는 손에서 보인 앞날.

〔심려 끼쳐드려 송구하옵니다, 전하. 뒤에서 잠시 소란이 생긴 듯한데, 아무래도 산불 때문인 것 같사옵니다.〕

〔산불?〕

산불이 난 장소가 무헌대군의 초가가 있는 곳이라는 것을 깨닫기까지, 그리 오랜 시간이 걸리지 않았다.

서하는 아무 생각도 할 수 없었다. 검을 빼 들려던 월영의 협박에도 굽히지 않고 단숨에 이곳까지 달려와야 했다.

"무슨 말인지는 잘 모르겠으나, 정말이라면 직접 가서 알리는 게 더 빨랐을 텐데 어째서 저를 찾아오신 겁니까?"

확인하는 듯한 수호를 향해, 서하는 가느다란 손가락을 힘껏 말아쥐며 대답했다.

"저는 가지 못합니다. 가지 않습니다. 제가 그곳에 간 걸 들키면 대군께서는 정말로 죽게 될 테니까요. 게다가 힘없는 제가 가봤자 도움이 될 리 없습니다. 오히려 대군께서는 저를 위해 목숨까지도 거실 분입니다. 그런 짐짝이 될 생각은 죽어도 없습니다. 여기서 할 수 있는 전부를 할 것입니다."

그래서 무작정 수호를 찾아야 했다. 절벽에서 떨어졌던 날, 무헌대군을 구하기 위해 대신 잡히겠다 말하던 사내. 그 사내라면 무슨 일이 있어도 무헌대군을 도와줄 수 있을 것 같았으니까.

"그러니 부디, 나리께서 도와주십시오. 이렇게 부탁드립니다."

17화
백매화

사람을 꽃에 비유하자면, 김 귀인은 양귀비였다. 칠해 놓은 것처럼 화려하고 교염한 자태가 가히 으뜸이었다. 같은 여인이 봐도 이리 예쁜데 사내 눈에는 오죽할까.

그런 꽃이 곁에 있으니 중전 같은…….

"석꽃한테 눈이 갈 리가, 쯧쯧쯧."

돌로 만들어진 꽃을 좋아할 바보 같은 사내는 없으리라.

곧 당도할 임금을 맞이하기 위해 내명부 모두 모인 숙장문(肅章門)의 안뜰. 아들이 오기만을 고대하며 가장 선두에 서 있던 자영은 속마음을 숨기지 못한 채 입술을 비틀었다.

바로 뒤에 선 며느리가 도통 마음에 들지 않았기 때문이었다. 오랜만에 지아비가 돌아온다고 하면 김 귀인처럼 온갖 것들로 치장하고 아양을 떨어도 모자랄 판에, 어쩜 저리 고상이나 떨며 뻣뻣하게 서 있는 건지. 걸핏하면 몸도 약해져서 행궁도 따라가지 못한 주제에.

지금도 내리쬐는 태양이 부담스러운지 중전의 몸이 슬쩍 흔들리자, 자영은 기어이 탄식을 내뱉었다.

잘못 골랐다. 잘못 골라도 한참 잘못 골랐다.

"중전!"

냉랭한 부름에 주변의 시선이 금세 쏠렸다. 그 중압감을 뚫고, 정결하게 빗어 넘긴 쪽머리 위로 밀화 족두리를 쓴 여인이 자영의 곁으로 다가와 섰다.

"예, 대비마마."

"여전히 몸이 좋지 않은 게요?"

"아니옵니다."

"그럼 방금 비틀거린 건 무엇이었소?"

중전은 머뭇거리다가 고개를 숙였다.

"송구합니다. 잠시 어지러워……."

"그렇게 몸이 안 좋다면 중궁전으로 돌아가시오!"

내리찍듯 떨어진 단호한 한마디가 안뜰에 울려 퍼지자, 뒤에 줄지어 서 있던 후궁들과 상궁 나인들이 더 놀라 몸을 떨었다.

다들 침묵하고 있었지만, 얼마 전부터 궁궐 안에 파다하게 퍼진 풍문을 곱씹고 있는 눈치였다.

〔대비전에서 중궁전 민 씨보다 귀인 김 씨를 더 귀애하니, 조만간 중전 김 씨가 될 것이다.〕

자영도 그 소문을 모르지 않았다. 근원을 밝혀 물볼기를 치리라 생각한 적도 있었다. 어찌 되었든 처음에는 좌의정의 반대에도 불구하고 손수 고른 며느리였으니까.

아들마저 적이라고 의심했던 선왕에게 '세자를 책봉하지 않으니 나라의 근간이 흔들리는 것'이라고 입바른 소리를 했다가 파직된 대쪽 같은 신하, 전 부제학 민영균. 그런 할아버지를 빼닮기로 소문이 자자한 손녀, 민인혜,

반드시 뼈대 있는 양반 가문에서 며느리를 뽑고자 했던 자영의 마음에 쏙 드는 간택 후보가 아닐 수 없었다. 콧대 높은 권세가들처럼 거래하려 들 위인들도, 권력을 쥐었다고 우쭐댈 위인들도 아니었다. 올곧으니 정직하고, 명예를 회복하고자 하는 마음도 없지 않을 테니 왕실에 충성을 다 할 것이었다.

완벽했다. 그 공들여 뽑은 중전이 적통 세자를 낳아 종묘사직을 공고히 해주기만 한다면, 더 이상 거칠 것은 없었다.

단 한 가지 명에. 주상인 명이 본디 후궁 소생이라는, 그것도 한낱 중인 여자의 소생이라는 빌어먹을 명에도 없던 일처럼 자연스레 잊힐 테고, 대대손손 내 아들의 적통 후손들이 왕실을 채워나갈 것이라고 믿어 의심치 않았다.

팔 년이 넘도록 후사가 없기 전까지는.

미치고 팔짝 뛸 노릇이었다. 무슨 이유에서인지 명은 처음부터 쭉 중전을 진짜 석꽃 보듯 대했고, 덕분에 이제껏 합방을 한 횟수는 두 손가락에 꼽힐 지경이었다.

아니 될 일이었다. 어떻게 차지한 왕좌인데 이 괘씸한 계집이 대를 끊어놓을 작정이 아니냔 말이었다. 명의 치세에 폐비 같은 오점은 남기기 싫어 어떻게든 꾸역꾸역 참아봤건만, 더는 무리였다.

자영이 치솟는 짜증을 간신히 참고 있을 때였다.

"대비마마. 소인은 정말로 아무렇지 않사옵니다."

중전이 조곤조곤하게 말을 꺼내왔다. 중궁전으로 돌아가란 말에 그

다지 당황한 기색도 없어 보였다.

자영은 눈살을 찌푸렸다.

닮았다. 생긴 것도 그렇고, 하는 짓도 꼴도 보기 싫던 효선왕후와 묘하게 닮은 구석이 있는 계집이었다.

"잠시 어지러웠던 것은 사실이나, 전하의 환궁 의례에 참석하지 못할 정도는 아닙니다."

덤덤하고 차분한 태도마저 효선왕후를 떠오르게 하자, 자영의 목소리에 더욱 날이 서렸다.

"중전의 말씀대로 다른 사람도 아닌 주상을 맞이하는 자리입니다. 이 보배로운 자리에서 비틀거리다 쓰러지기라도 할 참입니까?"

"그런 것이 아니오라……."

"주상의 앞길에 그런 상서롭지 못한 흉조를 조금이라도 비쳤다간 폐서인을 면치 못할 것이오!"

기어이 터져 나온 자영의 노골적인 언사는 순식간에 주변 공기를 얼어붙게 만들었다.

창피할 터였다. 이 정도로 면박을 당했으니 몹시 무안하고 부끄러울 터였다. 더군다나 환궁하는 임금을 맞이하는 나라의 중차대한 의례였다. 후궁, 궁녀 할 것 없이 내명부 모두 모인 이곳에서 보란 듯이 국모가 빠지다니. 체면이 말이 아닐 것이었다.

그 잘난 얼굴이 당황하여 일그러지는 모습을 이번에는 틀림없이 볼 수 있으리라.

"마마의 말씀이 옳으십니다. 한낱 국모의 소임보다 전하의 무사안일과 길흉화복이 더 우선시 되어야 한다는 것을 잠시 잊었습니다. 제 짧은 소견을 부디 용서해 주시옵소서."

예상과 달리 흔들림 없는 고고한 눈동자가 자영을 똑바로 마주해 왔다.

기다렸다는 듯 술술 이야기를 하는 중전은 아무렇지도 않아 보였다. 너무 아무렇지 않다 못해 초연하기까지 해 보였다.

당황하여 얼굴이 일그러진 쪽은, 오히려 자영이었다. 입이 벌어지고 목 끝까지 짜증으로 붉게 달아오르는 것을 느꼈다.

약이, 아주 바짝 올랐다.

"대비마마의 분부를 받들어 소인은 이만 물러가겠습니다. 자리를 끝까지 지키지 못한 불충한 죄는 후에 전하께 청하도록 하겠나이다."

중전은 토를 달지 못할 만큼 정중하게 인사를 하고는 한 치의 망설임도 없이 돌아섰다.

녹색 당의에 박힌 봉황보가 멀어지는 모습을 보며 자영은 까뜩, 이를 갈았다.

이래서 날 때부터 뼛속까지 고귀한 것들이 싫었다. 이 계집은 물론이고 효선왕후와 그 딸 청해공주 그리고 빌어먹을 무헌대군까지.

어려운 것 따위 없이 언제나 고개 빳빳이 들고 까불기만 하는 인간들. 중인이라는 신분으로 여기까지 올라온 자신을 이유 없이 비참하게 만드는 족속들.

무헌대군처럼 대가를 톡톡히 치러봐야 저 계집의 꼿꼿한 얼굴도 무너질 것이었다. 이를테면, 정말로 중궁전의 주인이 바뀐다던가. 오래전 그때처럼.

"한 번도 했는데 두 번이 어려울까."

나지막이 중얼거린 자영이 무의식적으로 손에 낀 옥가락지를 만지작거리던 때였다. 멀리서 희미하게 기악 소리가 들려오기 시작했다. 어가행렬의 취타대가 연주하는 소리라는 것을 알아챈 자영의 얼굴에 무슨 일이 있었냐는 듯 환한 미소가 걸렸다.

드디어 명이 돌아왔다.

"당도하셨구나, 당도하셨어!"

한껏 들뜬 목소리로 외치자, 후궁들도 신이 난 모양이었다. 처소로 돌아간 중전 때문에 쥐 죽은 듯 조용했던 분위기는 온데간데없이, 어느새 새처럼 재잘거리며 웃고 있었다.

지아비를 기다리는 여인이라면 이런 화사한 맛이 있어야지, 하고 흡족해하던 자영은 잠시 얼굴에서 미소를 지우고 곁에 선 내관을 불렀다.

"조 내관."

"예, 대비마마."

"환궁 의례가 끝나거든 상선에게 일러 오늘은 전하를 일찌감치 김 귀인의 처소로 모시라 일러두거라."

"명 받잡겠사옵니다."

"그리고 해가 지자마자 사람들 눈에 띄지 않도록 나인 두 명도 준비시켜놓고. 후미진 전각에서 일하는 이름 모를 것들이 좋겠지."

"준비라 하시면……."

"금유당으로 가야겠다."

자영의 눈꼬리가 느릿하게 가늘어졌다.

하긴. 중전의 자리를 바꾸는 것은 마음만 먹으면 언제든 할 수 있는 일이었다. 힘도 없는 전 부제학의 손녀 따위를 끌어내린다고 해서 반대할 대신들도 없을 테니까.

지금은 그런 것보다 훨씬 더 중요한 일을 처리할 때였다.

양귀비나 석꽃 따위는 비교도 안 될 만큼 위험한 꽃. 모습도, 가진 능력도 홀릴 만큼 아름답고 눈이 부시게 매혹적인, 손을 대면 변해 버릴 걸 알면서도 단단히 움켜쥐고픈 그런 꽃.

새하얀 백매화.

그 맑고 깨끗한 꽃이 혹여라도 다른 색으로 물들어버리지 않도록 단단히 지키는 게 우선이었다.

'중전도 데려가지 않은 행궁에 그 계집을 데리고 갔단 말이렷다.'

***

다갈색은 죽음과 가까운 색이었다. 여기 이 춘란처럼 온통 메마르고 피폐해진 느낌.

중궁전으로 돌아온 인혜는 온통 다갈색으로 변해버린 난잎을 감싸쥐었다. 처절하리만치 풀썩 꺾여버린 모양새가 안타깝고 또 안타까웠다.

"중전마마, 의녀가 탕약을 들고 들었사옵니다."

문 너머에서 박 상궁의 목소리가 들렸다. 인혜는 넋 놓고 쥐고 있던 손을 폈다. 손가락 사이로 바스러진 난잎이 떨어져 내렸다.

그 모습이 왜 그리도 서글픈지, 한숨 같은 대답을 읊었다.

"들이거라."

곧 박 상궁의 뒤를 따라 의녀가 약사발을 들고 들어왔다. 의녀를 알아본 인혜는 그제야 정신이 번쩍 드는 것을 느꼈다. 누구보다 태맥을 잘 짚어낸다는 차비대령의녀, 지운선이었다.

"벌써 서른여덟 날이 지났더냐?"

"예, 마마. 그러하옵니다."

요 며칠 다른 생각을 골몰히 하느라 까맣게 잊고 있었다. 합방을 하고 나서 정확히 서른여덟 번째 되는 날, 태기가 있다면 반드시 잡아내라는 대비전의 지엄한 분부를 받들어 이 차비의녀가 반드시 중궁전에 찾아온다는 사실을.

종종걸음으로 다가온 운선이 들고 있던 약사발을 내밀고, 박 상궁이 그것을 받아 공손히 경상에 내려놓았다. 탕약에서 올라오는 쓰디쓴 향이 코끝을 찌르자, 인혜의 눈꺼풀이 무겁게 닫혔다 열렸다.

팔 년째. 하루도 빠지지 않고 올라오는, 아이가 잘 들어선다는 탕약이었다.

"중전마마, 우선 진맥부터 하겠나이다."

운선이 가까이 다가오려고 할 때였다. 조금 말라버린 인혜의 입술이 서둘러 변명거리를 찾았다.

"달거리 중이니 진맥은 필요 없다."

완강한 어조에 놀란 운선이 제자리에 덜컥 멈춰 섰다. 옆에 있던 박 상궁도 덩달아 멈칫했다가, 이내 죄인인 양 고개를 조아렸다.

"용서하여 주시옵소서, 중전마마. 소인이 그만 깜빡하는 바람에 의녀에게 미리 알리지 못했나이다."

이럴 때 박 상궁을 보면, 과연 궁궐에서 수십 년을 보낸 사람다웠다. 눈치가 정승급이었다.

"전하께서 환궁하신다 하니 박 상궁 자네도 긴장을 한 모양이군"

"송구하옵니다."

박 상궁의 천연덕스러운 맞장구에 하마터면 입꼬리가 올라갈 뻔한 인혜는 헛기침으로 웃음기를 눌렀다.

"으흠, 흠. 어쨌든 운선이 네겐 미안하구나. 내 시기가 워낙 불규칙해 미리 알지 못하여 괜히 여기까지 오게 했어."

"아니옵니다. 소인은 중전마마를 뵈온 것만으로도 크나큰 영광이옵니다."

"그리 생각해주면 고맙고."

"하오면 조금 전 숙장문 앞뜰에서 몸이 불편해 보이셨다는 것도 혹……."

소문이 참 빠르기도 했다. 중궁전으로 돌아온 지 얼마나 되었다고 그새 차비의녀의 귀까지 들어가다니. 물론, 하지도 않는 달거리 때문에 아픈 척까지 하며 처소로 돌아온 것은 아니었지만.

"그래. 아랫배에 통증이 좀 있고 어지럽구나."

"내의원에서 말린 구절초잎을 가져오겠사옵니다."

운선은 곧 박 상궁에게 '따뜻하게 차로 달여 자주 올려주십시오'라고 이른 뒤 말을 이었다.

"마마, 달리 또 불편하신 곳은 없으신지요?"

"괜찮다."

"그럼 탕약 드시는 모습만 뵈옵고 소인은 이만 물러가겠나이다."

운선은 세심하게 살피는 척을 하며 자리에서 일어나지 않았다. 오늘따라 대비의 심기가 여간 불편한 게 아니니, 탕약만이라도 철저하게 확인하고 가겠다는 뜻이었다.

인혜는 약사발을 내려다보았다. 진맥은 어찌어찌 넘겼으나, 진짜 문제는 이것이었다. 다갈색 탕약. 보기만 해도 오래도록 먹어왔던 맛이 벌써 목구멍을 타고 넘어가는 것만 같았다. 구역질이 났다.

인혜는 어금니를 힘껏 물었다. 목 안쪽을 파고드는 메스꺼움을 억지로 삼키는 것은 생각보다 훨씬 고역이었다.

손톱이 드득, 경상을 긁는 순간 눈앞에 그림자가 드리워졌다.

"마마께서는 달거리 중에 미각이 예민해지셔서 탕약의 쓴맛을 참기 힘들어하신다."

어느새 박 상궁이 가려주듯 나와 서 있었다. 몹시 엄한 얼굴이 운선을 야단치듯 쳐다보았다.

"차비의녀 따위에게 그런 모습을 보이실 수 없으니 물러가거라."

갑작스러운 명령에 운선은 얼떨떨한 표정으로 두 사람을 번갈아 보았다. 어찌해야 하는지 갈등하는 눈치였다.

"저……."

운선이 핑곗거리를 찾으려 했으나, 박 상궁이 틈을 주지 않았다.

"계속 거기 앉아 말대답이나 하며 마마의 심기를 어지럽힐 셈이냐?"

"아니옵니다! 소인 같이 미천한 것이 감히 그럴 리가 있겠습니까!"

"그럼 썩 나가지 않고 뭘 꾸물거리고 있는 게야!"

"하오면 소인은 이만 물러가겠나이다."

벼락같은 호통에 허겁지겁 일어선 운선이 뒷걸음질로 방을 빠져나갔다.

점점 멀어지던 발소리가 완전히 사라지고 나서야 인혜는 숨을 크게 내쉬었다. 조금만 더 있었으면 그대로 헛구역질을 해댔을 터였다. 그럼 곧바로 운선을 통해 대비의 귀에 들어갔을 테지.

안 되었다. 절대로 그것만은 아니 되었다.

겨우 속을 달래고 안도하는데, 뚫어지게 쳐다보는 시선이 느껴졌다. 인혜는 피식 웃었다.

"묻고 싶은 게 많은 얼굴인데, 언제까지 그리 멀대처럼 서 있을 작정이냐."

박 상궁이 뒤늦게 자리에 앉자, 인혜가 약사발을 춘란 화분에 들이부었다. 벌써 죽어 말라버린 춘란이 더욱 고개를 떨구는 것 같아 마음이 아팠다.

"……언제부터였는지 여쭈어도 되겠나이까?"

많은 것이 생략된 질문이었다. 인혜는 무겁게 두 눈꺼풀을 내리깔며 대답했다.

"약을 끓은 시기가 궁금한 것이라면, 합방하기 한 달 전부터."

그때부터 탕약은 고스란히 춘란의 몫이 되었다.

"처음에는 소용도 없는 탕약을 마셔 뭐할까 싶어 버렸고, 이후에는 혹시나 하는 의심이 들어 마시지 않았다."

"혹시나, 라 하시면."

천천히 떠진 인혜의 두 눈에는 분노와 두려움이 어지럽게 뒤섞여 있었다.

"혹시나 이것이 아이가 잘 들어서는 보약이 아니라, 아이가 들어서지 않게 하는 독약이 아닐까 하는 의심."

반쯤 숙어져 있던 박 상궁의 상체가 튀듯이 벌떡 올라왔다.

"마마, 그게 무슨!"

"놀랐느냐? 나도 놀랐다. 약을 버리고 며칠 되지 않아 바싹 말라 죽어버린 춘란을 보고 설마 싶었으니까. 해서 계속 약을 끓어 보았다. 그랬더니 곧 팔 년이나 나를 괴롭히던 두통이 사라지고 몸이 가벼워지더구나. 그리고 거짓말처럼……."

인혜는 자신의 배를 소중하고 또 소중하게 쓰다듬었다.

팔 년 만이었다.

모든 걸 포기했었는데. 궁에 들어오고 난 뒤부터 이상하게 몸이 약해지고 두통이 끊이지 않기에 가망이 없다고만 생각했었는데.

"그럼 설마 지금 회, 회임을……."

당황한 것인지, 놀란 것인지 박 상궁이 말을 더듬었다. 인혜는 곧바로 손가락을 입술에 대며 쉿, 하고 경고했다.

"확실하진 않지만, 아무래도 그런 것 같다. 허나 절대 누구에게도 이 사실을 발설하거나 알게 해서는 아니 돼. 오직 자네와 나, 둘만 아는 비밀이어야 한다는 뜻이야. 알겠느냐?"

"하오나 곧 배가 불러올 것입니다."

"최대한 숨겨야지."

아직은 위험했다. 누구의 짓인지, 의도가 무엇인지도 알 수 없었으니까.

대비전에서 친히 내린 탕약이긴 했지만, 아이를 갖지 못하는 약으로 둔갑한 이것이 대비가 원한 것인지도 불분명했다.

섣불리 발설했다간 대비를 모함한 죄로 죽음을 면치 못할 것이었다. 뒷배라고는 전 부제학이셨던 할아버지 하나뿐인 자신에게 궁 안은 사방이 적이었고, 위험투성이였다.

그러니 이 아이를 지키려면 그저 숨죽이고, 조용히 때를 기다리는 수밖에.

"박 상궁."

"예, 중전마마."

"춘란을 내 사가로 보내야겠다. 할아버님께, 선물로 주신 것이라 어떻게 해서든 살려보려 했으나 그러지 못해 몹시 송구하다 전하거라. 그리고 무엇 때문에 죽었는지 꼭 알아봐 주십사 부탁드린다고도."

화분에 뿌려진 탕약이 무엇으로 만들어졌는지 알아봐 달라는 뜻임을 단번에 알아챈 박 상궁이 마른침을 넘겼다.

"분부 받들겠사옵니다."

서둘러 춘란 화분을 끌어안은 박 상궁이 비장하게 자리에서 일어서려 할 때였다. 갑자기 무언가 생각이 난 인혜가 서둘러 박 상궁을 붙들었다.

"참! 전에 내가 알아보라 했던 것은 어찌 되었느냐?"

"아, 그 '서하'라는 여인을 찾는 것 말씀이십니까?"

인혜는 고개를 끄덕였다.

서른여덟 날 전. 옆에서 곤히 잠이 든 명의 흐트러진 머리카락을 매만지려던 찰나, 나직이 불리던 이름.

〔서하야.〕

가슴이 내려앉았었다. 자신이 아는 한, 후궁 전 어디에도 그런 이름을 가진 여인은 없었다.

누구이기에, 도대체 누구이기에 그리 애틋하고 안타깝게 부른단 말인가.

"송구합니다. 각 전각을 조사하고는 있으나, 아직 그런 이름을 가진 여인은 찾지 못했나이다."

"그래. 없단 말이지."

궁 안의 여인이 아닌 건가. 하지만 전하께서는 이번 행궁 외엔 궁 밖에 나가신 적이 없으실 텐데. 혹 이번 행궁에…….

"박 상궁, 자네 조카가 무예청에 있다고 하였지?"

"예? 아, 예."

"이번 행궁행에도 차출되었고?"

"그러하옵니다."

"그럼 조카를 통해 행궁행에 차출된 이들의 명단을 구할 수 있겠느냐?"

무예청은 행렬의 호위를 담당하고 있으니 당연히 명단을 가지고 있을 터였다. 그것도 꽤나 상세한, 하다못해 마부의 이름까지 적혀 있는 명단.

어쩌면 그 안에…….

점점 머릿속이 복잡해지자, 인혜는 아랫입술을 꾹 깨물었다.

스스로도 모를 일이었다. 기어이 그 여인을 찾고자 하는 이유를. 찾아서 어쩌자는 건지, 어쩌고 싶은 건지.

그런데도 이토록 끈질기게 찾고 싶은 마음이 드는 건, 확인하고 싶기 때문이었다. 자신에게는 늘 부부로서 의무적으로만 대하는 명이, 한 번도 들어본 적 없는 다감한 목소리로 부르는 여인은 도대체 어떤 이인지.

"명단을 구해봐 주게."

"예."

"내가 찾는다는 건 반드시 비밀로 하고."

"명심하겠나이다."

***

짙은 땅거미가 내려앉은 금유당 안뜰. 그곳에 발자국이 어지럽게 찍혀 가는 줄도 모른 채, 서하는 두 손을 꼭 모으고 연신 안절부절못하고 있었다.

환궁한 지 몇 시진이 지나도록 월영이 돌아오지 않기 때문이었다. 왔어도 벌써 왔어야 했다. 분명 수호를 뒤쫓아가기 전, 행렬보다 먼저 돌아와 있겠다는 약조도 했었다.

하지만 돌아온 서하를 반긴 건 금유당의 싸늘한 정적뿐이었다. 이상했다. 절대 약조를 어길 사람이 아닌데. 설마 무슨 일이 생긴 걸까.

불안함에 손톱을 잘근잘근 물어뜯을 때였다. 뒤에서 불시에 다가온 불빛 하나가 발아래로 긴 그림자를 만들어냈다.

다급함 반 안도감 반으로 휙, 돌아서고서야 서하는 깨달았다.

"월영은 어딜 갔느냐."

월영이라면 불빛을 가져올 리가 없다는 사실을.

"월영은 어딜 갔느냐고 물었다."

베어버릴 것 같은 냉랭한 눈빛과 특유의 날카로운 목소리.

내관이 들고 있던 횃불 중 하나를 느릿하게 제 손안에 움켜쥐는 여인을 보며, 서하의 어깨가 바싹 움츠러들었다.

"대비마마께서 친히 오셨는데 뭘 멍하니 서 있는 게야! 어서 무릎 꿇고 예를 갖추지 못할까!"

조 내관의 호통이 떨어지고서야 서하는 바닥에 무릎을 내렸다.

식은땀이 절로 났다. 이마가 땅에 닿도록 숙이면서, 월영이 없는 핑계를 어찌 만들어야 하는지를 생각해 냈다.

"금유당 지킴이는 어딜 갔느냐는 말을, 감히 세 번이나 하게 할 참이더냐."

뚜벅뚜벅 다가온 자영이 머리 위로 서늘하게 말을 떨어뜨렸다.

서하는 황급히 돌멩이 하나를 손에 쥐고는 땅바닥에 글씨를 적어 내렸다. 시간을 끌기 위해 벌벌 떨면서도 일부러 큼지막하고 느릿하게 땅을 파내었더니, 자영은 글귀를 한참이나 횃불로 뒤적였다.

"먼 길에 복통이 온 너를 위해 내의원에 약재를 타러 갔다, 이 말이냐?"

서하가 고개를 끄덕임과 동시에 자영의 입꼬리가 빙긋, 위로 치솟았다.

"그거 잘 되었구나."

자영이 고갯짓을 하자, 묵묵히 버티고 서있던 궁녀 둘이 달려와 엎드려 있는 서하의 양팔을 각각 붙들어 올렸다. 느닷없이 포획당한 쥐처럼 옴짝달싹 못 하게 된 서하는 눈을 휘둥그레 떴다.

"전하의 행궁행에 좇아갔었지? 그것 때문에 검사를 좀 하러 온 것이다."

"……"

"설마하니 우리 명이가…… 한때 무헌대군이 연정을 품었던 너에게 그럴 리가 없을 테지만, 그래도 내 눈으로 확인을 해야겠어서 말이다."

어느새 코앞까지 다가온 자영이 기다란 손톱으로 서하의 눈 바로 아래를 찍어 눌렀다. 붉은 핏방울이 또르르, 뺨을 타고 떨어졌다.

"네년이 아직 처녀인지 아닌지 말이다."

서하는 비명 한번 질러보지 못한 채, 궁녀들에 의해 방 안으로 끌려 들어갔다.

18화
내 사람

올빼미 우는 소리가 길게 늘어지는 밤, 삿갓을 푹 눌러 쓴 네 사람은 커다란 저택 앞에 섰다.

쿵, 쿵, 쿵, 끈기 있게 문을 두드리자, 마침내 육중한 문이 열리며 청지기가 얼굴을 내밀었다. 청지기는 들고 있던 초롱으로 네 명을 비춰보더니 눈을 가늘게 흘겨 떴다.

"이 밤중에 뉘시오?"

수상하기 짝이 없다는 듯 퉁명스러운 말투였다. 한 사내가 손가락으로 삿갓을 슥 올려 얼굴을 보였다.

"나일세."

얼굴을 확인한 청지기가 말릴 틈도 없이 냅다 소리부터 질렀다.

"학정 나리!"

"쉬잇! 쉿! 목소리 좀 낮추게. 변장한 걸 보면 모르겠나? 몰래 왔단 뜻이지 않은가!"

"아아, 죄송합니다. 반가워서 그만. 안 그래도 청주에 가신 뒤로 소식이 끊겨 대감마님께서 걱정하고 계셨단 말입니다."

"그랬는가? 일이 좀 있어 어쩔 수 없었네. 혜안군 대감은 안에 계시고?"

"예. 한데 같이 오신 이분들은……."

"청주에서 귀하디 귀한 손님과 함께 왔다 전해주게. 그럼 단번에 아실 테니."

아무리 그래도 의구심을 버릴 수가 없는지, 청지기는 한참이나 일행들을 훑어보다가 마지못해 돌아섰다.

"이쪽으로 오십시오."

모두 그를 따라 대문 안으로 들어서던 때였다.

"너는 여기까지다."

갑자기 한 삿갓의 사내가 끄트머리에서 따라 들어오려던 마지막 일행 앞을 막아섰다.

"무슨 뜻입니까?"

"그만 돌아가거라."

혼자서 문턱을 넘지 못한 월영이 삿갓 속에서 눈을 빛내며 우를 노려보았다. 느닷없이 공기가 험악해지자 청지기는 물론, 수호와 두천도 걸음을 멈춘 채 눈만 껌뻑거렸다.

"한양에 당도했으니 이제 쓸모없어졌다, 이겁니까? 지체 높은 분들 하는 짓거리가 어찌 그리 다 똑같은지."

월영이 날을 세워 비아냥거렸지만, 우는 조금도 개의치 않고 주저 없이 말했다.

"사람을 쓸모 있는지 없는지로 곁에 둘 것 같았으면, 열네 살 때 이미 너를 내 사람 곁에서 떨어뜨려 놓았겠지."

월영의 눈썹이 꿈틀 치켜 올라갔다.

"지금 뭐라고……."

"발끈할 것 없다. 만에 하나 네가 없다는 것이 발각되면 그곳도 위험해질 테니 더 늦기 전에 돌아가라고 하는 것이다."

우는 문턱에서 한 발자국도 물러서지 않았다. 더 이상의 반박을 허용하지 않겠다는 뜻이었다.

살벌하기 그지없는 위압감에 압도당한 것인지, 아니면 다른 생각이 있는 것인지 월영이 미동없이 대치하고 선 채 얼마가 지났을 즈음.

"양 서방, 문을 닫게."

우의 묵직한 한마디가 아슬아슬하게 유지되던 정적을 깼다.

"예? 아, 예."

넋 놓고 두 사람을 지켜보던 청지기는 갑작스러운 부름에 당황해서는 얼결에 대문을 밀었다. 누군데 날 알고 있나 하는 생각이 문득 들었지만, 마지막 문틈으로 보인 월영의 살기 서린 눈빛에 오싹 몸이 떨려 물어볼 여유조차 없었다.

끼이익, 걸쇠가 걸리며 외부와 온전히 차단되고서야 우는 작게 한숨을 내쉬었다.

"너무하신 것 같습니다."

급작스러운 원망이었다. 안 그래도 두천이 아까부터 흘깃흘깃 눈치를 보기에 왜 그런가 했더니, 월영을 내쫓아 성이 난 모양이었다.

"그렇게 매정하게 내쫓으실 것까진 없으시잖아요. 기껏 도와주러 온 사람한테."

아무것도 모르고 연신 투덜거리기 바쁜 두천에게 우가 무언의 신호를 보냈다. 은근한 눈빛에 담긴 그만하라는 의미를 읽은 두천은 흠칫 움츠리면서도, '하여간 차가운 데가 있으시다니까'라고 마지막까지 앙알거리며 앞으로 쌩하니 달려갔다.

우는 정말이지, 머리가 지끈거리는 것을 느꼈다. 태도로 보아 진짜 반하기라도 한 모양이었다. 내관과 궁녀라고 해도 안 될 조합인 데다가, 아무리 월영이 기생오라비가 울고 갈 정도로 예쁘장하게 생겼다지만 실상 알맹이는 사내였다. 오를 만한 나무를 쳐다봐야지, 하필이면 사내자식한테 반해서 뭘 어쩌자는 소리냔 말이었다.

"말을 해줄 수도 없고."

"예?"

겨우 사랑채로 향하려는데, 이번에는 수호가 다가왔다. 우는 애써 말을 돌렸다.

"아무것도 아니다."

"아무것도 아닌 게 아니던데요."

"뭐가 말이냐."

"내 사람이라면서요."

어쩐지 조용히 넘어가나 싶었다. 배알에 바람든 놈처럼 히죽거리던 수호가 어김없이 능글거리기 시작했다.

"서하 낭자 말씀하시는 거 맞죠? 그렇죠? 은근슬쩍 아무렇지도 않게, 내 사람? 내 사라아암?"

일부러 말끝을 길게 늘어뜨리던 수호가 괜스레 우의 어깨를 투닥투닥 두드려댔다. 그 덕분인지, 우는 감각이 무뎌질 대로 무뎌져 있던 어깨에서 통증이 살아나는 것을 느꼈다.

"하, 참. 이렇게 대놓고 연정을 드러내시는 분인데 그동안 까맣게 몰랐다니. 가만있어 봐. 아까 열넷이라고 하시던데, 그때 처음 만난 겁니까? 그럼 제가 여태 십삼 년이나 모르고 살았다는 거네요?"

사실은 그보다도 더 전에 만난 사이였지만 굳이 말해봤자 서운해할 테고, 무엇보다 대답할 기력도 별로 없어서 우는 멀거니 걸음을 옮기기만 했다.

"그나저나 저와 함께 온 그 궁녀 말입니다. 어지간한 사내 열 명 몫은 할 것 같던. 월영이라고 했던가? 그렇게 내쫓듯 보내셔도 되는 겁니까? '내 사람'인 낭자가 보내서 온 자인데?"

끊임없이 말을 늘어놓는 수호를 못 본 척하며, 우가 나직이 중얼거렸다.

"……그래서다."

서하가 알면 절대로, 절대로 안 되니까.

간신히 뱉은 대답의 뜻을 알아듣지 못했는지 수호가 되물었다.

"그래서라니요?"

하지만 그 순간, 우의 한쪽 무릎이 풀썩 꺾였다.

"대군!"

"헉! 대군 대감!"

맥없이 쓰러져 내리는 우를 수호가 재빨리 붙잡았고, 삐죽대며 앞서 걷던 두천도 질겁하며 달려왔다. 청지기만이 사람이 쓰러진 것보다 '대군'이란 소리에 놀라 덩그러니 서 있을 뿐이었다.

"왜 이러시는 겁니까! 갑자기 왜…… 대군, 무헌대군!"

당황한 수호가 아무리 소리를 질러봐도, 우의 몸에서는 자꾸만 힘이 빠져나가고 있었다.

"어찌 된 일이냐!"

어디선가 중후한 목소리가 다급하게 날아들었다. 걱정으로 잔뜩 일그러진 수호의 얼굴이 소리가 난 곳으로 향했다.

'무헌대군'이란 말에 들고 있던 초롱까지 떨어뜨리고 굳어버린 청지기의 뒤에서 혜안군이 모습을 드러냈다.

그는 바닥에 나뒹굴던 초롱을 직접 집어 들고 다가와 재빨리 우를 살폈다. 목에 손을 올리자, 뜨끈뜨끈한 열기가 전달되었다.

"몸이 불덩어리이시다. 언제부터 이랬더냐?"

"저도 잘 모르겠습니다. 아까까지만 해도 멀쩡해 보이셨는데."

아무것도 몰랐던 수호는 그저 넋이 나간 사람처럼 중얼거렸고, 두천은 자신의 탓이라며 울 것처럼 발을 동동 굴렀다.

찌이익, 혜안군이 거침없이 우가 입고 있는 상의 자락을 찢었다. 느닷없는 행동에 일순 잠잠해진 것도 잠시, 우의 어깨가 초롱 아래에 훤히 드러나자 모두 경악을 금치 못했다.

덕지덕지 엉겨 붙은 핏덩어리들. 그 아래에 마치 곰팡이처럼 푸르스름하게 변한 살점들.

"독이다."

차마 이게 뭐냐고 말도 못 꺼내고 있는 사람들을 향해 혜안군이 건넨 답변이었다. 날벼락이 떨어진 듯 두천이 허옇게 질려 울먹거렸다.

"독이요? 우리 대감께서, 독이요? 어찌합니까. 어찌합니까, 혜안군 대감!"

"우선 안으로 모시게. 양 서방, 자네는 가서 깨끗한 물을 끓여오고."

"……."

"양 서방!"

"예? 아, 물이요. 예, 예! 그, 금방 가서 끓여오겠습니다!"

정신을 차린 청지기가 허둥대며 달려갔고, 우를 등에 업은 두천은 혜안군과 함께 사랑채로 걸음을 재촉했다.

그들의 멀어지는 등을 멍하니 바라보던 수호는 뒤늦게 머리가 복잡해졌다. 언제, 어디서 당한 건지 생각할 필요도 없었다. 청주의 산을 불태웠던 그 살수들과 싸웠을 때밖에는 없었다.

그때 당한 상처를 이곳에 올 때까지 철저히 숨겨왔다는 건가. 저렇게 아픈 걸 참아가면서. 도대체 왜.

"설마…… 설마 월영이라는 궁녀가 곁에 있어서?"

기가 막혔다. 너무 기가 막힌 나머지, 수호는 당장이라도 달려가 '이런 미련퉁이를 보았나!' 하고 우의 등짝을 사정없이 때려주고 싶었다.

이제야 조금 전 월영을 내쫓아버린 행동이 단번에 이해가 되었다.

들키지 않으려고 그런 것이었다. 혹여라도 월영에게 들키게 되면 분명 다친 것도, 독에 당한 것도 그 서하라는 여인이 알게 될 테니까. 해서 걱정하게 될 테니까.

그게 싫어서, 그 걱정 안 끼치려고. 이곳까지 오는 나흘 동안 중독이 된 채 안간힘을 쓰다가 한계가 온 것 같으니 재빨리 월영을 돌려보냈다, 이건가.

"하, 누구야. 누가 저런 사람을 이목석이라고 불렀어."

이제까지 천하의 목석이 따로 없는 줄 알고, 이름이 이우가 아니라 이목석이라고 신나게 놀렸더니만.

세상 다정한 사내가 아니냔 말이었다.

"연심이 사람 잡네, 사람 잡아."

고개를 도리도리 흔든 수호는 막 시야에서 사라지려는 혜안군의 뒤를 쫓아 달렸다.

***

"그만 놔주어라."

그제야 궁녀들이 단단히 잡고 있던 팔을 놓아주었다. 실오라기 하나 걸치지 않은 채로, 서하가 바닥에 쓰러지듯 주저앉았다.

"의외로 저항 한 번 않는구나."

저항한다 해도 놔줄 생각은 없었지만 너무 싱겁게 끝나 재미가 없던 참이라며, 자영은 한 발 한 발 바닥에 흐트러져 있는 옷가지들을 밟으며 걸음을 디뎠다. 겁을 먹은 건지 화가 난 건지 양 주먹을 꽉 쥐고 있는 서하가 곧장 내려다보일 때까지.

"행궁에서 무슨 일이 있었던 건 아니겠지?"

용의 아이가 행궁에 따라간 걸 알았을 때. 혹시 명이 서하를 품는 건 아닐까, 그 떨칠 수 없는 걱정으로 잠 한숨 이루지 못했다.

지난 세월 별다른 내색한 적은 없지만 알고 있었으니까. 명이 서하를 특별하게 여기고 있다는 것을.

있을 수 없는 일이었다. 다른 사람도 아니고 한때 무헌대군이 죽고 못 살던 여인이었다.

그게 아니라 하더라도 안 될 말이었다. 가뜩이나 무서울 게 없을 계집이었다. 보위에 오른 명이 용의 아이를 절대로 버리지 않는다는 것을, 버릴 수 없다는 것을 잘 알고 있을 터였다. 아무리 패악한 놈이었다지만, 한 나라의 대군을 단검으로 찔러 죽이고도 추궁 한번 받지 않았던 것처럼.

그런 계집에게 권력까지 쥐여준다면. 후궁이라는 지위까지 주고, 그래서 후사라도 생긴다면.

생각만으로도 끔찍했다. 지금이야 궁에 갇혀 사는 신세이니 아무것도 모른다지만, 권력의 맛을 알게 되면 얘기가 달라졌다. 상상 이상으로 그 힘이 막강해질 것이었다. 명을 손에 쥐고 세상을 다 가진 것처럼 쥐락펴락할 수도 있었다.

순진무구한 백매화가 권력이라는 색으로 물들기 전에 철저히 막아야 했다. 게다가 아무리 용의 아이라지만, 어디서 굴러먹다 왔는지 근본도 모르는 계집에게 명의 후사를 볼 생각은 추호도 없었다.

"역시 괜한 기우였구나."

가슴부터 다리까지. 가늘게 내리뜬 눈이 하얀 피부를 갈기갈기 해체하는 것처럼 꼼꼼히 훑기를 한참, 자영의 입가에 만족스러운 미소가 번졌다.

"우리 명이 아무거나 손댈 리가 없지. 암, 없고말고."

직접 확인을 해두어야 안심할 수 있을 것 같아 쳐들어온 것이었는데, 사내의 손을 타기는커녕 짜증이 날 정도로 깨끗한 몸이었다.

그럼 그렇지, 누구 아들인데.

안심한 것도 잠시. 서하가 양팔로 겨우겨우 몸을 휘감아 가리는 찰나 그 깨끗한 몸에 흠집이 나 있다는 걸 깨달았다.

"웬 상처냐."

단박에 추궁을 했더니 서하가 눈에 띄게 움찔했다. 하지만 왼손을 더 힘주어 말아쥐기만 했을 뿐, 별다른 움직임을 보이지는 않았다.

자영은 하는 수 없이 한쪽 구석에 놓여있던 종이와 먹을 손수 가져와 던지듯 내려놓고는, 몸을 굽혀 앉아 서하와 시선을 똑바로 마주했다.

"오른쪽 팔꿈치와 손목에 난 것 말이다. 어쩌다 생긴 상처냐고 묻고 있지 않더냐."

냉랭하기 짝이 없는 목소리로 다시 한번 물었다. 대답하기 전에는 이 수치스러운 상황에서 절대 벗어나게 해주지 않을 것이라 협박이라도 하듯이.

그제야 서하의 오른손이 주춤주춤 제 몸에서 떨어졌다. 붉은 줄 자국이 선명한 손목이 붓을 잡더니, 평소보다 어쩔 수 없이 흔들려버리는 글씨를 종이 위에 써 내려갔다.

〔돌아오는 길, 말에서 떨어졌을 때 생긴 상처입니다.〕

빠짐없이 읽어내린 자영은 다시 자리에서 일어섰다. '후우' 하고 터져 나온 안도의 한숨을 들키지 않으려, 일부러 더 큰소리로 혀를 찼다.

"쯧쯧쯧, 칠칠치 못한 것 같으니. 제 몸 하나 소중히 간수 못 하고."

칠칠치 못하건 팔팔치 못하건 상관없었다. 명이 손대지 않은 것을 분명히 확인했으니, 더는 이 비좁고 우울한 전각에 머물 필요가 없었다.

"우리 명이 넘어갈 리도 없지만, 만에 하나 내 아들을 꼬여내 후궁 자리라도 하나 꿰찰 생각이라면 하지 않는 게 좋을 것이다. 임금의 앞날을 볼 수 있다니 신통하긴 하다만, 너 같은 괴물에게서 명의 후사가 생기는 불상사를 두고 볼 내가 아니니까."

"……."

"그저 지금처럼 열심히, 더 열심히 본분에만 충실하거라. 명의 앞날을 선견하는 일에 집중하란 뜻이야. 하면 죽을 때까지 이곳에서 호의호식하는 것만큼은 책임져 줄 터이니."

하고 싶은 말을 왕창 쏟아부었는데, 생각보다 그다지 시원한 기분은 아니었다. 나신이 되었어도, 서슬 퍼런 말을 들어도 끝끝내 무표정인 서하가 다름 아닌 무헌대군을 떠오르게 만든 탓이었다.

누가 옛 정인 아니었달까 봐 이런 것까지 닮아서는.

그러고 보니 문득 궁금해졌다. 이 계집은 왜 무헌대군이 아니라 우리 명을 택했을까.

어차피 무헌대군이 죽은 마당에 별로 깊이 있게 생각해 본 적은 없었지만, 돌이켜보면 얼마든지 꾸며낼 수도 있는 일이었다.

명이 아니라, 무헌대군에게서 선견이 보인다고.

진실인지 아닌지 감별해 낼 수도 없을뿐더러, 다른 용의 아이가 있어 능력을 비교할 수 있는 것도 아니었는데.

아무리 정인이라도 나라의 주인을 정하는 일을 거짓말로 고하기에는 하늘이 두려웠나, 아니면 사실 그렇게까지 무헌대군을 사랑한 건 아니었던 건가.

두 번째가 확실히 더 설득력이 있기는 했다. 그러니 직접 무헌대군을 찔렀던 게지. 다른 사람의 손에 죽는 게 싫어 직접 찔렀다고 명에게 털어놓았다던데, 아무리 그래도 그렇지. 정인이었던 자를, 그것도 제 손으로 찌른다는 게 어디 쉬운 일이던가. 선왕의 가슴에 장검이 꽂혀있는 것을 본 것만으로도 자신은 심장이 철렁 내려앉아 손이 덜덜 떨렸었는데.

뭐가 어쨌든, 순진해 보이는 겉모습과 달리 꽤나 모진 구석이 있는 계집이었다.

"……독한 것."

그 말을 끝으로 자영은 휙 돌아섰다. 대단한 금은보화를 숨기기라도 한 듯 아직도 힘껏 말아쥐고 있는 서하의 왼손이 조금 거슬리긴 했지만, 얻어낸 결과에 만족하며 전각을 빠져나왔다.

"조 내관."

마지막으로 밖에서 대기하고 있던 조 내관을 넌지시 부르기만 하면.

"커헉!"

"아, 아아! 대비, 대비마마! 살려 주십…… 아아아아악!"

뒤따라오던 궁녀들을 알아서 제거할 테니, 모든 것이 순조로웠다. 덕분에 오늘 밤은 편안히 잠을 청할 수 있을 것 같았다.

19화
꿰뚫는 눈

밤중에 궁궐 담을 넘어야 하는 위험을 감수하면서까지 왜 그 사내를 돕고 왔을까. 하필이면 이 세상에서 가장 싫은 놈을.

"그렇게 계속 잘난 척이나 하다 죽으라지."

나인복으로 갈아입은 월영은 곧장 처소로 향했다. 예정보다 늦어져서 서하가 불안에 떨고 있을 테니 한시라도 바삐 움직여야 했다.

달빛이 만들어낸 음영을 길동무 삼아 겨우 어둠을 헤치는데, 발아래 그림자가 서서히 선명함을 더해가기 시작했다. 놀라서 보니, 금유당에 불빛이 너울거리고 있었다. 그것도 꽤나 밝은.

특별한 경우가 아니고서는 이 정도의 환한 불빛은 허용되지 않았다. 혹여라도 다른 이들의 눈에 띄어서는 안 되니까.

누가 온 건가. 임금은 아닐 것이었다. 명이란 사내는 워낙에 조심성이 많은지라, 불빛은커녕 오히려 온 것도 모를 만큼 고요하게 나타나서 탈이었다. 게다가 행궁에서 서하의 선견을 뿌리쳤을 정도로 숨기고 싶은 게 있는 모양이니, 당분간은 이곳을 찾지도 않을 터였다.

그럼 대체 누가…… 불안함을 느낀 월영이 입구에 들어서자마자, 맞은편에서 머리통만 한 횃불을 든 조 내관이 모습을 드러냈다.

그 뒤를 유유히 걸어오는 대비, 홍자영.

엄습해오는 불안감을 뒤로한 채, 월영은 일단 허리부터 숙였다. 금실 모란문이 새겨진 자색 궁혜가 저벅저벅 코앞에서 땅을 짓이기며 멈추었다.

“지킴이란 것이 꽤나 자리를 오래 비우는구나. 금유당이 위험해지기라도 하면 어쩌려고.”

분명 나무라는 말임에도 왠지 묘하게 웃음기가 서린 것 같다는 느낌이 든 것도 잠시.

“그래서, 약재는 타 왔더냐?”

자영의 생뚱맞은 물음에 월영의 머리가 바쁘게 돌아갔다. 서하가 어렵사리 만들어낸 핑계일 테니, 혀를 잘못 놀려 꼬투리가 잡히지 않도록 신중해야 했다.

“약재가 부족하다 하여 그냥 오는 길입니다.”

“그거 안 되었구나. 지금쯤 몹시 힘들 텐데.”

순간 월영의 상체가 딱딱하게 올라왔다.

“……예?”

커다래진 두 눈에 자영의 올라간 입꼬리가 보였다.

“마음이 서글플 땐 몸이라도 편해야 하건만, 쯧쯧. 어쩌누. 올 때 말에서 떨어지기까지 했다면서? 약재를 못 타왔다니 복통은 어쩔 수 없겠다만, 다친 팔꿈치랑 손목이라도 잘 치료해주거라.”

뭐라고 떠드는 건지 알 수도 없는 붉은 입술이 만족한 듯 닫히고, 화려하게 수 놓인 옷자락이 옆을 스쳐 지나갈 때까지 월영은 꼼짝하지 못했다.

이 여자, 도대체 아가씨께 무슨 짓을…….

"대비마마께서 가시는데 어디서 고개를 바짝 쳐들고 있는 게야!"

습관이란 무서워서, 멍한 가운데에도 조 내관의 호통에 저절로 고개가 떨어졌다. 또 한 가지. 슬금슬금 열이 오른 탓에 저도 모르게 치마 속 검으로 손이 뻗쳤다. 간신히 이성을 되찾았을 땐 이미 검이 반쯤 뽑힌 후였다.

월영은 부들부들 떨리는 손을 힘겹게, 아주아주 힘겹게 놓았다. 참아야 했다. 이 궁에 들어온 것은, 그것도 궁녀로 변장까지 하여 이 오랜 세월을 버텨온 것은, 겨우 이런 여자를 죽이기 위함이 아니었다.

모든 것은 그날을 위해서.

불청객들의 모습이 전부 사라지고서야 월영은 몸을 돌렸다. 마침내 처소 안에서 새어 나오는 은은한 불빛만이 전부가 된 금유당으로 서둘러 들어가는데, 무언가 발에 걸렸다.

아무렇게나 나뒹굴고 있는 두 구의 시체. 이름 모를 궁녀들.

가슴이 철렁 내려앉았다. 죽여가면서까지 이들을 데려왔다는 건, 뭔가에 반드시 필요했기 때문일 터였다.

그 뭔가는 바로 서하를 힘들게 한 일일 테지.

월영은 신을 벗을 새도 없이 처소 안으로 뛰어 들어갔다.

"아가씨! 괜찮으십……."

쾅, 부숴버릴 기세로 방문을 열어젖히자마자 제자리에 얼어붙었다.

잔뜩 흐트러진 방 안. 바닥에 어지럽게 널브러져 있는 옷가지들. 그리고 속치마만 겨우 걸친 채, 위에는 아무것도 입지 않아 속살이 훤히 드러나 있는 서하의 가녀린 등.

"오셨습니까? 무사히 돌아오셔서 다행입니다. 한데 잠시만 기다려

주십시오. 옷을 좀 입을 터이니, 잠시만."

고개만 살짝 돌려 월영을 확인한 서하는 가까이에 있던 옷가지를 집어 들었다. 차분히, 태연하게, 마치 아무 일도 없던 사람처럼.

월영은 이게 다 무슨 상황인지 선뜻 이해하지 못했다. 아니, 하고 싶어도 할 수가 없었다. 속적삼에 막 팔을 끼우려는 서하의 아슬아슬한 뒷모습 너머로 봉긋한 가슴이 슬쩍 보이는 지금은 더더욱, 머릿속이 새하얗게 변해 아무 생각도 나지 않았다.

처음이었다. 오랜 세월 금유당 지킴이이자 궁녀로서 서하 옆에 붙어 있었지만, 옷 갈아입는 것을 도와준다거나 목욕 시중을 들어준 적은 단 한 번도 없었다. 겉은 이래도 속만큼은 멀쩡한 사내가 도저히 해줄 수 있는 일이 아니기도 했고, 애초에 스스로 할 수 있는 일을 도와달라고 할 서하도 아니었기 때문이었다.

해서 우연이라도 속살을 보게 된 것은, 그야말로 처음이었다.

"여태 오지 않으셔서 걱정했습니다."

월영은 아무런 대답도 하지 못했다. 이토록 가까이 있는데 서하의 목소리가 잘 들리지도 않았다.

그저 얼굴이고, 귀고, 목이고 할 것 없이 누가 때린 것도 아닌데 온통 타들어 가는 것처럼 열이 끓어오르기만 했다.

"항아님? 왜 그러십니까?"

겨우 속적삼으로 몸을 다 가린 서하가 뒤를 돌아보았다. 사슴 같은 커다란 눈망울로 지그시 바라보다가, 이상함을 느꼈는지 일순 안색을 굳히며 물었다.

"혹시 무슨 일이 있었던 겁니까?"

어떤 걱정을 하는지, 누구의 걱정을 하는지 단번에 알 수 있었다.

무헌대군, 이제껏 그의 소식을 기다렸을 터였다.

언제나 채색해 놓은 것처럼 탐스럽기만 하던 서하의 붉은 입술이 점점 메말라가는 것을 보고서야, 월영은 간신히 이성을 붙들었다.

"그러는 아가씨는요? 제가 없는 새 도대체 무슨 일이 있었던 겁니까? 복통이라는 건 무슨 말이고, 말에서 떨어졌다느니 손목을 다쳤다느니 하는 게 다 무슨…… 아니, 것보다 이 꼴이 대체……."

미처 다 입지 못해 아직 바닥을 뒹굴고 있는 노란 저고리와 붉은 치마를 아연하게 내려다보기를 한참, 월영의 관자놀이에 핏대가 섰다.

이것이었다. 애꿎은 궁녀를 둘이나 죽인 이유가.

"설마 밖에 나뒹구는 저 시체들이……."

이야기를 끄집어내기가 무섭게 서하가 몸을 돌리며 흠칫 떨었다. 양손을 번쩍 올려 금방이라도 제 귀를 틀어막을 것처럼 하다가, 곧 다 지나간 일임을 깨달은 건지 허공에서 주춤하던 손을 아래로 떨궜다.

한껏 움츠러든 그 뒷모습을 지켜보던 월영은 미어지는 가슴 자락을 견뎌야 했다. 찰나에 불과했던 반사적이고 무의식적인 서하의 행동이 어떤 의미인지, 너무나 명백하게 알아버렸기 때문이었다.

예정된 칼부림, 찢어지는 비명.

이 작은 방에서 벌거벗겨진 채 모든 소리를 듣지 않기 위해 필사적으로 귀를 틀어막고 있었을 서하를 상상하는 것은, 월영에게도 곤욕이었다.

칼잡이인 자신조차 금유당 안에서 살인을 하지는 않았다. 서하가 없는 곳에서, 서하가 보지 못하도록 늘 조심해왔었다.

딱 한 번, 십 년 전 그날을 제외하고는.

눈앞에서 사람들이 죽는 것을 보고 숨도 못 쉬며 혼절하던 서하의 모습이 생각보다 훨씬 안타까웠던지라 더욱더 마음 다치지 않도록 무던히 애써왔거늘, 이 빌어먹을 것들이.

"역시 궁녀들은……."

창백해진 얼굴로 어렵게 입술을 달싹이던 서하가 더 못하겠다는 듯 말끝을 흐렸다. 바라보기조차 애처로워 속이 끓었다.

이럴 때는 무슨 말을 어떻게 해줘야 할까. 무헌대군, 그자라면 이럴 때 어떻게 위로를 했을까.

"자책하지 마세요. 멋대로 이용하고 버린 대비의 탓이지, 아가씨의 책임이 아닙니다."

죄를 짊어지지 말라는 위로가 다행히 통한 건지, 뭔가 결심을 굳힌 사람처럼 서하가 시선을 맞추어왔다.

"양지바른 곳에라도 묻어주고 싶습니다. 저를 좀 도와주시겠습니까?"

"제가 합니다. 아가씨는 그런 것에 신경 쓰지 마십시오."

"저로 인해 당한 분들입니다. 제 손으로 해드리고 싶습니다."

그제야 월영은 깨달았다. 위로 따위 티끌만큼도 통하지 않았다는 것을.

이유 모를 짜증이 솟구쳤다.

"……못 도와드립니다."

"항아님."

"제가 처리한다 말씀드렸습니다. 그만 것보다 대비가 아가씨에게 왜 이런 짓을 했느냐가 더 중요합니다. 왜입니까. 도대체 이유가 뭐랍니까? 그 여자가 무엇 때문에 아가씨 옷을 벗……."

차마 뱉기가 민망해서 입을 다물자, 서하가 말을 이었다.

"제가 행궁에서 전하와 동침이라도 했을까 저어되셨던 모양입니다."

"허, 미친 거랍니까? 그런 말도 안 되는 망상 때문에 사람을 괴롭혔다고요?"

결국 월영은 참지 못하고 언성을 높였다. 뽑았어야 했다. 아까 기를 쓰고 참을 것이 아니라, 즐거이 웃던 홍자영의 얼굴을 향해 검을 뽑아 들었어야 했다.

서하와 무헌대군의 사이를 몰랐던 것도 아니고, 자기 아들의 성격을 모르는 것도 아니면서 동침이라니.

마음 같아서는 지금 당장이라도 대비전에 쳐들어가 말해주고 싶었다.

명이 절대 서하를 건드릴 리 없다고. 아니, 건드리지 못할 거라고. 선왕이 그러했듯, 어떠한 이유에서든 용의 아이의 능력만큼은 잃을 수 없을 테니까.

"그러게요. 대비마마께서도 그게 망상이라는 걸 아시면 마음이 훨씬 편해지실 텐데."

서하의 목소리 속에 작은 웃음기가 섞였다. 그것이 결코 우스워서도, 어이가 없어서도 아니라는 것을. 그저 참고 또 견디고 있을 뿐이라는 것을.

바닥에 있는 치마저고리를 막 주워드는 손이 덜덜 떨리고 있는 것을 보며, 아플 만큼 잘 알 수 있었다.

"저 때문에 무고한 사람이 둘이나 죽었는데, 전 그저 왼손의 흉터를 들키지 않으려 주먹을 꽉 쥐는 일밖에는 하지 않았습니다. 천벌을 받을 거예요."

도무지 죄책감을 떨치지 못하는 서하를 앞에 두고, 월영은 제 나인복을 찢어질 듯 움켜잡았다.

이상했다. 아무리 마음에 품었다 한들 그동안 꾹꾹 눌러 담으며 잘 참아 왔는데. 이렇게 파도처럼 마음이 일렁였던 적은 없었는데.

안아주고 싶다니.

월영은 뭔가에 이끌리듯 걸음을 떼었다. 댕기가 저고리 안으로 말려 들어간 것도 모른 채 옷을 입는 서하의 등 뒤에 다가가 서고, 머뭇머뭇 손을 뻗고, 그렇게 미친 척 안으려다가…… 감히 그러지 못한 손이 괜스레 서하의 옷깃만 매만졌다.

"괜찮습니다. 제가 하겠습니다."

시중을 들어 준다고 생각했는지 서하가 손길을 마다했다. 심장 한 곳이 찌르르 아파오자, 더 놔주기가 싫었다.

"아가씨는 늘 제 손을 거부하시는군요. 혹, 제 손이 사람 죽이는 손이라 싫으십니까?"

월영은 의지와는 상관없이 목소리가 가라앉는 것을 느꼈다. 지킴이로 살아온 세월을 후회한 적은 없었지만, 지금처럼 서글펐던 적도 없었다.

거짓말이라도 좋으니, 부디 아니라는 대답을 간절히 바라는 손끝이 서하의 옷깃을 매달리듯 붙잡았다.

"그런 것은 아닙니다."

간절함이 보상을 받은 것 같은 대답.

월영은 안도의 숨을 내뱉었다. 긴장으로 뻣뻣해졌던 손가락이 기쁨을 감추지 못하고 옷깃 안으로 말려 들어간 서하의 댕기를 꺼내주는 찰나.

"그저 대비마마도 항아님도, 저를 죽일 수 있는 분들이니 조금 무서운 것뿐입니다."

무정하리만치 차분한 목소리가 방안을 메웠다. 흉부가 사정없이 조여들 만큼, 공기가 얼어붙었다.

제 손아귀에 아슬아슬하게 걸린 붉은 댕기를 하염없이 바라보던 월영이 한참 만에야 중얼거렸다.

"지금, 뭐라 하셨습니까?"

눈치 없이 자꾸만 눈시울을 찔러대는 이 따끔한 고통이 분노인지 섭섭함인지 스스로도 알 길이 없었다.

"죽여요? 제가, 아가씨를요?"

"아닙니까?"

확인처럼 비수가 한 번 더 날아왔다.

아팠다. 그 어떤 매타작보다도, 고문보다도 훨씬 더 아팠다.

"이제껏 저는 아가씨께 그런 사람이었습니까? 언제든지 아가씨를 죽일지도 모르는 살수, 겨우 그뿐인 존재였던 겁니까?"

무엇 때문에, 누구 때문에 그 많은 사람을 희생시켜 왔던가.

사람 죽이는 걸 즐기는 미치광이도 아니었고, 임금에게 지독한 충성을 바쳐 출세하려는 의도가 있는 것도 아니었다.

오직 한 사람. 그 한 사람을 지키기 위해 어쩔 수 없는 선택이었다고, 이 소리 없는 외침을 어째서 몰라준단 말인가.

월영은 금방이라도 손아귀에서 멀어질 것 같은 댕기를 꽉 움켜잡았다.

"아가씨, 서하 아가씨."

머리끝까지 거꾸로 치솟는 분노를 가라앉히기 위해, 그는 두 눈을 질끈 감고 서하의 가녀린 어깨 위로 살포시 이마를 묻었다.

착각처럼, 매화 향이 서글프게 일었다.

"제가 왜요. 왜 아가씨를 죽입니까, 왜요. 농으로라도 그런 말씀 마십시오. 부탁입니다."

"……만약에 말입니다. 또 다른 용의 아이가 있다면, 항아님께서는 어찌하실 겁니까?"

서하가 느닷없는 질문을 던지고서야 월영은 얼굴을 들었다.

"무슨 뜻입니까?"

"생각을 해보았습니다. 언젠가 새로운 용의 아이가 나타난다면, 해서 제가 더 이상 필요 없어진다면, 전하께서 절 죽이라 명하신다면. 그럼 항아님께서는 어떻게 하실까, 하고요."

"당연히 살릴 겁니다. 무슨 일이 있어도 아가씨를 살릴 겁니다! 겨우 그런 이유로 제가 아가씨를 죽일 수도 있다 여기신 겁니까?"

섭섭했다. 십수 년이 훌쩍 넘도록 그림자처럼 지켜주었던 자신을 믿어주지 않는 그 마음이, 사무치게 섭섭했다.

"그럼 제 사촌 오라버니라는 사람이 명령을 한다면요?"

하지만 서하의 마지막 한마디가 월영의 입을 조개처럼 다물게 했다. 머리를 심하게 얻어맞은 것처럼 아찔한 기류가 전신을 훑고 지나갔다. 꼿꼿하게 서 있는 서하의 뒷모습이 흐릿해 보일 정도로.

"그 사람이 절 죽이라 명해도 살리실 겁니까?"

월영은 대답을 할 수가 없었다. 꼭꼭 감추고만 싶었던 새카만 치부를 서하에게 단번에 꿰뚫린 초조함 때문이었다.

"예전부터 항아님은 왕실에 그다지 충성을 다하시는 분은 아닌 것 같았습니다. 대비마마나 전하를 따르는 것 같지도 않았고요. 조금 전 아무렇지도 않게 대비마마를 그 여자, 라고 하신 것처럼요."

서하가 조곤조곤 한마디씩 지적을 할 때마다, 월영은 겹겹이 둘러쳐

왔던 방어막을 하나씩 잃는 기분이었다.

"그런데도 이제껏 왕실이 명하는 일을 마다하지 않았던 건 다른 이유가 있어서라고 어렴풋이 짐작은 했습니다. 그게 제 사촌 오라버니라는 분과 연관이 있다는 건 최근에 알았지만요. 절대 타인의 출입을 허하지 않는 금유당에 낯선 이가 들어왔는데도 항아님은 묵인하셨습니다. 아니, 일부러 들여보낸 것 같이 느껴졌습니다. 항아님에게 있어서 그 사내가 전하보다 더 우위에 있다고밖에는 생각이 되질 않습니다."

"그건……."

"제가 한 물음에 답을 못하시는 것도 그 때문이 아닙니까?"

"아닙니다, 그래서 답을 못한 것이 아닙니다! 예, 부인하지는 않겠습니다. 전 한석준 나리의 사람입니다. 나리의 명으로 이 궁에 들어와 있는 것입니다. 하지만 그분은 다른 사람도 아닌 아가씨의 사촌 오라버니입니다. 아가씨를 구해줄 거라는 생각은 안 드십니까?"

"그럼 다른 사람도 아닌 제 사촌 오라버니께서는 왜 이제야 나타나셨답니까? 절 구해주실 생각이셨으면 기회는 이십 년이나 있었습니다. 한데 지금에서야 절 찾아오셨다는 것은, 무언가 때가 되었다는 뜻일 겁니다. 그리고 그분이 원하는 바를 이루기 위해서……."

서하는 잠시 말을 끊고 흐트러진 제 머리카락을 매만지려는 듯 잡아당겼다. 고장난 것처럼 멈춰버린 월영의 손아귀에서 붉은 댕기가 힘없이 스르륵 빠져나가고, 서하의 가느다란 목선이 드러났다.

"제가 필요해졌다는 뜻이겠지요."

서하가 다시 말을 잇는 순간. 하얀 살결 위에 꼭 꽃이 피어난 것처럼 찍힌 목덜미 한가운데의 불그스름한 자국이, 월영의 시선을 사로잡았다.

온 신경이 곤두박질치는 것 같았다.

"한석준이란 분은 거리낌 없이 제게 밖에 나가는 걸 도와주겠다 하셨습니다."

이어지는 서하의 말에 월영의 목소리가 한층 가라앉았다.

"……아가씨가 나가길 원하셨으니까요."

"용의 아이가 조금이라도 도망칠 기미가 보일 시에는 사살하라. 선왕이 금유당 지킴이에게 내린 최후의 명령, 잊으셨습니까?"

잊지 않았다. 그리고 한석준이 지금껏 내렸던 명령도 똑같았다는 사실을 잊을 리 없었다.

〔용의 아이가 도망치게 놔두어서는 안 된다. 차라리 죽이는 한이 있더라도 말이다. 우리가 이루려는 진정한 목적을 위해서. 그 약속을 지킬 수 있다면 너를 궁으로 보내주겠다.〕

"한석준이란 분이 항아님과 한 편이라면, 제가 죽는다는 사실을 모를 리 없을 겁니다. 그럼에도 말리기는커녕 웃으며 나가는 것을 도와주겠다 하였습니다. 제가 죽고 사는 것에 크게 연연하지 않는 분이십니다."

"아가씨."

"만약 또 다른 용의 아이가 존재한다면 날 죽이라 명하는 것쯤 일도 아니겠구나, 그리고 항아님은 명을 거절하지 못하겠구나…… 그런 생각들을 해보았습니다."

서하가 반쯤 고개를 돌려 시선을 마주쳐왔다. 조금 서늘하게 내려앉은 눈매가 아무 감정도 없이 덤덤하게 물었다.

"제가 틀린 곳이 있습니까?"

없었다. 틀린 곳 따위, 아무리 애써 찾아보려 해도 없었다. 소름이 돋을 만큼 정확한 지적이었다.

"해서 전 아가씨를 죽일 수도 있는 사람으로 낙인찍힌 것이군요."

그런데도 드는 이 억울함은, 쉽게 박힌 누군가에 대한 자격지심이었다.

"그럼 무헌대군은요."

말을 끝낸 월영은 서하의 댕기를 낚아채며 잡아 올렸다.

"앗!"

우악스러운 행동에 서하가 짧게 소리를 질렀지만, 월영은 들은 척도 하지 않았다.

"대비가 어디 어디를 살폈습니까?"

"항아님?"

"왼손 흉터를 들키지 않은 건 알겠고, 그 외에 또 어디를 살폈느냔 말입니다."

"……대답해야 합니까?"

입술을 깨무는 서하의 옆모습이 보였다. 화가 났는지 목소리에 가느다란 노기도 섞여 있었다.

"보나 마나 가슴, 다리 사이 같은 뻔한 곳만 살폈겠지요. 이런 곳에 자국이 남은 줄도 모르고."

고스란히 드러난 하얀 목덜미. 떨리게 예쁜 그곳에 남겨진 붉은 자국 하나.

다소 흐려지긴 했지만 척 봐도 무엇인지 알 수 있었다. 무헌대군, 그 놈의 흔적이었다.

"무슨 말씀을 하시는 건지 잘 모르겠습니다. 자국이라니요?"

어디를 말하는 것인지도 모르고 더듬더듬 제 목덜미를 짚는 서하를 보니, 심지어 본인도 모르게 남긴 모양이었다.

"무헌대군이 이런 곳에 자국을 내는 것도 모르고 도대체 무엇을 하셨습니까!"

신경질이 솟구쳤다.

그제야 엉뚱한 곳을 헤매던 서하의 손이 툭, 움직임을 멈추었다. 월영이 무슨 말을 하는지 겨우 알아들은 모양이었다.

"그러니까 제 목에……."

순식간에 귀 끝까지 빨개진 서하가 야트막하게 중얼거리자, 월영은 더욱더 눈살을 험악하게 일그러뜨렸다.

"머리카락이 가려주지 않았더라면 들켰을 겁니다. 추궁하면 뭐라 대답하시려고요? 살아있는 무헌대군이 알지도 못하는 사이 내 목덜미에 입을 맞춘 모양이다, 이리 말할 작정이었습니까?"

도와주지 말고 올 것을. 자기가 이 여인을 얼마나 위험하게 만드는지도 모르는 한심한 놈 따위, 진짜로 도와주지 말고 올 것을.

"설마하니 이런 곳에 자국이 있을 거라고 생각도 못 한 대비에게 감사해야 한단 말입니다! 왼손의 흉터는 어떻고요! 이래도 모르시겠습니까? 무헌대군 그놈이야말로 아가씨를 죽일 수 있는 놈이라는 것을!"

월영은 서하의 손을 잡아 거칠게 돌려세웠다.

십 년 전 흉터가 고스란히 찍힌 손바닥. 그리고 그 주변에 새로 만들어진 손톱이 파고든 상처. 묻지 않아도 알 수 있었다. 대비에게 들키지 않으려고 온 힘을 다해 주먹을 꽉 쥐고 있었던 흔적.

그뿐이 아니었다. 서하의 눈가 아래 빨갛게 흘러내리다 만 핏방울,

분명 날카로운 것으로 찔린 듯한 생채기였다.

"아가씨가 어찌 될지 뻔히 알면서도 살아나겠다고 단언한 놈입니다. 그놈이 살아있다는 걸 알면 대비가 고작 눈 밑에 상처나 만들고 가만히 있을 것 같습니까? 아가씨를 갈기갈기 찢어 죽일 겁니다."

월영은 서하의 오른쪽 손도 잡아챘다. 손목에 선명하게 남아 있는 상처도, 저고리를 걷어 올리자 팔꿈치에 붙어 있는 상처 딱지들도 전부 무헌대군 탓이었다.

그놈이 죽어야, 이 모든 비극이 끝이 날 터였다.

"그러니 더 이상 무헌대군에 관여하지 마십시오. 그냥 저렇게 중독된 채로 죽게 놔두시란 말입니다!"

월영은 고성을 지른 탓에 숨을 몰아쉬다 말고, 자신이 이성의 끈을 놓아버렸다는 사실을 알아챘다. 금방이라도 스러질 것처럼 하얗게 질려가는 서하의 얼굴을 보고서야 온몸에 힘이 주르륵 빠져나갔다.

"지금…… 중독이라 하셨습니까?"

처음부터 무헌대군이 중독되었다는 사실을 알면서도 모른 척했던, 스스로에 대한 벌이었다.

20화
중독

왜국에서 들여온 것이라고 했다. 온몸이 타들어 가는 것처럼 열이 오르고 숨쉬기도 힘들 만큼 감각을 마비시키지만, 죽음까지는 이르지 않는 독. 그리고 반드시 피부에 증거를 남기는, 그런 지독한 독에 당해놓고 한양까지 아무렇지도 않은 척하고 왔다니.

대단한 정신력이라며, 작은 호리병을 들고 오던 혜안군은 속으로 혀를 내둘렀다.

"대감, 그게 무엇입니까?"

"해독약이다."

수호의 물음에 짧게 대답한 혜안군이 보기 안쓰러울 정도로 푸르스름하게 물들어버린 우의 어깨 위로 막 호리병을 기울이려 할 때였다.

타악! 언제 정신을 차렸는지, 눈을 번쩍 뜬 우가 그 손을 매처럼 잡아챘다.

"대군!"

"대군 대감!"

수호와 두천이 걱정스럽게 보고 있는 것도 아랑곳하지 않은 채, 우는 상체를 일으키려 했다. 몸 마디마디가 끊어져 나갈 것 같은 괴로움에 절로 신음이 터지려 했지만 이를 악물었다.

"일어나지 마십시오. 중독된 지 너무 오래되어 기력이 없으실 겁니다. 서둘러 해독약을 쓸 터이니 잠시만 기다리십시오."

보다 못한 혜안군이 말려도 소용없었다. 기어이 일어나 앉은 우가 다급하게 물었다.

"설마, 벌써 제게 해독약을 쓰셨습니까?"

날카로운 눈동자. 식은땀을 흘리면서도 한점 흐트러짐 없이 상대를 짓누르듯 내뿜는 강렬한 기세.

십 년 만에 돌아온 조카는 변함이 없었다. 아니, 오히려 더 견고해져 있었다. 혜안군은 반가움보다 걱정이 앞설 수밖에 없었다.

"아직입니다. 지금 막 쓰려던 참입니다."

"쓰지 마십시오."

"……예?"

"해독약은 안 됩니다. 절대로 안 됩니다."

도무지 무슨 뜻인지 이해하지 못하겠다는 표정의 사람들을 앞에 두고, 우는 고집스럽게 혜안군을 막았다. 정확히는 해독약을 쓰려는 혜안군의 손을 막고 있었다.

"아무래도 독 때문에 제정신이 아니신 모양입니다."

하도 황당한 나머지 수호가 속마음을 감추지 못하고 웅얼거리자, 혜안군이 혀를 차며 노려보았다. 실수라는 것을 깨달은 수호는 서둘러 변명거리를 찾았다.

"그게 아니라 대군께서 자꾸 해독약을 마다하시니까……."

"이대로 궁에 갈 것입니다."

말을 자르며 우가 또 다른 선언을 했다.

모두가 눈을 휘둥그레 떴다. 멀거니 '것 보십시오. 제 말이 맞다니까요'라고 중얼거리는 수호를 눈으로 타이르며, 혜안군이 곧바로 막아섰다.

"안 됩니다."

"가야 합니다."

"나중에요. 지금은 시기가 아닙니다. 일단 몸부터 회복한 뒤에……."

"제게 나중은 없습니다."

우는 꺾이지 않았다. 꺾일 리 없었다. 이 일에 관해서는 무엇도, 누구도 그를 물러서게 할 수 없었다.

"도대체 무엇이 그리 급하여 이러시는 겁니까?"

이길 수 없다는 것을 깨달은 혜안군이 어깨에서 힘을 빼자, 그제야 우도 막고 있던 손을 놓았다. 작은 호리병이 마침내 바닥에 내려졌다.

어질어질한 정신을 다잡으려 깊게 숨을 내쉬고, 끓는 열로 인해 어쩔 수 없이 밀려오는 한기를 악으로 버티어 내며 우는 말했다.

"전하께서 제가 살아 있다는 사실을 아십니다."

혜안군은 그대로 벌어진 입을 다물지 못했다. 한참 뒤, 수호와 두천이 사실이라며 끄덕거리는 것을 보고서야 얼굴에 당황스러운 그늘이 드리워졌다.

"도대체 어떻게……."

"나흘 전, 제가 직접 행궁으로 전하를 찾아뵈었습니다. 그리고 말씀 올렸습니다. 돌아가겠다고."

타악, 자초지종을 들은 혜안군이 바닥을 내리쳤다.

"어쩌자고 대책도 없이 그런 성급한 행동을 했단 말입니까!"

"그때는 다른 방법이 떠오르지가 않았습니다."

"전하가 예전의 의광대군인 줄 아십니까? 누구나 임금이 되면 예전과 같을 수 없습니다. 왕좌가 걸린 일이니까요! 더 이상 대군을 형제로서만 대할 수 없단 말입니다. 자식도 믿지 못하셨던 선왕 전하를 겪었으면서도 어찌!"

"그래서 서두르는 것입니다. 제가 한양에 오면 이곳으로 오리란 걸 알 테니 숙부님도 위험해지실 수 있습니다. 송구합니다. 알면서도 들를 수밖에 없었습니다. 십 년 전 맡긴 물건도 찾고, 반드시 부탁드릴 일도 있어서요."

궁만큼 무서운 곳은 없었다. 어가 행렬이 환궁을 마친 지금, 벌써 청주에서 무슨 일이 있었는지 삽시간에 소문이 퍼졌을 터였다.

반역자가 살아 있을 수도 있다.

보지 않아도 알 수 있었다. 자신을 그 반역자로 만든 무리들이 지금쯤 머리를 맞대고 어떤 음모를 꾸미고 있을지.

서둘러야 했다. 그들에게 준비할 시간과 명분을 주는 것만큼 위험한 것은 없었다.

"물건이고 부탁이고 간에 중독된 채로 궁에 가면 목숨만 위험할 뿐입니다. 아무리 죽음에 이르는 독이 아니라지만, 이대로 오래 끌면 장담할 수 없어요."

"여기서 이러고 있는 동안 진짜 목숨이 위험해질 이는 따로 있습니다. 절대로, 그것만은 막아야겠습니다."

혜안군이 어르고 달랬지만, 통할 리 없었다. 이렇게 떠들고 있는 시간조차 아까워 우가 서둘러 부탁이 무엇인지 설명하려는 순간.

"설마 유서하를 말하는 겁니까?"

전혀 예상치도 못했던 이름이 혜안군의 입에서 툭, 튀어나왔다.

"숙부님께서 서하를 어찌……."

"쓰러져놓고도 해독약을 마다하는 이유가 결국 그 여인 때문이었습니까? 처음부터 대군을 선택하지도 않았던 그런 여인 때문에!"

급작스럽게 높아진 언성 그리고 의외의 반박.

얼굴이 벌겋게 상기될 정도로 혜안군이 크게 역정을 내자, 방안이 삽시간에 긴장감에 휩싸이며 고요해졌다.

우는 답답함과 한심함이 뒤섞여 바라보는 숙부의 시선을 정면으로 마주했다. 피하지 않고, 놀라지도 않고. 그저 그렇게, 이제야 확연해졌다는 것처럼.

"……박 내관."

넋 놓고 눈치를 살피던 두천은 나지막한 우의 부름에 화들짝 놀랐다.

"예, 예?"

"밖에 있는 양 서방과 함께 가서 장 의원을 데려오거라."

"장 의원이요? 아, 예. 대군 대감."

"제가 장 의원이 있는 곳을 압니다. 제가 다녀오겠습니다."

수호가 나가려고 하자, 곧바로 우가 제지했다.

"수호 넌 이 길로 곧장 집으로 돌아가거라."

"싫습니다! 대군께서 그 몸으로 궁에 가시겠다 하는 판국에 제가 어떻게 돌아갑니까?"

"돌아가. 내가 궁으로 가면 좌의정이 싫어도 입시하게 될 테니, 그때 함께 궁으로 들어오라는 뜻이다."

"왜 굳이……."

"그편이 창경궁으로 가기가 조금이나마 쉬울 테니까."

"창경궁이요?"

"담이를 지켜야겠다."

누이를 부탁하는 비장한 어조가 수호까지 바짝 긴장하게 만들었다.

"내 소식을 알자마자 분명 담이가 무언가를 하려 들 것이다. 못 하게 해야 한다. 절대 날 만나려고도 구하려고도 하지 말고 가만히, 그저 모르는 사람처럼 가만히 있도록 막아야 해."

잠시 숨을 고른 우는 무겁게 뒷말을 이으며 단단히 못을 박았다.

"그래야 내가 실패하더라도 담이는 살 수 있다."

저들에게 반역자와 같은 편이라는 명분만 주지 않는다면, 담이는 무사할 수 있었다. 명이 무사하게 만들어줄 테니까. 동기를 둘 다 죽이고 왕위를 지켰다는 오명을 남기기 싫어서라도, 담이 만큼은 살려둘 테니까.

"……대군."

수호는 고개를 숙였다. 만약의 사태를 대비하는 우를 보면서도 도울 수 있는 게 아무것도 없는 자신이, 공주를 지키기 위해서는 그 방법밖에 없다는 걸 아는 탓에 대꾸 한마디 못 하는 스스로가 지독하게 멍청하고 부끄러웠기 때문이었다.

"숙부님은 대비마마께 가주십시오. 안 그래도 어떻게 부탁을 드려야 하나 걱정이었는데, 서하를 알고 계시다니 오히려 잘 되었습니다."

"대군."

"대비마마를 좀 막아주셨으면 합니다. 전하께서야 서하를 해하지 않으셔도, 대비마마는 다릅니다. 제가 살아 있었다는 걸 알면 그 불같은 성미에 가만히 계실 리 없습니다. 담이는 함부로 못 해도, 서하는 죽이려 드실 겁니다."

"대군!"

"제가 전하와 백관들에게 발이 묶여 있는 동안이면 됩니다. 혹 일이 잘못되더라도 제가 죽으면 대비마마께서도 분이 좀 풀리실 테니 후엔 안전해질 겁니다. 그때까지 최대한 시간을 끌어주십시오. 그래도 대비마마를 막을 수 있는 사람은 숙부님밖에 없지 않습니까. 부탁드립니다. 서하가 살아 있어야, 저도 삽니다."

그 말을 끝으로 우가 자리에서 일어서자, 혜안군이 득달같이 따라 일어서며 앞을 막았다.

"우야!"

처음이었다. 이제껏 숙부이면서도 늘 우에게 존대와 예를 갖추던 혜안군이었다. 그러지 말라고 만류를 해도, 후궁 출생인 스스로를 낮춰 적통대군을 대해오던 그가 이리 다급하게 이름을 부르는 것을 보니 어지간히 속이 끓는 모양이었다.

"그만하거라, 제발! 여인 하나 때문에 정말 목숨을 버릴 생각인 것이냐!"

혜안군의 강경한 태도는 조금도 누그러들 기미가 보이지 않았다.

우는 한숨을 내쉬었다. 이럴 시간이 없었다. 한시가 촉박했다. 진짜로 몸에 한계가 찾아오기 전에 서둘러야 하는데.

"예. 여인 하나뿐 아니라 저 때문에 위험한 많은 사람을 위해서라도 가야겠습니다. 궁에 있는 담이, 여기 있는 숙부님과 수호, 박 내관. 뿐입니까? 좌의정까지 지키려면 제 목숨 하나로는 벅차단 말입니다."

순간적으로 혜안군이 주춤하는 것을, 우는 놓치지 않았다.

"잠시만요. 왜 여기서 제 아버님이 나옵니까?"

뜬금없는 흐름에 따라오지 못한 수호가 어리둥절한 표정으로 물었지만, 우는 대답 대신 혜안군을 향해 말을 잇기만 했다.

"지금은 아무것도 묻지 않겠습니다. 제가 살수에게 당한 곳이 어깨라는 걸 어떻게 단번에 아셨는지, 의원 한번 부르지 않고 무슨 독인지 어떻게 알아 해독약을 준비하신 것인지, 언제부터 손을 잡았기에 좌의정이 보낸 살수가 십 년 전과 똑같은 방법으로 산을 태우고 박 내관을 죽여 제 죽음을 위장하려 했는지!"

그제야 혜안군의 입에서 아, 하는 탄성이 흘러나왔다.

"그리고 어떻게, 언제부터 서하를 알고 계셨던 건지도 다…… 지금은 묻지 않겠습니다. 모든 것은 제가 살아남으면 그때 묻겠습니다."

우는 한계치에 다다른 열로 인해 어쩔 수 없이 흐트러져가는 숨을 다잡으려 애쓰며, 점점 가라앉는 목소리를 힘껏 끌어 올렸다.

"이제 저를 그만 막으시고 물건을 내어주십시오. 장 의원이 도착하는 대로 궁에 갈 것입니다."

"제가 끝까지 막는다면 어찌하실 겁니까."

"하지 마십시오. 수단 방법 가리지 않고 처절하게 날뛰는 모습을 숙부님께 보여드리기는 싫습니다."

혜안군은 자포자기하듯 눈을 내리감았다. 죽음을 불사한 의지는 쉽게 꺾을 수 있는 것이 아니었다.

절박한 진심을 내보이는 우에게 패배한 혜안군은 돌아설 수밖에 없었다. 길게 쳐진 병풍을 반쯤 거두어내고, 벽장에서 자그마한 함을 꺼내 들었다. 함 속에는 온통 헤어지고 찢긴 낡은 옷이 한 벌 들어 있었다.

선왕 시해범으로 몰리던 날 우가 입고 있었던 도포.

혜안군은 차마 도포를 건네지 못하고 마지막까지 망설이다가 힘겹게 입을 열었다.

"불구덩이에 뛰어드는 꼴이 될 것입니다."

하지만 우는 조금의 흔들림도 없이 도포 자락을 꽉 움켜쥐었다.

"불구덩이가 아니라, 지옥 불이라도 갑니다."

***

꿈이라고 생각했다. 자꾸만 내려다보는 시선이 느껴졌기 때문이었다.

악몽인가. 그러기에는 어딘가 처량하고 아련한, 그런 슬픈…….

인혜는 눈을 떴다. 동시에 웬 사내와 눈이 마주치자 실색하며 몸을 일으켰다. 갑자기 놀란 탓인지 아랫배가 살짝 당겨왔다.

"저, 전하?"

어둠에 익숙해지고 보이는 얼굴이 명이어서 두 번째로 놀랐다. 분명 오늘은 김 귀인의 처소로 갔다 들었는데 어찌 이곳에 있는 것인지 알 길이 없었다.

그것도 이 깊은 새벽에, 장승처럼 버티고 선 채로.

"송구합니다, 전하. 오신 줄도 모르고."

"아니, 과인이야말로 미안하오. 깨우려 한 것은 아닌데."

그건 더 이상했다. 깨울 것도 아니면 어째서 이곳에 왔단 말인가.

멍하니 있던 인혜가 뒤늦게 분주히 머리와 옷매무새를 만지는 사이, 명이 물었다.

"아프다 들었는데, 몸은 좀 어떠시오?"

"아, 많이 좋아졌습니다."

"다행이군."

그 말을 끝으로 침묵이 흘렀다. 여전히 방바닥이 무너지도록 서 있기만 한 명이 무언가 또 이야기를 꺼내진 않을까 기다렸지만 허사였다. 결국 인혜가 먼저 입을 열었다.

"전하, 신첩이 오늘 환궁 의례에 참석하지 못하는 불충을 저질렀습니다. 중궁의 몸으로 있을 수 없는 일이니, 부디 벌을……."

"버리지 않는 것. 그대만은 무슨 일이 있어도 과인을 버리지 않는 것이 벌이라 하면, 그 벌을 받을 텐가?"

다소 난해한 대답에 인혜가 어안이 벙벙하여 쳐다보기만 하자, 명이 손을 휘휘 저었다.

"농담이오. 아픈 사람에게 불충을 논할 정도로 속이 좁진 않으니 염려 마시오."

앞에 한 말의 뜻을 이해하지도 못한 채 또다시 침묵이 이어졌다. 대화가 길게 이어지지 못하고 뚝뚝 끊기니 인혜로서도 무슨 말을 꺼내야 할지 난감하기만 했다.

팔 년이나 된 부부라기에는 지나치게 어색하고 부자연스러운 정적이 둘 사이를 점점 잠식할 때쯤, 명이 돌아서려 했다. 밀려오는 아쉬움을 견디지 못한 인혜가 불쑥 말을 꺼냈다.

"석꽃이라고 합니다!"

반쯤 돌아섰던 명의 몸이 멈칫하며 되돌아왔다.

"석꽃?"

아무 말이나 던지긴 했는데, 하필 하고 보니 명의 귀에 가장 들어가지 않았으면 싶었던 말이었다.

"그게…… 신첩은 석꽃, 김 귀인은 양귀비라고 하는 말을 들어서요."

질투라 여겨 역정을 내진 않을까, 걱정스럽게 명의 눈치를 살필 때였다.

"훗."

피식 웃는 소리가 났다. 인혜는 심장이 두근, 튀어 오르는 것을 느꼈다.

"지금 웃으신 겁니까?"

듣고도 믿을 수 없어 물었더니, 당혹스러움이 가득 담긴 헛기침이 한참이나 이어졌다.

당혹스럽긴 인혜도 마찬가지였다. 처음이었으니까. 명의 웃음소리를 들은 것은.

"그대가 하도 답지 않은 말을 하여 나도 모르게……."

손을 좌우로 흔들어가며 변명을 늘어놓는 명을 보며 인혜의 입가에도 슬며시 미소가 걸렸다.

지금 앞에 있는 사람이 정말로 명이 맞나, 싶을 정도로 하나하나 생소하지 않은 것이 없었지만 뭐랄까. 조금은 진솔해 보이고, 그래서 훨씬 더 정감이 간다고나 할까.

"흐음, 흠. 그래서? 그대가 하고 싶은 말이 무엇이오?"

"전하께서도 그리 생각하시는지 궁금하달까요."

석꽃이라 생각해서 팔 년이나 지났는데도 아직 두어 번 밖에 안 본 사람들처럼 서먹하고, 부부인데도 남보다 더 서로에 대해 모르고, 제대로 된 속내 한 번 털어놓지 않는 건가, 하는 생각이 들었다고. 궁녀들, 후궁들, 하다못해 대비전에서까지 중궁은 석꽃이라 비웃으니 당신에게마저 그런 존재이면 어쩌나, 불안해졌다고.

이런 말들을 하면 명은 어떤 표정을 지을까, 생각하며 인혜는 고개를 슬쩍 숙였다. 들려올 대답이 두려워서 자신감 없는 목소리가 흘러나왔다.

"압니다. 제가 말주변이 없고 성미가 부드럽지 못하여……."

"아니오."

한 번, 두 번, 세 번. 끔뻑끔뻑하던 인혜의 시선이 뒤늦게 올라왔다.

"……전하?"

"누가 그런 말을 했는지는 모르지만, 틀렸소. 그대는 석꽃이 아니오."

그때까지도 꼼짝하지 않고 서 있기만 하던 명이 한 발짝, 한 발짝 인혜에게 다가왔다. 손을 뻗으면 닿을 거리까지 가까이 다가온 그가 한쪽 무릎을 굽히고 앉자, 장막 같은 어둠에 가려져 있던 얼굴이 이제야 선명히 보였다. 단정하게 뻗은 이목구비가 점잖은 사내처럼 보이게 하지만, 언뜻언뜻 공허하고 안타까운 그늘을 만들어내는 얼굴.

"야무지고 똑 부러지는 여인이라 생각했는데, 그대도 바보 같은 면이 있군."

그래서 늘, 그 그늘이 뭘까 궁금하게 만드는 사람.

거리가 너무 가까워진 것에만 집중하느라 인혜는 명의 말을 단번에 알아듣지 못했다. 해서 뒤늦게야 눈썹이 슥, 치켜 올라갔다.

"바보, 라 하셨습니까?"

조금 부루퉁해진 어조로 되묻자, 명이 다시 무릎을 펴고 일어섰다. 금세 거리가 멀어진 게 또다시 못내 아쉬워 삐쳤었던 마음이 언제 그랬냐는 듯 사라졌다.

"팔 년이나 지냈으면서 아직도 모르니 하는 말이오. 궁은 원래가 쓸데없는 말 만들기를 좋아하는 곳이오. 그런 말 같지도 않은 말은 주워듣지도, 귀에 담지도 않는 게 좋소. 그렇게 하나하나 새겨들었다간 온전한 정신으로 버티기 힘들 테니."

인혜도 모르는 것은 아니었다. 다만, 그런데도 흔들릴 정도로 지아비의 마음에 대해 확신이 없을 뿐.

"그대야말로 과인에게…… 양귀비 같은 존재니까."

자칫 놓칠 뻔했을 정도로 미미하게 스치는 바람처럼 새어 나온 한마디.

인혜는 서둘러 명의 표정을 찾았다. 어느 때보다도 자신을 똑바로 바라보는 명의 눈동자가 자꾸만 어둠으로 숨는 것 같다는 착각이 일은 찰나, 문 너머에 초롱들이 부지런히 모여드나 싶더니 상선의 다급한 외침이 들려왔다.

"저, 전하! 전하!"

한동안 마주하고 있던 시선이 어긋나고, 명은 소리가 난 곳으로 주의를 돌렸다.

"무슨 일이냐."

"바, 밖에…… 궐문 앞에 누군가 나타났사온데, 그게……."

얼핏 듣기에도 상선의 목소리가 떨리는 것이 무척이나 불안한 것 같았다. 명도 이상함을 느꼈는지 한껏 날카로워졌다.

"대체 누가 나타났기에 말도 제대로……."

못하느냐고 다그치려는 순간. 무엇을 감지한 듯 명은 하던 말을 멈추고 문을 벌컥 열어젖혔다.

등불에 드러난 상선의 얼굴이 해쓱해져 있었다.

"무…… 무헌대군이 나타났사옵니다!"

21화

폭풍전-단(暴風前-旦)

찻잔을 집어 들던 자영은 눈앞에 바짝 엎드려 있는 조 내관과 궁녀들을 내려다보았다. 하나같이 귀신이라도 본 것처럼 고개를 박고 바들바들 떠는 것이, 짜고 노는 인형극처럼 가관이었다.

"꿈 한번 거창하게 꿨나 보군."

"마, 마마."

"아니면 실성을 한 게야?"

하도 어이가 없고 기가 막힌 나머지 웃음도 나오질 않았다.

무헌대군이 왔다니.

아침 댓바람부터 고할 일이 있다며 잠을 깨우길래 무슨 대단한 소리를 하나 했더니만, 이놈이 나이를 먹고 노망이 난 게 아니냔 말이었다. 심기가 몹시 불편해진 자영이 큰 소리로 혀를 끌끌 찼다.

"쯧쯧쯧, 농을 하려거든 웃을 만한 이야기를 하던가. 뜬금없이 무헌대군이라니."

"하, 하오나 지금 의금부에 무, 무헌…… 무헌대군이 잡혀 있사옵니다, 마마!"

조 내관의 울 것 같은 목소리가 방안을 가득 메웠다. 거기다 숨도 못 삼키고 바짝 굳어 눈치만 살피는 상궁 나인들까지.

잘들 논다고 한마디 하려던 자영은 비로소 사태의 심각성을 인지했다. 비웃음 가득했던 얼굴에서 표정이 사라져갔다.

"……무헌대군이 의금부에 있다고?"

"그러하옵니다, 마마!"

"무슨 소리인지 모르겠으니 알아듣게 설명을 해봐."

"새벽녘에 궐 앞에 수상한 사내가 나타나서는 스스로를 무헌대군이라고 밝혔다 하옵니다. 그러고는 의금부에 들어가 있을 터이니 날이 밝는 대로 전하를 뵙고 지난날 누명을……."

"그러니까! 내 앞에서 검에 찔리고 불에 타 죽은 무헌대군이 어찌 살아 돌아왔는지 알아듣게 설명을 하란 말이야!"

쾅, 분노로 부들부들 떨리는 자영의 왼손이 경상을 있는 힘껏 내리쳤다. 그 바람에 가지런히 놓여있던 찻잔이 기울어지자, 상궁들이 기겁하며 소란을 떨었다.

"대비마마! 괜찮으시옵니까!"

"어의를 부르거라, 어서!"

자영은 그제야 뜨거운 차가 제 손등 위로 쏟아진 것을 깨달았다. 하지만 뜨겁지가 않았다. 아프지도 않았다. 그저 머릿속에 온통 살아 있는 무헌대군의 모습만이 징그럽게 떠오를 뿐이었다.

"주상께서는!"

물기를 닦아낸답시고 붙어 있는 상궁들을 거치적거린다는 듯 밀쳐내며 소리쳤다.

"주상께서도 이 사실을 아시느냐!"

"예. 친국을 하신다고 하옵니다."

"친국?"

"허나 아우의 일이니 공명할 자신이 없다 하시며, 영의정을 위관으로 임명하시되 전권을 주겠다 하셨나이다. 또 선왕 전하 앞에서 한 치의 거짓 없이 밝히기 위해 인정문 안에 추국장을 여신다 하셨사옵니다."

현기증이 일었다. 데인 손보다도 메스꺼운 속 때문에 구토가 올라올 지경이었다. 자다가 봉창을 두들겨도 이보다는 더 분수가 있을 터였다.

"그럴 리가 없어, 그럴 리가. 분명 눈앞에서 검에 찔려 쓰러진 것도 보았거늘."

황망하게 중얼거리는 말을 조 내관이 냉큼 받았다.

"그러게나 말이옵니다, 마마."

"그래, 조 내관 자네도 보았지. 의금부가 불에 타는 것도 보았고, 무헌의 시체라며 왼쪽 가슴에 자상이 있는 새카만 시신도 보았는데…… 살아 있다고?"

도통 말이 되질 않았다. 그럼 그 시신은 대체 뭐였단 말인가.

넋이 나간 채 멀거니 앉아 있기를 한참, 자영은 자리에서 벌떡 일어섰다.

"의금부로 가자. 확인을 해야겠다."

"마마, 고정하시옵소서!"

"내 눈으로 직접 확인을 해야겠단 말이다!"

"전하께서 곧 친국을 하실 것이옵니다. 그러니 서둘러 손부터 시료를 받으시옵소서!"

"지금 이까짓 손이 대수……!"

울화가 치밀어 소리를 지르던 자영이 순간 말을 딱 멈추었다.

손, 그 한마디와 함께 머릿속을 때리듯 스쳐 지나가는 기억.

끝까지 펴지 않던 손. 강제로 옷이 벗겨져 몸 이곳저곳을 탐색 당하는 수모를 겪으면서도 악착같이 말아쥐고 펴지 않던…….

"네, 네 이년."

유서하의 왼손.

데인 살덩이가 벌겋게 일어나고 있음에도 아랑곳하지 않고, 자영은 끼고 있는 옥가락지가 부러질 정도로 힘껏 주먹을 쥐었다.

어쩐지 이상하다 싶었다. 한때 정인이었던 사람을 죽여놓고도 잘만 살아가기에 생긴 것과 달리 독하고, 질기고, 무서운 것이라고만 생각했었다.

그것이 다 계획된 놀음판이었음을, 정말이지 까맣게 모른 채.

"하, 하하."

실로 앙큼한 계집이었다. 십 년이나 감쪽같이 속여오다니. 상상도 하지 못했다. 제 생살을 찢어가며 정인을 살렸으리라고는.

"하하하하하!"

난데없는 웃음소리에 조 내관의 시선이 빼꼼히 올라왔다.

"마, 마마?"

홀연히 딱 끊어진 웃음소리.

"……버릴 것이다."

"예?"

자영의 눈에 솟구친 섬뜩한 불꽃.

"비틀어 버릴 것이다. 내 당장 유서하 이년의 목을 비틀어 버릴 것이야!"

분노로 내질러진 고함과 함께, 자영의 주먹 쥔 손에서 기어이 옥가락지 반쪽이 부러져 바닥으로 떨어졌다.

황급히 문이 열리더니 살기등등한 대비가 바람이 일 정도로 쌩하니 앞을 지나쳤다. 그제야 인혜는 숙이고 있던 고개를 들었다.

바로 몇 시진 전, 무헌대군이 왔다는 상선의 말에 무언가 일이 잘못되었음을 직감했다. 무헌대군이라면 한 번도 보지는 못했으나 소문으로는 익히 들어 알고 있었다.

선왕의 첫 번째 비였던 효선왕후가 낳은 유일한 아들. 그러나 십 년 전 왕위를 물려받지 못했다는 이유로 선왕을 시해하고 옥사에서 불타 죽었다는 패륜아이자 비운의 적통대군.

그 무헌대군이 살아서 나타났다는 황당한 소식에 불안함을 느껴 일찍부터 대비전으로 온 것이었는데.

"찾았구나."

생각지도 못했던 인물의 이름을 이런 곳에서 듣게 될 줄은 상상도 하지 못했다.

서하. 정확히는 '유서하'라고 하는 이름 석 자. 사방 어디에서도 찾을 수가 없어 죽은 사람일 수도 있겠다는 생각까지 하고 있었건만.

"박 상궁."

"예, 마마. 소인도 들었나이다."

"뒤따라가야겠다."

인혜의 나지막한 말에 박 상궁이 잠시 머뭇거리다가 걱정스럽게 고했다.

"들키시면 마마의 입지가 더욱 어려워지십니다."

"그렇겠지."

"한낱 여인 때문에 군이 그런 위험을 감수하실 필요는……."

"가보라고 하는구나."

인혜는 조용히 당의 속 아랫배를 감쌌다. 처음에는 그저 누구인지가 궁금하였을 뿐이었다. 지아비가 잠결에 애틋하게 부르던 사람. 조금은 부럽고, 그보다 더 질투가 났던 사람.

한데 이상하게도 무헌대군이 나타난 이 시점에 대비가 분기탱천하여 서하를 죽이겠다고 달려가고 있었다.

무언가 있었다. 명과 무헌대군 그리고 유서하, 이 세 사람 사이에 무언가가.

"왠지 이 궐 안에 내가 꼭 알아야 할 일이 있는 것 같다고 말이다."

유서하가 그저 한낱 여인이 아닐 것 같다는 불유쾌한 확신. 파헤쳐봤자 좋을 게 없을 것 같다는 직감보다, 알아내지 않으면 안 된다는 강렬한 본능이 결국 인혜를 움직이게 했다.

***

안이했다. 무헌대군이 그 큰 산불 속에서 살아날 수도 있다는 생각을 안 한 것은 아니지만, 한양에 도착하자마자 나타날 거라는 계산은 하지 못했다.

대비의 성정을 잘 알고 있는 녀석이니, 제가 나타나면 서하가 위험해질 수도 있다는 사실 때문에라도 좀 더 신중을 기하리라 여겼더니만.

아마도 이쪽에서 무언가를 준비하거나 생각할 여유 따위 주지 않으려는 심산인 것 같았다. 숨어 살 때는 십 년이나 진짜 죽은 자처럼 숨소리도 들리지 않더니만, 살아날 결심을 하더니 갑자기 결단력이 샘솟는 모양이었다.

“하룻밤 정도는 편히 쉴 줄 알았거늘.”

명은 잠을 못 자 뻑뻑해진 눈을 신경질적으로 문질러댔다. 짜증이 치밀었다.

행궁에서부터 지금까지 예상 밖의 행동을 취해오는 우도 그렇고. 뭔가 도움이 좀 될까 싶어 불렀더니, 의금부가 뚫린 건 있을 수 없다며 가짜 무헌대군일 수도 있다는 헛소리나 지껄이던 정승 판서들도 그렇고. 문무백관들이 전부 정전에 모여 심문이 열리길 기다리고 있는 지금, 피곤해서인지 마음이 다급해서인지 뾰족한 수를 생각해 내지 못하는 스스로도 그렇고.

모든 게 마음에 들지 않았다.

“방법이 있으십니까?”

특히 이놈, 용의 아이에 대한 비밀을 알고 있다며 불쑥불쑥 나타나는 이 한석준이란 놈이 가장 문제였다.

왕좌에 앉아 있으면서도 일개 저작 따위가 하는 말에 더없이 일렁이는 자신의 마음이, 소름이 돋을 만큼 무서웠다.

“무슨 방법 말이냐.”

“이대로 무헌대군이 결백을 밝히도록 내버려 둘 참이십니까?”

훤히 안다는 듯한 석준의 말투에 명이 인상을 찌푸렸다.

“내 아우다. 아우가 결백하다면 이보다 좋은 일이 어디 있다고 막겠느냐.”

같은 편인지 아닌지도 아직 모르겠고, 속은 더더군다나 알 수 없는 놈에게 제 속내를 드러낼 만큼 명은 허술한 사람이 아니었다.

하지만 그 또한 익히 잘 알고 있는 사람처럼 석준은 몹시 침착하기가 이를 데 없었다.

"전하의 왕권이 위험해질 것이옵니다."

"우는 나를 끌어내리면서까지 권력을 탐할 만큼 잔인한 사내가 아니다."

"지난날 왕실에서 일어난 대부분의 난이 그런 믿음을 깨고 시작되었지요."

"……무엄하다."

"사실을 말씀드리는 것이옵니다. 무헌대군은 그러고 싶지 않아도 주위에서 가만히 있질 않을 테니까요. 전부터 무헌대군을 지지했던 자들은 물론이고, 전하께 충성을 바치고 있는 자들도 변절할 수 있사옵니다. 그들보다 더 무서운 아류 세력도 있지요. 지금 전하의 치세에 정권을 잡을 수 없어 숨죽이고 있는 이들에게 있어 가장 좋은 먹잇감이 누구겠습니까?"

"해서 지금 내 아우를 죽이라는 것이냐?"

"그들이 떠미는 힘에 휩쓸려 무헌대군은 반역자가 될 테고, 그렇게 되면 전하께선 싫으셔도 결국 무헌대군을 처단해야만 하는 상황이 벌어질 것이옵니다."

모를 리 없는 사실이었다. 정권을 장악하기 위한 다툼이 한두 해 일어나는 것도 아니고, 건국 이래로 끊임없이 되풀이되는 이 싸움에 끝이 없다는 것 또한 잘 알고 있었다.

해서 그다지 신선한 설득력도 아니라고 생각했는데.

"전하께서 동기간을 아끼시는 성심을 신이 어찌 모를 수 있겠나이까. 그러니 직접 형제를 죽여야 하는 참담한 일이 일어나기 전에, 차라리 유배나 감금으로 끝낼 수 있다면 그것이 훨씬 더 나은 일이 아닐는지요. 하면 전하께서 바라시는 대로 무헌대군의 목숨만은 살릴 수 있지 않겠사옵니까?"

교묘한 혀 놀림이 명의 구미를 조금씩 당기게 했다.

"선왕 시해죄에 대한 심문이다. 어찌 유배나 감금으로 끝낼 수 있단 말이더냐."

"무헌대군이 선왕 전하를 시해한 것도, 그렇다고 결백한 것도 아닌 애매한 상황으로 몰고 간다면 가능할 것이옵니다. 확실한 증좌나 증인 없이는 누구도 이 나라의 적통대군을 함부로 처단할 수 없을 테니까요."

심증은 가나 물증이 없게 하라.

명은 튀어나오려는 헛웃음을 막았다. 보통 놈이 아닌 줄은 진즉 알았지만, 생각보다 더 영악한 놈이었다. 오늘 무헌대군의 결백을 어떻게 해서든 막아야 하는 이유를 이토록 예쁘게 돌려 말하는 재주라니. 게다가 용감하게도 자신의 앞에서 감히 '적통대군'이라는 민감한 말까지 꺼내 가면서.

은근히 사람 부아를 치밀게 하여 우에 대한 적대감을 심어 놓은 뒤 결국 제가 원하는 대로 나를 움직이겠다, 이 말이렷다.

괘씸했다. 그렇지만 우를 막을 명분으로도 모자람이 없었다. 적당히 맞장구를 쳐주는 것도 괜찮을 듯싶었다.

"네 말이 옳다 쳐도, 그게 어디 쉬운 일이겠느냐. 무헌이 바보가 아닌 이상, 제 결백을 밝히기 위해 만반의 준비를 하고 올 터인데."

조금 전까지만 해도 잔뜩 구겨져 있던 명의 얼굴에 조금씩 화색이 돌기 시작하자, 석준의 이마가 기분 좋게 바닥으로 내려갔다.

"무헌대군이 가장 아끼는 것, 소중히 지키고자 하는 것을 이용하십시오. 그것 하나로도 충분할 것이옵니다."

22화
염라대왕이 온다 해도

하얀 전서구가 떨어뜨리고 간 자그마한 종잇조각, 그것을 읽다 말고 손안에 구겨 넣은 월영은 다시 금유당 안으로 들어갔다. 우가 중독되었다는 말을 듣고 정신없이 뛰쳐나가려 했던 어젯밤과는 달리, 조금 잠잠해진 서하를 보며 나지막이 한숨을 내쉬었다.

"무헌대군이 궐에 왔다 합니다."

웅크리고 있던 서하의 몸이 눈에 띄게 움찔했다. 초점을 잃은 채로 사정없이 흔들리는 눈망울을 마주하기 싫어, 월영은 일부러 고개를 아래로 떨군 채 말을 이었다.

"기어이 결백을 밝히고 싶은 모양인데, 실수한 겁니다. 이번에야말로 죽게 될 테니까요. 증좌도 없고 증인도 없는 그자에게 승산이란 없습니다."

그렇게 조용히 살라 충고했건만.

쐐기처럼 박히는 말과 함께 서하가 튕기듯 몸을 일으켰다. 하지만 창살에서부터 단단하게 묶여 내려온 흰 색 줄이 손목까지 칭칭 휘감고 있는 탓에 제자리에서 벗어날 수는 없었다.

"읏!"

팽팽해진 줄 때문에 손목이 죄어와 신음을 흘리면서도, 서하는 멈추지 않았다. 입술을 힘껏 깨문 채 줄에서 손을 빼내려고 발버둥 쳤다. 보다 못한 월영이 하는 수 없이 서하를 붙잡았다.

"다치십니다."

원망스러운 시선이 고스란히 와 박혔다.

"그리 보셔도 어쩔 수 없습니다. 약조를 어기고 밖으로 나가려 하신 건 아가씨니까요."

월영은 창살에 묶어놓은 줄의 매듭이 풀리지 않도록 여러 번 확인하고는 돌아섰다.

"찾는 분이 계셔서요. 잠시 다녀오겠습니다. 그때까지 부디 얌전히 계십시오. 다치지 않도록."

"저도 데려가십시오!"

문을 닫아걸려는 찰나, 겨우 열려 있는 문틈 사이로 서하의 애원하는 목소리가 다급하게 빠져나왔다.

월영은 잠시 움직임을 멈추었다.

"전하를 뵈어야겠습니다. 저도 데려가 주세요."

단번에 서하가 무슨 생각인지 알 수 있었다. 어떻게 해서라도 명을 만져 앞날을 볼 심산이겠지. 그 앞날에 무헌대군의 앞날도 보일 테니까.

"싫습니다."

"항아님!"

"송구합니다만, 저도 이제 더는 봐 드리지 않을 거니까요."

월영은 그제야 서하를 똑바로 마주 보았다. 안 그래도 하얀 얼굴이 불쌍하리만치 창백하게 질려 있는 모습을 보자, 더더욱 무헌대군이…… 죽이고 싶을 정도로 미웠다.

"그동안은 무헌대군이 목숨이라도 붙어 있어야 아가씨가 살아줄 것이라 믿었습니다."

그 때문에 마지못해 제 손으로 그놈을 도왔던 순간들이 있었다. 혼자 발 동동 구르며 어쩔 줄 몰라 하는 서하가 가슴 아플 만큼 안쓰러웠으니까.

"한데 그자야말로 아가씨를 죽게 만들 수도 있는 위험인물이었습니다. 그자가 죽어야 아가씨가 안전해지리란 걸, 바보처럼 지금에야 깨달았습니다."

미치게 후회되었다. 돕지 말았어야 했다.

무헌대군이 진작 죽었다면, 십 년 전 차라리 정말로 죽어버렸다면 지금처럼 서하가 자신을 철천지원수 보듯 하지는 않았을 텐데.

"오늘 그자가 죽는 걸, 꼭 지켜봐야겠습니다."

월영은 문을 닫았다. 금유당에 있는 문이란 문은 전부 닫아걸었다. 빛 한줄기 스며 들어가지 못하도록 닫고 또 닫고, 보는 것만으로도 숨 막히게 두꺼운 고재문까지 닫고, 그 사이로 무쇠 자물통까지 꼭꼭 채워 걸고, 그렇게 서하를 가둬둔 채 자리를 떠났다.

***

"윽! 으윽!"

살이 갈리는 쓰라림에 비명을 지르면서도 서하는 끊임없이 손목을 움직였다. 어떻게 해서든 꽁꽁 묶인 줄에서 벗어나기 위해 안간힘을 썼다. 덕분에 얼마나 쓸렸던지, 손목을 묶은 줄이 붉은 색으로 물들도록 피가 흘러내리고 있었다.

"제발, 윽!"

오지 말라 했건만, 부탁이니 궁으로 오지 말라 그리 닳도록 이야기했건만 어째서…… 어째서 당신에게서만 보였던 그 앞날의 악몽을 이리 생생하게 되살아나게 한단 말인가.

"제발 풀리란 말이야, 제발!"

막고 싶었다. 막아야 했다. 이 궁에서 죽는 모습을 도저히 볼 수 없어서, 그래서 당신을 왕좌에서 밀어내고, 모질게 검으로 찌르면서까지 궁에서 내보낸 것인데.

"왜 또 궁으로 오시는 겁니까, 왜…… 도대체 왜!"

기어이 풀리지 않는 줄을 부여잡으며 서하는 무너져 내렸다. 방법이 떠오르지가 않았다. 철저하게 막혀버린 이 전각에서 어떻게 빠져나가 우를 구해야 할지 도저히 떠오르지 않아서, 견딜 수 없는 막막함에 온몸이 멍울진 것처럼 고통스러웠다.

월영의 말대로 우에게는 승산이 없었다. 누구 하나 그의 편에 서 줄 사람이 궁에는 없었으니까. 우가 죽었다는 소식에도 눈 하나 깜짝하지 않던 대신들, 콧노래를 부를 만큼 신이 났던 대비 그리고 앞에서는 제 아우를 누구보다 아끼는 것처럼 보이지만 절대 그를 살려둘 생각이 없는 임금까지.

위험했다. 이대로 증좌도, 증인도 없이 싸운다면 우는 정말 죽고 말 것이었다.

"안 돼. 절대 그렇게 놔두지 않아, 절대!"

서하는 다시 움직였다. 두 눈을 질끈 감으며 아픔을 참고 손을 잡아당겼다. 줄 위로 굳어가던 핏자국에 다시 새로운 피가 적셔지려는 그 때.

어디선가 매캐한 냄새가 풍겼다. 무슨 냄새인지 생각할 겨를도 없이 숨쉬기가 불쾌하고 답답해져 갔다.

눈을 뜰 수 없을 만큼 매운 공기, 이건 분명.

"……불?"

금유당이 타고 있었다. 고재문까지 닫혀 사방이 어두워진 까닭에 보이지는 않았지만, 연기가 새어 들어오고 있는 것이 확실했다.

서하는 자리에서 벌떡 일어섰다. 순식간에 호흡이 가빠지고 폐부를 울리는 기침이 쏟아졌다. 문을 향해 뛰어가려 했지만, 여전히 창살에 단단히 묶인 줄이 서하를 붙들었다.

이대로는 죽는다, 그렇게 점점 정신이 아득해져 가는 것을 느꼈다.

***

타악, 자영은 홰를 바닥에 던지듯 내려놓았다. 월영인지 뭣인지는 보이지도 않고, 금유당은 들어갈 수도 없게 사방이 무쇠 자물통 걸린 단단한 문으로 막혀 의금부 감옥보다 더 무시무시하게 변해 있고.

유서하를 어찌 죽이나 약이 바짝 올라 있던 터에, 활활 치솟아 오르는 불줄기를 보자니 속이 다 후련했다.

"마, 마마."

바짝 쪼그라든 조 내관의 목소리에 자영이 혀를 끌끌 찼다.

"아무리 내관이라지만 그래도 사내가 돼서는 뭐 마려운 강아지처럼 안절부절."

"하오나 불길이 번져 사람들이 금유당이 있는 곳을 알아내면 어찌합니까?"

"걱정도 팔자구나. 후원이 금지 구역이 된 지가 벌써 몇 년째인데. 후원에서도 제일 후미진 곳에 있는 이 조그마한 전각이 불에 타봤자 얼마나 눈에 띈다고. 게다가 이 훤한 아침에는 높다란 나무 틈에 가려 연기도 보이지 않을 것이다."

"그래도 전하께서 이 사실을 알게 되시면……."

"하! 알게 된다 해도 어쩌시겠느냐! 보는 이도 없는데 누가 불을 낸 줄 알고. 자리에 없어 지키지 못한 월영인가 무엇인가만 죽어 나가면 그뿐이다."

자영은 명쾌하게 웃었다. 잠시 뒤 무헌대군이 이 사실을 알게 되면 어떤 얼굴을 할지 기대가 되어 온몸에 전율이 돋았다.

***

조금만 더, 조금만 더.

이 사이로 줄을 힘껏 물어 당기자, 매듭이 아까보다 느슨해진 것 같았다.

"으으윽!"

갈수록 어질어질해지는 정신을 붙잡으며 서하는 기를 쓰고 손을 빼려 했다. 살 껍데기가 벗겨지는 것도 아랑곳없이 이리저리 마구 비틀어 댄 후에야 마침내 손 한쪽이 툭 빠져나왔다.

"하아, 하아!"

숨을 쉴 때마다 연기가 사정없이 폐로 밀려 들어왔다. 몰아치는 기침과 맹렬한 불길이 뿜어내는 열기가 괴로웠지만 악착같이 버텼다. 땀인지 피인지 모를 것들이 뒤섞인 손이 매듭을 풀어내기 위해 바쁘게 움직이고, 기적처럼 나머지 손을 다 빼내었을 때쯤.

털썩, 다리에 힘이 풀렸다. 서하는 바닥에 쓰러진 채로 등을 둥글게 말았다. 연신 쏟아지는 기침을 견디는 것만으로도 버거운데, 자꾸만 눈이 감겨갔다.

"하아, 하아……."

꼭 땅속으로 꺼져가는 것만 같았다. 온몸은 돌덩이처럼 무거워져만 가고, 아무리 붙들어도 머릿속은 점점 아득해져만 갔다. 쾅, 쾅. 굉음 같은 것이 멀리서 울리는 것인지 근처에서 울리는 것이지도 분간할 수가 없었다.

죽음이 코앞에 있다는 것을 어렴풋이 느끼는 순간.

쾅, 쾅! 무언가 부수는 소리가 한 번 더 울리고서야 서하의 시선이 느른하게 움직였다. 눈꺼풀을 감았다 올리는 것조차 버거운 탓에 장지문이 녹아내리듯 쓰러지는 모습이 그저 환영처럼 보였다.

"……않아."

야트막하게 입술을 움직이던 서하는 손으로 바닥을 짚었다. 바들바들 떨려오는 팔에 억척스럽게 힘을 주고, 다른 사람의 것인 양 감각이 멀어진 다리를 끌어당겨 엉금엉금 앞으로 기어갔다.

이대로는 죽지 않아. 내가 지은 죄 때문에 당신을 죽게 하진 않아, 절대로.

무너진 장지문을 넘어 마루를 기다가 고꾸라지기를 수차례, 철벽처럼 단단히 버티고 있는 고재문을 앞에 두고 일어선 서하는 온 힘을 다해 몸을 던졌다. 어깨뼈가 으스러질 만큼 세게 부딪혔는데도 문은 꿈쩍도 하지 않았다. 하지만 서하 역시 포기하지 않았다. 비틀비틀 몸을 일으켜 다시 한번 문을 향해 부딪혔다.

"윽!"

튀어나오려는 비명을 참으려 아랫입술을 힘껏 깨물자, 비릿한 피 맛이 입안으로 번졌다. 이깟 피쯤, 대수롭지도 않다며 거듭 자세를 고쳐 잡는 찰나. 쾅, 쾅, 쾅. 멀리서 들려오는 줄만 알았던 소리가 바로 문 너머에서 나고 있었다.

누군가 자물쇠를 부수고 있다, 눈치를 채자마자 마지막 힘을 다해 문으로 돌진했다.

콰앙! 나가떨어지는 문과 함께 튕기듯 밖으로 나온 서하는 땅바닥을 몇 번이나 데굴데굴 굴렀다. 팔이며 다리, 등, 허리 할 것 없이 바닥을 찧는 아픔이 전신을 타고 찌르르 울렸다. 무엇보다 한꺼번에 폐부로 들이치는 공기가 못 견디게 괴로웠다.

금방이라도 산산이 부서져 버릴 듯이 기침을 해대면서도, 서하는 몸을 움직이는 것을 잊지 않았다. 갑작스럽게 밝아진 시야 때문에 눈을 뜰 수 없어 본능적으로 바닥을 더듬어 일어서려는데, 손에 무언가가 스쳤다.

부드럽고 매끈한 질감. 둥그스름한 것 같으면서도 가운데가 치솟듯 올라간 모양새. 그것이 사람이 신는 신이라는 것을 깨달음과 동시에 시야가 돌아왔다. 서하의 고개가 십장생으로 수놓아진 궁혜를 따라 올라갔다.

"……어느 쪽이십니까."

가쁜 기침과 견디기 힘들었던 고통으로 조금 쉬어버린 목소리가 신의 주인을 향해 날카롭게 쏘아져 나갔다.

"저를 죽이시려는 겁니까, 아니면 살리시려는 겁니까."

대답을 듣기도 전, 서하는 피로 얼룩진 손으로 힘껏 주먹을 쥐며 바닥을 딛고 섰다.

"어느 쪽이든 상관없으니 비키십시오."

타다 만 재처럼 몸에 연기가 피어오르는 착각. 그것이 화기로 인한 화상인지, 아니면 그저 살아나겠다는 의지 때문인지는 알 수 없었다.

다만, 커다란 두 눈에 섬뜩하리만치 강한 열망을 담은 채로.

"나의 대군이 위험합니다."

서하는 한마디, 한마디를 씹어 삼키듯 말했다.

"그분을 살리기 전엔, 임금이 아니라 염라대왕이 온다 해도 나를 막을 수 없습니다. 그러니 비키십시오."

23화
전초전

"죄인을 끌고 오라!"

십 년 만에 돌아온 궁은 변한 것이 없었다. 여전히 화려하고, 여전히 아름답고, 여전히 살기가 그득했다.

실로 오랜만에 인정문으로 들어선 우는 높다랗게 솟아 있는 정전을 바라보았다. 웅장하고 준엄한 왕좌를 떠받들고 있는 장소. 그곳을 등진 채 서 계실 때면 한없이 높아 보였던 선왕.

하지만 익선관과 붉은 곤룡포를 빈틈없이 갖춰 입고 월대를 딛고 선 자가 더 이상 아버지가 아니라는 사실이, 새삼스럽게 몸 구석구석을 비집고 들어왔다.

우는 무슨 생각인지 읽을 수 없는 표정의 명에게서 시선을 돌렸다. 백관들이 주변 앞을 촘촘히 메우며 서 있었다. 귀신이라도 본 것처럼 놀라는 이들. 의구심 가득한 눈초리로 분란을 일으킬 종자를 보듯 노려보는 자들. 때때로 잡아먹을 듯한 시선들 속에 복잡한 표정의 좌의정도 보였다. 그리고 그 옆에 혜안군도.

무릎을 꿇어앉던 우는 멈칫했다. 조금 전까지만 해도 침착했던 얼굴이 딱딱하게 굳어갔다.

'숙부님께서 왜 여기에…… 그럼 서하는?'

일순 눈이 마주친 혜안군이 무표정한 얼굴을 홱 돌렸다. 해서 단번에 알았다. 부탁을 들어주지 않을 생각이시구나.

목 끝까지 올라오는 초조함을 삼킬 여력도 없이, 온몸의 피가 손가락 끝으로 전부 빠져나가는 것 같았다. 서하가 위험했다.

"지, 진짜 무헌대군…… 진짜 무헌대군이옵니다!"

"전하! 무헌대군은 십 년 전 선왕 전하이신 문조대왕을 시해한 죄인이옵니다!"

"사사로이는 낳아주신 부모에 대한 패륜이옵고, 나아가서는 만백성의 어버이를 모살하고 이 나라의 종묘사직을 위태롭게 한 극악무도한 죄인이옵니다. 의금부가 불에 탔을 때 죽음으로 그 죄를 대신한 줄 알았으나, 이리 살아 돌아왔으니 대역죄로 다스림이 마땅한 줄 아뢰옵니다!"

"그러하옵니다, 전하! 또한 의금부를 탈옥하여 그 오랜 시간 죽음을 위장해 모두를 속이고 벌을 피하려 한 죄까지 물어야 할 줄로 아옵니다!"

추국은 시작되지도 않았는데 벌써 목청을 드높이는 소리가 요란했다. 비난이 낙뢰처럼 쏟아지는데도 우의 귀에는 아무것도 들리지 않았다. 들릴 리 없었다. 피를 토하며 쓰러지는 서하의 모습이 자꾸만 그려져서 머릿속이 새하얗게 변하기만 할 뿐이었다.

힘든 자리였다. 아무도 도와줄 수 없고, 도와주지 않을 자리. 방해하고 음해하려는 자들만 수십인 이곳에서 홀로 결백을 위해 싸워야 했다. 정신을 똑바로 차려도 이길 수 있을지 장담할 수가 없는 이런 때, 우는 금방이라도 미쳐 날뛸 것 같은 마음을 다잡으려 애썼다.

정신 차려야 한다. 무사하다고 믿어야 해. 그래도 월영이 있으니 목숨은 구했을 거라고, 혹시 몰라 보낸 박 내관이 무사히 몸을 숨길 수 있게 도왔을 거라고 믿어야 한다. 그렇지 않으면 실패하고 말 테니까. 여기서 실패하면 정말로 모두가 죽게 된다…… 우는 이를 악물었다.

"영상."

명의 묵직한 부름이 떨어지자 영의정이 주벽 위 자리에서 일어섰다.

"지금부터 무헌대군 이우의 추국을 시작한다! 문사낭청!"

"예."

문사낭청 중 부름에 응답한 사헌부 감찰이 자리에서 일어나며 기록문을 펼쳤다.

"휘는 우요, 호는 무헌이다. 문조대왕의 차자로서 어머니는 효선왕후 심 씨이고, 문조대왕 십일 년에 태어났으며 문조대왕 십팔 년에 대군으로 봉작되었다. 이것이 그대가 맞소이까?"

"맞소."

"이하 모두 문조대왕께서 시해당하셨을 때의 기록입니다. 임금께서 침전에 계실 제, 무헌대군이 뵙기를 청하였다. 대전내관이 이를 아뢰자, 임금께서 윤허하시었다. 이각이 지났을 무렵 무헌대군이 돌아갔다. 대전내관이 임금께 침수 준비를 하겠다 말씀 올렸으나 임금께서 답이 없으셨다. 대전내관이 하는 수 없이 문을 열자, 두 자나 되는 긴 장검이 옥체를 관통해 있었다."

문사낭청의 카랑카랑한 목소리가 꽤나 세세한 기록문을 막힘 없이 읊어나갔다.

"금군들이 도망간 대군을 잡으려 했으나 실력이 부족하였다. 금군

열둘, 내관 하나, 궁녀 둘. 모두 열다섯 사람이 살해되었다. 간신히 살아남은 벙어리 궁녀 하나가 단검으로 무헌대군의 왼쪽 가슴을 찔렀다. 당시 중궁전 내관인 조동팔이 쓰러진 무헌대군을 의금부로 옮겼다. 대군을 찌른 단검 또한 제출하였다. 반 시진이 지났을 무렵 의금부가 불길에 휩싸였다. 무헌대군의 사체가 발견되었다."

마지막 문장을 끝으로 문사낭청이 기록문을 접어 내리고, 명이 입을 열었다.

"모두 들으라."

"예, 전하."

"과인은 오늘 기록문의 내용과 상관없이 순수하게 죽은 줄 알았던 아우가 살아 돌아왔음에 기쁘기 한량없다."

이조 판서가 무언가 말하고 싶은 게 있는 듯 움찔했으나, 바로 옆에 있던 좌의정이 그를 잡으며 막았다.

"그러나 문조대왕 시해 사건은 몹시 위중하고 나라의 안위가 달린 일임에 틀림이 없으니, 그 진위를 가리는 것이 무엇보다 중대하다. 하여 과인은 아우가 살아 돌아온 기쁨은 잠시 잊고, 시해범으로 지목된 무헌대군의 심문을 우선하려 한다."

벌써 반색하는 이들의 안도하는 목소리가 여기저기에서 들려왔다.

우는 지그시 눈을 감았다. 어깨에 또다시 통증이 밀려오고 있었다. 장 의원이 간신히 통증만 줄여주는 약을 주긴 했으나, 그것만으로는 확실히 버거웠다. 언제까지 버틸 수 있을지, 힘껏 쥔 주먹에 조금씩 땀이 차올랐다.

"무헌대군."

명이 나지막하게 부르자, 온 시선이 쏠렸다. 우는 곧 눈을 뜨고 머리를 조아렸다.

"예, 전하."

"과인은 이 기록문에 적힌 것이 다가 아니라고 믿고 있으나, 네가 죽고 없기에 아무것도 가려낼 수 없었다. 그런데 믿기지 않게도 이리 살아 돌아왔으니 대답해 보거라. 정말로 네가 아바마마를 시해하였더냐?"

착잡하게 가라앉은 목소리를 가만히 듣고만 있던 우는 월대를 바라보았다.

마치 묻는 것조차 두렵다는 듯, 대답을 들을 자신이 없다는 듯 서글프게 흐려진 얼굴과 달리 단 일말도 흔들리지 않는 명의 검은 눈동자. 그 날카롭게 꽂히는 시선을 우는 피하지 않았다.

"아닙니다, 전하. 맹세컨대, 소인은 선왕이신 문조대왕을 시해한 일이 없습니다."

마침내 결백을 선언한 우는 뜨거운 멍울이 울컥, 심장에서 터지는 아픔을 느꼈다.

이제껏 한 번도 내뱉지 못했던, 내뱉을 기회조차 없었던 말. 겨우 이 자리까지 와 처음으로 입 밖으로 꺼내게 된 지금이, 무수하리만큼 벅찼다.

"거짓말 마시오, 무헌대군! 그대가 알현하고 나서 선왕의 옥체에 검이 꽂혀있었소이다! 더 이상 어떤 증좌가 필요하단 말이오!"

영의정의 한마디가 선동하며 울려 퍼졌다. 아니나 다를까, 곳곳에서 힐난하는 목소리가 터져 나왔다.

우 역시 물러서지 않았다.

"난 그날 선왕 전하를 알현한 일이 없소."

"어허! 대전내관을 비롯해 상궁 나인들이 다 보았거늘 어찌 그런 황당한 거짓을 고한단 말이오!"

슥, 치켜져 올라간 우의 시선이 명의 뒤에 바싹 붙어 있는 대전내관에게로 향했다. 선왕을 모셨고, 지금은 명을 보필하는 내관. 그리고 자신을 음해하는 자. 십 년 전 사건에 그가 연루되어 있음이 점점 더 명확해져 갔다.

"……정녕 그대가 나를 보았는가?"

묵직하게 쏘아보며 묻는 우의 시선을 회피라도 하고 싶은지, 대전내관이 황급히 고개를 숙이며 대답했다.

"송구하오나, 그렇습니다. 늦은 밤 선왕 전하를 꼭 뵈어야겠다 하시기에 소인이 직접 아뢰지 않았습니까. 저뿐 아니라 당시 대전 상궁 나인이었던 이들도 똑똑히 기억하고 있습니다."

"기억을 한다고?"

"예."

차분한 대답이었다. 꼭 이런 날이 오리란 걸 알고 미리 대비한 것처럼. 게다가 의심을 받지 않기 위해 여러 사람을 끌어들여 열심히 말을 맞춘 것까지.

우는 피식 웃을 수밖에 없었다.

"그건 곧, 내가 선왕 전하를 뵙고 나가는 모습 또한 보았다는 말이로군."

"그렇습니다."

"그런데도 내게서 이상한 점 같은 것은 전혀 눈치채지 못하였는가?"

"소인이 불민하게도, 전혀 눈치채지 못하였습니다."

"다른 이들도 마찬가지이고?"

"그렇습니다."

"정말로 불민하구나."

어디서 누구를 비난하느냐는 듯한 눈빛들을 제치고, 우가 말을 이었다.

"기록문에 선왕께서는 두 자나 되는 장검에 시해당하셨다고 적혀 있다. 네 말대로 내가 시해범이라면 두 자나 되는 장검을 차고 선왕의 침전을 당당히 찾아왔다는 뜻인데. 나는 보이고, 장검은 보지 못하였다는 뜻이냐?"

일순 추국장 안이 쥐 죽은 듯 조용해졌다. 잘도 반박하던 영의정까지 꿀 먹은 벙어리가 되어 있었다.

"아니면 보고도 막지 않은 것이냐."

대전내관은 표정 변화 없이 서 있었다. 애써 평정심을 유지하고 있다는 것을, 빨갛게 달아오른 그의 귀가 말해주고 있었다.

"감히 어전에 검을 차고 온 자를 막지도 않고 들여보내다니. 네놈과 대전 궁녀들이야말로 대역죄인이 아니더냐."

우의 말이 끝나기가 무섭게 대전내관이 바닥에 납작 엎드렸다.

"아니옵니다, 전하! 음해이옵니다! 소인은 정말 보지 못하였나이다!"

팔걸이에 기대고 있던 명이 관자놀이를 짚었다. 미간에 걸린 주름 한 줄이 미세하게 깊어졌다.

"우의 말대로 두 자나 되는 장검이다. 어찌 보지 못하였더냐."

"그것은…… 소인도 잘은 모르겠사오나 아마 입고 있던 단령 속에 숨긴 것이 아니겠사옵니까! 그렇지 않고서야 소인과 궁녀들이 어찌 하나같이 보지 못할 수 있었겠나이까!"

"일리가 있사옵니다, 전하. 단령 속에 숨겼다면 보지 못하였을 수도 있사옵니다."

재빨리 편을 드는 이조 판서를 가만히 보고 있던 우는 입꼬리를 올렸다.

"경험이 있는 모양이군."

"그게 무슨 뜻입니까?"

"꼭 어전에 검을 숨기고 들어와 본 적이 있는 사람처럼 잘 알고 있는 듯해서 말이오."

이조 판서의 얼굴이 삽시간에 야차처럼 해괴해졌다.

"무헌대군! 그 무슨 말도 안 되는 소리입니까!"

"말도 안 되는 소리인 줄 알면 가만히 있는 게 좋을 것이오. 아무렇게나 나섰다간, 그 입을 평생 다물게 해줄 터이니."

눈빛만으로도 베어버릴 것 같은 우의 경고에 이조 판서의 기세가 단숨에 꺾였다. 그가 부르르 몸을 떨며 물러서자, 잠자코 있던 좌의정이 넌지시 한마디를 던졌다.

"무엄하오. 감히 전하 앞에서 대신을 협박하다니."

"내 아버지께서 시해되신 일이오. 전하가 아니라면 누구도 내 앞에서 함부로 무엄을 논할 수 없소."

우는 고요히, 그렇지만 냉혹하리만치 차갑게 대답한 뒤 자리에서 일어섰다. 감히 죄인이 무릎을 펴고 서는데도 누구 하나 지적하는 이가 없었다.

"전하."

"……말하라."

"대전내관이 제가 입고 있던 단령 속에 검을 숨겼을 수도 있다 하니, 다른 증인을 부를 수 있도록 허하여 주십시오."

"다른 증인이라면?"

"문사낭청이 읽었던 기록문에서, 저를 의금부로 데려간 자와 의금부에서 저를 하옥한 자입니다."

24화
눌러 담아야 하는 괴로움

은장도가 정확히 목 한가운데를 겨누고 있었다. 기어이 여린 살갗에 생채기가 났는지, 하얀 목덜미를 타고 붉은 피 한줄기가 주르륵 흘러내렸다.

"누가 갈 것이냐."

공주의 단호하기 그지없는 행동에, 앞을 막고 서 있던 상궁들은 서로 눈치를 살피기에 바빴다.

환장할 노릇이 아닐 수 없었다. 밖으로 나가지 못하게 막자 화가 난 건지 공주가 돌연 은장도로 제 목을 겨누었기 때문이었다. 게다가 심장이 벌렁거릴 정도로 엄청난 말을 전하라며 고집까지 부리고 있으니. 어찌할 바를 몰라 쭈뼛거리던 무리 사이에서 상궁 하나가 당차게 앞으로 나와 섰다.

"자가, 이러시면 아니 되옵니다. 저희는 그저 처소에서 아무도 나오지 못하게 막으라는 주상 전하의 지엄한 분부를 받들고 있을 뿐이니, 그만 노여움을 거두어주시옵소서."

꼿꼿하게 서서는 눈을 가늘게 치켜뜬 상궁의 꼴이 꼭, 소용없는 짓은 그만두라고 말하는 것 같았다.

담은 어금니를 꽉 깨물었다. 예상대로였다. 단순한 위협만으로 호락호락하게 물러설 이들이 아니었다. 하지만 담 역시, 단순한 위협이나 하자고 이런 미친 짓을 꾸미고 있는 것이 아니었다.

"그래서 하는 말이 아니냐. 나보고 여기서 나가지 말라 하니, 누군가 대신해서 가라는 것이다. 가서, 선왕 전하를 시해한 범인이 바로 여기 있다고 고하거라. 나 청해공주가 바로 범인이노라고."

담은 손바닥만 한 은장도를 고쳐 쥐었다. 오라버니가 살아 있다는 것을 알았음에도 또다시 아무것도 하지 못하는 무능력함의 연속, 그것이 만들어낸 자책과 원통함이 가슴을 치고 올라와 손끝으로 치달았다. 이 속절없는 시간을 기필코 끝내야만 했다.

"패륜하고 불효한 죄는 기꺼이 죽음으로 속죄할 터이니 애꿎은 내 오라버니는 그만 괴롭히고 이제 그만 빼앗았던 것을 온전히 돌려드리라고, 너희들이 말하는 그 임금에게로 가서 고하란 말이다."

갈수록 거침이 없어지는 공주의 언사 때문에 모두가 숨을 죽이고 있을 때였다.

"지금 당장 의광군에게로 가서 고하란……!"

불벼락 같은 호통이 떨어지려는 순간.

"공주 자가! 소인, 허구한 날 자리를 비우고 싸돌아다니는 바람에 십 년째 승차하지 못하고 존경각만 지키고 있는 성균관 학정 차수호입니다!"

웬 사내 목소리가 담의 말을 가로막으며 커다랗게 들려왔다. 급작스러운 데다가 황당하기까지 한 외침에 놀라 우뚝 멈춰버린 사람들이 일제히 뒤쪽을 보았다.

담 역시 복도 끄트머리로 시선을 옮겼다. 길게 늘어선 궁녀들 사이로, 녹색포를 입고 바닥에 엎드려 있던 사내가 고개를 들었다.

"지난 행궁 때 자가께서 이렇게나 변변찮은 제 목숨을 구해주셨지요. 그 은혜에 조금이라도 보답하고자 찾아뵈었으니 부디 내치지 말아 주십시오!"

다급하게 뛰어온 모양이었다. 비뚤어져 버린 관모, 상기된 얼굴 그리고 모두의 이목을 집중시키려는 요란한 말투와 달리 반드시 저를 믿어 달라 외치고 있는 강인한 눈동자.

고집스럽게 자신만을 바라봐주는 그 검은 눈동자와 마주하고서야, 담은 은장도를 쥔 손을 아래로 떨어뜨렸다. 안도감이 온몸으로 퍼져나갔다.

"무엄하오! 이곳은 전하의 허락 없이 아무나 출입할 수 있는 곳이 아니……."

"세상에! 이게 어찌 된 일입니까, 자가! 피가 나고 있질 않사옵니까!"

상궁이 노려보며 성을 내려는데, 말이 채 끝나기도 전에 수호가 호들갑을 떨며 몸을 벌떡 일으켰다. 궁녀들 사이를 단번에 뚫고 달려온 그가 상처를 살피려 하자, 상궁이 불편한 기색을 역력히 드러내며 막아섰다.

"무슨 짓이오! 어느 안전이라고 그리 뚫어지게 쳐다본단 말이오!"

"송구합니다만 피가 나시질 않습니까, 피가."

"일개 정팔품 관리가 상관할 일이 아니니 썩 물러가시오!"

웬만한 핑곗거리로는 씨알도 먹히지 않을 것 같은 분위기를 감지한 수호가 머뭇머뭇 뜸을 들이며 말했다.

"그렇지요. 그렇긴 한데…… 그동안 미처 살뜰히 챙기지 못한 탓에 자가께서 아픈 곳은 없으신지, 불편하신 곳은 없으신지……."

"물러가라는데 뭘 중얼중얼 떠드는 게요!"

"오라버니로서 너무너무 걱정된다고! 대신해서 잘 살피고 와달라고 특별히! 일개 정팔품인 저에게 특별히! 명하신 일은 대체 어찌하면 좋을는지요?"

중얼거린다기에 일부러 눈을 똑바로 마주하며 고성으로 떠들었더니, 상궁의 어깨가 일순 바싹 오그라드는 것이 보였다.

"오, 오라버니라면……."

예상대로 전하의 명을 받고 온 자라고 생각하는 눈치였다. 수호는 이때다 싶어 더욱 안타깝다는 듯 이마를 짚었다.

"자가께 변고가 생겼다는 말을 어찌 전해야 할는지. 상궁들이 심기를 어지럽히는 바람에 자해를 시도하셨다고 사실대로 보고하면 분명…… 쯧쯧쯧."

말끝을 분명히 맺지 않은 채 혀를 끌끌 찼더니, 혼이 빠져나간 사람처럼 얼굴이 잿빛으로 물든 상궁이 도리질을 했다.

"우, 우린 그저 전하의 명에 따랐을 뿐이오."

"전하께서 자가를 다치게 해도 좋다고 명하셨단 말씀입니까?"

"아니오! 그럴 리가 있겠소!"

"그렇지요? 한데 이리 다치셨으니, 쯧쯧쯧. 얼마나 진노하실꼬, 쯧쯧쯧."

수호가 혀를 한 번씩 찰 때마다, 여기저기서 마른침 넘어가는 소리가 꿀떡꿀떡 들려왔다.

"그래도 너무 걱정은 마십시오. 적어도 자가의 안위를 진심으로 걱정하여 의녀를 부른 한 분쯤은 살려주실 것입니다."

그게 누구냐며 수호가 눈빛으로 묻자, 폭풍전야를 방불케 하는 정적이 흐른 것도 잠시.

"의녀는 아직도 당도하지 않은 것이냐!"

"어, 얼른 가서 끌고 오겠습니다!"

눈 깜빡할 사이 벌어진 눈치 싸움의 승자들이 호들갑을 떨며 뛰기 시작했다. 살기 위해 몸부림치듯 복도를 메우고 있던 궁녀들 역시 그 뒤를 따라 분주히 움직였다.

"제가 자가께 잘 말씀 올려 일이 커지지 않도록 최대한 노력해 볼 터이니, 잠시 자리를 좀 비켜주시겠습니까?"

혼란한 틈을 타 수호가 한층 점잖은 목소리로 양해를 구했다. 그때까지도 넋이 나간 채 멀거니 서 있던 상궁이 비틀거리며 뒷걸음질을 쳤다.

안으로 들어온 순간부터 꼼짝하지 않고 선 채 뚫어지게 바라보고만 있는 수호 때문일까. 긴장이 풀린 담은 괜스레 눈물이 날 것 같아서 고개를 돌려버렸다.

그제야 벌어진 상처가 욱신거려왔다. 연신 흘러내리는 핏방울을 닦아내려던 찰나.

"저와의 약조는 어디다 팽개치신 겁니까."

언제 다가온 건지, 깊이 가라앉은 목소리와 함께 수호의 소맷자락이 먼저 목 언저리에 와 닿았다.

궁녀들을 겁주던 천연덕스러운 얼굴은 온데간데없이, 원망으로 가득 찬 그의 검은 눈동자가 지그시 아래로 떨어져 담의 손안에 쥐여 있는 은장도로 향했다.

"다시는 하지 않으시겠다던 약조는 도대체 어디다 팽개치시고, 또 그런 위험한 것을 들고 계시냔 말입니다."

"팽개치지 않았습니다. 오라버니가 왕위를 되찾을 수 있도록 목숨을 걸겠다 하였습니다."

"해서 하지도 않은 대역죄를 뒤집어쓰시겠다는 겁니까?"

"대역죄가 아니라 더한 것도 뒤집어써야지요. 오라버니께서 지금 인정문 추국장에 계신답니다. 이제야 겨우 모든 걸 되찾을 수 있게 되었는데, 이런 목숨 따위 두 번이고 세 번이고 버려야지요."

"손을 그리 떠시면서요?"

수호의 말을 듣고서야 담은 제 손을 쳐다보았다. 은장도가 덜덜 떨리고 있었다. 창피했다. 목을 찔러야겠다고 마음먹었던 그때부터 지금까지 쭉, 두려움에 요동치고 있는 심장 소리를 들킨 것만 같아서.

담은 서둘러 손을 등 뒤로 감추어 버렸다.

"이럴 줄 알고 대군께서 저를 보내신 겁니다. 아무것도 하지 못하게 막으라 하셨습니다. 자가를 위해, 또 대군을 위해 제발 무모한 짓은 그만두십시오. 지금은 가만히 기다려야 할 때입니다."

"기다리기만 해서는 왕위는커녕 누명도 벗지 못하십니다."

"무헌대군을 정녕 모르십니까? 하나뿐인 누이를 이런 식으로 잃어가면서까지 왕위를 되찾고 싶어 하실 분이 아닙니다."

"이렇게 하면서까지 되찾아야 하는 것이 왕위입니다."

"자가!"

"슬퍼하시겠지요. 마지막 남은 혈육마저 잃는다면 이루 말할 수 없이 고통스러우시겠지요. 허나, 일어나실 겁니다. 그깟 슬픔쯤 단번에 묻어버리실 겁니다. 이 누이의 죽음을 헛되이 하실 분이 아니니까요!"

담은 어떻게 해서든 떨림을 지우기 위해 애썼다. 이를 악물고, 온몸이 아플 정도로 힘을 주고, 부러질 만큼 무릎을 곧추세웠다.

그 모습을 물끄러미 지켜만 보던 수호가 한숨을 내뱉으며 말을 이었다.

"……자가께서 왜 이리 절박하게 대군의 왕위를 원하시는지 모르는 바는 아니나, 방법이 틀리셨습니다. 이기적이십니다."

칼날보다 더 서늘한 한마디가 날아들었다. 담은 베인 것처럼 몸을 흠칫 떨었다.

"이, 이기적이라 했습니까?"

"이미 의광대군이 왕위에 오른 지 오래입니다."

"대비 쪽에서 오라버니에게 누명을 씌우고 빼앗아 간 것임을 정녕 몰라서 그런 말을 하는 겁니까?"

"그럴만한 증좌는 이제껏 찾지 못했고, 승계 절차 또한 지극히 정당했습니다."

갑자기 임금의 편이라도 된 것처럼 구는 수호를 보며 담이 눈을 매섭게 치켜떴다.

"무슨 말이 하고 싶은 겁니까?"

"아무런 근거도 없고 명분도 없는 무헌대군께서, 그저 죄책감 때문에 왕위에 덤비시는 모습을 두고 볼 순 없습니다."

"난 오라버니에게 죄책감을 심어주려는 게 아닙니다!"

"그럴 의도가 아니셨다 해도, 대군께서는 결국 죄책감을 느끼게 되실 겁니다. 누이를 지키지 못한 스스로에게 분노하시겠지요."

"분노하셔도 괜찮습니다. 아니, 오히려 더 좋습니다! 그 분노가 오라버니를 움직이게 할 테니까요! 왕위를 되찾고자 결심하실 테고, 그리되면…….”

“반역이 되는 겁니다.”

담은 입을 닫았다. 알고 있었다. 수호의 말이 틀리지 않았음을. 하지만 이 치밀어 오르는 분함은, 당연히 내 편인 줄 알았던 사람의 난데없는 비난이 꽤나 낯설었기 때문이었다.

“그저 왕위를 찬탈한 약탈자가 될 뿐입니다. 대군께서는 그 누구보다 강인하고 너른 사내입니다. 현명하고 어진 성군이 되시리라 믿어 의심치 않았던 제 주군을, 한낱 폭주하여 날뛰는 약탈자로 만들 수는 없습니다.”

수호의 말이 마지막 한마디까지 너무나 혹독하게 박혀왔다. 아팠다. 해서 담은 오기와도 같은 고집을 부렸다.

“무엄하오.”

변해버린 말투, 차갑게 식어버린 눈빛.

당황해하는 수호의 얼굴을 보면서도, 담은 멈추지 않았다.

“감히 참하관 따위가 나를 가르치려 들다니.”

“자가…….”

“내 잠시 잊었소, 그대의 아비가 누구인지. 의광군을 왕위에 앉히고 좌의정까지 오른 자임을, 해서 그대 역시 내 오라버니를 반길 이유가 없다는 것을…… 그대는 좌의정과 다르다고 멋대로 믿어온 탓에, 바보처럼 잊고 있었소.”

담은 팔을 들어 올렸다. 손에 쥐어진 은장도의 칼날이 수호의 심장을 겨냥했다.

“내가 할 수 있는 일은 고작 이런 것뿐이고, 그 사실을 누군가 이해해주길 바란 적 없소. 더욱이 좌의정의 아들인 그대가 알아주길 원한 적도 없소. 허니 썩 물러가시오. 그리고 두 번 다시 내 앞에 나타나지 마시오."

제 목숨을 위협하는 칼날을 한 번 그리고 담의 얼굴을 오래도록 한 번. 그렇게 번갈아 바라보던 수호가 서서히 뒤로 물러섰다. 담이 아랫입술을 힘껏 깨물고서야 멈춘 그는 이내 무릎을 꿇었다.

"자가, 행궁에서 만났던 서하라는 여인을 기억하십니까? 소인은 그 여인의 눈을 잊을 수가 없습니다. 대군께 짐이 되기 싫어 당장이라도 직접 달려가고픈 마음을 꾹꾹 눌러 담던, 그 당찬 눈 말입니다."

수호는 애원하듯 말을 이었다.

"저희도 눌러 담아야 합니다. 자가도, 저도 반드시 대군을 위해 할 수 있는 일이 있을 겁니다. 그때를 위해 지금은 부디 기다려 주십시오. 대군께서 누이를 지키려 하는 마음을, 아무것도 하지 말아 달라 당부하신 이유를 외면하지 말아 주십시오. 힘드실 테지만……."

지친 기색이 역력한 수호의 얼굴에 서글픈 웃음이 스쳤다.

"이제껏 자가의 앞에 단 한 번도 좌의정의 아들로 선 적은 없었던 제 진심을 부디 믿어주시옵고…… 그것이 힘들다면 무헌대군을 믿으십시오. 이렇게 간청드리나이다."

25화
원대한 정의

잿빛 전서구는 태세 유지. 녹색 전서구는 긴급. 하얀 전서구는 그 어떤 것보다도 우선시해야 하는 최상위 명령. 그리고 아직 한 번도 날아온 적 없었던 마지막 검은 전서구는…….

"십 년이면 강산도 변한다는 말이 딱 너를 두고 하는 말이렷다."

후원의 오래된 향나무 아래에 서 있던 월영은 목소리를 따라 시선을 돌렸다. 전서구의 주인이 빙글빙글 웃으며 걸어오고 있었다.

"오랜 시간을 궐 안에서 지내더니, 예전의 그 경계심 많던 사나운 모습은 찾아볼 수가 없구나."

늘 웃는 얼굴이지만, 웃지 않는 사내. 한석준이 혀를 끌끌 찼다.

"안 그래도 곱게 생긴 녀석이 뭘 그리 우수에 젖어 있는 게야. 사내 녀석이란 걸 알고 있는 나도 일순 진짜 궁녀인 줄 알았다."

"오셨습니까, 나리."

"방심이라도 했더냐? 지금부터가 시작인데 벌써 그러면 쓰나."

석준이 말속에 회초리를 담아 보내자, 월영이 금세 허리를 굽혔다.

"주의하겠습니다."

"서하는?"

"명하신 대로 금유당을 폐쇄하긴 하였는데, 무헌 그자가 중독되었다는 말을 듣자마자 정신없이 뛰쳐나가려고 하더군요. 어쩔 수 없이 묶어 두었습니다."

월영은 가슴에 꽉 얹혀 내려가지 않는 숨을 억지로 삼켰다. 금유당을 나서기 직전에 보였던 서하가 아직도 눈에 선했기 때문이었다.

〔한석준이란 분이 항아님과 한 편이라면, 제가 죽는다는 사실을 모를 리 없을 겁니다. 그럼에도 말리기는커녕 웃으며 나가는 것을 도와주겠다 하였습니다. 제가 죽고 사는 것에 크게 연연하지 않는 분이십니다.〕

대답해주었어야 했다. 지금 당장은 잔인해 보일 수 있으나, 한석준이야말로 당신에게 필요한 존재라고. 왕실이라는 막강한 권력으로부터 용의 아이를 끄집어낼 수 있는 사람. 당신을 구하고, 억울하게 돌아가신 내 어머니를 구할 수 있는 유일한 사람. 그걸 위해 이제껏 숨죽이고 준비해온 우리들이라고.

무헌대군이 남긴 입맞춤의 흔적에 눈이 뒤집힐 게 아니라, 그렇게 장담했어야 했다. 그래야 자신을 바라보던 서하의 원망 서린 눈빛이 조금이나마 안심으로 바뀌었을 터였다.

"그래. 안됐기는 하다만 어쩔 수 없지. 오늘 같은 날은 얌전히 처소에 있는 것이 저를 위해서도 좋으니까."

안타까워 하는 것 같은 석준을 보며 월영이 나지막이 중얼거렸다.

"이번에야말로 끝장나는 무헌대군의 모습을 보게 하는 편이 나을지도 모르겠습니다. 그래야만 포기할 것 같아서요."

그러자 석준의 고개가 곧장 좌우로 흔들렸다.

"으으음. 그건 안 될 말이다."

"……예?"

"무헌대군이 끝장나서는 안 된다고 하였다. 적어도 여기서 끝장나게 둘 순 없지."

순간 월영이 눈살을 찌푸렸다.

"그게 무슨 말씀입니까? 설마, 이번에도 무헌대군이 살아남길 바라시는 겁니까?"

예상치 못한 전개였다. 분명 이번에야말로 무헌대군을 치워버릴 거라 여겼다. 쓸데없이 거치적거리기만 하고, 목적을 이루는 데 방해만 되는 자를 어째서 살린단 말인가.

"바라다마다. 그뿐이냐? 살아남도록 도울 참이다."

게다가 벌써 두 번째였다. 십 년 전에도 무헌대군을 살게 내버려 두더니 이번에도…… 석준의 선택을 월영은 도무지 이해할 수가 없었다.

"원, 녀석. 어지간히도 싫은가 보구나. 그리 인상을 쓰니 박력은 있다만, 나인복 입은 채로 박력을 뿜어서 어디다 쓰려고?"

"어째서입니까? 서하 아가씨가 저리 흔들리는 걸 아시면서 왜 무헌 그자를 계속 살리시려는 겁니까?"

월영이 반박하자, 늘 사람 좋아 보이게 휘어져 있던 석준의 눈이 스르륵 치켜 올라갔다.

"우리가 원하는 것을 이루기 위해서다."

매서울 정도로 단호한 목소리.

이 표정과 말투를, 월영은 언젠가 경험한 적이 있었다.

〔나는 이 부당함을 뒤집을 것이다.〕

새카만 잿더미를 냉담하게 밟고 선 채, 넋이 나가버린 여덟 살 아이에게 손을 내밀던 도령.

〔선택은 네 몫이다. 계속 그대로 멍청하게 주저앉아 있을 것이냐, 아니면 나와 가겠느냐.〕

사람을 발끝까지 얼어붙게 만들었던 얼굴. 그때와 전혀 달라지지 않은 그 얼굴이, 이십여 년 만에 다시 한번 월영의 앞에 섰다.

"다른 사람도 아니고 왕권을 위협할 가장 강력한 상대가 나타난 지금, 주상이 누굴 필요로 하겠느냐?"

"……서하 아가씨는 무헌대군의 사람입니다. 주상이 아가씨를 완전히 신뢰할 리 없습니다."

"그래. 하필 제일 필요한 용의 아이가 제일 믿을 수가 없으니, 환장할 테지. 의심병이 야금야금 마음을 좀먹어 미치기 일보 직전이 되겠지. 그렇게 되어야 내가 용의 아이에 대해 해준 이야기들이 뼛속까지 파고들 테고."

월영은 그제야 석준이 먼 행궁까지 굳이 쫓아온 이유를 알 것 같았다. 임금을 알현하여 용의 아이에 대한 비밀을 은연중에 알리고, 서하를 아무렇지도 않게 나가게 도와주었던 이유도 다 그 때문이었다.

서하에 대한 불신이 조금씩 조금씩 명을 갉아먹게 하기 위해서.

"머리 검은 짐승이란 간사해서, 제 발밑이 불안해져야 남의 말에 귀를 기울이고 의지하게 되는 법이다. 무헌대군이 여기서 살아 남아주면,

주상이 그만큼 우리를 신뢰하게 된단 뜻이지."

"다른 방법도 있을 텐데 왜 군이 무헌대군을……."

석준이 코웃음을 치며 월영의 말을 잘랐다.

"몰라서 하는 말이냐? 관직에 오르기까지 장장 십오 년이 걸렸다. 그것도 홍문관 말단 저작으로. 이제 되었다며 오 년 동안 갖은 애를 썼더니, 주상을 만나는 건 관직을 얻는 것보다도 어려웠다."

월영 역시 모르지 않았다. 원래라면 아무 어려움 없이 승승장구했을 그가 얼마나 모진 수모와 고통을 겪어 왔는지.

아무리 한씨 가문의 일원이었다지만 시골 무지렁이 가문에 입적된 탓에 과거를 보는 것조차 어려웠던 시절. 간신히 문과에 급제해 홍문관 정팔품 관원이 되었어도, 차별과 압박에 승진 한 번 할 수 없었다. 대전으로 향하는 문턱이 하늘보다 높다며 좌절한 적만도 수십 번이었다.

"주상을 만났다 한들, 일개 홍문관 저작의 말을 귓등으로라도 들을 것 같으냐? 신뢰를 쌓으려면 계기가 필요한데, 무헌대군이 제 발로 나타나 준 지금이 바로 그 계기란 말이다."

"해서 그자가 복권되는 것을 도우신다는 겁니까?"

"복권까지 시킨다는 말은 하지 않았다. 살아남게만 돕겠다 했지."

차갑기 그지없던 눈가가 다시금 휘어지며 석준이 말을 이었다.

"방금도 말했다시피 머리 검은 짐승은 간사해서 말이다. 주상의 발밑이 위태로운데, 무헌대군의 발밑이 안전해서야 쓰나."

말뜻을 쉽게 이해할 수가 없어 인상을 구길 때였다.

뒤늦게 감도는 묘한 서늘함. 촉각이 곤두서는 느낌에 재빨리 치마 품에서 검을 빼 들려 하는데, 그보다 한발 먼저 뾰족한 무언가가 등허리를 지그시 눌러왔다.

"나리, 이게 대체……."

월영이 제자리에서 옴짝달싹하지 못한 채 바라보자, 석준이 씁쓸히 눈을 내리감았다 떴다.

"그러게. 서하에게 약수나 정성스레 떠다 주는 놈으로 변하니 이런 일이 생기는 게 아니냐."

"……무슨 말씀이십니까?"

"명색이 살수라는 녀석이 아까부터 사색에 잠겨 있지를 않나, 여봐란듯 감정을 내보이지를 않나, 심지어 누가 다가와 있는데도 모르지를 않나."

월영은 어금니를 악물었다. 식은땀이 흘렀다. 누군가에게 뒤를 잡히고 이 정도로 눈치채지 못한 적은 처음이었다.

"널 너무 오랫동안 금유당에 묶어놓은 내 잘못이다. 이렇게까지 무뎌질 줄이야, 쯧쯧쯧."

나긋하게 혀를 찬 석준이 눈짓을 보내자, 그제야 등허리에 닿아 있던 뾰족한 것이 슬쩍 물러났다. 어떤 놈인지 확인하기 위해 월영이 짜증스럽게 돌아서려는 찰나.

"이제 그만하면 되었다. 금유당을 나오거라."

인자한 석불처럼 미소 지은 석준이 뜬금없이 어깨를 툭툭 두드려왔다. 월영의 얼굴이 생경하게 일그러졌다.

"지금, 뭐라 하셨습니까?"

"금유당에서 벗어나게 해주겠다는 뜻이다. 아무리 네가 어지간한 계집보다 곱게 생겼다지만, 멀쩡한 사내 녀석을 계속 계집으로 둔갑시켜 놓을 수도 없는 노릇 아니냐. 이참에 지킴이를 바꿀 생각이다."

"바꾸다니요. 대체 누가……."

크게 당황한 월영이 말을 잇지 못하는 사이, 내내 뒤에 서 있던 자가 걸어 나왔다.

은은하지만 분명한 사향 내음이 코를 찔러오고, 곱게 다듬은 새앙머리 아래로 새빨간 입술이 비웃음처럼 스쳐 지나갔다. 자신과 달리 나인복이 너무나 잘 어울리는, 진짜 여인의 자태였다.

"지금 열리고 있는 친국에 내보낼 아이다. 십 년 전 무헌대군을 찌른 벙어리 궁녀로 말이다."

석준의 회심 가득한 한마디에 월영의 눈이 서서히 커다랗게 변해갔다.

그제야 모든 것이 명확해졌다. 무헌대군의 발밑이 안전해서는 안 된다는 말의 뜻도. 십 년 전 무헌대군을 살리게 내버려 두었던 일도.

〔아가씨께서 무헌대군을 살리고 싶은 모양입니다. 저에게 거래를 제안하셨습니다.〕

〔살려? 왜, 그자가 죽기라도 한다더냐?〕

〔자세히는 모르겠고, 궐 밖에 다녀오게 해달라고 애원했습니다.〕

〔궐 밖에는 뭐하러?〕

〔처음에는 그것까진 언급하지 않고 원하는 것을 들어주겠다고만 하더군요.〕

〔해서 뭐라 하였느냐?〕

〔당연히 안 된다고 하였습니다. 단, 제가 할 수 있는 일이면 대신 해주겠다고 하였더니.〕

〔하였더니?〕

〔서찰 한 통을 전하는 일과 시신 하나를 구해야 하는 일이라 하였습

니다.〕

〔흠, 무헌대군을 죽음으로 위장해 빼낼 작정인가 보구나.〕

〔그런 것 같습니다. 하여 시간을 달라 하고 답을 미뤄둔 상태입니다.〕

〔해주거라.〕

〔……예?〕

〔원하는 대로 해주거라.〕

그때는 영문을 몰랐다. 굳이 살릴 이유가 있나, 아무리 생각해도 모르겠어서 묵혀놓은 상처 딱지처럼 찝찝했음에도 불구하고 명령 하나에 서하를 도왔었다.

이제 와 보니, 그때부터 벌써 계산이 서 있었음이었다. 지금의 주상과 무헌대군을 모두 불안하게 만들어 저를 믿고 의지하게 하기 위한 초석이었음을, 하여 둘 모두를 손에 쥐고 흔들겠다는 심산이었음을, 월영은 이제야 깨달았다.

"서하가 벙어리라 참으로 다행이다. 목소리가 없으니 얼굴만 가리면 무헌대군이 알아챌 리 없으니 말이다. 궁금하지 않으냐? 벙어리 궁녀의 증언으로 유배를 갈 무헌대군의 얼굴이."

그리고 이번에는 유서하가 아닌 다른 여인을 증인으로 세워 제가 원하는 증언을 하게 만들 셈이었다.

무헌대군을 살려 주상을 불안하게 만들고, 무헌대군은 서하가 배신했다고 믿게 하여 뒤흔들고.

"무헌대군이 여기서 바로 복권되어서는 안 되지. 배신을 당하고 유배를 떠나서 충분히 좌절감에 몸부림치고 있을 때쯤, 우리가 나서서 그 자를 복권시켜야 하니 말이다."

혼란스러웠다. 석준의 진짜 의도가 무엇인지. 이 나라의 잘못된 관습을 바로잡고 무고한 이들의 희생을 막겠다던 그의 원대한 정의가, 정의가 아닐지도 모른다는 불안감이 불쑥 스며들고.

〔제가 죽고 사는 것에 크게 연연하지 않는 분이십니다.〕

서하의 그 한마디가 고뿔처럼 월영의 전신을 훑고 지나갔다.

***

후원에서 나와 곧장 숙장문으로 향하는 발걸음이 점점 더 빨라졌다. 족두리가 금방이라도 떨어질 것처럼 흔들리고, 치맛자락이 어지럽게 펄럭이는데도 자영은 아랑곳하지 않았다. 지금 체통 따위에 신경 쓸 때가 아니었다.

따라오기 벅찬지 헉헉거리는 조 내관도 내팽개치고 거침없이 숙장문의 문턱을 넘으려 할 때였다. 대전 지밀인 염 상궁이 발을 동동거리다 말고 부리나케 쫓아왔다.

"대비마마! 안 그래도 어디 계신지 몰라 한참을……."

"안에서는 어찌 되어가고 있는 게야! 무헌대군은! 주상께서 그놈의 목을 치셨더냐!"

말을 끝까지 듣지도 않은 자영이 제 할 말부터 소리쳤다. 숨 고를 틈 없이 몰아치는 역정이 하도 무서워 염 상궁은 절절매기 바빴다.

"아, 아직 심리 중에 있사옵니다."

"심리라니! 능지처참을 해도 시원찮은 놈에게 무슨 심리!"

"그것이…… 무헌대군께서 증인을 불러 달라고 하여……."

"증인?"

"조 내관과 금부도사 곽부겸입니다."

기가 찬 얼굴이 뒤쪽으로 향했다. 겨우 쫓아온 조 내관이 심호흡을 하다 말고 놀랐는지 딸꾹질을 하기 시작했다.

"하!"

자영은 코웃음을 쳤다. 웃지 않을 수가 없었다. 그놈이 미치지 않고서야 조 내관이 대비전 사람이라는 걸 모를 리도 없을 테고. 무슨 꿍꿍이란 말인가.

"주상께서는 뭐라 하시더냐?"

"대비전 내관이므로 대비마마께서 허락지 않으시면 불러올 수 없다, 하셨사옵니다. 그랬더니 무헌대군이……."

"무헌대군이?"

염 상궁은 한참을 쭈뼛거리며 눈치를 보다가 겨우 말을 이었다.

"칠칠치 못한 조 내관이 무슨 말을 할지 몰라 심히 저어되시겠지만, 대비마마께서 직접 증인으로 나오시는 것보다야 나을 테니 허락해 주실 것입니다, 라고 하였사옵니다."

"이, 이런 방자한 놈을 보았나!"

자영은 목에 핏대를 세웠다. 당장이라도 달려가 무헌대군의 창자를 비틀어 버리고 싶은 것을 참느라 이가 바득바득 갈렸다.

"마마, 고정하시옵소서!"

"예, 마마! 고정하시옵소서! 소인이 얼마나 칠칠한 사람인지 똑똑히 보여주어 무헌대군의 코를 납작하게 만들고 오겠나이다!"

어쩔 줄 몰라 하는 염 상궁은 물론, 조 내관까지 합세하여 말렸지만 소용없었다. 무현대군이 고꾸라지기 전에는 자영의 화가 누그러질 리 없었다.

"앞장서거라!"

염 상궁과 조 내관이 숙이고 있던 고개를 들었다.

"예?"

"그 코가 납작해지는 모습을 내 직접 봐야겠으니 앞장서란 말이다!"

26화
추국

“대비마마 납시옵니다.”

인정문 안으로 들어서던 자영의 이마에 주름이 한 줄, 걸렸다 사라졌다.

무헌대군은 어렸을 때부터 불필요한 말은 하지 않던 놈이었다. 그런데 ‘대비마마께서 직접 증인으로 나오시는 것보다야 나을 테니 허락해 주실 것입니다’라니. 괘씸하기 짝이 없는 도발이었다. 백관들에게 대비가 뭔가 중요한 것을 알고 있구나, 하는 의심을 심어준 꼴이 아니냔 말이었다. 싫어도 올 수밖에.

게다가 이 모두가 의도한 것이 아니라고 하기에는, 무헌대군은 너무나 영특한 사내였다.

“어마마마.”

월대 위에서 잠잠히 지켜보고 있던 명이 자리에서 일어섰다. 자영은 애써 미소로 화답했다. 서둘러 아들에게로 향하는데, 시선이 본능처럼 추국장 한가운데로 꽂혔다.

흰 적삼 차림으로 우뚝 선 사내.

다급했던 두 다리가 걸음걸음, 전율하듯 더뎌졌다. 뱀 같이 커다래진 눈이 사내의 뒷모습부터 집요하게 좇기를 한참, 마침내 얼굴을 확인하는 순간 경악으로 물들어갔다.

"너희들은 마마를 어찌 모신 것이냐. 조 내관만 데려오면 될 것을 어찌 마마께서 친히 납시도록 한 것이냔 말이다."

"송구하옵니다, 전하."

조 내관과 엄 상궁을 나무라는 명의 목소리도 잘 들리지가 않았다.

……정말 살아 있었다. 아무리 십 년 만이라지만 단번에 알아볼 수 있었다. 문조대왕을 닮은 외모. 하지만 그것보다 효선왕후가 가지고 있던 분위기를 더 빼다 박은, 무헌대군 이우.

"그간 강녕하셨습니까, 대비마마."

특히 저 눈. 지독히도 침착하게 인사를 하는 짙은 밤색 눈동자는, 정말이지 소름이 끼칠 만큼 제 어미의 것과 똑같았다.

자영은 용암을 뒤집어쓴 것처럼 온몸이 다 타들어가는 것 같았다.

"어찌 살아 있는 게냐."

"어마마마, 추국 중이옵니다."

목소리에 실린 격분을 단번에 알아차렸는지, 명이 나섰다. 하지만 불 같은 성정을 저지하기에는 역부족이었다.

"천하의 패륜아 주제에 어찌 살아 있느냐고 묻고 있음이야!"

기어이 추국장 안에 벼락같은 고함이 울려 퍼졌다. 위관을 맡은 영의정부터 시작해 모두가 숨을 죽이고 조마조마하게 눈치를 살피느라 여념이 없었다.

단 한 사람. 더 냉정해진 밤색 눈동자만 빼고.

"애초에 죽지 않았기 때문이 아니겠습니까."

우의 태연하기 짝이 없는 대답을 들으며 자영은 치를 떨었다.

"네 이놈! 비겁하게 죽은 척을 하며 왕실과 조정을 농락해 놓고는 어디서 뻔뻔하게 주둥이를 놀리는 것이야!"

"오늘 이 자리에 그 죗값을 치르러 온 것입니다."

"어디 네 놈이 치를 죗값이 그것뿐이더냐! 선왕 전하를 시해한 천벌은 어찌 받을 테냐, 어찌!"

우는 잠시 대답을 미루고는 주위를 쳐다보았다. 소리 없이 쏟아지는 비난의 화살들. 그것을 묵묵히 받아내느라 손안에 고인 핏물 같은 땀을 힘껏, 아주 있는 힘껏 그러쥐었다.

"마마의 말씀대로, 아바마마를 그리 돌아가시게 만든 책임을 회피할 생각은 없습니다."

마치 선왕 시해를 인정하는 듯한 우의 발언에 추국장이 일순 술렁였다. 백관들 틈에 서 있던 혜안군 역시 움찔했고, 명마저 놀라 눈을 동그랗게 떴다. 자영만이 반색하는 기미를 감추지 못하고 입꼬리를 씰룩이려 할 때였다.

"그 말은 네 놈의 죄를 인정한다는……."

"하여!"

우가 단호하게 말을 잘랐다.

"하여 진범을 찾아야겠습니다. 감히 이 나라의 지존이셨던 아바마마를 시해한 진범을 찾아 반드시! 반드시 그 대가를 치르게 해야겠습니다. 그것만이 불초한 제가 이제라도 아바마마께 할 수 있는 유일한 속죄가 될 테니 말입니다."

찍어 누르는 듯한 위력이 단숨에 추국장을 휩쓸었다. 자영은 순식간에 고요해진 사방을 보며 일부러 더 크게 코웃음을 쳤다.

모든 게 허세였다. 발뺌하기 위해 둘러대는 그럴싸한 변명일 뿐이었다. 단지, 그게 진심처럼 보인다는 게 문제였다.

"그러니까 지금 죄를 부인하시겠다, 이겁니까?"

영의정이 다시 추국을 이어가기 위해 물었다. 하지만 그 속에 진실로 담긴 것은 명백한 비난임을 우가 모를 리 없었다.

"승하하신 아바마마를 외면한 죄. 그리고 진실을 밝히지 못해 내 주변 이들을 힘들게 한 죄가 아니라면, 내가 하지 않은 일에 대해선 죄라 말하는 것 자체가 어불성설이오."

"대군이야말로 어불성설입니다. 왜 이제야 나타나 우기시는 겁니까? 그동안 무얼 하셨기에요. 아니, 십 년 전 그날에는 대체 무얼 하셨기에요!"

"기록문에 나와 있듯이, 그때는 내가 검에 찔려 경황이 없었기 때문이오. 아니 그렇습니까, 대비마마?"

우가 흐르는 물처럼 매끄럽게 부르자, 자영은 아래턱에 힘이 들어가는 것을 느꼈다. 이놈이 대체 무슨 말을 하려는 것인지 감도 잡히질 않았기 때문이었다.

"난 하도 오래전 일이라 기억도 잘 나지 않소이다."

대신들이 재촉하듯 쳐다보고 있기에 어쩔 수 없이 핑계를 댔더니, 우가 느릿하게 고개를 갸웃했다.

"그럴 리가요. 마마께서 정확히 계셨던 걸로 기억합니다만. 제 뺨도 치시면서 말입니다."

"글쎄 모르겠다니까!"

자영이 팽, 하니 등을 돌려버렸다. 우는 모든 걸 예상이라도 했다는 듯, 곧바로 그 뒤에 있는 사람에게 시선을 옮겼다.

"조 내관, 자네도 있었지?"

최대한 몸을 구부려 숨어 있던 조 내관이 움찔 떨었다. 지엄한 추국장에 있는 것만으로도 살벌한데, 순식간에 모두의 이목이 쏠린 탓에 동공이 갈피를 잡지 못하고 사정없이 흔들렸다. 그는 은근슬쩍 자영의 눈치를 살피다가 더듬더듬 대답을 회피하려 했다.

"저, 저는…… 저도 기억이 잘……."

"자네가 쓰러진 무현대군을 의금부에 데려다 놓았다, 그리 적혀 있는데 사실인가?"

영의정의 물음에 조 내관은 마지못해 머리를 주억거렸다.

"아, 예. 그건 맞습니다만."

지켜보던 우가 피식 웃음을 터뜨렸다. 소리가 꽤 컸던지라, 조 내관이 기분 나쁜 얼굴을 하며 찡그렸다.

"어찌 웃으십니까?"

"자네가 칠칠치 못한 건 알고 있었지만, 기억력까지 나쁜 줄은 몰랐거든. 그런 머리로 대비마마를 모시다니 불경이 아닌가, 해서."

비아냥거리는 듯도, 비웃는 듯도 한 우의 태도가 조 내관뿐 아니라 자영의 열불까지 부채질했다.

"대비전 내관을 욕보이다니, 나를 욕보이는 것이냐!"

"걱정을 하는 것입니다. 그런 중요한 일도 기억을 못 해서야 어디……."

"납니다! 이제야 기억이 납니다!"

말이 끝나기도 전에 조 내관이 손을 번쩍 들며 외쳤다. 우가 황당하다는 표정으로 물었다.

"갑자기?"

"예!"

"내가 타박을 하여 괜히 어깃장 부리는 건 아니고?"

"아닙니다, 확실히 납니다! 대군께서 금군과 궁인들을 무참히 죽이지 않으셨습니까!"

자영을 흘끗 쳐다본 조 내관이 회심의 미소를 지었다. 꼭 칭찬받고 싶어 꼬리를 흔들어대는 것처럼.

궁지에 몰리고 있음에도, 우는 덤덤히 말을 이어 나갔다.

"내가 그들을 죽였다, 라. 이상하지 않으냐."

"무엇이 말입니까?"

"왜 살려뒀을까."

"예?"

"정말 그런 상황이었다면, 난 너를 제일 먼저 죽여버렸을 것 같아서 말이다."

목소리에 살기가 그득했다. 피가 얼어붙어 버리는 착각이 들 만큼. 얼마나 무서운지, 우가 그저 느른하게 눈을 감았다 떴을 뿐인데도 조 내관은 바람에 이는 버들가지처럼 오들거렸다.

"무엄하십니다! 감히 친국 중에 주상 전하 앞에서 증인을 겁박하다니! 아무리 이 나라의 대군이라지만 아직 죄인의 신분임을 유념하셔야지요!"

"겁박이 아니라 거짓을 말하는 자에게 사실을 이야기해준 것뿐이오."

영의정의 호통에도 우는 분위기를 누그러뜨리지 않았다. 뒤늦게 발끈한 조 내관이 파르르 떨며 영의정을 향해 호소했다.

"거짓이라니요! 소인의 말에 한 치라도 거짓이 있다면 지엄하신 주상 전하께 혀가 잘려 죽을 것입니다! 분명 대군께서 그 많은 사람들을 살해했고, 그 뒤 검에 찔린 탓에 저까지 죽이진 못한 겁니다!"

그때까지도 잠잠히 있던 자영이 말을 보탰다.

"그래, 나도 이제야 어렴풋이 기억나는 것 같군. 피를 흘리며 쓰러진 사람들 위에서 벙어리 궁녀에게 찔리던 대군의 모습이 말이오."

대비의 증언까지 합세하여 추국이 무헌대군에게 더욱 불리한 쪽으로 기울었다.

당의 속에 감춰진 자영의 손가락이 그제야 춤을 추기 시작했다. 오랜만에 조 내관을 한껏 칭찬하고 싶은 마음이었다. 단순히 겁많은 멍청이인 줄 알았더니, 할 땐 하는 놈이 아니냔 말이었다.

우에게 증거가 있을 리 없었다. 그날 자리에 있었던 사람들은 모두 죽었고, 유일한 생존자인 벙어리 궁녀는 지금쯤 금유당에서 새카만 재가 되어 흩날리고 있을 테니까. 이제 드디어 무헌대군이 진짜 죽는 모습을 볼 일만 남았다고 생각했다.

"궁녀에게 찔린 것은 사실이오. 그때 그 느낌, 내 단령을 사정없이 꿰뚫던 검의 날카로운 느낌은 아직도 생생하니까."

여전히 차분한 우의 음성이 흘러나오기 전까지는.

왜 저렇게 여유가 있는 걸까, 신이 나는 와중에도 줄기차게 따라오는 찝찝함 때문에 꼭뒤가 슬슬 가려워지려는 그때였다. 조 내관이 말릴 틈도 없이 냅다 소리를 질렀다.

"거짓말! 거짓말은 저자가 하고 있습니다! 무헌대군은 그때 단령이 아니라 미복 차림이었습니다! 너덜너덜 찢어진 희끄무레한 도포를 입고 있었단 말입니다!"

그는 한참이나 씩씩거리면서도 두 주먹을 불끈 쥐었다. 결정적인 증거를 잡았다는 뿌듯함 때문인지, 놀라 비틀어지는 주변을 돌아볼 여력도 없는 듯했다.

"그러게나 말이다."

당황하거나 절망할 거라는 예상과 달리 자신만만하게 웃고 있는 우를 보고서야, 무언가 잘못되었다는 것을 직감한 조 내관의 얼굴이 서서히 굳어갔다.

"대전내관은 내가 단령을 입었다 하는데, 넌 도포를 입고 있었다 이야기하는구나."

자영은 그제야 찝찝함의 근원을 깨달았다.

어쩐지 이상하다 싶었다. 진짜로 어렸을 때부터 불필요한 말은 하지 않던 놈이 웬일로 주절주절 잘도 변명을 늘어놓는가 싶었더니. 바로 이것이었다. 일부러 조 내관의 약을 올려놓고 기어이 원하는 답을 받아내고야 말았다.

위험했다. 돌아와선 안 될 놈이 기어이 돌아오려 하고 있었다.

"거짓을 말하면 혀가 잘려 죽는다 하였던가?"

서늘하게 날이 서 있었다. 십 년 만에 나타난 무헌대군은 한 명 한 명 뼈째 씹어 삼키듯 노려보며, 낮지만 맹렬하게 으르렁거리고 있었다.

"어느 놈이냐. 어느 놈이 혀가 잘려 죽고 싶은 것이냐."

명은 지금껏 선 채로 추국장을 내려다보고 있었다는 것을 깨닫고는 천천히 자리에 앉았다.

과연 만만치 않은 녀석이었다. 쥐고 있는 증거 하나 없을 텐데, 겨우 유도하는 간단한 말들로 순식간에 추국장을 뒤집어 놓다니.

말에 위력을 실어 사람들을 제압하는 능력도, 분위기를 매섭게 휘어잡아 단숨에 제 것으로 만드는 능력도, 예나 지금이나 변한 것이 없었다. 천하를 호령한다 해도 손색이 없으니, 이대로 놔두었다가는…… 아니 되었다.

"상선."

명이 나직이 부르자, 상선이 얼른 다가와 섰다.

"예, 전하."

"준비는?"

"다 되었나이다."

"그래."

톡톡, 관자놀이를 살며시 두드리던 명의 손가락이 한참 뒤 움직임을 멈추었다. 상선이 그런 그의 생각을 읽기라도 한 듯 공손히 허리를 숙이며 물러갔다.

***

수호의 입에서 몇 번째인지 모를 탄식이 터져 나왔다. 기다리는 일각이 삼추가 아니라 십추는 되는 것 같았다. 담벼락 앞을 서성이느라 발바닥이 닳아 없어질 때쯤, 마침내 붉은 철릭의 사내가 지나갔다.

"어이! 곽부겸! 곽 도사! 여기네, 여기!"

수호가 미친 듯이 팔을 흔들어대자, 부겸은 잠시 주변을 살폈다. 보는 이가 없다는 것을 확인한 그는 뒤따라오던 금부나장 하나를 그대로 세워둔 채 홀로 다가왔다.

"이게 누군가. 천년만년 승차 못 하시는 학정 나리 아니신가. 오랜만일세, 허허허."

마주하자마자 일부러 팔자주름이 도드라지도록 웃어젖히는 부겸 때문에 수호의 이마 한가운데에 핏대가 발끈 올랐다.

"지 힘으로 의금부 도사가 된 것도 아닌 주제에 뻐기기는."

"어허! 지가 뭔가, 지가! 겨우 정팔품 주제에 어디 종오품 관리에게 반말을 찍찍 날리는 게야!"

어김없이 품계 따지기가 나오자, 수호는 귓구멍을 쑤셔댔다.

"병판 대감 자제분이라 꿰찬 자리면서 너무 으스대는구만, 요!"

"좌상 대감 자제분도 꼴랑 학정 나부랭이밖에 못 꿰찼는데, 도사 정도면 으스댈만 하지."

"난 누구 아들 뭐 그깟 걸로 딴 자리가 아니라서, 요."

"야, 이……!"

참다못한 부겸이 팩 역정을 내려다 말고 눈을 가늘게 흘겨 떴다.

"이보게, 차 학정. 나 역시 자네처럼 십 년째 승차를 못 하고 있네. 왜인 줄 아는가?"

부드럽지만 송곳니를 드러낸 것 같은 날카로운 질문을 듣는 순간, 수호의 입이 딱 다물렸다.

"견원지간 같던 동문이 십 년 전에 부탁을 하나 하더군. 옥사에 갇힌 사람을 빼낼 수 있게 도와 달라고. 아주 중요한 사람이라면서."

〔부겸아 도와줘. 아니, 곽 도사 나리. 제발 부탁드립니다. 한 번만, 이번 한 번만 도와주시면 이 은혜는 평생을 걸쳐 갚겠습니다.〕

"해서 도와주었네. 하필이면 대역죄인을, 그것도 이 나라 대군을 꺼내겠다는 간덩이 부은 계획이었지만 기꺼이 동참해 주었다고. 무헌대군 짓이 아니라는 동문의 말을 믿었으니까. 네놈이 재수는 좀 없지만, 허튼 말 할 녀석은 아니라 믿었으니까."

"……그건 정말 고맙게 생각해."

"그렇지? 금부도사라는 놈이 제 손으로 몰래 의금부 옥사에 불을 내고, 바꿔치기한 시체를 무헌대군인 척 꾸며서 지금의 주상 전하까지 속여주었으니 고마울 수밖에."

"면목 없기도 하고."

"없겠지. 없어야 하고. 천만다행이 불을 낸 범인으로 지목되는 건 피했어도 어쨌든 옥사 관리를 잘못한 책임을 지느라 오래도록 승차하지 못하는 것이라 여겼는데, 어느 순간부터 아니라는 걸 알게 되었거든. 전하께서 알고 계셨던 거지? 그때 그 불에 탄 시체가 무헌대군이 아니라는 걸."

수호는 차마 그렇다고 털어놓을 수조차 없었다. 이제껏 완벽하게 속여넘겼다고만 생각했다. 설마하니 명이 처음부터 알고 있었을 줄이야.

정말이지 꿈에도 몰랐지만, 몰랐다는 말로 용서를 구하기에는 부겸에게 너무나 큰 민폐를 끼친 후였다.

"그래서. 이번에는 무슨 연유로 나를 기다리고 있는 건가? 평생을 걸쳐 갚겠다던 은혜 때문은 아닌 것 같고. 아마 지금 열린 추국과 관련이 있겠지?"

"염치없게도…… 부탁을 하러 왔어."

"하, 부탁? 또 부타악? 너 진짜 염치가 없는 건 아는 거냐?"

"알아. 너무 잘 알아. 아는데, 그냥 있는 그대로만 진술해 달라는 부탁을 하러 왔어. 보태지도, 빼지도 말고 네가 본 사실대로만. 이번엔 그거면 돼. 그리고 넌 아무것도 몰랐던 것으로 해. 전부 내가 시켜서 한 일이야. 옥사가 불에 탄 것도, 시체를 바꿔치기한 것도."

비장하고, 확고하고 또 미안함이 가득 담긴 수호의 얼굴을 보며, 부겸은 혀를 끌끌 차고 싶은 심정을 애써 눌렀다.

"안타깝게도 들어줄 수 있을지 모르겠네. 이 길로 추국장에 갔다 오면 이번에는 승차를 못 하는 걸로 끝나는 게 아니라 좌천, 아니 대역죄인을 살려준 일로 모가지가 잘릴 판이라서 말이야."

"그러니까 내가 시켰다고 박박 우기란……."

"차수호!"

기어이 참지 못하고 부겸의 입에서 야단치는 목소리가 터져 나왔다.

"이래서 네가 얻는 게 뭐야. 그렇게 발 동동거려봐야 무헌대군은 왕위에 실패했어. 끝났다고!"

"뭘 얻으려는 것도 아니고, 대군을 왕위에 올리려는 것도 아니야. 그저 이게 내 정의이기 때문이야."

"그 정의가 얼마나 대단한지는 모르겠지만, 내 정의는 목숨부터 부지하는 거야. 그러니 너도 네 목숨부터 챙겨. 까딱하면 너 때문에 네 가문까지 멸문지화를 당할지도 모르는데 뭘 남의 목숨을 구걸하러 다니고 앉았어!"

부겸은 더 이상 껄끄러운 대화를 하기 싫어 냉정하게 돌아섰다. 서둘러 추국장으로 향하려는데, 멀리서 낯이 익은 내관 하나가 헐레벌떡 뛰어오고 있었다.

"박 내관 나리!"

수호가 반갑게 손을 흔드는 모습을 보고서야, 그가 무헌대군을 모시던 내관임을 알아보았다.

"허억, 허억! 학정 나리! 크, 하아, 큰일 났……."

두천은 거친 숨을 몰아쉬며 무슨 말인가를 하려다 말고, 뒤늦게 부겸의 눈치를 살피며 인사를 꾸벅 올렸다.

"금부도사 나리 아니십니까? 소인은 상제 박두천이라 합니다."

"곽부겸이오. 예전에 무헌대군 대감을 뵐 때 마주친 적이 있어 기억하오."

정적이 흘렀다. 기다리는 수호와, 할 말이 있는데 차마 못 하고 속만 끓는 두천.

두 사람을 가만히 번갈아 보던 부겸이 답답하다는 듯 손을 휘휘 저었다.

"상관 말고 하시오. 어차피 무헌대군 대감에 관한 일일 테고, 그럼 난 터럭만큼도 관심 없으니."

"저……."

두천은 마지막까지 망설이다가, 수호에게 괜찮다는 눈짓을 받고서야 온전히 입을 열었다.

"다 탔습니다."

알쏭달쏭하기 그지없는 말이었다. 알아듣지 못해 눈만 끔뻑이는 수호는 물론이고, 신경 끄고 돌아가려던 부겸까지 인상을 찡그렸다.

"무슨 말입니까?"

"갔더니 다 탔다고요. 대군께서 말씀하셨던 여인은 없고, 새카맣게 그을어 흉측한 전각만 있었단 말입니다!"

그제야 수호의 두 눈이 휘둥그레졌다.

"대군께서 가라는 곳으로 간 게 확실합니까?"

"확실하고말고요! 혹시 몰라 제가 그 일대를 샅샅이 뒤지다 오는 길인 걸요!"

"한데 그을었다니요! 탔다니요! 어쩌다가요!"

"모르겠습니다."

관심 없었다. 부겸은 진심으로 관심이 없었는데, 다급하게 오가는 두 사람의 대화에 무심코 귀가 쫑긋 세워졌다.

다른 사람도 아니고 최측근인 수호의 증언으로 '이목석'이라고 소문이 파다하게 난 그 무헌대군이, 여인이라니.

구미가 잽싸게 당기지 않을 수 없었다. 게다가 또 어딘가 탔다는 말까지 들으니, 금부도사로서의 의무감을 빙자한 호기심이 무럭무럭 치솟았다.

"뭐가 어찌 되었다고?"

그 어느 때보다 고도의 집중력을 발휘하며 부겸이 대화에 끼어들려 할 때였다.

"벗으십시오!"

느닷없이 목소리가 바람을 타고 날아왔다. 뚝 끊겨버린 대화를 뒤로하고, 세 사람의 어리벙벙한 시선이 한 곳으로 향했다. 동시에 수호가 입을 쩍 벌렸다.

"누구……."

아무것도 모르는 두천과 부겸이 중얼거리는 순간, 목소리의 주인공이 틈을 주지 않고 한 발짝 가까이 다가왔다.

"벗으라 하였습니다."

결연하다 못해 살벌하기까지 한 그 기세에 놀라 세 사람은 한 발짝씩 뒤로 물러섰다. 그리고 누가 먼저랄 것도 없이, 양손으로 제 옷들을 꽉 부여잡았다.

***

우는 해쓱하게 질려 있는 대전내관과 궁녀들 그리고 조 내관을 차례로 쳐다본 뒤 섬뜩하리만치 차분한 목소리로 말했다.

"십 년 전, 미행 중이신 아바마마께서 긴밀히 날 찾으신다는 전갈을 받았소. 사실인 줄 알고 궁 밖으로 나갔더니, 복면 쓴 괴한들이 날 기다리고 있었지. 그자들에게 발이 묶인 탓에 뒤늦게야 환궁했고, 이미 아바마마께서는 시해당하신 후였소."

잠시 넋이 나가 있던 영의정은 핏발이 서도록 노려보고 있는 대비를 발견하고서야 정신을 차렸다. 서둘러 할 말을 찾기 위해 헛기침을 세차게 뱉어냈다.

"으흐흠! 흠, 흐흠! 그러니까 그, 전갈은 누구에게 받으셨소이까?"

"처음 보는 내관이었는데, 그자가 서찰을 가져왔고 거기에 인장이 찍혀 있었소."

"인장이라면 어보 말입니까?"

"아니오. 달리 가지고 계셨던 인장으로, 아바마마의 휘자와 용무늬가 새겨져 있소."

거기에 대해선 전혀 아는 바가 없는지, 얼떨떨해하던 영의정의 얼굴이 금세 어이없다는 듯 바뀌었다.

"그러니까 내관도 누군지 모르고 인장도 듣도 보도 못한 것을 언급하면서, 결백하시다?"

뒤이어 비웃음이 터져 나왔다. 답답하기 짝이 없다며 혀를 끌끌 차는 소리까지, 모두 우의 신경을 파고들었다.

"이보시오, 무헌대군. 내관들이 고깟 옷자락 좀 다르게 증언했다는 것 외에 이렇다 할 증좌가 없었으면, 증인이라도 제대로 된 자를 부르지 그랬습니까? 하필이면 아무도 믿어주지 않는 저기 저자를 부를 게 아니라."

영의정의 손가락이 불쑥 추국장 중앙을 갈랐다. 그 끝을 따라가 보니, 금부나장 하나를 대동한 금부도사 곽부겸이 막 걸어오고 있었다.

오자마자 표적이 되어 놀랐던지 부겸이 우뚝 멈춰 섰고, 고개를 푹 숙이고 바짝 뒤따르던 금부나장은 그 등에 이마를 퍽, 박으며 덩달아 멈추었다.

"대군이 살아 돌아온 이상 곽 도사는 대역죄인의 탈출을 도왔다는 의심을 피할 수가 없습니다. 해서 이번 호송에서도 제외된 자의 말을 대체 누가 믿겠습니까? 차라리 전하 앞에서 용서를 비시지요. 참 딱도 하십니……."

"심장 부근에 세 치!"

갈수록 거침없어지는 영의정의 말을 커다란 외침이 가로막았다. 어리둥절할 새도 없이, 어느새 조그마한 필첩을 펼친 부겸이 무언가를 읽어내리기 시작했다.

"왼쪽 등허리에서부터 옆구리까지 긴 일자로 다섯 치. 오른쪽 흉부에 사선으로 네 치. 허벅다리에 세 치. 양 무릎 아래와 종아리에 각각 두 치씩."

겨우 도사 나부랭이가 말을 자른 것도 노발대발할 일인데, 도대체 무슨 말을 지껄이는 건지 알 수가 없어 영의정이 막 입에 거품을 물려는 찰나.

"십 년 전 무헌대군 대감이 의금부에 끌려왔을 때 있었던 상처들입니다."

마침내 부겸이 이야기의 정체를 밝혔다.

때마침 호송 임무를 맡았던 다른 도사가 함 하나를 들고 주벽으로 향했다.

"무헌대군께서 궁에 당도했을 때부터 가지고 있던 물건입니다."

영의정은 함을 열어보았다. 조 내관이 했던 증언처럼 너덜너덜하고 낡아빠진 지백색 도포가 놓여있었다. 심지어 곽부겸이 언급한 부위가 고스란히 찢겨 있는, 명백한 증좌가 될 만한 물건이었다.

잠시 생각에 잠겨 있던 영의정은 부겸을 빤히 바라보다가 그럴 줄 알았다는 듯 회심의 미소를 지었다. 그의 공초가 무헌대군의 반대쪽으로 기울어있다 확신했기 때문이었다.

누구도 대역죄인과 한패로 몰리길 원하지는 않을 터였다. 게다가 십 년이나 승차하지 못한 자들이 가질 수 있는 뻔한 야심을, 일인지하 만인지상의 자리까지 오른 영의정이 모를 리 없었다.

"이런 게 바로 제대로 된 증좌가 아니겠습니까? 대군이 금군들을 죽였다는 증좌 말이외다. 대전내관은 노내관이라 십 년이나 된 일을 헷갈릴 수도 있으나, 조 내관은 다르지요. 도포가 너덜너덜했던 건 바로 금군들과 싸워서가 아닙니까? 아니 그런가, 조 내관?"

만회할 수 있는 절호의 기회라 여겼는지, 조 내관은 머리가 떨어져 나가도록 끄덕였다.

우의 등골을 타고 식은땀이 흘러내렸다. 예상치 못한 증언 탓에 가져온 도포가 오히려 발목을 잡게 되는 도구로 이용될 수도 있음이었다.

슬쩍 부겸을 쳐다보자, 저들에게 좋은 구실만 날름 던져주고는 얄미울 정도로 침착하게 서 있었다. 오히려 조금 전 그의 등에 머리를 박았던 금부나장이 더 안절부절못하는 눈치였다.

사실 부겸의 등장은 모험에 가까웠다. 지난날 궁에서 마주한 건 손에 꼽을 정도였고, 병조 판서의 자제이자 수호와 동문이라는 것 외에는 아는 점이 전혀 없는 인물이었다. 성품이 어떤지도 모르는 자를 그래도 증인으로 불러 달라 한 것은, 수호처럼 십 년이나 승차하지 못했다고 들었기 때문이었다.

적어도 대비나 명의 사람이 아니라는 뜻이었으니까. 하여 그저 있는 그대로만 진술해 주길 바랐건만. 이대로 혹여 없는 사실까지 고해바치게 해서는 아니 되었다.

"잘했네, 곽 도사! 내 잠시 자네를 오해했지 뭔가. 하마터면 대역죄인과 한패라고 여길 뻔했는데 잘도 이런 어려운 증좌를 찾아왔…… 지금 뭐 하는 겁니까?"

영의정은 하던 말을 멈추고 눈을 동그랗게 떴다. 그러거나 말거나, 우는 고름을 풀어헤치는 손을 멈추지 않았다.

마침내 하얀 적삼이 바닥으로 힘없이 떨어져 내리고.

"세상에!"

"저런!"

사람들의 탄성이 이어졌다. 훤히 드러난 우의 상체에는 부겸이 언급했던 상처들이 낙인처럼 선명하게 흉터로 남아 있었다. 게다가 특이하게도 전부 진한 자색으로 물들어 있었다. 그야말로 성한 곳이 없었다.

그리고 한 개 더, 마치 계속해서 썩어들어가고 있는 것처럼 검푸르게 얼룩진 어깨.

"이게 바로 곽 도사가 말한 상처들이오. 하지만 금군을 죽이려다 생긴 상처가 아니라, 괴한들과 싸우다 생긴 상처들이지."

헛소리라고 여기는 사람들의 비난 섞인 시선이 느껴졌다. 그래도 우는 장승처럼 버티어 섰다. 자신이 가진 최후의 증좌를 허투루 만들지 않기 위해 더욱더 호흡을 가다듬었다.

"지금은 진한 자색을 띠고 있으나, 십 년 전 의금부에 끌려갔을 때는 이 어깨의 상처처럼…….”

“검푸른색이었습니다.”

부겸이 기다렸다는 듯 말을 이어받았다. 그는 여전히 필첩을 손에 든 채로 우를 흘끗 한 번 쳐다보고는 태연하게 양해를 구했다.

“송구하오나 아직 필첩에 적힌 내용을 반도 다 읽지 못하여서 말입니다.”

제 편이라 철석같이 믿었던지, 영의정이 금세 반색했다.

“그래? 뭐 또 중요한 부분이 있는가?”

“물론입니다. 아직 중요한 부분은 시작도 하지 못했습니다.”

“그럼 어서 읽어보게.”

“대감의 몸에서 피가 멈출 생각을 하지 않았다. 자세히 보니, 벌어진 살점들이 희한하게도 전부 검푸른색이었다. 처음 보는 상처인지라 궁금하여 내의원 박 어의께 여쭈었더니.”

“여쭈었더니?”

“독이라 하였다.”

가히 충격적인 한마디가 추국장을 집어삼켰다. 사람들은 물론이고, 대비인 자영도 전혀 몰랐던 사실에 깜짝 놀라 움찔했다.

“일명 거머리 독이라는 것으로, 외방에서 자주 쓰인다. 주로 짐승을 죽이지 않고 산 채로 잡기 위해 사용하는 독이다. 삽시간에 퍼지고, 벌어진 살점에서는 피가 잘 굳지 않아 오래도록 흐르게 하며, 상처 부위 역시 쉬이 아물지 않는다. 처음에는 상처가 붉은빛을 띠나, 두 시진 정도가 지나면 검푸른색을 띤다. 열이 심하게 오르고 온몸에 힘이 없어지는데 열 사나흘 정도가 지나야 완전히 아문다. 이때에도 진한 자색으로 흉터가 남는다.”

장문의 내용을 읽던 부겸은 긴 숨을 한 번 내뱉으며 호흡을 가다듬다 말고, 뒤늦게 뭔가 눈치챘다는 듯 필첩의 내용을 더 보탰다.

"중전마마께서 중궁전 내관과 궁녀 그리고 금군들을 끌고 쓰러진 무헌대군 대감을 데리고 왔다. 중전마마께서는 무헌대군 대감이 옥에 갇히는 모습까지 확인하신 뒤 되돌아가셨다…… 필첩에 적힌 중전마마는 여기 계신 대비마마십니다. 소인이 깜빡하고 무헌대군 대감께서 끌려올 때의 상황을 빠뜨려서요."

그제야 후련해진 부겸은 씩씩하게 필첩을 접었다. 추국장은 그야말로 혼란의 도가니가 되었다. 엄청난 증언이 무더기로 쏟아진 덕에 경악할 짬도 없이 넋이 나가버린 사람들은 물론, 일순간에 뒤통수를 맞아버린 자영의 얼굴은 핏기가 싹 가셔 파리해졌다. 덜덜 떨기만 하던 조 내관은 아예 바닥에 철퍼덕 주저앉기까지 했다.

폭풍이 휩쓸고 간 자리도 이보단 나을 정도였다. 우마저 놀라 눈을 여러 차례 깜빡여야 했다. 이제까지 불리했던 증언들을 전부 뒤집을 수 있을 만큼 중요한 증언이긴 하나, 부겸이 이리 해줄 거라고는 상상도 못 한 탓이었다.

여전히 상황 파악이 안 된 영의정만 더듬더듬 중얼거릴 뿐이었다.

"그, 그게 도통 무, 무슨 말인지…… 문사낭청은 분명 금군과 내관 궁녀들은 살해되고 살아남은 조 내관 혼자 무헌대군을 옮겼다고…… 게다가 상궐단자에도, 의금부등록에도 전혀 없던 내용이거늘."

"상궐단자에도, 의금부등록에도 기록하고자 하였으나 승인받지 못했을 뿐입니다. 하여 따로 기록해둔 것입니다. 이 필첩은 제가 해마다 사건에 대해 개인적으로 남기는 기록부 중 하나이고, 그건 의금부 내 모든 이들이 아는 사실이기도 합니다."

권력에 빌붙는 편협한 아첨꾼이긴 하지만 거저 의정부 수장이 된 것만은 아닌 듯, 영의정은 갈수록 확고하게 흘러나오는 부겸의 증언들이 얼마나 위험한지를 깨닫고는 인상을 험악하게 구겼다.

"이런 고얀 놈을 봤나! 바른말을 고하는 줄 알았더니 이 무슨 천인공노할 배신이더냐! 감히 대비마마까지 음해하려 하다니! 역시 네놈도 무헌대군과 한패였구나!"

"전 처음부터 누구의 편도 아니었는데 배신이라니요. 당치 않습니다. 있었던 일을 고스란히 보고하는 것이 바른말이 아니면 무엇이 바른말입니까?"

"어허, 그래도! 자네의 말은 신뢰할 수 없음이야! 물론 그 필첩이 진짜라는 것 또한 믿을 수 없고!"

"해마다 필사도 일곱 권 해둡니다. 판의금부사 대감과 지의금부사 대감께 각각 한 권씩, 다른 네 명의 도사들에게도 한 권씩, 나머지 한 권은 나장들이 돌려볼 수 있도록 나눠주고 있습니다."

부겸은 서두르지 않고 조곤조곤, 하지만 반박이 불가하도록 딱 부러지게 증언했다.

만만치 않은 인물이었다. 보기보다 꼼꼼한 사내라고, 우는 생각했다. 병판인 아비 덕에 금부도사가 되었다 들었는데, 그런 것치고는 제가 맡은 일에 꽤나 성실하지 않냐는 말이었다. 의외의 인재가 아닐 수 없었다.

"지의금부사는 자네 아비인 병판이 겸직하고 있지 않은가! 아비에게 준 필사본이 무슨 의미가 있다는 게야!"

겨우 트집 거리를 찾아낸 영의정이 야단을 치자, 부겸의 한쪽 눈썹이 꿈틀 위로 치솟았다.

"그럼 제 아비를 제외한 다른 이들에게 필사본을 받아 비교하시면 될 일입니다."

"애당초 대역죄인이 옥사를 빠져나가게 하여 이 사단을 만든 책임은 자네뿐 아니라 의금부 전체에 있음이야! 그 누구도 용서받을 수 없다는 걸 알고 수작들을 부리고 있는 게 아니냐, 이 말이야!"

금세 말이 달라져 억지를 부리는 의정부 수장과 고집스럽게 철두철미한 의금부 일개 도사라.

우는 조용히 웃었다. 빈틈없는 필첩 덕분에 궁 밖에서 증언해야 할 일을 걱정하느라 오들오들 떨고 있을 장 의원까지 굳이 부를 필요가 없게 되었다.

고마웠다. 이젠 그의 수고를 무용지물로 만들지 않기 위해 쐐기를 박아야 할 차례였다.

"그럼 이번에 내의정이 되신 박 어의께……."

또다시 따박따박 말대답을 하려는 부겸을 제지하며, 우가 나섰다.

"죽었다던 금군들이 어찌 다시 살아나 나를 의금부로 옮겼겠소. 당시 중전마마, 아니 여기 계신 대비마마께서 금군들을 이끌고 직접 나를 의금부에 가두셨으니 내가 그들을 죽였다는 건 성립되지 않소. 게다가 어의의 말대로, 난 적어도 의금부에 가기 두 시진 전에 이미 상처를 입고 있었소. 애초에 금군을 죽이다 난 상처일 수가 없다, 그 말이오."

"그건……."

"내가 대전을 찾았다는 시각엔 이미 피투성이의 몸이었을 텐데, 대전 내관은 그런 나를 막지 않고 들였다는 뜻이 되고. 만약 영상 그대가 주장하는 대로 내가 금군에게 당한 것이라면, 금군들이 거머리 독을 쓰고 있었다는 건데. 그거야말로 반역이 아닌가."

밤색의 눈동자가 금방이라도 베어버릴 것처럼 날카롭게 빛나자, 영의정은 숨을 삼켰다. 의자에 붙어 있던 그의 엉덩이가 뒤로 달아나려 했다.

"더 중요한 것은, 내가 의금부에 가기 두 시진 전이라면 분명…… 아바마마께서는 아직 살아계셨습니다. 아니 그렇습니까, 전하?"

우는 주벽보다 위에 있는 명에게로 시선을 옮겼다. 무슨 생각을 하는 건지 알 수 없는 얼굴로 그는 추국장을 빤히 내려다보고 있었다.

"그래도 증좌가 부족하다고 생각되시면 내의원 모두를 불러주십시오. 마을의 작은 약방 의원도 단번에 알아보고 치료한 독이니, 그들이 어의로서 자질이 없지 않다면 제 어깨의 거머리 독을 알아볼 것입니다."

이것이었다. 해독약을 쓰지 않고 궁을 찾아온 이유. 고열에 시달려 눈앞이 어질어질한데도, 몸이 천근만근 무거워 다리를 끌 힘조차 없음에도 기어이 궁으로 들어온 이유.

아무것도 가진 것 없는 우에게 있어 유일한 증좌였기 때문이었다.

"이 어깨의 상처가 모두 아물어 자색의 흉터가 되어야지만 절 믿을 수 있다면, 그때까지 의금부 옥사에 들어가 있겠습니다."

우는 끓어오르는 열처럼 마지막 말을 뱉었다. 장 의원이 준 일시적인 약효가 다 떨어진 모양이었다. 어질어질한 머리가 한계를 호소해왔다.

하지만 그 와중에도 추국장이 예고 없이 밀려온 파도처럼 술렁이기 시작했다는 것만은 분명히 알 수 있었다.

직감적으로 깨달았다. 판세가 뒤집히고 있다는 것을.

우는 길고 긴 숨을 내뱉었다. 드디어 십 년 만에 궁으로 돌아올 수 있게 되었다는 희망을 품긴 했으나, 아직 끝난 것이 아니었으므로 마지막까지 기를 쓰고 버티려 할 때였다.

갑자기 튕기듯이 주벽으로 달려온 상선이 영의정에게 무언가 귓말을 전했고, 곧 영의정의 얼굴에 혈색이 돌기 시작했다.

이상했다. 월대에 앉아 미동도 하지 않는 명의 모습이 불안감을 더욱 고조시켰다.

"지금 막 새로운 증인이 당도했소이다!"

영의정의 외침을 들은 우는 눈을 치켜떴다. 새로운 증인이라니.

상선이 서둘러 누군가를 데리고 들어왔다. 나인복을 입고 얼굴에 하얀 자루인 몽두를 뒤집어쓴 사람이 추국장 주벽으로 질질 끌려오고 있었다.

무슨 꿍꿍이인가 싶었다. 영의정이 득의양양하게 지껄이기 전까지는.

"대군을 찔렀던 벙어리 궁녀를 이제야 찾았지 뭡니까. 곽부겸 같은 자 말고 이 궁녀야말로 진짜 증인이라 할 수 있지요. 아니 그렇습니까?"

빙글빙글 웃음기 담긴 그 목소리가 멀리서 웅웅거리는 것처럼 들려왔다. 대비가 기함하며 '저년이 어찌!'라는 말을 하다 멈추는 모습 따위는 볼 여유도 없었다.

우는…… 숨도 쉬지 못했다. 몽두를 쓴 궁녀에게 시선을 박은 채, 심장이 멎는 것 같은 착각에서 허우적거렸다.

그리고 마침내 멈췄던 폐부가 다시 움직이고, 겨우 숨통이 트였을 때는 분노가 온몸을 부술 것처럼 떠밀려왔다.

우는 월대를 노려보았다. 사람들 앞에 서하를 드러내지 않는 것은 암묵적인 동의라고 생각했다. 해서 명도 벙어리 궁녀가 영영 사라져 잡히지 않았다고 사건을 마무리한 것이라 여겼다.

그런데 이제 와 서하를 끌어들이다니.

자신이 대역죄인이건 아니건, 사람들에게 있어 벙어리 궁녀는 왕실의 핏줄을 상하게 하고 숨어 산 중죄인이었다. 게다가 이대로 우의 결백이 밝혀지기라도 하면, 감히 아무 잘못도 없는 이 나라 대군을 검으로 찌른 것이니 죽음을 면치 못할 터였다.

늙은 여우 같은 중신들이 서하를 인정사정없이 바득바득 뜯어먹을 거란 소리였다.

"네가 바로 무헌대군을 찌른 년이렷다! 감히 왕실을 욕보이고도 이제껏 숨어 산 죄는 괘씸하나, 이제라도 십 년 전의 일을 제대로 토설한다면 목숨만은 살려줄 것이다. 여봐라! 저년이 적었다는 자백서를 가져오라!"

집장나장들이 머뭇거리는 궁녀의 손에서 자백서를 빼앗듯 낚아채고는, 곧바로 어깨를 찍어눌러 꿇어앉도록 만들었다. 보다 못한 우가 뛰쳐나가려 했다.

하지만 언제 다가왔는지 부겸이 팔을 잡아당기고 있었다. 이미 이성이 반쯤 날아간 터라 죽일 듯이 노려보는데도 그는 팔을 놓아주지 않았다. 조용히 고개만 좌우로 저어 보일 뿐.

무슨 뜻인지 이해할 수도 없고, 이해할 시간도 없어 우의 관자놀이에 핏대가 섰다.

"십 년 전, 금군들이 무헌대군 대감을 포박하려 하였습니다. 그러자 화가 난 대군께서 그들을 모조리 죽이셨고, 함께 있던 내관과 궁녀들까지 살해하기 시작하셨습니다. 그 모습이 흡사 악귀 같아서, 전 살고 싶은 나머지 무헌대군을 단검으로 찌르고 말았습니다."

영의정이 자백서의 내용을 낭독했다. 부겸의 손을 뿌리치던 우의 팔이 허공에서 갈 곳을 잃은 채 멈추고, 아연한 얼굴이 다시 천천히 궁녀에게로 향했다.

서하가 아니다, 단번에 알아챘다.

눈이 아닌 머릿속이, 온몸의 감각들이 아니라고 비명을 질러대고 있었다. 우는 이제야 명의 의도가 무엇인지 명백하게 알 것 같았다.

그래서였다. 시시각각 감정 변화를 감추지 못하던 대비와 달리 지독하리만치 차분했던 명의 표정은, 바로 이것을 의미하는 것이었다.

"듣자 하니 평소 대군을 잘 따랐던 궁녀라던데, 맞소이까? 필체도 알아볼 수 있을 정도라지요? 그런 아이가 제 손으로 대군을 찔렀을 정도면, 당시 분위기가 얼마나 무시무시했을지 짐작이 갑니다."

우는 그저 멀거니 서 있기 바빠 영의정의 어이없는 한마디, 한마디에 아니라고 해명하지 못했다.

"자백서의 내용이 미덥지 못하시겠거든 직접 필체를 확인해 보시겠습니까? 정 원하시면 몽두를 벗겨 얼굴을 확인하셔도 좋습니다."

확인하겠노라, 대답할 수도 없었다. 여기서 궁녀의 자백이 거짓이라 해버리면, 그렇게 다시 한번 궁으로 돌아오려 기를 쓴다면, 이번에는 진짜 서하를 끌고 올 테니까.

우는 한참 만에야 헛웃음을 지었다.

설마 했던 우려가 진실이었다니.

대비가 아니라, 명이었다. 자신이 돌아오지 않기를 가장 바라는 사람. 서하를 포기하면서까지, 용의 아이를 죄인으로 만들어서까지 자신의 복권을 막으려 하는 사람이 다름 아닌 명이었음을. 우는 다시 한번 뼈저리게 깨달았다.

“대군은 물론 모두 진술이 상이하니, 이쯤에서 누구의 말이 사실인지 철저히 가려야겠습니다. 여봐라! 지금 당장 저 벙어리 궁녀를 형틀에 묶어라!”

“예!”

“저기 있는 곽부겸, 대전내관과 상궁 나인들 그리고 조 내관까지 형틀에 묶고 바른말을 토설할 때까지 전부 주리를 틀라!”

영의정의 철퇴와도 같은 명령에 집장나장들이 일사불란하게 움직이고, 추국장이 삽시간에 형장으로 변했다. 조 내관의 ‘마마! 대비마마!’라며 울먹이는 소리와 함께 겁에 잔뜩 질려 살려달라 외치는 상궁 나인들의 목소리가 어지럽게 뒤섞였다.

그리고 의외로 덤덤히 서 있는 부겸까지 막 잡혀가는 그때.

“그만!”

터질 듯 튀어나온 한마디에 추국장이 소름 끼치도록 고요해졌다.

우는 으스러질 정도로 힘껏 주먹을 쥐었다. 진퇴양난이었다. 여기까지 와 실패하기에는 너무 많은 목숨이 달려 있었다. 수호도, 두천도, 지금 이곳에서 용기 있게 사실을 말해준 부겸도 그리고 지금쯤 별궁에 갇힌 채 발만 동동 구르고 있을 담이도 모두 위험해졌다.

그렇다고 서하를 벙어리 궁녀로 처형당하게 하면서까지 궁으로 돌아오기에는 너무나도…… 너무나도 소중했다.

“그만 되었소. 그럴 필요 없소.”

나지막한 한마디를 뱉으며, 우의 밤색 눈동자가 서글프게 내려앉았다.

방법은 오직 하나였다. 만에 하나 일이 잘못되었을 경우를 대비해 염두에 두었던 것.

"전부 내가 홀로 계획한 것이오. 그러니 애먼 사람들 괴롭히지 말고 그만두시오."

모든 걸 떠안고 선선히 가리라.

"홀로 계획한 것이라니요. 말을 명확히 하셔야지요. 금군과 궁인들을 죽인 일을 시인한다는 뜻입니까?"

영의정이 집요하게 캐물었다. 부들부들 흔들리던 주먹에서 힘을 빼며, 우는 결국 두 눈을 감아버렸다.

"시인……."

"거짓입니다!"

일순 환청인 줄 알았다. 너무 보고 싶은 나머지 느닷없이 환청이 들리는 거라고, 그리 여겼다.

"자백서는 전부 거짓입니다."

하지만 두 번째 음성이 또렷하게 들려왔을 때, 우는 눈을 번쩍 떴다.

설마……. 갑자기 어디서 나는 소리인지를 몰라 두리번거리는 사람들과 달리, 우는 곧장 부겸이 있는 쪽으로 시선을 돌렸다.

어쩐지 이상하다 싶었다. 처음부터 왜 저리 불안해 보일까 싶었는데.

"아니, 저 벙어리 궁녀 자체가 거짓입니다."

이제껏 부겸의 뒤에 잠자코 있던 금부나장이 저벅저벅 걸어 나왔다. 계속 고개를 푹 숙이고 있었던 터라 보이지 않았던 단정한 얼굴이, 늘 보는 것만으로도 아까웠던 유리구슬 같은 동그란 눈이, 입을 맞추고 나면 부끄러운 듯 앙다물고 그게 귀여워 또 깨물어버리고 싶었던 붉은 입술이, 손으로 감싸면 기분 좋은 듯 야트막이 기대어오던 두 뺨이…… 이제야 드러났다.

"이런 무엄한 놈을 보았나! 감히 여기가 어디라고 금부나장 따위가 허락도 없이 끼어드는 게야!"

"새빨간 거짓을 듣고 도저히 가만히 있을 수가 없어 그리하였습니다."

"이놈! 무슨 근거로 그런 막말을!"

영의정의 추상같은 호통에도 전혀 주눅들지 않고, 금부나장의 가느다란 손이 제 머리에 있는 나장모로 곧장 향했다.

그 순간, 우의 심장이 바닥까지 떨어졌다.

"안 돼. 하지 마."

간절하디 간절한 한마디를 알아들은 듯, 서하가 꿈결처럼 잔잔히 미소 지었다.

"제가 바로 무헌대군 대감을 찌른 벙어리 궁녀이기 때문입니다."

그리고 미처 말릴 새도 없이, 나장모가 바닥으로 추락하며 곱디고운 긴 머리가 바람에 흩날렸다.

27화
벙어리 궁녀

대조전으로 돌아오던 인혜는 잠시 걸음을 멈추었다. 안뜰에서 바라보는 인정전의 팔작지붕이, 오늘따라 유난히 무거워 보인 탓이었다.

"친국은 아직도 진행 중이라 하던가?"

"그런 줄로 아옵니다만, 아랫것들을 시켜 더 자세히 알아보고 오겠나이다."

뒤에 있던 박 상궁이 서둘러 가려 하자, 인혜가 얼른 손을 흔들어 보였다.

"되었네. 죽은 줄 알았던 이 나라 대군이 돌아왔는데 어디 그리 쉽게 끝나겠는가."

어렸을 적, 엄하기로 따라올 자가 없었던 할아버님이 유일하게 칭찬을 아끼지 않았던 인물이 있었다. 총명하고 성실하며 책임감이 강한 사내. 어머니의 인품을 물려받아 어질기까지 한 왕자. 훗날 이 나라의 진정한 용이 될 것이라던 무헌대군, 이우.

그랬던 사내가 어쩌다 선왕인 제 아비를 죽이는 패륜까지 저질렀을까.

"아무리 생각해도 그렇게 살려주는 게 아니었던 듯싶습니다."

잠시 생각에 잠겨 있는 사이, 박 상궁이 넌지시 말을 건넸다. 얼굴에는 이미 어두운 근심이 한가득 걸려 있었다.

"그 여인 말인가?"

"예. 대비마마께서 죽이려 한 여인입니다. 한데 그 여인을 살려낸 사람이 다름 아닌 중전마마라는 사실이 밝혀지면, 대비전에서 어떤 불벼락이 떨어질지 상상도 하기 싫습니다."

"그래, 그렇겠지. 하지만 생명이었네. 살려야 하는 게 인지상정 아닌가."

인혜는 배를 어루만져 보았다. 아직 너무 작아 실감도 나지 않지만, 분명 함께 숨을 쉬고 마음을 느끼는 생명이었다. 없어진다고 생각하는 것만으로도 가슴이 슬어가는 것처럼 고통스러웠다.

"하오나 뭐 하는 계집이기에 금지된 궁 후원에 갇혀 있었는지도 모를뿐더러, 다른 사람도 아닌 대군이라 하였습니다."

인혜 역시도 똑똑히 기억하고 있었다.

〔나의 대군이 위험합니다.〕

정말이지 도무지 잊을 수 없는 한마디였으니까. 화기 때문에 온몸이 연기처럼 피어오르는 와중에도, 방해하지 말라는 듯 맹렬하게 쏘아보던 그 눈빛. 소름이 오싹 돋았었다.

"혹 그 여인이 결정적인 역할을 하여 무헌대군의 누명을 벗기기라도 하면……."

인혜는 고개를 갸웃했다.

"누명이라면 당연히 벗겨야지 무슨 소릴 하는 건가."

"전하께선 아직 후사가 없으십니다. 그것이 무엇을 뜻하는지 잘 아시지 않습니까? 다른 누구보다 마마께서 위험해지십니다."

그제야 박 상궁이 무슨 걱정을 하는지 알 것 같았다. 후사가 없는 왕실에 장성한 대군이 돌아온다는 것은, 보위가 위태로워짐을 의미했다. 운이 좋아 반역 도당이 생기지 않는다고 해도, 대군을 왕세제로 올리기 위한 무리는 반드시 생길 터였다.

회임한 일을 천명해 대비할 수도 있겠지만, 일시적일 뿐. 공주를 낳으면 후사를 잇지 못하는 위태로운 중궁의 운명처럼 폐비가 될 수도 있었고, 만에 하나 왕자를 낳으면 생각하기도 싫은 피비린내 나는 왕권 다툼으로 번질 수 있음이었다.

이러나저러나 무헌대군의 존재는 인혜에게 있어 엄청난 부담이 아닐 수 없었다. 하지만 그럼에도 그 여인을 보내준 까닭은.

"아네. 나도 잘 알지만, 그 아이…… 신도 없이 맨발로 달려갔네."

"예?"

〔그분을 살리기 전엔, 임금이 아니라 염라대왕이 온다 해도 나를 막을 수 없습니다. 그러니 비키십시오.〕

"가녀린 몸으로 문을 부수고 데굴데굴 굴러 나와, 바닥에 흐를 정도로 피를 흘리면서도 끝끝내 다시 일어서 뛰어갔네."

오직 무헌대군, 단 한 사람을 위해서.

어이가 없을 정도로 대단한 여인이었다. 방안에 틀어박혀 규방 예절을 익히는 것이 일상이었던 인혜로서는 상상도 못 할 일이었다.

"그 아이도 나처럼…… 하고 있는 게지."

누군가를 연모하는 일을. 아니, 그보다 더 눈이 멀 정도의 사랑을.

"나도 어쩔 수 없는 여인인지라, 그게 그렇게 위안이 될 수가 없었네."

지아비인 명이 잠결에 이름을 불렀을 정도로 생각하고 있는 여인. 김귀인 따위가 아니라 그 여인이 승은이라도 입게 되면 어쩌나, 후궁 첩지를 받아 후사라도 낳게 되면 나와 내 아이는 버려지는 게 아닐까, 하는 불안으로 전전긍긍해오던 나날.

한데 그 여인이 명이 아닌 다른 사내를 사랑한다는 걸 알게 된 순간. 기적 같은 안도감이 전신을 훑고 지나갔음을, 인혜는 차마 입 밖으로 얘기할 수 없었다.

해서 보내주었다. 그 아이가 가서 사랑하는 이를 위해 애쓰는 모습을 보면 혹시나 명도 단념해주지 않을까 하는, 중전이 아닌 여인으로서의 얄팍하고 치졸한 수작.

"그 아이를 보내준 일이 나에게 해가 될지 득이 될지는 두고 보면 알겠지."

〔목숨을 살려주신 이 은혜는 절대 잊지 않겠습니다.〕

길을 터주자 허리를 깊이 숙이며 인사를 해오던 여인. 그 여인의 얼굴에 담긴 진심에 이상하리만치 마음이 쓰였다.

"지금은 그저 모든 게 잘 풀리길 기원하는 수밖에."

***

금부나장인 줄 알았던 여인의 등장으로 순식간에 장내가 벌집을 쑤셔놓은 것처럼 시끄러워졌다.

명은 자리에서 벌떡 일어섰다. 이제껏 느긋할 정도로 관망만 하고 있던 그가 삽시간에 아연한 표정을 짓고 있었다.

"과, 곽 도사 자네 지금 누굴 데리고 온…… 네가 벙어리 궁녀라고? 벙어리라면서 말을 어찌 그리도 잘……."

너무 놀라 버벅대기 바쁜 영의정을 향해 서하가 한 발 더 가까이 다가갔다.

"어렸을 적, 제 말 한마디에 어머님이 돌아가시는 모습을 목격한 이후로 입을 닫고 살았습니다. 하여 주변에서 말을 못 하는 줄 알고 있을 뿐, 실은 아닙니다."

한 자 한 자 또박또박 이야기를 할 때마다, 내리쏘는 뜨거운 시선이 느껴졌다.

서하는 월대를 살짝 올려다보았다. 처음이었다. 명이 저렇게 얼굴을 일그러트리며 선명하게 감정을 드러낸 적은.

"영상 대감께서 저 벙어리 궁녀라는 여인을 어디서 데려오셨는지는 모르겠으나, 모두 거짓입니다. 무헌대군 대감께서는 아무도 죽이지 않으셨습니다. 금군들이 대군 대감을 멋대로 포위했고, 의금부로 압송하기 전…… 제가 대감의 가슴을 찔렀습니다."

두 번 다시 입에 담기 싫었던 일을 끄집어내느라 찌르르한 아픔이 스쳤다.

서하는 눈을 감았다. 피를 쏟던 우의 모습이라던가, 힘없이 쓰러져 내리면서도 오히려 위로하듯 턱 끝을 스치던 그의 손길이, 여전히 원망스러울 정도로 생생하게 떠올랐다.

절대로, 두 번 다시 우가 그리 비참하게 무너지도록 내버려 두지 않으리라.

마음을 다잡고 눈을 떴을 때, 조바심이 나는지 땀을 닦아내는 영의정이 보였다.

"저 궁녀의 자백서처럼 대군 대감의 악귀 같은 모습이 무서워서도, 대군 대감을 죽이기 위해서도 아닌 살리기 위해서 말입니다. 하여 조금이라도 검이 심장에 닿지 않도록, 대감을 찌를 때 제 왼쪽 손바닥도 함께 찔렀습니다."

"손, 바닥?"

아연하게 중얼거리던 영의정이 눈짓을 했다. 집장나장들이 곧장 몽두를 뒤집어쓰고 있는 궁녀의 손을 확인하기 위해 펴보고는 고개를 끄덕였다. 영의정의 어깨에 겨우 힘이 들어갔다.

"해서 네 손바닥에 흉터가 있다 말하고 싶은 것이냐? 자백서를 쓴 저 궁녀의 손바닥에도 흉터가 있느니라! 네 이년! 어디서 정보를 얻었느냐! 누구에게 듣고 증좌를 꾸며온 것이야! 너를 데려온 곽부겸이더냐!"

"아닙니다. 그런 적 없습니다."

"감히 금부나장 행세를 한 것으로도 모자라 지엄한 국법도 어기고 주상 전하께서 계시는 추국장에 쳐들어온 년이 뭔들 못할까! 여봐라! 당장 저년을 잡지 않고 무엇 하는 게야!"

명령이 떨어지자마자 집장나장들이 달려왔다. 동시에 그들을 막으려는 것처럼 누군가 서하의 앞을 가로막아 섰다.

우였다. 그의 등이 보였다. 언제나, 어디서나 자신을 위해주는 곧고 너른 등.

당장이라도 있는 힘껏 끌어안고 싶은 마음을 애써 누르며, 서하는 왼쪽 팔을 높이 치켜들었다. 추국장 안의 모든 사람이 똑똑히 볼 수 있도록 손바닥도 활짝 펼쳐 보였다.

"이것이 증좌입니다!"

집장나장들이 약속이나 한 것처럼 한꺼번에 덜컥 멈춰 섰다.

그제야 경계를 늦춘 우도 뒤를 돌았다. 청주 산자락에서 그리 놓기 힘들었던 밤색 눈이 하늘로 치솟아 있는 손에 한참을 머물다가 서서히, 아주 서서히 서하를 마주해 왔다.

"……그만해. 제발."

끊어질 듯 흘러나온 깊이 잠긴 우의 목소리가 심장을 한 번 쿡 찔러 오고, 눈도 한 번 깜빡이지 못하고 바라보는 그의 시선에 숨이 멎을 것처럼 애가 닳았다.

이토록 가까이에 있는데 손을 뻗어 만질 수조차 없다는 것이, '괜찮으십니까' 그 쉬운 한마디를 건네지 못하는 이 순간이 고되게 서글펐지만, 서하는 싱긋 웃어 보인 뒤 못다 한 말을 이었다.

"검으로 찌른 순간, 대감의 피가 제 손바닥에 스며들었습니다. 하여, 저 역시 거머리 독에 중독되었습니다."

선명하게 진한 자색으로 물들어 있는 왼쪽 손바닥의 흉터. 그것을 월대까지 훤히 내비치고서야 서하는 팔을 내렸다. 커다란 눈동자가 비난하듯 주변을 매섭게 쏘아보았다.

"이래도 꾸몄다 하시겠습니까?"

할 말을 잃은 사람처럼 넋이 나가 있던 영의정은 마지막 희망을 놓지 못하고 몽두를 쓴 궁녀의 손바닥을 확인하려 했다. 궁녀가 슬그머니 손바닥을 접어버리기 전까지는. 결국 영의정의 얼굴이 사색으로 변했다.

"여기까지!"

일순 고요한 공기를 깨뜨리는 쩌렁쩌렁한 목소리가 울려 퍼졌다. 모두의 이목이 월대로 향했다.

어느새 평소처럼 차분함을 되찾은 명이 추국장을 내려다보고 있었다. 정확하게는 그 한가운데에 선 서하와 우를 집요하게 좇고 있었다.

"과인이 이제껏 정황을 들어본 결과, 무헌대군이 억울하게 누명을 썼음이 더 자명해 보임이다. 허나! 선왕을 시해한 대역죄를 결정짓는 일인 만큼 과인이 혼자 과단할 수 없는 중대한 사안인 바! 조정 대신들과 논의하여 공명정대하게 결정하도록 할 것이다."

명은 몹시 엄중한 목소리로 서둘러 장내를 정리했다. 이 이상 서하가 떠들도록 내버려두지 않겠다는 의지였다.

그리고 숨을 깊이 골랐다. 오늘 친국을 준비하며 예상했던 말 중, 가장 하고 싶지 않았던 한마디를 뱉어야 했으니까.

"무헌대군은 의금부 옥이 아닌 예전 대군의 처소로 옮겨 명이 있을 때까지 대기토록 하며…… 친국은 이쯤에서 파한다."

부들부들 흔들리는 손을 감추기 위해 명은 어좌의 등받이를 부술 것처럼 꽉 짚었다.

"성은이 망극하옵니다, 전하!"

하교를 받은 백관들이 크게 허리를 숙였다. 서로 말을 주고받지 않아도 다들 똑같은 생각을 떠올리고 있었다.

무헌대군이 돌아온다.

호송을 맡았던 도사가 나장들과 함께 곧바로 우에게 다가왔다. 처소로 데려가기 위함이었지만 어림없었다. 우는 서하에게서 한시도 시선을 떼지 않은 채, 미동도 없이 우뚝 서 있기만 했다.

끝나지 않을 것 같은 순간, 먼저 움직인 건 서하였다. 바닥에 떨어져 있던 하얀 적삼을 조심스럽게 집어 들고, 그것을 다시 우에게 잘 걸쳐주고.

보는 것만으로도 아픈 그의 어깨를 차마 만지지 못한 손이 미끄러지듯 내려와, 제 손바닥에 있는 흉터와 똑같은 것이 있는 그의 가슴 앞에서 닿을 듯 말 듯 멈추어 있기를 한참.

"송구합니다, 대군 대감. 이제 가셔야 합니다."

호송 도사가 재촉하자, 서하는 애써 미소 지었다. 그리고 망설이던 뜨거운 손으로 마침내 우의 흉터를 어루만졌다.

참으로 다행이었다. 약조를 지킬 수 있어서.

〔제가 가겠습니다. 제가 대군을 만나러 갈 것입니다. 그게 어디든, 얼마가 걸리든 반드시 만나러 가겠습니다.〕

"청주에서는 제가 뒤돌아갔으니, 이번에는 대군께서 뒤돌아가실 차례입니다."

떨려버린 목소리를 들키지 않으려 더욱 의연하게, 서하는 우를 밀어냈다. 그럼에도 우가 영영 굳어버린 사람처럼 움직이지 않자, 그때까지 가만히 지켜보고 있던 부겸이 다가와 우의 팔을 잡아끌었다.

"전하께서 저렇게까지 말씀하셨다는 건 승산이 있다는 겁니다. 그러니 지금은 한발 물러나실 때입니다."

알고 있었다. 드디어 복권되는 날이 코앞까지 다가왔음을, 단 며칠만 참으면 그립고 그립던 이들을 다시 볼 수 있음을 우도 모르지 않았다.

십 년이란 모진 세월을 참아왔으니 단 며칠쯤 참는 건 일도 아니어야 하는데, 도저히 발길이 떨어지지 않았다. 한걸음 한걸음 멀어지는 서하의 모습이 그저 아득하기만 해서, 지금 서하를 위해 할 수 있는 일이 무엇인지 아무리 치열하게 생각해봐도 마땅한 것이 없어서 미치도록 괴로워 몸서리가 쳐지던 그 순간.

"또한!"

끝난 줄 알았던 명의 목소리가 다시금 들려왔다.

"공초들이 서로 상이한 바, 논의가 끝날 때까지 관련된 이들을 전부 하옥한다. 특히! 벙어리 궁녀는 과인이 각별히 공초를 받을 것이니 의금부 남간에 하옥시켜 누구와도 접촉하지 못하도록 경계를 삼엄히 하라!"

우가 눈을 크게 떴다.

남간이라니. 설마하니 중죄인만 가두는 그곳에 서하를 하옥시킬 줄이야. 상상도 못 했던 탓에 대비하지 못한 우가 어금니를 으득, 물었다.

"안 됩니다, 대감!"

호송 도사와 나장들이 재빨리 뒤에서 양팔을 힘껏 붙잡지 않았더라면, 포박되어 끌려가던 부겸이 '참으십시오! 참아야 합니다, 대감!'이라고 목청이 터지도록 외치지 않았더라면.

끝끝내 서하를 끌고 가는 저 나장들을 전부…… 으스러뜨려서라도 막았을 텐데.

"건드리지 마!"

감히.

감히 그녀를 건드리지 말라고, 우의 피맺힌 절규가 추국장을 뒤흔들었다.

***

손가락 사이로 무언가가 징그럽게 흘러내렸다.

“대, 대비마마! 소, 손에서, 손에서 피가!”

그것이 피라는 사실을, 곁에 있던 상궁의 호들갑 덕분에 알게 되었다. 주먹을 너무 힘껏 쥔 탓에 뜨거운 차를 뒤집어썼을 때 생긴 수포가 다 터져버린 모양이었다. 진물과 피가 한데 뒤섞여 마디마디를 정성스럽게도 적셔갔다.

“기어이, 기어이 네 놈이…….”

자영은 분노로 치를 떨었다. 살려 달라며 치맛자락 아래에서 벌벌 떠는 조 내관 따위는 시야에 들어오지도 않았다. 그저 뼈와 살을 통째로 씹어먹어도 시원찮을 원통함이 온몸을 난도질해대는 것을 고스란히 느끼고 있을 뿐이었다.

“운선이를 불러라.”

울고 있던 조 내관이 단번에 울음을 그쳤다.

“하, 하오나 마마. 운선이는…….”

“잔말 말고 찾아오너라. 내 너만은 빼내 줄 터이니 십 년 전처럼 조용히, 아무도 모르게 데려오란 말이다.”

휙, 돌아서는 자영의 입에서 분을 이기지 못한 한마디가 이어져 나왔다.

“내 무슨 일이 있어도 기필코 갈기갈기 찢어 죽여야겠다.”

***

인정전보다 높이 솟은 해가 만물을 감싸듯 포근하게 내리쬐고, 맑디맑은 물은 금싸라기처럼 반짝이며 흘렀다.

금천교 돌난간 위에서 진선문을 바라보고 있던 석준은 바닥에 떨어진 느티나무 잔가지 하나를 주워들었다. 군데군데 불그스름하게 물든 푸릇한 꽃이 꼭 잘 익은 열매처럼 볼록 솟아 있었다. 지상낙원이 따로 없었다.

"기분이 좋아 보이십니다."

월영이 제 몸보다 몇 곱절은 더 두꺼워 보이는 나무 뒤에 기댄 채로 나직이 말했다.

"좋고말고. 이제야 일이 좀 제대로 풀리는데 좋지 않을 이유가 없지. 그러는 넌 기분이 별로인 모양이구나. 말본새가 부루퉁한 걸 보니."

"뒤가 찝찝해서 말입니다."

"어째서?"

"이대로 궁을 나가면 제 손으로 마무리 지을 수 없게 되니까요."

"서하 옆을 떠나야 해서는 아니고?"

나무 뒤가 싸늘하리만큼 조용해지자, 석준이 피식 웃었다.

"내 너를 어릴 때 궁에 넣어놓은 터라 잠시 간과했구나. 너도 사내라는 것을. 이만큼이나 장성했으니 여인에게 마음이 생기는 것도 당연하지."

"그런 것이 아니라……."

"서하와 혼인이라도 하고 싶더냐?"

"나리!"

"걱정 말거라. 너와 한 약조를 위해서라도 서하는 꼭 빼내 올 테니. 지금 당장은 힘들겠지만, 때가 되면 자유롭게 살 수 있는 날이 올 것이다."

수다를 꽤 오랫동안 떤 모양이었다. 드디어 기다리고 기다리던 진선문이 끼이익, 소리를 내며 열리고 있었다. 기대감이 상승한 석준의 눈이 매처럼 빛났다.

“그때가 되면 원 없이 네 마음을 표현해 보거라. 또 모르지. 오랜 시간 함께 있었으니 서하의 마음이 네게 옮겨올지도. 물론, 그전에 네가 사내라는 것부터 밝혀야겠…… 저게 무엇이냐.”

솜털처럼 가볍던 그의 목소리가 갑자기 돌덩이를 삼킨 것처럼 묵직하게 뚝 떨어졌다.

이상함을 느낀 월영이 그제야 느티나무 너머로 얼굴을 내밀었다. 그리고 곧 경악으로 물들어갔다.

“왜 저기 있는 게야.”

석준의 말과 함께 웅장한 진선문 너머로 보이는 너무나 낯익은 여인.

어디서 구한 건지 어울리지도 않는 금부나장복을 입고, 길게 풀어진 머리를 바람에 흩날리며, 여리여리한 몸이 보기에도 안쓰러운 포승줄에 묶인 채.

“서하가 왜 저기 있느냐고 묻고 있지 않으냐!”

서하가 끌려 나오고 있었다. 처음으로 냉정함을 잃은 석준이 포악하게 소리쳤지만, 월영으로서도 알 수 없는 노릇이었다. 금유당에서 아무리 손을 묶었던 매듭을 풀었다 한들, 그 두꺼운 문을 어찌 열고 나왔단 말인가.

서하의 뒤로 내관과 궁녀들이 시전에서 엮어 파는 생선처럼 줄줄이 이어 나오고, 그 가장 뒤에는 몽두를 뒤집어쓴 궁녀가 문턱을 넘어오고 있었다. 월영을 대신하기로 했던, 바로 그 여인.

“이런 염병할 일이 있나!”

석준의 손에서 느티나무 잔가지가 처참하게 부러졌다. 일이 틀어진 게 확실했다. 그렇지 않았다면 지금쯤 진선문에서 나오는 건 무헌대군이었어야 했다. 그리고 저녁쯤에는 대전에 불려가 다과를 즐기며 준비한 것을 명에게 제대로 소개하고 있었을 터인데.

"도대체 서하를 어찌 놔뒀기에……!"

발악에 가깝던 석준의 목소리가 서둘러 수그러들었다. 압송되는 자들 뒤로, 중신들이 우수수 쏟아져나오고 있었기 때문이었다.

"아무래도 정말 무헌대군이 돌아오게 생겼습니다. 그동안 살아 있었다는 것도 신기한데 결백까지 밝혀내고. 정말 대단하긴 합니다."

"영상 대감이 애쓰시긴 했지만, 대군 대감 몸에 증좌가 저리 딱 붙어 있으니."

"병판 대감 아들인 곽부겸이 그리 꼼꼼하게 기록을 해두었을 줄 누가 알았겠습니까? 게다가 저 벙어리 궁녀라는 년까지 거머리 독에 중독되었다면, 사실상 논의는 별 의미가 없는 게지요."

"벙어리라더니 말만 청산유수 같이 잘하더이다. 오죽하면 전하까지 벌떡 일어나셨을까요. 저는 전하께서 그리 놀라시는 모습은 처음 뵈었습니다."

금천교를 건너오며 하는 말들이 귓전을 때리듯이 박혀 들었다. 뒤통수를 얻어맞은 사람처럼 넋이 나가 있던 석준은 실소를 금치 못했다.

"알고 있었느냐?"

말하는 혀끝이, 입술 언저리가 경련이 이는 것처럼 흔들렸다.

"서하가 말을 할 줄 안다는 사실을, 설마하니 너도 알고 있었던 건 아니겠지?"

살얼음판처럼 날이 서 있는 눈이 나무 쪽으로 서서히 옮겨지자, 월영이 시선을 떨구었다. 석준은 끓어오르는 배신감에 절로 주먹이 날아가려는 것을 애써 참았다.

"언제부터냐."

"……십 년 전입니다. 무헌대군이 옥사를 빠져나갔을 때, 궁에서 도망치려던 아가씨를 잡다가 알게 되었습니다."

"제법이구나. 네가 나를 십 년이나 속여오다니."

"송구합니다. 전 그저 서하 아가씨가 벙어리인 척한다고 해서 크게 달라질 것이 없다 여겼……."

"누가 너더러 그런 걸 하라더냐."

석준이 한 발짝, 한 발짝 월영에게 다가갔다. 그때마다 발밑에 깔린 꽃들이 비명을 지르며 으스러져 갔다.

"생각을 하고 판단을 하고 결정을 내리는 건 내 몫이다. 넌 그저 그런 내 말에 따르면 되는 거야. 언제 너에게 틀린 걸 시키더냐? 보거라. 결국 네 멋대로 한 결과가 어떠한지. 서하가 누구 때문에 의금부로 압송되고 있는지!"

마지막 말이 화살촉처럼 가슴에 와 꽂혔다.

월영은 아랫입술을 깨물었다. 할 말이 없었다. 당장 달려가 서하를 데려와야 했지만, 그럴 수 없다는 현실에 피가 한 방울도 남김없이 식어버리는 것 같았다.

"네가 나에게 조금의 언질이라도 했다면 서하는 물론이고 누구 하나 다치는 사람 없이 끝났을 게다! 우리가 원하는 바를 정확하게 이룰 수 있었어! 게다가 지금쯤이면 임금에게 새로운 용의 아이를……!"

흥분으로 잔뜩 어그러진 얼굴이 고함을 치다가 갑작스럽게 툭, 말을 끊었다. 죄책감 때문에 땅으로 떨어져 있던 월영의 시선이 튀듯이 위로 올라왔다.

"뭐라 하셨습니까?"

석준은 빌어먹을, 이라며 씹어뱉었다. 그러고도 화를 가라앉히기가 쉽지 않아 머리가 어지러울 정도로 심호흡을 해댄 뒤 겨우 지시했다.

“가서 난희를 꺼내거라.”

“무슨 말씀을 하시는 건지 하나도 모르겠습니다. 새로운 용의 아이는 뭐고, 난희는 또 누구입니까?”

“방금 몽두를 뒤집어쓰고 끌려간 궁녀 말이다!”

월영은 후원에서 기척도 없이 뒤를 잡혔던 일을 떠올렸다. 조금 특이했던 사향 냄새, 결코 평범하지 않은 여인.

정체가 무엇이냐고 물으려는데, 석준이 먼저 설명을 늘어놓았다.

“내가 너를 궁에 들여보냈듯, 내 아버님이 들여보낸 아이다. 서하의 사촌 누이라 할 수도 있지.”

처음 듣는 사실에 월영의 반듯한 눈썹이 치켜 올라갔다.

“사촌 누이?”

“한난희. 아버님께서 둔 기생첩의 자식, 내 배다른 누이다.”

워낙 위세 높던 가문이었으니 첩 한둘쯤 있던 건 그다지 놀랄 일도 아니었다. 다만, 이제껏 석준의 옆에 있으면서도 전혀 눈치채지 못했다는 사실이 월영을 찜찜하게 만들었다. 배다른 누이의 존재도, 저보다 먼저 궁에 들어온 누군가가 있다는 사실도.

어쩐지 언제부턴가 석준에게 일거수일투족을 들키는 듯한 느낌이었는데, 바로 그 여인 때문인 모양이었다.

“지금의 대비가 아직 선왕의 후궁인 정빈이었을 때 바쳐진 아이지.”

“그 난희라는 여인, 저와 비슷한 또래로밖에 보이지 않았습니다. 한데 대비가 아직 정빈이었을 때라면…… 대체 몇 살에 이곳을 들어온 겁니까?”

대답하기 직전, 석준의 이마에 주름이 잡혔다.

"내가 널 그 힘든 살수로 키워 궁에 들여보내기까지, 어찌 성공한 것 같으냐?"

"……."

"실패다."

벌레 한 마리가 안간힘을 쓰며 느티나무를 기어오르고 있었다. 그 짧디짧은 다리를 열심히 움직여 겨우 사람의 어깨높이까지 올라왔을 즈음. 석준이 꾹, 벌레를 짓이기며 나무에 기대섰다.

"그 한 번의 실패를 보았기에 널 들여보내는 게 가능했다."

"실패라는 것이……."

"그래, 난희다. 이제는 의녀 지운선으로 살고 있는 내 누이. 그 아이가 처음 사람을 죽였을 때가, 여섯 살이었다."

석준이 저리 덤덤하게 털어놓기에는 너무나 어린 나이였다.

월영은 자신이 처음으로 궁에 들어왔을 때를 떠올렸다. 아홉 살. 그때도 많지 않은 나이인지라, 사람을 죽인 날이면 잠도 못 자고 이불 속에서 벌벌 떨었더랬다.

그런데 여섯이라니.

"아버님의 성급함이 낳은 실패작이다. 모든 게 내 고모님이자 서하의 어미 때문이긴 하다만. 어쨌든 지금 그런 사담까지 나누기엔 시간이 없다. 난희를 한시라도 빨리 꺼내야 해."

"실패작이라면서 어찌 그 여인을 거두려 하시는 겁니까?"

"대비가 먼저 손 쓰면 골치 아파지니까!"

석준은 까뜩, 이를 악물며 말을 이었다.

"난희, 아니 운선이는 대비의 말을 거절하지 못한다. 그리 철두철미하던 너도 서하에게 마음을 주었는데, 운선이는 어떠했겠느냐? 겨우 여섯이었다. 여섯 살부터 지금까지 그 능구렁이 같은 대비가 운선이를 오죽 잘 구슬려 놓았을까! 우리 집안이 몰살당했을 때도 그 아이만큼은 살려놓은 걸 보면 모르겠느냐?"

선왕의 세자 시절 영의정을 지냈던 한성로. 그의 아들이자 석준의 아버지인 전 이조 판서 한지광. 집안 대대로 정승 판서를 지냈을 만큼 하늘 높은 줄 모르고 이름을 떨치던 가문이 새벽 화마를 피하지 못하고 개죽음을 당했다고 알려진 건, 당연하지만 사실이 아니었다.

하루아침에 몰살, 그것이 진실이었다. 이유는 전 용의 아이였던 한연서 때문이었지만, 그 사실을 아는 사람은 석준과 월영 그리고 궁에 있는 상선내관 뿐이었다.

"서하가 추국장에 난입해 무헌대군을 살렸으니 대비가 가만 놔둘 리 없다. 반드시 운선이를 찾을 것이야. 찾아서 서하를 죽이라 명할 거란 말이다!"

월영은 말을 다 듣기도 전에 내달렸다. 사람들을 피해 눈 깜짝할 새 사라진 그의 자취를 가만히 들여다보며, 석준은 나지막이 중얼거렸다.

"난희가 왜 실패작인지 뼈저리게 느낄 것이다. 네가 얼마나 무뎌져 있는지도."

28화
탈옥

의금부 남간은 예상대로 철통 같은 곳이었다. 사방이 꽉 막혀서 도망칠 곳이라고는 손도 닿지 않을 만큼 높이 난 자그마한 창 하나가 전부였다.

"아무래도 난 이런 곳을 벗어날 수 없는 운명인가 보구나."

무의식적으로 중얼거리던 서하가 피식 웃었다. 워낙 으스스하고 무시무시하다는 이야기를 들었는지라 겁을 좀 먹었었는데, 막상 눈으로 보니 갇혀 있을 때의 금유당과 비슷했다. 우울할 정도의 을씨년스러움도, 숨 막히는 고요함도, 전신을 짓누르는 듯한 압박감도.

다만, 다른 것 하나. 다정한 우와 있으면 그렇게나 싫었던 금유당도 화사해지는 착각이 든다는 것.

"무사하시겠지?"

서하는 벽에 기댄 채 주르륵 미끄러져 앉았다. 이제야 쌓여 있던 고단함이 가혹하게 밀려왔다. 손목은 끊어질 것처럼 아프고, 뭔가에 부딪혔던 건지 기억도 가물가물한 어깨는 빠지는 게 아닐까 싶을 정도로 뻐근하고, 어디를 그렇게 쏘다녔는지 두 다리는 서 있기도 버겁게 후들

거리고

“어깨는 치료하셨으려나.”

그런데도 머릿속은 고집스럽게 우의 모습만을 떠올리고 있었다. 두 무릎을 그러안은 서하는 얼굴을 파묻으며, 지쳐 쓰러질 것처럼 눈을 내리감았다.

“보고 싶다.”

십 년을 어찌 버텨왔는지 기억도 안 날 만큼, 중얼거리는 것만으로도 사무치게 그리워 심장 언저리가 따끔거려왔다.

“우는 알고 있었겠지.”

느닷없이 낮은 음색이 불쑥 날아들었다. 서하는 천천히 눈을 떴다. 그다지 놀랄 일도 아니었다. 이런 일을 예상치 못한 건 아니었으니까.

“우는 언제부터 알고 있었더냐. 어렸을 때부터? 아님 처음부터?”

명의 목소리가 평소와 달랐다. 화가 많이 난 모양이었다. 추국장 월대에서 보여주었던 표정만으로도 그가 지금 얼마나 꾹꾹 참고 있을지, 너무나 잘 알 것 같았다.

벽을 잡고 간신히 몸을 일으킨 서하는 옥문 앞에 섰다. 당장이라도 내보내 달라 청하고 싶었지만, 포기했다.

절대 그렇게 해줄 리 없었으니까.

“십 년 전입니다. 제가 검으로 찌를 때, 대군께 상처가 될 말들을 많이 했으니까요.”

〔당신이…… 나의 군주가 아니기 때문입니다.〕

그때 우는 무슨 생각을 했을까. 그리 저미도록 아픈 말을 듣고, 검에 찔려놓고, 아무것도 묻지 않은 채 그저 다 괜찮다 말하는 그의 마음은.

도대체 얼마나 처참하게 뭉그러져 있는 걸까.

"허, 가슴이 미어지는구나. 해서 우에게도 상처 주는 말만 하였으니 벙어리인 척해온 날들을 용서해달라는 뜻이냐?"

"송구하오나 제가 벙어리인 척 위장한 것을 두고 전하께 용서를 빌 생각은 없습니다."

옥문 너머로 명의 숨소리가 바뀌었음을 확연히 느낄 수 있었다. 겁이 나지 않는다면 거짓이었다. 어떠한 벌이 내려질지 상상도 가지 않았지만, 그렇다고 멈출 생각도 없었다.

우가 안전하게 돌아올 수만 있다면, 이보다 더한 것도 할 수 있었다.

"지금 뭐라 하였느냐."

명의 노기가 섬뜩한 한기처럼 스며들었다. 그럴수록 서하는 마음을 다잡았다.

"용의 아이로서 임무를 다하지 않은 적은 없습니다. 말로 하지 않았을 뿐, 전하께 서면으로 모든 걸 알려드렸습니다."

"해서 잘못이 없다?"

"명을 어기고 금유당을 탈출한 건 잘못하였습니다. 하지만 제가 벙어리이든 아니든 크게 달라질 건 없다고 여겼습니다. 전하께서 원하시는 건, 제가 아니라 용의 아이니까요."

저벅저벅 소리가 들렸다. 명이 옥문에 바짝 다가온 듯했다.

"그럼 우는. 그놈은 다르다, 이거냐?"

한층 더 낮아진 명의 목소리가 바로 귓가에서 울리는 것처럼 들려왔다. 지레 겁을 먹은 몸이 무섭다 외치고 있었지만, 서하는 꿋꿋하게 두 다리로 버티어 섰다.

"무헌대군께서는 제가 무엇이든 개의치 않으십니다. 용의 아이든 아니든, 그저 저를 저로서 원하고 대해주십니다."

"너를 너로서 원한다, 라. 당연히 그렇겠지. 앞날이 보이지도 않는 녀석에게 용의 아이로서의 너는 필요 없을 테니까."

가차 없는 냉혹한 말과 함께 불현듯 고개를 쳐들어 버린 죄책감이 서하의 목을 죄어 왔다.

〔그럼 결국 용의 아이가 선택한 왕자는 명이어야 한다는 소리구나.〕

〔'예. 제게 앞날이 보이는 분은 의광대군 한 사람뿐인 겁니다.'〕

〔……그렇게 해서 피바람을 막을 수만 있다면.〕

오래전 선왕과 했던 약조. 해서 기어이 적어야 했던 서찰 한 통.

「용의 아이는 의(義)왕을 그리고 있으니,

무(撫)신을 사(死)하길 바라옵니다」

선왕이 승하한 지금. 그것이 무엇을 뜻하는가는 영원히 아무도 모르게, 우조차도 모르게, 그저 용의 아이만이 짊어지어야 할 고통의 무게였다.

서하는 영영 밝힐 수도, 지울 수도 없는 그 쓰디쓴 비밀 하나를 삼키려 몇 번이나 애쓰고서야 입을 열었다.

"제가 혹 앞날을 볼 수 있다 해도 무헌대군께서는 변함없이 절 대해주셨을 겁니다."

"잘도 말하는구나."

"마음이 그러하다 믿으니까요."

"이리 전적으로 믿어주고 목숨까지 내놓을 준비가 된 너를 발판 삼아, 우가 계속해서 살아남고 있다는 생각은 들지 않더냐?"

빤히 보였다. 어떻게 해서든 가슴을 치받을 만한 상처를 주고, 우와의 신뢰를 무너뜨리고 싶어 하는 명의 의도가.

해서 서하는 웃었다. 그런 얕은 말들로 우를 의심하기에는.

"설사 그렇다 해도 상관없습니다. 제가 더 원합니다."

도저히 어찌할 수 없을 정도로, 애가 타다 못해 심장이 녹아버릴 정도로…… 그를 연모했다.

"대군보다 제가, 유서하라는 한 사람으로서 그분을 너무나도 원합니다."

태어나 처음으로 뱉어본 말. 켜켜이 쌓아 두기만 해서 지독한 열병으로 온몸에 박혀버린, 진실로 원하던 한마디.

"하여 모든 걸 다 보여드려도 아깝지 않습니다. 웃음 한 조각, 눈물 한 방울도 남김없이 다 보여드리고……."

사랑해달라 떼라도 쓰고 싶지만 그럴 자격이 없어 새카맣게 재가 되어 바스러지는 이 마음을, 명은 죽어도 모를 터였다.

잘근잘근 아랫입술을 깨물던 서하는 마지막 말들을 모조리 삼켰다. 이대로 맺힌 마음을 전부 풀어내다간, 명의 심기를 너무 건드려 원하는 답을 듣지 못할 수도 있음이었다.

"도저히 이해가 가지 않는다. 그러면서, 그렇게 절절하게 좋으면서 그때 왜 우를 보위에 오르도록 돕지 않고 나를 택하였느냐."

명이 의심으로 일그러진 마음을 드러내자, 서하의 눈가가 서글프게 내려앉았다.

"말씀드리지 않았습니까. 전하께 용의 아이로서 임무를 다하고 있다고. 다른 이유는 없습니다. 거짓을 고해 그분을 위험한 용상에 올릴 정도로 무모하진 않습니다."

"그럼 왜 죽이는 척까지 하며 우를 궁 밖으로 내보냈지? 그리 내보냈으면서, 어째서 지금은 다시 복권시키지 못해 안달이 났느냔 말이다."

"저 때문에 빼앗긴 명예를 되찾아드리려는 것뿐입니다. 돌아오고 싶어 하시는 대군께, 제가 지은 죄를 만회해야 하지 않겠습니까?"

"앞뒤가 맞지 않는다!"

쾅! 밖에서 명이 옥문을 부숴 버릴 것처럼 내리쳤다. 깜짝 놀란 서하의 어깨가 움찔 튀어 올랐다.

"그때는 우의 안전을 위해서였고, 지금은 죄를 만회하기 위해서라고? 왜, 이제는 우가 돌아와도 안전할 것 같으냐? 후사가 없는 내게 십 년 전보다 더 위험해진 존재가 바로 무헌대군이다!"

성난 고함이 옥사를 쩌렁쩌렁하게 울렸다. 서하는 저도 모르게 뒤로 한발 물러섰다.

"내 분명 기회를 주었다. 우가 살아 있다는 사실을 묻어줄 터이니 조용히, 얌전히 내 옆에만 있으라고. 그거면 충분하다 하였다."

명은 숨을 거칠게 몰아쉬며 말을 이었다.

"한데, 네가 조금 전 그걸 어긴 것이다. 다른 사람도 아닌 네가 우를 위험에 빠뜨렸단 말이다! 그러니 우가 어찌 된다 해도 내 원망 말거라."

명이 냉정히 돌아서는 듯했다. 점점 그의 발자취가 멀어지기 시작할 때 즈음.

"전하께서 이해해주길 바란 적 없습니다. 그리고 전하를 원망하지도 않습니다. 허나, 저도 없을 겁니다."

굳게 다져진 서하의 목소리가 명에게 향했다.

"무헌대군께서 안전하셔야 제가 삽니다. 혹 대군께 무슨 일이 생긴다면, 절대로 전하의 옆에 용의 아이는 없을 겁니다."

그동안 임금의 명령에 복종하고, 눈치를 보며 숨죽여왔던 세월은 전부 우가 궐에 없었기 때문이었다. 심기를 거스르지만 않는다면, 궐 밖에 있는 우는 명에게 있어 그저 죽은 자일 뿐이었으니까. 굳이 건드릴 필요도, 신경 쓸 이유도 없었으니까.

하지만 우가 돌아온 지금, 그런 방법은 더 이상 통하지 않았다. 아무리 쥐처럼 엎드려 손이 발이 되게 빈다 해도, 명은 보위를 위한다는 명목으로 수단 방법 가리지 않고 우를 물어뜯을 터였다.

늘 '내 아우'라며 아끼는 척해왔지만, 사실 명의 마음속에서 우는 그저 혀에 돋은 가시 같은 존재였음을 너무나 잘 알고 있었다.

"꼼짝하지 않을 것이고, 눈을 닫을 것입니다. 그것으로도 부족하다면, 죽어서라도 용의 아이를 사라지게 만들 것입니다."

이제 판세는 기울었고, 우가 복권될 것이었다. 더 이상 그를 벌할 죄명이 타당치 않으니 명도 마땅한 수가 없을 터였다.

유일하게 남은 방법은 하나. 바로 '유서하'라는 우의 약점을 틀어쥐는 것.

백이면 백, 우는 기꺼이 복권을 포기할 터였다. 그것만은 막아야 했다. 우의 발목이나 잡는 그런 약점으로 살아갈 생각은 추호도 없었다.

"무헌대군께서는 헛된 욕망으로 자기 것이 아닌 것을 탐하시는 분이 아닙니다. 전하께서도 잘 아시지 않습니까? 그러니 아우를 믿으십시오. 이대로 대군으로서 전하께 충을 다하고 살 수 있도록 지켜봐 주십시오. 그것만 약속해 주신다면, 전 평생 전하께 용의 아이로서 성심을 다할 것입니다."

"……입을 열더니 못 하는 말이 없구나. 감히 나를 위협하다니."

명은 언짢은 심기를 감추지 않았다. 그의 말대로 위협이자 협박이었으니까. 아마도 명에게는 더욱 치명적이고 비겁한 협박일 터였다.

선왕이 그랬고, 그 전의 왕도, 그보다 더 전의 왕도 그러했듯 용상의 자리를 지키는 이들이 결코 놓지 못하고 탐하는 것. 그것이 바로 용의 아이였으니까.

한참이나 말이 없던 명이 겨우 멈추었던 걸음을 다시 움직이는가 싶더니, 이내 옥사의 입구가 열린 모양이었다. 밖을 지키는 옥리들이 뭐라 떠드는 소리가 들리는 것도 잠시.

"내 명이 있을 때까지 의금부 남간에 벙어리 궁녀를 제외한 다른 죄수들의 하옥을 금한다. 또한 개미 새끼 한 마리 들이지 말고, 만약 수상한 움직임이 발견되거든 그 즉시 나에게 보고하라."

분함을 억누른 듯 치를 떠는 명의 목소리가 순식간에 주위를 잠재웠다.

"어길 시엔 반드시 목숨으로 그 값을 치르게 할 것이다."

***

달빛이 구름 너머에 숨어들어서인지 밤하늘이 유난히 스산했다.

"흐으으으윽."

거기다 울음소리까지 섞이니, 을씨년스러움이 풍년을 이뤄 당장이라도 귀신이 툭 불거져 나올 것 같았다.

"난 이제 죽은 목숨이야. 아이고 억울해, 아이고!"

어찌나 통곡이 긴지, 눈물이 강을 이루기 일보 직전이었다.

"거, 좀 조용히 합시다. 누가 보면 세상 하직할 날 받아놓은 사람인 줄 착각하겠네. 고신을 당한 것도 아니고 아직 죄목이 정해진 것도 아닌데 뭘 벌써 울고불고 난리입니까?"

바로 옆 칸에 감금되어 있던 부겸이 듣다 못 해 창살 너머로 쓴소리를 하자, 조 내관이 들입다 성을 부렸다.

"시끄러워! 같잖게 끼어들어 일을 망쳐놓고는 어디서 큰 소리야! 아이고, 아이고! 흐으으으으윽!"

땅굴 같은 옥사에서 엉엉 울어 젖히니 메아리가 사방으로 울려 퍼져 귀가 다 따가웠다. 부겸은 도리질을 쳤다.

"그러게 누가 거짓을 고하라 하였습니까?"

"거짓을 고한 게 누군데! 네 놈의 그 빌어먹을 필첩이 가짜라는 걸 내 모를 줄 아느냐!"

"제 필첩이 가짜라는 건 모르겠지만, 조 내관께서 대비전을 등에 업고 누군가를 음해하려 한다는 건 알겠습니다."

"이놈! 죽고 싶어 환장했구나!"

"환장까지 하면서 안달할 필요가 있겠습니까? 서로 공초한 바가 다르니 누가 되었든 거짓을 고한 자는 알아서 사달이 날 테지요."

"이! 이! 아이고, 아이고!"

조 내관은 뒷골이 당기는지 목덜미를 잡고 쓰러지듯 벽에 기댔다. 또 다시 통곡이 이어졌다.

"흐으으윽! 가만두지 않을 것이다. 내 여기서 나가기만 하면 다 가만두지 않을 것이야! 네 놈도, 유서하 그년도 다 가만두지 않을 것이다! 흐으으으윽!"

유서하라고 하는구나, 부겸은 그제야 금부나장으로 변장시켜 준 여인의 성이 유 씨라는 사실을 알게 되었다.

〔벗으라 하였습니다.〕

〔서하 아가씨! 무사하셨군요!〕

수호 녀석이 얼굴을 알아보고 반갑게 외쳤는데, 그 여인은 인사 따윈 안중에도 없어 보였다. 오로지 벗으라는 말만 되풀이할 뿐. 참 부끄러움도 없는 여인이라며 혀를 내두를 때였다.

〔무슨 짓을 해서라도 추국장으로 들어가야 합니다. 그러니 무척 송구합니다만, 아무나 벗어주십시오. 부탁입니다.〕

박 내관이 어딘가가 탔네, 어쩌네 하며 이야기했던 여인임을 단번에 눈치챘다. 나인복 곳곳에 퍼진 핏자국과 그을음 자국. 그리고 무서울 정도로 확고해 보이는 눈동자.

〔그렇게 변장까지 해서 추국장에 들어가고 난 다음에는, 또 무슨 짓을 할 생각이시오?〕

처음에는 호기심이었다. 원래 구경 중엔 불과 싸움 그리고 남의 애정 구경이 제일 재미있다더니. 목석같은 무헌대군과 도대체 어떤 사이인지 무척이나 궁금해서 참지 못하고 나선 것이었다.

〔대군을 살릴 증좌를 제가 가지고 있습니다.〕

〔그런 증좌는 나도 있소. 하지만 아무리 증좌를 들이밀어도 무용지물이 되니 문제인 것이오.〕

〔……무용지물로 만들고 싶어도 만들 수 없는 증좌를 들이밀 것입니다.〕

불이 번쩍였다. 강렬하고, 간절하고, 절대 꺾이지 않을 것 같은 올곧은 열망이 그 여인의 눈에서 섬광을 내는 듯했다. 그래서였다.

〔내가 데려가겠소. 저기 있는 나장의 옷을 빌려줄 터이니, 내 뒤를 따라오시오.〕

이 여인이라면 무언가 제대로 일을 낼 것 같다는, 이상하리만치 설레는 기대감이 솟아올랐다. 그리고 기대에 부응하듯, 그 여인의 증좌는 보기 좋게 먹혀든 참이었다.

대단했다. 이십칠 년 평생 처음으로, 그리 짜릿한 순간은 처음이었다.

"흐으으윽, 끄으, 끄으으윽!"

눈물 짜는 소리와 콧물 삼키는 소리에 어쩔 수 없이 회상에서 빠져나온 부겸은 혀끝을 차며 성질을 부렸다. 아주 지저분해서 못 들어주겠다고 한마디 더 보태려는데 옥리들이 뛰어 들어왔다.

"조동팔!"

"에? 나, 나 말인가?"

"끌어내!"

그들은 다짜고짜 조 내관을 잡아끌기 시작했다.

"뭐? 자, 잠깐! 잠깐만!"

난데없는 상황에 당황한 조 내관은 옥 창살을 꾸역꾸역 붙잡으며 기를 썼다.

설마하니 이 밤중에 문초가 시작된 건가. 부겸은 물론, 옥사에 갇힌 모두가 숨을 죽였다. 서로 말은 안 해도 긴장감이 역력한 가운데, 양다리를 붙잡힌 조 내관이 손가락으로 옥사 바닥을 벅벅 긁으며 기어이 끌려갔다.

“놓아라, 이놈들! 놓지 못할까!”

밖으로 끌려 나온 조 내관은 마구잡이로 악다구니를 썼다. 살려는 의지가 어찌나 대단한지. 녹아내린 엿가락처럼 바닥에 철썩 붙어서 좀처럼 끌려오지를 않자, 옥리들은 죽어라 낑낑거리며 그를 옮기기에 바빴다.

“내가 누군 줄 알고 이러느냐! 대비전 내관이니라, 대비전!”

“조 내관.”

“대비마마께서 너희들을 가만두실 것 같으냐?”

정신이 거의 나가서는 부르는 소리도 듣지 못하고 미친놈처럼 포효하기를 한참, 목적지에 도착했던지 옥리들이 붙잡고 있던 몸을 내려놓았다. 이번에는 애원하는 목소리가 조 내관의 입에서 터져 나왔다.

“제발 살려주십시오, 나리! 옥사 안에 문초할 놈들이 수두룩한데 왜 하필 저부터 끌고 나오십니까! 다른 놈들부터 해주십시오, 다른 놈들부터! 그래, 곽부겸! 그자가 가장 악질입니다. 그놈부터 작살을 내주십시오! 아이고, 나리!”

“이보게, 조 내관.”

“살려주십시오! 살려주십시오, 대비마마!”

있지도 않은 대비를 찾느라 삼매경인 조 내관을 향해 누군가 소리를 빽 질렀다.

"조 내관!"

"예! 살려만 주십…… 어? 염 상궁?"

"그만 주접떨고 정신 차리게! 명색이 대비전 내관이라는 자가 체통머리는 대체 어디다 팔아먹은 게야!"

사정없이 야단을 치던 염 상궁은 큰소리로 혀를 끌끌 찼다. 그러고는 멀뚱히 서 있는 옥리들에게 소가죽 주머니를 하나씩 건넸다.

"수고들 했네. 대비마마께서 내리신 특별한 은혜이니, 받은 만큼 입을 무겁게 닫아야 할 것이야."

"명심하겠습니다, 마마님."

재차 입단속을 시키고 옥리들을 보낸 뒤, 염 상궁은 다시 한번 바닥에 철퍼덕 누워있는 조 내관을 흘겨보았다.

"으이그, 정말이지 한심한 치 같으니라고."

핀잔을 듣던 조 내관이 자리에서 발딱 몸을 일으켰다. 그는 언제 그랬냐는 듯 속적삼을 털어낸 뒤 주절거렸다.

"부러 그랬네, 부러. 대비마마께서 손 써주실 때까지 시각을 벌어놔야 하잖은가."

귀까지 후비적거리는 천연덕스러운 반응에 염 상궁은 기가 차 빈정거렸다.

"살려달라 할 때의 목소리가 부러 그랬다기에는 너무 애절하던 걸?"

"그래야 저들이 믿을 게 아닌가."

"말이나 못 하면."

"대비마마께서 빼내 주신다고 약조했는데 설마 내가 진짜 무서워 그랬을까."

주둥이만 파릇파릇 살았다며 구시렁거리던 염 상궁은 챙겨온 내관복을 건넸다.

"추국장에서도 말씀하셨네만, 운선이를 찾으라고 하셨네. 한시가 급하니 서두르게."

"운선이는 자네가 찾게."

"뭐? 하면 자네는?"

"난 해야 할 일이 따로 있네."

"대비마마의 명도 거역하고 무슨 일을 한단 말인가?"

"죽일 걸세."

내관복을 입은 조 내관이 재빨리 검은 사모를 푹 눌러쓰며 이를 갈았다.

"대비마마께서 죽이고 싶어 하는 자를, 내가 죽일 거란 말이네."

"죽이고 싶어 하는 자라면, 무헌대군 말인가?"

조 내관은 고개를 도리도리 흔들어댔다.

"무헌대군을 죽이면 전하께서 제일 먼저 의심을 받으실 걸세. 아무리 대비마마시지만 설마 지금 무헌 그자를 죽이려고 하시겠나? 어찌 머리가 그리 안 돌아가."

"하면!"

"그년 말이네, 그년. 원래는 후원 뒤꽁무니에 꼭꼭 갇혀서 머리카락 하나 드러내면 안 되는 주제에 떡하니 추국장에 나타나 판을 뒤엎은, 바로 그년. 대체 불길 속에서 어찌 살아나왔는지 모르겠단 말이야. 흥, 목숨줄이 꽤 길었다만, 어림없지. 이번에야말로 끝장을 내줄 테니까."

잔뜩 벼르는 조 내관의 모습을 지켜보며 염 상궁은 인상을 찡그렸다.

"당최 무슨 말인지 알아들을 수가 있어야지. 그년이라면 아까 그 벙어리 궁녀를 말하는 것인가?"

"그래."

"그 궁녀를 자네가 직접 죽이겠다고?"

"당연하지. 내 오늘 겪은 수모를 전부 대갚음해 줄 것이야."

"그럼 운선이를 찾아오라는 대비마마의 명은 어쩌려고!"

"자네가 찾으라니까. 의녀 계집이야 내의원에 가면 있을 텐데 뭐 어려울 게 있어! 게다가 내가 그년을 죽이면 운선이 따윈 애초에 필요 없어지네. 언제까지 의녀 따위에게 말이나 전하는 심부름을 할 순 없지 않은가!"

"하지만 어찌 명을 거역하고……."

"여기서 그년을 죽이면 오히려 대비마마께서도 우리의 능력을 더 알아주실 테니, 나만 믿게."

걱정으로 발을 동동 구르는 염 상궁은 아랑곳하지 않은 채, 조 내관은 옷깃을 단단히 여미고는 빠르게 어둠 속으로 향했다.

***

깜빡 잠이 들었던 서하는 몸을 벌떡 일으켰다. 사방이 꽉 막혀 있어 시각을 알기 힘들었지만, 조그마한 창으로 빛 한점 보이지 않는 것을 보고 밤이 깊었다는 사실을 깨달았다.

그 와중에 들려온 마찰 소리. 달칵달칵, 옥문에 단단하게 걸렸던 자물쇠가 서서히 풀리고 있었다. 소름이 오소소 돋았다.

"누구십니까?"

물어봤자 대답이 없었다. 명이 보낸 사람은 아닐 터였다. 화가 나서 뱉은 말이 있으니, 이렇게 금방 되돌아올 리가 없었다.

불안한 마음에 무릎을 더 바싹 끌어당겨 안는 사이, 철컥. 마침내 경쾌한 소리와 함께 끼이익, 문이 열렸다.

"아가씨가 용의 아이십니까?"

낭랑한 여인의 목소리가 먼저 들려왔다. 뒤이어 어둠에 숨어 있던 형체가 서서히 정체를 드러냈다. 날카롭게 올라간 눈매와 야무지게 치솟은 콧날, 작게 여문 입술.

처음 보는 나인이었다. 한데 어떻게 용의 아이라는 말을 아는 것일까.

생각이 복잡해진 서하가 침묵하자, 나인은 더 조곤조곤하게 말을 이었다.

"놀라지 마십시오. 구해드리러 왔습니다."

그제야 서하가 눈을 동그랗게 떴다.

"저를 말입니까?"

"예. 지체할 시간이 없으니 어서 따라오십시오."

나인이 서둘러 오라며 손짓을 했다. 하지만 서하는 움직이지 않았다. 여전히 무릎을 끌어안은 채 어찌해야 하나 망설이느라 가느다란 손가락을 하염없이 꼼지락거리고만 있었다.

그 마음을 읽기라도 한 듯, 나인은 천진난만하게 빙긋 웃었다.

"제가 의심스러워 그러십니까? 걱정 마십시오. 전 무헌대군 대감께서 시켜 온 자입니다."

"……대군께서요?"

"예. 무슨 일이 있어도 아가씨를 데려와 달라 하셨습니다. 하니, 부디 저를 믿고 따라와 주십시오."

나인이 허리를 깊숙이 숙였다. 서하는 그제야 찰싹 붙어버린 것 같던 다리를 풀며 자리에서 일어섰다. 그러고는 아무 망설임 없이, 나인이 열어준 문틈으로 서둘러 걸음을 옮겼다.

***

서늘한 바람이 마른 땅을 훑으며 세기를 더해가고 있었다. 깜깜한 밤하늘에 달까지 구름에 가려져, 평소보다 더 많은 화톳불이 의금부 서간을 비추고 있었다. 월영은 순찰을 돌고 있는 나장들의 눈을 피해 서둘러 옥사 안으로 들어갔다.

"수고가 많네."

"헉! 누구냐!"

옥사를 지키던 옥리가 깜짝 놀라 소리가 나는 곳으로 홰를 이리저리 흔들었다.

"여길세, 여기."

월영이 손을 흔들어 보였다. 나장복을 입은 그의 모습을 확인한 옥리는 뒤늦게 안심하듯 가슴을 쓸었다.

"귀신인 줄 알았잖은가!"

"하하, 미안하네. 많이 놀랐는가?"

"기척도 없이 들어오니 당연히 놀라지. 한데 갑자기 무슨 일인가? 처음 보는 얼굴인데."

"아, 이번에 새로 들어온 신참이네. 다름이 아니라 도사 나리께서 날이 메마르고 바람이 거세니 화재의 위험이 있다 하여 옥사 주변을 단단히 살피고 오라 하였거든."

십 년 전에도 큰불이 붙어 변을 치렀던 터라, 옥리는 별다른 의심 없이 고개를 주억거렸다.

"그랬구만. 알았네. 이곳은 이상 없으니 다른 곳을 살피게."

"아니 될 말이네! 안까지 꼼꼼하게 살피지 않으면 나리께서 경을 치실 텐데, 자네가 책임질 텐가?"

"글쎄, 여기 서간은 괜찮대도."

"그러다 옥사 안에서 진짜 불이라도 나서 무헌대군 때처럼 죄수가 도망치기라도 하면……."

말을 끝맺지 않았는데도 무슨 뜻인지 찰떡처럼 알아들은 옥리가 바싹 마른 입술을 혀로 핥았다. 이제 무헌대군 이야기만 나와도 의금부는 바들바들 떠는 신세였다.

"하, 하긴. 조심해서 나쁠 건 없지."

"그렇지?"

"알겠네. 빨리 살피시게."

"구석구석 살펴야 화를 피하지. 내 꼼꼼히 살필 터이니, 그동안 자네는 나가서 기지개나 좀 켜고 있게. 신선한 공기도 쐬고."

"좋기는 한데."

종일 컴컴한 옥사 안에 붙어 있어야 하는 신세인지라 그 말에 혹했던지, 옥리는 꾸물꾸물 마지못해 움직이는 것처럼 자리에서 일어섰다. 그러다 월영이 빙긋 웃으며 등을 살짝 떠밀어주자 금세 활발해져서는, '끝나면 얼른 교대하세' 하며 눈썹이 휘날리도록 옥사 밖으로 뛰쳐나갔다.

옥리의 모습이 보이지 않게 되었을 즈음, 월영의 얼굴에서 웃음기가 사라졌다. 그는 꽂혀있던 홰를 재빨리 집어 옥을 뒤지기 시작했다. 제일 먼저 선왕을 모셨던 대전 상궁이 보였고, 그 뒤로 나인들이 줄지어 앉아 있었다.

다른 칸도 마찬가지였다. 상궁, 나인, 상궁, 나인. 홰를 이리저리 돌려가며 둘러보았는데도 없었다, 그 여인이.

다급함에 목이 타들어갔다. 월영이 옥 창살 사이로 홰를 집어넣어 안쪽을 자세히 살펴볼 때였다.

"이보게, 큰일 났네! 큰일 났어!"

밖으로 나갔던 옥리가 요란한 소리를 내며 다시 돌아왔다. 월영은 서둘러 들고 있던 홰를 내리며 옥리의 말을 가로챘다.

"죄인 하나가 부족한 것 같은데."

"부족하다니. 누굴 말하는 건가?"

"몽두를 뒤집어쓴 궁녀 말일세. 그 여인도 이곳에 갇히지 않았었나?"

"아아, 그 여인? 이곳에 없네."

"뭐?"

"압송 도중 혀를 깨물었다나, 뭐라나. 해서 갖다 버렸다던 걸."

"……버렸다고?"

"그렇다 들었네. 아니, 지금 그게 문제가 아니라니까!"

낙뢰에 얻어맞은 것처럼 아차 싶은 순간.

"남간에 가두었던 벙어리 궁녀 말일세! 없어졌다네! 탈옥한 모양이야!"

아니나 다를까. 옥리가 청천벽력같은 소식을 전했다. 월영은 하마터면 무릎에 힘이 빠져 뒷걸음질을 칠 뻔했다.

난희가 서하를 데리고 갔다, 본능이 외치는 소리가 난도질하듯 온몸을 울려댔다. 한발 늦었음을, 늦어도 단단히 늦었음을 깨달은 그는 식은땀이 목덜미를 타고 등허리까지 흐르는 것을 느껴야만 했다.

"의금부가 발칵 뒤집혔으니 자네도 서둘러…… 읔!"

월영은 짜증스럽게 옥리의 목을 휙 비틀어 버렸다. 종잇장처럼 맥없이 쓰러지는 모습을 본 몇몇 궁녀들이 옥 안에서 비명을 질러댔다.

젠장이라는 말이 입안을 비릿하게 맴돌았다. 그는 곧 품에 있던 주머니를 꺼내 불 속으로 집어넣었다. 타닥, 타닥 타들어 가는 소리가 들리더니 이내 옥사 안에 연기가 피어올랐다.

"콜록, 콜록!"

연기가 가장 먼저 닿은 궁녀가 기침을 하기 시작하자, 마치 전염병처럼 기침 소리가 퍼져나갔다.

"수, 숨을 못 쉬겠……."

"물, 물 좀 주십시오!"

"살려주세요, 나리!"

난장판이었다. 독이 퍼지는 속도에 맞춰 옥사 안이 기침 소리와 비명으로 뒤엉켰지만, 그런 것 따위는 귓전에 와 닿지도 않았다. 그저 서하가 정말로 위험해졌다는 사실 하나 밖에는 들리지도, 생각나지도 않았다.

월영은 연기가 제 발끝에 와 닿기 전에 서둘러 서간을 빠져나왔다.

29화
위기

코앞을 알아보기 힘들 정도의 어둠에도 나인은 거침이 없었다. 사람 높이만큼 자라 자꾸만 엉키는 풀들을 아무렇지도 않게 헤치고, 치맛자락을 스치는 나뭇가지는 무참히 꺾거나 밟아 부러뜨리고. 마치 새로 길을 내는 황소처럼 앞으로 곧장 나아가기만 했다.

그 씩씩한 모습을 가만히 지켜보며 뒤따르던 서하는 나뭇가지에 옷소매가 슬쩍 걸린 틈을 타, 그걸 빼낸다는 핑계로 걸음을 멈추었다.

"항아님, 잠시만 쉬었다 가고 싶습니다."

나인은 단호하게 고개를 저었다.

"의금부에서 없어졌다는 걸 벌써 알아챘을 겁니다."

"압니다. 하지만 일각이면, 아니 그 반의 반각이면 됩니다. 숨 좀 돌리고 싶어요."

서하가 고집을 부리자, 나인은 쥐고 있던 가지를 마저 치워버리고는 어쩔 수 없다는 듯 한숨을 쉬었다.

"그럼 아주 잠시만입니다."

"예, 고맙습니다."

허락이 떨어지고서야 서하는 턱 끝까지 들어찬 숨을 진정시키려 연신 가슴을 두드려댔다.

"금유당으로 가는 길을 트고 계신 겁니까?"

은근슬쩍 행선지를 물어 보았다. 분명 후원으로 들어온 것 같긴 한데, 사람이 다니는 길도 아닌 거친 풀숲을 뚫고 있으니 어디가 어딘지 분간하기가 힘들었기 때문이었다.

"맞습니다."

나인의 대답에 서하는 주위를 둘레둘레 살폈다. 그래봤자 시커먼 어둠 외에는 등허리에 와 닿는 덩굴풀이 전부였다. 여인의 힘으로는 도저히 끊어내기 힘들 것 같은 그 억세고 튼튼한 덩굴풀을 만지작거리며, 서하가 말했다.

"대군께서 그리 오라 하셨습니까?"

"그렇습니다."

"거기로 가면 대군을 뵐 수 있는 거겠지요?"

"그럴 겁니다."

반복이었다. 서하의 묻는 말에 이어지는 짧디짧은 대답. 말을 아끼는 건지, 원래 말수가 없는 건지는 모르겠지만 차라리 주변에서 우는 올빼미 소리가 나인의 대답보다 훨씬 더 길게 이어지는 것 같았다.

"약속 장소를 다른 곳으로 할 걸 그랬습니다."

이번에는 물음이 아닌 말을 하며 서하가 제 옷자락을 길게 찢었다. 그러고는 나인에게로 다가가 불쑥 팔을 뻗어 보였다.

"손을 좀 줘보십시오."

갑작스럽게 거리가 좁혀진 것도 그렇고, 난데없이 손을 달라는 것도 그렇고. 영문을 모르겠던지 나인의 눈가가 살짝 일그러졌다.

"손이요?"

"예. 그리 맨손으로 길을 내셨으니, 분명 생채기가 났을 겁니다."

어서 내놓으라고 재촉하자, 망설이던 나인이 마지못해 오른손을 내밀었다. 아니나 다를까. 밤중임에도 손바닥에 핏물이 배어났다는 것을 알 수 있었다. 서하는 서둘러 찢은 옷자락으로 생채기를 조심스럽게 감싸주었다.

"무슨 뜻이었습니까?"

처음으로 나인이 무언가 질문을 던지자, 서하가 뜻밖이라는 듯 되물었다.

"무엇이 말입니까?"

"약속 장소를 다른 곳으로 할 걸 그랬다고 하지 않았습니까?"

"아, 그거요."

옷자락으로 손바닥을 두어 번 휘감아 손등에 매듭을 묶고 난 뒤, 서하는 만족스럽게 웃으며 말했다.

"금유당이 불에 탔거든요."

덤덤한 그 말에 움찔한 건 오히려 나인이었다. 뭔가 할 말을 찾는 것 같았지만, 서하가 짬을 주지 않았다.

"그리고 항아님은 대군께서 보낸 이가 아니십니다. 그렇지요?"

처음 옥문을 열었을 때부터 알고 있었다. 무헌대군과는 전혀 상관없는 인물임을.

"대군께서 저를 빼내실 생각이었다면 반드시 직접 오셨을 겁니다. 절대 다른 이에게 맡기실 분이 아니거든요."

게다가 용의 아이라는 말. 정말 우가 보내서 온 사람이라면 알 리가 없었다. 누구보다 그 사람이 제일 싫어하는 말이니까. 해서 알려주지도, 입에 담지도 않았을 테니까.

"……그럼 왜 따라나선 겁니까?"

들켰다고 생각해서인지 나인의 목소리가 금세 차갑게 변했다. 그러면서도 진심으로 궁금했는지, 서하의 눈을 똑바로 쳐다보며 대답을 기다리고 있었다.

"따라나서지 않았다면 그 자리에서 죽었을지도 모르니까요."

금유당에 갇혀 살며 딱 한 가지 터득한 것이 있다면, 그건 바로 살기였다. 사람이 누군가를 해하려 할 때의 그 냉혹하고 섬뜩한 기운. 때때로 대비가, 명이 그리고 월영이 보여주던 눈빛이 그러했으니까.

해서 단번에 알았다. 무헌대군이 보냈다며 빙긋 웃던 나인의 눈에 담긴 것이 살기였음을.

"그 말은, 살고 싶어 따라왔다는 뜻입니까?"

"살고 싶어서가 아니라, 살아야겠습니다."

부지불식간이었다. 서하는 몰래 등 뒤에서부터 끌어온 억센 덩굴풀의 한쪽 끝을 나인의 오른 손목에 칭칭 감아대기 시작했다.

제법 잽싼 몸놀림이 왼쪽 손목마저 덩굴풀에 묶을 때까지, 방심하고 있던 탓인지는 몰라도 나인은 꿈쩍도 하지 않았다. 그저 느른하게 눈만 깜빡일 뿐이었다.

"송구합니다만, 전 살아야겠습니다. 제가 여기서 죽으면 분명 대군께서는 전하를 탓하실 겁니다. 겨우 돌아오신 그분을 다시 위험으로 빠뜨리는 짓은 하지 않을……."

있는 힘껏, 최대한 단단하게 매듭을 지으려 할 때였다. 서하는 말을 삼켰다. 그러고는 휘청거리며 두어 번 뒷걸음질을 쳤다.

어둠 속에서 드러난 나인의 왼손 흉터. 자신의 왼손에 있는 것과 흡사한, 마치 단검으로 찌른 듯한 그 흉터가 서하의 시선을 강하게 휘어잡았기 때문이었다.

"설마…… 항아님이 아까 그 궁녀……."

"예, 추국장에서 벙어리 궁녀 흉내를 낸 사람이 바로 접니다."

드문드문 흩어져서 알아들을 수 없는 말들을, 나인이 훌륭하게 바로잡아 주었다. 서하는 이마에 땀인지 식은땀인지 모를 것들이 맺히는 것을 느꼈다. 너무 긴장한 나머지, 심장이 조여드는 것처럼 빨리 뛰어댔다.

"어찌 된 겁니까? 아니, 왜 그러셨습니까? 도대체 왜!"

분함을 이기지 못하고 서하가 소리치자, 나인이 피식 웃었다.

"이유가 필요합니까?"

"필요합니다. 무엇 때문에 무헌대군을 음해하려 했는지 알아야겠습니다! 혹 전하께서 시키셨습니까? 아니면 대비마마의 사람입니까?"

"둘 다 아닙니다."

"그럼 어째서입니까! 대군께서 항아님에게 무엇을 잘못했기에 그런 못된 짓을 하시느냔 말입니다!"

"용의 아이, 바로 너 때문이다."

지독히도 차분한 목소리가 흘러나왔다. 나인은 제 양 손목에 감긴 덩굴풀을 지그시 바라보며 조소했다.

"생각보다 하는 짓이 귀엽네. 치료해주는 척하다가 이리 묶어버릴 줄은 꿈에도 몰랐거든. 귀여워서 참을 수가 없을 정도야."

갑자기 바뀌어버린 말투에 불안감이 스멀스멀 피어오른 것도 잠시, 양손이 묶인 채로 나인이 제 품속에서 무언가를 꺼냈다. 그것이 은장도처럼 생긴 작은 무기라는 것을, 단번에 덩굴풀을 끊어버리는 것을 보고

서야 깨달았다.

놀란 서하는 핏기가 가시는 것을 느꼈다.

"너 때문이라 하는 이유를 알고 싶더냐? 하면 살아남아 보거라."

눈 깜짝할 사이에 나인이 은장도를 치켜들고 달려들었다. 뒤늦게 정신을 차린 서하가 도망쳤지만, 역부족이었다. 어찌나 빠른지, 은장도의 날 끝이 막 목덜미를 꿰뚫으려 할 때였다.

탕! 갑자기 무언가 튕기는 소리가 들렸다.

"그대로 달리세요, 아가씨!"

뒤이어 다급하게 튀어나온 익숙한 음성.

서하는 그제야 멈추었던 숨을 내뱉으며 미친 듯이 달렸다.

검을 든 월영이 서하가 달아난 방향을 단단히 막아서자, 난희가 입술 끝을 바짝 올려 웃었다.

"뒤나 잡히는 바보인 줄 알았더니, 기특하네. 여기까지 쫓아오고."

"까불지 마. 아가씨한테 또 손대려 했다간 죽여버릴 테니까."

살벌하기 그지없는 으름장을 놓으면서도, 월영은 멀어지는 서하의 발소리에 귀를 기울였다. 더 이상 들리지 않게 되었을 즈음, 타들어 갈 정도로 곤두세웠던 긴장감이 조금 풀어졌다.

"궁녀 흉내 낼 때는 전혀 모르겠던데, 주제에 사내라고 거칠기까지 하네."

카랑카랑한 난희의 목소리를 듣는 게 짜증스러워서인지, 아니면 서하가 위험해졌다고 생각해서 미친놈처럼 사방을 쑤시고 다닌 탓인지. 단번에 피로가 몰려왔다. 게다가 의외로 입만 재잘재잘 움직일 뿐, 가만히 두고 보기만 하는 난희의 태도가 상당히 수상해서 더욱더 눈을 뗄 수가 없던 찰나.

"생각보다 느린 것만 빼면, 제법 쓸모는 있겠어."

난희가 싱긋대며 빈정거렸다. 그제야 이상함을 느낀 월영이 난희의 손을 자세히 들여다보았다.

"……빌어먹을."

그 손에 들려 있어야 할 은장도가 사라졌다는 것을 깨달은 월영은 서둘러 더듬더듬 제 어깨 뒤를 짚어 보았다. 축축이 젖은 옷 위로, 손아귀 힘만으로도 으스러뜨릴 수 있을 정도의 작은 손잡이가 삐죽 꽂혀있었다.

월영은 신경질적으로 그것을 쭉 잡아 뺐다. 피가 새는 느낌과 함께, 손가락 하나 정도 되는 길이의 검이 살 속에서 빠져나왔다. 아니, 검이라기보단 가늘고 긴 장침에 가까웠다. 살을 파고들었던 느낌조차 미미한 뾰족한 날 끝을 따라 핏방울이 투둑, 떨어져 내렸다. 월영이 눈살을 찌푸렸다.

"무슨 짓이야."

"살수라 들었을 텐데?"

"해서 같은 편을 죽이기라도 하겠다는 거야?"

"같은 편? 누가, 우리가?"

그 말이 퍽이나 재미있었는지, 난희는 일부러 눈을 동그랗게 뜨고 천천히 다가왔다.

"뭔가 크게 착각하고 있구나."

"아니라는 거냐?"

"이놈이고 저놈이고 발상이 귀엽네. 한석준 나리께 들었어? 우리가 같은 편이라고? 아닐 텐데. 내가 실패작이라는 말은 했겠지만."

바로 코앞까지 다가온 난희가 느닷없이 손을 올리자, 월영이 그 손목을 잡아챘다. 빠져나가려는 건지 손가락이 움직이기에 손목을 더 힘껏 조였다.

"한 번만 더 함부로 움직여 봐. 부러뜨려 줄 테니."

"이제 곧 그럴 힘도 없어질걸."

이상함을 느낄 새도 없었다. 말이 씨가 되기라도 한 것처럼, 월영은 서서히 몸에서 힘이 빠져나가는 것을 느꼈다. 하지만 그건 시작에 불과했다.

"무슨 짓을……."

중얼거림을 끝내기도 전, 의지와는 상관없이 난희의 손목을 잡고 있던 팔이 아래로 주륵 떨어져 내렸다. 그리고 순식간에 침전되듯, 버티고 섰던 다리 한쪽도 풀썩 꺾였다.

독이었다. 침 끝에 미리 발라놓은 모양이었다.

"눈치채는 게 느려. 그렇게 느린데도 용케 한석준 나리 옆에 붙어 있구나."

"닥, 쳐."

"한석준 나리가 뭐라 말했는지는 모르겠지만, 난 누구의 편도 아니다. 대비의 편도, 그렇다고 한석준의 편도."

입속까지 마비되는 것인지 난희의 말에 대꾸조차 할 수 없게 되자, 월영은 있는 힘을 다해 혀를 깨물었다. 무엇인가 흘러나와 입속을 굴러다녔지만, 피의 맛조차 느껴지질 않았다.

"내가 실패작이라고 한 이유를 알겠어? 난 누구의 말도 듣지 않아. 내 의지대로 움직일 뿐. 살수가 의지를 가졌으니 실패작이라고 할 수밖에. 뭐, 구미가 당길 만한 것을 준다면 잠시 같은 편이 되어 줄 수는 있지."

"어쩔…… 생, 각……."

겨우 뱉은 말과 함께 월영의 입안에서 피가 왈칵 쏟아져 나왔다. 그 중 한 방울이 나인복에 튀자, 난희가 눈썹을 삐죽 올렸다.

"혀를 깨물었구나. 의지는 대단하다만, 내가 피는 질색이어서 말이다."

그러고는 월영의 손에서 장침을 빼앗아 반대쪽 어깨를 한 번 더 관통시켰다.

마침내 양다리가 다 꺾이고, 무릎으로 버티던 한계선마저 무너져 월영은 바닥으로 처참하게 쓰러졌다. 그제야 석준의 말이 뼈에 사무치게 생각이 났다.

〔이렇게까지 무뎌질 줄이야, 쯧쯧쯧.〕

"좀 더 상대해주고 싶다만, 내가 꼭 하고 싶은 일이 있어서. 궁금하거든 잘 지켜봐. 살아 있다면 말이야."

마치 난희의 말이 자장가라도 되는 양, 눈이 감기려 했다. 월영은 마지막 힘을 쥐어짜며 손가락을 움직였다. 움직이는 건지, 멈춰있는 건지도 모를 만큼 둔해진 감각이 온 힘을 다해 무언가를 찾고 있었다. 하지만 아무리 애를 써도, 원망스러울 정도로 무거워진 눈꺼풀이 기어이 내려앉았다.

30화
패배

한밤중에도 선정전의 환한 불빛은 꺼질 줄을 몰랐다.

“조금 전 대군 대감 처소에서 나온 어의들이 거머리 독이라는 것을 확인했답니다. 해독제를 제대로 사용했다니, 수일 내로 자색 흉터가 생기겠지요. 확실한 증좌가 하나 더 생기는 셈입니다.”

“내의정도 곽부겸 그자가 선왕 전하께서 시해당하셨을 무렵 거머리 독에 대해 물으러 왔던 것을 기억하고 있더이다. 필첩에 꼼꼼히 기록했던 것도, 추국장에서 읽은 내용에 틀림이 없다고도 증명해 주었습니다.”

“그렇다면 정말로 무헌대군이 십 년 전 독에 당한 상태였다는 뜻이 아닙니까?”

편전에서 임금을 기다리는 백관들의 어지러운 토론이 끝을 모르고 이어졌다.

“그게 십 년 전 흉터라고 어찌 장담할 수 있겠습니까!”

“곽 도사의 필첩이 있지 않습니까, 필첩이! 병판 대감의 필사본이야 그렇다 쳐도, 판의금부사 대감과 다른 도사들 수중에 있는 필첩은 정확히 곽 도사의 것과 일치합니다."

"지금 의금부가 궁지에 몰린 판이니 다 같이 짜고 미리 손 써둔 것일 수도 있습니다."

"그게 말이 됩니까? 안 그래도 곽 도사가 해마다 써 놓았다는 필첩과 의금부 내 관원들이 가지고 있는 필사본을 압수한 참입니다. 전부 합해 수십 권이 넘어 살펴보기도 힘이 드는데, 곽 도사가 귀신이 아니고서야 무슨 수로 그 많은 필사본을 만든단 말입니까?"

"게다가 무헌대군 대감이 돌아온 사실을 안 건 겨우 어제인데, 하루 만에 만들었다는 건 불가능합니다."

"아니지요. 분명 미리부터 알고 있던 자들이 있었을 겝니다. 특히 좌의정 대감의 자제인 차 학정이 무헌대군과 각별한 사이였으니, 그자도 잡아 문초함이……."

잘도 흥분하여 떠들던 이조 판서는 뒤늦게 미동도 없이 꼿꼿하게 앉아만 있는 좌의정의 눈치를 보더니 말을 멈추었다.

"으흠, 흠!"

머쓱한지 헛기침을 한 그가 시선을 돌리는 사이, 입에 자물쇠를 채운 것처럼 조용하던 좌의정이 나직이 한마디를 던졌다.

"문초가 필요하다면 해야지요."

모두 의외라는 눈빛으로 바라보는 것도 아랑곳하지 않은 채, 그는 태연히 말을 이었다.

"어디 제 자식뿐이겠습니까? 필요하다면 누구라도 해야지요. 대군 처소 내관과 상궁 나인부터 시작해 문지기까지 범위를 확대해야 할 것입니다. 대군 대감의 증언에 의하면 궐 밖에 나갔다가 들어왔다고 하시질 않았습니까? 분명 본 문지기가 있을 텐데 십 년 전 조사에서는 일말의 언급조차 없었습니다."

평상시에도 큰 좌의정의 목소리가 유달리 묵직하게 떨어지자, 백관들은 짓눌리는 것처럼 몸을 흠칫 떨었다. 그리고 마치 때를 기다렸다는 듯, 혜안군 역시 말을 보탰다.

"그건 곧 대군께서 거짓말을 하셨거나, 문지기가 청탁을 받았거나, 기록에서 누락 되도록 누군가 손을 썼다는 뜻이 됩니다. 누구의 잘못인지 알 수 없으니 의금부, 사헌부, 홍문관, 춘추관, 그 밖에 어느 한 곳 빠짐없이 전부 잡아다 문초를 해야겠지요."

표정 변화도 없이 무시무시한 발언이 흘러나오자, 백관들이 약속이나 한 것처럼 어깨를 움츠렸다.

"그, 그게 무슨 뜻입니까, 혜안군 대감! 지금 궐 안을 쑥대밭으로 만드시겠단 말씀입니까?"

"쑥대밭이 되더라도 바로잡을 건 바로잡아야지요. 이 나라 대군도 그리 모진 비난을 당하며 추국을 당하는 마당에, 어느 놈이 문초에서 빠져나갈 수 있단 말입니까."

그동안 힘없는 종친이라고 그를 우습게 보던 무리들이 저마다 불편한 기색을 역력히 드러냈다. 그러면서도 함부로 반박하지 못하는 것은, 이대로 무헌대군의 결백이 밝혀지면 이 나라의 대군을 함부로 음해한 죄로 무시무시한 문초가 시작될 게 자명했기 때문이었다. 지금은 몸을 사릴 때라는 것을, 정치에 닳고 닳아 노련한 여우 같은 자들이 모를 리 없었다.

"영의정 대감도 못 빠져나갑니다."

느닷없이 화살이 돌아오자, 영의정이 앉은 자리에서 튀어 오르듯이 질겁했다.

"가, 갑자기 저는 왜 물고 늘어지십니까!"

"추국장에서 보니 대군 대감을 아주 죄인으로 여기고 추문하던데, 그리 여긴 까닭이 있겠지요. 아니 그렇습니까?"

"무슨 말씀이 하고 싶으신 게요!"

"영의정 대감에게 그리 확고한 믿음을 심어준 무리들이 있을 겁니다. 만약 대군 대감께서 결백하다면, 그 무리들을 잡아들여야 공평하지 않겠습니까?"

"혜안군 대감!"

"목소리를 낮추시오. 감히 편전에서 어딜 큰소리를 내는 게요. 무엄하게."

혜안군이 은근히 노려보자, 영의정은 이를 드러내면서도 가까스로 참는 눈치였다.

"혜안군 대감 말씀대로라면, 정말 엄청난 일이 아닐 수 없습니다. 감히 이 나라 대군을 음해하다니요. 용서받을 수 없는 일입니다."

좌의정과 함께 마찬가지로 조용히 추이를 지켜보고 있던 병조 판서가 조심스럽게 입을 열었다. 아들이 잡힌 상황이니 다급할 만도 한데, 그는 서두르는 기색이 전혀 없었다. 오히려 뭔가 마음을 다진 사람처럼 확고해 보이기만 했다.

"뿐만 아니라 진짜 선왕 전하를 시해한 자가 버젓이 살아 돌아다니고 있다는 뜻도 됩니다. 누구인지 색출을 해야 할 텐데, 너무 오래전 일이라 밝히는 게 쉽지 않을 겁니다. 게다가 더 큰 문제는, 이 모든 것이 다 십 년 전 보위 계승을 앞두고 벌어진 음해였을 가능성이 지독히 높다는 것입니다."

그건 곧 '의광대군을 보위에 앉히기 위한 음해였다'라는 의미와 매한

가지였다. 병조 판서의 말을 끝으로, 용암 덩어리가 뚝 떨어진 것처럼 편전 안이 일순간에 고요해졌다. 아무도 입 밖으로 꺼내진 않았지만 다들 같은 사람을 머릿속에 떠올리고 있었다.

대비, 홍자영.

열띤 토론으로 날아다녔던 티끌이 전부 가라앉을 때까지, 어느 누구도 감히 숨소리 하나 내지 못한 채 속절없이 시간만 흘러갔다.

"하."

문 너머에서 백관들의 이야기를 가만히 듣고 있던 명이 잡고 있던 기둥을 긁어내렸다. 드드드득, 보는 것만으로도 아플 만큼 선명한 손톱자국이 새겨졌다.

"전하, 부디 어심을 가라앉히시옵소서."

유일하게 곁에 있는 상선이 애써 달래 봐도, 명의 가슴은 연신 불안정하게 뛰어댔다. 그도 그럴 것이 바로 어제까지만 해도 제 발 앞에 납작 엎드려 충성을 다하던 자들이었다. 어질고 자애로운 성은을 받들어 태평성대를 이루는 데 뼈와 살을 묻겠다며 한목소리로 외쳤음이었다.

한데 이제 와 무헌대군의 결백이 밝혀질 것 같으니 말하는 꼴들이 가관이었다. 특히 좌의정과 병판이 그러했다. 혜안군이야 옛날부터 무헌대군을 유독 아꼈던지라 숙부의 마음으로 그러려니, 하고 넘어간다 치지만 좌의정과 병판은 온전히 자신의 사람들이라 여겨오던 터였다. 선왕께 충성을 다했던 자들이 일말의 망설임도 없이 자신을 보위에 올리려 애를 쓰기에 충신이 아니라는 의심은 해본 적도 없었건만.

뒤통수를 맞아도 제대로 얻어맞아 정신이 아찔할 지경이었다. 설마 전부 다른 속셈이 있었단 말인가. 아니, 애초에 우가 살아 있었다는 것도 알고 있었던 건가.

청주 행궁에서 보여줬던 좌의정의 모습을 떠올리며, 명은 치밀어 오르는 분함과 배신감 때문에 온몸을 부들부들 떨었다. 손톱이 벌어져 피가 스멀스멀 배어 나오고 있는데도, 기둥을 긁어대는 손에서 좀처럼 힘을 뺄 수가 없었다.

"전하, 전하!"

그때, 추국에서 무헌대군의 호송 임무를 맡았던 도사가 선정문에서부터 복도각의 옆길을 따라 부리나케 달려오고 있었다. 명은 그 호들갑에 짜증이 치솟아 언성을 높였다.

"왜 이리 호들갑이냐!"

"송구하옵니다, 전하. 남간에서 죄수가 탈옥하였습니다!"

소스라치게 놀란 명이 주춤 뒷걸음질을 쳤다.

"지, 지금 뭐라 하였느냐. 누가 탈옥을 해?"

"남간의 죄수가, 벙어리 궁녀가 사라졌습니다!"

단숨에 명의 얼굴에서 핏기가 가셨다. 머릿속이 죽을 만큼 어지럽다고 비명을 지르고서야 간신히 숨이 쉬어졌다.

"도대체, 도대체 어떻게!"

정신을 차린 명이 낙뢰처럼 버럭 소리를 치자, 도사는 고개가 땅에 닿도록 숙인 채 중얼거렸다.

"그것이, 확실히는 잘 모르겠사오나…… 단단히 잠가두었던 자물쇠가 풀린 채 문이 열려 있었……."

"너희들은 무얼 하고 있었던 게야!"

"전하, 고정하시옵소서! 편전 안에까지 목소리가 새어 들어가옵니다!"

상선이 매달리며 말리자, 명은 거칠게 숨을 몰아쉬며 분노를 삭였다. 하지만 한번 용솟음치듯 끓어오른 노기는 쉬이 가라앉지를 않았다.

"이 일을 누가 누가 아느냐."

"소인과 몇몇 옥리들이옵니다. 그리고 한 가지 더 있사온데."

"또 무엇이냐."

"서간도 습격을 당했사옵니다."

기가 막혔다. 하도 기가 막혀서 코웃음도 나오지 않았다.

"습격을 당해?"

"선왕 전하의 대전 상궁이었던 자들과 나인들 그리고 서간 옥리가 모두 죽어 있었사옵니다."

쥐 새끼 한 마리 허투루 두지 않는 삼엄한 곳이라 누가 말했던가. 쥐 새끼가 한 번도 아니고 여러 번 드나들도록 알지 못하는 한심한 곳이 바로 작금의 의금부가 아니냔 말이었다.

명은 생각을 쥐어 짜내려 애썼다. 아무리 화가 나도, 서하의 일만큼은 머리를 굴려야 했다.

"……이 일을 아는 자들을 전부 모아 남간에서 대기하고 있거라. 내 곧 그리로 갈 것이야."

"예, 전하."

"더 이상 다른 사람들에게까지 이 일이 퍼져나가지 않도록 철저히 단속하고. 만약 지켜지지 않는다면 내 너에게 그 책임을 엄히 물을 것이다."

"명 받잡겠나이다, 전하!"

바짝 긴장한 어깨가 돌아서서 다시 선정문을 넘어 사라지고서야, 명은 '빌어먹을'이라며 나직이 씹어뱉었다.

"상선. 서둘러 월영을 찾아 서하가 없어졌다는 걸 알리고, 찾아서 조용히 데려오라 이르라."

"예, 전하."

"의금부 일은 차라리 잘 되었다. 이참에 벙어리 궁녀까지 전부 자결한 것으로 해야겠다."

"자결이라 하오시면……."

"선왕을 모시던 궁녀들은 저들의 잘못을 깨닫고 죽음으로 죗값을 치른 것으로 하고, 벙어리 궁녀는 십 년이나 무헌대군의 신분을 빼앗고 검으로 찔렀던 일을 자책하여 할 일을 마치고 생을 마감한 것으로 하자. 죽은 나인 중 하나를 벙어리 궁녀로 둔갑시켜 남간에 가져다 놓거라."

"예. 남간에 모이라 한 관원들은 어찌할까요?"

"전부 죽여라."

안 그래도 용의 아이가 예상치 못하게도 사람들에게 노출되어 조마조마하던 참이었다. 옥사가 습격을 당했다니, 이번에야말로 벙어리 궁녀의 생을 마감시킬 좋은 기회였다. 다만, 이 일이 밖으로 새어 나가선 아니 되었기에 아는 사람들은 전부 사라져줘야 했다.

"자결한 궁녀들 일로 내시부에 끌려가 조사받고 있는 것으로 하고, 시간이 지나면 문초를 견디지 못해 죽은 것으로 꾸미는 게 좋겠다. 네가 직접 내시부를 이끌고 수행하거라. 단, 내시부까지 벙어리 궁녀가 진짜 죽었다고 믿어야 함을 잊지 말고."

"여부가 있겠사옵니까, 전하. 한데 무헌대군 일은 어찌 처결하실 생각이시옵니까?"

그게 가장 골치 아픈 문제였다. 선왕을 모시던 대전 궁녀들만 죽었다면 어찌어찌 우에게 뒤집어씌울 수도 있었겠지만, 중요한 건 서하였다. 무헌대군에게 있어서 강력한 증거인 벙어리 궁녀가 난데없이 죽었으니, 이 일이 퍼지기 시작하면 제일 먼저 의심받는 건.

"내가 한 짓이라 여길 것이다."

자신에게 충성하지 않는 백관들이나 민심이, 아우가 돌아오는 것을 시기하여 중요한 증인을 죽였다고 삽시간에 소문을 퍼뜨릴 터였다. 억울한 누명을 쓴 불쌍한 대군이라며 우에게 동정의 민심이 움직이기 시작할 테고, 그때 가서 마지못해 우를 복권시키면 때는 이미 늦은 후였다. 소문은 더더욱 건잡을 수 없는 쪽으로 흘러갈 테니까.

궁은 그런 곳이었다. 잠시도 방심할 수 없고, 잠시도 틈을 주어선 안 되는 곳. 아슬아슬하게 걸린 줄타기를 완벽하게 해야지만 성군이 될 수 있는 곳.

"용의 아이를 위해서라도 어쩔 수 없지. 무헌대군을 복권시킬 수밖에."

명은 피 묻은 손가락을 꾹 말아 쥐었다. 기어이 무헌대군을 자신의 손으로 복권시키는 날이 오다니.

내장이 뒤틀려 말라버리는 것 같았지만, 어쩔 수 없었다. 지금 당장은 자신의 패배를 인정하기 위해 편전으로 들어야 했다.

31화
복권

시간이 이토록 더디게 흐른 적은 처음이었다. 내의정을 포함한 어의 영감 대여섯이 한꺼번에 몰려와 어깨의 상처를 아주 집요하고 철저히 살피기를 한참, 겨우 거머리 독이라 결론짓더니 또 해독제를 처방하고 치료하기까지.

순식간에 몇 시진이 흘렀음에도 불구하고 아직 기다리는 시간이 오지 않았다는 사실 때문에 우는 속이 새카맣게 그을다 못해 문드러지는 기분이었다.

일각에 가슴이 저미게 초조해지고, 또 다른 일각에 숨이 넘어갈 듯 애가 닳았다. 아무리 붙잡아도 피가 손끝으로 모조리 빠져나가고, 그나마 남은 한 방울마저 모질게 슬어가던 찰나.

댕, 댕, 댕. 마침내 목이 빠지게 기다리던 스물여덟 번의 종소리가 시작되고 있었다. 인정(人定)이었다.

"기어이 가실 겁니까?"

"물론이다."

두천은 끝까지 걱정으로 전전긍긍했지만, 우는 확고했다. 밖에서 진을 치고 있는 금군들이 인정과 함께 마지막 번을 바꿀 테니, 기회는 그때뿐이었다. 하늘이 두 쪽 나도 남간으로 가야 했다.

내관복으로 바꿔 입은 우가 자리에서 일어서자, 그에 발맞춰 적삼 차림이 된 두천이 후다닥 요 위로 올라가 이불을 덮었다.

"준비되었느냐?"

"준비랄 게 뭐가 있겠습니까? 그냥 전 온통 심장이 쪼그라들 뿐입니다. 이러다 걸리면 감히 대군 대감으로 위장한 죄로 제가 초주검이 된다는 걸 잊지 말아 주십시오."

"거기서 죽은 듯이 자는 척만 하면 된다. 아, 지난번처럼 이불은 차내지 말고."

"예…… 에? 제가요? 제가 언제 이불을 차 냈습니까?"

두천은 전혀 모르는 얘기인지 눈을 끔뻑거렸다. 청주 초가에서 기어이 코를 꼬집었던 일에 대해서는 다음에 일러주어야겠다며 우가 막 밖으로 나가려 할 때였다.

문고리에 손을 대기도 전에 문이 벌컥 열렸다. 깜짝 놀란 두천은 잽싸게 이불을 머리끝까지 뒤집어썼고, 우는 사모를 쓴 고개를 최대한 깊이 숙였다. 여기서 들키면 남간은커녕, 처소 밖으로 한발자국도 나가지 못할 것이었다.

"풀려났습니다! 드디어 풀려났……."

예상과 달리 한껏 요란스러운 목소리가 울리더니 뚝 끊겼다. 이내 목소리의 주인공이 코앞에 쭈그리고 앉아, 바닥을 향해 주야장천 꽂혀있는 우의 눈동자에 시선을 맞춰왔다.

"뭐하십니까?"

수호였다.

"학정 나리!"

이불 밖으로 빼꼼히 쳐다보던 두천이 먼저 알아보고 반갑게 외치자, 우는 잽싸게 허리를 꼿꼿이 폈다.

"너야말로 예서 뭐 하는 것이냐. 어찌 들어온 것이야?"

꽤나 창피해진 우가 괜스레 무뚝뚝하니 대꾸하며 내관복을 털자, 수호가 방실방실 웃으며 느물거렸다.

"그러는 대군께서 어찌 한낱 내관 차림을 하고 계십니까? 감금 중에 무슨 사고를 치시려고요?"

"사고라니, 입조심 하거라. 우선 한시가 급하니 다녀와서 설명하마."

대답도 듣지 않은 채 밖으로 나가려 하자, 이번엔 또 다른 이가 문 앞을 가로막고 서 있었다.

"풀려난 곽 도사가 대군께 굳이 인사를 올리고 싶다 하여 늦은 시간임에도 데려왔습니다."

"이보게, 정팔품 차 학정. 대군 대감 앞에서는 예의를 다해 소개를 해주었으면 좋겠네. 정오품 금부도사 곽가 부겸이라고."

또 품계 가지고 유난 떨기 시작이라며 수호가 입을 삐죽였고, 부겸은 어디서 반말질이냐며 한마디도 지지 않고 맞받아쳤다.

"……어찌 나왔나. 곽 도사, 자네 풀려난 것인가? 아니면 혹 몰래 탈옥이라도 했는가?"

그 모습을 한참이나 지켜보던 우가 묵직한 목소리로 묻고서야 주변이 고요해졌다. 아직 상황 파악이 되지 않아 어리둥절한 우를 앞에 두고, 조금 전까지 티격태격하던 수호와 부겸이 언제 그랬냐는 듯 사이좋게 자세를 고쳐 잡고 섰다.

"우선 의대를 바로 하고 앉아 주십시오."

갑작스럽게 정중히 요청하는 수호를 보며 우가 인상을 썼다. 미간에 작게 난 주름이 설명이 필요하다 말하고 있었지만, 수호는 그저 활짝 웃으며 옷가지가 쌓인 보자기를 내밀기만 했다.

멀거니 있던 두천이 먼저 눈치를 채고는 서둘러 이불 속에서 달려 나와 보자기를 풀었다. 우에게 잘 어울리는 청색 도포 자락이 바닥에 곱게 펼쳐졌다.

"조복과 단령은 내일 교지가 내려지고 정식으로 복권이 된 다음에나 입으실 수 있으니, 우선은 제가 가져온 도포로 대신하겠습니다. 절부터 받아주십시오."

반쯤 넋이 나간 탓에 두천이 벌써 옷을 갈아입히고 있다는 것도 깨닫지 못하던 우가 낮게 중얼거렸다.

"절?"

어느새 갓까지 바로 쓰고 두천이 끄는 대로 보료 위에 앉는 순간.

"복권되신 것을 진심으로 감축드립니다, 무헌대군 대감."

한마음 한뜻으로 말한 수호와 부겸이 절을 올렸고, 두천 역시 그 뒤로 달려와 바닥을 뚫고 들어갈 것처럼 머리를 조아렸다.

우는 그제야 모든 것을 이해했다.

"……복권이 결정되었다고?"

일부러 나지막이 말하려 애써도, 어쩔 수 없이 목소리에 긴장감이 묻어났다. 그걸 놓치지 않고 알아챈 두천이 기어이 울음을 터뜨렸다.

"감축, 또 감축드리옵니다, 무헌대군 대감!"

엉엉 우는 소리가 처소 밖까지 울릴 지경이었다. 수호도 뜨거운 눈물을 삼키려 애꿎은 천장만 물끄러미 올려다보았고, 부겸만이 침착하게 선 채 사실을 고했다.

"조금 전 편전에서 대군 대감의 복권이 결정되었습니다. 전하께서 내일 아침 교지를 내리실 거라 하셨습니다."

"교지, 라."

"해서 공초를 했던 저도 무사히 풀려날 수 있었습니다."

"그럼 탈옥은 아니란 소리군. 다행이네. 자네라도 풀려나서 진심으로 다행이야. 혹 남간 소식은 아는가? 자네가 데려왔던 여인……."

"서하 낭자 말씀입니까? 송구하오나 그 근처엔 얼씬도 못 하게 막는 바람에 그것까진 잘 모르겠습니다."

"그래. 그렇겠지."

대답하는 우의 말끝에 씁쓸함과 걱정이 묻어났다.

"대감의 처소 앞을 지키던 금군들도 인정 소리와 함께 모두 철수한 듯합니다. 아무도 없습니다!"

두천이 그 새 밖까지 확인하고 왔는지 신이 나서는 소리쳤다.

정말로, 정말로 복권이 된 모양이었다. 꼿꼿하게 굳어있던 우의 어깨에서 힘이 빠졌다.

그다지 실감은 나지 않았다. 좋은 것 같기도 하고, 많이 허무한 것 같기도 하고. 내일 아침에 내려진다는 교지가 다시 거둬지는 건 아닌가, 걱정이 되기도 하고.

뭔가…… 케케묵도록 곪고 곪은 고름 덩이 하나가 툭, 터져 버려 쓰라린 것 같기도 했다.

"무헌대군 대감."

잠시 생각에 잠겨 있던 우는 부름에 시선을 들었다. 부겸이 표정을 굳힌 채 서 있었다.

"지난날 대감께서 누명을 쓰셨다는 걸 분명하게 알고 있었으면서 누명을 벗겨드리지 못한 게 십 년 내 마음에 걸리고 또 걸렸습니다. 하여 대감께서 돌아오셨다는 소식에 이제야 기회가 왔다고 생각하면서도, 한낱 미물인지라 살아남고 싶은 두려움에 공초를 할까 말까 고민한 것도 사실입니다."

부겸은 조금 전과 달리 진중하게 고개를 숙였다. 수호도 처음 보는 모습이었던지, 평소처럼 장난으로 끼어들지 못하였다.

"수호가 끊임없이 행하는 정의를 비웃으며 야단을 쳤던 것도 전부, 갈팡질팡하는 스스로에 대한 정당화였습니다. 송구합니다. 십 년 전 금부도사로서의 책임을 다하지 못한 것도, 잠시 잠깐 고민했던 제 얄팍함도 부디 용서하여 주십시오. 이 죗값은 반드시 치르겠습니다."

가만히 이야기를 듣고 있던 우는 조용히 웃을 수밖에 없었다. 이렇게까지 막중하게 책임감을 지닌 자는 또 처음이었기 때문이었다. 야심한 시각에 굳이 여기까지 찾아온 고집도, 이리 사죄를 청하는 고지식함도 존경스러울 정도로 대단한 사내였다.

"자네가 내게 청할 것은 용서가 아니라 감사네. 내가 감사 인사를 몇 번이나 올린다 해도 부족하겠지. 자네의 공초가 없었다면, 또 필첩이 없었다면 내 결백을 밝히지 못했을 테니까. 진심으로 감사하네."

우는 그의 옆에 있는 수호에게로 시선을 돌렸다.

"너에게도 어찌 이 고마움을 말로 다 하겠느냐. 끝까지 내 명을 따라주고, 날 믿어주고, 담이를 지켜주는 오랜 벗으로 남아주어 진정으로 고맙다."

마지막으로 여전히 바닥에 엎어져 눈물, 콧물을 짜내고 있는 두천에게 말했다.

"박 내관. 포기하지 않고 변함없이 기다려주어 고맙다. 네 기대에 부응할 수 있는 대군이 될 터이니, 앞으로도 잘 부탁한다."

한 사람, 한 사람 인사를 건네고 나서야 우는 복권되었음을 실감했다. 이렇게 저들을 웃게 할 수 있다는 현실만으로도 깊은 안도감을 느꼈다.

"한데 내가 지금 좀 가봐야 할 곳이 있어서 말이다. 이 이상은 내일 교지가 내려진 다음에 하자."

훈훈했던 분위기도 잠시, 우는 말을 끝내자마자 자리에서 벌떡 일어섰다. 수호가 기다렸다는 듯 물었다.

"남간에 가시려는 거죠?"

"그래. 곽 도사, 자네가 어찌 서하를 추국장까지 데리고 왔는지는 다음에 자세히, 하나도 빠뜨리지 말고 들려주게."

마지막 말을 잊지 않고 당부한 우는 청색 도포를 휘날리며 빠르게 걸음을 옮기려 했다. 쿵! 갑자기 마루에 무언가 묵직한 것이 뚝 떨어지는 소리가 들리기 전까지는.

기절초풍한 수호가 튕기듯이 문을 열고 나갔고, 그 뒤를 따라 마루로 달려 나오던 우는 경악을 금치 못했다.

사람 하나가 온통 피투성이가 된 채 죽은 듯이 쓰러져 있었기 때문이었다.

"헉! 월영 항아님?"

수호가 뒤늦게 얼굴을 알아보고 소리치자, 우는 눈을 크게 떴다.

"누구라고?"

넘어지듯 달려간 그는 서둘러 얼굴을 확인했다. 진짜 월영이었다. 하지만 어디를 얼마나 다친 건지, 누구인지조차 육안으로는 도저히 확인하기 불가능할 만큼 처참한 몰골이었다. 몸속의 피가 더는 남아 있지 않다고 느껴질 정도로 많은 피를 흘리고 있었다.

“두천아, 서둘러 내의원에 가 무슨 약이라도 좀 받아오거라! 의녀가 있으면 데려오고!”

“예, 예!”

우는 뼛속까지 침투한 불안감을 뒤로 한 채, 상처가 깊어 보이는 월영의 복부를 양손으로 강하게 눌렀다. 월영이 야트막하게 숨만 쉬어도 불쑥불쑥 피가 뿜어져 나오고 있었기 때문이었다. 수호와 부겸도 찢은 옷자락으로 팔다리를 휘감아 지혈에 힘쓰고 있었다.

“월영, 내 목소리 들리느냐? 정신을 놓지 말거라. 꽉 붙들고 있어!”

자꾸만 스르륵 눈을 감으려는 월영을 우가 큰 소리로 깨우던 찰나. 복부를 압박하고 있던 우의 손목을 느닷없이 피로 물든 손이 꽉 잡아 왔다.

무언가 있구나, 싶어 자세히 보니 월영의 입술이 미세하게 달싹이고 있었다. 그가 안간힘을 쓰고 있다는 것을 깨달은 우는 작은 움직임 하나도 놓치지 않으려 온 신경을 곤두세웠다.

“힘들다는 거 안다. 허나 조금만 더 움직여 보거라. 내 무슨 말인지 반드시 알아들어 줄 터이니……!”

바로 그때였다. 아주 작지만 분명하게 보인 입 모양.

서하, 후원, 위험.

“수호야!”

무시무시하게 사나워진 우의 목소리가 전각을 흔들었다.

“예!”

“두천이가 올 때까지 복부를 누르거라, 어서!”

“알겠습니다!”

수호가 손을 대신하자마자 우는 자리에서 벌떡 일어섰다.

“내가 돌아올 때까지 반드시 살려다오, 반드시.”

32화
시기

후원은 언제나 눈 감고도 갈 수 있다고 여겼는데, 막상 길이 아닌 곳으로 와보니 어디가 어딘지 분간하기조차 힘들었다.

기어이 길을 잃고서야 서하는 바위 위에 걸터앉았다. 안심하기에는 이르지만, 아무 기척도 없는 것이 제법 멀리까지 온 듯해서 잠시 쉬어가기 위함이었다.

마지막에 들렸던 월영의 목소리를 끝으로 그야말로 미친 듯이 뛰느라 숨도 한 번 제대로 쉬질 못했더니, 폐부가 구멍이라도 난 것처럼 아팠다.

〔그대로 달리세요, 아가씨!〕

걱정이었다. 누군가를 지키면서 싸운다는 건 목숨이 곱절로 위험해지는 일이라는 걸 너무도 잘 아는 터라 뒤도 돌아보지 않고 달렸더랬다. 조금이라도 더 멀리 도망치는 것이 그나마 싸움도 못하는 자신이 할 수 있는 최선이라고 생각했으니까.

하지만 혹 큰일이 생긴 건 아닌지 어쩔 수 없는 걱정이 밀려왔다. 아무리 월영이 검을 잘 쓴다지만, 그 여인도 어쩐지 만만치 않아 보였기 때문이었다.

"무사해야 금유당에 묶고 가뒀던 일을 원망이라도 할 텐데."

어둠에 잠식해버린 시야가 코앞만 겨우 분간할 수 있게 되었을 즈음, 제법 쉬어서일까. 서하는 그제야 자신이 옥류천 근처에 있음을 알아챘다. 물 흐르는 소리가 꼭 생명줄 흐르는 소리처럼 차츰차츰 들려왔다.

움직이지 않으려는 다리를 오기로 끌어당겨 소리를 따라 걷고, 겨우 드러난 개울가에서 간신히 목을 축였다. 처음에는 따갑게 넘어가던 물이 점차 시원해지자, 긴박함으로 잔뜩 굳어있던 몸이 겨우 풀어지는 듯했다. 서하는 뛰는 대신, 풍성한 풀벌레 소리가 예쁘게 울리는 개울을 따라 천천히 걸음을 옮기기로 했다.

가만히 생각해 보니, 아무리 도망쳐봤자 돌아갈 곳이 없다는 걸 깨달았으니까.

그렇게 금유당에서 나오길 바랐는데, 막상 금유당이 타버리고 나니 갈 곳이 없다는 사실에 서글픈 허무함이 스쳤다.

우도 있어야 할 곳을 찾아 결국 궐로 돌아왔고, 이리 목청껏 울어 대는 풀벌레들도 새벽빛이 내리쬐면 다들 집으로 돌아갈 터였다.

이대로 아침 해가 밝아 다시 밤이 오고, 그다음 해가 밝아 또 밤이 온다 해도 영영 돌아갈 곳이 어디인지 모른 채 정처 없이 헤매기만 하는 건.

오직 저 한 사람뿐이었다.

"결국엔 금유당으로 가야 하나."

시원한 물로 목을 축였더니 너무 감성적이 되었던 모양이었다. 살수가 쫓아오고 있는데 쓸데없는 생각이나 하며 여유를 부리다니. 조금이

나마 원기를 회복하였으니 다시 사람들의 시선이 닿지 않는 곳으로 이동하려는 순간.

“네 이년, 찾았다.”

섬뜩한 얼굴이 악귀처럼 나타났다. 조 내관은 비명 한번 지르지 못하고 제자리에 굳어 버린 서하의 옷깃을 우악스럽게 잡아챘다.

“읏!”

“어떻게 살아남았느냐! 금유당의 그 커다란 불길 속에서 어떻게 살아남았느냔 말이다!”

“으, 으윽! 이거 놓으십시오!”

서하는 발버둥 쳤지만 어림없었다. 이미 조 내관의 눈동자는 반쯤 미쳐있는 사람 같았다.

“허! 추국장에서 보고도 믿기지 않았는데, 진짜 벙어리가 아니었다니. 이런 앙큼하고 괘씸한 년 같으니라고.”

“조 내관님이야말로 대군을 음해하려 하셨으면서 어찌 제게 이러십니까?”

“시끄럽다!”

고함을 내지른 조 내관이 품속에서 단검을 꺼내 쥐었다.

“내 오늘 네년의 질긴 목숨을 기필코 끊어주마!”

단검이 허공을 가로지르며 크게 휘둘러졌다.

***

명이 신은 목화가 바닥을 질질 끌며 땅을 디디고 있었다. 곤룡포가 그의 힘없이 늘어진 어깨를 따라 흘러내릴 듯 아슬아슬하게 걸쳐있었고, 익선관은 꼭 떨어질 것처럼 위태롭게 흔들리고 있었다.

〔내일 날이 밝는 대로 과인의 아우 우를 무헌대군으로 복권시키는 교지를 내릴 것이니, 한 치의 실수도 없이 행하라.〕

편전에서 나와 아무도 따라오지 못하게 한 뒤, 혼자 걷는 궐은 운치가 있다 해야 할까 외롭다 해야 할까.

수많은 사람들이 모여 사는 이 궐 안에서 제 옆을 함께 걸어줄 온전한 편이 누구인지, 명은 아직도 알지 못했다.

서하에게 있어 우가 있고, 우에게 있어 서하가 있듯. 제 옆에는 그런 누군가가 존재하지 않음이 이토록 처참하게 패배한 기분일 줄은, 감히 상상도 하지 못했었다.

〔전하께서 원하시는 건, 제가 아니라 용의 아이니까요.〕

그 말이 참 얼얼했다고. 말을 할 줄 안다는 사실보다, 망설임 없이 찔러 온 너의 그 말 한마디가 훨씬 호되게 아팠다고. 너 역시 나를 한 사내로서의 이명이 아닌 이 나라의 임금으로서만 대하면서, 어째서 나에게만 그리 무자비하게 독한 소리를 퍼붓는 것이냐고.

아이처럼 떼를 쓰며 털어놓으면 서하는 어떤 얼굴을 할까. 황당해 할까. 아니면 조금이라도 가여워해 줄까.

"또 이곳이군."

명은 처소 안에서 은은하게 새어 나오는 아주 작은 불빛을 보며 나지막이 중얼거렸다.

가끔 이렇게 넋을 놓고 홀로 걷는 날이면 한 치의 틀림도 없이 늘, 매번…… 중궁전 앞이었다.

왜인지는 스스로도 알 길이 없었다. 궐에 사는 사람들과 달리, 구김살 없이 순수하고 가식이라고는 찾아볼 수 없는 여인에게 무의식적으로 끌리고 있는 것인지. 아니면 서하와 우의 견고한 사이를 공연히 투기한 나머지 자격지심처럼 제 편을 만들고 싶어 배회하는 것인지.

무엇이 되었든, 이곳에 오면 아무 생각 없이 잠을 청할 수 있다는 것만큼은 명에게 있어 크나큰 위안이었다.

"전하!"

처소 주변을 꼼꼼히 살피던 박 상궁이 제일 먼저 명을 발견하고는 바닥에 납작 엎드렸다.

"소인이 서둘러 중전마마께 고하겠나이……."

"쉬잇."

명은 두 번째 손가락을 입에 올리고는 혹여라도 들릴까 작은 소리로 속삭였다.

"주무시더냐."

"예, 그렇긴 하오나 침수 드신 지 얼마 되지 않으셨으니 말씀 올리면 금세 일어나실 것이옵니다."

"그럴 필요 없다."

"하오나."

"주무시는 모습만 잠시 보면 된다."

명은 조용히 석계단을 올랐다. 목화를 벗는 동작 하나에도 정성을 다해 소리를 죽이고, 마루를 지나칠 때도 뒤꿈치를 들어 혹여라도 깰세라 조심 또 조심해서 걷고, 문 앞에 다다라 상궁 나인들을 전부 물리친 뒤

손수 문을 열어 저벅저벅 두어 걸음을 옮기다가 그대로 멈춰버렸다.

"다과라도 올리라 할까요?"

인혜가 눈을 말똥말똥 뜬 채 바라보고 있었다. 꼭 나쁜 짓을 하다 들킨 사람처럼, 명은 제자리에 서서 한동안 아무런 말도 하지 못했다.

"이야기 들었습니다. 무헌대군의 추국이 열렸고, 결백이 밝혀져 내일 날이 밝으면 대군으로서 복권된다고요."

말을 하던 인혜가 꺼져 있던 다른 촛대에까지 불을 붙이려 했다.

"밝히지 마시오. 이대로가 좋소."

명은 만류하며 뒤로 한발 물러섰다. 마치 이 이상 표정을 들키기 싫다는 듯, 더욱 어둠으로 숨어들려 했다.

"……피곤하십니까?"

인혜의 한마디가 나오기 전까지는.

명은 멈칫할 수밖에 없었다. 속을 들켜버려 당황한 탓에 묻는 목소리가 흔들리고 말았다.

"어찌 알았소?"

"그래 보이십니다."

"이 어둠 속에서 과인이 보인다고?"

"보인다고 할지, 느껴진다고 할지."

"그게 무슨……."

"전하의 등이, 팔이, 어깨가, 다리가 몹시 고단하다고 하소연하는 것 같아서요. 저번에도 그랬고, 이번에도."

저번이라면 행궁에서 돌아오자마자 지금처럼 홀로 조용히 중궁전을 찾았을 때를 말함이었다.

무헌대군이 돌아왔다는 소식을 접하기 바로 직전, 석꽃이라며 기가 죽은 인혜에게 '과인에게 있어 양귀비는 그대'라고 말했던 날.

"제가 전하의 피로를 덜어드리긴 힘들겠지만, 이야기라면 들어드릴 수 있습니다."

"이야기?"

"예, 소소한 것도 좋고 큼지막한 것도 좋습니다. 실없는 얘기도, 중요한 얘기도 모두 들어드릴 테니 저는 믿고 의지하셔도 됩니다."

"말만으로도 고맙소."

"잘할 자신 있습니다. 제 특기니까요, 진득하게 상대방의 이야기를 들어주는 일."

인혜가 입술을 힘있게 옹송그리더니 양손으로 주먹을 불끈 쥐어 보였다.

"하, 하하. 하하하하!"

그 모습이 어찌나 귀엽고 당차 보이던지, 명은 크게 웃어 버렸다.

다른 후궁들은 가야금을 켜고, 장구를 치고, 춤을 추는데 진득하게 이야기를 들어주는 게 특기라니. 정말이지 당해낼 수가 없었다.

"그대는 정말 보면 볼수록 과인의 예상을 빗나가는군. 서하와 비슷한 구석이……."

순간 아차 싶었다. 말을 하다 멈추자, 인혜의 눈가가 서글프고 씁쓸하게 내려앉은 모습이 어두운 와중에도 원망스러울 정도로 선명하게 보였다.

명은 입술을 깨물었다. 물리지 못할 실수였다.

"미안하오."

"왜 사과를 하십니까? 전하께서 신첩에게 잘못하신 일은 없습니다."

"그게 아니라, 그 서하라는 이름은……."

"알고 있습니다."

예상치 못했던 대답이 흘러나오자, 명이 눈을 휘둥그렇게 떴다.

"뭐라고?"

"그 서하라는 여인에 대해 알고 있습니다. 아니, 사실 전하께 고해야 할 일이 있습니다."

"그대가, 서하를 안다고?"

"예. 신첩이 오늘 허락 없이 그 여인을 구했으니까요."

조금 전까지 크게 웃어 젖히던 사람이라고는 생각이 들지 않을 정도로 명의 얼굴이 딱딱하게 굳었다. 예상을 벗어나도 너무 많이 벗어난 이야기의 흐름을 따라가지 못해 누가 누구를 구하였느냐는 뻔한 질문도 못 하고 있다는 걸 눈치챈 인혜는 처음과 같은 태도로 차분하게 설명을 덧붙였다.

"대비마마를 따라갔다가 우연히 보게 되었습니다. 그 여인이 있던 전각이 밖에서 굳게 잠긴 채 불에 타고 있었습니다."

"불에 타다니, 금유당이?"

엉겁결에 중얼거려 놓고 떠들지 말아야 할 것까지 떠들었다는 사실을 깨달은 명은 쯧, 혀를 찼다.

"그곳이 금유당입니까?"

금지된 후원에 들어갔다는 것조차 안 될 말이었는데, 금유당까지 알게 되다니. 난감해진 명은 일단 평정심을 찾기 위해 심호흡을 한 뒤 되물었다.

"그러니까 서하가 갇힌 전각이 불에 타고 있었다, 이 말이오?"

"예."

"대체 누가 그곳에 불을, 설마 어마마마께서?"

인혜가 대답을 못 한 채 시선을 피했다.

명은 그제야 일의 전말을 조금이나마 알 것 같았다. 무헌대군이 살아 있음을 알고 화가 난 대비가 금유당에 불을 질렀고, 그런 대비를 쫓아 간 인혜가 서하를 살렸음이었다. 덕분에 자유롭게 풀려난 서하는 고삐 풀린 망아지처럼 그대로 추국장을 향해 달려왔을 테고.

"그렇게 나타난 게로군."

"서하라는 여인이 결국 추국장에 나타났습니까?"

'결국'이란 말이 명의 신경을 짜증스럽게 거슬렀다.

"서하가 추국장에 나타나리란 사실을 알고 있었다는 소리로 들리는데."

"……나의 대군이 위험합니다, 라고 하였습니다."

잠시 망설이던 인혜가 털어놓은 진실은, 정체를 알기 힘든 포악한 감정이 되어 어지럼증을 호소할 때까지 명의 전신을 흔들어댔다. 그것이 시기하는 마음에서 비롯된 분노라는 것을, 그는 끝까지 인정하지 않았다.

"그대도 십 년 전 있었던 사건에 대해 들은 적이 있겠지?"

가까스로 마음을 진정시킨 명이 질문하자, 인혜가 고개를 끄덕였다.

"예."

"그때 무헌대군을 찌른 벙어리 궁녀가 바로 서하요. 제 생살까지 함께 찌르며 기어이 무헌을 살리더니, 이번에는 불구덩이 속에서 빠져나와 살리는군."

잠시 커졌던 인혜의 두 눈이 이내 어리둥절하게 휘어졌다.

"하지만 그 여인은 말만 잘하였는데요."

"그러게. 나도 깜빡 속았소."

알고 있었다면 이 정도까지 허무하게 당하고 있지만은 않았을 텐데. 밖으로 내지 못한 소리가 쓰디쓰게 입안을 맴도는 것이 싫어 명은 서둘러 다른 화두를 꺼냈다.

"그나저나 어쩌다 대비마마를 쫓아간 것이오?"

인혜는 잠시 우물우물 망설이다가 어렵사리 털어놓았다.

"지난번 합방 때 주무시던 전하께서 그 여인의 이름을 부르시는 걸 들었습니다."

"과인이?"

"예. 하여 어떤 여인이기에 전하께서 그토록 애달프게 부르시는지 궁금해하던 참이었습니다. 한데 대비마마께서 '유서하'라고 외치시며 달려가시기에, 궁금증을 참지 못하고 따라갔던 것입니다."

인혜의 말대로 피로해서인지, 아니면 간신히 잠재운 노기가 또다시 치밀어 올라서인지 명은 눈가가 빼근하게 조여오는 것을 느꼈다.

"잘된 일이군. 그대가 구한 덕에 서하는 목숨을 건졌고, 죽고 못 사는 낭군도 구했고, 과인은 하나뿐인 아우를 복권시키게 되었으니 모든 게 잘 된 게 아니겠소."

그 때문인지 말속에 원망이 섞였다.

빠르게 말을 마친 명은 몸을 돌렸다. 오늘은 이쯤하고 돌아서야겠다고 생각했다. 계속 있다간, 이곳마저 마음 편히 찾을 곳이 못 될 것 같았기 때문이었다.

"이만 가보겠소. 쉬시오."

미련 없이 문밖으로 나가려 할 때였다.

"신첩 때문에 무헌대군이 복권되어 화가 나셨습니까?"

얄미울 정도로 정확한 한마디가 속을 찔러오자, 덜컥 다리가 먼저 멈추었다. 명은 애써 태연하게 대꾸했다.

"그럴 리가."

"아니면 혹, 두려우십니까?"

오늘따라 여러 번 마음을 다그치는 일을 겪어서일까. 짜증스러움을 숨기지 못한 명의 노여운 표정이 고스란히 인혜에게로 향했다.

"……무엄하오."

날 선 목소리에도 불구하고, 인혜는 자리에서 벌떡 일어나 명에게 다가갔다.

"신첩도 압니다. 무헌대군이 돌아온다는 게 어떤 의미인지."

"무슨 말이 하고 싶은 것이오?"

"자칫 왕권이 흔들릴 수도 있고, 어쩌면 보위 계승 자체를 문제 삼는 이들이 나타날 수도 있겠지요."

인혜는 명의 옷깃을 잘 여며주며 말을 이었다.

"오히려 잘 되었습니다. 이참에 보여주세요, 전하께서 보위를 이은 지금이 틀리지 않았다는 사실을. 무고한 대군에게 누명을 씌어 보위나 빼앗는 그런 저열한 임금이 아니라, 만백성을 품는 성군 중의 성군이심을 만천하에 알릴 수 있는 좋은 기회가 될 것입니다."

인혜는 순수하기 그지없는 얼굴로 빙긋 웃어 보였다.

"당당하고 의연하게 맞서시면 됩니다. 대군이 하나든 열이든 전하의 세상은 굳건할 겁니다. 제가 전하를 믿는 만큼, 전하도 스스로를 믿으세요."

조금 떨리는 인혜의 손가락이 눈가에 스치며 와 닿은 순간, 명은 말뚝에 박힌 것처럼 처절한 고통스러움을 맛봐야 했다.

***

"하아, 하아, 하아!"

서하는 온몸이 부서지도록 달렸다. 폐가 터질 것처럼 아프고, 번갈아 가며 땅을 딛는 발바닥에 더 이상 아무 감각이 느껴지지 않는데도 멈출 수가 없었다.

"내가 널 놓칠 것 같으냐!"

조 내관이 집요하게 쫓아오고 있었다. 물린 손에서 피가 나는 것도 아랑곳하지 않은 채, 그는 잔악한 악귀처럼 악다구니를 썼다.

"아무리 도망쳐 보거라! 내 오늘은 기필코 너를 잡아 죽일 것이다!"

서하는 눈앞이 다 흐릿해지는 것을 느꼈다. 옥류천에서 옷깃을 틀어쥔 조 내관의 손을 힘껏 깨물어 간신히 목숨은 건졌지만, 뒤돌아 도망치려다 휘둘러진 검을 완전히 피하진 못하고 기어이 등을 베인 모양이었다. 꽤 깊이 상처가 났는지 등허리를 타고 연신 무언가가 흘러내리고 있었다.

"하하하하! 그렇게 쥐 새끼같이 도망쳐서 이번에는 얼마나 질긴 목숨줄을 연명할지 두고 보자!"

몸이 한계에 치달을 때까지 도망치기를 한참.

"어엇!"

서하는 옆에 있던 나뭇가지를 붙잡으며 간신히 멈춰 섰다. 발밑으로 작은 돌멩이와 흙 부스러기들이 사정없이 추락했다.

언덕의 끄트머리에 선 서하는 초조하게 뒤를 돌아보았다.

"넌 이제 죽은 목숨이다!"

조 내관이 회심의 미소를 지으며 거리를 순식간에 좁혀오던 바로 그때였다.

"서하야!"

갑작스럽게 후원안을 쩌렁쩌렁하게 울리는 큰 목소리가 들려왔다.

서하는 언덕 아래를 내려다보았다.

"뛰어!"

구름 속에서 모습을 드러낸 영롱한 달빛이 한 사내를 비추었다. 쓰고 있던 갓을 집어 던지고 미친 듯이 달려오는 사내.

"뛰어내려!"

무슨 일이 있어도 절대로 구해줄 거라 믿는 사람. 무헌대군, 이우.

"죽어라!"

조 내관이 단검을 치켜든 채로 있는 힘껏 땅을 박차고 올랐다. 동시에 서하가 눈을 질끈 감으며 언덕 아래로 몸을 던졌다. 단검 끝이 아슬아슬하게 서하의 등을 또다시 스치고, 추락하는 속도가 무섭도록 빨라졌다.

"빌어먹을!"

우는 심장이 멎도록 온 힘을 다해 내달렸다. 무슨 일이 있어도 받아내기 위해, 머리카락 한 올도 놓치지 않기 위해 팔을 뻗었다.

"서하야!"

마침내 간절한 손이 서하를 힘껏 품으로 끌어당겼다. 땅 위에 미끄러지듯 몸을 낮추어 멈춰 서자, 거짓말처럼 매화 향이 일었다.

안도한 심장이 다시 살아나기 시작했다. 우는 곧바로 서하를 살폈다.

"서하야, 서하야?"

하지만 이리 가까이서 불러도, 서하는 대답은커녕 눈조차 뜨지 못했다. 그제야 우는 서하의 등을 받치고 있는 제 손이 축축해지고 있음을 깨달았다.

굳이 보지 않아도 피라는 것을 알 수 있었다. 매화 향 사이로, 비릿한 향이 섞여 퍼지고 있었기 때문이었다.

"……것이다."

섬뜩하리만치 차가운 우의 시선이 언덕 위로 향했다. 서하를 품에 안으면 안을수록, 그런데도 가녀린 몸이 자꾸만 아래로 꺼지듯 축 늘어지면 질수록, 피가 거꾸로 치솟아 숨이 막혀 왔다.

"반드시 죽여버릴 것이다!"

이성을 잃어버린 우가 포효하듯 소리치자, 언덕에서 그들을 내려다보던 조 내관이 재빨리 모습을 감추었다.

월영 때문에 한발 늦어버린 난희는 나무 뒤에 숨어 언덕 아래를 내려다보았다.

용의 아이를 안아 들고 선선히 가는 사내. 무헌대군은 제가 이제껏 겪어 왔던 사내들과는 조금 다른 부류이긴 했다. 돈과 권력을 탐하는 것도 아니고, 그렇다고 여인과 풍류를 즐기는 것도 아니고. 또 그렇다고 보위를 탐하는 것도 아니지만, 모든 열망을 한 여인에게만 아낌없이 쏟아붓는 사내.

"어렵겠느냐?"

난희는 목소리가 들려온 쪽을 흘끔 쳐다보았다.

"어려울 게 무에 있겠습니까? 아무리 그래봤자 사내인 것을."

"방심하지 마라. 무헌대군은 네 생각처럼 그리 호락호락한 인물이 아니니까."

석준의 말에 난희는 코웃음을 쳤다.

"저런 자가 오히려 쉬울 수도 있습니다. 한 여인에게 목을 매니, 그 여인만 공략하면 될 일입니다."

"내 다시 말하지만, 아직 서하는 살려두어야 한다. 저 애가 살아 있어야 주상도, 무헌대군도 다 우리 수중에 들어온다, 이 말이야."

"알겠습니다. 다만……."

"다만?"

"최후에 죽이는 건 제가 합니다."

들고 있던 은장도 속의 장침을 혀로 슥 훑어 올리는 난희의 모습을 보며, 석준이 비릿하게 웃었다.

"오냐. 내 반드시 네 먹잇감으로 주마."

***

"전하. 어젯밤 선왕 전하를 모셨던 궁녀들이 일제히 자진하였고, 바로 몇 경 전에는 옥에 갇혔던 대전 내관까지 혀를 물어 스스로 목숨을 끊었다 하옵니다. 겨우 남은 증인인 조 내관은 혹시 모를 일에 대비하여 내시부에 조사를 일임하였으나, 미쳐 날뛰는 통에 심신이 미약해져 있다 하옵니다."

"그렇사옵니다, 전하. 서둘러 선왕 전하의 시해 음모를 밝혀야 하는데 그 어려움이 극에 달해 있나이다."

길고 길었던 하루가 지나고, 날이 밝았다. 명은 어젯밤 선언한 대로 통행금지 시각이 끝나는 파루의 종이 울리자마자 교지를 내렸다.

「본디 성품이 어질고 효심이 지극했던 무헌대군이 간계에 빠져 십 년이나 참담한 누명을 덮어썼으니, 이는 두고두고 한탄할 만한 일이로다. 이제야 그 결백을 밝혀 무헌대군의 봉호를 돌려줌에 있어서 기쁘기 한량없으니 한 치의 틀림없이 시행하도록 하라.」

한숨도 눈을 붙이지 못한 상태로 도승지가 교지를 꾸려 나가는 모습을 지켜보고, 버선발로 덤덤하게 교지를 받은 우가 곧바로 조복을 차려입고 선왕과 효선왕후의 묘를 찾았다는 결과를 듣기까지.

너무나도 고단한 시간이 이어졌다.

오죽하면 편전에서 백관들과 상참이 한창인데, 생각은 온통 다른 곳을 향해 있을 정도였다.

〔나의 대군이 위험합니다, 라고 하였습니다.〕

나의 대군, 이라니. 그 어여쁜 목소리가 어떻게 떠들었을지, 하기 싫어도 저절로 머릿속에 상상이 갔다.

"무헌대군 대감을 유인했던 자들에 대한 조사도 응당 이루어져야 합니다. 감히 선왕 전하의 인장을 꾸며내 한 나라의 대군을 해하려 하다니, 왕실에 대한 능멸이자 왕권에 대한 도전이 아닐 수 없사옵니다."

"청해공주 자가의 환궁도 서둘러야 할 줄로 아옵니다."

복권이 정해지니 시키지 않아도 모든 일이 일사천리였다. 선왕께서 따로 소유하고 계신 인장 같은 건 본 적도 들은 적도 없다고 떠들던 치들이, 무헌대군이 나타나기 전까지만 해도 청해를 서인으로 강등시켜야 한다며 거품을 물던 입들이 전부 거짓말처럼 사라지고 없었다.

〔검으로 찌른 순간, 대감의 피가 제 손바닥에 스며들었습니다. 하여, 저 역시 거머리 독에 중독되었습니다.〕

자색으로 물들어버린 손바닥을 번쩍 치켜올리던 모습이 아직도 눈앞에 아른거렸다. 어떻게 그리 감쪽같이 숨겨왔는지, 아무리 생각해도 존경스러울 정도로 대단하지 않느냔 말이었다.

"전하, 무헌대군의 일도 일이지만 하늘이 메마른 탓에 여러 도에서 흉년이 이어지고 있다 하옵니다. 백성들은 기근에 허덕이느라 썩은 음식도 마다하지 않고 먹어 곳곳에서 병사하는 수가 늘어나고, 무지한 자들은 신에게 제사를 지내기 위해 제 자식까지 팔아 그 비용을 대고 있다 하니 가히 원성이 자자해지고 있음이옵니다."

"그렇사옵니다, 전하. 곳곳에서 도움을 청하는 상소가 끊이지 않고 올라오고 있사옵니다."

"또한 최근 도적 떼가 출몰하여 남의 재산과 가축, 음식 할 것 없이 훔치는 일이 빈번하다 하옵니다. 특히 사대부의 집에 고의로 쳐들어가 물품을 빼앗고 불을 지르는 간악한 무리들이 많아져 살기가 흉흉하니, 그들의 수색을 철저히 하여 근원을 뿌리 뽑을 수 있도록…… 전하?"

병조 판서가 말을 하다 말고 용상을 올려다보았다. 그것을 아는지 모르는지, 명의 손가락은 연신 어좌를 두드려대고만 있었다. 톡, 톡, 톡.

〔무헌대군께서 안전하셔야 제가 삽니다. 혹 대군께 무슨 일이 생긴다면, 절대로 전하의 옆에 용의 아이는 없을 겁니다.〕

"으흠, 흠. 전하."

마냥 착하고 순해 보이면서도 의외로 강경한 면이 있다는 건 원래 알고 있었지만, 은애하는 이를 구하기 위해 낭떠러지까지 물러선 서하는 꼭 다른 사람처럼 보였다.

"전하, 혹 옥체 미령하시옵니까?"

명이 다른 생각으로 골몰해 있는 바람에 어쩔 줄 몰라 하는 백관들 사이로, 좌의정의 큰 목소리가 불쑥 튀어나왔다. 어좌를 두들겨 대던 명의 손가락이 그제야 멈추었다.

"아, 미안하오. 어디까지 했더라? 도적 떼가 출몰한다는 보고를 하던 참이지 않았소?"

"상참은 이쯤에서 파하시고 잠시 쉬심이 어떠하실는지요."

좌의정의 말에 명은 못마땅한 기색을 애써 숨겼다.

"왜, 파할 이유가 무엇이오?"

"하오나 전하의 심기가 무척 어지러워 보인 터라……."

"그럴 리가!"

명은 일부러 쾌활하게 목소리를 높였다.

"과인이 심기 어지러울 일이 뭐가 있겠소. 하나뿐인 아우가 돌아왔겠다, 상참도 이리 활기를 띠겠다, 이보다 더 좋을 수가 없거늘. 혹 잠시 생각할 게 있어 집중하지 못한 일을 두고 과인을 책망하는 것이오?"

"천부당만부당한 말씀이옵니다, 전하! 소인들은 그저!"

"되었소, 되었소. 과인이 그대들의 충성심을 어찌 모르겠소. 허니 자, 다시 시작합시다. 병판, 도적 떼에 대해 다시 보고해 보시오."

"예, 전하. 또한 최근 도적 떼가 출몰하여 남의 재산과 가축……."

명은 웃는 얼굴로 이를 부득 갈았다. 여기서 옥체가 미령하다는 둥 심기가 어지럽다는 둥 하여 진짜로 상참을 파했다가는, 아우가 돌아와 속이 쓰려 그렇다는 소문이 나돌 게 분명했다.

그럴 수는 없었다. 설사 지금 머리가 백지처럼 하얘진 데다가 구토가 올라올 것 같이 명치 부근이 빼근히 아프다고 해도, 평소보다 더 아무렇지도 않게 이들 앞에 서야 했다.

33화

제게 다 옮겨 왔으면 좋겠습니다

여섯 살에 멈춰 버린 어머니에 대한 기억은 너무너무 아름다웠고, 어딘지 슬퍼 보였다는 것. 그리고 자신에게 무척이나 미안해했다는 것.

쫓기는 생활은 너무나 참혹했다. 먹을 것을 구하지 못해 배고픈 것은 어찌어찌 참는다 쳐도, 산에서 노숙을 해야 할 때는 정말이지 견딜 수 없는 고통의 연속이었다. 이가 떨리게 춥고, 해서 더 배가 고프고, 벌레나 뱀 같은 온갖 것들이 들끓고.

어쩌다 몸이 유독 피곤한 날이면, 어머니는 잠꼬대마저 울며불며 미안하다는 말씀만 연신 했었다.

〔서하야, 미안하다. 미안해.〕

뭐가 그리 미안했던 건지, 그때는 알지 못했다. 능력을 물려주어 죄책감에 몸서리치고 계셨음을, 그때는 전혀 알지 못했다.

〔연서야!〕

〔전하, 말씀드렸다시피 저는 이미 능력을 잃은 지 오래입니다. 허니 보내주십시오, 이렇게 간청드립니다.〕

〔나야말로 이리 간청한다. 나와 함께 가자.〕

〔송구합니다, 전하. 진실로 제 능력은 없어진 지 오래이옵니다. 통촉하여 주십시오.〕

어머니는 빌고 또 빌었다. 더 이상 용의 아이가 아니니 보내 달라 몇 번이고 애원했었다. 하지만 선왕의 고집을 꺾을 순 없었다. 아무리 피해 다녀도 선왕의 손아귀에서 벗어나는 것은 불가능했고, 어머니는 우느라, 비느라 또 도망다니느라 점차 야위어갔다. 불그스름하게 홍조를 띠던 통통한 빰은 해골처럼 움푹 패였고, 팔다리는 건드리기만 해도 뚝 부러질 정도로 위태롭게 가늘어졌다.

그런데도 끝끝내 우리를 찾아낸 선왕이 어머니를 데려가겠다며 고집을 부리던 순간, 난 평생 비밀로 간직하겠다던 어머니와의 약조를 깨뜨렸다.

〔제가 볼 수 있습니다. 용의 아이는 아이를 낳으면 능력이 사라진다 하였습니다. 대신 능력을 물려받은 제가 선견을 하여 앞날을 봐 드릴 터이니 어머니는 보내 주세요. 부탁드립니다.〕

〔서하야!〕

어머니는 경악했다. 황급히 아니라고, 아이가 아무것도 모르고 어미를 살리려 거짓을 고한 것이라고 수백 번을 빌었지만, 이미 늦은 후였다.

선왕의 눈은 오싹하리만큼 강하게 빛이 났었다.

〔네가 선견을 할 줄 아느냐?〕

〔예.〕

〔해 보거라.〕

〔……화살이 날아올 것입니다.〕

전하의 눈앞까지 화살이 날아오고 있습니다, 그 말을 전하자마자 어머니가 외치셨다.

〔안 돼!〕

그리고 처음으로 깨달았다. 화살이라는 것이 얼마나 빠르고 날카로운지, 사람의 몸을 단번에 관통한다는 사실을.

심장에 구멍이 난 채로 낙화처럼 쓰러지던 어머니가 아직도 눈에 선했다. 어머니 몸에서 뿌려진 피가 백매화를 적매화로 바꾸어 놓고, 꼭 비가 내리는 것처럼 피가 사방으로 흩어지는 와중에 선왕이 지키고자 꼭 끌어안았던 사람은…….

"울지 말거라."

어머니가 아닌 나였다.

사랑했다 들었다. 선왕께서 어머니를 너무 사랑한 나머지, 놓아주지 않으시는 거라 들었다. 하지만 결국, 선왕이 선택한 것은 용의 아이였다.

"울지 마, 서하야. 네가 이리 울면 정말 어찌해야 할지를 모르겠단 말이다."

애절한 목소리가 귓가를 울리고.

"그렇게 눈물만 흘리지 말고, 내게 오거라."

익숙하게 따뜻한 손이 눈가를 닦아주고 나서야, 서하는 눈을 떴다.

어느 처소인지는 모르겠지만, 빛이 환하게 들어오는 눈부시게 밝은 방이었다. '어둡고 차가워 보이는 방이 아니라 빛이 잘 스며들어 퍽 아늑해 보이는 방이었으면 좋겠습니다'라고 언젠가 서찰에 적었던 기억이 떠올랐다. 게다가 바람이 잘 통하도록 사방에 작은 창이 나 있으면 참 좋겠다고도 했었는데, 이 방이 바로 자신이 서찰에 적었던 것과 꼭 일치하는…….

거기까지 생각하던 서하는 상체를 벌떡 일으켰다. 온몸이 꼭 비명을 질러대는 것처럼 아파서 작은 신음이 터져 나왔다. 모르는 사이, 손목은 물론 속적삼 안까지 무명천으로 칭칭 감겨 있었다.

"겨우 눈물이 멈추었구나."

한없이 부드러운 목소리가 들려온 통에 언제 그랬냐는 듯 신음이 쏙 들어갔다. 천천히 고개를 돌리자, 그동안 보고 싶어 그리 안달을 냈던 얼굴이 바로 지척에서 자신을 지그시 바라보고 있었다.

서하는 선불리 대군이라 부르지 못했다. 또 부르자마자 영영 사라져 버릴 신기루면 어쩌나. 그럼 그립고 그리운 이 마음을 어찌 버티고 살아야 하나.

두렵고 겁이 나서 한참을 멀거니 있었더니, 우가 잔잔히 웃으며 고개를 살짝 꺾었다.

"내게 오려고 일어난 것인 줄 알았더니만."

그제야 꿈인 줄로만 알았던 눈물겹게 따스한 음성이 진짜였음을, 지척에 앉은 이가 사라질 신기루가 아니었음을 깨달았다. 서하는 가슴 부근의 옷자락을 움켜쥐었다.

심장이 닳아 없어질 것처럼 뛰어대고, 그동안 쏟아내지 못한 눈물을 켜켜이 묻어둔 가슴이 애틋한 먹먹함으로 번져 갔다.

"대군……."

한참이나 참다가 간신히 부르자, 우가 가만히 손을 내밀었다.

"안고 싶은데."

반칙이었다. 사람을 녹일 것처럼 달콤하게 낮은 목소리를 내다니.

서하는 무너지듯 우에게 향했다.

"대군!"

하지만 그것도 잠시, 무언가 생각난 서하가 그대로 제자리에 우뚝 멈춰 섰다. 안아주려 팔을 벌리고 있던 우는 이상함에 눈을 깜빡였다.

"서하야?"

서하는 우를 끌어안는 대신, 그가 입고 있는 청색 도포의 옷깃을 움켜쥐고는 말릴 새도 없이 양쪽으로 힘껏 잡아 벌렸다.

우의 어깨가 훤히 드러났다. 서하의 손가락이 곧바로 그의 왼쪽 어깨를 더듬었다. 정확하게는 추국장에서 보았던 상처. 그때는 마치 푸른곰팡이처럼 썩어들어가는 건 아닐까, 착각이 들 정도로 아파 보였는데 다행히 치료를 한 것인지 많이 아물어 있었다. 그래도 아직은 처참해 보이는 상처를 보며, 서하의 목소리가 가라앉았다.

"또 다치셨다고요? 하필이면 거머리 독에?"

"괜찮다."

"아프시면서."

"괜찮다니까."

우는 뒤늦게 서하가 무엇을 확인하려는지 깨닫고는 하는 대로 가만히 지켜보려 했다.

"아프지 마십시오, 제발."

눈 끝에 눈물방울을 대롱대롱 단 채로, 서하가 상처에 그 작은 입술을 묻기 전까지.

뜨거운 숨결이 와 닿자, 우는 본능적으로 어깨를 흠칫 떨었다.

"그러다 또 독이 옮으면 어쩌려고. 하지 마."

그만하라며 서하의 턱을 조심스럽게 들어 올렸다.

"제게 다 옮겨 왔으면 좋겠습니다."

하지만 서하는 멈추기는커녕 턱에 와 닿은 우의 손가락 끝에, 다시 그의 어깨에 입술을 포갰다. 살짝살짝 닿는 숨결이 간지러워 우의 상체가 조금 굳어버렸다는 것을 알면서도 멈추지 않았다.

오히려 추국장에서 부겸이 말했던 흔적들도 확인하려는 듯 도포를 더 끌어 내렸다. 고스란히 드러난 우의 왼쪽 등허리 상처에 꼼꼼히 입을 맞추고, 옆구리에 숨을 포개고, 오른쪽 흉부에 사선으로 난 상처를 핥아주듯이 입맞춤을 쏟아냈다.

"아프지 마십시오."

"이미 아프지 않다."

"정말 다 낫게 해드릴 수 있었으면 좋겠습니다."

마지막으로 그의 심장에 새겨진 흉터를 보듬으며 입술을 묻으려는 찰나.

"그만."

우가 저지하듯 서하의 양 손목을 잡아챘다.

"이 이상은 위험해."

조금 쉬어버린 우의 숨결이 곧바로 서하의 입술 사이를 파고들었다. 무섭도록 농염하고, 떨리게 아슬아슬한 입맞춤이 줄타기를 하는 것처럼 이어질 때마다, 머리부터 발끝까지 힘을 모조리 빼앗겨 노곤해지는 것만 같았다.

"으음."

서하가 참지 못하고 내는 감미로운 신음이 아찔하게 귓가를 스치고서야, 우는 입술을 떼었다. 촉촉이 젖어 더욱 불그스름해진 입술에 다시 입맞춤을 퍼부으려다가, 이번에는 서하의 손목에 감긴 무명천을 방해물이라도 되는 것처럼 이로 물었다.

"너도 당해 보거라."

매듭이 풀린 무명천이 하늘거리며 아래로 가볍게 떨어지고, 상처가 고스란히 드러난 곳에 우의 입술이 닿았다. 손목에, 손바닥에 그리고 저고리를 말아 올리며 드러난 팔꿈치까지. 스칠 때마다 만들어지는 붉은 흔적들이 타들어 갈 것처럼 뜨거워 서하는 더운 숨을 내뱉었다.

이 이상은 위험해.

그가 한 말이 무슨 뜻이었는지 깨닫는 순간. 예고 없이 등으로 파고든 커다란 손이 상처를 어루만지듯 배회하고, 삽시간에 저고리 고름을 풀어내 속적삼 안으로까지 침범한 우가 가슴에 감긴 무명천을 이로 물어 끌어 내리려 했다.

타악! 예고도 없이 문을 벌컥 열리자, 우는 재빨리 보이지 않도록 서하를 품속에 안았다.

"대군 대감! 교지 받으셨다면……."

박 내관과 궁녀들은 대체 뭘 하고 있는 건지.

중간에 말을 끊은 수호는 한동안 그 자리에서 얼어붙은 채 서 있었다. 도포가 반 이상 벗겨져 탄탄한 상체가 훤히 드러난 우. 그런 그의 품속에 새끼 양처럼 잡힌 채 눈도 입술도 촉촉하게 젖은 서하.

더 말할 것도 없이 즉각 상황 파악을 마친 수호는 드르르륵, 다시 문을 닫고 나갔다.

"눈치 없이 끼어들어 송구합니다. 하던 거 계속하십시오. 한 시진 이후에 오겠습니다. 아니지, 막 두 시진 이후에 와야 하고 그런 건가? 제가 워낙 이런 쪽으로는 문외한이라서요."

우는 벗겨진 도포를 다시 잘 정비해서 입었다. 그러고는 여전히 뻣뻣하게 굳어 옴짝달싹하지 못하는 서하의 저고리를 여며준 뒤, 손을 잡아 끌어 제 등 뒤에 단단히 숨겼다. 마주 잡은 한쪽 손 너머로, 서하가 부끄러워 죽기 일보 직전임을 알 수 있었다.

"들어오거라."

"지금요? 진짜 지금 들어가도 되는 겁니까?"

"그만 까불고 들어오라 했다."

수호는 야금야금 문을 열더니, 빼꼼히 안을 들여다보고 나서야 겨우 들어왔다.

"송구합니다. 진짜 그럴 생각은 없었는데."

"그만 까불라 했다."

"제가 그 원래 남의 애정 행각에 막 끼어들고 그러는 무례한 사람이 아니라고, 뒤쪽에 계신 서하 아가씨께 잘 설명을……."

"마지막 경고니까 그만하고 찾아온 연유나 말하거라."

"연유요?"

"볼 일이 있어 왔을 게 아니냐."

"아, 참. 그랬지. 하도 대군의 야한 모습을 뵈어서 눈이 막, 어휴! 어지러워 가지고."

"계속 할 테냐?"

우가 목소리 끝을 올리자, 수호가 얼른 손사래를 쳤다.

"재미있어서 그러지요, 재미있어서. 이목석의 이런 엄청난 장면을 목도하고 가만히 있으면 제가 차수호가 아니라 석수호……."

결국 참지 못한 우가 검집을 잡으려 하자, 수호는 비로소 제대로 된 말을 토설했다.

"대비마마께 가실 겁니까?"

그때까지도 우의 등에 이마를 콕 박은 채 숨어 있던 서하가 고개를 번쩍 들었다. 움직임을 알아챈 우가 서하를 잡은 손에 힘을 실었다.

"물론. 복권된 첫날인데 문안 인사를 빠뜨릴 수는 없지."

"안 받아주실 겁니다."

"전하와 체통을 위해서 어쩔 수 없이 받으실 거다."

"안에서 마주 보고 앉아 또 얼마나 으르렁거리시게요."

"걱정을 모르는 바는 아니나, 할 도리를 다하지 않고 복권된 사실에만 안주하면 어찌 되겠느냐. 지킬 건 반드시 지켜야 하는 법이다."

때마침 밖에서 두천의 목소리가 났다.

"대군 대감, 박 내관입니다."

"들거라."

두천이 커다랗고 화려한 함 하나를 들고 들어왔다.

"단령이 완성되어 가지고 왔습니다."

경상 위에 내려진 함 뚜껑을 열자, 홍색 안감에 아청색 겉감이 뒤섞인 자적단령과 그 위의 황금실 기린흉배가 고운 빛깔을 뽐내며 존재감을 드러내고 있었다.

"그래, 이제 진짜 시작이구나."

우는 단령을 집어 들었다.

"복권된 첫날이니 가볍게 다녀오마. 당부해 두어야 할 말도 있고, 반드시 얼굴을 봐 두어야 할 놈도 있으니까."

34화
재회

"소인이 죽을 죄를 지었사옵니다. 용서하여 주시옵소서."

마룻바닥에 무릎을 꿇은 채, 조 내관은 손이 발이 되도록 비느라 여념이 없었다. 질질 짜는 얼굴은 하얗다 못해 시체처럼 창백하게 질려 있었다.

"마마, 대비마마! 소인이 죽을 죄를 지었사옵니다. 감히 주인의 명을 거스른 이 못난 놈을 부디 하해와 같으신 넓은 아량으로……."

"네가 나를 주인으로 섬겼더냐? 허, 전혀 몰랐던 사실이구나."

처소 안쪽에서 대비의 목소리가 카랑카랑하게 울려 퍼졌다.

"마마! 그런 말씀 마시옵소서! 제 주인은 영원히 대비마마 한 분뿐이십니다!"

"그런 놈이 명은 왜 어겼누?"

"그, 그건."

"내 분명 운선이를 부르라 하였거늘. 추국장에서 네 놈이 끌려가기 전 그리 강조하여 일렀거늘. 심지어 옥사에서 빼주겠다 약조까지 해주었거늘. 대체 무슨 배짱으로 내 명을 어겼더냐."

"죽을 죄를 지었사옵니다, 마마. 진짜 진짜 죽을 죄를 지었사옵니다!

제가 직접 그년을 죽이면 마마를 더 기쁘게 해드릴 수 있는 게 아닌가 하는 욕심에 그만……."

"그래서 실패하였더냐? 내 말대로 운선이를 불렀으면 바로 해결됐을 일인데, 직접 뭐를 해? 누굴 쫓다가 도망을 와? 그러고도 살기를 바랐더냐!"

"잘못하였습니다, 마마! 대비마마!"

"네까짓 게 시키면 시킨 일이나 잘할 것이지, 어디서 함부로 명을 어기고 까부는 게야!"

화가 잔뜩 난 대비가 태풍처럼 노여움을 흩뿌리자, 조 내관은 배가 마루에 닿을 만큼 더 납작 엎드렸다.

"송구하옵니다, 대비마마! 송구하옵니다!"

그 말밖에는 할 게 없어서 끊임없이 똑같은 말을 되풀이하고 있을 때였다.

"미쳐 날뛰는 통에 심신이 미약해져 조사가 불가능하다더니, 엎드려 비는 건 잘만 하는구나."

갑작스러운 목소리를 따라 눈물과 콧물로 범벅이 된 조 내관의 얼굴이 올라왔다. 그는 단령 차림의 우를 보자마자 별안간 딸꾹질을 시작했다.

"히끅!"

"뭘 그리 놀라고 그러느냐, 어제는 막말도 서슴없이 하더니. '거짓말은 저자가 하고 있습니다'라고 했던가? 내가 누굴 죽였다고도 했었지?"

기억을 더듬는 척하던 우가 추국장에서 있었던 일을 콕 집어내자, 조 내관의 딸꾹질이 점점 더 발작적으로 변해갔다.

"히끅! 히끅!"

"무엇을 잘못하였는지는 몰라도 계속 잘 빌어 보거라."

우는 조 내관의 평퍼짐한 등짝을 퉁, 퉁 두들겨주다 말고 그의 어깨에 손을 올리며 속삭였다.

"네가 여기서 살아남아야, 내가 어제의 빚을 청산할 수가 있지 않겠느냐."

"히끅!"

어깨를 부러뜨릴 것처럼 힘주어 움켜잡았더니 조 내관이 빠져나가려는 문어처럼 몸을 이리저리 꼬았다. 겨우 놓아주자, 뒤로 벌렁 넘어간 그는 경기를 일으키는 것처럼 딸꾹질을 멈추지 못했다.

그 모습을 가만히 내려다보다 말고, 우는 대비전 처소 앞에 섰다. 문 앞을 지키는 상궁이 눈치를 힐끗 보더니 조용히 안을 향해 아뢰었다.

"대비마마, 무헌대군 대감께서 문후 드셨사옵니다."

"……들여라."

차가 식었다. 차만 식은 게 아니었다. '간밤에 침수 편이 드셨습니까' 하고 공손히 문후를 올린 우가 대비전 처소에서 꼿꼿하게 서 있은 지도 벌써 한 시진이 넘어가고 있었다.

끝끝내 앉으란 소리도 안 하고 그를 없는 사람 취급하는 자영이나, 그렇다고 물러가지도 않고 버티고 선 우나. 고집이 쇠심줄 같은 사람들이었다.

식은 차를 내가고 새 차를 들여오던 상궁 나인들도 처음에는 눈치를 보는 것 같더니, 여러 번 반복되자 무뎌진 듯했다.

"대비마마, 주상 전하 납시었사옵니다."

조금 뒤 지밀상궁이 큰 소리로 아뢰자, 자영은 언제 그랬냐는 듯 활짝 웃었다.

"오, 그래. 어서 모시어라!"

문이 열리자마자 우는 옆으로 비켜서서 허리를 숙였다. 곤룡포를 단정히 차려입고 처소 안으로 들어오던 명은 그를 흘끔 한 번 본 뒤, 다시 자영을 향해 절을 올렸다.

"어마마마, 간밤에 침수 편안히 드셨나이까?"

"주상은 평안하시었습니까?"

"그러하옵니다, 어마마마."

"안타깝게도 난 머리가 아파 잠을 이루지 못했습니다. 그래도 이렇듯 주상의 얼굴을 보니 피로가 싹 가시는구려."

"어찌하여 머리가 아프십니까? 어디가 미령하신 것이옵니까?"

"아무것도 아닙니다. 어울리지도 않는 정신병자가 궐에 있는 것 같아 마음이 불편해 그랬던 것이니, 마음 쓰지 않아도 됩니다."

바보가 아니고서야, 그 정신병자가 무헌대군을 가리키고 있음을 모를 리가 없었다. 난처해 하던 명은 분위기를 바꿔보려 뒤를 향해 한층 밝게 말을 걸었다.

"우야. 왜 그리 계속 서 있기만 하느냐? 문후를 드리러 온 것이면 얼른 올리지 않고."

"이미 한 시진 전에 올렸사온데, 아무래도 예전만 못하신 듯하여서 말입니다."

우는 잠시 말을 멈추고 명과 대비를 한 번씩 번갈아 본 뒤, 덩그러니 대답을 늘어놓기 시작했다.

"십 년 전만 해도 제 숨소리조차 시끄럽다며 껄끄러워하셨던 분이, 지금은 이리 지척에서 올린 인사도 듣지 못하시다니. 어제 추국장에서도 예전 일에 대한 기억이 가물가물하시어 없는 사실까지 공초하셨던 걸 보면, 세월에는 장사가 없단 말이 참인 듯합니다. 정말 안타까운 일이 아니겠습니까."

우는 슬쩍 대비를 쳐다보았다. 끓는 물에 풀어놓은 달걀처럼, 얼굴이 희한하게 일그러져가고 있었다.

"……우야."

명이 표정을 굳힌 채 부르는데, 그보다 먼저 대비가 크게 코웃음을 쳤다.

"하! 그만두세요, 주상! 효를 기대한 내가 바보입니다. 애초에 배 아파 낳은 자식이 아니니 어미 대접을 해줄 리 없지요. 아니 그렇소, 무헌대군?"

우는 단령 위에 가지런히 모아두었던 손을 꾹 말아쥐었다.

"마마께서 그런 기대를 하셨을 줄은 몰랐습니다. 전 어마마마가 아닌 분에게 아들 대접을 받을 생각은 아예 해본 적도 없어서요."

기가 찬 건지, 약이 오른 건지 대비가 거품을 물며 소리쳤다.

"이, 이런 무엄하기 짝이 없는 놈을 보았나!"

"애꿎은 사람을 죽이려 저열한 수를 쓰는 것보다야 무엄한 게 낫지 않겠습니까."

참고 참았던 우의 눈이 마침내 냉랭하게 쏘아져 나갔다. 마음 같아선 서하를 죽이려 한 것에 대한 책임을 지금 당장이라도 캐묻고 싶었지만, 어차피 시시비비를 가려봤자 발뺌할 게 분명했다. 죗값을 치르게 하려면, 빠져나갈 수 없는 확고한 증좌가 필요했다.

"그게 무슨 말이냐?"

이해하지 못한 명이 물었지만, 우는 그 이상 대답하지 않았다. 대비 역시 슬쩍 명의 눈치를 보고는 입을 딱 다물어 버렸다.

"송구합니다, 전하. 전 아침 문후가 끝났으니 이만 돌아가 보도록 하겠습니다. 아무래도 궐에 진짜 정신병자가 있는 것 같아서 말입니다. 제가 자리를 비운 사이 저의 소중한 이를 건드리지 못해 안달이 난 듯한데, 참으로 걱정입니다."

이번에 튀어나온 정신병자는 또 누구를 지칭함인지 알아들은 명이 이맛살을 일그러뜨리며 중얼거렸다.

"무슨 일이 있었기에 그러는 것이냐. 과인이 궐에서 다시는 불미스러운 일이 없도록 조처할 것이니 그리 걱정만 하지 말고 말을 하거라."

"그런 것이 아니라, 혹여 한 번만 더 건드리면 제가 수단 방법 가리지 않고 뼈와 살을 발라 죽여버릴 거라고…… 그 언질을 해주지 못하여 걱정이란 의미였습니다."

냉혹하리만치 차가운 목소리가 서슬 퍼런 날을 숨기지도 않은 채 흘러나왔다. 우는 붉으락푸르락 변하는 대비에게 시선을 내리꽂으며 나지막이 말을 이었다.

"그럼 저녁 문후 때 다시 찾아뵙겠습니다."

탕! 대비가 경상을 부러지도록 내리쳤다.

"필요 없으니 더 이상 문후들 것 없소이다!"

우는 일말의 망설임도 없이 정중하게 답했다.

"그럼 그리하겠습니다."

***

사람의 마음이란 게 몹시 간사하다더니. 지난날 생사를 몰랐을 때는 십 년을 진득하게 기다릴 수 있었는데, 오늘 아침 드디어 대군으로서 복권되는 교지를 받았다는 소식을 접하고는 시간이 너무 더디게만 흘렀다.

"하아."

담이 벌써 몇 번째인지 모를 한숨을 내쉴 때였다.

"공주 자가, 김 상궁이옵니다. 잠시 들어가도 되겠나이까?"

손톱까지 잘근잘근 씹으며 안절부절 못하던 담은 문득 성가신 방해물을 보듯 문 너머를 흘겼다. 평소에는 안 된다고 하여도 마음대로 문을 열고 들어왔으면서, 오늘따라 사근사근 허락을 구하는 꼴이 몹시 이상했기 때문이었다. 오죽하면 지금 말하고 있는 이가 김 상궁인지 이 상궁인지도 처음 알았더랬다.

"무슨 일이냐."

"다과를 가져왔나이다."

더욱 이상했다. 십 년 동안 한 번도 그런 건 챙겨준 적도 없는 주제에. 밥이나 제때 가져다주기만 해도 황송할 노릇인데, 난데없이 무슨 바람이 불어 이러는지 알다가도 모를 일이었다.

"필요 없다."

"그러지 말고 잡숴 보소서. 곧 무헌대군 대감께서도 온다 하시어 준비했나이다."

"……허."

그제야 상궁의 생경한 행동이 무엇을 의미하는지 깨달은 담은 헛웃음을 다 지었다.

아무래도 살고는 싶은 모양이었다. 임금의 명을 따라야 한다는 미명 아래 자신을 이 처소에 가둬놓고 낄낄거리며 흡족해하던 이들이었다. 매번 '송구합니다'라고 말로는 지껄이면서, 실상은 자신의 괴로워하는 얼굴에 행복을 느끼던 못된 자들이었다.

그런데 부지불식간에 무헌대군이 복권되었으니, 그동안 공주를 핍박

했다는 사실이 알려지면 단매에 목숨줄이 왔다 갔다 할 터였다. 이제라도 잘 보여 화를 피하고자 함이 너무나 명백하게 보여 괘씸할 정도였다.

"거기에 놓고 금옥이를 불러 가지고 들어오라 하거라."

"금옥이는 할 일이 있어 잠시 심부름을 보냈사오니, 소인이 들고 들어가게 허하여 주시옵소서."

어이가 없었지만, 또 한편으로는 궁금하기도 했다. 어떤 얼굴로 들어와 아양을 떨어댈지.

"그럼 들어오거라."

기다렸다는 듯 김 상궁이 들어왔다. 활짝 열린 문 너머로 상궁 나인들이 보기 좋게 각을 맞춰 바닥에 납작 엎드려 있는 모습도 보였다. 담의 입술 끝이 흥미롭게 올라갔다.

"뭣들 하는 것이냐?"

"송구하옵니다, 자가. 저희 모두 반성하고 있나이다."

"반성? 무엇을?"

"그간 공주 자가의 심기를 어지럽힌 일 말이옵니다. 하지만 모두 지엄한 명이 있어 어쩔 수가 없었음을 넓은 마음으로 헤아려주시옵소서."

김 상궁이 청산유수처럼 읊조리고, 뒤에서 '헤아려주시옵소서!' 하는 추임새 같은 장단이 일시에 터져 나왔다. 잘 훈련받은 병사들 같았다.

"이제 무헌대군께서 결백을 밝히시어 복권되셨으니, 자가께서도 창덕궁으로 다시 환궁하게 되실 것이옵니다. 그곳에서는 소인들이 성심을 다하여 모시겠나이다."

"모시겠나이다!"

담은 말 없이 그들을 쳐다보았다. 가관도, 이런 가관이 없었다.

"당연히 그래야지."

담의 한마디가 마치 용서라도 된 듯, 엎드려 있던 상궁 나인들이 웃음꽃을 피우며 일어서려던 찰나.

"오라버니께서 돌아오셨으니 나도 당연히 창덕궁으로 환궁을 해야지. 한데 너희가 성심을 다할 수 있을지는 잘 모르겠구나."

"그런 말씀 마시옵소서. 할 수 있는 최선을 다해 자가를 모시……."

"갇혀 있는 날 가엽게 여겨 몰래 성심을 다했던 금옥이라면 몰라도, 너희들은 죽을 때까지 이곳에 남아 빈 처소나 청소하고 지키는 망령이 될 것인데. 살아생전 내가 너희의 성심을 받을 수 있을지 모르겠구나."

꿀꺽, 문 너머에서 마른침 넘어가는 소리가 풍경 소리만큼이나 청아하게 울렸다.

담은 김 상궁인지 뭔지가 내려놓은 다과상을 물끄러미 바라보았다. 뭐가 들어 있는지도 모를 찻잔에서 김이 모락모락 올라오고 있었다.

"내 이곳에 있는 동안 머리 검은 짐승들의 사악함을 뼈저리게 느꼈느니라. 근본부터 틀려먹은 것들을 창덕궁 처소까지 데려가 속 썩을 생각은 추호도 없으니, 괜한 마음들 품었거들랑 일찌감치 버리는 게 좋을 것이다."

삽시간에 파리해진 얼굴들이 뒤늦게 다시 마룻바닥에 납작 얼굴을 묻었다. 잘못했으니 벌하여 달라느니, 죽여 달라느니 하는 칭얼거림 속에 멀리서 금옥이의 선명한 목소리가 들렸다.

"공주 자가! 오셨습니다! 오셨어요!"

귀가 번쩍 뜨인 담은 자리를 박차고 일어섰다. 그 바람에 다과상이 홀라당 나자빠지며 김 상궁의 치맛자락으로 찻잔이 엎어졌다.

"에그머니! 아뜨뜨뜨뜨!"

요란법석을 떨어대며 뜨거운 차를 털어내는 김 상궁 따위는 보지도 않은 채, 담은 버선발로 처소를 뛰쳐나갔다. 석계단을 넘어질 듯 뛰어 내려오자, 금옥이가 손가락으로 어딘가를 가리키며 펄쩍펄쩍 뛰고 있었다.

기린흉배의 자적단령을 입고 당당하게 걸어오는 사내.

십 년 전보다 더 위엄있고 늠름해진 우는 누이를 발견하자마자 조용히 멈추어 섰다. 그리고 미안함과 안쓰러움이 뒤섞인 얼굴로 잔잔히 웃어 보였다.

"오라버니!"

체통 따윈 상관없이, 담은 온 힘을 다해 내달려 우를 끌어안았다.

"어찌 이제야 오신 겁니까! 뭘 하다 이리 늦으신 겁니까! 이 누이를 눈이 빠지게 기다리게 해놓고, 왜 이제야 오십니까!"

모든 게 저 때문인 것 같은 죄책감. 담은 면목이 없어 괜한 원망을 터뜨렸다.

그동안 얼마나 힘들었느냐고. 하필이면 하나밖에 없는 누이가 너무도 못나서 겪지 않아도 될 일을 겪게 해 미안하노라고. 진짜 쏟아내고 싶은 말들은 감히 하지도 못한 채, 담은 그저 우를 안은 손에 힘을 꼭 주었다. 우 역시 그런 누이를 힘껏 마주 안아주었다.

"……잘 있었느냐."

조금 머뭇거리다 흘러나온 한마디. 늘 다정하고 자상했던 오라버니의 변함없는 모습에 안심한 담은 아랫입술을 힘껏 깨물었다.

"마음 고생하게 만들어 미안하구나."

나직이 말한 우는 크고 따뜻한 손으로 담의 머리를 톡톡 쓰다듬어주다가, 그동안 참고 기다리느라 삭이기만 했던 눈물을 쉽게 터뜨리는 누이의 등을 가만가만 다독였다.

"괜찮다, 울지 말거라. 이젠 다 괜찮다, 담아."

35화
시동

“단령이 아니라 곤룡포를 입게 해드렸어야 하는데, 송구합니다.”

칼로 내려찍는 단호한 말이 떨어졌다. 차를 마시던 수호는 급작스럽게 사레가 들려 콜록거리기에 바빴고, 그 옆의 서하는 집어 들었던 유과를 툭 떨어뜨렸다. 그리고 담과 마주 앉아 있던 우의 얼굴에는 난색이 둥실 떠올랐다.

누이가 원래 단호하고 당찬 것은 알고 있었지만, 이토록 겁 없는 말을 거침없이 쏟아낼 줄은 정말이지 꿈에도 몰랐던 터였다.

〔저 금옥이라는 아이를 제외하고 나머지는 전부 임금에게 제 일거수일투족을 일러바치는 얌생이 같은 것들뿐인지라 안전하지가 않습니다. 오라버니의 처소로 갑시다.〕

담의 말도 말이지만, 더는 창경궁에 혼자 두는 것이 싫어 창덕궁 처소로 데리고 왔더니. 오자마자 서하를 보고 찌릿, 수호를 보고는 아주 잡아먹을 것처럼 으르렁. 못 본 사이 공주가 아니라 투사가 된 듯했다.

덕분에 서하와 수호는 가까이 다가와 앉을 엄두도 못 내고 멀찍이 떨어져서는, 따로 놓인 다과상에 옹기종기 모여있는 실정이었다.

"담아, 말을 삼가거라."

우가 차분히 설득하려 했지만, 벌써 담의 번뜩이는 눈동자가 통하지 않을 것임을 암시하고 있었다.

"왜요, 제가 틀린 말을 하였습니까?"

"이미 전하께서 계시다."

"가짜입니다."

"무엄하다. 어찌 그리 말을 함부로 하느냐."

우의 목소리가 슬쩍 엄해지자, 담이 주먹을 불끈 쥐었다.

"보위 승계 자체가 잘못된 것입니다. 오라버니를 음해하여 밀어내고저 가짜 왕을 보위에 앉힌 정빈의 음모임을 모르셔서 하시는 말씀입니까?"

"하아, 담아. 대비마마, 정빈이 아니라 대비마마시다."

"제까짓 게 아무리 국모인 척했어도, 자전인 척해도 선왕의 일개 후궁일 뿐입니다."

서하와 수호가 기겁하는 마음을 우 역시 십분 이해하고도 남았다. 기세가 너무 당돌하고 무서워 자신도 누이가 감당이 안 될 지경이었다.

"그만하자. 겨우 만났는데 그런 이야기나 하는 건 싫구나. 그동안 어찌 지냈는지, 어디 아픈 곳은 없었는지가 듣고 싶다."

우가 달래듯이 부드럽게 타이르고서야, 담은 정갈하게 놓인 다과상에 시선을 박고 말씨를 누그러뜨렸다.

"저야, 뭐…… 잘 지냈습니다."

잘 지냈다는 대답에도 우의 마음은 편치 못했다. 창경궁에 유폐되어 일거수일투족을 감시당했다면서 어찌 잘 지낼 수가 있었을까.

보위를 되찾아야 한다며 무시무시한 말들을 잘도 쏟아낼 때는 언제고, 걱정시키는 게 싫어 제 마음 슬픈 건 감춰버리는 누이가 우는 기특하면서도 또 안타까웠다. 톡톡, 머리를 두드려주려던 우는 담이 시선을 올려 눈을 마주해 오자 얼른 표정을 감추었다.

"오라버니는 잘 지내셨습니까? 힘들지는 않으셨어요?"

"잘 지냈다."

"청주에서 지내셨던 겁니까?"

"그래."

"행궁에서 저를 구하신 게 오라버니시지요?"

잠시 대답을 미루던 우는 괜스레 차를 마시다가 서하 쪽을 흘끗 바라보며 입을 열었다.

"내가 아니라 서하가 구한 것이지."

"그럼 오라버니는 제가 아니라 저 서하라는 여인을 구하려고 하셨던 겁니까?"

아니, 갑자기 왜 이야기가 그렇게 튀는 것인지.

당황한 우가 찻잔을 입에 댄 채 멀거니 눈만 깜빡이자, 유과를 볼에 한 아름 집어넣으려던 서하가 대신 손사래를 쳤다.

"대군께서 그럴 리가 있겠습니까. 당연히 공주 자가를 구하려고 하신 것이지요."

"한데 쓰러진 저에게는 아는 척도 안 하시고 저 여인과 함께 사라지신 겁니까?"

비난의 화살이 연속해서 날아와 또다시 당황한 우를 대신해, 이번에는 수호가 손을 번쩍 들었다.

"그건 저 때문입니다, 저요! 제가 대군과 함께 있다 반역죄 뒤집어쓰면 책임지실 거냐고, 얼른 가시라며 등을 떠밀어서 그렇습니다."

설명을 다 듣고 난 뒤, 담은 덤덤한 얼굴로 찻잔을 들어 홀짝였다. 모두 담의 입을 쳐다보느라 침묵이 이어지고, 서늘한 공기가 처소 안을 휘저을 때쯤.

"좋으시겠습니다. 제가 아니어도 이리 편들어줄 사람들이 많아서."

가늘어진 담의 눈초리가 다른 사람이 아닌 수호에게 쏘아졌다. 수호는 윽, 가슴에 비수가 꽂히기라도 한 것처럼 나지막이 아픔을 호소했다.

"모두 내 잘못이다."

우는 그제야 대답하며 찻잔을 내려놓았다.

"아바마마를 시해했다는 누명을 썼을 때, 모두의 도움으로 겨우 목숨은 건졌지만 돌아올 수가 없었다. 나를 음해하려는 자들이 이미 준비해놓은 덫은 태산 같은데 결백을 주장할 아무런 증좌가 없었으니까. 하여 죽은 것처럼 위장하였다. 나로 인해 위험해질 모두를 어찌해도 구할 방도가 생각나지 않아, 그렇게 도망쳤다."

도망이라도 쳐야 모두의 목숨을 살릴 수 있을 것 같아 그리하였다고, 우는 이제 와 용서를 구하듯 이야기했다.

어느 새부턴가 노려보던 눈을 풀고 가만히 듣고 있던 담의 표정이 순식간에 애처롭게 변해갔다. 슬픔에서 허우적거리고 있는 오라비의 마음을 끄집어내고 싶어 언성을 높였다.

"도망이 아닙니다, 일보 후퇴지요!"

"일보 후퇴가 아니라 명백한 도망이다. 궐로, 이곳으로 다시는 돌아올 생각이 없었으니까."

질려버린 시간.

누구를 해하려 혈안이 되어 있는 이들만 넘실대는 궐이 너무나 지긋지긋하고 소름 끼쳐서 다시는 돌아오고 싶지 않았다. 돌아와봤자 내 소중한 사람들이 죽어 나가는 모습만 계속해서 보게 될 테니, 산속에서 아무도 없이 홀로 살아가자고. 지킬 것도, 지켜야 할 것도 없이 사는 삶을 살아가자고 오기를 부렸었다.

그래봤자 하루도 못 가 불가능하다는 걸 깨닫고 말았지만.

"아마 너희가 없었다면 절대로 돌아오지 않았을 것이다."

반짝이는 햇살을 봐도 생각나고, 지는 꽃잎만 봐도 안쓰럽고, 부는 바람에도 그리워서 어떻게 돌아갈까…… 수십, 수백 번을 고민하고 또 고민했었다.

"면목이 없다."

우의 어깨가 조금 서글프게 가라앉았다. 잘근잘근 입술을 깨무는 담도, 고개를 떨구어 버린 수호도 감히 아무 말도 할 수가 없어 뭉그러지는 가슴만 견디던 그때.

"대군이 아니셨으면 다들 목숨을 잃었을 겁니다."

살며시 포개지는 손길이 느껴졌다. 시선을 들자, 어느새 옆으로 다가온 서하가 우의 손을 꼭 부여잡고 있었다.

"대군께서 지켜주지 않으셨다면 어린 공주 자가께서 어찌 이리 당차고 훌륭하게 자라셨겠습니까. 또 대군께서 신의를 다하지 않으셨다면 수호 나리께서 어찌 이리 한결같은 벗으로서 충을 다해주셨겠습니까. 또……."

잠시 말을 멈춘 서하는 우의 일그러진 미간을 조심스럽게 매만지며 말을 덧붙였다.

"대군께서 절 아껴주지 않으셨다면, 이 지옥 같은 곳에서 제가 어찌 행복을 느끼고 웃을 수 있었겠습니까."

우의 손등에 살짝 입을 맞췄다. 쪽, 하고 온기가 떨어져 나가고, 부끄러움으로 낱낱이 물들어버렸던 우의 가슴이 겨우 녹기 시작했다. 조금은 용서를 받은 것 같다는 실낱같은 안도가, 묵직하게 얹힌 그의 숨통을 트게 해주었다.

"대군의 탓이 아니라, 대군의 덕분입니다."

우는 맞닿은 서하의 손을 힘껏 잡았다. 궁으로 돌아오면 모두가 죽고, 도망치면 모두의 목숨이라도 구할 수 있을 거라 여겼던 지난날의 선택이 어쩌면 옳을 수도 있었다.

하지만 이 손을 놓고, 누이를 울게 하고, 벗을 고통스럽게 하며 관철시키기에는 너무나 형벌 같은 선택이었다.

찾을 것이었다. 이곳에서 반드시 모두를 지킬 수 있는 방법을. 그 방법을 찾을 때까지 숨을 멈추지 않을 것이었다.

"돌아오겠다 결심한 이상, 누구도 내 눈앞에서 죽게 하지 않을 것이다. 하여, 너희에게 부탁이 있다."

서하와 우의 모습에 잠시 넋을 놓고 있던 담과 수호가 재빨리 눈을 반짝였다.

"부탁이 무엇입니까?"

"우선 수호는 혜안군 숙부께 가서 내가 자리를 마련하길 원한다고 여쭙거라."

"자리요?"

"좌의정과 병조 판서도 함께 말이다."

수호가 믿을 수 없다는 듯 허리를 곧추세웠다.

"제 아버님이요?"

“그래.”

“왜요?”

“자리가 마련되면 그곳에서 다 얘기할 것이다. 문제는, 아무래도 눈에 띄는 자들 뿐이니 안전하고 은밀한 장소여야 할 텐데. 숙부님 댁은 너무 감시가 심해 걱정이긴 하구나.”

우가 그리 말했음에도 뭔가 납득이 잘 가지 않는지, 수호의 표정이 어두워졌다.

“제 아버님은 물론 병판 대감도 지금의 전하께서 보위에 오르실 때 가장 앞장섰던 분들입니다. 해서 좌의정과 병판이라는 분에 넘치는 자리에 앉아 있는 거고요.”

“안다.”

“알면서 부르라 하십니까?”

“그게 다가 아니라는 걸 알았기 때문이다.”

수호가 미심쩍은 눈초리로 토로했다.

“안 그래도 지난번 혜안군 대감 댁에서부터 이상하다 여겼는데, 뭐가 어찌 된 겁니까? 도대체 왜 제 아버님을 찾으시는 겁니까?”

“내 예감이 맞다면, 거머리 독을 쓴 자가 좌의정이다.”

당사자인 수호는 물론, 서하와 담까지 놀라 눈을 입을 막았다.

“예?”

“예상일 뿐이다. 확실한 걸 알기 위해 자리를 마련하려는 것이고.”

한동안 멍하니 앉아 있던 수호가 급작스럽게 이마를 바닥에 박으려고 하자, 우가 재빨리 막았다.

“대신 사과하려거든 필요 없다. 네가 생각하는 그런 이유가 아닐 거야. 허니 넌 혜안군 숙부께 가서 내 말이나 전하거라. 네가 궁금한 건 모두 그때 가서 밝힐 테니."

"……알겠습니다. 헌데 그 셋을 어찌 한 자리에 모으실 생각이십니까?"

수호가 묻자 담이 불쑥 끼어들었다.

"연회를 열어 달라 청하겠습니다."

우가 고개를 갸웃했다.

"연회?"

"예. 오라버니께서 복권되어 돌아오셨으니, 성대하게 연회를 열어 달라고 의광군에게……."

우가 '쯧' 혀를 차며 엄하게 쳐다보자, 담은 입을 옹송그리다가 하는 수 없이 호칭을 바로했다.

"전하께 청하겠습니다."

"들어주실까요?"

걱정스러움이 잔뜩 배어나는 서하의 목소리와 달리, 담은 자신이 있었다.

"전하께서는 사람들의 시선과 평가에 민감하신 분입니다. 아우를 어쩔 수 없이 복권시킨 것이 아니냐는 소문이 걱정되어서라도 열어주실 겁니다."

"하지만 그리하면 보는 눈이 너무 많다."

우가 안 된다고 할 것 같았던지, 담이 먼저 선수를 쳤다.

"연회가 끝나갈 때쯤 사람들이 얼큰하게 취하면 자리를 뜨는 척, 한 명씩 창경궁 제 처소로 오면 됩니다."

"그때까지 창경궁에 머물겠다는 소리냐?"

"십 년을 머물렀는데 며칠 더 머무는 게 뭐가 그리 어렵겠습니까?"

"처소의 상궁 나인들이 전부 전하께 고해바친다면서."

"그건 걱정 마십시오. 제게 수가 있으니."

아무리 그래도 마음이 놓이지 않아 우는 쉬이 찬성할 수가 없었다.

"그렇게까지 할 필요는 없다. 오히려 창경궁으로 가다 들키면 너까지 위험해."

"제가 압니다. 창경궁으로 몰래 가는 샛길을 제가 압니다. 공주 자가께서 하도 쓸데없는 짓을 많이 하셔서 살펴드리느라 수십 번을 왔다 갔다 해서 잘 압니다."

이번에는 모두의 시선이 서하에게 쏠렸다. 특히 담의 눈이 부리부리하게 변했다.

"지금 쓸데없다 하였더냐?"

"송구합니다만, 맞는 말이지 않습니까."

"감히 어느 안전이라고."

"쓸데가 있는지 없는지, 대군께 한번 말씀드려 볼까요?"

무슨 사정인지는 몰라도 노려보는 두 여인의 눈에서 불꽃이 튀기는 착각이 들었다.

'왜 이리 사이가 안 좋은 것이야' 하고 우가 나지막이 중얼거리자, 수호는 말없이 머리만 긁적였다.

"어쨌든 제가 그 샛길로 모셔 가겠습니다. 원래 등잔 밑이 어두운 법이라 하니, 공주 자가 처소가 오히려 더 안전할 수도 있습니다. 게다가 대궐 안에서 모여 밀담을 나눌 만한 인물들도 아니니, 꿈에도 예상치 못할 겁니다."

우는 망설였다. 가장 그럴싸한 방법이긴 했지만, 담과 서하까지 끌어들이려니 썩 내키지가 않았기 때문이었다.

"저희를 믿으십시오. 곽 도사와 박 내관 나리도 있으니, 자가와 아가씨는 저희가 목숨 걸고 지키겠습니다."

수호까지 나서서 설득하자, 우는 마지못해 끄덕였다.

"알겠다. 그럼 숙부님과 좌의정, 병판 그리고 우리 넷과 금부도사 곽부겸까지. 연회 날 인정이 울리면 창경궁 담이의 처소에서 모이는 것으로 하자. 들을 이야기가 많다."

수호와 담이 알겠다며 의지를 불태우는 사이, 서하가 말했다.

"저는 그럼 안내만 하고 밖에서 기다리고 있겠습니다."

"어째서?"

"혜안군 대감께서 싫어하실 겁니다."

둘이 확실히 아는 사이이긴 한 모양이었다. 왜 이제껏 비밀로 해왔는지는 모르겠지만, 지금은 그런 걸 따져 물을 때가 아니었다.

"한 사람도 빠짐이 없어야 한다. 특히 서하, 너야말로 그날 가장 중요한 사람이야."

"제가요?"

"십 년 전 무슨 일이 있었는지, 어떤 음모가 있었는지 그리고 감히 아바마마를 시해한 놈이 누구인지 반드시 밝히기 위해 모이는 자리니까. 또한."

우는 서하를 빤히 바라보며 마지막 말을 단호하게 이었다.

"용의 아이에 대해서도 전부 밝힐 것이다."

***

경상 위에 올려진 주먹이 부들부들 흔들리고 있는 것을 본 영의정이 괜스레 옆에 있던 이판의 옆구리를 푹 찔렀다.

"읍!"

부지불식간에 찔려 신음을 흘리던 이판은 자영의 눈이 서늘하게 날아오자 얼른 헛기침을 하는 것처럼 꾸며댔다.

"으흠, 흠."

"뭡니까? 무슨 말들이 하고 싶어 그리 뜸을 들이는 겝니까?"

"저, 그것이."

애들 소꿉놀이도 아니고. 영의정과 이판이 서로 먼저 이야기를 꺼내라며 투닥거리기를 한참, 결국 품계 낮은 이판이 입을 여는 모양이었다.

"내일 있을 편전 회의에서, 그…… 아무래도 세제 문제를 논의……."

콰앙! 세제라는 말에 대노한 자영이 주먹으로 경상을 박살 낼 것처럼 내리쳤다. 깜짝 놀란 영의정과 이판은 펄떡 뛰며 엉덩이를 뒤로 뺐다.

"이 무슨 천인공노할 소리야! 건장한 내 아드님이 두 눈을 시퍼렇게 뜨고 있는데 세제라니, 세제라니!"

"마마, 고정하시옵소서. 우선은 전하께 이런 이야기들이 오가고 있다고 진상을 말씀 올리려는 것뿐……."

"말을 올리겠다는 것은 중신들이 뜻을 관철시키겠다는 의미가 아닌가! 누굽니까, 누구야! 감히 어떤 고얀 놈이 그런 말을 먼저 꺼냈느냔 말이야!"

철퇴가 내려칠 것 같은 분위기에 벌벌 기던 영의정이 얼른 고해바쳤다.

"좌의정이옵니다!"

부리부리하게 떠진 자영의 눈꺼풀이 파르르 떨렸다.

"좌, 누구? 좌의정?"

하도 의외의 인물이 튀어나온 바람에 자영은 허무함을 이기지 못했다.

"내가 아는 그 좌의정을 말함이요? 좌의정 차익훈? 십 년 전에 우리 주상을 보위에 올려야 한다고 가장 먼저 주청한, 그 좌의정?"

"예, 예. 그러하옵니다. 이 나라의 안녕과 종묘사직을 공고히 하기 위해서라도 결단을 내려야 한다면서."

"하! 그놈이 미치지 않고서야!"

노망이 나도 단단히 났다고밖에는 생각할 수가 없었다. 다른 사람도 아니고 차익훈이라 하면 명이 보위에 오르는 데 가장 큰 역할을 한 장본인이었다. 선왕이 시해되고 무헌대군마저 죽어 나라가 혼란에 빠졌을 때 명의 왕위 계승을 일사천리로 추진한 자였다.

고마움을 잊지 않고 좌의정으로까지 추대해주었더니, 뒤통수도 이런 뒤통수가 없었다. 어쩌다 무헌대군 이야기가 나왔다 하면 대역죄인이라며 방방 뛸 때는 언제고, 결백하다 밝혀지자 그 새 그쪽으로 갈아탔단 말인가. 복권된 지 이틀이 지나길 했나, 삼 일이 지나길 했나. 겨우 하루밖에 되지 않았는데, 이런 씹어먹어도 시원찮은 얍삽한 덩치 같으니라고.

"해서 그대들은 손 놓고 구경하듯 오냐, 이랬다는 겁니까?"

추국장에서도 무헌대군 좋은 일만 시키더니, 세제 문제까지 손 놓고 구경만 했다고 하면 정말이지 영의정이고 이조 판서고 간에 벼락을 떨어뜨릴 작정이었다.

"아니옵니다! 소인은 전하의 춘추 아직 강건하니 언제고 후사를 보실 수도 있음인데 너무 앞서가는 생각이다, 반대하였나이다!"

눈치를 보던 이조 판서가 잽싸게 저 잘한 행동을 자랑스럽게 고하자,

영의정도 지지 않았다.

"맞사옵니다. 그러다 훗날 전하께서 후사를 보시면 궐 안에 피바람이 불 텐데 그걸 어찌 감당하려고 무모한 발언을 하냐며, 저 역시 호통을 쳤나이다!"

"듣기 싫소이다!"

하지만 자영의 마음에 찰 리 만무했다. 애초에 이야기가 나왔다는 것만으로도 창자가 뒤집힐 노릇이었다.

"원래라면 세제 이야기 자체가 나오지 않아야 할 일이거늘. 감히 주상이 계시온데 어딜 세자도 아닌 세제를 논한단 말입니까! 반역이 아니고서야 있을 수 없음이외다!"

"당연히 그렇지요, 당연하옵니다!"

두 대신이 약속이나 한 것처럼 머리를 크게 주억거렸다.

자영은 뇌가 끊어질 것 같은 고통을 안겨준 이들을 하나하나 곱씹었다. 무헌대군, 유서하, 좌의정 그리고…….

"이게 다 중궁전이 제대로 된 주인을 만나지 못했기 때문입니다."

중전, 민인혜. 거기서부터 꼬인 것이 분명했다. 간택을 잘못하여 명의 후사가 끊어지게 생겼으니 꼬인 매듭을 풀어야 했다. 어떻게 해서든 이 이상의 허송세월을 허락해서는 아니 되었다.

"바꿔야겠습니다."

자영이 나직이 중얼거렸다. 영의정과 이판이 서로 시선을 주고받다가 마른침을 꿀꺽 삼켰다.

"마마, 그 말씀은……."

"내 이제껏 작은 것 하나라도 주상의 치세에 흠이 생기길 원치 않아 오랜 시간 인내해왔지만, 더는 안 되겠소이다. 국모가 후사를 낳지 못하여 후궁들 또한 전염되고 왕실에 대가 끊기게 생겼으니, 이것이 곧 대역죄가 아니고 무어란 말입니까. 제대로 된 국모를 맞아야겠습니다. 그대들도 대대손손 안위를 보장받고 싶거든 다시 잘 생각해 보는 게 좋을 겝니다. 이대로 무헌대군을 세제로 올리면, 장차 그대들이 어찌 되리란 것은 너무 뻔한 게 아니겠소이까?"

조곤조곤 이어지는 자영의 목소리가 꼭 명줄을 밟아오는 듯해서, 흠칫 몸을 떨던 영의정이 먼저 바닥에 엎드렸다.

"지당하신 말씀이옵니다, 마마! 소인이 곧바로 이 크나큰 문제에 대한 답을 찾아올 것입니다!"

이판도 얼결에 머리를 조아리고서야, 그들을 내려다보는 자영의 눈에 조그마한 안심이 새겨졌다.

"내 머리가 아파 쉬어야겠으니 그만 물러들 가보시오."

"예, 대비마마."

두 대신이 결의에 가득 차서 물러나는 꼴을 보자마자, 자영은 참고 있던 가슴을 치며 보료 위로 쓰러지듯 누웠다.

이럴 순 없었다. 명은 무헌대군이 대역죄인으로 몰려 쫓겨나고서야 겨우 보위에 올랐는데, 그 빌어먹을 놈은 돌아오자마자 세제 이야기가 나오다니.

썩어도 준치라 하였던가. 그래도 명색이 대군은 대군이다, 이거지.

눈물이 날 것 같았다. 아들이 불쌍하여서, 자신으로 인해 이리 모진 운명을 견뎌야 하는 게 너무나 가여워서 자영은 흘러내리는 눈물을 어찌해도 막을 수가 없었다.

"절대 그런 일은 없게 할 겁니다. 이 어미를 믿으세요, 주상."

36화
그날이 오면

새카만 밤하늘을 벗 삼아 울창한 나무들을 헤치고 걸으니, 덩그러니 세워진 선원전이 고고한 자태를 드러냈다.

끼익. 문소리가 구슬피 울렸다. 이미 인정이 지난 시간이어서인지 작은 등불까지 모두 꺼진 전각 안은 어둠이 잠식해 공기마저 스산했다.

우는 저벅저벅 어진 앞에 섰다. 달빛이 스치는 곳곳마다 선왕의 화상(畫像)이 비쳤다. 한없이 늠름하고 강건해 보이는 성군의 용태.

하지만 진실은 다르다는 것을, 우는 누구보다 잘 알고 있었다. 점점 믿음을 잃어가신 탓에 편전으로 나가는 일도 힘들어하셨다. 살아생전 아무도 대전에 들이지 않으려 하셨음은 물론, 두었던 내시나 궁녀도 함부로 지척까지 다가오지 못하게 명하셨다. 심지어 승하하신 어마마마, 지금의 대비 홍자영 그리고 아들이었던 의광대군과 금지옥엽인 청해 공주까지 모두 잘 만나려 하질 않으셨다.

당연히 자신에게도 여지없이 아주 엄격하셔서, 무엇 하나 잘못했다는 이야기가 귀에 들어가기라도 하면 서슴없이 경을 치셨다. 처소에 찾아와 주시는 일도, 대전으로 불러주시는 일도 거의 없었다. 후원에 갈 때만 빼고는. 왜 그리 자주 데려가셨는지는 알 수 없었다. 놀다가 두 시진 후에 돌아오거라, 하고 명하시면 당연한 것처럼 서하를 만나러 금유당에 갔다.

지금에 와 생각하니 그래도 그게 사랑이었음을, 아들로서 귀히 여겨주셨던 것임을 깨달았다. 말없이, 그렇게 눈으로 아껴주셨던 아버지거늘. 시해를 당해 승하하신 아버지의 국장에도 참석하지 못한 채 십 년이 흘러버렸다. 불초하여 송구하고 또 송구하였다.

"십 년 만에 복권되니 기분이 어떠하냐."

불쑥 들려온 목소리에도 우는 놀라지 않았다. 그저 조용히 허리를 숙일 뿐이었다.

"전하."

선원전의 문 너머에서 조용히 지켜보고 있던 명이 한 발 한 발 다가와 우의 옆에 어깨를 나란히 했다. 위풍당당하게 걸려 있는 어진 앞에 등불을 밝히며, 그는 잔잔히 웃었다.

"이 늦은 시각에 아바마마께 복권되었다, 인사라도 올리러 왔느냐?"

말이 꼭 농담을 가장한 비난처럼 들려서, 우의 목소리가 깊이 가라앉았다.

"아닙니다. 국장도 지켜드리지 못한 불효를 빌러 온 것입니다."

아무것도 못 하고 속수무책으로 도망쳤던 시간이 얼마 지난 것 같지도 않은데. 종묘에도 가지 못하고 능에도 갈 수 없던 처지가 참으로 원망스러워 가슴을 쳤던 게 바로 엊그제 같은데.

벌써 십 년이 지나 있었다. 씻을 수 없는 불효를 비는 것조차 송구했다.

"그래, 그게 마음에 걸렸겠구나."

명이 고개를 끄덕이며 말을 이었다.

"내일은 종묘로 가 선왕께 죄를 청하고 마음을 가벼이 하도록 하거라. 누명으로 인해 받지 않아도 될 벌을 받느라 그리된 것이니, 아바마마께서도 용서해 주실 것이다."

마치 선왕 대신 용서해 주겠다는 듯 한없이 인자하고 너그러운 말투.

대답을 미루고 어진만 물끄러미 바라보던 우의 낮은 목소리가 선원전 안을 울렸다.

"형님께 아바마마는 어떤 분이셨습니까?"

'전하'가 아닌 부름에 놀란 것인지, 아니면 의외의 질문이라 놀란 것인지. 잠시 멀거니 서 있던 명이 고개를 갸웃했다.

"무슨 뜻이냐?"

"그냥 궁금해서 말입니다. 다른 사람 눈에 아바마마는 어떤 분이셨는지, 살아생전 왜 그리 의심병에 마음을 다치셨는지, 정말 의심병 때문에 사람들을 멀리하신 건지."

아무것도 몰라 답답한 마음이 말끝으로 한숨을 밀어냈다.

선명하진 않지만, 아주 어렸을 때는 분명 선왕의 의심병이 미미했던 것으로 기억했다. 심해지기 시작한 건 효선왕후가 승하하고, 정빈이 중전으로 책봉되었던 그 시기쯤이었다.

이듬해 선왕께서 중전도, 백관들도 따라오지 못하게 한 뒤 느닷없이 청주 행궁을 갔던 이유가 갑자기 심해진 의심병 때문이었다는 것을, 어의들의 소곤거림을 듣고서야 알게 되었다.

그리고 삼남매 중 유일하게 우만 함께 갔던 그 행궁에서 서하를 데려왔었다. 창덕궁으로 환궁해서 겨우 여섯 살밖에 되지 않은 그 어린아이를 잔인하게 후원의 후미진 곳에 가두어 두고, 아무도 발견하지 못하도록 후원을 금지 구역으로까지 만들어버린 이유.

서하가 용의 아이였기 때문에. 용상의 주인 그리고 용상의 주인이 될 숙명을 가진 자의 앞날을 내다보는 능력.

서하를 손에 틀어쥐고 난 후 선왕의 의심병은 조금 나아졌다. 물론 승하하시기 전 다시 심해지긴 했지만, 아무리 생각해도 청주 행궁 행까지의 모든 일이 연결되어 있다는 의심을 지울 수가 없었다.

하여 조금이라도 알고 싶었다. 무엇이 그리 아바마마를 괴롭혔던 것인지.

"그러는 너의 눈엔 어떤 분이셨느냐?"

우는 질문을 다시 되돌린 명을 흘끔 한 번 쳐다본 뒤 입을 열었다.

"잘 모르겠습니다. 어떨 때는 곁에도 오지 못하게 하시고, 어떨 때는 염라대왕보다도 매섭게 야단을 치시고, 어떨 때는 부처님처럼 자상하게 웃어주시고. 정말 종잡을 수가 없는 분이셨습니다."

종잡을 수가 없다, 라. 스스로 말해놓고도 그 표현이 딱이구나 싶어 실소를 참고 있으려는데, 명이 눈을 크게 뜨고 있었다. 순간 뭘 잘못 말했나 싶었다.

"왜 그러십니까?"

"아바마마께서…… 웃는 모습을 본 적이 있느냐?"

이상한 질문이었다. 의심병이 돌아 신경질적이기도 하셨고, 광적으로 화를 내실 때도 있었지만 때때로 웃으셨던 것으로 기억했다. 특히 후원에 데리고 가주실 때면 큰 소리로 웃으실 때도 많았다. 무언가 많이 안정되고 편안해 보이는 얼굴을 하시고는.

〔이 녀석. 두 시진이라 하였거늘, 해가 다 지니까 오는 것이냐?〕

〔송구하옵니다, 아바마마.〕

〔……끝?〕

〔예?〕

〔그걸로 끝이냐? 변명도 없는 것이야?〕

〔제가 한 잘못인데 어찌 변명이 있을 수 있습니까. 아바마마와의 약속을 어긴 것이니 변명의 여지도 없습니다.〕

〔하하하하하! 녀석. 사내대장부인 척하기는!〕

그러면서 이마에 딱밤을 어찌나 세게 때리시던지. 골이 다 흔들려 한참을 고생했더랬다.

"예. 간간이 웃는 모습을 보여주셨습니다. 한데 무엇이 잘못되었습니까?"

"……아니다. 난 벌써 늙는 건지, 기억이 잘 나지 않아서 말이다."

똑같이 선왕의 어진을 바라보고 있는데, 명의 눈가는 조금 흔들리고 있었다. 이제는 아무것도 듣지 못하시는 아바마마를 향해 꼭 무언가 간절하게 하고 싶은 말이 있어 보이는 듯한 표정으로.

"우야."

"예, 전하."

"둘이 있을 땐 조금 전처럼 형님이라 불러도 좋다."

"말씀하십시오."

"……서하가 네 곁에 있는 것이지?"

어진에서 시선을 뗀 명이 우를 꼿꼿이 마주했다. 곤룡포와 익선관이 달빛에 젖어, 꼭 울고 있는 것처럼 보였다.

"제가 어떤 대답을 들려드리길 바라십니까?"

"둘 다. 네가 어떤 대답을 하든, 내겐 슬플 테지만."

"……만약 있다고 하면요?"

"돌려다오."

망설임 하나 없는 한마디였다. 꼭 제 것인 양, 당연히 돌려받아야 할 것인 양.

기린흉배 아래 공손히 모으고 있던 우의 양손에 힘이 들어갔다.

"전하."

"서하는 내 것이다."

이곳이 선원전이라 다행이었다. 빤히 지켜보고 있는 듯한 아바마마의 어진이 눈앞에 있어서 천만다행이었다.

그대로 날아가 버리려는 이성을, 우는 간신히 부여잡았다.

"둘이 있을 땐 형님이라 불러도 된다 하셨습니까?"

"그래."

"형님."

"말하거라."

"……형님께서는 서하의 이름을 부를 자격이 없습니다."

화가 난 모양이었다. 입을 닫은 채 애써 표정을 숨기고 있었지만, 명의 눈가 끝이 미세하게 떨리고 있음을 느낄 수 있었다. 하지만 우는 멈추지 않았다.

"추국장에서 서하를 이용하고 버렸으니까요."

벙어리 궁녀라며 가짜를 내보내는 짓은 하지 말았어야 했다. 가짜 증좌를 만들 수도, 누군가에게 거짓 자백을 시킬 수도 있었을 테지만 서하까지 끌어들여서는 아니 되었다. 정말로 소중히 생각했다면 그런 짓은 할 수도 없어야 했다.

그렇게 맹수들 앞에 먹이를 던져놓듯 버려둘 수는.

"아무렇지도 않게 버려놓고 어찌 돌려달라 하십니까."

"……언사가 지나치구나."

"제게는 돌려달라는 형님의 언사가 훨씬 더 지나칩니다. 서하는 사람입니다. 내팽개쳐놓고 다시 주울 수 있는 물건이 아닙니다."

"나는 용상의 주인이고, 서하는 용상의 주인을 위해 능력을 부여받은 하나밖에 없는 존재다. 네가 아무리 가로막아도 우리는 떨어질 수 없는 숙명을 타고났다, 이 말이다."

"그런 능력 따위로 필요를 논하기 전에 어여쁘고 귀한 사람입니다. 아바마마께서도 그리고 전하께서도 사람으로서 귀애하지 않아놓고 서하에게 선택은 받기를 바라십니까?"

"서하는 사람이기 전에 용의 아이다!"

명은 버럭 소리쳐 놓고 크게 탄식했다.

"임금인 나를 위해 살아가는 존재란 말이다. 이제껏 용의 아이라는 존재가 그러했고, 앞으로도 그러할 것이다. 넌 용상의 주인으로 선택받지 못했으니 이 마음을 절대 모르겠지만, 서하는 내 마음을 이해할 것이다."

"……."

"우야. 네가 서하를 생각하는 마음을 모르는 건 아니다. 허나."

"서하를 남간에 가두시고 어찌할 생각이셨는지는 모르겠으나, 조 내관에게 쫓기다 죽을 뻔하였습니다."

우는 명의 말을 잘라버렸다. 그날의 일을 생각하면 당장이라도 조 내관을 으스러뜨리고 싶었지만, 그는 간신히 마음을 눌렀다.

"……뭐?"

"후원에서 쫓기고 있었습니다. 많이 다쳤고, 많이 지쳤습니다."

처음 듣는 이야기인지 명은 인상을 구겼다. 조 내관이 저지른 일이니 서하를 죽이려 한 인물이 누구인지는 말하지 않아도 알 수 있을 터였다.

한동안 입을 벌린 채 서 있던 명이 죄스러운 것처럼 읊조렸다.

"몰랐다."

"알고 계셨다 해도 결과가 달라지진 않았을 겁니다. 서하를 죽이려 한 진범을 벌할 수조차 없으실 테니까요."

명의 주먹이 움찔 흔들렸다.

"해서 못 돌려주겠다는 뜻이냐?"

"글쎄요. 서하가 정말 제게 있다면, 당연히 보내지 않을 겁니다."

"이 녀석! 고집이 쇠심줄이구나. 좋다. 그럼 서하가 회복되면 그때는 돌려보내는 것으로 하자. 이 이상은 나도 참지 않을 것이다."

"송구하오나 서하가 제게 있다면, 그렇게는 못 합니다. 서하가 제발 보내 달라 애원하지 않는 이상…… 그리는 안 합니다."

우의 마지막 단호한 한마디가 말뚝을 박는 것처럼 세차게 떨어졌다.

단번에 눈빛이 사납게 바뀐 명이 제가 할 수 있는 가장 강력한 패를 까 보였다.

"반역이다."

하지만 우는 그 패마저 씹어먹어 버렸다.

"반역죄로 처형당한다 해도 안 합니다. 서하를 아무렇지도 않게 내 것이라며 물건처럼 말씀하시는 전하께, 사람이기 전에 용의 아이라 말씀하시는 전하께 그 아이를 보내는 멍청한 짓은 죽어도 안 합니다."

***

우는 선원전 기둥에 가만히 몸을 기댄 채 멀어지는 명의 씁쓸한 뒷모습을 지켜보았다. 정말로 포기할 생각으로 아무 대꾸 없이 돌아가는 것은 아닐 터였다. 그렇게 쉽게 포기할 것 같았으면, 애초에 놓아주는 일도 쉬웠을 테니까.

"이 나라 임금이십니다. 그러다 진짜 반역으로 몰아세우면 어쩌려고 그리 위협을 하십니까?"

근처에 있는 나무 뒤에서 들려온 가느다란 목소리가 한동안 멈춰 있던 우를 움직이게 했다.

"나무가 말을 하다니, 신기하구나."

〔여기 나무들처럼 저도 나무가 되어 있겠습니다. 꼼짝 않고 서 있을 터이니 제 염려 말고 다녀오십시오.〕

나긋나긋한 속삭임을 곧이곧대로 믿은 건 아니었지만, 그렇다고 엿들을 수 있을 정도로 가까이 다가온 것도 안 될 말이었다.

"어디서부터 듣고 있었느냐."

"……."

"갑자기 다시 나무가 되었더냐?"

"듣고 있었던 게 아니라 들린 겁니다."

혼자 주변을 이리저리 기웃거렸을 서하가 절로 상상이 가서, 천천히 나무 뒤로 다가서는 우의 입가에 미소가 번졌다.

"거짓말을 잘도 하는 나무로군. 이곳까지 들릴 정도로 크게 얘기하진 않았는데 말이야."

"그게, 음, 선원전 문이 열려 있었습니다. 또 바람이 여기까지 세게, 아주 세게 부니까 전달이……."

더듬더듬 이어지는 변명거리를 가만히 듣고만 있던 우는 '거짓말 잘하는 나무' 앞에 모습을 드러냈다.

"뭐가 전달했다고?"

조금 화가 난 사람처럼 무표정하게 바라보자, 서하가 시선을 회피하더니 슬금슬금 몸을 옆으로 돌렸다. 우는 나무 기둥으로 팔을 뻗어 도망가려는 서하를 가두듯 막아섰다.

"분명 이곳에 얌전히 있어 달라 부탁하였거늘, 결국 무시했다 이거지."

"아닙니다. 무시가 아니라……."

"그러다 전하의 눈에 띄면 어쩌려고."

"그건."

견고한 우의 시선이 연신 답을 찾지 못하는 서하의 눈동자에 지그시 박혀 있기를 한참, 서하의 오뚝한 콧날을 지나 붉게 여문 입술로 흘러내린 순간.

홀린 듯 이끌린 우가 서서히 고개를 숙였다. 가까이, 더 가까이 다가갈 때마다 팔이 조금씩 구부러지고. 쿵쿵, 바쁘게 뛰어대는 서하의 심장 소리가 귀가 아닌 가슴으로 전달될 때쯤.

바람 앞의 등불처럼 우의 시선이 애틋하게 흔들렸다.

"추국장에서처럼 아무것도 못 한 채 너를 또 그렇게 눈앞에서 놓치면……."

나직하게 속삭일 때마다 서하의 보드랍고 연한 입술이 닿을 듯 말

듯 스치며 목마름을 부채질했다. 확연하게 깊어진 서하의 숨소리가 기어이 온몸의 신경을 두드리며 깨우자, 우가 팔을 완전히 구부렸다. 동시에 서하의 아랫입술을 짓궂게 잘근 깨물었다. 읏, 하는 짧은 신음이 등허리를 타고 짜릿하게 흘렀다.

"그땐 정말 미친놈처럼 날뛰게 될 거란 말이다."

나무라는 듯한 애원, 으르는 것 같은 투정.

우는 용서받길 바라는 아이처럼 깨물었던 서하의 아랫입술을 살짝살짝 핥았다. 그 감미로운 스침이 안타까운지, 등 뒤에 감추고 있는 서하의 손가락이 작게 바르작거렸다.

"싫다. 두 번 다시 널 그렇게 놓치는 건…… 싫어."

낮은 목소리가 이는 바람에 달아나고서야 우는 입술을 떼어냈다. 그 잠깐의 공백조차 저미게 아쉬워 저도 모르게 눈을 내리감는 찰나, 뺨에 와 닿는 따뜻함에 우는 다시 눈을 떴다.

"돌아올 겁니다."

서하가 가늘게 떨리고 있는 손가락으로 한없이 부드럽게 뺨을 매만지고 있었다. 심장이 애가 닳도록 아슬아슬하게 뛰어댔다.

"혹여 어쩔 수 없이 멀어진다 해도, 누군가가 방해한다 해도 돌아올 겁니다. 반드시, 얼마가 걸리든 대군께 오려 미친 듯이 발버둥 칠 겁니다. 그러니……."

너무 아파하지 말고 기다려주세요, 조금 달뜬 서하의 목소리가 울먹이는 것처럼 사그라들었다.

뺨을 살며시 끌어당기는 수줍은 손에 이끌린 우는 먼저 입을 맞춰오는 서하를 머금었다. 야트막하게 닿기만 하는 입맞춤이 갈증을 채우기에는 한없이 부족하여 슬쩍 입술을 벌렸더니, 서하가 대담하게 안을 파고들었다.

나무 기둥을 잡고 있던 우의 손에 힘이 들어갔다. 더는 견디지 못하고 다른 한 손으로 허리를 휘감으며 달려들 듯 입안을 빨아올리자, 서하가 양팔을 목에 둘러왔다.

무섭게 달콤하고, 위험하게 아찔한 입맞춤에 정신이 아득해지기 직전.

"하아!"

서하는 고개를 뒤로 젖히며 숨을 몰아쉬었다. 곧바로 우가 훤히 드러난 서하의 하얀 목을 쫓아 덥석 입술을 묻었다.

"대군, 잠시…… 읏!"

기다려달라는 뜻이라는 걸 알면서도 우는 멈추지 않았다. 치열하게 말랑한 살결을 두드리며 낙인 같은 흔적을 만들어내고, 더욱더 탐닉하며 목선을 따라 올라간 입술이 다시 서하의 숨을 집어삼켰다.

어쩔 줄 몰라 하며 어깨에 매달려 있던 서하의 손이 다급하게 우의 옷자락을 꽉 그러쥐었다.

"하아, 하아!"

마침내 떨어진 입술 사이로 서하의 밭은 숨소리가 새어 나왔다. 들썩이는 가슴을 가라앉히려 손으로 노란 저고리 고름 위를 살며시 누르고, 몇 번이나 심호흡을 하며 간신히 터질 것 같은 심장을 달래던 서하가 뭔가 이상함을 느꼈는지 시선을 들어 올렸다.

"대군?"

우의 시선이 서하의 손바닥 안에 감춰진 저고리 고름에 박혀 있던 것도 잠시, 곧 작은 한숨과 함께 중얼거림이 이어졌다.

"방해하는 놈이 없으니 좋긴 한데, 안 되겠지."

일순 알아듣지 못한 서하가 고개를 갸웃함과 동시에 뒷말이 덧붙었다.

"……바깥만 아니었어도."

한 번, 두 번, 세 번. 눈만 깜빡이던 서하가 그제야 의미를 알아듣고는 얼굴을 홍시처럼 붉게 물들였다. 다시금 튀어 오르려고 하는 가슴을 어떻게 진정시켜야 하는지 몰라 안절부절못하는 사이. 뜨거운 온기가 이마에 쪽, 닿았다 사라졌다.

"이 이상 너를 탐했다가는 너무 위험할 것 같으니, 오늘은 이것으로 만족해야겠다."

우는 서하에게서 한 발짝 떨어졌다. 식어가는 온기가 못내 섭섭해서 금방이라도 내려앉을 것 같은 마음을 견디며 한쪽 손을 내밀었다. 서하가 그 손을 마주 잡고, 두 사람은 작게 웃으며 선원전 마당을 걸었다. 이지러진 달빛이 두 사람을 쉼 없이 쫓아왔다.

"두천이가 잘 처리했을까 모르겠구나. 혹시 몰라 말을 해놓긴 했지만, 워낙 겁이 많은 녀석인지라."

우가 걱정스럽게 이야기하자 서하가 물었다.

"처리라니요?"

"아무래도 전하께서 사람을 보내실 것 같아서 말이다."

잔뜩 경직된 서하를 보며, 우는 마주 잡은 손에 힘을 단단히 주었다.

"일부러 어진을 바라보며 시간을 끄셨다. 그리고 준비된 것처럼 네 얘기를 시작하셨어. 평소라면 그럴 분이 아니다."

명이 너무 감정을 드러내고 있던 것이 이상했다. 아니, 애초에 그리 쉽게 서하를 돌려달라고 말하는 것부터가 부자연스러웠다. 진짜 서하만 데려갈 생각이었다면 우의 화를 돋우는 게 아니라, 안심하고 방심하도록 잘 다독였을 터였다.

아니 오히려 서하의 이름조차 꺼내지 않았겠지. 아무도 모르게, 정말 쥐도 새도 모르게 일을 계획하고 꾸미는 게 명의 방식이니까.

"일부러 화를 돋우는 수에 말려들어 말을 너무 많이 하고 말았어."

내 것이라고, 사람이기 전에 용의 아이라고 떠들어대는 통에 참지 못하고 위협을 해버린 것이 실수였다. 명백하게 서하와 함께 있다는 걸 드러낸 것과 마찬가지였으니, 이제 처소에 있는 것만으로도 위험해질 터였다.

"제가 있어 위험한 겁니까?"

우는 불안한 눈을 하고 있는 서하의 뺨을 쓸어주었다.

"아니다. 넌 그저 지금처럼 내 옆에 꼭 붙어 있기만 하면 된다."

빌붙어있기만 하는 무기력한 사람이 될 생각은 없었지만 말 만큼은 기뻐서 서하가 손에 두어 번 힘을 주자, 우가 마치 답신을 보내는 것처럼 똑같이 두어 번 힘주어 손을 잡았다.

그렇게 함께 발길이 이끄는 대로 얼마나 걸었을까.

"다리는 아프지 않느냐?"

우가 물었다.

"괜찮습니다. 이래 봬도 엄청 튼튼한걸요."

"그래? 힘들면 업어주려고 했는데, 필요 없겠구나."

"아, 한데 지금 갑자기 막 다리가 아파진 참입니다. 어휴, 아파라."

놀리는 말임을 잘 알면서도 괜한 어리광이 생긴 탓인지, 서하는 연신 무릎을 두드려댔다. 우는 나오려는 웃음을 참으며 조용히 등을 내주었다.

처음에는 수줍게 업히더니, 갈수록 신이 났는지 서하의 다리가 조금씩 흔들렸다. 그 바람에 신이 바닥으로 툭 떨어지자, 우는 신을 주워 손가락에 끼웠다. 그리고 서하가 마음껏 기댈 수 있도록 등이고, 어깨고 전부 내주었다.

"미안하다, 서하야."

"갑자기 왜 사과를 하십니까?"

대답 대신 우의 고개가 작게 떨어졌다. 이렇게 어둠 속에서 몰래가 아니라, 처소에 숨겨두고 들킬까 전전긍긍하는 게 아니라.

"언제 어디서든 당당하게, 속박 없이 살도록 해주어야 하는데. 아직도 그리 해주지 못하여 미안하다."

쓰라린 아픔처럼 흘러나오는 목소리를 가만히 듣고 있던 서하는 힘껏 받쳐주고 있는 우의 등에 더욱더 몸을 기대며 말했다.

"괜찮습니다. 참으로 괜찮습니다. 전 대군과 함께 있는 것만으로도 자유롭고 행복하니까요."

"그것만으로는 내가 부족하다."

"정말 괜찮은데."

"머지않아 반드시 네게 줄 것이다."

평생 네 것이 아닌 것 같았던 자유도, 절대로 네게는 허락되지 않을 것 같았던 행복도, 모두 가지고 서서 활짝 웃는 네 모습을 반드시 볼 것이다…… 우는 차마 서하에게 고하지 못한 쓰디쓴 서러움을 삼키고 또 삼켰다.

"무리하지 마십시오. 전 대군께서 무리하시는 것이 싫습니다."

"그래, 알았다."

"그런데요, 대군."

"응?"

"만약 언젠가, 정말로 그날이 오면 말입니다. 그날이 오면……."

서하가 잠시 뒷말을 끊더니 몸을 살짝 일으키는 듯한 느낌이 들었다. 왜 그러나 싶어 물어보려는데, 서하가 먼저 우의 귓가에 간지럽게 소곤거렸다.

오늘 못다 한 걸 해요, 우리.

우의 너른 등이 일순 멈칫하고, 돌아보고 싶은 것을 억지로 참느라 그의 온몸에 힘이 잔뜩 들어가 있는 것을 눈치챈 서하는 훗, 하고 웃었다.

마음속에 한가득 들어찬 고고한 설렘이 끝나지 않을 것처럼, 마주 닿은 이 시간이 영원히 이어질 것처럼 두 사람은 천천히 오래도록 걸음을 옮겼다.

37화
드러난 정체

"정말 왜 이러시오!"

두천을 비롯한 상궁 나인들은 처소 앞마당에서 밀고 들어오는 금군들을 막기 위해 부단히 애를 쓰고 있었다. 하지만 열댓 명은 족히 넘어 보이는 건장한 금군들을 다 막아내기엔 턱없이 부족했다.

"의금부에서 죄인이 탈옥하여 온 전각을 수색하라는 명이 있었다 하지 않소!"

"글쎄 죄인이고 뭐고 없다니까! 게다가 이곳은 무헌대군 대감의 처소요! 이 이상의 무례는 용납지 않을 것이오!"

"대전을 빼고 빠짐없이 수색하라는 어명이 계셨거늘! 감히 어명을 거역할 셈이오!"

여기서 어명 이야기가 나오면 두천으로서는 더 이상 무헌대군을 앞세워서 할 수 있는 게 아무것도 없었다. 해서 치졸하고 얍삽한 수법이라도 일단 쓰고 봐야 했다.

두천은 잽싸게 석계단으로 달려갔다. 그러고는 난데없이 그 앞에 벌렁 자빠지며 배를 잡고 뒹굴었다.

"아! 아이고, 배야! 아이고, 배야! 갑자기 배가 왜 이리 아픈 건지 모르겠네!"

처소가 떠나가라 소리를 질러대자, 금군들이 인상을 험악하게 구겼다.

"지금 뭐 하는 것인가!"

"배가 아프다는데 뭐 하냐니요! 아이고, 배야!"

금군 중 한 명이 상궁 나인들을 밀치고 석계단까지 다가와서는 커다란 옥이 박힌 황색의 검집에서 검을 빼 들었다. 아픈 척하며 열심히 뒹굴던 두천은 슬쩍 보인 서슬 퍼런 검날에 마른침을 삼키면서도 여전히 배 타령을 했다.

"어명을 어기는 자는 즉결처분이오. 계속하겠다면 나도 더는 참지 않을 것이오!"

"아이고, 배가 아파서 그러는 건데 어찌 명을 어겼다 하는 것이오! 진짜로 배가 아프다질 않소!"

"이놈!"

정말로 화가 나서 눈이 뒤집힌 모양이었다. 금군이 두천의 목 앞에 검날을 내려뜨렸다.

"흐익!"

"마지막으로 경고한다. 비켜서라. 아니면 진짜로 죽일 것이다."

망나니에게 목을 잡힌 사람처럼 온몸을 바들바들 떨면서도 두천이 끝까지 비켜서지 않자, 금군이 기어이 검을 들어 올릴 때였다.

느닷없이 처소 안에서 백적삼 차림으로 뛰어 내려온 누군가가 금군이 휘두르던 검을 검집만으로 튕겨냈다. 그 반동으로 금군이 두어 발짝 뒤로 밀려났다.

"그만하시지요. 죄인 따위 이곳에 없다 하질 않습니까."

배를 부여잡은 채 두 눈을 질끈 감고 있던 두천은 익숙한 목소리에 슬그머니 한쪽 눈을 떴다. 그러고는 백적삼의 사내를 알아보자마자 입이 귀에 걸리도록 웃었다.

"월, 읍!"

두천이 눈치도 없이 이름을 부르려 하는 바람에 월영이 잽싸게 흙 묻은 버선발로 그의 입을 틀어막았다. 있는 대로 눈을 부라리며 조용히 하라는 무언의 압박을 가했더니, 뒤늦게 눈치를 챘는지 두천은 입이 막힌 상태로 고개를 연신 끄덕여댔다.

"넌 누구냐!"

사납게 소리치는 금군을 향해 월영은 코웃음을 쳤다.

"대군 처소에 머무는 손님이오만, 그러는 그대들은 뉘시오. 금군이라더니, 금군 다운 구석이라고는 눈을 씻고 찾아봐도 없는데."

금군의 어깨가 미약하게 흠칫 튀어 올랐다.

"네 이놈! 그 무슨 말 같지도 않은 소리냐! 어디서 감히 금군을 조롱하려 드는 것이야!"

"감히 복권된 지 하루밖에 되지 않은 대군 대감의 처소를 윽박지르며 뒤지려 하고, 심지어 대감을 모시는 내관을 단칼에 죽이려 하다니. 아무리 어명이라지만 망설이는 척이라도 했어야지. 그 대담함만 봐도 절대로 금군은 아니지 싶고. 게다가 그 검. 띠돈도 아니고 옥이 박힌 황색 검집이라. 금군들이 차고 다니기에는 너무나 값비싸 보이는데, 어찌 생각하시는지?"

백적삼의 사내가 술술 지적을 하자, 석계단 근처에 있던 금군이 할 말을 잃었는지 서서히 뒷걸음질을 쳤다.

월영은 더 이상 기다려주지 않고 살벌한 살기를 원 없이 내보였다.

"누구냐. 누가 보내서 온 놈들이냐. 대비냐? 아니면 한석준? 그것도 아니면 진짜 임금이 어명이라며 보낸 같잖은 살수들이냐?"

아무리 생각해도 임금의 짓은 아니었다. 이렇게 어설프고 어이없게 살수를 보낼 위인이 아니었다.

아무리 그동안 익숙하던 나인복을 벗어던지고 사내로 돌아와 있다지만, 금군이라는 놈들이 저를 알아보지 못하는 것으로 보아 한석준이 보낸 자도 아니었다.

그렇다면 대비란 소리인데.

"누가 보냈든 여기서 더 시끄럽게 일을 벌였다간 그 목을 전부 비틀어 버릴 것이다."

결코 농담이 아니라는 듯 월영이 섬뜩하게 노려보며 검집에서 검붉은색의 손잡이를 뽑아 들었다. 예리한 검날이 달빛을 시리게 반사시켰다.

얼이 빠져 있던 금군은 재빨리 놓쳤던 검을 찾아 들었다. 나머지 금군들까지 모두 황색 검집을 만지작거리고 있는데, 멀리에 있던 또 다른 금군 하나가 부리나케 달려와 검을 들고 있는 사내에게 귓속말을 수군거렸다. 무슨 말인지는 몰라도, 녀석이 곧바로 검을 집어넣었다.

"다른 곳에서 죄인을 찾았다 하니 가보겠소. 허나 명심하시오. 다시 한번 어명을 어길 시엔 절대로 용서하지 않을 것이오."

할 말을 마치자마자 그들은 눈 깜짝할 새 사라지고 말았다. 보폭이 좁고 잰 발걸음부터가 훈련받은 사병 느낌이 물씬 났다.

월영은 어명 같은 소리하네, 라며 아래에 깔린 두천에게서 버선발을 치워주었다.

"푸하아아! 푸엑! 켁켁!"

두천의 입에서 엄청난 숨소리가 터져 나왔다. 막혔던 숨을 뱉으랴, 흙을 뱉으랴 한참이나 컥컥거리더니 곧 불만이 가득 담긴 얼굴로 월영을 노려보았다.

"차라리 저 사내한테 죽는 게 나을 뻔했소! 진짜 숨 막혀 죽을 뻔했네!"

"송구합니다. 제 이름을 부르면 안 되기에 마음이 급하여서."

"혹 일부러 그런 게 아니오? 내가 아까 그랬다고 복수하는 게지!"

바로 한 시진 전, 겨우 정신을 차린 월영의 몸에 약을 발라주던 두천이 입이 댓 발은 나와 삐죽한 말투로 쏘아붙였더랬다.

〔언제부터 사내였소?〕

〔언제부터라니요?〕

월영이 처소에 나타나 쓰러졌던 날. 의녀를 데려온 두천은 치료가 시급하다는 것에만 정신이 팔려 아무 생각 없이 월영의 상의를 훌떡 벗겨냈었다. 처음에는 상처가 깊고 피가 너무 많이 나 정신이 사나워 뭐가 이상한지 조차 몰랐는데, 고비를 넘겼다는 말을 듣고서야 의구심이 번뜩 들었다.

왜 가슴이 납작쿵인가.

〔날 구해준 날은 나인복을 입고 있질 않았소! 영락없이 여인네인 줄 알았단 말이오!〕

〔제가 여인이건 사내건 내관 나리께 상관이 있습니까?〕

〔있지! 그렇게 예쁘게 생겨놓고, 몸도 막 그렇게 낭창낭창해서는!〕

〔낭, 뭐요?〕

〔천벌 받을 게요, 천벌을!〕

사내 가슴에, 그것도 하필이면 내관 가슴에 불을 붙여놓고 사내라는 것을 밝히지 않은 천벌을 반드시 받을 겝니다, 라고 냅다 소리를 지르고는 약초고 나발이고 뛰쳐나왔더랬다.

"복수하느라 그리 꾹 누른 게지! 아니 그렇소? 살려준 보람도 없이 저세상 보내려고! 에이 은혜도 모르는 나쁜 녀석!"

아까 금군이라며 나타난 놈들한테나 좀 그렇게 소리칠 것이지.

월영은 고개를 절레절레 저었다. 이상한 곳에서 용기가 샘솟는 알 수 없는 녀석이라며 무시하려는 찰나.

"윽!"

이번에는 월영이 배를 부여잡으며 한쪽 무릎을 털썩 구부렸다. 조금 전이야 마음이 급하여 달려 나왔다지만, 아직 상처가 깊어 움직임이 조금만 거칠어져도 창자가 끊어져 나가는 듯한 고통이 밀려왔기 때문이었다.

"빌어먹을."

낮게 씹어뱉으며 일어서보려 했지만 좀처럼 움직이지 못하고 있는데, 못 본 척하며 내관복만 툭툭 털어내던 두천이 오래 가지 않아 달려왔다.

"거참! 그러게 움직이지 말라 하였거늘! 참 손 많이 가는 사내놈일세."

"허, 그럼 방에서 꼼짝 않고 죽든지 말든지 그냥 내버려 둘 것을 그랬습니다."

월영이 지지 않고 대꾸했다. 두천은 저 주둥이를 콱 때려줄까 말까 잠시 고민하다가, 월영의 파리해진 얼굴을 보고는 혀를 차며 얼른 그를 부축해 주었다.

"일단 일어나 보시오, 읏차!"

휘청대면서도 간신히 몸을 일으킨 월영은 처소로 돌아가기 위해 몸을 돌렸다.

"그나저나 대군 대감 말이 맞았소. 대감께서 자리를 비우면 반드시 누군가 처소를 뒤지러 나타날 거라고 하셨는데."

잘 대비하고 있으라고 신신당부하던 우의 말을 떠올리며 두천은 연신 감탄하기에 바빴다. 비록 싸움을 못 하는 터라 무서운 자객 같은 놈들이 찾아오면 속수무책이지만 대감의 앞을 내다보는 식견이 저리 훌륭하니 죽어도 여한이 없다며, 묻지도 않은 말을 줄줄 내뱉었다.

"역시 우리 대군 대감은 모르는 게 없으셔. 진짜 멋지지 않소?"

두천이 눈을 반짝반짝 빛내며 이야기를 할 때마다 월영은 입을 비뚜름하게 삐죽였다.

"누구라도 할 수 있는 말입니다. 그깟 걸로 잘난 척은."

"어허! 살려준 은혜도 모르고 왜 퉁퉁거리오, 퉁퉁거리길! 우리 대군 대감 아니었으면 죽을 뻔한 주제에!"

"해서 이리 도와주고 있는 게 아닙니까."

두천의 부축을 받으며 겨우 석계단을 디디고 올라온 월영은 기둥에 기댄 채 스르륵 무너지듯 앉았다.

"잠시만요. 너무 아프니 잠시만 쉬었다가 움직이겠……."

월영은 말을 멈추었다. 아니, 숨까지 멈춰버리고 말았다.

대문 안으로 들어오던 우.

"월영 항아님?"

그리고 그의 손을 꽉 잡은 채 들어오던 서하와 눈이 딱 마주쳤기 때문이었다.

"월영 항아님이 이곳에 왜……."

앞마당에 선 서하는 월영이 사라진 자리를 바라보며 망연히 중얼거렸다.

"모르셨습니까? 아가씨께서 오시기 전에 피투성이가 되어선 이곳을 찾아왔었습니다. 해서 대군 대감께서 살려주신 거고요. 어휴! 말도 마십시오. 배며 등이며 팔다리 할 것 없이 금방이라도 막 두 동강 날 것처럼 막, 그냥 막!"

"한데, 한데 왜 사내 복색……."

"헛! 설마 아가씨도 모르셨습니까? 저자가 사내인걸? 진짜 감쪽같죠! 저처럼 눈치 빠른 놈도 속는데 순진한 아가씨는 말로 해서 무엇합니까! 정말이지 나쁜 사람!"

동지라도 만난 듯 반갑게 주저리주저리 떠드는 두천을, 우가 서둘러 저지했다.

"박 내관, 사람들을 데리고 혹 아까 왔었다는 금군들이 아직도 처소 주변에 남아 있는지 샅샅이 살피고 오너라. 그리고 월영이 있는 방은 당분간 출입 금지이니 그렇게 알고."

"예? 출입 금지씩이나요? 아니 왜……."

"말이 많구나."

"송구합니다."

"내가 부를 때까지 처소 주변에 아무도 다가오지 못하도록 단단히 일러두거라."

"예."

준엄한 명령에 두말없이 고개를 숙인 두천은 서둘러 상궁 나인들을 이끌고 갔다.

모두가 사라지고서야 우는 아직도 망부석처럼 서 있는 서하에게 다가갔다.

"들어가 보거라."

서하의 일그러진 시선이 우에게로 향했다.

"들어가서 이야기를 들어줘."

"어째서……."

도무지 이해할 수 없다는 표정이었다. 우는 그런 서하의 등을 살며시 쓸어주었다.

"내가 월영이었다면, 지금쯤 죽고 싶을 테니까."

그동안 사랑하는 여인 앞에서 그저 같은 여인인 척 꾸미고 살아올 수밖에 없었던 세월. 심지어 그 여인이 다른 사내를 열렬히 사랑해온 세월을 어쩔 수 없이 지켜봐야만 했던 서글픔. 원래 사내였다고 입 밖으로 고백이라도 해보고 싶었을 텐데, 그것조차 못 해보고 들켜버린 수치심.

물론 그동안 어명이라는 미명 하에 서하를 후미진 처소에서 옴짝달싹 못 하도록 가두어 놓고, 죄 없는 생명을 죽여온 것은 인간으로서 괘씸하고 도저히 용서할 수 없었다. 하지만 사내로서는 일말의 동정심이 생기는 것도 사실이었다.

"억지로 용서하거나 이해해주라는 소리가 아니다. 뭐가 되었든 일단

이야기를 들어주라는 뜻이야. 그래야 네가 지금 품고 있을 괴로움과 답답함이 조금이나마 해소될 것 같으니까."

우가 조심스럽게 서하의 등을 밀어주었다. 마지못해 떠밀려 한 발짝 움직인 서하는 한참 만에야 월영이 있는 방으로 걸음을 옮겼다.

마침내 서하가 방 안으로 들어가고 등불에 비추던 그림자가 작아질 때쯤, 석계단을 더디게 오르던 우가 걸음을 멈추었다. 그는 그대로 마루 위에 앉아 피곤하다는 듯 눈가를 문질렀다.

"치졸한 것 같으니라고."

38화

언제라도 마음을 빼앗길 테니까

방으로 들어선 서하는 문에서 제일 멀리 떨어진 구석에 죽은 것처럼 웅송그리고 있는 월영을 발견했다. 다리가 쉬이 떨어지지 않았지만, 금방이라도 사라질 것처럼 위태로워 보이는 그에게로 한 발짝 한 발짝 다가갔다.

"상처는 어떠십니까?"

겨우 할 말을 생각해 건네는데, 목소리가 그만 떨리고 말았다. 그 작은 떨림을 놓치지 않았는지, 월영의 몸이 눈에 띄게 움찔했다.

"배도 다치셨다 들었는데, 그리 웅크리고 있어도 되는 겁니까?"

"……제가 징그러우면 억지로 말 걸지 않으셔도 됩니다."

한껏 사나워진 월영이 고개도 들지 않은 채 대꾸했다.

신경질적인 그 목소리를 듣자 뻣뻣했던 몸이 이상하게도 풀리는 기분이어서, 서하는 평소처럼 성큼성큼 월영에게 가까이 다가갈 수 있었다.

"누워보십시오."

얌전히 무릎을 꿇고 앉으며 말했더니, 월영이 서서히 고개를 들었다.

얼굴이 한껏 구겨져 있었다.

"뭐라 하셨습니까?"

그는 배가 너무 당기게 아파서 헛소리를 들었나, 싶은 얼굴을 하고 있었다.

"누워보시라고 말했습니다. 상처에 약초를 발라야 할 게 아닙니까."

서하는 누군가 팽개치고 간 약사발을 집어 들었다.

아무렇지도 않게 나무 주걱을 움직이는, 평소와 달라진 점이라고는 전혀 없는 서하의 행동에 오히려 당황한 건 월영이었다.

"왜요?"

"혼자 바르시긴 힘드실 테니까요."

또다시 이어진 태연하기만 한 반응에 어이가 없어진 월영은 헛웃음을 지었다. 심성이 곱다는 생각은 했지만, 이건 착하고 안 착하고의 문제가 아니었다. 여기서 화를 내지 않는다는 것은 그야말로 바보천치들이나 하는 짓이었다.

"그런 식으로 괴롭히지 마세요."

월영이 싸늘하게 몰아세우자 서하가 조금 황당하다는 표정을 지었다.

"약초를 발라주는 일이 괴롭히는 겁니까?"

"차라리 화를 내란 말입니다. 바보처럼 참지 말고."

서하는 그제야 월영이 무슨 말을 하고 싶어 하는지 알 것 같았다. 그렇다고 해도 나무 주걱으로 약재를 퍼내는 손을 멈추지는 않았다.

"화내고 있는 중입니다."

"그게 어딜 봐서 화를 내는 중입니까?"

마치 화를 낼 가치도 없는, 화를 낼 이유조차 느끼지 못하는 상대를 보듯 그렇게 대하지 말아 달라고…… 월영은 소리 없는 외침을 부루퉁한 어투로 대신하고 있었다.

"착한 척도 적당히 하세요."

그때까지도 가만히 듣고 있던 서하는 나무 주걱을 잠시 망설이듯 만지작거리다가 월영의 얼굴에 나 있는 상처에 퍽, 하고 문댔다.

"아야!"

갑작스럽게 닿은 차가운 약초의 느낌보다 무표정한 얼굴로 치덕치덕 두드려대는 서하의 움직임에 더 신경이 쓰일 때쯤.

"화를 어떻게 낼지는 제 마음입니다. 항아님, 아니 더는 항아님이 아니니 어찌 불러야 할지 모르겠네요. 월영이 진짜 이름인지도 모르겠고. 하여튼 월영님은 언제 제게 의사를 물어보고 행동하셨습니까?"

퉁, 하니 불거져 나온 서하의 쓴소리에 월영의 입이 조개보다 더 꽉 닫히고 말았다.

"제게 묶여 있고 싶으냐, 묻고 묶어두셨습니까? 갇혀 있고 싶으냐, 묻고 가둬두셨습니까? 사람을 죽이고 싶으냐, 묻고 죽이셨습니까?"

감정 하나 실려 있지 않은 것 같은 생기 없는 물음들을 던지며, 서하는 월영의 적삼 소매를 걷어 올렸다. 그곳에 나 있는 상처에 또 치덕치덕.

"자기가 하지 못한 일을 남에게 강요하지 마십시오."

또 다른 소매를 걷어 올리고는 자잘한 상처 하나까지 골고루 약을 발랐다.

"전 받은 만큼 돌려드릴 겁니다. 그러니 일단 적삼부터 벗으세요."

서하의 목소리는 차갑기 그지없었고, 얼굴에는 귀찮음이 한가득인 것 같았다. 하여 기가 죽은 월영은 고개를 돌리며 중얼거렸다.

"제가 궁녀가 아니라는 걸 아셨으면서 어찌 자꾸 벗으라 하십니까. 부끄럽지도 않으십니까?"

갑자기 사내 행세를 하는 월영을 앞에 두고 서하는 한숨을 내뱉었다.

"벗은 사내의 몸은 무헌대군이 아니라면 제게는 다 똑같은 사람일 뿐입니다. 갑자기 사내인 척하셔도 그게 달라지진 않으니 부끄러울 것도 없습니다."

주저하는 기색도 없이 술술 내뱉어지는 그 말이 너무나도 비참해서, 월영은 차마 화를 내지도 못한 채 구시렁거리고 말았다.

"그놈의 무헌대군. 지겹기 짝이 없습니다."

그제야 그는 자포자기하듯 거칠게 적삼을 벗고, 둘둘 감긴 무명천을 풀어냈다.

서하는 그 모습을 잠시 물끄러미 바라보았다. 설마설마했던 마음이, 월영의 드러난 상체를 보고서야 확신이 들었다.

진짜로 사내였구나.

커다랗게 그어진 배의 상처에 시선을 묻으며 서하가 조심스럽게 물었다.

"벙어리 궁녀인 척하던 여인에게 입은 상처입니까?"

"그렇기도 하고, 아니기도 합니다."

"그게 무슨 뜻입니까?"

"마비 독 같은 것을 썼길래, 마비를 풀려 제가 제 손으로 낸 상처들입니다."

도저히 움직이지 않는 몸을 움직이려 이를 악물고 검을 찾아내 제 몸에 난도질을 해댔다. 아픔도 느끼지 못하고 그저 움직여주는 몸이 고마우면서도, 서하를 찾으러 갈 수 없음을 뼈에 사무치게 깨달았을 때는 제일 오기 싫은 무헌대군의 처소로 올 수밖에 없었다.

그 처절했던 순간의 마음을 단 일말도 알아주지 않을 서하가, 오늘따라 고되게 서운했다.

"송구합니다."

서하가 미안해하자 월영은 고개를 저었다.

"말씀하셨듯이, 아가씨의 의사를 묻고 한 행동이 아닙니다. 그러니 사과하지 마십시오."

"저 역시 월영님의 의사를 묻고 사과하는 것이 아닙니다. 그리고 살려주셔서 고맙습니다."

진심이라는 건 월영도 느낄 수 있었다. 서하가 거짓된 말을 할 사람이 아니라는 건 너무나 잘 아는 사실이었다. 다만 그 진심이 제 속내를 전혀 모른 채 흘러나왔다는 사실에 애가 타고 안타까워, 월영은 들리지 않을 정도로 작은 소리를 입술 끝으로 흘려보냈다.

"저에겐 언제 어디서나…… 아가씨가 우선이니까요. 제가 이제껏 한 모든 일의 이유는, 아가씨를 구하기 위해서였으니까요."

가두고, 묶고, 슬퍼할 줄 알면서도 사람들을 죽이고. 그 일련의 행동들이 전부 당신을 위해서였다고, 월영은 서하가 조금이라도 알아주기를 바라며 그동안 삼키기만 했던 말을 처음으로 꺼내 보았다.

"아가씨를 사랑하기 때문이란 말입니다."

서하는 그다지 놀라지 않았다. 그저 두서없이 이야기하는 월영을 가만히 바라보며 여전히 약초 사발을 꼭 쥐고 있을 뿐이었다.

그게 왜 그리 사람을 초조하게 만드는 건지. 월영은 평생 가슴에 묻어두리라 다짐했던 옛이야기를 꺼냈다.

"제 어머니는 도망간 전 용의 아이이자, 아가씨의 어머니였던 한연서의 대리였습니다."

나무 주걱으로 애꿎은 약초를 탁탁 두드리던 서하의 손이 마침내 멈추었다. 맑은 눈망울 안에서 작은 등불이 고요히 일렁이고 있었다.

"문조 대왕이 아직 대군이었던 시절, 한석준 나리의 아비이자 아가씨께는 외숙이 되는 한지광 대감은 누이인 한연서 아씨를 용의 아이라며 궐에 바치고 젊은 나이에 이조 판서의 자리까지 올랐습니다. 하지만 연서 아씨가 도망을 쳤고, 그 사실이 당시 임금의 귀에 들어갔습니다. 마음이 다급해진 나머지 한 대감은 제 어머니를 진짜 용의 아이라며 궐에 들여보냈습니다."

찢어지게 가난했던 어머니는 하나밖에 없는 아들의 입에 먹을 것을 넣어주기 위해 한씨 가문이 시키는 대로 하였다고, 월영은 회고했다.

보살펴주고 아껴만 주면 뭐든 하겠다는 약조를 하고 궐에 들어간 그의 어머니가 어찌 되었는지는, 굳이 월영의 입으로 듣지 않아도 알 것 같았다.

옴짝달싹 못 하게 갇힌 채로, 누구도 만나지 못한 채로 외롭고 고독하게 하루하루를 죽지 못해 살았으리라.

"아무런 능력도 없던 어머니가 선견이랍시고 뭔가를 아뢰면, 한 대감이 그 일이 진짜 일어나도록 꾸며 어찌어찌 시간을 때운 모양입니다. 하지만 당연히 한계가 있을 수밖에 없었겠지요. 문조 대왕이 보위에 오른 지 얼마 되지 않아 거짓인 게 발각되어, 임금을 속이고 왕실을 속인 죄로 그 자리에서 참수당하셨습니다."

이야기를 가만히 들으며, 서하는 나무 주걱이 부러지도록 손아귀에 꾹 쥐었다.

"여덟 살 어린 나이에 혼자 남겨진 전 칼을 갈았습니다. 어느 날 복수를 하겠다며 새벽녘 한 대감 댁을 무작정 쳐들어갔는데, 가옥 뿐 아니라 한 대감과 가솔들이 전부 불에 새카맣게 타 널브러져 있었습니다. 그리고 그 잿더미 한가운데에, 아직 관례도 치르지 못한 도령 하나가 버티고 서 있었습니다."

〔나는 이 부당함을 뒤집을 것이다. 선택은 네 몫이다. 계속 그대로 멍청하게 주저앉아 있을 것이냐, 아니면 나와 가겠느냐.〕

〔미친놈! 내가 원수의 아들을 따라갈 것 같아? 다시는 헛소리 못하게 죽여버릴 테다!〕

〔그리 하거라. 어미의 죽음을 헛되이 하는 것도 네 선택이니.〕

〔……뭐?〕

〔난 내 아버지와 다르다. 아버지의 잘못을 절대 되풀이하지 않을 것이다. 그리고 언젠가 용의 아이라는 잘못된 관습을 없애고 두 번 다시 네 어미처럼 의미없이 희생당하는 이들이 없도록 할 것이다. 넌. 넌 어찌할 테냐. 여기서 원수의 아들이라며 나를 죽이고, 너 역시 네 어미처럼 이용당하며 살테냐?〕

"그게 바로 한석준 나리였습니다. 아버지인 한 대감 대신 속죄하겠다 하였습니다. 제 어머니가 희생양이었단 사실도 밝혀 줄 거라던 그 분의 진심어린 눈을 의심조차 할 수 없었습니다. 어머니를 위해서라면 뭐든 해야겠다는 눈먼 죄책감이 제가 가진 전부였으니까요. 이듬해 죽은 연서 아씨 대신 겨우 여섯 살인 아가씨가 또다시 용의 아이로 잡혔다는 사실을 들었을 때, 그 아이를 반드시 지켜야겠다는 한석준 나리의 부탁을 거절할 수 없었습니다. 처음에는 제 어머니를 죽인 것과 매

한가지인 한연서의 딸이라기에 제 손으로 죽일 작정으로 거절하지 않았고, 이후에는 안쓰럽고 가여워서…… 제 처지와 비슷한 아가씨를 사랑하게 되어서 금유당 지킴이로 계속 살아왔습니다. 연서 아씨나 제 어머니처럼 죽게 놔둘 수가 없어 한시도 눈을 뗄 수 없었습니다. 이것이 이제껏 궁녀로 위장해 숨죽이고 있었던 저의 이야기입니다."

월영은 한참이나 서하를 바라보다가 시선을 떨어뜨렸다. 사랑하는 이를 눈앞에 두고 수줍어하는 사내처럼, 상대가 싫어하진 않을까 자신감을 상실하고 겁에 질려 어쩔 줄 몰라 하는 진짜 사내처럼 속으로 전전긍긍하며 무언가를 기다리고 있었다.

그렇게 섧도록 안타까운 적막이 끝나지 않을 것처럼 이어질 때였다.

"사랑이 아닙니다."

서하가 입을 열었다. 허무하도록 딱 부러지는 대답이었다.

"항아님, 아니 월영님이 제게 하고 있는 것은 연모가 아닙니다."

고개도 들지 못하던 월영의 시선이 겨우 서하에게로 향했다.

"어찌 그리 단언하십니까?"

"사랑이란 걸 해보니, 그분의 웃는 모습이 보고 싶고 행복해하는 모습만 보고 싶어진다는 걸 알았습니다. 살리기 위해서라는 미명 하에 그분에게 상처를 주었을 때는 세상이 슬어가는 것처럼 고통스러워 차라리 내가 죽자 하였습니다. 월영님은 저를 보며 그리 생각하신 적이 있으십니까?"

우에게 모진 소리를 내뱉던 그 날이 세상에서 가장 슬픈 날이었음을, 서하는 처음으로 깨달았다.

"월영님이 가진 감정은 그저 저를 구하고 싶다는 집념이 만들어낸 허상, 이라는 생각은 해보지 않으셨습니까?"

월영의 비틀어지는 눈가가 상처받고 있다는 걸 알면서도, 서하는 말을 이었다.

"사랑이 아니라, 저를 대신 구하여 지난날 지켜드리지 못한 어머님을 구하고 싶은 간절한 소망…… 같습니다. 어떻게 해서든 살리고 싶었던 어머님을, 저를 통해 구하고 싶으셨던 겁니다. 해서 저를 위험이 없는 곳으로 자꾸만 밀쳐두고, 월영님의 눈과 비호 아래 가둬두고, 원할 때 구해낼 수 있도록 어디에도 떠나지 못하게 한 것입니다. 아닙니까?"

크게 요동치는 월영의 눈이 꼭, 지난날 어머니를 지키지 못해 하염없이 자책하는 어린 사내아이 같아서.

서하는 터질 것 같은 눈물을 참았다. 그리고 손바닥으로 가만히 월영의 눈을 가려주었다. 온기를 따라 월영의 눈꺼풀이 힘겹게 감겼다.

"송구합니다. 제 어머니가 관련된 일이라면 더더욱 면목 없습니다. 갚을 수 있는 일이라면 온 힘을 다해 갚겠습니다. 그러니 이제 더는 제게서…… 어머님을 보지 않으셔도 됩니다. 자책하지 않으셔도 됩니다. 저는 나약하지 않습니다. 부서지지 않을 것이고, 끊어지지 않습니다. 저를 용의 아이라는 굴레에서 끌어 올려주려 안간힘을 쓰는 단 한 분의 손을 꽉 잡아 딛고 일어설 겁니다."

서하는 손을 내렸다. 하지만 월영의 눈은 여전히 감긴 채였다.

"제가 받은 만큼 돌려드릴 거라 했던 말. 월영님이 지난날 궁녀인 줄 알았을 때, 제가 상처를 입으면 치료를 해주고 먹을 것을 해주었던 은혜를 갚을 것입니다. 그리고 저를 나가지 못하게 막아서고 가두었던 일 역시 갚아줄 것입니다. 하여 앞으로 항아님, 아니 월영님이 잘못된 길을 가려 할 땐 주저 없이 막을 겁니다. 가두고 묶어서라도 가르쳐 드릴 겁니다. 잘못된 길이라는 걸."

뜨겁게 흘러내리는 월영의 눈물을 뒤로 한 채, 서하는 자리에서 일어섰다.

"행궁에서도 말한 적이 있지만, 월영님의 손이 더 이상 무고한 사람들의 피로 물드는 모습을 보지 않을 겁니다. 각오하십시오. 제가 받은 걸 다 돌려드릴 때까지 막아설 테니."

조곤조곤 바닥을 디디는 발걸음이 멀어지는 것이 느껴지고, 문 닫히는 소리까지 들리고 나서야 월영은 눈을 떴다. 서하가 서 있었을 자리에 혹시나 남았을지도 모를 잔영을 찾으려 부단히 애를 쓰던 그의 입에서 피식, 웃는 듯한 나직한 목소리가 새어 나왔다.

"이렇게 모질게 거부당할 줄은 꿈에도 몰랐습니다. 제 진짜 이름을 알면 불러주실 겁니까? 불러주지도 않을 거면서."

턱 끝을 적셔가는 눈물을 닦지도 않은 채, 월영은 멀거니 서하가 떠난 자리만 하염없이 바라보았다.

문을 열고 나오자, 대청마루 기둥 뒤에 숨어 앉아 기다리고 있는 너른 등이 보였다. 조금 기운이 없는 듯도 하고, 어딘가 자신이 없어 보이기도 하여 마음이 쓰였다. 그런데도 언제나 마음껏 어리광을 부리고 싶어지는 따뜻한 등을, 서하는 말없이 다가가 폭 끌어안았다.

"왜 이리 마음이 넓으십니까?"

"……."

"너무 그렇게 다 받아주지 마세요."

이러다 대군과 조금이라도 떨어져서는 살 수 없는 사람이 되겠습니다…… 뱉고 나면 진짜가 되어버릴 것 같아서 삼켜버린 말 대신, 등에 뺨을 부비기만 했다.

평소라면 이런 어리광에 웃어주었을 우가 왠지 말이 없자, 서하는 그제야 이상함을 느꼈다. 기대고 있던 얼굴을 들고 조심스럽게 그를 불러보았다.

"대군?"

"마음이 넓다 했더냐."

우는 쥐고 있던 주먹을 풀며 아플 정도로 낮게 가라앉아버린 목소리를 힘겹게 내뱉었다.

"너를 들여보내고…… 미칠 뻔하였다."

그의 손바닥에 선명하게 패여 있는 손톱자국이 서하의 눈에 들어왔다.

"치졸하기 짝이 없는 마음을 너에게 들키기 싫어 아무렇지도 않은 척하고, 괜찮은 사내인 척 허세를 부렸지만 사실은."

아래로 떨어져 버린 우의 고개가 차마 잇지 못하고 삼켜진 뒷말을 대신하는 듯했다.

너를 어디에도 보내기 싫다고. 조금이라도 눈에 닿지 않는 곳으로, 혹여라도 손이 닿지 않는 곳으로는 절대로 보내기 싫다고.

소리 없이 쏟아지는 자책 같은 속삭임이 들리는 듯하여, 서하는 또다시 주먹을 쥐려는 우의 손을 서둘러 힘껏 부여잡았다.

"보내지 않으셔도 됩니다."

그렇게 말했음에도 우가 끝끝내 고개를 들지 않자, 서하는 훤히 드러나 있는 그의 목덜미에 입술을 묻었다. 새끼 고양이처럼 떼쓰듯 물어버리고, 속상한 마음을 알아달라는 듯 핥아 올리고. 어쩌지도 못할 만큼 사랑한다고 외치고 싶어, 깊이 묻어버린 입술 사이로 눈물을 포갰다.

아무리 붉게 흔적을 남겨도 언젠가 사라져버리리라는 것을 알기에 마냥 안타깝고 아릿하여, 영원히 떨어지지 않을 사람처럼 우의 목언저리 곳곳을 탐하는 순간.

"내 본성을 끌어내지 말거라."

우는 획 몸을 돌려 대청마루 기둥에 서하를 밀어붙였다. 한 손안에 서하의 가느다란 양 손목을 단단히 묶은 채 머리 위로 가두어버렸다.

"겁 없이 달려들지 마."

선전포고와도 같이 으르고는, 무언가 말을 하기 위해 오물거리는 서하의 입술을 덮쳐버렸다. 윗입술을 집요할 만큼 탐하자 달아나지 못하고 포기한 입술이 저절로 벌어지고, 빈틈없이 그사이를 파고든 우의 혀가 작게 새는 열기의 한 줌까지 먹어 치울 기세로 곳곳을 핥았다.

숨이 부족하다며 애원하기 위해 잘근잘근 깨무는 서하에게 고스란히 아랫입술을 내어주고 나서야 우는 말을 이었다.

"자유롭게 해준다고 큰소리치지만, 너를 가장 가두고 싶은 사람이 바로 나란 말이다."

눈 안에, 손 안에, 품 안에.

어디에도 도망가지 못하도록 가두고, 묶고 싶은 마음을 아무리 애써 숨겨도, 서하를 마주하는 때때로 제어하지 못할 격렬한 열망이 모습을 드러내곤 했다. 그럴 때면 소름이 돋아서, 오싹하리만큼 스스로가 두렵고 징그러워서.

온 노력을 다해 너를 멀리할 방법을 찾곤 했단 말이다…….

"그러니 내 못된 본성을 깨우지 마."

우는 서하의 손목을 슬그머니 놔주었다. 아직 다 낫지 않은 손목이 더욱 붉게 달아올라 있는 걸 보고 가슴이 미어져 시선을 돌리려 할 때였다.

서하가 자유로워진 손으로 우를 끌어안으며 다시 한번 그의 목 언저리를 깨물었다.

"읏!"

그러고는 저도 모르게 신음을 흘린 우의 귓가에 소곤거렸다.

"원래 하지 말라면 더 하고 싶은 법입니다."

치열 자국까지 남아버린 그의 목을 한동안 혀로 할짝거린 뒤, 교염하게 입꼬리를 올린 서하가 이번에는 입술을 탐닉했다.

괜찮다, 말해주고 싶은 만큼. 대군께서 보여주는 것이 못된 본성이든 열렬한 본성이든 상관없다고 느끼게 해주고 싶은 만큼. 어르고 달래던 입술을 느릿하게 떨어뜨린 서하가 견디지 못할 만큼 앙증맞게 입을 열었다.

"대군이야말로 제 못된 본성을 깨우시면 후회하실 겁니다."

이기적이고, 집요하고, 불리한 건 감춰버리고, 그래놓고 사랑받길 갈망하고.

생각만으로도 질려버려 내리감아 버린 눈꺼풀 위로, 우가 길게 입을 맞추며 아찔하게 속삭였다.

"걱정할 것 없다. 네 본성이 무엇이든, 얼마나 못 되었든."

난 언제라도 마음을 빼앗길 테니까.

***

"의금부가 습격당한 것에 대한 조사는 아직 은밀하게 진행하고 있는 것이겠지?"

모두를 물린 자리에 홀로 서 있던 상선이 명에게 대답을 올렸다.

"여부가 있겠습니까. 뚜렷하게 밝혀진 것은 없습니다만, 죽은 자들코 부위가 검푸르게 변한 것이 아무래도 독향에 당한 것 같사옵니다."

"독향?"

"불에 가루를 태워 향을 피우는 것으로, 잘 알려지지 않은 수법입니다."

"대체 어느 놈이 그런 짓을?"

"그것이 아직……."

밝혀지지 않았다는 것은 그만큼 비밀스러운 움직임이 강하다는 뜻이었다. 떼지어 다니는 무리보다는 혼자 행동하는 살수 같은, 마치 금유당 지킴이처럼.

"월영의 소식은?"

"금유당 지킴이도, 그 주인도 둘 다 감쪽같이 사라졌습니다."

말을 마치고 상선이 고개를 푹 숙이자 명은 관자놀이를 두드렸다. 무엇보다 서하의 행방이 묘연한 것이 제일 큰 문제였다. 금유당은 이미 새카맣게 타서 폐허처럼 변했고, 월영 마저 어디로 갔는지 코빼기도 보이지 않았다. 죽었는지 살았는지도 알 수 없어 초조함이 극에 달한 상황이었다. 다만 한 가지.

"무헌대군 쪽은?"

"선원전에 가 계시는 동안 명대로 무헌대군 처소에 사람을 은밀히 보내긴 했는데, 누군가 미리 와 있었답니다."

"미리 와?"

"예. 금군을 가장한 열댓 명 정도의 무리가 나타났는데, 그게 아무래도 대비마마께서 보낸 사람들 같다고……."

"하아."

명의 입에서 절로 한숨이 터져 나왔다. 어머니의 불같은 성정을 모르는 바는 아니나, 제발 이런 때만큼은 가만히 있어 주었으면 하는 마음이었다. 괜히 허접한 놈들을 보내 들키면, 바보가 아닌 이상 우의 처소는 더욱 경계가 삼엄해져 낯선 이의 출입 자체를 금할 터였다. 오히려 일을 망쳐버린 셈이었다.

서하가 그곳에 있는 게 분명했다. 애타게 그리는 이가 소리 소문도 없이 사라졌는데 우의 태도가 그리 무심하리만치 태연하다는 것은 말이 되질 않았다.

게다가 대비전에서 했던 말.

〔아무래도 궐에 진짜 정신병자가 있는 것 같아서 말입니다. 제가 자리를 비운 사이 저의 소중한 이를 건드리지 못해 안달이 난 듯한데, 참으로 걱정입니다. 혹여 한 번만 더 건드리면 제가 수단 방법 가리지 않고 뼈와 살을 발라 죽여버릴 거라고…… 그 언질을 해주지 못하여 걱정이란 의미였습니다.〕

평소답지 않게 눈에 분노와 살기를 그득하게 담고 협박하던 모습부터 시작하여, 선원전에서 죽어도 보내지 않겠다고 선언했던 말들.

심증이 이토록 차고 넘치는데, 그곳에서 서하를 데리고 올 명분이 부족했다. 이미 대군으로 복권까지 시킨 마당에 억지로 처소를 뒤질 수도 없는 노릇이고. 불안하고 심란하여 가슴이 새카맣게 타들어 가는 것 같았다.

"알았다, 그만 나가보거라."

"예, 하옵고…… 대전 앞에 공주 자가께서 뵙기를 청하고 있사옵니다."

그 말을 듣자마자 명은 헛웃음을 지었다.

"그래. 우가 돌아왔으니 담이가 거칠 것이 없겠구나."

행궁을 보내 달라 청하러 왔을 때와는 딴판이었다. 말없이 눈을 내리깔고 있는 담의 얼굴을 보고 있자니, 왕자군 시절 공주 아기씨를 우러러볼 때가 생각났다.

누가 시킨 것도 아닌데 감히 똑바로 바라보면 안 될 것 같아 괜스레 고개를 숙이고 다녔던 날들이 있었다. 부탁한 것도 아닌데 매번 꺾듯이 형님이라 불러줬던 무헌대군과는 달리 하나뿐인 공주는 늘 자신을 의광대군이라 불렀고, 하여 언제쯤 오라버니라고 불러줄까 막연히 고대했던 때가 있었다. 그런 스스로를 못난 놈이라 자책하던, 싫어도 당연하게 떠올라 버리는 시절.

이게 진짜 담이의 본 모습이었다. 그 시절과 단 한 치도 달라지지 않은, 고고하기 짝이 없는 청해공주.

"어쩐 일이냐. 무언가 필요한 것이야?"

행궁에서 있었던 일을 캐묻고 싶은 마음이 굴뚝 같았지만, 명은 꾹꾹 묻어두기만 했다.

무헌대군까지 돌아온 이때, 창경궁에서 이제 그만 우에게 빼앗았던 것을 온전히 돌려달라 난리를 피웠다는 말까지 전해 들은 지금. 혹시라도 누이가 미움이 커져 다시는 찾아주지 않을지도 모른다는 걱정이 앞서 차마 물을 수가 없었다.

그때까지도 묵묵히 있던 담이 눈도 한 번 깜빡이지 않으며 말했다.

"제 오라버니께 축하 연회를 열어주시긴 할까 하여 찾아뵈었습니다."

아……. 명은 가슴 한가운데로 뻥 뚫린 듯한 고통이 밀려드는 것을 느꼈다. 해서 하마터면 고스란히 튀어나올 뻔한 신음을 목구멍 안으로 다시 밀어 넣으려 부던히 애써야만 했다.

매정하고 섭섭하리만치 차가운 담의 표정과 말투에 어쩔 수 없이 다쳐버리고 마는 나약한 마음 탓이었다.

어렸을 적, 한낱 후궁이었던 어머니는 무슨 자신감이 있었던 건지 끊임없이 장차 보위를 이을 분이라며 자신을 추켜세워줬었다. 하지만 아직도 모를 터였다. 그럴 때마다 죄스럽고 창피한 마음에 고개는 더더욱 수그러들기만 했다는 것을.

약해 빠진 자신의 진짜 모습을 아는 건, 이 세상에 아무도 없었다.

"열어줘야지. 열어주고말고. 우가 복권되었는데 연회 따위 두 번이고 세 번이고 열어줄 것이다."

말이 끝나자마자 담이 지그시 시선을 마주쳐왔다. 제 오라비와 똑같은 밤색 눈동자가 마치, 언제쯤 보위를 내놓을 것이냐고 묻는 것 같아서 명은 크게 웃어버리고 말았다.

"하하하하!"

담의 얼굴이 생경하게 비틀어지고서야 명은 말을 이었다.

"우가 돌아오니 담이 너까지 본 모습을 찾아 얼마나 기쁜지 모른다."

자신은 왜 이렇게 담에게 오라버니가 되고 싶은 걸까.

명은 여전히 오리무중인 답을 찾으려 열심히 생각이란 것을 해보았다. 끝끝내 오라버니라고 인정해주지 않는 담에게 오라버니라고 불리는 순간, 정말로 이 나라의 적통대군이 되었다는 짜릿한 실감을 손안에 틀어쥐고 싶었던 걸까. 아니면 그저 우가 가진 것들을 모조리 빼앗고 싶은 단순한 자격지심일까.

"그래서, 뭔가 더 원하는 건 없고? 참, 너를 창덕궁으로 다시 데리고 와야지. 네가 언제든 돌아올 수 있게 예전 네 처소를 늘 청소해 두고 있으니 당장이라도……."

생긋 웃으며 묻지도 않은 말을 주저리주저리 떠들던 그때.

"필요 없습니다. 전 아직 창경궁이 좋습니다."

단칼에 거절해버리는 차디찬 목소리가 이젠 정이 들 지경이었다. 우도 돌아왔는데 어째서, 라는 의문이 들긴 했지만 명은 굳이 묻지 않았다.

"그래, 네가 원한다면 그리하거라. 또 원하는 게 있느냐? 허심탄회하게 이야기해도 좋다. 내 들어줄 수 있는 거라면 무엇이든 들어줄 터이니."

"하면 청이 하나 있습니다."

"무엇이냐?"

"창경궁에 제 일거수일투족을 고해바치라며 보낸 쥐새끼들을 전부 다시 데려가십시오. 금옥이란 나인 하나면 충분합니다."

탓하는 말을 섞어 서늘하게 뇌까리는 담을 보며, 명은 그제야 얼굴에서 웃음을 지웠다.

문득 이 절절매는 오라버니 역할을 언제까지 할 수 있을까, 하는 생각이 찰나처럼 머리를 스쳤다.

39화
회임

촛불이 그윽하게 정취를 더하며 타들어 가는 밤, 인혜는 경상 위에 책을 펼쳤다. 아이를 가진 게 비밀이다 보니 태교도 공공연하게 하지 못하는 것이 마음에 걸린다면 걸리는 일이었다.

"미안하구나. 그래도 오늘은 이걸 같이 읽으며 마음에 새겨보자꾸나. 경행록운 보화 용지유진 충효 향지무궁이라."

아무것도 모르는 나인들은 미쳤다며 수군거릴 터였다. 복권된 무현대군 때문에 왕실과 조정이 들썩이는 이때, 명심보감 성심편이나 즐거운 듯 낭독하는 중궁전이라니.

뒤에서 그런 말들이 오간다는 걸 알면서도 인혜는 기분 좋게 글귀를 눈 안에 새겨 넣기 바빴다. 언제쯤 태동이라는 걸 느껴볼 수 있을까 고대하며, 탕약을 바꿔치기한 범인을 어서 잡아 명에게 기쁜 소식을 알릴 수 있는 날이 오기만을 손꼽아 기다리며 열심히 금언을 중얼거리려던 때였다.

"경행록에서 말하기를……."

"마마, 중전마마! 박 상궁이옵니다!"

심상치 않은 목소리였다. 인혜는 서둘러 책을 덮고 준엄하게 명했다.

"박 상궁만 들고 모두 멀리 물러나 있게."

"예, 마마."

곧 문이 열리고, 춘란 화분을 든 박 상궁이 헐레벌떡 뛰어 들어왔다. 어찌나 가쁘게 숨을 몰아쉬는지, 인혜 역시 덩달아 긴장하여 손을 말아 쥐었다.

"물이라도 내오라 할까?"

"아, 아, 아니옵니다. 소, 소인 괜……."

말도 제대로 못 잇는 게 안타까워 인혜는 박 상궁의 등을 천천히 두드려주었다. 그제야 조금 가쁜 숨이 사그라드는 모양이었다. 여전히 춘란 화분을 품에 꼭 안은 채 바쁘게 오르락내리락하던 박 상궁의 가슴이 겨우 안정을 찾아가기 시작했다.

"사가에서 이제야 오는 길이지? 남들 눈 피하느라 자네가 고생 많네."

"아니옵니다. 그것보다 마마, 생각보다 일이 더 심각해질 듯하옵니다."

"왜, 할아버님께서 약에 무엇이 들었는지 알아내셨다고 하는가?"

다른 이들에게는 멀리 물러나 있으라 명까지 내렸지만, 박 상궁은 더욱 철저하게 조심하려는 듯 인혜의 귀에 무언가를 속삭였다. 한 자 한 자를 새겨듣던 인혜의 얼굴이 이내 파리해진 순간.

탕! 처소 문이 부서질 듯 열렸다. 놀란 인혜는 뒤로 물러나다 엉덩방아를 찧었고, 박 상궁은 품에 안고 있던 화분을 떨어뜨리고 말았다. 반으로 깨져버린 화분 사이로 흙더미가 튀어나와 바닥을 어지럽혔다.

아연한 얼굴로 갑자기 나타난 이를 올려다보고 있는 인혜 대신, 박 상궁이 먼저 머리를 조아렸다.

"저, 전하."

"나가 있거라. 누구도 가까이 들지 말라 이르고."

"예, 예. 명 받잡겠나이다, 전하."

허리도 펴지 못한 박 상궁이 총총히 문밖으로 사라지고, 이미 인혜가 한 번 물렸던 궁녀들까지 더 멀리 내쳐져 더 이상 아무 소리도 들리지 않게 되었을 즈음.

"전하? 무슨 일이 있으십니까?"

놀란 마음을 가라앉힌 인혜가 명의 안색을 살피려 자리에서 일어나려 했다.

"어찌 이리 황급한 모습으로…… 읍!"

예상치 못하게도 입술을 빼앗긴 인혜는 부지불식간에 양어깨까지 단단히 결박당하고 말았다.

"읍, 으읏!"

물어뜯을 것 같은 격렬한 입맞춤에 저절로 비음 섞인 신음이 새어 나오고, 젖은 마찰음이 방안을 어지럽게 휘저었다.

엄청난 힘으로 밀어붙이는 통에 결국 중심을 잃은 인혜가 또다시 뒤로 넘어갈 뻔하자, 어깨에서 재빨리 내려온 명의 손이 곧바로 그녀의 뒷머리와 허리를 낚아채듯 끌어당겼다.

인혜는 명의 어깨를 밀어내려 했지만, 역부족이었다. 집요하게 파고드는 명의 입술에 속수무책으로 끌려 들어가기만 했다.

"하아!"

가까스로 어긋난 입술 사이로 커다란 숨을 내뱉는 사이, 명의 입술은 조금씩 목 언저리를 지나쳐 당의의 옷깃으로 내려가고 있었다.

"전하, 전하!"

인혜가 아무리 다급하게 불러도 소용없었다. 명은 아무것도 들리지 않는 사람처럼 인혜를 탐닉하기에 바빴다.

"합방 날이 아니옵니다. 이러시면 법도에…… 읏!"

처음이었다. 합방도 아닌 날 찾아와 옷고름을 풀어 헤치는 다급한 손도 처음이었고, 쳐들어오듯 들어와 격양된 입맞춤을 퍼붓는 것도 처음이었다.

낯선 지아비의 모습에 몹시 당황한 것도 잠시, 어느새 활짝 벌려진 저고리 안으로 이를 세운 명이 치마와 가슴가리개를 한꺼번에 물어뜯어 파헤치려 했다.

"회임을 하였습니다!"

커다란 인혜의 목소리가 방 안에 울려 퍼졌다. 시간이 정지한 것처럼 우뚝, 명이 움직임을 멈추었다. 그가 숨을 몰아쉴 때마다 훤히 드러난 어깨에 뜨거운 숨결이 와 닿았다.

"신첩이 회임을 하였습니다."

언제나 중궁전은 뒷전인 것처럼 행동하던 지아비가 갈증에 허덕인 사람처럼 찾아와 준 것은 내심 기뻤으나, 너무나도 고대하며 힘들게 가진 아이였다. 행여 사고가 날 수도 있는 섣부른 행동을 할 수는 없었다.

그래서 사실을 고할 수밖에 없었다. 가슴에 와닿는 숨결이 서서히 멀어지며, 그 어떤 때보다도 커다래진 명의 눈이 인혜를 마주해왔다.

"지금…… 뭐라 하였소?"

"회임이라 하였습니다."

도저히 믿기 힘들다는 듯, 점점 더 아연해진 얼굴로 명이 고개를 갸웃했다.

"아이를 가졌다고?"

"예."

한참을 멀거니 있던 명은 엉덩이를 조금 뒤로 무르며 물었다.

"어떻게?"

많이 놀란 것은 알겠으나 황당한 질문이었다. 인혜는 실소했다.

"지난 합궁 때 생긴 아이입니다."

명은 한 번 더 엉덩이를 뒤로 물렀다. 조금 정신이 돌아왔는지, 휘둥그레졌던 그의 눈이 평소처럼 차분해졌다.

"한데 어찌 이제껏 말을 하지 않고 있었소?"

"아이를 지키고 싶어서 그리하였습니다."

명이 인상을 찌푸리며 되물었다.

"무슨 뜻이오?"

"아직 자세한 건 말씀드릴 수 없사오나, 누군가 제 회임을 방해하려는 자가 있었습니다."

"방해라면……."

"제가 대비마마의 명으로 매일 아이가 잘 들어서는 탕약을 마시고 있었다는 사실을 아십니까?"

"알고 있소."

"그 약이, 사실은 아이를 가지지 못하게 만드는 탕약이었습니다."

노기와 안타까움으로 살짝 떨리는 인혜의 목소리를 가만히 듣고 있던 명이 자리에서 일어섰다.

"……그 사실을 어찌 알았소?"

인혜는 대답 대신 바닥을 뒹굴고 있는 춘란 화분을 바라보았다.

"처음에는 불효라는 것을 잘 알면서도, 신첩이 마시기 싫은 마음에 탕약을 춘란에 부어왔습니다. 그랬더니 춘란이 시들었고, 제 지병은 사라졌습니다. 아무래도 이상하여 그 후로 탕약을 끊었고, 기적처럼 전하의 아이를 가지게 되었습니다."

명의 다리가 주춤, 뒷걸음질을 쳤다.

"그러니까 처음에는 마시기 싫어 버렸고 나중에는 알고 버렸다, 이 말이오?"

"예."

다시 주춤주춤 움직이던 명은 닫혀 있는 문에 가로막혀 더 이상 물러날 곳이 없어질 때까지 뒷걸음질을 쳤다. 그러고는 묵직하게 내려앉은 목소리로 물었다.

"이 사실을 누가 알고 있소?"

놀란 사람이라기에는 어딘가 조금 이상해 보여서, 인혜는 걱정을 하지 않을 수가 없었다.

"전하? 괜찮으십니까?"

"괜찮소. 이 사실을 누가 알고 있느냐고 물었소."

"박 상궁을 제외하고는 전하께 처음으로 고한 것입니다."

주먹을 꾹 쥔 명의 손이 부들부들 떨리고 있었다. 당연히 화가 날 터였다. 감히 용종을 잉태하지 못하게 막는 대역무도한 것들이 있다는 사실도, 이제껏 중궁전에 탕약이 아닌 독약이 올라오고 있었다는 사실도.

어심이 성난 파도처럼 휘몰아치기 충분할 만큼 괘씸한 일이었다. 하지만 괜찮다고, 아이를 꼭 지킬 거라며 그를 다독이려 할 때였다.

"미안하오. 이런 일을 겪게 하여 참으로 미안하오."

갑작스러운 사과에 놀라 인혜는 할 말을 잃어버리고 말았다. 생각보다 충격이 더 컸던지, 명이 평정심을 아주 많이 잃은 듯했다. 인혜는 명에게로 다가가며 말했다.

"전하, 신첩은 괜찮습니다. 그리 걱정하지 않으셔도……."

"그대가 양귀비라 내 입으로 이야기했거늘."

그러다 불쑥 튀어나온 명의 한마디.

인혜는 걸음을 멈추었다.

"예?"

지금 여기서 왜 그 이야기가 나오는 걸까, 궁금한 것도 잠시.

"이 일은 아직 그대와 나 둘만 아는 사실이어야 하오. 내 말 명심해 주시오."

명은 처소 문을 열고 도망치듯 중궁전을 빠져나갔다.

***

대전으로 돌아온 명은 내관과 궁녀들을 전부 전각 밖으로 내쳤다. 혼자 있고 싶었다. 복권되자마자 거침없이 위협해오는 무헌대군의 존재가, 저를 찾아와 의광군을 대하듯 쳐다보던 청해공주의 시선이 못 견디게 아프고 서러웠다.

고귀한 신분으로 당연하게 중무장 된 이들. 그들의 눈빛만으로도 온몸을 휘감는 무참한 패배감이 고통스러워, 명은 저도 모르게 중궁전으로 향할 수밖에 없었다.

마찬가지로 뼈대 있는 양반 가문에서 고귀하게 자랐을 민인혜에게 고얀 화풀이를 할 수 있다고 여겼던 걸까.

중전만은 내 것이라고.

진짜 적통대군인 우가 가진 모든 것들은 차지할 수 없지만, 단 한 사람. 지금의 중전만은 유일한 내 것이라고 확인이라도 하고 싶었던 걸까.

중궁전에 당도했을 때는 이미 제정신이 아니었다. 미친놈처럼 찾아가 숨도 못 쉬게 입맞춤을 쏟아붓고, 찢어발기듯 옷고름을 풀어 헤치고, 치마까지 벗겨내 내 것임을 처절히 새겨 넣으려 했건만.

"……회임이라니."

침전으로 향하는 복도를 걸으며 명은 허탈하게 웃었다.

생각지도 못한 전개였다. 아이라니. 딸이면 공주였고, 아들이면…….

"대군, 인가."

얼마나 부러워했던가. 태어날 때부터 대군 아기씨였던 우가, 봉작되고는 무헌대군이 된 우가 속이 상할 만큼 부러워 처소에서 얼마나 울고 또 울었던가.

하여 효선왕후가 승하하고 어머니가 기적처럼 중궁전의 자리에 오른 덕에 얻은 '대군'이라는 작위가 세상을 손에 넣은 것처럼 기뻤던 순간이 있었다.

막상 얻으면 아무것도 아닌 것을. 임금도 되지 못하는 허울뿐인 대군도 있는데, 그까짓 게 뭐라고.

한데 이제 곧 중전의 몸을 빌어 태어날 아기가 사내라 생각하니, 이상하게 가슴이 뛰었다. 제가 그렇게나 부러워하고 부러워했던, 태어나는 순간부터 적통대군이 되는 아이.

"하, 하하하하."

웃음이 나왔다. 이 얼마나…… 우습고 우스운 일이란 말인가.

처소로 들어와 보료에 몸을 던지듯 누운 명은 그저 허파에 구멍이 난 놈처럼.

"하하하하하!"

웃고 또 웃기만 할 뿐이었다.

40화
연회

인간의 탈을 쓴 짐승이 얼마나 뻔뻔한가 하면, 어제까지는 죽일 것처럼 덤벼들던 주제에 오늘은 아무렇지도 않은 얼굴을 하고 나타나선.

"복권을 축하드립니다, 무헌대군 대감!"

술잔을 높이 들어 올리며 축하를 건넬 수 있을 정도였다. 오죽하면 인간 세상에 '뻔뻔'이란 언어가 다 생겨났을까.

"추국장에서의 일은 훌훌 털어버리시고 앞으로 모두와 함께 성심을 다해 전하를 보필해 나갑시다!"

영의정이 신이 나서 외쳤다. 그야말로 말이나 못 하면, 이었다. 조정의 수장으로서 참석한 것은 알겠으나, 취한 건지 멀쩡한 건지 알 수 없는 정신으로 너무 친한 척을 해댄다는 것이 문제였다.

상석에 앉아 손님 대접하기 바쁜 우를 대신하여 수호가 궁시렁거렸다.

"대비전에 엿가락처럼 쩍 들러붙은 것밖에는 할 줄 아는 게 없으면서 거들먹거리기는."

아무리 자리가 떠들썩하다지만 혹 들릴까 염려한 박 내관이 그의 옆구리를 사정없이 찔러댔다.

“쉿, 쉿! 대군 대감께 폐 끼치지 말고 좀 쉿!”

“아, 알겠다니까요.”

담이 부탁을 하기가 무섭게 명은 바로 연회를 열어주었다. 일 처리가 빠른 건 고마웠으나, 갑작스레 열린 연회 준비를 하느라 대군 처소의 박 내관을 비롯한 상궁 나인들은 몸이 열 개여도 모자랄 판이었다.

옛날부터 제 주인이 이렇게 떠들썩하고 쓸데없이 불필요한 소비가 많은 건 딱 질색하는 줄 아는 터라, 좀처럼 이곳에서 연회 같은 게 열리는 일은 없었더랬다. 하여 생전 처음 해보는 손님맞이에 잘하고 있는 건지 어쩐 건지도 모른 채, 연회는 한창이었다.

우 역시 오늘이 특별한 날이란 자각은 있는지, 방싯방싯 웃지는 못해도 얼굴을 구기는 건 삼가는 중이었다.

좌의정과 병판이 아무 표정 없이 술만 홀짝이는 게 긴장하고 있는 티가 좀 난다는 것이 걱정이라면 걱정이었지만, 그만큼 얘기가 잘 전달되었다는 뜻이니 차라리 잘된 일이었다. 게다가 그런 둘을 가끔씩 부드럽게 다독이는 혜안군이 옆에 있으니 큰 문제 없어 보였다.

우에게 있어 진짜 염려할 만한 일은, 눈에서 멀어진 서하 일행과 창경궁에서 가슴 졸이며 기다리고 있을 담이었다.

그리고 또 한 가지, 영의정과 이조 판서가 돌아가며 친한 척을 해온다는 사실. 이 견디기 힘든 고문 중의 고문을 연회 내내 겪어야 한다니 몸서리가 다 쳐질 판이었다.

“주상 전하 납시오!”

때마침 이조 판서가 술잔을 따르고 또 따르며 세상 돌아가는 게 만만치 않다는 이야기를 늘어놓고 있던 참이라 괴로웠던 우는 자리에서 벌떡 일어섰다.

명의 등장과 함께 언제 그랬냐는 듯 주변이 삽시간에 고요해졌다.

우가 상석에서 비켜서자마자 명이 자리를 차지하고 섰다. 모두 자리에서 일어나 고개를 숙이고 있는 모습을 지그시 바라보기를 한참, 명은 상에 놓인 옥색 술잔을 집어 들었다.

"오늘 같은 날이 올 줄은 상상도 못 했던 터라 감회가 남다르오. 내 아우가 돌아오고 결백까지 밝혔으니, 이보다 더 꿈같은 날은 없을 것이오. 비록 아바마마의 진짜 시해범을 잡지 못한 불효가 아직 발목을 잡고는 있지만, 오늘만큼은 이 나라의 대군으로 복권된 내 아우를 진심으로 축하해주길 바라오."

명의 말을 가만히 듣고 있던 우가 허리를 굽혔다.

"성은이 망극합니다, 전하."

우의 뒤를 이어 백관들이 '성은이 망극하옵니다, 전하' 하고 외치는 목소리가 궐을 넘어 하늘까지 울려 퍼졌다.

명은 웃으며 잔을 올렸다. 우가 그를 따라 잔을 올리고, 백관들까지 모두 잔을 올리자 명이 술잔을 입 안에 털어 넣으며 음미했다.

"달구나, 달아."

흡족해하는 얼굴로 명이 우를 바라보았다. 선원전에서의 일이 아직도 두 사람 사이에 앙금처럼 남아 있었지만, 명은 아무 일도 없던 사람처럼 웃으며 아우의 어깨를 툭툭 두드렸다.

우는 표정 없이 고개를 숙였다. 예전 같았으면 믿었을지도 모를 일이었다. 명이 보여주는 착하고 어진 임금의 형태를. 지난 날, 어린 무헌대군이 형님이었던 의광군을 믿었던 것처럼.

하지만 애석하게도 지금은 아니었다.

그러기엔 너무 지나버린 세월. 한 사람은 임금의 자리를 지켜야 하는 군주로서, 또 한 사람은 그 임금으로부터 사랑하는 이를 지켜야 하는 사내로서 부딪힐 수밖에 없는 운명을 서로 걷고 있을 뿐이었다.

"숙부님! 숙부님! 혜안군 숙부님!"

한껏 흥이 오른 목소리가 여러 번 찾자, 혜안군이 서둘러 일어나 명의 옆자리로 향했다.

"전하."

앉자마자 명이 서운한 얼굴을 해 보였다.

"섭섭합니다, 숙부님. 매번 우만 챙기지 마시고 저도 좀 보러 와 주십시오. 숙부님 얼굴을 뵌 지가 벌써 몇 해 전인지 기억도 나지 않습니다."

"송구하옵니다, 전하."

"자, 이 조카가 따라드릴 테니 한 잔 받으십시오."

명이 기분 좋게 술병을 들자, 혜안군은 얼른 양손으로 술잔을 들었다.

"그나저나 숙부님. 아직도 그러십니까?"

이미 가득 채워진 잔에 계속해서 술을 따르던 명은 술 방울이 넘실거리며 혜안군의 옷소매로 쏟아져 내리기 시작할 때쯤 넌지시 물었다.

"우에게 존대하시는 거 말입니다. 아직도 그러십니까?"

혜안군은 아무런 대꾸도 없이 넘치는 술을 묵묵히 받아내고만 있었다.

"이제 그만하셔도 되지 않겠습니까? 왕자군이니, 이 나라 대군이니 따지며 고개 숙이시는 그 꼴불견인 거."

그제야 명이 술병을 내리고, 다 젖어버린 옷소매를 한 채로 혜안군이 고개를 돌려 술잔을 비웠다.

혜안군은 다시 명의 앞에 고개를 숙이고는 말했다.

"전하, 취하신 듯하옵니다. 이제 약주는 그만하시고 대전으로 돌아가 침수 드심이 좋을 듯……."

"우리도 왕의 아들입니다."

주변에서 들을 수 없을 정도로 작게 새어 나온 말. 하지만 분명한 의미를 가진 그 말에 혜안군은 입을 다물었다.

"숙부님 같은 분 때문에 제가 자꾸 이상해진다, 이 말입니다. "

작게 쏘아보는 눈. 명백하게 원망을 품고 있다는 것을 깨달은 혜안군의 이마에 주름이 잡혔다. 기분 나쁜 불안감이 술 대신 목구멍을 타고 내려오는 기분이었다.

"전하. 소인은 그저……."

"압니다. 숙부님께서는 그저 신념을 지키고 계실 뿐이라는 걸. 하지만 그 신념에 마음 다친 한 아이가 엉엉 울고 있다는 것을, 절대로 잊지 마십시오."

"전하."

"말했다시피, 우리도 왕의 아들입니다. 숙부님처럼 그렇게 비굴하게 고개를 조아릴 필요가 없는 고귀한 혈통이란 말입니다."

조금 멍한 얼굴을 하고 꿇어앉아 있는 혜안군을 내버려 둔 채, 명이 자리에서 일어나 큰 소리로 말했다.

"혜안군 숙부께서는 취하신 듯하니 이만 돌아가심이 좋겠습니다."

뾰로통하게 흘러나온 임금의 언사가 연회장에 긴장감을 가져왔다. 모두가 지켜보는 가운데, 혜안군이 자리에서 일어나 명에게 인사를 올렸다.

"먼저 자리를 비우게 되어 송구하옵니다, 전하."

"됐으니 물러가 보시오."

"성은이 망극하옵니다."

뒤돌아선 혜안군이 슬쩍, 우를 한 번 본 뒤 연회장을 빠져나갔다. 그게 신호임을 알아본 우가 좌의정과 병판을 바라보며 들고 있던 술을 마셨다.

명이 이렇게 빨리 연회를 열어 준 진짜 이유를 우가 모를 리 없었다.

서하를 찾고 있음이었다. 대군 처소에서 열리는 연회, 이보다 더 처소를 뒤질 수 있는 절호의 기회는 없을 테니까.

다행인지 아닌지는 몰라도 창경궁 가는 길목을 안내하겠다며 몸을 숨긴 서하에게는 월영과 부겸이 붙어 있었다. 월영의 몸 상태가 좋지 않으니 부겸이 함께 있는 것이 어느 정도 마음이 놓였다.

물론, 월영을 그 지경까지 몰아붙인 녀석처럼 대단한 놈이 나타나면 말짱 도루묵일 테지만.

"서서히 연회가 끝나가는 듯합니다, 대감. 술을 찾는 양이 현저히 줄어들었답니다."

두천이 옆으로 살짝 다가와 넌지시 고하자, 우는 말 없이 고개를 끄덕였다. 명이 가주기만 하면 위험한 고비는 없다고 해도 과언이 아닌데, 오늘따라 술을 즐기는 명의 끈기가 꽤나 질겼다.

"연회는 즐거우냐?"

즐겁긴커녕 지겨워 죽을 맛이라는 말이 하고 싶었지만, 말하지 않아도 알아챈 명이 큰 소리로 웃었다.

"하하하하! 너는 어째 달라진 것이 없느냐. 이런 떠들썩한 걸 옛날부터 싫어하더니, 지금도 그런 재미없는 얼굴이나 하고."

"송구합니다, 전하."

"널 괴롭히는 맛도 있겠다, 내겐 연회가 썩 재미있으니 이참에 내일도 연회를 여는 건 어떨까 싶은데."

올라오는 짜증을 참느라 우가 눈썹을 꿈틀 움직이자, 그걸 또 발견했는지 명은 한참을 껄껄거리며 웃어젖혔다.

"즐겁구나, 모처럼 즐거워. 아무 생각 안 하고 있으니 진짜 살 것 같다."

순간 명의 눈에 진짜 고된 피로 같은 것이 스쳤다. 내색하지는 않지만, 많이 힘들긴 한 모양이라고 생각할 때였다.

"내가 지금 이곳을 뒤지겠다 하면 어쩌겠느냐."

아무도 보지 않는 틈을 타 불쑥 찔러오는 진심 어린 공격.

우는 피하지도, 막지도 않은 채 그 공격을 정면에서 받아쳤다.

"하지 마시라 권해 드릴 것입니다."

"왜. 서하가 없으니까? 벌써 다른 곳으로 빼돌렸느냐?"

"전하께서는 제 처소를 뒤질 명분이 없으십니다."

"용의 아이라는 훌륭한 명분이 있다."

"이 많은 사람들 앞에서 용의 아이를 찾아야겠다고 선언하실 수 있다면, 얼마든지 처소를 뒤지셔도 좋습니다."

낮은 목소리로 단호하게 이야기하는 우를 가만히 지켜보던 명의 눈이 일순 광포하게 빛났다.

"내가 못 할 것 같으냐?"

하지만 명이 공격을 하면 할수록, 반대로 우는 점점 더 차갑고 냉정해져 갔다.

"하십시오. 전 서하가 사람들 앞에 공개되면 공개될수록 좋습니다.

한 사람을 가둬두고 존재하지 않는 사람인 척 이용만 하는 그런 관습 따위는 하루라도 빨리 없어지길 바라니까요."

명은 술잔에 가득 담긴 술이 찰방거리며 요란하게 흔들리는 것을 보고서야, 제가 분함으로 떨고 있음을 깨달았다.

"우야. 넌 누가 뭐래도 내 아우다. 하여 깨달아야 한다. 내가 널 지금 최선을 다하여 봐주고 있음을."

명은 그 말을 끝으로 조용히 우를 노려보았다.

그를 다시 대군의 자리에서 끌어내릴 방법은 얼마든지 있었다. 반역죄를 뒤집어쓰게 할 수도 있었고, 다시 선왕 시해 사건의 주범으로 몰아갈 수도 있었다. 하지만 그 모든 방법을 쓰지 않고 기다리고 있는 이유는 네가 내 아우이기 때문, 이라고 말하는 듯했다.

그 시선을 고스란히 받아내고 있던 우 역시 나직이 말했다.

"전하께서도 알아주셔야 할 텐데 말입니다. 제가 지금, 온 마음을 다해 봐 드리고 있다는 사실을."

그래도 형님이라는 이유 하나로, 당장이라도 서하를 사람답게 살 수 있도록 이곳에서 데리고 나가고 싶은 걸 겨우 참고 있음을. 그래도 형님의 왕권이 달려 있기에, 스스로 서하를 포기할 때까지 기다려주고 있음을.

명이 알아주지 못해 몹시 곤란한 건, 바로 우였다.

화가 났는지 한참이나 거친 숨을 몰아쉬던 명이 자리에서 일어섰다.

"과인은 좀 취한 것 같아 돌아가겠소."

취해서 반쯤 몸이 바닥에 붙어 있던 백관들이 하나같이 자리에서 일어나 성은인지 뭔지가 망극하다며 차례로 엎드리는 인사 따윈, 이미 저 멀리 날아가 버린 지 오래였다.

41화
사람입니다

저벅저벅, 빛도 없는 어둠을 헤치고 발자국이 인근까지 다가오도록 숨죽이고 기다리기를 한참.

"흠, 흐흠. 야, 옹."

입으로 낸 어색하기 그지없는 고양이 소리가 들렸다. 서하와 부겸은 안도하며 모습을 드러냈고, 월영만이 그게 뭐냐는 듯한 얼굴을 해 보였다.

"신호가 그게 뭡니까?"

"쉽고 기억하기 좋으면 된다 하였습니다."

"그래도 그렇지. 무헌대군이 정했죠?"

"아니요, 차 학정 나리가 정했습니다."

월영의 볼멘소리에 대답하는 서하도 수호의 의도가 무엇인지 모르지 않는 터라 피식 웃음이 새어 나왔다. 어른들 모시고 장난칠 생각에 흐뭇해하던 그의 표정이 아른거릴 정도였으니까.

다 큰 장정들이 할 게 없어서 고양이 흉내를 내느냐며 월영이 끝까지 궁얼거리는 사이, 가장 처음 나타난 사람을 마주하고 그대로 굳어버린 서하 대신 부겸이 인사를 올렸다.

"오셨습니까, 혜안군 대감."

척 봐도 까슬까슬하게 생긴 혜안군 대감에게 '야옹'은 안 어울려도 심히 안 어울리기는 했다.

"반갑네. 이리 이야기를 나누는 건 자네 어릴 때 이후로 처음이군."

"정말 그렇습니다. 지금은 긴 이야기 나눌 때가 아니니 먼저 장소를 옮기는 게 좋겠습니다. 가시지요."

"미안하네만……."

부겸이 길을 안내하려고 하는데, 혜안군의 예리한 시선이 오로지 서하에게만 꽂혔다.

"유서하 자네가 혼자 길을 안내해주었으면 하는데, 괜찮겠지? 할 말도 있고 말이야."

단호한 그의 태도에 월영만이 험악하게 인상을 구길 뿐이었다.

나무와 나무 사이를 빠르게 걸으며 서하는 창경궁으로 향하는 길을 텄다. 공주를 구하러 다닐 때 알아둔 지름길이었다. 인적이 드문 곳이라 나름대로 안전하긴 했지만, 그래도 방심은 금물이었다. 궐에 월영보다 무서운 살수가 있다는 것도 알았으니, 더더욱 신중에 신중을 기할 필요가 있었다.

"조금만 더 가면 공주 자가의 처소입니다."

혜안군은 아무런 말이 없었다. 대답도 없고, 묻는 말도 없어서 서하는 저절로 고개가 갸우뚱 기울어질 판이었다.

분명 할 말이 있다며 홀로 안내하라 할 때는 언제고, 막상 앞장섰더니 곰팡이가 펴도 이상하지 않을 만큼 입을 꾹 닫고만 있었다. 청개구리도 아니고.

덕분에 괜히 할 말이 무엇인지 서하만 잔뜩 궁금해진 참이었다.

"우선 미안하게 생각하네."

뜬금없는 사과였다. 나무 뒤에서 주변을 살피느라 여념이 없던 서하가 우뚝 멈춰 섰다.

"갑자기 제게 왜 사과를 하십니까?"

"대군께서 자네를 위해 대비마마를 막아달라 부탁하였는데, 내가 들어드리지 않았거든."

"아."

작은 탄식을 흘린 서하는 잠시 생각을 하다가 이내 고개를 저어 보였다.

"괜찮습니다. 대군께서 무사하시고, 저 역시 잠시지만 이렇게라도 대군의 곁에 있을 수 있으니까요."

"잠시라는 것은 아는가?"

이제야 본격적으로 시작할 모양이라며, 서하는 작게 한숨지었다.

혜안군은 처음부터였다. 처음부터 자신을 싫어했다. 선왕의 선견을 행하러 갔을 때, 놀랍게도 선왕이 일부러 보란 듯이 앉혀 놓았던 사람.

〔왕실은 늘 만에 하나를 대비해 왕실 자녀 중 용의 아이에 대한 비밀을 아는 자를 딱 한 명 남겨둔다.〕

딱 한 명이란 것은, 절대로 용의 아이가 앞날을 볼 수 없는 자. 보위를 탐하고 싶어도 오를 수 없는 왕실 자녀 중에서 뽑히는 듯했다.

그야말로 안전을 위한 장치. 만에 하나 임금에게 불상사가 생겼을 때, 다음 보위를 위해 용의 아이를 안전하게 인도할 사람.

〔난 선견을 믿지 않네. 고로 자네 같은 존재도 믿지 않아.〕

딱 잘라 말하던 그의 불퉁한 인상을 잊을 수가 없었다. 늘 못마땅해 하는 얼굴. 용의 아이라는 것을 쓸데없는 소리나 지껄이는 무당 정도로밖에는 생각하지 않는 사내.

“아니면 그냥 내 앞이라 하는 말인가?”

“아니요, 압니다.”

서하는 망설임 없이 대답했다. 모르고 있던 사실도 아니고, 새삼스러울 것도 없는 질문에 하나하나 마음이 일렁일 필요는 없었다.

“그거 잘 되었군. 이야기가 쉽겠어.”

마침맞은 답변이었는지, 혜안군은 반색하며 서하의 앞으로 한 발짝 다가와 섰다.

“자네가 십 년 전 서찰로 부탁했던 일은 다 들어줬네. 의금부에서 무헌대군을 빼내고, 궐로 돌아가지 못하게 말리기도 했어. 궐에서 나가야지만 살 수 있다는 말을 믿었으니까.”

“감사하게 생각합니다.”

“한데 전하께선 무헌대군이 살아 있었다는 걸 처음부터 알고 계셨다 하고, 궐에서 나가야지만 살 수 있다던 대군께서는 결국 다시 궐로 돌아왔네. 그리고 자네는 추국장에서 대군의 복권을 도왔지. 내가 어디서부터 어떻게 자네를 이해해야 하나.”

서하는 고개를 떨구었다. 혜안군의 말뜻을 모르는 것은 아니었다. 하지만 이해받지 못한다 해서 사실을 전부 털어놓을 수도 없는 노릇이었다.

"송구합니다."

"그런 말이나 듣자고 따지고 있는 것이 아니야. 다시 묻겠네. 십 년 전과 달리 자네는 무헌대군의 복권을 적극 도왔네. 왜 그랬나? 그때는 대군께서 위험했지만, 이제는 아닌가?"

서하는 잠시 제 치맛자락만 움켜잡았다가, 한참 뒤 입을 열었다.

"대감께서 납득할 만한 대답이 어떤 것인지는 모르겠으나, 전 그저 매 순간순간 대군께서 살아남길 바라며 행동할 뿐입니다. 이번에 대군을 도운 건 친국의 희생양이 되지 않도록……."

"잠깐."

서하의 해명을 듣던 혜안군이 손을 올리며 말을 잘랐다. 꾹, 입을 다문 서하를 바라보던 그는 곧바로 다시 물었다.

"순간순간 대군께서 살아남길 바란다는 것은, 전하께 선견을 하여 알아낸 정보로 대군을 돕고 있다는 뜻이겠지?"

혜안군이 말하는 의도가 무엇인지 전혀 알 길이 없어 서하는 괜한 불안이 피어오르는 것을 느꼈다.

솔직히 그가 어디까지 아는지도 잘 모르니, 적어도 거짓말은 하지 않는 선에서 대답을 하자고 마음먹었다.

"맞습니다."

"그러니까 전하의 선견을 행하다 보면 무헌대군의 일까지 알게 되어 돕는다는 뜻이라고?"

왜 똑같은 걸 이리 여러 번 물어볼까, 싶은 찰나. 서하는 뒤늦게 혜안군의 의도가 무엇인지 알아차렸다.

"한데 뭘 꾸물거리고 있는 겐가?"

하여 질책하는 혜안군의 질문에 차마 더 이상 대답을 할 수가 없었다.

"전하의 선견을 해야 무헌대군의 앞날을 알고 살릴 수 있다면서! 그럼 얼른 전하께 돌아가야지, 뭘 꾸물거리고 있느냔 말이야! 내 보기엔 자네도 대군을 연모하는 것 같은데. 그렇다면 더더욱 연모하는 이를 위해 전하께 돌아가야지, 아니 그런가?"

틀린 소리는 아니었다. 이제껏 명에게서 보인 앞날을 보고 조금이나마 우를 도울 수 있었으니까.

무헌대군을 정말 사랑한다면 혜안군의 말대로 지금 당장 명에게로 돌아가야 했다. 어떻게 해서든 선견을 행하고, 조금이라도 대군께 해가 될 일이 있으면 도움을 청해야 했다. 그게 이치에 맞았다. 스스로도 그렇게 해야 한다는 걸 잘 알고 있었다.

한데 대군의 품이 너무 따뜻해서, 아득해질 정도로 달콤하고 포근해서. 아직은, 아직은…… 하다 보니 여태 제자리걸음을 하는 중이었다.

"내 언뜻 연회를 빠져나올 즈음 들어보니, 전하께서 대군께 용의 아이를 돌려 달라며 위협하고 계셨네. 자네가 대군 곁에 있다는 걸 이미 알고 계신 눈치셨어. 대군께서는 당연히 싫다며 같이 위협하셨고. 아니 될 말이지, 아니 될 말이고 말고. 상대는 의광군이 아니라 전하시네. 아무리 이 나라 대군이라 할지라도 임금과 맞서선 승산이 없다, 이 말이야."

"……압니다."

잔뜩 수그러든 말씨를 툭, 내뱉은 서하는 야단맞는 어린아이처럼 위축되어 갔다.

"안다면 자네가 이래선 안 되지. 이대로 대군께서 자네를 지키려고 주상 전하께 덤비다 개죽음당하길 바라는가?"

"그럴 리가 있겠습니까? 아닙니다, 절대 그렇지 않습니다."

"그럼 가야지. 가야 하고말고. 괴롭다는 건 잘 아네. 하지만 정말 대군을 연모한다면 그분을 지키는 길을 택해야지 어쩌겠나. 더는 여러 말 않겠네. 날이 밝는 대로 전하께 돌아가 용의 아이로서……."

"그 이상 말씀하시면 다시는 숙부님을 뵙지 않을 것입니다."

갑자기 혜안군의 말을 자르며 어둠 속에서 우가 모습을 드러냈다.

화가 나 있었다. 무표정한 얼굴이었지만, 잠기도록 낮게 흐르는 목소리만으로도 알 수 있었다. 참기 위해 어금니를 힘주어 물고 있는지, 아래턱에 핏대도 서 있었다.

"서하를 혼자 데려가셨다기에 쫓아왔더니, 그런 말씀을 하시려던 겁니까? 전하께 돌아가라고?"

이 상황을 들켜 안절부절못하는 건 서하 혼자였다. 혜안군은 오히려 들킨 김에 다 털어놓을 작정이라는 얼굴을 하고 있었다.

"당연한 일입니다. 모두 대군을 위해 힘쓰고 있습니다. 창경궁 공주자가 처소도 그걸 잘 아시기에 어렵게 만든 자리가 아닙니까?"

"해서요?"

"이 여인 역시 제 능력을 발휘할 수 있는 곳이 있는데, 어찌 품에 가두어 분란을 초래하시려는 겁니까?"

"제 능력이라."

우는 그 말을 곱씹으며 혜안군에게 서서히 다가섰다. 불안함을 이기지 못한 서하가 하지 말라는 듯 팔에 매달렸지만, 우는 오히려 그런 서하를 당겨 제 뒤에 바싹 붙어 서게 했다.

"제겐 지금 이렇게 숙부님께서 끼얹어 오는 분란이 훨씬 더 거북하고 불쾌합니다."

"정신 차리세요. 감정적으로 해결할 일이 아닙니다."

"예. 감정적으로 해결할 일이 아니지요. 해서 좀 놀란 참입니다."

우는 뒤에 있는 서하의 손을 한 번 꾹 잡은 뒤, 혜안군을 쏘아보며 말을 이었다.

"숙부님께서 누군가의 희생을 너무나 아무렇지도 않게 강요하는 분이라는 걸 처음으로 알게 되어서 말입니다."

너무 많았다. 이 궁에는 원하는 걸 손에 쥐려 남을 이용하는 사람들이, 그래놓고 희생이라는 멋진 말로 포장하는 교묘한 혀밖에 쓸 줄 모르는 이들이 발에 차이도록 많았다.

그런 사람이 제 주변에도 있음이, 심지어 자신의 숙부라는 사실이 몹시 고단해진 우는 으득 어금니를 씹듯이 이야기했다.

"서하가 용의 아이라는 걸 모르는 건 아니지만, 앞날을 보는 능력 따위가 뭘 얼마나 대단하다고 사람한테 불구덩이로 뛰어들라 하십니까."

"대군께서 겨우 복권되셨다 하나, 또 언제 어떤 일로 목숨을 위협받을지 알 수 없습니다. 십 년 전과 같은 일이 반복되지 않으려면 우리에겐 앞날을 보는 능력이 꼭 필요합니다. 이 여인의 능력이 천군만마와도 같은……."

"사람입니다. 무슨 시키면 능력이나 부리는 그런 물건이 아니라 제가 숙부님을, 수호를, 담이를 그리고 다른 사람들을 지키고 싶은 것처럼 똑같이 지키고 싶은 사람이란 말입니다."

우가 노하여 퍼붓는 말을 듣고서야 혜안군은 입을 닫았다.

"제가 아는 숙부님은 이런 분이 아니십니다. 하여, 잠깐 홀린 것이라 생각하겠습니다. 돈에 홀리고 권력에 홀리는 많은 사람처럼, 잠시 서하의 능력이 탐나 판단력이 흐려진 거라 여기겠습니다. 그러니 두 번 다시 이런 말씀은 하지 마십시오. 부탁드립니다."

42화
마지막 어명

불을 밝히는 초가 적었다. 비밀리에 모인 자리니 많아도 곤란한 터라 상관은 없었지만, 생각보다 어둑해서 남이 보면 꼭 반역도당 같은 느낌이 물씬 들었다.

거기에는 좌의정의 비장해 보이는 장대한 풍채가 한몫하고 있었고, 초지일관 사나운 표정으로 앉아 제 검을 한 몸처럼 끼고 있는 월영이 또 한몫하고 있었다.

"좁아."

"그러니까 왜 너까지 끼어드느냔 말이다."

삐뚜름하게 투덜거리는 월영을 향해 우가 기어이 한소리를 했다. 매번 한 판 붙을 기세로 앙알거리며 대들기만 할 때는 언제고, 한 번 구해주고 났더니 마치 한패라도 된 것처럼 낄 데 안 낄 데 다 끼려고 하는지.

서하에게 이야기를 들어주라고 했을 때만 해도 좀 불쌍한 마음이 있었는데, 이젠 당연하다는 듯 들러붙는 꼴을 보니 영 내키지가 않았다.

"그럼 오늘 모인 이분들은 전부 제 오라버니를 보위에 올리려 뜻을 합하신 것이지요?"

그중에 가장 반역도당 같은 이가 있었으니, 바로 담이었다. 듣는 것만으로도 벌벌 떨리는 거침없는 언사에 수호와 서하가 이마를 짚으며 고개를 도리도리 저었고, 부겸은 당돌하다며 입을 동그랗게 말았고, 월영은 기가 막힌다는 듯 코웃음을, 두천은 '공주 자가, 쉿! 쉿!'을 연발했다.

동시에 틈을 놓치지 않고 지켜보던 우의 눈가가 날카로워졌다. 혜안군과 좌의정, 병조 판서가 동요하는 척도 없이 앉아만 있었기 때문이었다. 공주가 아주 허황된 말을 한 건 아니라는 것처럼.

"설마……."

망연하게 중얼거리는 우에게 가장 먼저 대답한 건 좌의정이었다.

"아니라고는 안 하겠습니다."

의외였다. 특히 아들인 수호에게는 그야말로 마른하늘에 날벼락 치는 수준으로 의외여서, 사람들 사이에서 가장 먼저 큰 소리를 냈다.

"아니, 도대체 뭐가 어떻게 돌아가는 건지 설명을 좀 해주십시오! 아버님께서는 의광군을 보위에 앉혀 좌의정까지 오르시고는, 이제 와 무헌대군 대감을 보위에 올리려 뜻을 합했다고요? 대체 어느 장단에 춤을 추고 계신 겁니까?"

"처음부터 무헌대군 대감이었다."

당최 믿을 수가 없어 수호가 입을 떡 벌렸다.

"설마 아버님도 좌의정 대감과 같은 생각이셨던 겁니까?"

이번에는 부겸이 묻자 병조 판서가 고개를 끄덕였다. 부자지간에 제대로 이루어진 의사소통은 없는 모양이었다.

"십 년 전 선왕께서 승하하시기 전, 저희에게 마지막 어명을 내리셨습니다."

좌의정의 갑작스러운 실토를 듣고 모두가 놀라 숨을 삼켰다.

"마지막 어명이라면……."

"선왕께서 맞이할 최후의 날, 무헌대군이 보위에 오르지 못하도록 막을 것."

이야기를 듣고 있던 담의 얼굴이 무섭도록 크게 일그러졌다. 마치 오라버니 대신 화를 내고 싶은 듯이.

정작 이야기를 들은 우는 별다른 반응을 보이지 않고 있는 사이, 뒤이어 또 다른 어명이 흘러나왔다.

"그리고 반드시 무헌대군의 목숨을 살려놓을 것."

오히려 마지막 어명을 듣고서야 우는 더 놀란 얼굴을 해 보였다. 의심병에 시달리셨던 선왕이, 그래도 아들의 목숨을 걱정해주셨다는 사실에 이유 모를 깊은 안도감이 스며들었기 때문이었다.

"목숨을 살려놓을 것……."

마지막 말을 조용히 되뇌던 우는 문득 서하를 바라보았다. 서하는 금방이라도 울 것처럼 위태로운 얼굴을 한 채 구석에서 미동도 없이 앉아만 있었다.

"십 년 전 그날 선왕께서는 저와 병판, 혜안군 대감을 급히 부르시어 마지막 어명을 내리셨습니다. 그리고 마치 당신의 최후를 알고 계셨던 것처럼 서찰을 남기셨고요. 그 서찰을 보고 저희가 마지막 어명을 수행하는 사이, 선왕께서 시해당하신 겁니다."

의문투성이였던 과거를 끼워맞추던 우가 나직이 중얼거렸다.

"그럼 미행 중이신 아바마마께서 긴밀히 날 찾으신다는 서찰을 보낸 사람이……."

"예, 진짜 선왕 전하십니다."

우가 선왕의 필체를 알아보지 못할 리 없었다. 위조했다고 하기에는 너무나 정교한 필체. 게다가 세자 시절부터 가지고 계셨다는 아바마마의 휘 자와 용무늬가 새겨진 인장도 놀라울 정도로 똑같다고 생각했는데.

정말로 선왕이 내린 서찰이었다.

"대군을 궐 밖으로 데리고 나가라 하셨고, 제가 사병을 시켜 대군 대감을 유인한 것입니다. 눈치 빠른 대군 대감께서 자꾸 궐로 돌아가시려고 하여 애를 먹었고요."

"그렇다고 독을 썼단 말입니까?"

기가 막히기도 하고 황당하기도 하여 책망하였더니 좌의정이 곧바로 안절부절못하며 머리를 숙였다.

"송구합니다. 아무리 선왕 전하의 어명이었다고는 하나, 몸에 그런 상처를 입으시게 하여 면목 없습니다. 그리 치명적인 독은 아니고 몸을 움직이지 못하게 하는 효과가 있다는 말만 듣고……"

죄인처럼 중얼거리는 것도 잊지 않았다.

확실히 효과가 없는 것은 아니었다. 그때 독에 당하자마자 피를 모조리 빼앗겨버린 것처럼 온몸이 느른해지고 얼얼하여 한 발 떼는 게 천근 쇳덩이를 움직이는 것보다 힘들었으니까.

"그럼 제가 아바마마의 시해범으로 몰리는 것도 다 계획의 일부였다는 뜻입니까?"

이번에는 좌의정 대신 혜안군이 입을 열었다.

"예. 선왕께선 정말로 최후를 알고 계셨고, 이미 손쓸 수 없이 계획이 진행 중이란 것도 예상하신 듯했습니다. 또 마지막 어명대로 대군께서 보위에 오르지 못하게 하려면 차라리 시해범으로 몰리는 게 좋다 여기셨습니다."

"그래서 내가 졸지에 시해범이 되고."

"여기 있는 곽 도사가 의금부에 미리 준비해두었던 시체에 단검을 꽂아 자상을 만든 뒤 바꿔치기하여 수호와 제가 대군을 모시고 나온 것입니다."

때맞춰 부겸이 옥사에 불까지 내 시체를 까맣게 태워 모두가 무헌대군이 죽었다고 알게 된 것이었다. 단 한 사람, 명만 제외하고.

"그럼 이번 청주 행궁에서 산에 불을 지른 건 누구입니까."

어수선해진 방안에 우의 낮은 목소리가 울렸다.

"접니다."

좌의정이 순순히 자백해왔다. 너무 순순해서 우는 조금 화가 날 지경이었다.

"괴한들을 보내 두천이를 죽이고, 그 시신을 불에 태워 십 년 전처럼 또 내 죽음을 위장하려 했던 것이겠군요."

"맞습니다. 전하의 눈을 다시 한번 속여야 했습니다. 이미 대군께서 살아 계시다 확신하는 눈치였으니까요."

그래서였다. 그때 괴한들이 갑자기 당황하여 도망간 이유는, 두천이 아닌 우가 다쳤기 때문이었다. 또 거머리 독에 당한 우를 보고 놀라 허둥지둥 보고를 했을 테고, 한양으로 오고 있다는 보고 역시 귀에 들어갔을 테니 혜안군이 떡하니 해독제를 구해 놓은 것이었다. 혜안군이 묻지도 않고 우의 상의를 잡아 뜯어 어깨의 상처를 곧바로 확인할 수 있었던 이유이기도 했다.

두천이 뒤에서 코 평수를 넓힌 채 씩씩거리는 소리가 들리자, 좌의정이 '미안하네, 어쩔 수 없었네. 자네인지 몰랐어. 그저 누군가와 함께 있다 하시기에'라며 변명을 늘어놓았다.

"아무리 거머리 독이란 것 덕분에 지금 이렇게 복권되었다지만, 명백히 잘못되었습니다. 어찌 사람에게 그런 독을 쓰고, 아무렇지도 않게 다른 이를 죽여 내 죽음을 위장하려 한단 말입니까. 더군다나 산에 불까지 내다니."

순순히 자백하는 좌의정에게 우가 화가 난 건, 바로 이 때문이었다.

알 될 말이었다. 산이 통째로 불에 휩쓸려 수많은 것들이 날아가 버렸는데, 식량과 삶의 터전을 빼앗기면서까지 고통을 겪은 것은 백성들인데.

자신이 얼마나 무섭고 뼈아픈 실수를 한 건지도 모르고 당당한 건 있을 수 없는 일이었다.

"아무리 어명이 그러했다지만, 겨우 나 하나 살리자고 잔혹하게 불을 내 백성들의 터전을 빼앗은 것은 씻을 수 없는 죄입니다."

"송구합니다. 잘못한 건 있지만, 되돌아간대도 선택은 똑같을 겁니다. 대의를 위해서는 어쩔 수 없는 희생이 따르는 법입니다."

지독하게 눈먼 충성이었다. 그 잘못된 충성에 애먼 사람들이 죽어 나가는 것, 우는 그게 참을 수가 없었다. 더는 두고 볼 수 없어 대군의 자리를 되찾은 이상, 바꿔어야 했다. 또다시 이 같은 참담한 일이 반복되게 놔둘 수는 없었다.

"내가 사는 게 그대들에게 잘못된 대의라면, 차라리 죽을 것입니다."

"대감! 전하의 마지막 어명이라 말씀드리지 않았습니까!"

"아들을 살리고자 한 아바마마의 마음을 모르는 것은 아닙니다. 하지만 다시는 누구의 목숨을 딛고 서서 살아날 생각은 없습니다. 진정

선왕의 어명을 받들어 날 살리고 싶거든, 누군가의 희생을 강요하고 강탈하지 마십시오."

우는 단호하게 선언했다. 더 이상의 무고한 희생은 막아야 했다. 임금이라 할지라도 백성의 목숨은 제것처럼 아끼고 돌봐야 하거늘. 임금도 아닌 한낱 대군의 목숨을 살리겠다고 주저 없이 누군가를, 무언가를 희생시키려 하다니.

있을 수 없는 일이었다. 특히 내 사람들이라면 더더욱.

"그리고 혹여라도 날 보위에 올리겠다는 꿈을 가졌거든, 그것도 속히 접으십시오. 그것이야말로 반역입니다. 날 진짜 반역자로 만들 생각이 아니라면, 헛된 꿈은 빨리 깨는 게 좋을 것입니다."

"어째서요? 원래는 오라버니의 자리였습니다."

보위에 집착하는 담의 마음을 모르는 것은 아니나, 우는 고개를 저었다.

"원래란 건 없다. 내가 누명을 썼든 쓰지 않았든, 아바마마께서 보위에 오르면 안 된다 명하신 데에는 다 이유가 있겠지. 난 아바마마의 명을 따를 것이고, 앞으로도 지금 이 위치에서 내가 할 수 있는 일들을 할 것이다. 나를 살려준 많은 이들에게 보답하고, 베풀 수 있는 위치. 내 소중한 이들을 지킬 수 있는 위치라면, 이제야 되찾은 이 대군의 자리만으로도 충분하다."

보위에 대한 욕심은 없었다. 어렸을 때는 보위에 올라야 누이를 지킬 수 있고, 더 많은 이들을 지킬 수 있다는 막연한 생각을 한 적도 있었다. 하지만 이미 어긋난 운명에 추하게 매달려 억지로 보위를 빼앗아 올 생각은 추호도 없었다.

용의 아이에 과하게 집착하는 것과 대군인 자신을 미워하며 밀어내려 하는 것만 빼면 명은 임금으로서 충분히 잘 해내고 있으니, 그의 발밑을 위태롭게 할 이유는 어디에도 없었다.

"한데 아바마마께서는 왜 오라버니가 절대 보위에 오르면 안 된다 하신 겁니까?"

담은 그게 참을 수 없이 마음에 걸렸던지, 여전히 불편한 기색이 역력한 얼굴로 세 대감의 얼굴을 번갈아 보며 답을 내놓으라 보채고 있었다.

"자세한 건 알려주지 않으셨습니다. 다만 보위에 오르면 목숨이 위태롭게 되시나 보다, 막연히 추측만 할 뿐입니다."

그러니 선왕 시해범으로 몰아서라도 보위에 오르지 못하게 막고, 반드시 살리라며 마지막 어명을 남긴 것이 아니겠는가, 그런 추측만 하고 있을 때였다.

"모든 이유는 저기 있는 유서하가 알고 있습니다."

혜안군이 불쑥 구석에 있는 서하를 향해 손가락을 뻗자, 모두의 시선이 쏟아졌다.

사람들의 시선을 하나하나 바라보던 서하는 마지막으로 저를 향해 있는 밤색 눈동자와 마주쳤다.

그는 조용히 말하고 있었다. 네가 이제껏 말해주지 않았던 비밀을, 이제는 숨김없이 이야기해달라고.

〈2권에서 계속〉